BITTERBLUE

KRISTIN CASHORE

BITTERBLUE

Traducción de Mila López Díaz-Guerra

Roca editorial

Título original: *Bitterblue*

© Kristin Cashore, 2012

Primera edición: septiembre de 2012

© de los mapas y de las ilustraciones: Ian Schoenherr
© del diseño de la portada: Natalie Sousa

© de la traducción: Mila López Díaz-Guerra
© de esta edición: Roca Editorial de Libros, S. L.
Av. Marquès de l'Argentera, 17, pral.
08003 Barcelona
info@rocaeditorial.com
www.rocaeditorial.com

Impreso por Liberdúplex, S.L.U.
Crta. BV-2249, km 7,4, Pol. Ind. Torrentfondo
Sant Llorenç d'Hortons (Barcelona)

ISBN: 978-84-9918-435-7
Depósito legal: B-8.542-2012
Código IBIC: YFH

Este fue siempre para Dorothy

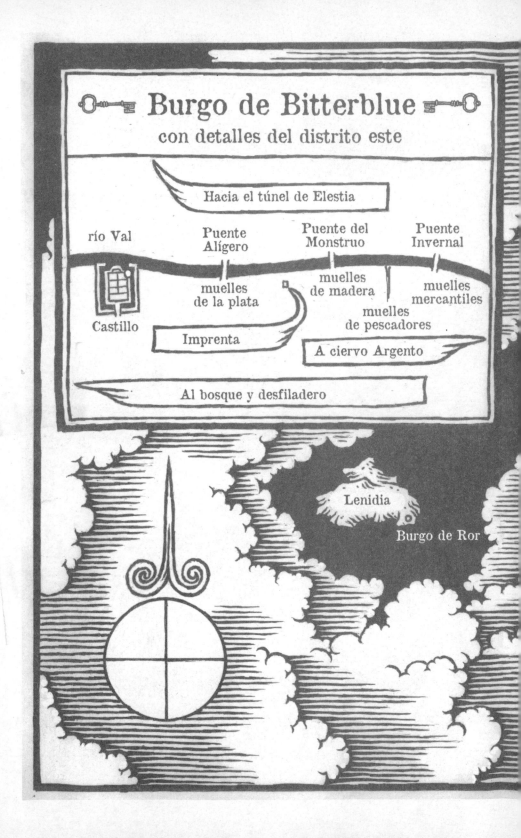

CONTENIDO

Prólogo

Aferra a mamá por la muñeca y la lleva hacia el tapiz tirando de ella; eso tiene que doler. Mamá no grita. Trata de disimular el dolor para que él no la vea sufrir, pero vuelve la cara hacia mí y en su rostro se refleja todo lo que siente. Si padre descubre que le hace daño y que ella me mira para que yo me dé cuenta, entonces dejará de lastimarla y en cambio hará otra cosa.

«Querida, no pasa nada —le dirá a mamá—. No te duele, no estás asustada.»

En el rostro de mamá veré que duda, que empieza a sentirse confusa.

«Mira a tu preciosa hija —continuará él—. Mira esta hermosa habitación. Qué felices somos. No ocurre nada malo. Ven conmigo, querida.»

Mamá lo mirará de hito en hito, confusa, y entonces volverá la vista hacia mí, su preciosa hija, en esta hermosa habitación, y la expresión de sus ojos se tornará vacía. Entonces sonreirá, contenta por lo felices que somos. Yo sonreiré también, porque mi mente no es más fuerte que la de mamá.

«¡Que lo paséis bien! —diré—. ¡Volved pronto!»

Entonces padre sacará las llaves que abren la puerta que hay detrás del tapiz y mamá entrará allí. Plantado en medio de la habitación, desazonado, perplejo, el alto Thiel irá en pos de ella a toda prisa, y padre los seguirá.

Cuando el cerrojo se cierre tras ellos, me quedaré inmóvil e intentaré recordar qué estaba haciendo antes de que todo esto pasara. Antes de que Thiel, primer consejero de padre, entrara a los aposentos de mamá buscando a padre. Antes de que Thiel, con las manos temblorosas apretadas contra los costados, intentara decirle a padre algo que lo ha enfurecido. Padre estaba sentado a la mesa y, tirando la pluma, se ha incorporado con tal violencia que los papeles se han desperdigado.

«Thiel —ha dicho—, eres un estúpido incapaz de tomar decisiones sensatas. Acompáñanos. Voy a enseñarte lo que ocurre cuando decides pensar por ti mismo.»

Y entonces ha ido hacia el sofá y ha asido la muñeca de madre con tanta violencia que mamá se ha quedado sin aliento y ha dejado caer el bordado, pero no ha gritado.

—¡Volved pronto! —les digo alegremente mientras la puerta oculta se cierra tras ellos.

Me quedo inmóvil, con la mirada fija en los tristes ojos del caballo azul del tapiz. La nieve azota los cristales de las ventanas. Intento recordar qué estaba haciendo antes de que todos salieran de la habitación.

¿Qué es lo que acaba de ocurrir? ¿Por qué no me acuerdo de lo que ha pasado hace un momento? ¿Por qué me siento tan…?

Números.

Mamá dice que cuando me sienta confusa o no consiga recordar tengo que practicar cálculos aritméticos, porque los números son como un ancla. Me ha preparado operaciones para que las haga en momentos como el de ahora. Están al lado de los papeles que padre ha estado redactando con esa escritura tan cómica y retorcida.

Dividir mil cincuenta y ocho entre cuarenta y seis.

En papel podría resolverlo en dos segundos, pero mamá me dice siempre que haga las cuentas de memoria.

«Despeja la mente de todo excepto de los números —me dice—. Imagina que estás sola con ellos en una habitación vacía.»

Me ha enseñado atajos para simplificar. Por ejemplo, cuarenta y seis son casi cincuenta, y mil cincuenta y ocho sólo es un poco más que mil. Es decir, que en mil caben cincuenta veinte veces. Empiezo por ahí y luego trabajo con la cifra que queda. Al cabo de un minuto he calculado que mil cincuenta y ocho entre cuarenta y seis da veintitrés.

Hago otro cálculo. Dos mil ochocientos cincuenta entre setenta y cinco da treinta y ocho. Uno más: mil seiscientos entre treinta y dos da cincuenta.

¡Oh! Qué buenos números ha elegido mamá. Me estimulan la memoria y construyen una historia, porque padre tiene cincuenta años y mamá treinta y dos. Llevan casados catorce años y yo tengo nueve y medio. Mamá era una princesa lenita. Tenía solo dieciocho años cuando padre visitó el reino insular de Lenidia y la eligió. Echa de menos su hogar, a su padre, a sus hermanos y hermanas, especialmente a su hermano Ror, que es el rey. A veces habla de enviarme allí, donde estaré a salvo, y le tapo la boca y me aferro a sus piernas y me aprieto contra ella porque no quiero dejarla.

¿Es que no estoy a salvo aquí?

Las cuentas y la historia me aclaran la mente y la sensación es como si estuviera cayendo. Respirar.

Padre es rey de Monmar. Nadie sabe que tiene los ojos de distinto color, un rasgo característico de los graceling; nadie se extraña ni se hace preguntas porque, bajo el parche del ojo, oculta una gracia terrible: cuando habla, las palabras que pronuncia ofuscan la mente de las personas, de manera que creen todo lo que les dice. Por lo general miente. Esa es la razón de que, mientras estoy sentada aquí, los números sean claros, pero en mi mente otras cosas son confusas. Padre ha estado mintiendo.

Ahora entiendo por qué me encuentro sola en la habitación. Padre ha conducido a mamá y a Thiel a sus aposentos y le está haciendo a este algo horrible para que aprenda a ser obediente y no vuelva a presentarse ante padre con comunicaciones que lo enfurecen. Ignoro qué es eso horrible. Padre no me deja ver nunca lo que hace, y mamá nunca recuerda lo suficiente para contármelo. Me ha prohibido que intente seguir a padre a sus aposentos. Dice que, cuando se me pase por la cabeza ir tras él escalera abajo, he de olvidarlo y ponerme a hacer más cálculos, y que si desobedezco me mandará de viaje a Lenidia.

Intento obedecer, de verdad que sí. Pero no soporto quedarme sola con los números en una habitación vacía y, de repente, me pongo a gritar.

De lo siguiente que soy consciente es de que estoy echando al fuego los papeles de padre. Que regreso corriendo a la mesa, los recojo en brazadas, cruzo por la alfombra a trompicones, los arrojo a las llamas y grito mientras miro cómo desaparece la extraña y hermosa escritura de padre. Como si dejara de existir borrándola con mis gritos. Tropiezo con el bordado de mamá, esas sábanas con alegres y pequeñas hileras de estrellas; lunas y castillos bordados; joviales y coloridas flores, llaves y velas.

Odio ese bordado. Es una mentira de felicidad de la que padre la convence de que es cierta. Lo arrastro hacia el fuego.

Cuando padre aparece irrumpiendo a través de la puerta oculta aún estoy de pie, gritando hasta desgañitarme, y el aire huele mal con el humo apestoso de la seda. Un trocito de alfombra arde y él lo apaga a pisotones. Me agarra por los hombros y me sacude con tanta fuerza que me muerdo la lengua.

—Gramilla, ¿te has vuelto loca? —pregunta, asustado de verdad—. ¡Podrías asfixiarte en un cuarto como este!

—¡Te odio! —Al chillar, le salpico la cara con sangre.

Entonces hace algo muy raro: el ojo le brilla y se echa a reír.

—Pues claro que no me odias —dice—. Me quieres, y yo te quiero a ti.

—Te odio —repito, pero ahora empiezo a dudarlo y me siento bastante confusa. Me rodea con los brazos y me estrecha contra él.

—Me quieres —afirma—. Eres mi niña preciosa y fuerte, y algún día serás reina. ¿Te gustaría ser reina?

En la habitación llena de humo estoy abrazada a padre, que se ha arrodillado en el suelo delante de mí, tan grande, tan reconfortante. Es muy agradable abrazarle, aunque la camisa huele raro, como a algo dulzón y putrefacto.

—¿Reina de Monmar? —repito con asombro.

Me cuesta pronunciar las palabras. Me duele la lengua, pero no recuerdo por qué.

—Algún día serás reina —dice padre—. Te enseñaré todo lo importante, porque hemos de prepararte. Tendrás que esforzarte mucho, mi Gramilla. Tú careces de las ventajas que tengo yo. Pero te moldearé, ¿verdad?

—Sí, padre.

—Y no me desobedecerás nunca. La próxima vez que destruyas mis papeles, Gramilla, le cortaré un dedo a tu madre.

Eso me desconcierta.

—¿Qué? ¡Padre, no debes hacer tal cosa!

—Y a la siguiente, te entregaré el cuchillo y serás tú la que le cortes un dedo —continúa padre.

Caigo al vacío de nuevo. Estoy sola en el cielo con las palabras que padre acaba de pronunciar y me precipito a la comprensión.

—No —digo con convicción—. No puedes obligarme a que haga eso.

—Creo que sabes que sí podría —responde, y me atrae hacia él sujetándome los codos con las manos—. Tú eres mi pequeña de mente fuerte y creo que sabes exactamente lo que puedo hacer. ¿Nos hacemos una promesa, querida? ¿Nos prometemos ser sinceros el uno con el otro a partir de ahora? Haré de ti la reina más brillante.

—No puedes obligarme a que haga daño a mamá —insisto.

Padre levanta la mano y me cruza la cara. Me quedó cegada y sin aliento, y me caería si él no me estuviera sujetando.

—Puedo lograr que cualquier persona haga cualquier cosa —dice con absoluta calma.

—No podrás forzarme a hacer daño a mamá —chillo, y noto que me caen las lágrimas y los mocos por la cara, que me arde—. Algún día seré lo bastante mayor para matarte.

Padre se echa a reír otra vez.

—Cariño —empieza, abrazándome a la fuerza—. Oh, qué perfecta eres. Serás mi obra maestra.

Cuando mamá y Thiel entran por la puerta oculta, padre me está hablando en murmullos y yo apoyo la mejilla en su agradable hombro, a salvo entre sus brazos, y me pregunto por qué la habitación huele a humo y porqué me duele tanto la nariz.

—Pequeña —dice mamá con un timbre asustado.

Alzo la cara hacia ella y a mamá se le desorbitan los ojos. Llega junto a mí y me aparta de padre con violencia.

—¿Qué has hecho? —le sisea—. ¿Le has pegado? Eres un animal, te mataré.

—No seas necia, querida —dice padre, que se pone de pie y se yergue sobre nosotras, imponente.

Mamá y yo somos muy, muy pequeñas, encogidas una contra la otra; y yo me siento confusa porque mamá está enfadada con padre.

—Yo no la he golpeado. Has sido tú —le dice padre.

—Sé que yo no he sido —replica mamá.

—Intenté impedírtelo, pero me fue imposible, y la golpeaste.

—Jamás me convencerás de eso —dice mamá con claridad, la voz hermosa resonándole en el pecho, donde tengo apoyada la oreja.

—Interesante —murmura padre, que nos observa un instante con la cabeza ladeada, y luego le dice a mamá—: Tiene una edad encantadora. Ha llegado el momento de que los dos

17

nos conozcamos mejor. Gramilla y yo empezaremos a tener clases privadas.

Mamá gira el cuerpo de manera que se interpone entre padre y yo. Los brazos me estrechan con la fuerza de barras de hierro.

—No, no lo harás —desafía a padre—. Vete. Sal de estos aposentos.

—En verdad la situación no podría ser más fascinante —comenta padre—. ¿Y si te dijera que Thiel le pegó?

—Fuiste tú quien la golpeó. Y ahora, márchate —repite madre.

—¡Fantástico! —exclama padre.

Se acerca a mamá y un puño le sale disparado no se sabe de dónde y la golpea en la cara. Mamá se desploma en el suelo y yo vuelvo a caer, solo que esta vez es de verdad, ya que caigo con mamá.

—Tomaos un rato para asearos, si queréis —sugiere padre, erguido junto a nosotras y dándonos empujones con la punta del pie—. Tengo que reflexionar sobre algo. Continuaremos con esta conversación más tarde.

Se marcha. Thiel se arrodilla y se inclina sobre nosotras. Está llorando, y las lágrimas, mezcladas con la sangre que le sale de unos cortes recientes que parece haberse hecho en las mejillas, le resbalan por la cara y nos caen encima a madre y a mí.

—Cinérea —susurra—. Cinérea, lo siento. Princesa, perdónenme.

—Tú no le pegaste, Thiel —afirma mi madre con voz pastosa mientras se levanta del suelo y me sienta en su regazo para acunarme y musitar palabras de cariño. Me aferro a ella y me echo a llorar. Hay sangre por todas partes—. Por favor, Thiel, ayúdala, ¿quieres? —le pide mamá.

Las manos firmes y afectuosas de Thiel me palpan la nariz, las mejillas, la mandíbula; sus ojos llorosos me examinan la cara.

—No hay nada roto —dice después—. Permítame examinarla a usted ahora, Cinérea. Oh, ¿cómo pedirle que me perdone?

Los tres nos quedamos abrazados en el suelo, llorando juntos. Las palabras que mamá me murmura lo son todo para mí. Cuando le habla de nuevo a Thiel su voz suena muy cansada.

—No has hecho nada que hubieras podido evitar, Thiel, y tú no la golpeaste. Todo esto es cosa de Leck. —Mamá se vuelve hacia mí—. ¿Tienes clara la mente?

—Sí, mamá —susurro—. Padre me pegó y luego te pegó a ti. Quiere moldearme, convertirme en una reina perfecta.

—Necesito que seas fuerte, cariño —me pide mamá—. Más fuerte que nunca, porque las cosas van a empeorar, Bitterblue.

Bitterblue. Así es como me llama mamá cuando estamos solas. El nombre de Gramilla me lo puso mi padre. Algún día, cuando sea mayor, cuando sea reina, ordenaré que nadie me vuelva a llamar así y mi nombre será Bitterblue. Esa palabra melancólica que a mamá le recuerda su añorada patria.

Primera parte

Relatos y mentiras

(agosto, casi nueve años después)

1

*L*a reina Bitterblue nunca tuvo intención de decir tantas mentiras a tanta gente.

Todo empezó en la Corte Suprema con el caso del chiflado y las sandías. El hombre en cuestión, Ivan, vivía a orillas del río Val, en un barrio oriental de la ciudad, cerca de los muelles mercantiles. A un lado de su casa residía una talladora y grabadora de lápidas, y al otro estaba la huerta de sandías de un vecino. Al abrigo de la noche, Ivan había logrado de algún modo reemplazar cada una de las sandías de la huerta por una lápida de la talladora, y cada lápida de la parcela de la talladora por una sandía. A continuación, metió por debajo de las puertas de sus dos vecinos unas instrucciones crípticas con la intención de que ambos se pusieran a buscar sus pertenencias desaparecidas como si jugaran a la caza del tesoro, lo cual era absurdo en uno de los casos e innecesario en el otro, ya que el sembrador de sandías no sabía leer y la talladora veía las lápidas desde el umbral de su casa con toda claridad, plantadas en el huerto de sandías, dos parcelas más abajo. Ambos imaginaron de inmediato quién era el culpable, ya que las bufonadas de Ivan estaban a la orden del día. No hacía ni un mes que Ivan había robado la vaca de un vecino y la había subido a lo alto de la tienda de velas de otro, donde el animal estuvo mugiendo tristemente hasta que alguien trepó al tejado para ordeñarla y donde se vio obligada a vivir durante varios días. Fue la vaca más elevada y, probablemente, la más desconcertada del reino, mientras los contados vecinos de la calle que sabían leer y escribir resolvieron —no sin dificultad— las crípticas pistas para construir el mecanismo de poleas con una cuerda para bajarla. Ivan era ingeniero de profesión.

De hecho, era el ingeniero que había proyectado y construido los tres puentes de la ciudad durante el reinado de Leck.

Sentada a la mesa presidencial de la Corte Suprema, Bitterblue se sentía un poco molesta con sus consejeros, cuyo trabajo era decidir qué causas judiciales merecían que la reina les dedicara tiempo. A Bitterblue le parecía que siempre hacían lo mismo, que la llamaban a presidir los casos más absurdos y después la conducían rápidamente de vuelta a su despacho en el momento en que surgía algo jugoso.

—Este juicio es una verdadera pesadez, ¿no? —les dijo a los cuatro hombres que tenía a la izquierda y a los cuatro que estaban a la derecha, los ocho jueces que la asesoraban cuando se encontraba presente y que se encargaban de los procesos cuando no estaba—. Si es así, dejaré que ustedes se ocupen de ello.

—Huesos —dijo el juez Quall, a su derecha.

—¿Cómo ha dicho?

El juez Quall dirigió una mirada encolerizada a Bitterblue y después lanzó otra a las partes litigantes, que esperaban un veredicto.

—Si alguien dice la palabra «huesos» en el transcurso de este proceso, será multado —advirtió en tono severo—. No quiero que se mencione siquiera la palabra, ¿entendido?

—Lord Quall —intervino Bitterblue, que estrechó los ojos en un gesto escrutador—. ¿De qué diantres habla usted?

—En un reciente caso de divorcio, majestad, el defensor no dejó de mascullar sobre huesos sin motivo aparente, como un desequilibrado —respondió Quall—. ¡Y no pienso pasar por lo mismo otra vez! ¡Fue exasperante!

—Pero usted juzga a menudo casos por asesinato. A buen seguro está acostumbrado a hablar de huesos.

—¡Esto es un juicio por sandías! ¡Las sandías son criaturas invertebradas! —gritó Quall.

—Sí, por supuesto —contestó Bitterblue, que se frotó la cara en un intento de borrar su expresión de incredulidad—. No se mencionará la palabra...

Quall se encogió.

«Huesos —acabó para sus adentros Bitterblue—. Todos están locos.»

—Además de las resoluciones señaladas en el veredicto de mis asesores —dijo al tiempo que se ponía de pie para marcharse—, resuelvo que los vecinos de la calle de Ivan cercana a los muelles mercantiles que no sepan leer recibirán clases a cuenta de la Corte para que aprendan. ¿Me he expresado con claridad?

Sus palabras fueron acogidas por un silencio tan profundo que la sobrecogió; los jueces la miraron alarmados. Bitterblue repasó para sus adentros lo que había dicho: a esa gente la enseñarán a leer. No había nada extraño en ello, ¿verdad?

—Está en su derecho de instruir tal disposición, majestad. —Quall pronunció las palabras de forma que cada sílaba implicaba que la reina había cometido una estupidez.

¿Por qué se mostraba tan prepotente? Ella sabía perfectamente bien que estaba en su derecho de hacer lo que decidiera, del mismo modo que sabía que tenía el derecho de retirar del servicio en la Corte Suprema a cualquier juez que quisiera. El criador de sandías también la miraba con el más absoluto desconcierto. Detrás de él, unos cuantos rostros risueños aquí y allá consiguieron que empezara a sonrojarse.

«Qué típico de este tribunal que todos actúen como dementes y que cuando yo me comporto de un modo perfectamente razonable me hagan sentirme como si la loca fuera yo.»

—Ocúpese de que se cumpla mi resolución —le ordenó a Quall antes de dar media vuelta para escabullirse de allí.

Mientras cruzaba la puerta que había detrás del estrado, se obligó a erguir bien los pequeños hombros con orgullosa dignidad, aunque no era así como se sentía.

Las ventanas se encontraban abiertas en su despacho de la torre circular. Fuera, la luz empezaba a declinar al caer la tarde. Y sus consejeros no estaban contentos.

—No disponemos de recursos ilimitados, majestad —argumentó Thiel. El hombre de cabello gris y ojos acerados estaba de pie delante del escritorio, como un glaciar—. Una vez que se ha hecho en público, es difícil revocar un pronunciamiento de ese tipo.

—Pero, Thiel, ¿por qué íbamos a revocarlo? ¿No es motivo de consternación para nosotros saber que hay una calle en el distrito este donde la gente no sabe leer?

—En la ciudad siempre surgirá algún caso aislado de una persona que no sabe leer, majestad. No es la clase de asunto que requiera la intervención directa de la corona. ¡Ahora ha sentado un precedente que da a entender que la corte real está en situación de educar a cualquier ciudadano que se presente alegando que es iletrado!

—Mis súbditos tendrían que pedirlo. Ya se encargó mi padre de que no tuvieran educación durante treinta y cinco años. ¡La corona es responsable de su analfabetismo!

—Pero no tenemos tiempo ni medios para encargarnos personalmente de cada uno, majestad. Usted no es una maestra, sino la reina de Monmar. Lo que sus súbditos necesitan ahora mismo es que se comporte como tal para que tengan la sensación de que están en buenas manos.

—De todas formas —intervino el consejero Runnemood, que se había sentado en el alféizar de una de las ventanas—, casi todo el mundo sabe leer y escribir. ¿Se os ha ocurrido la posibilidad, majestad, de que quienes no saben es porque no quieren aprender? Los vecinos de la calle de Ivan tienen negocios que atender y familias a las que alimentar. ¿De dónde sacarían tiempo para recibir clases?

—¿Y cómo quieres que lo sepa? —exclamó Bitterblue—. ¿Qué sé yo de la gente y sus asuntos?

A veces se sentía perdida detrás de ese escritorio plantado en mitad de la habitación, ese escritorio que era demasiado grande para su menuda talla. Captaba cada palabra que evitaban decir por pura discreción: que se había puesto en ridículo; que había demostrado que la reina era joven, tonta y cándida, poco preparada para la posición que ocupaba. En aquel momento le había parecido una decisión de peso que debía tomar. ¿Tan desastrosa era su intuición?

—No pasa nada, Bitterblue —dijo entonces Thiel con delicadeza—. Lo superaremos y seguiremos adelante.

Era un detalle amable que se dirigiera a ella por el nombre en lugar de usar el título. El glaciar mostraba inclinación a retroceder. Bitterblue miró a los ojos a su primer consejero y advirtió que Thiel estaba preocupado, inquieto por si se había extralimitado al sermonearla.

—No haré más pronunciamientos sin consultaros antes —manifestó con sencillez.

—Bueno, ya está —dijo Thiel, aliviado—. ¿Ve? Esa es una sabia decisión. La sabiduría es una cualidad deseable en una reina, majestad.

Thiel la tuvo cautiva durante una hora, más o menos, tras montañas de papeles. Por el contrario, Runnemood estuvo caminando en círculos a lo largo de las ventanas, lanzando exclamaciones respecto a la luz rosa mientras se balanceaba sobre sus pies, además de distraerla con relatos sobre analfabetos que eran sumamente felices. Menos mal que, por fin, se marchó a una reunión nocturna concertada con otros nobles de la ciudad. Runnemood era un hombre de presencia agradable y un consejero que ella necesitaba, el más ducho en espantar a ministros y lores que querían presentarse ante la reina para hablarle hasta el empacho de peticiones, quejas y muestras de deferencia. Pero eso se debía a que él también se valía de las palabras para ser insistente. Su hermano menor, Rood, era asimismo consejero de Bitterblue. Los dos hermanos, así como Thiel y su secretario y cuarto consejero, Darby, rondaban los sesenta años, más o menos, si bien Runnemood no los aparentaba. Los otros, sí. Los cuatro habían sido consejeros de Leck.

—¿Andamos hoy cortos de personal? —le preguntó Bitterblue a Thiel—. No recuerdo haber visto a Rood.

—Rood descansa hoy, y Darby no se encuentra bien —informó Thiel.

—Ah. —Bitterblue sabía descifrar el significado de esas palabras: Rood pasaba por uno de sus episodios nerviosos agudos y Darby estaba ebrio. Apoyó la frente en el escritorio un momento por miedo a ser incapaz de contener la risa. ¿Qué opinión le merecería a su tío, rey de Lenidia, el estado en que se encontraban sus consejeros? Ror había elegido a esos hombres para que fueran su equipo, juzgando —sobre base de su experiencia previa— que poseían un conocimiento más amplio de las necesidades del reino para llevar a cabo su reactivación. ¿El comportamiento de hoy lo sorprendería? ¿O eran los consejeros de Ror igual de pintorescos? A lo mejor ocurría lo mismo en los siete reinos.

Y quizá no importaba. No tenía quejas en cuanto al rendimiento de sus consejeros. Con una salvedad, quizá: eran demasiado productivos. Los documentos que se amontonaban en el escritorio a diario, de hora en hora, lo ponían de manifiesto: recaudación de impuestos, sentencias judiciales, propuestas de encarcelamiento, leyes promulgadas, fueros de ciudades… Páginas, páginas y más páginas, hasta que los dedos le olían a papel, los ojos le lloraban a la vista de documentos y, a veces, la cabeza le martilleaba.

—Sandías —dijo, con la cara apoyada en el tablero del escritorio.

—¿Perdón, majestad? —preguntó Thiel.

Bitterblue se frotó las pesadas trenzas enroscadas alrededor de la cabeza y se sentó derecha.

—Ignoraba que hubiera huertas de sandías dentro de la ciudad, Thiel. En el recorrido que hagamos en mi próximo cumpleaños, ¿podré ver una?

—Planeamos que el siguiente recorrido coincida con la visita de su tío el próximo invierno, majestad. No soy un experto en sandías, pero no creo que tengan nada digno de ver en enero.

—¿Y no puedo hacer un recorrido por la ciudad ahora?

—Majestad, estamos en pleno mes de agosto. ¿De dónde creéis que podríamos sacar tiempo para algo así?

El cielo en derredor de la torre tenía el color de la pulpa de una sandía. El tictac del reloj de pie que había en la pared marcaba el final de la tarde y, por encima de Bitterblue, a través del techo de cristal, la luz adquiría un tono purpúreo a medida que oscurecía. Apareció el brillo de una estrella.

—Oh, Thiel —dijo la reina con un suspiro—. Márchate ya, por favor.

—Desde luego, majestad. Pero antes quiero hablar del tema del matrimonio de vuestra majestad.

—No.

—Vuestra majestad tiene dieciocho años y no hay un heredero. Hay seis reyes con hijos solteros, incluidos dos de sus primos…

—Thiel, si empiezas a enumerar príncipes otra vez te arrojaré el tintero. Y si susurras siquiera los nombres de mis primos…

—Majestad —la interrumpió Thiel—, aunque no tengo el menor deseo de molestarla, esta es una realidad a la que hay que hacer frente. Ha entablado una buena relación con su primo Celaje en el curso de sus visitas como embajador. Cuando el rey Ror venga este invierno, es muy probable que el príncipe lo acompañe. En algún momento entre ahora y entonces habremos de sostener esta conversación.

—No, no lo haremos. —Bitterblue apretó la pluma con fuerza—. No hay nada que hablar al respecto.

—Sí lo haremos —repuso con firmeza Thiel.

Si lo miraba de cerca, Bitterblue distinguía las marcas tenues de las cicatrices en las mejillas del hombre.

—Hay algo que sí quiero discutir contigo —dijo—. ¿Te acuerdas de aquella vez que entraste en los aposentos de mi madre para decirle algo a mi padre que lo enfureció y él te llevó abajo, a través de la puerta oculta? ¿Qué fue lo que te hizo allí?

Fue como si hubiese apagado una vela de un soplido. Thiel se quedó plantado delante de ella, alto, flaco y desconcertado. Después, hasta la expresión de desconcierto desapareció y la luz se apagó en sus ojos. Se alisó la impecable pechera de la camisa con la vista clavada en la prenda, dándole tironcitos, como si la pulcritud fuera algo muy importante en ese momento. Entonces, en silencio, hizo una reverencia, se dio media vuelta y salió de la habitación.

Y

A solas, Bitterblue reordenó los documentos, firmó cosas, estornudó con el polvo... Intentó, sin lograrlo, convencerse de que no tenía por qué sentir ese asomo de vergüenza. Lo había hecho a propósito. Sabía con toda seguridad que él no podría soportar la pregunta. De hecho, casi todos los hombres que trabajaban en las oficinas —aquellos que habían estado al servicio de Leck, desde sus consejeros hasta los escribientes pasando por su guardia personal— rehuían alusiones directas que les recordaban la época del reinado de Leck; las evitaban o se desmoronaban. Era el arma de la que se valía siempre cuando uno de ellos la presionaba demasiado, porque era la única que le funcionaba. Sospechaba que no se volvería a hablar más de matrimonio durante un tiempo.

Sus consejeros eran de ideas fijas y hacían gala de una tenacidad que a veces la superaba. Por eso le daba miedo hablar de matrimonio. Cosas que comenzaban como una simple conversación entre ellos parecían convertirse de repente, a la fuerza, en algo establecido antes de que ella hubiera conseguido comprenderlo o formarse una opinión. Había ocurrido con la ley de amnistía general para todos los delitos cometidos durante el reinado de Leck. Había ocurrido con la disposición de la carta constitucional que permitía a las ciudades liberarse de sus lores gobernadores para gobernarse por sí mismas. Había ocurrido con la sugerencia —¡una simple sugerencia!— de tapiar los aposentos en los que había vivido Leck, derribar las jaulas de sus animales, que tenía en el jardín trasero, y quemar todas sus pertenencias.

Y no es que se opusiera a cualquiera de esas medidas, ni que lamentara haber dado su visto bueno una vez que las cosas se calmaban lo suficiente para que ella comprendiera que las habría aprobado de todos modos. Lo que pasaba era que no sabía cuál era su opinión, que necesitaba más tiempo que ellos, y se sentía frustrada al mirar atrás y constatar que había dejado que la empujaran a hacer algo.

—Es premeditado, majestad —le decían—. Una filosofía premeditada de innovación con visión de futuro.

—Pero...

—Majestad, estamos tratando de sacar a la gente del influjo enajenador de Leck y ayudarla a seguir adelante, ¿comprende? —dijo Thiel con suavidad—. De otro modo, las personas se regodearán en sus propias historias perturbadoras. ¿Ha hablado con su tío sobre esto?

Sí, lo había hablado. Tras la muerte de Leck, el tío Ror había recorrido medio mundo por su sobrina. El rey lenita había redactado la

29

nueva legislación de Monmar, había instaurado ministerios y tribunales de justicia, había elegido a sus administradores y después había puesto el reino en manos de su sobrina de diez años. Se había ocupado de que se incinerara el cadáver de Leck y había llorado por su hermana asesinada, la madre de Bitterblue. Ror había puesto orden en el caos de Monmar.

—Leck sigue metido en las mentes de muchas personas —le había dicho a Bitterblue—. Su gracia es una enfermedad que perdura, una pesadilla que tu pueblo tendrá que olvidar, y tú tendrás que ayudarle a conseguirlo.

Mas ¿cómo podía olvidarse algo así? ¿Podía olvidar ella a su propio padre? ¿Podía olvidar que su padre había matado a su madre? ¿Cómo iba a olvidar las veces que asaltó su propia mente?

Bitterblue dejó la pluma y se acercó despacio, con precaución, a una ventana orientada al este. Puso una mano en el marco para sujetarse, apoyó la frente en el cristal y cerró los ojos hasta que la sensación de estar cayendo en el vacío desapareció. Al pie de la torre, el río Val trazaba el límite septentrional de la ciudad. Abrió los ojos y siguió con la mirada la margen sur hacia el este, más allá de los tres puentes, más allá de donde imaginaba que estaban los muelles de la plata y los viejos muelles de madera, los de pescadores y los mercantiles.

—La huerta de sandías —dijo con un suspiro. Por supuesto, estaba demasiado lejos y demasiado oscuro para ver semejante cosa.

Aquí el río Val chapaleaba en las murallas septentrionales del castillo y discurría lento y tan anchuroso como el agua de una bahía. El terreno pantanoso de la otra orilla seguía sin explotar, apenas transitado salvo por quienes vivían en la parte más septentrional de Monmar; pero, aun así, por alguna razón inexplicable, su padre había construido los tres puentes, cada cual más alto y magnífico de lo que era necesario. El Puente Alígero, el más cercano, tenía el piso de mármol blanco y azul, como nubes. El Puente del Monstruo era el más alto y su pasarela se elevaba tanto como el arco más elevado. El Puente Invernal, hecho de espejos, resultaba misteriosamente difícil de distinguir del cielo durante las horas diurnas, y resplandecía con la luz de las estrellas, del agua y de la ciudad durante la noche. Ahora, en el ocaso, los puentes eran formas púrpuras y carmesí, irreales y casi animalescas. Criaturas enormes, esbeltas, que se extendían hacia el norte a través de la destellante corriente del río para comunicar una tierra improductiva.

La sensación de caída volvió a apoderarse de Bitterblue. Su padre

PUENTE ALÍGERO

le había contado una historia sobre otra ciudad resplandeciente, también con puentes y un río, uno de corriente rápida que se precipitaba por un acantilado, caía a plomo en el aire y se zambullía en el mar, allá, muy abajo. Bitterblue se había reído con deleite al oír la historia de aquel río volador. Por entonces tenía cinco o seis años, y él la sostenía sentada en su regazo.

«Leck, que torturaba animales. Leck, que hizo que desaparecieran niñas y cientos de personas más. Leck, que se obsesionó conmigo y me persiguió a través del mundo. Leck, que me llamaba Gramilla.

»¿Por qué me obligo a venir a estas ventanas cuando sé que me sentiré demasiado mareada para echar un buen vistazo a todo? ¿Qué es lo que intento ver?»

Esa noche entró al distribuidor de sus aposentos, giró a la derecha y accedió a la sala de estar. Encontró a Helda cosiendo en el sofá. La criada, Raposa, fregaba las ventanas.

Helda, que era gobernanta, dueña y jefa de espías de Bitterblue, metió la mano en un bolsillo y le pasó dos cartas.

—Ya está aquí, querida. Llamaré para que le traigan la cena —dijo y, levantándose, se atusó el cabello y salió del cuarto.

—¡Oh! Dos cartas. Dos. —Bitterblue enrojeció de placer. Rompió los sencillos sellos y echó un vistazo. Ambas estaban cifradas y escritas con caligrafías que reconoció al instante. La letra garabateada y descuidada pertenecía a lady Katsa de Terramedia, mientras que la pulcra y firme pertenecía al príncipe Po de Lenidia, hermano menor de Celaje y, con Celaje, uno de los dos hijos solteros de Ror que podrían proponerle como maridos, nada menos. Real y cómicamente terrible.

Buscó un hueco del sofá donde acurrucarse y leyó primero la de Po. Su primo se había quedado ciego hacía ocho años. No podía leer palabras escritas en papel, pues, aunque la parte que le permitía percibir el mundo físico a su alrededor lo ayudaba a compensar así muchos aspectos de su ceguera, su gracia tenía problemas para interpretar las superficies planas y no percibía los colores. Escribía letras grandes con un trozo de grafito afilado, pues era más fácil de controlar que la tinta, además de utilizar una regla como guía, ya que no veía lo que escribía. Asimismo, usaba un pequeño juego de letras movibles de madera como referencia que lo ayudaba a tener identificados sus códigos con precisión.

En este momento —le decía en la carta—, se encontraba en el

33

reino norteño de Nordicia sembrando discordia. Bitterblue pasó a la otra carta y leyó que Katsa —una luchadora sin parangón que además estaba dotada con facultades innatas para la supervivencia— había repartido el tiempo entre los reinos de Elestia, Meridia y Oestia, en los que también estaba animando al pueblo a la revuelta. De modo que los dos graceling, junto con un reducido grupo de amigos, estaban ocupados en crear agitación a gran escala —soborno, coacción, sabotaje, rebelión organizada— todo ello dirigido a frenar la terrible conducta del rey más corrupto del mundo. Po le contaba en la carta:

> El rey Drowden de Nordicia ha mandado encarcelar a sus nobles de manera arbitraria, y los está ejecutando porque es consciente de que algunos no le son leales, a pesar de no saber con certeza quiénes son. Vamos a rescatarlos, los sacaremos de la cárcel. Giddon y yo hemos estado enseñando a los ciudadanos a luchar. Va a haber una sublevación, prima.

Ambas cartas terminaban igual. Hacía meses que Po y Katsa no se veían, y ninguno de los dos había visto a Bitterblue hacía más de un año. Ambos tenían intención de visitarla tan pronto como pudieran desligarse de sus ocupaciones, y se quedarían tanto tiempo como les fuera posible.

Bitterblue se sentía tan feliz que se hizo un ovillo en el sofá y se abrazó a una almohada durante un minuto entero.

Al otro extremo de la sala, Raposa se las había arreglado para encaramarse a lo más alto del ventanal agarrándose con manos y pies a los perfiles del marco, y frotaba con vigor su propio reflejo puliendo el cristal para que brillara al máximo. Llevaba una falda pantalón de color azul que hacía juego con el entorno, ya que la sala de estar de Bitterblue era de ese color, desde la alfombra hasta las paredes azules y doradas, pasando por el techo, que era de un tono azul medianoche, salpicado de estrellas doradas y escarlatas estarcidas. Salvo cuando Bitterblue la llevaba puesta, la corona real permanecía siempre en este cuarto, encima de un cojín de terciopelo azul. Un tapiz de fantasía, en el que se representaba un caballo azul claro con ojos verdes, tapaba la puerta oculta por la que antaño se bajaba a los aposentos de Leck, antes de que la gente entrara y tomara medidas para cegar el acceso a la escalera.

Raposa era una graceling, con un ojo de color gris claro y el otro gris oscuro, increíblemente bonita, casi fascinante con aquel cabello rojo que enmarcaba unos rasgos firmes. Su gracia era poco común: la intrepidez. Pero no era una intrepidez combinada con temeridad, sino que era invulnerable a la desagradable sensación de miedo; de hecho, Raposa poseía lo que Bitterblue interpretaba como una habilidad casi matemática para calcular posibles consecuencias físicas. Sabía mejor que nadie lo que casi con toda seguridad pasaría si resbalaba y caía de la ventana. Más que la sensación de temor, era ese conocimiento lo que la hacía ser cuidadosa.

A Bitterblue le parecía que esa gracia estaba desaprovechada en las ocupaciones de criada del castillo, pero en el Monmar post-Leck a los graceling ya no se los consideraba propiedad de los monarcas; eran libres de trabajar en lo que quisieran, y a Raposa parecía gustarle realizar tareas peculiares en los pisos altos del ala norte del castillo. Helda hablaba de ponerla a prueba algún día como espía.

—¿Vives en el castillo, Raposa? —preguntó Bitterblue.

—No, majestad —respondió la chica desde lo alto de la ventana—. Vivo en el distrito este.

—Tienes un horario de trabajo extraño, ¿no?

—Me viene bien, majestad. A veces trabajo durante toda la noche.

—¿Y cómo entras y sales del castillo a horas tan intempestivas? ¿Los guardias de las puertas no te han hecho pasar un mal rato?

—Bueno, salir nunca representa un problema. Dejan salir a cualquiera, majestad. Pero para acceder de noche por la torre de entrada les enseño un brazalete que Helda me dio y, para que los lenitas que guardan vuestra puerta me dejen pasar, les muestro también el brazalete y doy el santo y seña.

—¿El santo y seña?

—Lo cambian a diario, majestad.

—¿Y cómo sabes tú cuál es?

—Helda lo esconde para nosotras en un sitio, un lugar distinto cada día de la semana, majestad.

—¿De veras? ¿Y cuál es el santo y seña de hoy?

—«Crepe de chocolate», majestad —respondió Raposa.

Bitterblue se recostó en el respaldo del sofá durante un tiempo mientras le daba vueltas al tema. Cada mañana, en el desayuno, Helda le pedía que dijera una palabra o varias palabras que pudieran servir como clave para las notas cifradas que seguramente tendrían que pasarse entre ellas a lo largo del día. El día anterior por la mañana ella había elegido la clave «crepe de chocolate».

—¿Cuál era el de anteayer, Raposa?

—«Caramelo salado» —respondió la chica.

Que había sido la clave elegida por Bitterblue hacía dos días.

—Unas contraseñas deliciosas —comentó, absorta, mientras cobraba forma una idea que se le había ocurrido.

—Sí, las contraseñas de Helda siempre me dan hambre —comentó Raposa.

Había una capelina con capucha doblada en el borde del sofá; era de un color azul profundo, como el del mueble. Sin duda pertenecía a Raposa; Bitterblue la había visto con otras prendas tan sencillas como esa. Era mucho más simple que cualquier prenda de abrigo de Bitterblue.

—¿Cada cuánto tiempo crees que cambia la guardia lenita de la puerta? —le preguntó a Raposa.

—A todas las horas en punto, majestad.

—¡Cada hora! Es muy frecuente.

—Sí, majestad —respondió la chica con suavidad—. Supongo que no hay mucha continuidad en lo que ve cada turno.

Raposa estaba de nuevo en el suelo, inclinada sobre un cubo de espuma, de espaldas a la reina.

Bitterblue se apoderó de la capelina, se la metió debajo del brazo y salió del cuarto de estar.

Bitterblue ya había visto entrar espías en sus aposentos por la noche, encapuchados, agazapados, irreconocibles hasta que se quitaban las ropas que los tapaban. La guardia lenita apostada en la puerta, un regalo del rey Ror, guardaba la entrada principal del castillo y la de los aposentos privados de Bitterblue, tarea que los guardias llevaban a cabo con discreción. No estaban obligados a responder preguntas a nadie, salvo a la reina y a Helda, ni siquiera a la guardia monmarda, que era el ejército y la fuerza policial del reino. Eso daba a Bitterblue y a sus espías libertad de movimientos para entrar y salir sin que lo supiera su administración. Era una pequeña providencia dictada por Ror para proteger la intimidad de Bitterblue. Su tío tenía una disposición similar en Lenidia.

Lo del brazalete no constituía problema alguno, ya que el que Helda les daba a sus espías era un sencillo cordón de cuero del que colgaba una réplica de un anillo que Cinérea llevaba en vida. Era un anillo de diseño lenita característico: oro con incrustaciones de diminutas y relucientes gemas grises. Cada anillo lucido por un lenita representaba a un miembro de su familia, y este era el anillo que Cinérea había llevado por su hija. Bitterblue tenía el original. Lo guardaba en el joyero de madera de su madre, en el dormitorio, junto con todos los otros anillos de Cinérea.

Fue conmovedor atarse ese anillo a la muñeca. Su madre se lo había enseñado muchas veces y le había explicado que había elegido esas piedras para que hicieran juego con el color de sus ojos. Estrechó la muñeca contra sí mientras se preguntaba qué pensaría su madre sobre lo que se proponía hacer.

«Bueno, también mamá y yo salimos a hurtadillas del castillo una vez. Aunque no por este camino, sino por las ventanas. Y con una buena razón. Intentaba ponerme a salvo de mi padre.

»Y lo consiguió. Hizo que me adelantara y ella se quedó atrás para morir.

»Mamá, no sé bien qué me mueve a hacer lo que estoy a punto de hacer. Falta algo, ¿no te das cuenta? Montones de papeles en mi escritorio de la torre un día sí y otro también. Es imposible que no haya nada más que eso. Lo entiendes, ¿verdad que sí?»

Escabullirse era una especie de embuste. Igual que lo era un disfraz. Recién pasada la medianoche, vestida con pantalones oscuros y cubierta con la capelina de Raposa, la reina salió a hurtadillas de sus aposentos y entró en un mundo de relatos y mentiras.

2

*N*unca había visto los puentes de cerca. A pesar de sus recorridos anuales por la ciudad, Bitterblue no había estado nunca en las calles del distrito este; solo conocía los puentes desde lo alto de la torre, donde los contemplaba a través de la distancia sin estar siquiera segura de que fueran reales. Ahora, parada al pie del Puente Alígero, pasó los dedos a lo largo de las junturas donde las frías piezas de mármol se unían para formar los colosales cimientos.

Y atrajo cierta atención.

—Vamos, tira para adelante —dijo un hombre hosco que había salido por la puerta de uno de los edificios blancos situados entre los pilares del puente. Vació un cubo en la alcantarilla—. No queremos chiflados por aquí.

Le pareció un trato demasiado brusco hacia alguien que solo tocaba el puente, pero Bitterblue no discutió y siguió andando para evitar que hubiera una disputa. Las calles estaban muy concurridas a esa hora, y todo el mundo le daba miedo. Esquivaba a la gente cuando era posible al tiempo que se calaba más la capucha, contenta de ser menuda.

Edificios altos y estrechos, pegados entre sí como si se apuntalaran unos a otros, ofrecían de vez en cuando atisbos del río entre sus paredes. En cada cruce las calzadas se bifurcaban en varias direcciones, multiplicando así las posibilidades. Decidió quedarse de momento cerca del río, sin perderlo de vista, porque sospechaba que si no lo hacía así se extraviaría y se sentiría angustiada. Pero le costaba trabajo no doblar hacia alguna de esas callejas que serpenteaban o se extendían rectas hasta perderse en la oscuridad con promesas de secretos.

El río la condujo hacia el siguiente coloso de su lista: el Puente del Monstruo. Para entonces, Bitterblue absorbía más detalles; incluso se atrevía a echar ojeadas a la gente. Había quienes actuaban con premura, de forma furtiva, o aparentaban estar exhaustos y abrumados por el dolor, mientras que otros mostraban rostros vacíos de emociones, inexpresivos. Los edificios, muchos de piedra blanca y algunos construidos con tablas, pero todos bañados en la luz amarilla y emergiendo de la oscuridad, también la impresionaron por su aspecto, tan lúgubre y decrépito.

Fue un descuido lo que la llevó hasta un extraño lugar de relatos, debajo del Puente del Monstruo, aunque Leck también tuvo parte en ello. Al meterse de un brinco en una calleja lateral a fin de eludir a un par de hombres corpulentos de andares pesados, se encontró de repente atrapada cuando los dos tipos entraron también en el callejón. Podría haberse escabullido de vuelta a la otra calle, desde luego, aunque no sin atraer la atención de los hombres, por lo cual siguió adelante a paso rápido fingiendo saber adónde iba. Por desgracia, la callejuela terminaba de repente en la puerta de un muro de piedra, donde un hombre y una mujer montaban guardia.

—¿Y bien? —le preguntó el hombre al verla plantada allí, desconcertada—. ¿Qué decides? ¿Entras o sales?

—Voy de paso —respondió en un susurro.

—Muy bien, pues vete —dijo el hombre.

Obediente, dio media vuelta para marcharse cuando los tipos que la habían seguido al callejón llegaron junto a ellos y siguieron adelante. La puerta se abrió para admitirlos y se cerró, pero, un instante después, se abrió de nuevo y dio paso a un grupo reducido y alegre de jóvenes. Del interior salió una voz profunda, un retumbo ronco, indescifrable pero melódico, un tipo de voz como imaginaba que sería la de un viejo y arrugado árbol. Tenía la entonación de alguien que narrara un relato.

Y pronunció una palabra que ella entendió: Leck.

—Entro —le dijo al hombre de la puerta, decidiéndolo en una fracción de segundo, sin pensarlo. El hombre se encogió de hombros con aparente despreocupación, siempre y cuando se decidiera.

Y así, Bitterblue entró en el primer salón de relatos al reclamo del nombre de Leck.

Era una especie de taberna equipada con pesadas mesas y sillas de madera y un mostrador, iluminada por un centenar de lámparas y atestada de hombres y mujeres vestidos con ropa sencilla que se encontraban de pie o sentados o se movían de acá para allá, y todos be-

39

bían en copas. El alivio que Bitterblue sintió al suponer que había entrado en una taberna normal y corriente era tan obvio que le dio escalofríos.

La atención de todos cuantos se hallaban en el establecimiento la acaparaba un hombre encaramado en el mostrador que narraba un relato. Tenía un rostro asimétrico, con la piel picada de viruela, pero que en cierto modo se tornaba hermoso mientras hablaba. Bitterblue reconoció el relato, pero no se relajó de inmediato, y no porque le pareciera que en la historia había algo fuera de lugar, sino porque el hombre tenía un ojo oscuro y el otro azul pálido. ¿Cuál sería su gracia? ¿Una voz preciosa? ¿O se trataba de algo más siniestro, algo que mantenía a la audiencia subyugada?

Bitterblue multiplicó cuatrocientos cincuenta y siete por doscientos veintiocho solo para ver cómo se sentía después. Lo hizo en un minuto: ciento cuatro mil ciento noventa y seis. Y no hubo sensación de vacío ni de bruma en torno a los números; nada que indicara que su control mental sobre las cifras fuera de algún modo superior a su control mental sobre cualquier otra cosa. Solo se trataba de una voz muy hermosa.

El movimiento en las inmediaciones de la entrada había desplazado a Bitterblue justo hacia el mostrador de la taberna. De pronto, una mujer se le plantó delante y le preguntó qué quería.

—Sidra —contestó, tras discurrir qué podría querer allí una persona, ya que para ella no era normal preguntar ni pedir nada. Oh… Tenía un problema, ya que la mujer esperaría que le pagara la sidra, ¿verdad? La última vez que había llevado dinero encima había sido… No se acordaba. Una reina no necesitaba tener dinero a mano.

Un hombre que estaba a su lado en el mostrador soltó un eructo mientras manoseaba unas monedas que había esparcidas ante él y que no lograba recoger por la torpeza de los dedos. Sin pensarlo, Bitterblue apoyó el brazo en el mostrador de forma que la amplia manga tapó las dos monedas que estaban más cerca. Al cabo de un momento las tenía en el bolsillo y su mano vacía descansaba inocentemente en el mostrador. Cuando miró en derredor intentando aparentar despreocupación, reparó en los ojos de un joven que la observaba con un asomo de sonrisa en el rostro. Estaba apoyado en el lado del mostrador que hacía ángulo recto con el suyo, desde donde la tenía a plena vista, y también a sus vecinos y, suponía Bitterblue, se había percatado de su fechoría.

Miró hacia otro lado sin hacer caso de la sonrisa del joven.

Cuando la mujer de la taberna le trajo la sidra, Bitterblue puso las monedas en el mostrador, decidida a confiar en la suerte de que era el precio correcto. La mujer recogió las dos monedas y le devolvió otra más pequeña. Bitterblue cogió la bebida y la moneda y se dirigió a un rincón en la parte trasera, donde estaba más oscuro y se disfrutaba de una vista más amplia, además de que habría menos gente que se fijara en ella.

Ahora podía bajar la guardia y prestar atención al relato. Era uno que había oído contar muchas veces, uno que ella misma había narrado. Era la historia —real— de cómo había llegado su padre a la corte de Monmar siendo un muchacho. Llevaba un parche en un ojo y mendigaba, sin explicar quién era ni de dónde venía. Había cautivado al rey y a la reina con cuentos que inventaba, relatos sobre unas tierras donde los animales eran de unos colores increíblemente bellos e intensos, los edificios eran grandes y altos como montañas y gloriosos ejércitos surgían de las rocas. Nadie sabía quiénes eran sus padres o por qué llevaba el parche en el ojo o por qué contabas tales relatos, pero lo amaron. El rey y la reina, sin descendencia, lo adoptaron como si fuera hijo suyo. Cuando Leck cumplió los dieciséis años, el rey, que no tenía familia, lo nombró su heredero.

Al cabo de unos días, el rey y la reina murieron, víctimas de una enfermedad misteriosa que nadie de la corte sintió necesidad de investigar. Los consejeros del fallecido rey se arrojaron al río, porque Leck era capaz de conseguir que la gente hiciera cosas así, o porque él mismo los empujó y después les dijo a los testigos que habían visto otra cosa distinta a la realidad. Suicidio, no asesinato. Habían empezado los treinta y cinco años de devastación mental del reinado de Leck.

Bitterblue había oído esa historia más veces a modo de explicación, nunca expuesta como un relato: el viejo rey y su reina revividos en su soledad y bondad, en su amor por un muchacho. Los consejeros, sabios y preocupados, consagrados a sus soberanos. El narrador describía a Leck en parte como había sido y en parte como Bitterblue sabía que no fue. No había sido una persona que reía a carcajadas ni echaba miradas maliciosas ni se frotaba las manos vilmente, como contaba el narrador. Había sido menos complicado que eso. Hablaba con normalidad, reaccionaba normalmente y llevaba a cabo actos violentos con impasible naturalidad y precisión. Tranquilo, sin alterarse, había hecho cuanto había necesitado hacer para que las cosas fueran como él quería.

«Mi padre —pensó Bitterblue. Entonces buscó la moneda que te-

41

nía en el bolsillo, avergonzada de sí misma por haber robado. Y más avergonzada al recordar que la capelina también era robada—. Yo también tomo lo que quiero. ¿Lo habré heredado de él?»

El joven que sabía que se había quedado con las monedas era ese tipo de persona inquieta, incapaz de parar un momento. Se movía entre la gente, que se apartaba para dejarlo pasar. Era fácil seguirle la pista, ya que resultaba ser uno de los parroquianos que más llamaba la atención en la taberna. Tenía algo que lo hacía parecer lenita, pero no lo era.

Los lenitas, casi sin excepción, tenían el cabello oscuro y los ojos grises, así como cierto atractivo en el trazo de la boca y en el ondear del pelo, como Celaje o como Po; lucían oro en las orejas y en los dedos, tanto hombres como mujeres, nobles o plebeyos. Bitterblue había heredado el cabello oscuro y los ojos grises de Cinérea, así como algo del aspecto de los lenitas, si bien en ella los resultados eran menos vistosos que en otros. Sea como fuere, ella tenía más apariencia de lenita que ese chico.

El cabello del joven era de un color rubio oscuro, como el de la arena mojada, con las puntas aclaradas por el sol hasta ser de un color rubio blanquecino, y la piel llena de pecas. Los rasgos faciales, aunque bastantes atractivos, no eran muy lenitas, precisamente. Sin embargo, los pendientes de oro que brillaban en las orejas del chico y los anillos de los dedos… esos sí que eran lenitas sin discusión. Tenía los ojos de un insólito e inverosímil color púrpura, de manera que uno veía de inmediato que no era una persona corriente. Y entonces, al adaptarse a la incongruencia general de su aspecto, uno se fijaba en que el color púrpura de un iris era de un tono diferente al del otro. El joven era un graceling. Y un lenita, pero no de nacimiento.

42

Bitterblue se preguntó cuál sería su gracia.

A todo esto, mientras el chico pasaba junto a un hombre que echaba un trago de su copa, Bitterblue lo vio meter la mano en el bolsillo del otro parroquiano, sacar algo y metérselo debajo del brazo con una rapidez tal que Bitterblue no dio crédito a lo que veía. En ese momento él alzó los ojos y, por casualidad, se encontró con los suyos y supo que lo había visto todo. Esta vez no hubo regocijo en la forma en que la miró, sino frialdad, un punto de insolencia y un asomo de amenaza en el entrecejo fruncido.

El muchacho se volvió de espaldas y se encaminó hacia la puerta; allí puso la mano en el hombro de otro joven de lacio cabello oscuro que al parecer era su amigo, porque los dos se marcharon juntos. A

Bitterblue se le metió en la cabeza descubrir adónde se dirigían, así que dejó la sidra y fue tras ellos. Sin embargo, cuando salió a la calleja ya habían desaparecido.

Sin saber qué hora era, regresó al castillo, pero hizo un alto al pie del puente levadizo. Se había quedado parada en ese mismo sitio casi ocho años atrás. Como si sus pies tuvieran memoria y voluntad propia, la querían llevar hacia al distrito oeste, por donde había ido con su madre aquella noche; los pies querían seguir el río hacia el oeste, dejar la ciudad atrás, muy atrás, y cruzar los valles hasta la llanura que precedía al bosque. Bitterblue quería estar en el lugar donde su padre disparó a su madre en la espalda desde el caballo, en la nieve, mientras esta intentaba huir. Bitterblue no lo había presenciado, pero Po y Katsa sí. De cuando en cuando, Po le describía la escena en voz queda, sin soltarle las manos.

Se lo había imaginado tantas veces que tenía la impresión de rememorar un recuerdo, pero no lo era. No había estado allí, no había gritado como imaginaba que lo habría hecho. No se había interpuesto de un salto en la trayectoria de la flecha, no había tirado a su madre al suelo de un empujón para apartarla de la saeta, no había lanzado un cuchillo a tiempo para acabar con él.

Un reloj dio las dos y la hizo volver al presente. No había nada en el oeste para ella, excepto una larga y difícil caminata. Y recuerdos que eran hirientes a pesar de la lejanía. Se obligó a cruzar el puente levadizo.

Ya en la cama, exhausta y bostezando, al principio no entendía por qué no se quedaba dormida. Entonces lo notó. Las calles abarrotadas de gente, las sombras de edificios y puentes, el sonido de los relatos y el sabor de la sidra; el miedo que había impregnado todo cuanto había hecho. El cuerpo le vibraba como una resonancia de la vida nocturna de la ciudad.

43

3

«*P*ara mí, el trabajo habitual se ha ido al traste.»

Eso era lo que Bitterblue pensaba a la mañana siguiente, sentada al escritorio de su despacho con cara de sueño. Su consejero Darby, de vuelta tras la juerga y consiguiente resaca, de las que todo el mundo estaba enterado pero que nadie mencionaba, no paraba de subir a todo correr por la escalera de caracol desde las oficinas del piso de abajo y le llevaba documentos para que hiciera cosas aburridas con ellos. Cada vez que aparecía irrumpía de golpe por la puerta, se catapultaba a través del cuarto y se paraba en seco, a un palmo del escritorio. Al irse lo mismo. Sobrio, Darby estaba siempre completamente despierto y rebosante de energía. Y lo estaba porque tenía un ojo amarillo y otro verde, y su gracia era que no necesitaba dormir.

Entre tanto, Runnemood holgazaneaba por el despacho luciendo su apostura, mientras que Thiel, demasiado estirado y adusto para resultar apuesto, se deslizaba alrededor de Runnemood y se cernía sobre el escritorio, amenazador, planeando de qué forma la torturaría con los papeles. Rood seguía ausente.

Bitterblue tenía muchas preguntas que hacer y había demasiada gente a quien no podía planteárselas. ¿Los consejeros sabrían que existía un salón debajo del Puente del Monstruo donde la gente narraba relatos sobre Leck? ¿Por qué las barriadas debajo de los puentes no tenían ninguna relevancia en sus recorridos anuales?, ¿se debía a que los edificios se estaban cayendo a pedazos? Eso no le habría sorprendido. ¿Cómo podría conseguir algunas monedas sin levantar sospechas?

—Quiero un mapa —dijo en voz alta.

—¿Un mapa? —repitió Thiel, sobresaltado, y enseguida le tendió un fajo de documentos con mucho crujir de papeles—. ¿De la ubicación de esta ciudad con fueros?

—No. Un plano del Burgo de Bitterblue. Quiero examinarlo. Envía a alguien a buscar uno, Thiel, ¿quieres, por favor?

—¿Tiene esto algo que ver con sandías, majestad?

—¡Thiel, solo quiero un mapa! ¡Consíguemelo!

—¡Dios mío! —masculló el primer consejero—. Darby —llamó volviéndose hacia el personaje de mirada reluciente cuando este irrumpió de nuevo en el despacho—. Que alguien vaya a la biblioteca a buscar un plano reciente de la ciudad para que lo examine la reina, ¿quieres?

—Un plano reciente. Desde luego —contestó Darby, que giró sobre sus talones y se marchó otra vez.

—Ya se están ocupando de conseguir un mapa, majestad —informó Thiel, volviéndose hacia ella.

—Sí. —Bitterblue se frotó la cabeza—. Me he dado por enterada, Thiel —dijo con sarcasmo.

—¿Ocurre algo, majestad? Parece que está un poco... irritada.

—Está cansada —manifestó Runnemood, sentado en una ventana y cruzado de brazos—. Su majestad está cansada de fueros, de juicios y de informes. Si desea un plano, lo tendrá.

A Bitterblue le molestó que Runnemood lo comprendiera.

—Quiero tener más poder de decisión en cuanto al trayecto de mis recorridos anuales a partir de ahora —barbotó.

—Y así será —dijo con grandilocuencia Runnemood.

En serio, no entendía cómo podía aguantarlo Thiel. Él era muy sencillo mientras que Runnemood era muy afectado y, sin embargo, los dos trabajaban juntos tan a gusto, siempre preparados para convertirse en un frente unido en el instante en que ella sobrepasara la línea del límite, que solo sus consejeros sabían dónde estaba. En consecuencia, decidió no abrir la boca hasta que le trajeran el mapa y no demostrar qué alturas estratosféricas alcanzaba su irritabilidad.

Cuando por fin se lo trajeron, el bibliotecario real iba acompañado por Holt, un miembro de la guardia de la reina, ya que el bibliotecario había cargado con mucho más de lo que ella había pedido y no podía subirlo por la escalera sin la ayuda de alguien.

—Majestad —saludó—. Como la petición de vuestra majestad era inconvenientemente imprecisa, me pareció buena idea traer un surtido de mapas para que las probabilidades de que hubiera uno que satisficiera sus expectativas fueran mayores. Es mi más ferviente deseo regresar a mi trabajo sin que me interrumpan de nuevo vuestros subalternos.

La gracia del bibliotecario de Bitterblue era la habilidad de leer a

45

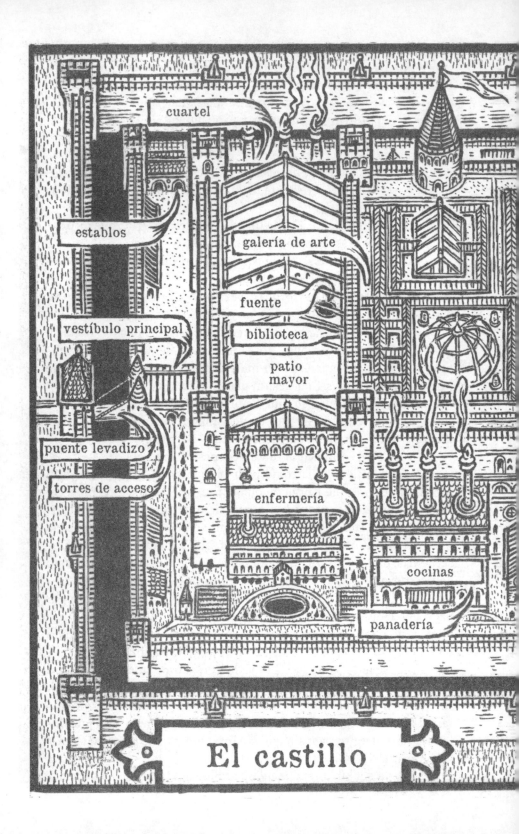

cuartel

establos

galería de arte

fuente

vestíbulo principal

biblioteca

patio
mayor

puente levadizo

torres de acceso

enfermería

cocinas

panadería

El castillo

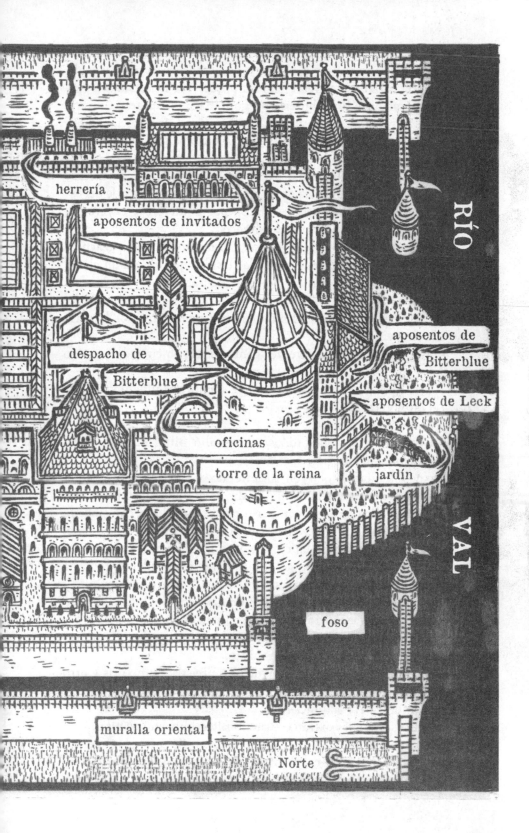

una velocidad inhumana y recordar para siempre cada palabra leída. O eso decía él; a decir verdad, parecía poseer esa facultad. Sin embargo, en ocasiones Bitterblue se preguntaba si en su gracia no iría incluida la antipatía. Se llamaba Deceso, que se pronunciaba «Diceso» y, de vez en cuando, a Bitterblue le gustaba pronunciarlo mal «sin querer», tal como se escribía: Deceso.

—Si eso es todo, majestad, volveré a mi trabajo —dijo Deceso mientras soltaba una brazada de rollos de pergamino al borde del escritorio. La mitad de los rollos rodaron por el tablero y cayeron al suelo con golpecitos que sonaban a hueco.

—¡Pero bueno! —empezó a decir Thiel, enojado, y se agachó a recogerlos—. Le dije a Darby con toda claridad que quería un plano. Y reciente. Llévese eso, Deceso; no los necesitamos.

—Todos los mapas son recientes si se considera las vastedad del tiempo geológico —replicó el bibliotecario, que aspiró por la nariz con aire despectivo.

—Su majestad solo quiere ver cómo es hoy la ciudad —repuso Thiel.

—Una ciudad es un organismo vivo, siempre cambiante… —replicó el bibliotecario.

—Su majestad desea…

—Deseo que os vayáis todos —masculló Bitterblue, desolada, más para sí misma que para los demás.

Los dos hombres siguieron discutiendo, y Runnemood se sumó a la pendencia. Entonces Holt, el guardia de la reina, puso los mapas que sostenía en los brazos en el escritorio de Bitterblue, con cuidado de que no rodaran y se cayeran; inclinándose un poco, se echó a Thiel en un hombro y a Deceso en el otro, y se irguió con la carga. En el sorprendido silencio que siguió, Holt se movió pesadamente hacia Runnemood, que, adivinando su intención, soltó un resoplido y abandonó el despacho por propia voluntad. Después, Holt se marchó llevando a cuestas las ultrajadas cargas, justo cuando el consejero y el bibliotecario recobraban la voz. Bitterblue los oyó gritar con indignación todo el camino escaleras abajo.

Holt era un guardia cuarentón de ojos preciosos, uno gris y otro plateado, un hombre grande y corpulento de rostro amistoso y franco. La fuerza era su gracia.

—Qué escena más extraña —caviló Bitterblue en voz alta.

Pero era muy agradable estar sola. Desenrolló uno de los pergaminos al azar y vio que era un mapa astronómico de las constelaciones que se veían sobre la ciudad. Maldiciendo a Deceso, lo apartó a un lado. El siguiente era un mapa del castillo antes de las renovaciones hechas por Leck, cuando los patios eran cuatro, en lugar de siete, y los tejados de su torre, de los patios y de las galerías altas no tenían cristal. El siguiente, cosa sorprendente, era un plano con las calles de la ciudad, pero muy raro porque las palabras estaban borradas aquí y allá y no había puentes. El cuarto, por fin, era un plano actualizado, ya que aparecían los puentes. Sí, era evidente que estaba actualizado porque se titulaba «Burgo de Bitterblue», no «Burgo de Leck» o el nombre de algún monarca anterior.

Bitterblue retiró los montones de documentos que había en el escritorio colocándolos de forma que sujetaban las esquinas del plano; lo hizo con una satisfacción resentida por hallarles una utilidad que no conllevaba tener que leerlos. Después se acomodó para examinar el mapa, decidida —por fin— a tener una mayor orientación geográfica la próxima vez que se escabullera de palacio.

«Todos son raros, en verdad», pensó para sus adentros más tarde, tras un nuevo encuentro con el juez Quall. Se había cruzado con él en el vestíbulo al que daban las oficinas del piso de abajo; el juez apoyaba el peso ora en un pie, ora en otro, y miraba ceñudo al vacío.

—Fémures —masculló, sin reparar en ella—. Clavículas. Vértebras.

—Para ser alguien que no quiere oír hablar de huesos, Quall, usted los saca a colación cada dos por tres —dijo Bitterblue sin más preámbulo.

Los ojos del hombre habían pasado por encima de ella, vacíos; entonces se avivaron y adquirieron una expresión confusa.

—Claro que lo hago, majestad —respondió; pareció calmarse—. Le pido perdón. A veces me quedo absorto y pierdo la noción del tiempo.

Más tarde, mientras tomaba la cena en la sala de estar, Bitterblue le hizo una pregunta a Helda.

—¿Has notado un comportamiento peculiar en gente de la corte?

—¿Un comportamiento peculiar, majestad?

—Como hoy, por ejemplo: Holt cargó con Thiel y Deceso y los sacó de mi despacho a cuestas porque me estaban irritando —le explicó—. ¿No es eso un poco extraño?

—Mucho —convino Helda—. Me gustaría verlo intentar eso

conmigo. Tenemos un par de vestidos nuevos para usted, majestad. ¿Le gustaría probárselos esta noche?

A Bitterblue no le quitaban el sueño los vestidos, pero siempre accedía a probárselos porque le resultaba relajante que Helda se preocupara por ella; sus suaves y rápidos toques y sus palabras masculladas a través de los labios apretados para sujetar los alfileres; sus ojos atentos y sus manos, que examinaban el cuerpo de Bitterblue para después tomar las decisiones correctas. Esa noche Raposa también ayudó sosteniendo la tela o alisándola cuando Helda se lo pedía. El contacto físico era como un catalizador que la ayudaba a centrarse.

—Me encantan las faldas de Raposa, divididas de forma que son como pantalones —le dijo a Helda—. ¿Podría probar con alguna?

Más tarde, después de que Raposa se hubo marchado y de que Helda se retirara para acostarse, Bitterblue desenterró los pantalones y la capelina de Raposa del suelo del vestidor. Llevaba un puñal en la bota durante el día, y dormía con cuchillos enfundados, uno en cada brazo, por la noche; era lo que Katsa le había enseñado. Esa noche, Bitterblue se guardó las tres armas, como medida de seguridad contra algo impredecible.

50

Justo antes de salir rebuscó en el baúl de Cinérea, donde no solo guardaba las joyas de su madre, sino también las suyas. Tenía tantas cosas inútiles… Bonitas, seguramente, pero no estaba en su naturaleza lucir joyas. Encontró una sencilla gargantilla de oro que su tío le había enviado desde Lenidia y se la metió en la camisa, debajo de la capelina. Debajo de los puentes había sitios llamados «casas de empeño». Se había fijado en ellos la noche anterior, y tomó nota de que uno o dos no habían cerrado a esas horas.

—Solo trabajo con personas que conozco —le dijo el hombre en la primera casa de empeño.

En la segunda, la mujer que estaba detrás del mostrador le dijo exactamente lo mismo. Todavía plantada en la puerta, Bitterblue sacó la gargantilla y la sostuvo en alto para que la mujer la viera.

—Mmmmm. Déjame echar un vistazo a eso —dijo.

Medio minuto después, Bitterblue había cambiado la gargantilla por un enorme montón de monedas y un cortante «No me digas de dónde la has sacado, chico». Eran muchas más monedas de lo que Bitterblue había calculado y llevaba los bolsillos caídos por el peso, además de que tintineaban al caminar por las calles, hasta que se le ocurrió la idea de meter algunas en las botas. No era una solución cómoda, pero sí mucho menos llamativa.

Contempló una pelea callejera que no entendió, un asunto desagradable, repentino y sangriento: los hombres de dos grupos apenas habían empezado a empujarse unos a otros cuando salieron a relucir los cuchillos, que centellearon y apuñalaron. Echó a correr, avergonzada, pues no quería quedarse para ver cómo acababa aquello. Katsa y Po habrían sabido cómo frenarlos. Ella, como reina, tendría que haber podido, pero en ese momento no era una reina y sabía que era una locura intentarlo.

El relato de esa noche debajo del Puente del Monstruo lo narraba una mujer menuda de voz potente que permanecía inmóvil en el mostrador, aferrándose la falda con las manos crispadas. No era una graceling, pero de todos modos Bitterblue estaba fascinada y le aguijoneaba la sensación de haber oído ese relato antes. Era sobre un hombre que había caído en unas aguas termales hirvientes, en las montañas orientales, y fue rescatado por un enorme pez dorado. Se trataba de una historia dramática en la que intervenía un animal de un color increíblemente raro, como los cuentos que le relataba Leck. ¿Era por eso por lo que le sonaba? ¿Porque se lo había narrado Leck? ¿O es que lo había leído en un libro de pequeña? Si lo había leído, ¿era una historia real? Si se lo había contado Leck, ¿era falsa? ¿Quién iba a saber, al cabo de ocho años, si era lo uno o lo otro?

Un hombre que había cerca del mostrador le rompió una copa en la cabeza a otro hombre. En el breve intervalo que le costó reaccionar a Bitterblue y sobreponerse a la estupefacción se armó un alboroto. Observó sin salir de su asombro que todos los parroquianos de la taberna parecían estar metidos en el jaleo. La mujer menuda encaramada en el mostrador se aprovechó de su posición aventajada en lo alto para descargar unas cuantas patadas dignas de admiración.

En el perímetro de la pelea, donde una minoría civilizada intentaba mantenerse apartada de la trifulca, alguien chocó con otra persona de pelo castaño, quien le vertió la sidra en la pechera a Bitterblue.

—Oh, ratas asquerosas. Mira, chico, lo siento mucho —dijo Pelo Castaño mientras cogía de una mesa una especie de servilleta de aspecto más que dudoso. Trató de enjugar lo que le había derramado a Bitterblue para sobresalto de esta.

Lo reconoció. Era el compañero del ladrón graceling de ojos púrpura al que había visto en su anterior visita. También descubrió a este en ese momento, detrás de Pelo Castaño, enzarzado alegremente en la refriega.

—Ve con tu amigo —le dijo Bitterblue al tiempo que le apartaba las manos de manera brusca—. Deberías ayudarle.

Él insistió en llevar de nuevo el paño hacia ella, con determinación.

—Espero que mi amigo lo esté pasando en grande —dijo, acabando con una nota de asombro en la voz cuando destapó un trozo de trenza debajo de la capucha de Bitterblue. Los ojos bajaron hacia el torso, donde, al parecer, encontró evidencia suficiente para despejar la incógnita—. ¡Por los grandes ríos! —exclamó al tiempo que retiraba la mano con rapidez. Por primera vez enfocó la vista en la cara de Bitterblue, aunque sin mucho éxito, ya que ella se bajó más la capucha—. Perdón, señorita. ¿Se encuentra bien?

—Perfectamente bien. Déjeme pasar.

El graceling y el hombre que intentaba matar al graceling chocaron con Pelo Castaño por detrás, de modo que este chocó más contra ella. Era un tipo de aspecto agradable, con una cara de rasgos asimétricos y unos bonitos ojos color avellana.

—Permítanos a mi amigo y a mí escoltarla y sacarla de este sitio sana y salva, señorita —le dijo.

—No me hace falta una escolta. Solo necesito que se aparte y me deje pasar.

—Es más de medianoche y usted es menuda.

—Demasiado para que alguien se tome el trabajo de molestarme.

—Ojalá las cosas fueran así en Burgo de Bitterblue. Deme un momento para que recoja a mi entusiasta amigo —le pidió mientras recibía otro empujón por detrás—. Nos ocuparemos de que llegue bien a casa. Me llamo Teddy. Él es Zaf, y en realidad no es tan zopenco como parece ahora mismo.

Teddy se volvió y se metió heroicamente en la tangana. Mientras, Bitterblue se abrió paso deprisa a lo largo del perímetro del salón y logró escapar. Una vez fuera, empuñando un cuchillo en cada mano, echó a correr, atajó por un cementerio y entró en un callejón tan estrecho que tocaba las paredes con los hombros.

Trató de situar las calles y puntos de referencia del mapa que había memorizado, pero era difícil hacerlo en terreno real en vez de en el papel. Se dirigió, más o menos, hacia el sur. Aflojó la marcha y entró a una calle con edificios que parecían derruidos. Decidió que jamás se volvería a poner en una situación en la que tuviera que correr con tantas monedas en las botas.

Parecía como si en algunos de aquellos edificios se hubiera desmantelado la madera para reutilizarla. Un bulto tirado en la cuneta, que se concretó en un cadáver, la sobresaltó y después la asustó más cuando roncó; el hombre olía a muerto pero, aparentemente, no lo estaba. Una gallina echaba una cabezada contra el torso del tipo, que la rodeaba con el brazo de manera protectora.

Cuando se encontró con un sitio nuevo donde narraban relatos, de algún modo supo lo que era. Tenía el mismo patrón que el anterior: una puerta en una calleja sin salida, gente que accedía al salón o lo abandonaba y dos personajes con pinta de tipos duros plantados junto a la puerta, cruzados de brazos.

No fue ella, sino su cuerpo el que decidió. Los perros guardianes se erguían amenazadores ante Bitterblue, pero no le cerraron el paso. Al otro lado de la entrada, unos escalones descendían y se hundían en el suelo hasta otra puerta que, una vez abierta, la condujo a un salón resplandeciente de luz que olía a bodega y a sidra y resultaba acogedor con la voz hipnotizadora de otro narrador de cuentos.

Bitterblue pagó una copa.

Esta vez, la historia era sobre Katsa. Era una de las horribles historias reales de la infancia de Katsa, cuando el tío de la joven, Randa, rey del país más céntrico de los siete reinos, Terramedia, la utilizó por su destreza en la lucha y la obligó a que matara y mutilara en su nombre a sus enemigos.

53

Bitterblue conocía esas historias; las había oído de labios de la propia Katsa. Partes de la versión del narrador eran correctas: Katsa había odiado tener que matar por Randa. Pero otras escenas eran exageradas o falsas. Los combates en este relato eran más sensacionalistas, más sangrientos de lo que Katsa había permitido que llegaran en ninguna ocasión, y a ella la retrataba de un modo melodramático, mucho más de lo que Bitterblue podría imaginar que hubiera sido nunca. Tenía ganas de gritarle a ese narrador por describir a una Katsa irreal, gritar en su defensa. La desconcertaba que a la audiencia pareciera encantarle esa versión caricaturesca. Para ellos, esa era la Katsa real.

Al acercarse a la muralla oriental del castillo esa noche, Bitterblue reparó en varias cosas a la vez. En primer lugar, dos de los faroles de la parte alta de la muralla estaban apagados y dejaban ese sector sumido en una oscuridad tan profunda que Bitterblue echó una ojeada a la calle, con desconfianza, y descubrió que sus sospechas eran justificadas. Las lámparas de la calle a lo largo de ese tramo también estaban apagadas. Lo siguiente fue un movimiento casi imperceptible a media altura de la oscura y vertical muralla. Una figura —seguramente una persona— se quedó inmóvil mientras un miembro de la guardia monmarda pasó por encima haciendo su ronda. El movimiento se reanudó hacia arriba una vez que el guardia se perdió de vista.

Bitterblue comprendió que estaba viendo trepar a alguien por la muralla oriental del castillo. Se metió al amparo del umbral de una tienda y trató de decidir si debería gritar en ese momento o esperar hasta que el perpetrador hubiese llegado a lo alto de la muralla, donde se encontraría atrapado y los guardias tendrían más posibilidades de apresar al intruso.

Pero, al final, resultó que la persona no trepó a lo alto de la muralla, sino que se paró justo antes de alcanzar el remate, debajo de la pequeña sombra de una piedra que Bitterblue dedujo, desde su posición, que sería una de las muchas gárgolas que se asomaban en equilibrio desde salientes o se cernían desde el borde para observar el suelo, allá abajo. Empezaron a oírse una especie de arañazos que fue incapaz de identificar y que cesaron, momentáneamente, mientras el guardia pasaba otra vez por encima. Se reanudaron de nuevo cuando el guardia desapareció. Esa pauta se repitió durante un rato. El desconcierto de Bitterblue estaba dando paso al aburrimiento cuando, de repente, oyó un «¡Uf!» que soltó la persona, a lo que siguió una especie de crujido, y la sombra se deslizó en una caída un tanto controlada, muralla abajo de nuevo, con la gárgola a cuestas. Otra persona, a la que Bitterblue no había visto hasta ese momento, salió de las sombras al pie de la muralla y agarró —más o menos— a la primera, aunque se oyeron un gruñido y una serie de maldiciones susurradas, lo que sugería que una de ellas se había llevado la peor parte en el encontronazo. La segunda figura sacó una especie de saco en el que el primero metió la gárgola, y entonces, con el saco cargado al hombro, ambos se escabulleron juntos.

Pasaron justo por delante de Bitterblue, casi pegados al umbral de la puerta donde estaba escondida. Los reconoció con facilidad. Eran el agradable joven de cabello castaño, Teddy, y su amigo graceling, Zaf.

4

—*M*ajestad —dijo Thiel, severo, a la mañana siguiente—. ¿Está siquiera prestando atención?

No, no lo estaba. Intentó idear la forma de abordar un tema inabordable. «¿Qué tal estáis todos hoy? ¿Habéis dormido bien? ¿Se ha echado de menos alguna gárgola?»

—¡Pues claro que presto atención! —espetó.

—Si le pidiera que describiese los últimos cinco documentos que ha firmado, no me sorprendería que su majestad se quedara en blanco.

Lo que Thiel no entendía era que ese tipo de trabajo requería un mínimo de atención; o ninguna.

—Tres fueros para tres ciudades costeras, un encargo para hacer una puerta nueva para la cámara fortificada del tesoro real y una carta para mi tío, el rey de Lenidia, pidiéndole que traiga al príncipe Celaje cuando venga —enumeró Bitterblue.

Thiel se aclaró la garganta con aire abochornado.

—Reconozco mi error, majestad. Pero fue vuestra determinación al firmar lo que me extrañó.

—¿Y por qué iba a vacilar? Me cae bien Celaje.

—¿Sí? —preguntó Thiel, dudando—. ¿De verdad? —agregó.

La expresión del consejero se tornó tan complacida que Bitterblue empezó a lamentar haberlo aguijoneado, pues eso había hecho.

—Thiel, ¿es que tus espías no sirven para nada? —le dijo—. Las preferencias de Celaje se decantan por los hombres, no por las mujeres y, desde luego, por mí menos todavía. ¿Entendido? Lo malo es que es práctico, así que incluso podría casarse conmigo si se lo pidiéramos. Quizá para ti sería magnífico, pero no para mí.

—Oh. —La desilusión de Thiel saltaba a la vista—. Ese dato es importante, si es verdad. ¿Está segura, majestad?

—Thiel, mi primo no se anda con tapujos respecto a ese tema. El propio Ror se ha enterado hace poco. ¿No te has preguntado por qué mi tío nunca ha sugerido el casamiento?

—Pues… —empezó el consejero, pero refrenó el impulso de hablar más. La amenaza de la crueldad de Bitterblue si insistía en el asunto del matrimonio aún parecía persistir en el despacho—. ¿Revisamos hoy algunos resultados del censo, majestad?

—Sí, por favor.

A Bitterblue le gustaba revisar los resultados del censo del reino con Thiel. Reunir dicha información entraba en las competencias de Runnemood, pero Darby preparaba los informes, que estaban organizados con esmero por distritos, con mapas y estadísticas sobre alfabetización, empleo, cifras demográficas… A Thiel se le daba bien responder a sus muchas preguntas; él lo sabía todo. Montones de cosas. Y la totalidad de la tarea fue lo más parecido a la sensación de tener cierto control de su reino.

Esa noche y las dos siguientes Bitterblue salió de nuevo y visitó las dos tabernas que conocía para escuchar los relatos. A menudo las narraciones eran sobre Leck: Leck torturando a los animalitos cortados en pedazos que guardaba en el jardín trasero; la servidumbre de Leck yendo de un lado para otro con cortes en la piel; la muerte de Leck con la daga de Katsa. A la audiencia de esa hora avanzada le gustaban los relatos sangrientos. Pero había algo más en esa inclinación; en las partes entre las escenas violentas, Bitterblue advirtió que había otra clase de historias incruentas que eran recurrentes. Esas empezaban siempre como suelen empezar los relatos, tal vez con dos personas que se enamoraban, o un niño avispado que intentaba resolver un misterio. Pero igual que uno creía saber hacia dónde se encaminaba la historia, esta acababa de golpe cuando los enamorados o el niño desaparecían sin explicación y no se los volvía a citar.

Relatos malogrados. ¿Por qué acudía la gente a oírlos? ¿Por qué se empeñaba en escuchar lo mismo una y otra vez para acabar topando siempre con la misma pregunta sin respuesta?

¿Qué había pasado con toda la gente que Leck había hecho desaparecer? ¿Cómo habían acabado sus historias? Habían sido centenares, entre niños y adultos, mujeres y hombres, los que se había llevado Leck y, era de suponer, habían muerto asesinados. Pero ella no lo sabía y sus consejeros nunca habían podido decirle dónde, por qué o cómo, y era como si la gente de la ciudad tampoco tuviera la menor idea. De pronto, a Bitterblue dejó de bastarle saber que habían desaparecido. Quería saber qué había sido de ellos, porque los que acudían a esos salones donde se narraban relatos eran sus súbditos, y no cabía duda de que querían conocer. Ella deseaba saberlo para decírselo.

Había otras incógnitas que requerían una explicación. Ahora que se le había ocurrido verificarlo, Bitterblue comprobó que faltaban más gárgolas en otros sitios de la muralla este, además de la que ella misma había visto escamotear. ¿Por qué ninguno de sus consejeros le había informado sobre esos robos de bienes?

—Majestad, no firme eso —advirtió Thiel con severidad, una mañana en el despacho.

—¿Qué? —Bitterblue parpadeó, desconcertada.

—Ese fuero, majestad. He pasado quince minutos explicando por qué no debería firmarlo, y estáis con la pluma en la mano. ¿Qué os ronda por la cabeza?

—Oh. —Bitterblue soltó la pluma y suspiró—. Sí, sí, te he oído. Lord Danzón...

—Danzhol —corrigió Thiel.

—Lord Danzhol, el noble de una localidad en la comarca central de Monmar, se opone a perder el privilegio de gobernar la ciudad, y crees que deberías concederle audiencia antes de tomar una decisión.

—Me temo que está en su derecho a ser escuchado, majestad. También me temo que...

—Sí —lo interrumpió, distraída—. Ya me has dicho que desea casarse conmigo. Muy bien.

—¡Majestad! —exclamó el consejero, que agachó la cabeza para observarla—. Majestad, se lo preguntaré por segunda vez: ¿qué os ronda por la cabeza?

—Las gárgolas, Thiel —contestó Bitterblue frotándose las sienes.

—¿Gárgolas? ¿A qué se refiere, majestad?

—A las que están en la muralla este, Thiel. He oído comentarios entre los escribientes de las oficinas de abajo, y parece que faltan cuatro gárgolas de la muralla del este —mintió—. ¿Por qué no se me ha informado de ello?

—¿Que faltan gárgolas? —repitió Thiel—. ¿Y dónde han ido a parar, majestad?

—¿Cómo quieres que lo sepa yo? A ver, ¿dónde van las gárgolas?

—Dudo mucho que tal cosa sea cierta, majestad. Seguro que habéis oído mal.

57

—Ve a preguntarles. O mejor, que vaya alguien a comprobarlo. Sé muy bien lo que he oído.

Thiel salió del despacho. Regresó al cabo de un rato con Darby, que iba cargado con un puñado de documentos que repasaba como un loco.

—Faltan cuatro gárgolas de la muralla este de acuerdo con nuestros informes sobre la decoración del castillo, majestad —informó Darby con rapidez mientras leía—. Pero faltan por la sencilla razón de que no han estado nunca allí, para empezar.

—¡Que no han estado nunca! —repitió Bitterblue, que sabía de primera mano que, al menos una, sí estaba allí hasta hacía unas pocas noches—. ¿Ninguna de las cuatro?

—El rey Leck nunca tuvo la ocasión de encargar esas cuatro, majestad. Dejó esos huecos vacíos.

Lo que Bitterblue vio en la muralla cuando las contó fueron superficies irregulares, como rotas, que tenían toda la apariencia de que algo de piedra había estado presente y después había sido arrancada; a saber: unas gárgolas.

—¿Estás seguro de esos informes? —inquirió—. ¿Cuándo se redactaron?

—Al inicio de su reinado, majestad —respondió Darby—. Se hicieron informes del estado de todas las partes del castillo a requerimiento de su tío, el rey Ror. Los supervisé yo.

Parecía raro mentir por algo tan nimio y sin bastante alcance para que importara si Darby había hecho mal los informes. Y, sin embargo, a Bitterblue la desasosegaba. Los ojos de Darby, que parpadearon mientras la miraba, uno azul y otro verde, mientras le daba información incierta con aire competente y seguro, la inquietaban. Se sorprendió repasando para sus adentros todas las cosas que su secretario le había dicho últimamente y preguntándose si sería la clase de persona que mentía.

Entonces se refrenó, consciente de que desconfiaba por la simple razón de que se sentía insegura en general, y porque todo lo ocurrido los últimos días parecía hecho a propósito para desorientarla. Era como el laberinto que había descubierto la noche anterior mientras buscaba una ruta nueva y más aislada desde sus aposentos, en el extremo norte del castillo, hasta las torres de entrada, en la muralla meridional. Los techos de cristal de los corredores altos del castillo la ponían nerviosa por si la veían los guardias que patrullaban allí arriba. Así que había empezado a bajar por el estrecho hueco de escalera situado cerca de sus aposentos hacia el nivel de más abajo, donde se había encontrado atrapada en una serie de pasadizos que siempre le habían parecido prometedoramente rectos y bien iluminados, pero que después giraban o se bifurcaban o incluso acababan en oscuros corredores sin salida, hasta conseguir que se sintiera desorientada por completo.

—¿Te has perdido? —había preguntado de repente una voz masculina desconocida.

Bitterblue se había quedado petrificada; se volvió e intentó no mirar con demasiada dureza al hombre de cabello canoso y vestido con el uniforme negro de la guardia monmarda.

—Te has perdido, ¿verdad?

Sin atreverse a respirar siquiera, Bitterblue asintió con la cabeza.

—Les pasa a todos los que encuentro aquí —comentó el hombre—. O a casi todos. Te encuentras en el laberinto del rey Leck, compuesto por pasillos que no conducen a ninguna parte, con sus aposentos en el centro.

El guardia la había conducido fuera del laberinto. Mientras lo seguía de puntillas, Bitterblue se preguntó por qué motivo Leck se había construido un laberinto alrededor de sus aposentos y por qué ella no había sabido de su existencia hasta ese momento. Empezó a preguntarse también sobre otros parajes extraños dentro de los muros del castillo. Para llegar al vestíbulo principal y a las torres de acceso que había más allá, Bitterblue tenía que cruzar el patio mayor, que estaba al mismo nivel del vestíbulo, en el extremo sur del castillo. Leck había ordenado que los arbustos del patio mayor se podaran dándoles formas fantásticas: gente de pose orgullosa, con ojos y cabello de flores; animales feroces, monstruosos, también de flores; osos y pumas, aves gigantescas. En un rincón, una fuente vertía chorros cantarines de agua en un profundo estanque. En los muros del patio, por los cinco pisos, se extendían balconadas. Gárgolas y más gárgolas encaramadas en los altos antepechos de los muros asomaban la cabeza con cautela y observaban, maliciosas. Los techos de cristal reflejaban las farolas del patio como enormes y borrosas estrellas.

¿Por qué le habían interesado tanto los arbustos a Leck? ¿Por qué había equipado con techos de cristal los patios y muchos de los tejados del castillo? ¿Y qué tenía la oscuridad que la empujaba a hacerse preguntas que nunca se había planteado antes, de día?

Una noche, ya tarde, un hombre salió del vestíbulo principal al patio mayor, se echó la capucha hacia atrás y cruzó haciendo sonar con fuerza las botas en el mármol. Eran los andares de su consejero

59

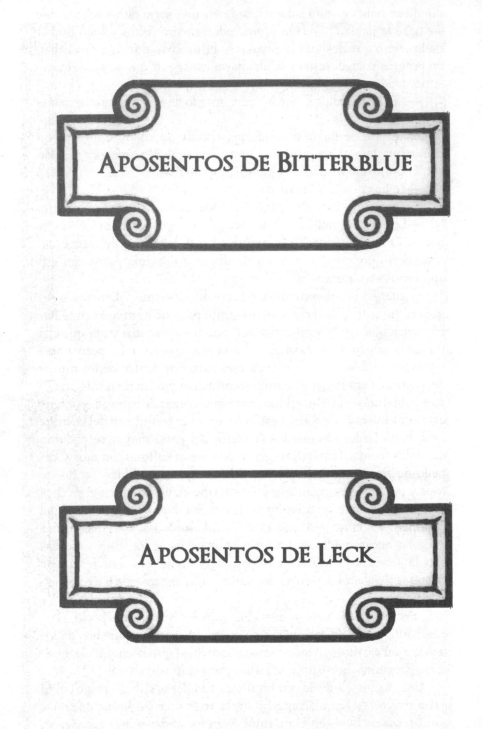

APOSENTOS DE BITTERBLUE

APOSENTOS DE LECK

Runnemood, siempre tan seguro de sí mismo; eran los relucientes anillos enjoyados de Runnemood; eran los rasgos apuestos de Runnemood, que aparecían y desaparecían en las sombras. Asaltada por el pánico, Bitterblue se metió detrás de un arbusto que representaba un caballo encabritado. Entonces, su guardia graceling, Holt, salió al patio detrás de Runnemood; iba sosteniendo al juez Quall, que temblaba muy agitado. Los tres entraron al castillo, hacia el ala norte. Bitterblue entró poco después, demasiado asustada por haber estado a punto de que la descubrieran como para preguntarse, en aquel momento, qué habían estado haciendo ellos en la ciudad a una hora tan intempestiva. Pero esa idea se le ocurrió después.

—¿Adónde vas por las noches, Runnemood? —le preguntó a la mañana siguiente.

—¿Ir, majestad? —inquirió él a su vez, con los ojos entrecerrados.

—Sí, ¿alguna vez sales tarde? He oído que lo haces. Disculpa que te lo pregunte, pero siento curiosidad.

—De tanto en tanto tengo reuniones en la ciudad a altas horas de la noche, majestad —contestó él—. Cenas tardías con lores que quieren cosas, como entrevistas con los ministros o la mano de su majestad, por ejemplo. Mi trabajo es seguirles la corriente a esas personas y disuadirlas.

«¿Hasta medianoche, con el juez Quall y Holt?», pensó ella.

—¿Llevas algún guardia?

—A veces. —Runnemood se levantó de la ventana en la que había estado sentado y se acercó hasta pararse delante de Bitterblue—. Majestad, ¿por qué me hace esas preguntas?

Las hacía porque no podía preguntarle lo que en realidad quería preguntar.

«¿Me estás diciendo la verdad? ¿Por qué me da la impresión de que no? ¿Alguna vez vas al distrito este? ¿Has escuchado los relatos? ¿Puedes explicarme todas las cosas que veo por la noche y que no entiendo?»

—Porque, si tienes que estar fuera hasta tan tarde, quiero que te acompañe un guardia —mintió—. Me preocupa tu seguridad.

En el rostro de Runnemood brilló una amplia y blanca sonrisa.

—Qué encanto de reina y qué amable, majestad —dijo con una actitud tan paternalista que a Bitterblue se le hizo difícil mantener la expresión afectuosa y cordial—. Haré que me acompañe un guardia si así se queda más tranquila.

Salió sola de nuevo unas cuantas noches más, inadvertida incluso para su guardia lenita de la puerta, que apenas reparó en ella y solo se interesó en el anillo y el santo y seña. Entonces, en la séptima noche desde que los vio robando la gárgola, Teddy y su amigo lenita graceling se cruzaron de nuevo en su camino.

Acababa de descubrir un tercer sitio donde se narraban relatos, cerca de los muelles de la plata, en el sótano de un almacén viejo e inclinado. Metida en un rincón con su bebida, Bitterblue tuvo un sobresalto al descubrir que Zaf se acercaba hacia ella a buen paso. La mirada del joven era inexpresiva, como si no la hubiera visto nunca. Entonces llegó a su lado, se colocó junto a ella y desvió la atención hacia el hombre que estaba en el mostrador.

El hombre narraba un relato que Bitterblue no había oído nunca y estaba demasiado preocupada para prestar atención en ese momento, consternada porque Zaf la hubiera reconocido. El héroe del relato era un marinero del reino insular de Lenidia. Zaf parecía absorto en la historia. Observándolo a la par que procuraba que no se notara que lo hacía, y al ver cómo se le iluminaban los ojos con reconocimiento, Bitterblue descubrió una conexión que hasta ese momento se le había pasado por alto. Estuvo una vez a bordo de un navío; Katsa y ella habían huido a Lenidia para escapar de Leck. Había visto a Zaf trepar la muralla este; se había fijado en la piel curtida y el cabello aclarado por el sol. Y ahora, de repente, su forma de andar le resultó muy familiar. Esa facilidad en los movimientos y el brillo en los ojos los había visto antes en hombres que eran marineros, pero no de cualquier clase. Bitterblue se preguntó si Zaf sería ese tipo de marinero que se ofrecía voluntario para subir a lo alto del mástil durante una tempestad.

63

También se preguntó qué hacía tan al norte de Porto Mon y, de nuevo, cuál sería su gracia. A juzgar por el moretón en el ojo y que tenía en carne viva uno de los pómulos, por lo visto no se había peleado esa noche, pero la última refriega debía de haber sido bastante reciente.

Cargado con una jarra en cada mano, Teddy se abrió paso entre las mesas y le tendió una a Zaf. Se sentó al lado de Bitterblue, lo cual significaba que, como su banqueta estaba metida en un rincón, la tenían atrapada.

—Lo cortés sería que nos dijeras tu nombre, ya que te dije los nuestros —murmuró Teddy.

A Bitterblue no le importaba tanto la proximidad de Zaf cuando Teddy estaba cerca; tan cerca que le veía manchas de tinta en los dedos. Teddy tenía la apariencia de un librero, o un escribiente o, al menos, la de una persona que no se transformaba de repente en un renegado.

—¿Acaso es cortés que dos hombres atrapen a una mujer en un rincón? —respondió en voz queda.

—Teddy te haría creer que lo hacemos por tu propia seguridad —intervino Zaf, cuyo acento era lenita, sin discusión—. Pero estaría mintiendo: es simple desconfianza. No nos fiamos de la gente que viene disfrazada a los salones de relatos.

—¡Oh, venga ya! —protestó Teddy lo bastante alto para que un par de hombres que había cerca le mandaran callar—. Habla por ti —añadió en un susurro—. En cuanto a mí, ella me preocupa. Se montan peleas. Hay lunáticos por las calles. Y ladrones.

—Conque ladrones, ¿eh? —Zaf resopló con sorna—. Si dejaras de parlotear oiríamos el relato de ese fabulador. Esa historia significa mucho para mí.

—¿Parlotear? —repitió Teddy, y sus ojos resplandecieron como estrellas—. «Parlotear.» He de añadirlo a mi lista. Me parece que se me había pasado por alto.

—Qué irónico —repuso Zaf.

—Oh, «irónico» no se me ha pasado por alto.

—Quiero decir que es irónico que se te pasara por alto «parlotear».

—Sí —dijo Teddy, enojado—, supongo que sería como si a ti se te pasara por alto la oportunidad de partirte la crisma fingiendo ser el príncipe Po renacido. Soy escritor —añadió, volviéndose hacia Bitterblue.

—Cierra el pico, Teddy —espetó Zaf.

—E impresor —continuó Teddy—, lector, corrector. Lo que quiera que la gente necesite, con tal de que tenga que ver con las palabras.

—¿Corrector? —repitió Bitterblue—. ¿De verdad la gente te paga por corregir cosas?

—Traen cartas que han escrito y me piden que las convierta en algo legible —explicó Teddy—. Los iletrados me piden que les enseñe a firmar con sus nombres en los documentos.

—¿Y deberían firmar documentos si son iletrados?

—No, probablemente no, pero lo hacen, porque se lo exigen los caseros o los patrones, o acreedores en los que confían porque no leen lo bastante bien para saber que no deberían fiarse de ellos. Por eso también presto servicios como lector.

—¿Hay muchos iletrados en la ciudad?

—¿Tú qué opinas, Zaf? —preguntó Teddy a la vez que se encogía de hombros.

—Calculo que treinta personas de cada cien saben leer —repuso Zaf, con los ojos fijos en el fabulador—. Y tú hablas demasiado.

—¡Un treinta por ciento! —exclamó Bitterblue, porque no era esa la estadística que había visto—. ¡Seguro que tiene que ser más!

—O eres nueva en Monmar, o todavía estás sumergida en el hechizo del rey Leck. Quizá vives en un agujero en el suelo y solo sales por la noche —le contestó Teddy.

—Trabajo en el castillo de la reina —dijo Bitterblue, que improvisó sobre la marcha—. Y supongo que estoy habituada a las costumbres del castillo. Todos los que viven bajo su techo saben leer y escribir.

—Mmmmm… —Teddy frunció el entrecejo, dubitativo, al oír eso—. Bueno, casi toda la gente de la ciudad sabe leer y escribir lo bastante para desempeñar las funciones de su trabajo. Un herrero sabe leer un pedido de cuchillos, y un granjero sabe cómo marcar en las cajas «judías» o «maíz». Pero el porcentaje de los que entenderían este relato si se lo entregaran en papel —añadió Teddy, ladeando la cabeza hacia el narrador, o fabulador, como le había llamado Zaf—, probablemente se acercaría más al que Zaf ha dicho. Es otro de los legados de Leck. Y uno de los acicates para trabajar en mi libro de palabras.

—¿Libro de palabras?

—Oh, sí. Estoy escribiendo un libro de palabras.

Zaf tocó a Teddy en el brazo. Al instante, casi antes de que Teddy hubiera acabado la frase, se marcharon. Tan deprisa que a Bitterblue no le dio tiempo a preguntar si existía algún libro escrito que no fuera un libro de palabras.

Cerca de la puerta, Teddy se volvió y le dirigió una mirada que parecía una invitación. Ella rehusó con la cabeza e intentó no delatar su exasperación, porque estaba segura de que acababa de ver a Zaf apoderarse de algo que un hombre llevaba debajo del brazo y guardárselo en una manga de la camisa. ¿Qué sería esta vez? Le había parecido un rollo de papeles.

¿Qué más daba? Fuera lo que fuese lo que esos dos se traían entre manos, no era nada bueno, y ella iba a tener que decidir qué hacer respecto a ellos.

El fabulador dio inicio a otro relato. Bitterblue tuvo un sobresalto al descubrir que era, de nuevo, la historia de los orígenes de Leck y su ascenso al poder. El narrador de esta noche lo contó un tanto diferente a como lo hizo el anterior. Escuchó atenta, con la es-

65

peranza de que este hombre contara algo nuevo, una imagen o alguna palabra que faltaba, una llave que entrara en una cerradura y abriera una puerta tras la cual todos sus recuerdos y todas las cosas que le habían contado cobraran sentido.

El carácter sociable de los dos jóvenes —o más bien el de Teddy— la había ayudado a armarse de valor. Al mismo tiempo, actuar así la aterraba, aunque no tanto como para impedir que los buscara las noches siguientes.

«Son ladrones», se recordaba cada vez que se cruzaban sus caminos en los salones de relatos, se saludaban e intercambiaban unas palabras. «Miserables, ingratos ladrones, y que intente encontrarme con ellos es peligroso.»

Agosto llegaba a su fin.

—Teddy —dijo una noche cuando los dos se acercaron a ella y se apiñaron en el oscuro y abarrotado sótano de un salón de relatos, cerca de los muelles de la plata—. No entiendo lo de tu libro. ¿No son todos los libros de palabras?

—He de decir que, si vamos a encontrarnos tan a menudo, y dado que tú puedes llamarnos por nuestro nombre, nosotros deberíamos tener un nombre para dirigirnos a ti —respondió Teddy.

—Llámame por el que gustes.

—¿Has oído eso, Zaf? —A Teddy se le iluminó el semblante—. Un desafío de palabras. Mas ¿cómo hemos de proceder si no sabemos lo que hace para ganarse el pan ni cuál es su aspecto debajo de esa capelina?

—Tiene parte de lenita —manifestó Zaf sin apartar la vista del fabulador.

—¿De veras? ¿Lo has visto? —preguntó Teddy, impresionado, y se agachó en un intento fallido de ver mejor el rostro de Bitterblue—. Bien, pues, en tal caso, deberíamos darle un nombre de color. ¿Qué tal Rojoverdeamarillo?

—Eso es lo más estúpido que he oído en mi vida. Como si fuera una especie de pimiento.

—Vale, ¿y qué tal Caperuza Gris?

—Para empezar, la capucha es azul y, en segundo lugar, no es una abuela. Dudo que tenga más de dieciséis años.

Bitterblue estaba harta de que Teddy y Zaf la despachurraran entre los dos para mantener una conversación en susurros respecto a ella, prácticamente en sus narices.

—Tengo la misma edad que vosotros —protestó, aunque sospechaba que no era así—. Y soy más lista. Y probablemente soy capaz de luchar tan bien como cualquiera de vosotros dos.

—Lo que es su personalidad no tiene nada de gris —dijo Zaf.

—Y tanto que no —convino Teddy—. Tiene mucha chispa.

—Entonces, ¿qué tal Chispas?

—Perfecto. Así pues, ¿sientes curiosidad por mi libro de palabras, Chispas?

La ridiculez del nombre le escocía, la azoraba y la molestaba a partes iguales; ojalá no les hubiese dado carta blanca para elegirlo, pero lo había hecho, así que no tenía sentido protestar.

—Sí, me interesa —respondió.

—Bueno, supongo que sería más preciso decir que es un libro sobre palabras. Se conoce como «diccionario». Son pocos los intentos para hacer uno. La idea es hacer una lista de palabras y después escribir una definición para cada una de ellas. «Chispa» —enunció con grandilocuencia—: una porción pequeña de fuego, como en «una chispa saltó del horno y prendió fuego a las cortinas». ¿Lo entiendes, Chispas? Una persona que lea mi diccionario podrá aprender el significado de todas las palabras que existen.

—Sí, he oído hablar de esos libros —comentó Bitterblue—. Solo que, si se utilizan palabras para definir palabras, entonces uno no necesita realmente saber las definiciones para entenderlas, ¿no?

El regocijo de Zaf parecía ir en aumento.

—Y así es como Chispas, de un plumazo, se ha cargado el maldito libro de palabras de Teddren.

—Bueno, vale —dijo Teddy con la voz paciente de quien ya ha tenido que defender sus argumentos sobre el asunto en cuestión—. En abstracto, es cierto. Pero en la práctica, estoy convencido de que será muy útil, y mi intención es que sea el diccionario más concienzudo que se haya escrito. También estoy escribiendo un libro de verdades.

—Teddy, ve a pedir otra ronda —dijo Zaf.

—Zafiro me dijo que lo viste robar —le dijo Teddy a Bitterblue con absoluta despreocupación—. No lo malinterpretes. Solo recobra lo que antes ha sido…

En ese momento, Zaf lo asió por el cuello con una mano y a Teddy se le atragantaron las palabras. Zaf no dijo nada y se limitó a mantenerlo sujeto por la garganta al tiempo que lo fulminaba con la mirada.

—… robado —farfulló Teddy—. Creo que iré a por otra ronda.

—Ganas me dan de matarlo —rezongó Zaf, que siguió con la mirada a su amigo—. Puede que lo haga después.

—¿A qué se refería con que solo robas lo que ha sido robado antes?

—En lugar de eso, hablemos de tus hurtos, Chispas —argumentó Zaf—. ¿Le robas a la reina o solo a los pobres diablos que quieren echar un trago?

—¿Y qué me dices de ti? ¿Robas solo en tierra firme o también lo haces en alta mar?

Su salida consiguió que Zaf se echara a reír bajito, algo que Bitterblue no le había visto hacer hasta entonces. Se sintió muy orgullosa de sí misma. El joven sostuvo la copa entre las manos y recorrió el salón con la mirada; se tomó con calma darle una respuesta.

—Me criaron marineros lenitas en un barco lenita —admitió por fin—. Y que le robe a un marinero es tan improbable como que me clave un clavo en la cabeza. Mi verdadera familia es monmarda, y hace unos pocos meses vine aquí para pasar algún tiempo con mi hermana. Conocí a Teddy, y me ofreció un trabajo en su imprenta, que es una buena ocupación hasta que me entren ganas de marcharme otra vez. Y ya está. Esa es mi historia.

68

—Faltan bastantes fragmentos —dijo Bitterblue—. ¿Por qué te criaron en un barco lenita si eres monmardo?

—De la tuya faltan todos —repuso Zaf—. Y no doy mis secretos a cambio de nada. Si me identificaste como un marinero, entonces es que has pasado un tiempo en un barco.

—Tal vez —replicó con irritación.

—¿Tal vez? —repitió Zaf, divertido—. ¿Qué trabajos haces en el castillo?

—Horneo pan en la cocina —fue la respuesta de Bitterblue, que esperó que él no le hiciera preguntas sobre cosas concretas de la cocina, ya que no recordaba haberla visto nunca.

—¿Y es lenita tu madre o tu padre?

—Mi madre.

—¿Trabaja también contigo?

—Ella cose para la reina. Bordados.

—¿La ves a menudo?

—Cuando estamos trabajando no, pero vivimos en las mismas habitaciones. Nos vemos todos los días por la mañana y por la noche.

Bitterblue enmudeció para recobrar el aliento. Estaba soñando despierta y le parecía una hermosa ilusión, una que podría ser verdad. A lo mejor había una joven panadera en el castillo con su madre, que estaba viva, y que durante el día la llevaba en el pensamiento y la veía de noche.

—Mi padre era un fabulador monmardo —prosiguió—. Un verano viajó hasta Lenidia para narrar relatos y se enamoró de mi madre. Se la trajo a vivir aquí. Murió en un accidente, con una daga.

—Lo siento —dijo Zaf.

—Ocurrió hace años —contestó Bitterblue con voz entrecortada.

—¿Y por qué una joven panadera se escabulle de noche para robar el dinero de una copa? Es un poco peligroso, ¿no?

Bitterblue suponía que la pregunta tenía que ver con su constitución menuda.

—¿Alguna vez has visto a lady Katsa de Terramedia? —inquirió con aire malicioso.

—No, pero todo el mundo conoce su historia, desde luego.

—Es peligrosa sin ser grande como un hombre.

—Muy cierto, pero ella es una luchadora dotada con la gracia.

—Les ha enseñado a muchas chicas de esta ciudad a luchar. Me enseñó a mí.

—Entonces la conoces. —Zaf soltó la copa en la repisa y se volvió hacia ella con los ojos relucientes de interés—. ¿Conoces también al príncipe Po?

—A veces viene al castillo —respondió Bitterblue al tiempo que hacía un gesto vago con la mano—. A lo que voy: soy capaz de defenderme.

—Pagaría por verlos combatir a cualquiera de ellos —dijo Zaf—. Y pagaría en oro por verlos luchar el uno contra la otra.

—¿Oro tuyo o el de otra persona? Creo que eres un graceling dotado para robar.

A Zaf pareció divertirle muchísimo esa acusación.

—No estoy dotado para robar —contestó sonriente—. Y tampoco soy un graceling que lee la mente de otros, pero sé por qué te escabulles de noche: nunca te cansas de oír relatos.

En efecto. No se cansaba de oír narrar historias. Ni de las charlas con Teddy y con Zaf, porque eran igual que los relatos, que las calles y los callejones y los cementerios de noche, que el olor a humo y a sidra, que los edificios decrépitos, que los gigantescos puentes elevándose hacia el cielo que Leck había hecho construir sin razón aparente.

«Cuanto más veo y más oigo, más consciente soy de lo mucho que ignoro. Quiero saberlo todo.»

69

5

El ataque en el salón de relatos que tuvo lugar dos noches después la pilló completamente desprevenida.

Incluso en los segundos que siguieron inmediatamente después del ataque, Bitterblue no fue consciente de lo que ocurría, y se preguntó por qué Zaf se ponía delante de ella en un gesto protector al tiempo que asía el brazo de un hombre encapuchado, y por qué Teddy se apoyó en Zaf, vacilante y con aspecto de sentirse mal. La pelea fue tan silenciosa y los movimientos tan controlados y feroces que, cuando por fin el encapuchado se dio a la fuga y Zaf susurró «Deja que Teddy se apoye en tu hombro y actúa con normalidad. Solo está borracho», Bitterblue creyó que era cierto y que Teddy había bebido más de la cuenta. Hasta que salieron del salón, sosteniendo el peso de Teddy entre los dos, no comprendió que el problema no era que estuviera ebrio, sino que tenía un cuchillo clavado en el abdomen.

Si Bitterblue hubiera albergado alguna duda sobre si Zaf era marinero o no, el lenguaje del joven mientras llevaban a su amigo —jadeante y con los ojos vidriosos— escalera arriba se la habría despejado. Zaf se agachó para soltar a Teddy en el suelo, se sacó la camisa por la cabeza y la desgarró por la mitad. En un único movimiento que provocó que Teddy —o tal vez fuera ella— gritara, sacó de un tirón la hoja del abdomen de su amigo. A continuación taponó la herida con un trozo de camisa y apretó. Giró la cabeza hacia Bitterblue.

—¿Sabes dónde está el cruce del callejón del Caballo Blanco y la calle del Arco?

Era un sitio próximo al castillo, por la muralla este.

—Sí.

—Un curandero llamado Roke vive en el segundo piso del edificio que hay en la esquina sureste. Ve corriendo a despertarlo y llévalo a la tienda de Teddy.

—¿Dónde está la tienda de Teddy?

—En la calle del Hojalatero, cerca de la fuente. Roke sabe dónde es.

—Pero eso está muy cerca de aquí. Por fuerza tiene que haber un curandero por los alrededores…

Teddy rebulló y empezó a gemir.

—¡Roke! —gritó—. Tilda… Avisa a Tilda y a Bren…

—Roke es el único sanador del que nos fiamos —le espetó Zaf a Bitterblue—. Deja de perder tiempo. ¡Ve!

Bitterblue dio media vuelta y corrió por las calles mientras confiaba en que la gracia de Zaf, fuera la que fuese, sirviera de algún modo para mantener con vida a Teddy durante los siguientes treinta minutos, porque sabía el tiempo que iba a tardar en llegar. La mente no dejaba de funcionarle a toda velocidad. ¿Por qué un hombre encapuchado en un salón de relatos atacaba a un escritor y a un ladrón de gárgolas y de cosas que ya habían sido robadas? ¿Qué le había hecho Teddy a alguien para que quisiera herirlo con tanta saña?

Entonces, tras unos minutos de carrera, la pregunta dejó de tener relevancia y empezó a comprender la verdadera gravedad de la situación. Bitterblue conocía los daños de una herida de cuchillo. Katsa le había enseñado cómo infligirlas, y el primo de Katsa, el príncipe Raffin, heredero del trono de Terramedia y farmacólogo, le había explicado los límites de lo que podían hacer los curanderos. La cuchillada había alcanzado a Teddy en la parte baja del abdomen. Podía ser que los pulmones, el hígado, y quizá también el estómago no estuvieran afectados, pero aun así lo más probable es que hubiera alcanzado el intestino, lo cual significaba la muerte incluso con un curandero diestro en cerrar los desgarros, pues el contenido del intestino de Teddy quizás estaría derramándose en la cavidad del abdomen en esos instantes y le produciría una infección —con fiebre, sudores, dolor— de la que muy pocos salían con vida. Si se llegaba a eso, porque también podía morir desangrado.

Bitterblue no había oído hablar del curandero Roke y no estaba en situación de juzgar su habilidad. Pero sí conocía a una sanadora que había conseguido mantener con vida a gente con heridas de cuchillo en el vientre: su propia sanadora, Madlen, una graceling de renombre por sus maravillosas medicinas y sus éxitos quirúrgicos.

Cuando Bitterblue llegó al cruce del callejón de Caballo Blanco y la calle del Arco, siguió corriendo.

71

Y

La enfermería del castillo se encontraba en la planta baja, al este del patio mayor. Al no saber exactamente dónde, Bitterblue se deslizó como la sombra de una rata por un pasillo y decidió correr un albur al meterle el anillo de Cinérea en la nariz a un miembro de la guardia monmarda que cabeceaba debajo de un farol de pared.

—¡Madlen! —susurró—. ¿Dónde?

Sobresaltado, el hombre se aclaró la garganta y señaló.

—Por ese corredor adelante. Segunda puerta a la izquierda.

Unos segundos después Bitterblue se encontraba en el dormitorio de la sanadora y la sacudía para despertarla. Madlen abrió los ojos y se puso a rezongar una retahíla de palabras raras e incomprensibles que Bitterblue cortó con brusquedad.

—Madlen, soy yo, la reina. Despierta y vístete. Ropa cómoda para correr, y trae lo que quiera que necesites para curar a un hombre con una cuchillada en el vientre.

La oyó trastear y después surgió una chispa cuando Madlen encendió una vela. Saltó de la cama y lanzó una mirada feroz a Bitterblue con su único ojo de color ámbar, tras lo cual fue tropezando hacia el armario, de donde sacó un par de pantalones. El camisón le llegaba a las rodillas, y la cara le brillaba y la tenía tan descolorida como el camisón. Se puso a echar un montón de frascos y de instrumentos metálicos, afilados y de aspecto horrible en una bolsa.

—¿En qué parte del vientre?

—Abajo, y hacia la derecha, creo. La hoja de cuchillo era larga y ancha.

—¿Qué edad y qué corpulencia tiene ese hombre? ¿Está lejos?

—No sé, diecinueve o veinte años, y es de talla normal, ni alto ni bajo, ni gordo ni flaco. Se encuentra cerca de los muelles de la plata. ¿Es malo, Madlen?

—Sí, es malo. Lléveme allí, majestad. Ya estoy preparada.

Lo estaba. Quizá no en lo que la corte entendía por esa palabra. No se había molestado en ponerse el parche que solía llevar sobre la cuenca vacía del ojo, y el pelo blanco lo tenía de punta y lleno de enredos. Pero se había metido los faldones del camisón por dentro del pantalón.

—No debes llamarme «majestad» esta noche —le susurró Bitterblue mientras corrían por los pasillos y entre los arbustos podados del patio mayor—. Soy panadera en las cocinas del castillo y me llamo Chispas. —Madlen emitió un sonido de incredulidad—. Y sobre todo —siguió susurrando Bitterblue—, nunca le dirás a nadie ni una palabra de lo que ha ocurrido esta noche. Te lo ordeno como reina, Madlen. ¿Lo has entendido?

—Perfectamente —respondió la sanadora, que añadió—: Chispas.

Bitterblue hubiera querido dar las gracias a los mares por llevarle a esta feroz y sorprendente graceling a su corte. Pero le parecía que aún era muy pronto para agradecer nada.

Corrieron hacia los muelles de la plata.

En la calle del Hojalatero, cerca de la fuente, Bitterblue se paró, jadeando, y giró sobre sus talones, en círculo, para buscar un sitio que estuviera encendido, al tiempo que entrecerraba los ojos para distinguir los letreros que había en las tiendas. Acababa de distinguir las palabras «Imprenta» y «de Teddren» encima de un umbral oscuro, cuando la puerta se abrió y vio los destellos de oro en las orejas de Zaf.

Tenía las manos y los antebrazos llenos de sangre, el pecho desnudo subía y bajaba, y, cuando Bitterblue dio un tirón a Madlen para llevarla hacia allí, el pánico plasmado en el rostro de Zaf se tornó en cólera.

73

—No es Roke —dijo, señalando con el dedo la blanca melena de Madlen, como si esa parte de la anatomía de la sanadora la distinguiera de Roke mucho mejor que cualquier otra.

—Esta es la sanadora graceling Madlen —informó Bitterblue—. Seguro que tienes que haber oído hablar de ella. Es la mejor, Zaf, la sanadora preferida de la reina.

El joven parecía estar hiperventilando.

—¿Has traído a una de las sanadoras de la reina aquí?

—Te juro que no hablará sobre nada de lo que vea. Tienes mi palabra.

—¿Tu palabra? ¿Que tengo tu palabra cuando ni siquiera sé tu verdadero nombre?

Madlen, que era más joven de lo que imaginaría uno por el pelo y tan fuerte como podía esperarse de cualquier sanador, empujó a Zaf en el pecho con las dos manos y lo hizo recular al interior de la tienda.

—Pues yo me llamo Madlen —dijo—, y quizá sea la única sanadora en los siete reinos capaz de salvar a quienquiera que se esté muriendo aquí. Y cuando esta muchacha me pide que no hable de algo,

—añadió señalando con el dedo a Bitterblue—, eso es lo que hago. ¡Ahora quítate de en medio, estúpido, cabeza hueca con músculos por cerebro!

Lo apartó a un lado de un codazo y fue hacia la luz que se filtraba por la rendija de una puerta entreabierta que había al fondo. La cruzó y la cerró de golpe a su espalda.

Zaf alargó el brazo por detrás de Bitterblue para cerrar la puerta de la tienda, con lo que ambos se quedaron a oscuras.

—Me encantaría saber qué puñetas pasa en ese castillo vuestro, Chispas —dijo él con acritud, sorna, acusación y cualquier otra emoción desagradable que fue capaz de darle a la voz—. ¿La sanadora de la mismísima reina corre a hacer lo que quiere una panadera? ¿Qué clase de sanadora es, dicho sea de paso? No me gusta su acento.

Zaf olía a sangre y sudor, una combinación agria y metálica que ella identificó de inmediato. Olía a miedo.

—¿Cómo se encuentra? —susurró.

Él no contestó y solo emitió un sonido semejante a un sollozo indignado. Entonces la asió del brazo y tiró de ella a través del cuarto en dirección a la puerta por cuyos bordes se colaba luz.

74

Cuando uno no tiene nada en lo que ocuparse mientras un sanador decide si es posible ponerle un parche al cuerpo de un amigo moribundo, el tiempo pasa muy despacio. Y por supuesto, Bitterblue tenía poco que hacer, porque, aunque Madlen pidió alimentar el fuego y hervir agua, así como buena luz y manos extra mientras manipulaba con sus instrumentos en el costado de Teddy, no necesitaba tantos ayudantes como tenía a su disposición. Bitterblue dispuso de mucho tiempo para observar a Zaf y a sus dos compañeras conforme transcurría la noche. Llegó a la conclusión de que la mujer rubia debía de ser hermana de Zaf. Ella no lucía oro al estilo lenita y, por supuesto, no tenía el iris de los ojos de tonalidades púrpura; aun así, guardaba cierto parecido con Zaf en la luminosidad del cabello, así como en la expresión iracunda, que se plasmaba en su rostro del mismo modo que en el de su hermano. La otra podría ser hermana de Teddy. También tenía la mata de pelo castaño y los mismos ojos de color avellana del joven herido.

Bitterblue había visto a las dos mujeres en salones de relatos; charlaban, bebían, reían y, cuando sus hermanos pasaban cerca, jamás daban indicio de que se conocieran.

Ellas y Zaf permanecían cerca de Madlen, junto a la mesa, siguiendo con exactitud las instrucciones que la sanadora les daba, como lavarse y frotarse bien las manos y los brazos, hervir instrumentos y dárselos sin tocarlos directamente cuando los pedía o quedarse quietos donde les había dicho que se pusieran. No parecía preocuparles el extraño atuendo quirúrgico de Madlen, que casi la tapaba por completo, con el cabello remetido debajo de un pañuelo y otro pañuelo atado de modo que le cubría la boca. Tampoco demostraban cansancio.

Bitterblue se quedó cerca, esperando, debatiéndose a veces para mantener abiertos los ojos. La tensión que flotaba en el ambiente resultaba agotadora.

Era un cuarto pequeño, sin decoración, con unas pocas sillas y la mesa en la que yacía Teddy construidas con tosca madera. Había una estufa pequeña, un par de puertas cerradas y una estrecha escalera que conducía al piso de arriba. La respiración de Teddy era superficial; el joven estaba inconsciente, la piel le brillaba y tenía la tez cerosa. La vez que Bitterblue intentó observar con atención el trabajo de Madlen encontró a su sanadora con la cabeza inclinada para compensar la falta de un ojo y pasando plácidamente aguja e hilo por una masa de algo rosa y de aspecto mucoso que sobresalía del vientre de Teddy. Tras eso, Bitterblue se mantuvo cerca, preparada para acudir si necesitaban alguna cosa, pero contenta de no tener que observar el proceso.

La capucha se le echó hacia atrás una vez, mientras manejaba con esfuerzo un caldero de agua. Todos le vieron la cara. Su dificultad para respirar en ese momento estaba relacionada con algo más que con la carga pesada que sostenía en las manos, pero fue evidente, al cabo de uno o dos segundos, que Madlen fue la única persona presente en el cuarto que había visto a la reina.

De madrugada, Madlen dejó el frasco de ungüento que había estado utilizando y estiró el cuello girando la cabeza de izquierda a derecha.

—Ya no hay nada más que podamos hacer. Coseré la herida y después habrá que esperar y ver qué pasa. Me quedaré con él toda la mañana, por si acaso —comentó antes de lanzar una rápida e intensa mirada a Bitterblue, que la reina entendió como una petición de permiso, a la que respondió con un breve cabeceo.

—¿Cuánto tendremos que esperar? —preguntó la hermana de Teddy.

75

—Si va a morir, es posible que lo sepamos enseguida —repuso Madlen—. Si va a vivir, no lo sabremos con seguridad hasta pasados varios días. Os dejaré medicinas para combatir la infección y restaurar las fuerzas. Debe tomarlas con regularidad. Si no lo hace, puedo aseguraros que morirá.

La hermana de Teddy, tan serena durante la intervención, ahora habló con una violencia que sobresaltó a Bitterblue.

—Es confiado. Habla demasiado y entabla amistad con quienes no debería. Lo ha hecho siempre y se lo he advertido, se lo he suplicado. Si muere, será culpa suya y jamás se lo perdonaré.

Las lágrimas le corrieron por las mejillas y la estupefacta hermana de Zaf la abrazó. Sollozó contra el pecho de su amiga.

De repente, asaltada por la sensación de ser una intrusa, Bitterblue cruzó el cuarto y salió a la tienda, cerrando la puerta a sus espaldas. Allí se apoyó en la pared y respiró despacio, confusa porque las lágrimas de la otra mujer la habían puesto a ella al borde del llanto.

La puerta se abrió a su lado dando paso a Zaf, envuelto en la penumbra y completamente vestido, limpia la piel de sangre y con un paño blanco que goteaba agua en las manos.

76

—¿Has venido a comprobar si estoy husmeando por aquí? —instó Bitterblue con un timbre de aspereza.

Zaf limpió el picaporte de los churretes de sangre, se dirigió a la puerta principal de la tienda y limpió asimismo la manilla. Mientras regresaba hacia la tenue luz, Bitterblue vio su expresión con claridad, pero no supo qué conclusión sacar, porque parecía enfadado y feliz y perplejo, todo a la vez. Se paró junto a ella y cerró la puerta que daba al cuarto de atrás, de forma que la luz dejó de iluminar la tienda.

A Bitterblue no le importaba quedarse sola con él en la oscuridad, tuviera la expresión que tuviese. Desplazó las manos hacia los cuchillos que llevaba en las mangas y dio un paso hacia atrás para alejarse de él. Tropezó con algo puntiagudo que la hizo soltar un chillido.

Zaf empezó a hablar sin que, al parecer, advirtiera su ansiedad:

—Tenía un ungüento que le frenó la hemorragia —dijo, maravillado—. Le hizo una incisión, le sacó algo del abdomen, lo arregló y volvió a meterlo. Nos ha dado tantas medicinas que no soy capaz de controlar para qué sirven y, cuando Tilda ha intentado pagarle, solo le ha cogido unas pocas monedas de cobre.

Sí, compartía la extrañeza de Zaf. Le complacía que Madlen hubiera tomado unos cuantos céntimos, porque, después de todo, era la sanadora de la reina. Si hubiera rehusado cobrar algo podría parecer que había realizado esa curación en nombre de la soberana.

—Chispas —continuó Zaf, sorprendiendo a Bitterblue por la intensidad que destilaba su voz—. Roke no habría podido hacer lo que ha hecho Madlen. Incluso cuando te mandé a buscarlo, sabía que no estaría en sus manos salvarlo. Creo que no lo habría conseguido ningún curandero.

—Aún no sabemos si se salvará —le recordó ella con suavidad.

—Tilda tiene razón —dijo él—. Teddy es descuidado y demasiado confiado. Tú eres un ejemplo clásico: no podía creer cómo simpatizó contigo sin saber nada de ti. Cuando descubrimos que vivías en el castillo tuvimos una buena pelea. No sirvió de nada, por supuesto; estaba tan deseoso de volver a verte como siempre. Y lo cierto es que, de no haberlo hecho, ahora podría estar muerto. Es la graceling de vuestro castillo la que le ha salvado la vida.

Al final de una larga noche de desvelo y preocupación, la idea de que esos amigos fueran enemigos de la reina resultaba deprimente. Ojalá pudiera poner a sus espías tras ellos sin despertar sospechas en Helda respecto a cómo los conocía.

—Supongo que no hace falta advertiros de que la presencia de Madlen aquí esta noche ha de mantenerse en secreto —dijo—. Cuidad de que nadie la vea salir de la tienda.

—Eres todo un enigma, Chispas.

—Mira quién habla. ¿Por qué alguien tendría que matar a un ladrón de gárgolas?

Zaf apretó los labios en un gesto duro.

—¿Cómo te has...?

—Os vi hacerlo.

—Eres una fisgona.

—Y tú tienes debilidad por las peleas. Lo vi y punto. Supongo que no vas a intentar cualquier estupidez como revancha, ¿verdad? Si empiezas a acuchillar a la gente...

—No acuchillo a la gente salvo para impedir que me acuchillen a mí, Chispas.

—Estupendo, yo tampoco —dijo aliviada, con voz desfallecida.

Al oírla, Zaf soltó una risa suave que fue *in crescendo* hasta que ella acabó por sonreír. Por las rendijas de las contraventanas empezó a colarse una luz gris. Dentro de la tienda las cosas comenzaron a cobrar forma: había mesas cargadas con montones de papel, unos soportes verticales con extraños accesorios cilíndricos y una estructura enorme en el centro de la habitación, como un barco nocturno que emergiera del agua, con algunas partes brillantes, como si estuvieran hechas de metal.

—¿Qué es eso? —preguntó ella, señalándola—. ¿La prensa de imprimir de Teddy?

—Un panadero empieza a trabajar antes de que salga el sol —dijo Zaf sin hacerle caso—. Vas a llegar tarde a trabajar hoy, Chispas, y la reina no tendrá pan esponjoso para desayunar.

—Un tanto aburrido para ti, ¿no?, lo de trabajar en un taller, como un hombre honrado, tras una vida en el mar.

—Debes de estar cansada —respondió él suavemente—. Te acompañaré a casa.

Para Bitterblue fue un perverso consuelo la falta de confianza de Zaf.

—De acuerdo —dijo—. Pero antes pasemos a ver a Teddy.

Apartándose de la pared, siguió a Zaf de vuelta a la trastienda; le pesaban las piernas y tuvo que sofocar un bostezo. Iba a ser un día muy largo.

78

Recorriendo las calles de camino al castillo, fue un alivio para Bitterblue el hecho de que Zaf no mostrara ganas de conversar. Bajo la creciente luz, el joven caminaba balanceando los brazos en vaivén desde los fuertes y rectos hombros, en actitud vigilante.

«Probablemente duerme más en un día que yo durante una semana —pensó de mal humor—. Seguramente vuelve a casa tras esas largas veladas nocturnas y duerme hasta el ocaso. Los delincuentes no tienen que levantarse a las seis para ponerse a firmar fueros, actas y disposiciones a las siete.»

Él se frotó la cabeza enérgicamente hasta que el cabello se le puso de punta, como las plumas de un aturullado pájaro fluvial, y después masculló entre dientes algo que sonaba desolado y enojado por igual. Bitterblue olvidó su irritación. El aspecto de Teddy cuando entraron a verlo solo era un poquito mejor que el que hubiese tenido si estuviera muerto, con la cara como una máscara y los labios azulados. Madlen tenía la boca apretada en un rictus adusto.

—Zaf —dijo Bitterblue mientras alargaba la mano para que se parara—. Descansa cuanto puedas hoy, ¿vale? Debes cuidarte si quieres ayudar a Teddy.

Hubo un ligero tic en la boca del joven que curvó hacia arriba la comisura.

—Mi experiencia con las madres es muy limitada, Chispas, pero eso me ha sonado muy maternal.

A la luz del día, uno de los iris del muchacho tenía un suave color púrpura rojizo. El otro, igualmente suave y profundo, era azul purpúreo.

Ror le había regalado a Bitterblue un collar con una gema que tenía ese mismo matiz azul púrpura. Tanto a la luz del día como a la de la lumbre, la gema parecía cobrar vida al cambiar y oscilar su fulgor. Era un zafiro lenita.

—Te pusieron ese nombre por el color de los ojos —dijo—. Y fueron lenitas quienes te lo pusieron.

—Sí. También tengo un nombre monmardo que me dio mi verdadera familia cuando nací, claro. Pero Zafiro es el que he usado siempre.

Bitterblue pensó que tenía unos ojos un poco demasiado hermosos; todo su aspecto pecoso e inocente era demasiado bello para tratarse de una persona a quien jamás confiaría algo que quisiera volver a ver. Él no era como sus ojos.

—Zaf, ¿cuál es tu gracia?

—Te ha costado una semana larga atreverte a preguntarlo, Chispas.

—Soy una persona paciente.

—Además de creer solo lo que constatas por ti misma.

Bitterblue resopló con sorna.

—Como es de lógica con todo lo relacionado contigo —repuso.

—Ignoro cuál es mi gracia.

—¿Y eso qué se supone que significa? —preguntó Bitterblue con una mirada escéptica.

—Exactamente lo que he dicho. No lo sé.

—Tiene narices. ¿Acaso no se hace evidente en la infancia?

Zaf se encogió de hombros.

—Sea lo que sea —dijo luego—, ha de ser algo que nunca me ha servido para nada. Por ejemplo comerme un pastel tan grande como un barril sin que tenga una indigestión; pero no, eso no es, porque ya lo he probado. Créeme —añadió, poniendo los ojos en blanco y haciendo un apático ademán de resignación—. Lo he intentado todo.

—Bien, al menos sé que no es decir mentiras que la gente se traga, porque no te creo.

—No te miento, Chispas —afirmó Zaf sin que al parecer se sintiera ofendido.

Sumiéndose en el silencio, Bitterblue echó a andar otra vez.

79

Nunca había visto el distrito este a la luz del día. Una floristería de piedra sucia se inclinaba peligrosamente hacia un lado, apuntalada con vigas y en algunas partes con una rápida mano de pintura blanca dada por encima. En otro sitio unas planchas de madera, colocadas de forma desmañada, cubrían un agujero en un tejado de estaño; las planchas las habían pintado plateadas para que estuvieran a juego. Un poco más adelante había unos postigos de madera rotos arreglados con tiras de lona, y la madera y la lona se habían pintado por igual de azul claro como el cielo.

¿Por qué se molestaría alguien en pintar contraventanas —o una casa o lo que fuera— sin antes repararlas como era debido?

Cuando Bitterblue le enseñó el anillo al guardia lenita que estaba en las torres de entrada y accedió al castillo, era completamente de día. Cuando, con la capucha bien calada, mostró de nuevo el anillo y susurró el santo y seña del día anterior, «tarta de sirope», los guardias apostados en la entrada a sus aposentos abrieron un poco las grandes puertas, también ellos con la cabeza inclinada.

Ya dentro del vestíbulo, evaluó la situación. Al fondo del pasillo, a la izquierda, la puerta del cuarto de Helda estaba cerrada. A la derecha, Bitterblue no oyó moverse a nadie en la sala de estar. Giró a la izquierda y entró en su dormitorio, se quitó la capelina por la cabeza y cuando sus ojos le asomaron por la tela dio un brinco y casi soltó un grito. Po estaba sentado en el baúl que había contra la pared: en sus orejas brillaba el oro, tenía los brazos cruzados y los ojos la evaluaban con calma.

6

—*P*rimo —dijo, recobrando el dominio de sí misma—. ¿Tanto te cuesta ser anunciado, como cualquier otro invitado normal?

Po enarcó una ceja y respondió:

—He sabido desde que llegué anoche que no te encontrabas donde se suponía que debías estar. Las cosas no han cambiado en el transcurso de la noche. ¿En qué momento te habría gustado que me lanzara a buscar a alguien de tu personal y lo despertara para pedirle que me anunciara?

—Vale, de acuerdo, pero no tienes derecho a colarte en mi dormitorio a hurtadillas.

—No me colé a hurtadillas. Helda me dejó entrar. Le dije que querías que te despertara con el desayuno.

—Si mentiste para entrar, entonces es como si lo hubieras hecho a hurtadillas. —En ese momento vio por el rabillo del ojo una bandeja de desayuno llena de platos sucios amontonados y cubiertos utilizados—. ¡Te lo has comido todo! —exclamó, indignada.

—Da mucha hambre estar sentado en el dormitorio toda la noche, preocupado por ti y esperando que aparezcas —respondió con suavidad.

Hubo un silencio que se prolongó sin que ninguno de los dos lo rompiera y que a Bitterblue se le hizo muy largo. Casi todo lo que le había dicho hasta ese momento a su primo había sido una tentativa de distraerlo mientras ella controlaba las emociones, las agrupaba y las expulsaba a fin de afrontar el encuentro con la mente en blanco y tranquila, sin pensamientos que él pudiera descifrar. Se le daba bastante bien hacerlo. Incluso si se sentía embotada y temblaba por la fatiga, era muy buena dejando la mente vacía.

Ahora, con la cabeza ladeada, parecía que Po la estuviera observando. Solo había seis personas en todo el mundo que sabían que Po había perdido la vista y que su gracia no era la lucha cuerpo a cuerpo, como él afirmaba, sino una clase de capacidad mentalista que captaba ciertas ideas y sensaciones, lo que le permitía percibir a las personas y la corporeidad de las cosas. En los ocho años transcurridos desde la terrible caída en que perdió la vista había perfeccionado la técnica de simular que veía, y solía hacer de ello una costumbre incluso con las seis personas que sabían que estaba ciego. El engaño era necesario, porque a la gente no le gustaban los mentalistas, además de que los reyes explotaban su gracia. Po había estado fingiendo toda su vida que no era uno de ellos, y ya era un poco tarde para dejar de lado el fingimiento.

Bitterblue creía saber lo que Po estaba haciendo, sentado allí, con los ojos —uno plateado y otro dorado— prendidos en ella con un suave brillo afectuoso. Estaba deseoso de descubrir dónde había pasado toda la noche y por qué iba disfrazada; no obstante, a Po no le gustaba percibir los pensamientos de sus amigos. Además, esa percepción era limitada: solo captaba aquellos que, de algún modo, estuvieran relacionados con él; después de todo, gran parte de los pensamientos de una persona durante un interrogatorio guardaban cierta relación con el interrogador. Por ende, en ese momento intentaba hallar el modo de pedirle con ecuanimidad que le diera una explicación, con palabras vagas que no fueran capciosas, y así permitirle que respondiera como ella quisiera, sin forzar una reacción emocional que él sabría interpretar.

Se acercó a la bandeja del desayuno para buscar las sobras y encontró un trozo de tostada que él no se había comido. Estaba muerta de hambre, así que le dio un mordisco.

—Ahora encargaré un desayuno para ti y me lo comeré con tan poca consideración como tú te has comido el mío —dijo.

—Bitterblue, ese graceling con el que has venido y del que te has separado al llegar al castillo, ese muchacho magnífico, musculoso y con adornos de oro lenitas…

Captando muy bien lo que eso implicaba, Bitterblue giró con rapidez sobre sus talones para mirarlo, sobrecogida por el alcance de su gracia, y furiosa porque en su pregunta no había provocación.

—Po —espetó—, te prevengo de que no sigas por ese camino y lo intentes con un enfoque completamente diferente. ¿Por qué no me cuentas las noticias de Nordicia?

Él apretó los labios, disgustado.

—El rey Drowden ha sido destronado —anunció.

—¿Qué? —chilló Bitterblue—. ¿Destronado?

—Se puso un cerco —explicó Po—. Drowden vive ahora en las mazmorras, con las ratas. Va a haber un juicio.

—Pero ¿por qué no vino a informarme un mensajero?

—Porque el mensajero soy yo. Giddon y yo hemos venido directamente a verte en cuanto las cosas se han estabilizado. Hemos cabalgado dieciocho horas diarias y hemos cambiado los caballos con más frecuencia de lo que hemos comido nosotros. Podrás imaginar mi satisfacción cuando hemos entrado a caballo, al borde del colapso, y luego he tenido que permanecer despierto toda la noche, preguntándome donde diantres te habías metido y si debería dar la alarma y cómo iba a explicar a Katsa tu desaparición.

—¿Qué está pasando en Nordicia? ¿Quién gobierna ahora?

—Un comité formado por miembros del Consejo.

El Consejo era el nombre de una asociación clandestina compuesta por Katsa y Po, Giddon y el príncipe Raffin, además de todos los amigos secretos dedicados a originar desórdenes. Katsa había empezado con ello hacía años con el propósito de poner freno a los atropellos perpetrados por los monarcas más execrables contra sus propios súbditos.

—¿El Consejo está gobernando Nordicia?

—Todos los que están en el comité son un lord o una dama norgandos que han tomado parte de un modo u otro en el derrocamiento de Drowden. Cuando nos marchamos, el comité estaba eligiendo a sus líderes. Oll mantiene una vigilancia estricta en el desarrollo de las cosas, pero a mí me parece, y Giddon está de acuerdo, que de momento este comité es la opción menos desastrosa mientras la totalidad de Nordicia decide cómo seguir adelante. Se hablaba de poner directamente en el trono al familiar más cercano de Drowden. Él no tiene heredero, pero su hermanastro menor es un hombre sensato y un antiguo aliado del Consejo. Sin embargo, existe una fuerte oposición entre los lores que quieren la vuelta de Drowden. Las emociones están a flor de piel, como sin duda podrás imaginar. La mañana en la que partimos, Giddon y yo cortamos una pelea a puñetazos, desayunamos, pusimos fin a un enfrentamiento con espadas y montamos a caballo. —Po se frotó los ojos—. Ahora mismo, nadie está a salvo como rey en Nordicia.

—Por todos los mares, Po. Debes de estar agotado.

—Sí. Vine aquí para disfrutar de un poco de holganza. Ha sido maravilloso.

—¿Cuándo viene Katsa? —preguntó ella, sonriendo a la ironía de su primo.

—No lo sabe. Seguro que vendrá volando en cuanto dejemos de necesitarla. Ha estado ocupándose de Elestia, Meridia y Oestia prácticamente sola mientras que el resto de nosotros estábamos en Nordicia, ¿sabes? Ansío disponer de unos pocos días tranquilos con ella antes de que derroquemos al próximo monarca.

—¡No estaréis haciéndolo otra vez!

—En fin —dijo Po, cerrando los ojos y recostándose en la pared—. Era broma, creo.

—¿Crees?

—No hay nada seguro —respondió él con irritante vaguedad; después abrió los ojos y los estrechó como si la estuviera mirando—. ¿Has tenido problemas últimamente?

—¿Podrías ser un poco más específico? —replicó con un resoplido de sorna.

—Me refiero a cosas como desafíos a tu soberanía.

—¡Po! ¡Tu siguiente revolución no va a ser aquí, espero!

—¡Pues claro que no! ¿Cómo se te ocurre siquiera la idea?

—¿Te das cuenta de lo poco claro que estás siendo?

—Bueno, ¿y qué me dices de ataques inexplicables? —sugirió él—. ¿Ha habido alguno?

—Po —repuso Bitterblue con firmeza mientras se debatía contra el recuerdo de Teddy para que Po no lo viera, cruzada de brazos, como si eso fuera a ayudarla a defender sus pensamientos—. O me dices con claridad de qué diantres hablas o sal del alcance de lo que pienso.

—Lo siento. —Po alzó la mano en un gesto de disculpa—. Estoy cansado e incurro en descuidos. Tenemos dos motivos de preocupación por ti, ¿comprendes? Uno de ellos son las noticias de que los recientes acontecimientos en Nordicia han provocado descontentos por doquier, pero sobre todo en reinos con una historia de monarcas tiranos. Y por eso nos preocupa que, tal vez, corras más peligro que antes por parte de tu propio pueblo, quizá de alguien a quien Leck hizo daño y que ahora intenta hacértelo a ti. El otro es que los reyes de Oestia, Meridia y Elestia odian al Consejo. A pesar de actuar con el mayor secreto posible, saben quiénes son los cabecillas, prima. Les encantaría descargar su ira contra nosotros, lo cual les ofrece varias posibilidades, entre ellas hacer daño a nuestros amigos.

—Comprendo. —De repente se sentía incómoda e intentó recordar los detalles del ataque contra Teddy sin vincularlo con Po en su mente. ¿Existía la posibilidad de que el cuchillo que hirió a Teddy hubiera sido un golpe fallido dirigido a ella? No se acordaba de detalles específicos para sacar una conclusión. Eso significaría, por supuesto, que alguien de la ciudad sabía quién era ella. Lo cual no parecía muy probable.

—Nadie me ha hecho daño —dijo.

—Pues es un alivio. —Po parecía dubitativo e hizo una pausa—. ¿Algo va mal?

Bitterblue soltó un sonoro suspiro.

—En las últimas dos semanas han pasado varias cosas que no parecen normales —admitió—. En su mayor parte son nimiedades, como cierta confusión respecto a los informes del castillo. Seguro que no tendrá importancia.

—Pues dime si puedo ayudarte de alguna forma —se ofreció él.

—Gracias, Po. Me alegra mucho verte, ya lo sabes. Su primo se puso de pie y los adornos de oro brillaron. Qué hombre tan maravilloso, con esos ojos iluminados por su gracia y el semblante trasluciendo que no se le daba bien ocultar lo que sentía. Se acercó a ella, le tomó la mano, inclinó la morena cabeza y se la besó.

—Te he echado de menos, Escarabajito.

—Mis consejeros creen que deberíamos casarnos —dijo Bitterblue con aire malicioso.

Po estalló en carcajadas.

—Voy a disfrutar mucho contándoselo a Katsa —dijo luego.

—Po, no le digas a Helda que anoche no estaba aquí, por favor.

—¿Hay algo por lo que debería preocuparme? —le preguntó su primo y, sin soltarle la mano, tiró de ella.

—Has pillado mal esa idea, graceling. Olvídalo, Po. Y ve a dormir un poco.

Durante un momento, Po se quedó mirando —o eso pareció— la mano y suspiró. Después se la besó otra vez.

—No se lo contaré… hoy.

—Po…

—No me pidas que te mienta, Bitterblue. En este instante, esto es todo lo que puedo prometerte.

Más avanzada la mañana, Bitterblue entró en la sala de estar recién bañada y ataviada, lista para empezar el día.

—¿Está contenta con la visita de su primo, majestad? —preguntó Helda al verla, sin quitarle ojo de encima.

—Sí. —Bitterblue, con los ojos enrojecidos, parpadeó—. Por supuesto.

—Yo también —se apresuró a contestar Helda, aunque de un modo que hizo que Bitterblue sintiera una vaga inquietud por sus secretos nocturnos. También la dejó desarmada y sin coraje para pe-

85

dir algo que le quitara el hambre, puesto que se suponía que ya había desayunado.

—La reina no tendrá pan esponjoso para desayunar —masculló entre dientes, con un suspiro.

Cuando entró a las oficinas de abajo, por las cuales tenía que pasar para llegar a su torre, docenas de hombres se afanaban de aquí para allá o redactaban con minuciosidad documentos de aspecto tedioso en los escritorios; sus rostros estaban vacíos de toda expresión, salvo el aburrimiento. Cuatro de los guardias graceling, sentados contra la pared, alzaron los ojos disparejos hacia ella. La guardia de la reina, que contaba con diez miembros, también había sido la de Leck. Todos eran graceling dotados para la lucha cuerpo a cuerpo o para la esgrima o la fuerza o alguna otra habilidad apropiada para proteger a una reina, y su trabajo era proteger las oficinas y la torre. Holt, uno de los cuatro que ahora estaban de servicio, la observó con ansiedad, y Bitterblue tomó nota mentalmente de no mostrarse enojada con nadie.

Su consejero Rood también se hallaba presente, por fortuna ya recuperado de su ataque nervioso.

—Buenos días, majestad —saludó con timidez—. ¿Puedo hacer algo por su majestad?

Rood no se parecía en nada a su hermano mayor, Runnemood, sino que era un reflejo desdibujado y viejo de aquel; daba la impresión de que, si uno lo pinchaba con algo puntiagudo, estallaría como una pompa de jabón y desaparecería.

—Sí, Rood. Me encantaría tomar un poco de panceta. ¿Alguien podría traerme unas lonchas de bacón con huevos y salchichas? ¿Ya estás mejor? ¿Qué hay de nuevo?

—Esta mañana a las siete han robado un cargamento de plata que se transportaba desde los muelles de la plata hasta el tesoro, majestad —informó Rood—. Es una pérdida de poca monta, pero lo extraño es que parece haber desaparecido mientras el carro estaba en tránsito y, por supuesto, estamos preocupados y perplejos.

—Inexplicable —expresó duramente Bitterblue. Zafiro y ella se habían separado bastante antes de las siete de esa mañana, pero era ilógico que el graceling hubiera salido a robar estando Teddy tan grave—. ¿Esa plata había sido robada con anterioridad?

—Su majestad me disculpará, pero no la sigo. ¿A qué se refiere con esa pregunta?

—Para ser sincera, no sabría decirte.

—¡Majestad! —llamó Darby, que apareció delante de ella como

salido de la nada—. Lord Danzhol espera arriba, y Thiel asistirá a la reunión.

Danzhol. El que quería hacer una propuesta de matrimonio y presentar objeciones al fuero de una ciudad del centro de Monmar.

—Bacón —masculló Bitterblue—. ¡Bacón! —repitió, tras lo cual se encaminó serenamente hacia la escalera de caracol que subía a su despacho.

Conceder fueros de autonomía a ciudades como la de Danzhol había sido idea de los consejeros de Bitterblue, y el rey Ror había estado de acuerdo. Durante el reinado de Leck, no pocos lores y damas de Monmar habían actuado con arbitrariedad. No era fácil discernir cuál de ellos había actuado así bajo el influjo de Leck y cuál lo había hecho con absoluta lucidez, viendo lo mucho que podía ganar ejerciendo la explotación de forma deliberada mientras que el resto del reino había perdido la voluntad y estaba enajenado. Pero fue evidente, cuando el rey Ror visitó unas cuantas comarcas cercanas, que había lores y damas que se habían erigido cual monarcas de sus señoríos cobrando impuestos y legislando a las gentes con desacierto y, en ocasiones, con crueldad.

¿Qué mejor ejemplo de actuación con visión de futuro que compensar a todas las ciudades víctimas de esos abusos otorgándoles libertad y autogobierno? Por supuesto, una solicitud de autonomía requería motivación y organización —además de alfabetización— por parte de los ciudadanos, y asimismo permitir la objeción a los nobles implicados, aunque pocas veces lo hacían. La mayoría prefería que en la corte no se hurgara demasiado en lo que habían hecho en el pasado.

Lord Danzhol era un cuarentón bocudo al que le quedada rara la ropa que llevaba: demasiado ancha a la altura de los hombros, tanto que parecía que el cuello le salía de una cueva, y demasiado ajustada en la cintura. Tenía un iris plateado y el otro verde claro.

—Los habitantes de su feudo alegan que los mataba de hambre con los impuestos durante el reinado de Leck —empezó Bitterblue mientras señalaba las partes más relevantes del fuero—, y que les arrebataba sus pertenencias cuando no podían pagarlos. Libros, productos de su negocio, tinta, papel, incluso animales de granja. Se apunta que tenía, y que aún tiene, un problema con el juego.

—No entiendo qué tienen que ver mis inclinaciones personales en esto —alegó con actitud agradable, los brazos colgándole sin elegancia de las anchas hombreras de la chaqueta, como si fueran algo nuevo y él no se hubiera acostumbrado todavía a usarlos—. Créame, majestad, conozco a la gente que ha redactado ese fuero y a los que han sido elegidos para la junta del consejo de la ciudad. Serán incapaces de mantener el orden.

—Tal vez —contestó Bitterblue—, pero se les concede un periodo de prueba para demostrar lo contrario. Veo aquí que desde el inicio de mi reinado ha reducido la presión de los impuestos, pero también veo impagos de empréstitos que se concedieron a algunos negocios de la ciudad. ¿No tiene usted granjas y artesanos? ¿No es su feudo lo bastante próspero para que siga siendo rico, lord Danzhol?

—¿Ha notado su majestad que soy graceling? —preguntó Danzhol—. Soy capaz de abrir tanto la boca que la igualo al tamaño de mi cabeza. ¿Le gustaría verlo?

Los labios del noble se abrieron y empezaron a estirarse mientras los dientes se echaban hacia atrás. Sus ojos y su nariz se desplazaron hasta la parte posterior de la cabeza y la lengua se quedó colgando fuera de la boca; a todo esto, la epiglotis, tirante y roja, no dejó de extenderse más, de enrojecer más, de abrirse más y de deformarse más. Por fin, la cara del hombre fue toda ella como vísceras brillantes. Era como si se le hubiese vuelto la cabeza del revés.

Bitterblue se apretó contra el respaldo del sillón e intentó apartarse, boquiabierta, con una mezcla de fascinación y horror. Y entonces, con un único y suave movimiento, los dientes de Danzhol pasaron rápidamente por encima y se cerraron arrastrando tras de sí el resto del rostro, que volvió a su posición natural.

El noble sonrió y le dedicó un malicioso arqueo de cejas, que casi resultó ser más de lo que Bitterblue se sentía capaz de soportar.

—Majestad —habló alegremente—, revocaré todas y cada una de las objeciones hechas al fuero si accede a casarse conmigo.

—Me han dicho que tiene parientes adinerados —dijo Bitterblue, que fingió no estar nerviosa—. Su familia no le prestará más dinero, ¿me equivoco? ¿Se habla, tal vez, de encarcelar al deudor? La única objeción real a este fuero es que está usted en bancarrota y necesita un feudo al que abrumar con impuestos o, preferentemente, una esposa rica.

Una expresión desagradable pasó fugaz por el rostro de Danzhol. Ese hombre no parecía estar del todo cuerdo, y Bitterblue sintió un intenso deseo de que saliera de su despacho.

—Majestad, creo que no está considerando mis objeciones ni mi proposición con la atención que merecen.

—Considérese afortunado de que no dé a todo este asunto la importancia que tiene —replicó Bitterblue—. Podría pedir los detalles de cómo ha gastado el dinero de esos ciudadanos mientras ellos pasaban hambre, o qué hizo con los libros y los animales de granja que les incautó.

—Ah, pero es que sé que su majestad no hará eso —dijo, sonriendo una vez más—. Un fuero de ciudad es garantía de la discreta falta de atención de la reina. Pregúntele a Thiel.

El primer consejero estaba junto a ella y le tendió el fuero por la página de la firma, así como la pluma, que puso en la mano.

—Solo tiene que firmar y este patán saldrá de aquí y nos libraremos de él, majestad —manifestó—. Conceder esta audiencia fue una mala idea.

—Sí. —Bitterblue sostuvo la pluma sin apenas ser consciente de lo que hacía—. Ciertamente, un feudo de ciudad no da esa garantía —añadió mirando a Danzhol—. Puedo ordenar que se abra una investigación sobre cualquier lord si así lo deseo.

—¿Y cuántas habéis ordenado, majestad?

No había ordenado ninguna investigación. Las circunstancias apropiadas no se habían dado hasta el momento y no era aconsejable como actuación con visión de futuro; sus consejeros nunca se lo habían sugerido.

—No creo que sea necesaria una investigación para determinar que lord Danzhol no está capacitado para gobernar su feudo, majestad —intervino Thiel—. Mi consejo es que firméis el fuero.

Danzhol les ofreció una sonrisa alegre y amplia.

—Entonces, ¿está su majestad completamente decidida a no contraer matrimonio conmigo? —dijo con una sonrisa que era todo dientes.

Bitterblue soltó la pluma en el escritorio, sin firmar.

—Thiel, saca a este perturbado de mi despacho —ordenó.

—Majestad —empezó a decir el consejero, pero enmudeció al ver que Danzhol sacaba una daga de no se sabía dónde. El noble lo golpeó con la empuñadura en la cabeza y Thiel se desplomó en el suelo, con los ojos en blanco.

Bitterblue se incorporó con rapidez, demasiado atónita para que se le ocurriera gritar o hacer otra cosa aparte de mirar boquiabierta al hombre. Antes de que tuviera tiempo de sobreponerse al estupor, Danzhol había extendido el brazo por encima del escritorio, la había agarrado por la nuca y, tirando de ella hacia sí, abrió la boca y empezó a besarla. Era una postura forzada, pero forcejeó contra él, ahora asustada de verdad, debatiéndose con los brazos, que parecían de hierro, hasta que por fin logró subirse al escritorio y le propinó un rodillazo. Tenía fuerte el estómago y no cedió un ápice.

¡*Po!*, gritó para sus adentros, por si su primo estaba al alcance para captar su atención. *Po, ¿estás dormido?*

A todo esto, bajó la mano hacia la bota para sacar el cuchillo que guardaba en ella, pero Danzhol la arrastró fuera del tablero y la estrechó contra sí, le dio media vuelta para tener la espalda de ella contra su torso, y le puso la daga en la garganta.

—Grite y la mataré —amenazó.

Aunque hubiera querido, no habría podido gritar, con la cabeza tan echada hacia atrás como la tenía. Las horquillas del pelo le tiraban y se le clavaban en el cuero cabelludo.

—¿Es que cree que de esta forma conseguirá lo que quiere? —preguntó medio ahogada.

—Oh, nunca tendré lo que quiero. Y la propuesta matrimonial no parece que vaya por buen camino —replicó él mientras con una mano le tanteaba brazos y torso, caderas y muslos, buscando armas escondidas. El manoseo la enrabietó y odió a ese hombre, lo odió con todas sus fuerzas. Notaba el pecho y el estómago del noble contra la espalda, y el contacto resultaba extraño y voluminoso.

—¿Y cree que matando a la reina lo logrará? Ni siquiera podrá salir de esta torre —espetó.

¡*Po!* ¡*Po!*

—No voy a matarla, a menos que no me quede más remedio que hacerlo —replicó Danzhol.

La arrastró con facilidad a través del despacho hacia la ventana más septentrional, llevando en todo momento el cuchillo tan pegado a su garganta que Bitterblue ni siquiera se atrevía a moverse. Entonces el noble se puso a forcejear con una mano por debajo de la chaqueta, de forma extraña, sin que Bitterblue alcanzara a ver qué hacía. Por fin logró sacar un apretujado montón de cuerda enrollada y unida a una especie de rezón pequeño que cayó a sus pies con un golpeteo metálico.

—Mi plan es raptarla —explicó Danzhol; la apretó más contra sí y ella notó en la espalda un cuerpo blando y humano—. Hay quien pagaría una fortuna por usted.

—¿Para quién trabaja? —gritó—. ¿Por quién hace esto?

—Ni por mí ni por usted —contestó él—. ¡Ni por nadie vivo!

—Está loco —jadeó Bitterblue.

—¿De veras? —preguntó, casi como si sostuvieran una conversación informal—. Sí, probablemente lo estoy. Pero lo hice para salvarme. Los otros ignoran qué fue lo que me volvió loco. Si lo supieran, no me dejarían acercarme a usted. ¡Los vi! ¡Sí! —gritó.

—¿Que vio qué? —inquirió con las lágrimas corriéndole por las mejillas—. ¿Qué fue lo que vio? ¿De qué está hablando? ¡Suélteme!

La cuerda tenía nudos a intervalos regulares. Bitterblue empezó a entender lo que se proponía hacer el hombre y, con la comprensión, llegó la más absoluta y categórica negativa. *¡Po!*

—Hay guardias en los jardines —dijo—. No logrará escabullirse conmigo.

—Tengo una barca en el río y algunos amigos. Uno de ellos es una graceling dotada para el camuflaje y el enmascaramiento. Creo que la impresionará, majestad, aunque yo no lo haya conseguido.

¡Po!

—No, no logrará que…

—Cállese —instó a la par que apretaba la daga para dejar clara su advertencia—. Habla demasiado. Y deje de moverse tanto.

El rezón le estaba dando problemas al noble. Era demasiado pequeño para el alféizar y no dejaba de tintinear contra el suelo de piedra. Danzhol sudaba y mascullaba entre dientes; temblaba un poco y respiraba de forma irregular y superficial. Bitterblue sabía —con una especie de certeza primaria, inquebrantable— que no sería capaz de salir con ese hombre por la ventana más alta del reino para descolgarse por una cuerda sujeta de mala manera. Si Danzhol pretendía huir por allí, iba a tener que arrojarla a la fuerza al vacío.

Intentó contactar con Po una última vez, perdida casi la esperanza. Entonces, cuando a Danzhol se le cayó otra vez el rezón, Bitterblue aprovechó que él tuvo que inclinarse para intentar algo desesperado. Levantando un pie y estirando la mano hacia abajo —gritando, pues tuvo que pegar la garganta a la afilada hoja a fin de llegar donde se proponía— tanteó para dar con el puñal pequeño que llevaba en la bota. Lo tocó y, asiéndolo, se lo hincó con todas sus fuerzas a Danzhol en la espinilla.

El hombre chilló de dolor y rabia, y aflojó la presa lo suficiente para que ella pudiera girar sobre sí misma; Bitterblue le hundió el puñal en el pecho como Katsa le había enseñado, por debajo del esternón y hacia arriba, con fuerza. La sensación al penetrar la hoja era espantosa, inimaginablemente horrible; el cuerpo era demasiado sólido y elástico y, de repente, demasiado pesado. La sangre le empapó las manos. Empujó fuerte contra el peso del cuerpo. El hombre se desplomó en el suelo.

Transcurrieron unos instantes.

91

Entonces retumbaron unos pasos por la escalera y Po irrumpió violentamente en el despacho, seguido por otros. Bitterblue se encontró en sus brazos, pero no lo notaba; le hacía preguntas que ella no entendía, pero debió de contestarle, porque apenas pasó un segundo antes de que la soltara, atara el rezón de Danzhol al alféizar, echara la cuerda por la ventana, y se deslizara por ella a continuación.

No podía apartar la vista del cuerpo de Danzhol. De pronto se encontró apoyada en la pared de enfrente, vomitando. Alguien amable le sujetó el pelo para apartárselo de la cara. Oyó el runrún de una voz por encima de ella. Era lord Giddon, un noble de Terramedia, el compañero de viaje de Po. Y entonces rompió a llorar.

—Ya está —dijo Giddon con suavidad—. No pasa nada.

Bitterblue trató de enjugarse las lágrimas, pero tenía las manos llenas de sangre; se volvió hacia la pared y vomitó de nuevo.

—Traed un poco de agua —oyó pedir a Giddon. Al poco, el noble le estaba lavando las manos con un paño.

Había muchísima gente en el despacho. Estaban todos sus consejeros, ministros y administrativos, y su guardias graceling no dejaban de salir por la ventana, lo que le provocaba mareos. Thiel se encontraba sentado y gemía. Rood se había arrodillado a su lado y sostenía algo contra la cabeza de Thiel. Su guardia Holt se hallaba cerca, observándola, con la preocupación brillándole en los ojos, uno con un iris plateado y el otro gris. En ese momento apareció Helda, que envolvió a Bitterblue en un abrazo cálido y suave. Y entonces ocurrió lo más sorprendente. Thiel se acercó a ella, cayó de hinojos a sus pies y, tomándole las manos, se las llevó a la cara. En sus ojos vio algo al descubierto y roto que ella no comprendió.

—Majestad —dijo con voz temblorosa—. Si ese hombre os hubiera herido, jamás me lo habría perdonado.

—Thiel, no me hizo daño. A ti te hizo mucho más. Deberías acostarte.

Bitterblue empezó a temblar. Hacía un frío horrible allí.

Thiel se incorporó y, sin soltarle las manos, les habló a Helda, Giddon y Holt de manera sosegada:

—La reina sufre una conmoción por el impacto emocional. Debe ir a acostarse y descansar lo que sea menester. Que venga un sanador, le cure los cortes y prepare una infusión de lorasima, que le calmará los temblores y reemplazará parte del líquido que ha perdido. ¿Entendido?

Todos lo entendieron. Y se hizo lo que Thiel había dicho.

7

*B*itterblue estaba tumbada debajo de las mantas, tiritando y demasiado cansada para quedarse dormida. No dejaba de darle vueltas a lo ocurrido. Tiró de la sábana bordada para arroparse. Cinérea bordaba sin descanso, siempre; bordaba los embozos de las sábanas y las fundas de almohada con esas figuras pequeñas y alegres de barcas y castillos y montañas, brújulas y anclas y estrellas fugaces. Los dedos le volaban mientras cosía. No era un recuerdo alegre.

Retiró la ropa de cama y fue hacia el baúl de su madre. Se arrodilló delante y posó las palmas de las manos en la tapa de madera oscura, cubierta con hileras e hileras de adornos preciosos muy semejantes a los que a Cinérea le gustaba bordar. Estrellas y soles, castillos y flores, llaves, copos de nieve, botes, peces. Guardaba el recuerdo de que esas cosas le habían gustado de pequeña, comprobar que los bordados de su madre hacían juego con partes de su baúl.

«Como piezas de un rompecabezas unidas —pensó—. Como cosas que tienen sentido. ¿Qué me pasa?»

Encontró una amplia bata roja que hacía juego con la alfombra y las paredes del dormitorio, y después, sin una razón que pudiera explicar, se retó a sí misma a ir a la ventana y mirar hacia abajo, al río. Ya había salido por una ventana con su madre. Puede que fuera incluso esa misma ventana. Y entonces no hubo una cuerda, solo sábanas atadas unas a otras. Ya abajo, en los jardines, su madre mató a un guardia con un cuchillo. No tuvo más remedio que hacerlo. El guardia no les habría dejado pasar. Su madre se acercó sigilosamente a él y lo apuñaló por la espalda.

«He tenido que matarlo», se dijo Bitterblue.

Miró fuera y vio a Po allí abajo, en los jardines traseros del castillo, acodado en el muro y con la cabeza apoyada en las manos.

Bitterblue regresó a la cama y, tendiéndose encima, se acarició la cara con las sábanas de su madre. Unos segundos después se levantó, se vistió con un sencillo vestido verde y se sujetó los cuchillos a los antebrazos, tras lo cual salió a buscar a Helda.

Helda se había sentado en un lujoso sillón azul de la sala de estar de Bitterblue y cosía en una tela del color de la luna.

—Debería estar durmiendo, majestad. —La miró con preocupación—. ¿No le hizo efecto la infusión?

Bitterblue paseó de un lado a otro de la sala mientras pasaba los dedos por las estanterías vacías de la librería sin saber muy bien qué buscaba; polvo no, desde luego, porque no había ni una mota.

—No puedo dormir. Me volveré loca si sigo intentándolo.

—¿Tiene hambre? —preguntó Helda—. Nos han traído algunas cosas para desayunar. Lo trajo Rood, empujando él mismo el carrito, insistiendo en que lo querríais. Me faltó valor para no dejarlo pasar. Parecía tan desesperado por hacer algo para consolarla y que se sintiese mejor…

94

La panceta mejoró espectacularmente las cosas, pero Bitterblue aún estaba demasiado alterada para dormir.

Una escalera de caracol que había cerca de sus aposentos y que no se utilizaba nunca descendía hasta una pequeña puerta guardada por un miembro de la guardia monmarda. La puerta daba al jardín trasero del castillo.

¿Cuándo fue la última vez que había estado en ese jardín? ¿Había vuelto una sola vez desde que se habían llevado las jaulas de Leck? Al salir al jardín se encontró cara a cara con la escultura de una criatura que parecía una mujer, con manos, cara y cuerpo de mujer, pero tenía garras, dientes, orejas y casi la pose de un gran puma erguido sobre las patas traseras. Bitterblue miró con intensidad los ojos de la estatua, que parecían llenos de vida y asustados; no era una mirada vacía, como podría esperarse en los ojos de una escultura. La mujer gritaba. En la postura había tensión, en el gesto de alargar los brazos y en la curvatura de la columna vertebral y el cuello, que de algún modo creaban la sensación de un tremendo dolor físico. Una enredadera viva, con flores doradas, se enroscaba prietamente alrededor de una pata trasera.

«Es una mujer transformándose en un puma —pensó Bitterblue—. Y le duele de un modo horrible.»

A ambos lados se alzaban altos muros de arbustos que cerraban el jardín, en el que crecían libremente árboles, parras y flores. El suelo descendía hacia el bajo muro de piedra que daba al río. Po seguía allí, apoyado en los codos y con los ojos mirando fijamente —o dando la impresión de mirar— a las aves zancudas que se arreglaban las plumas con el pico, subidas a los pilotes.

Al acercarse a él, su primo apoyó la cabeza en las manos otra vez. Ella lo entendió. Nunca había sido difícil de descifrar el estado de ánimo de Po.

El mismo día en que Bitterblue perdió a su madre, ese hombre, su primo, la encontró. En el tronco hueco de un árbol caído. La puso a salvo corriendo a toda velocidad a través del bosque con ella cargada al hombro. Intentó matar a su padre para salvarla, pero fracasó y estuvo a punto de morir él; así perdió la vista. Intentando protegerla.

—Po —llamó suavemente y se puso a su lado—. No es culpa tuya, lo sabes.

Po inhaló y luego soltó el aire.

—¿Vas siempre armada? —preguntó, en tono sosegado.

—Sí. Ahora llevo un cuchillo en la bota.

—¿Y cuando duermes?

—Duermo con los cuchillos sujetos con correas a los antebrazos.

—¿Y alguna vez regresas a casa y duermes en tu propia cama?

—Siempre, excepto anoche —contestó con cierta acritud—. Aunque eso no es asunto tuyo.

—¿Querrías plantearte llevar siempre los cuchillos enfundados en los antebrazos a lo largo del día, como ahora?

—Sí y, además, ¿por qué llevarlos escondidos? Si me atacan en mi propio despacho, ¿por qué no puedo llevar una espada?

—Tienes razón, deberías llevarla. ¿Estás desentrenada?

Bitterblue no había tenido ocasión de empuñar una espada en los últimos... tres o cuatro años, calculó.

—Mucho.

—Giddon o yo o uno de tus guardias entrenaremos contigo. Y a todos los visitantes se los registrará de ahora en adelante. Hace un momento me he cruzado un instante con Thiel y lo he notado consumido por la preocupación que siente por ti; se odia a sí mismo, prima, por no ocurrírsele registrar a Danzhol. Tus guardias consiguieron atrapar a dos de sus cómplices, pero ninguno de ellos sabía a quién pensaba pedir Danzhol un rescate por ti. Me temo que el tercer cómplice, una chica, escapó. Esa joven podría hacer mucho daño

95

si quisiera, Bitterblue, y ni siquiera sé cómo aconsejarte que tengas cuidado con ella. Su gracia la dota para... Supongo que podríamos llamarlo ocultación.

—Danzhol mencionó a una graceling dotada para el camuflaje, o algo así.

—Bueno, por lo que he descubierto, te impresionaría lo que hizo para ocultar la barca. Estaba camuflada para que pareciera la rama de un árbol, grande y frondosa, flotando en el agua. O eso he creído entender. Utiliza espejos y me habría gustado ver el efecto por mí mismo. Cuando nos acercamos y tus guardias se dieron cuenta de que era una barca, se quedaron más que pasmados y pensaron que yo era un genio o algo por el estilo, claro, por dirigirme directamente hacia allí sin que me confundiera la apariencia en ningún momento. Los dejé que salieran tras los dos tipos que no eran graceling y yo la perseguí a ella. Y te diré, Bitterblue, que lo que hizo no era normal. La perseguí por la orilla del río, percibiéndola justo delante, y sentí que planeaba ocultarse de mí. Entonces, de golpe, llegó a un muelle, saltó a él y se tendió esperando que la confundiera con un montón de lonas.

—¿Qué? —Bitterblue arrugó la nariz—. Y eso, ¿qué significa?

—Pues que ella estaba convencida de que yo no la veía por tener la apariencia de un montón de lonas —repitió Po—. Me paré, consciente de que tendría que aparentar que me había engañado, aunque me sentía desconcertado porque no me engañaba. ¡No había una sola lona en el muelle! Así que fui hacia un par de hombres que había cerca y les pregunté si veían unas lonas cerca y, en tal caso, que por favor no las miraran fijamente ni las señalaran de manera obvia.

—¿Les pediste eso a unos desconocidos?

—Sí. Pensaron que estaba chiflado.

—¡Pues claro! ¿Qué iban a pensar?

—Entonces me dijeron que sí, que había unas lonas amontonadas justo donde yo sabía que se encontraba ella, de color gris y rojo, como la ropa que llevaba ella, por lo que me han dicho después. Me fastidió mucho, pero tuve que dejarla allí porque bastante espectáculo había dado ya y, además, quería regresar y ver cómo estabas. ¿Sabes que incluso la percibía un poco como si fuera lona? ¿No es fantástico? ¿No es maravilloso?

—¡No, no lo es! Podría estar en este jardín ahora mismo. ¡Podría encontrarse en el muro en el que estamos recostados!

—Oh, pero es que no está —la tranquilizó Po—. No está en ninguna parte del castillo, te lo aseguro. Ojalá estuviera... Quiero conocerla. No percibí malevolencia en ella, ¿sabes? Parecía sentir mucho lo que había ocurrido.

—Po... ¡Intentó raptarme!

—Pero por la sensación que me daba parecía ser amiga de Holt, tu guardia. Intentaré encontrarla. A lo mejor ella podría decirnos qué se traía entre manos Danzhol.

—Pero, Po, ¿qué pasa con la escena que montaste? ¿Y qué pasa con los hombres de mi guardia que te vieron quedarte como si nada con lo de la barca? ¿Estás seguro de que ninguno sospechó algo?

La pregunta pareció atemperarlo.

—Sí, lo estoy. Solo pensaron que era un tipo raro.

—Supongo que sería una pérdida de tiempo pedirte que tengas más cuidado.

Él cerró los ojos.

—Ha pasado tanto tiempo desde que no estoy solo, siempre rodeado de gente... Me encantaría ir a casa una temporada. —Se frotó las sienes y añadió—: El hombre con el que estabas esta mañana, el lenita que no es lenita de nacimiento...

—Po..., —se encrespó Bitterblue.

—Lo sé, cariño, lo sé. Solo quiero hacerte una pregunta sencilla: ¿cuál es su gracia?

—Dice que no lo sabe —respondió ella con un resoplido.

—¡Venga ya!

—¿Podrías deducir algo por lo que percibes en él?

Po se quedó pensativo unos instantes y después sacudió la cabeza.

—En un mentalista se nota cierta sensación que él no tenía. Pero percibí algo insólito en él. Algo relacionado con su mente, ¿sabes?, algo que no percibo en cocineros o en bailarines o en tus guardias o en Katsa. Es posible que tenga algún tipo de poder mental.

—¿Podría ser clarividente?

—No lo sé. Conocí a una mujer en Nordicia que llamaba a los pájaros con la mente y los tranquilizaba. Tu amigo... Se llama Zaf, ¿verdad? La percepción que percibo en Zaf es un poco como la de esa mujer, pero no del todo.

—¿Podría tener un poder malévolo como el de Leck?

Po soltó el aire con fuerza.

—Jamás me he topado con alguien que tuviera una mente como la de Leck. Y esperemos que nunca lo encuentre. —Rebulló y cambió el tono de voz—. ¿Por qué no me presentas a Zaf y le pregunto cuál es su gracia?

—Oh, sí, claro, ¿por qué no? No les parecería extraño que me presentara en compañía de un príncipe lenita.

—¿Así que no sabe quién eres? Me lo estaba imaginando.

—Supongo que ahora vas a darme una charla respecto a decir mentiras.

Po se echó a reír, lo que al principio la desconcertó, hasta que recordó con quién estaba hablando.

—Sí, claro. Por cierto, ¿qué explicación diste de tu alocada entrada en mi despacho hoy? ¿La disculpa del espía?

—Por supuesto. Los espías me dicen cosas continuamente en el más estricto secreto y justo en el último momento.

Bitterblue soltó una risita divertida.

—Oh, pero es terrible decir tantas mentiras, ¿no, Po? Sobre todo a personas que confían en ti —comentó.

Su primo no respondió y se volvió hacia la pared con el gesto jocoso aún en la cara, pero también algo más que la hizo callar y desear no haber sido tan frívola. De hecho, la red de mentiras de Po no tenía nada de divertida. Y cuanto más se prolongaba la farsa, cuantas más misiones realizaba Po para el Consejo, cuanta más gente confiaba en él, menos divertido era. La mentira que contó cuando se vio obligado a explicar su incapacidad para leer —que una enfermedad le había afectado la vista de cerca— ponía a prueba la credibilidad de los demás y de vez en cuando las cejas se enarcaban. A Bitterblue no le gustaba imaginar lo que ocurriría si la verdad saliera a la luz. Bastante malo era ya su don como mentalista, pero viniendo de alguien que ha mentido sobre su gracia durante más de veinte años, alguien a quien se admiraba y se elogiaba en los siete reinos… En Lenidia más que eso; allí lo reverenciaban, sin medias tintas. ¿Y qué decir de sus amigos íntimos que lo ignoraban? Katsa lo sabía, y Raffin, y el compañero de Raffin, Bann. La madre de Po y su abuelo. Nadie más. Giddon lo ignoraba, como también Helda. Tampoco lo sabían el padre de Po ni sus hermanos. Celaje no tenía ni idea, y él adoraba a su hermano pequeño.

A Bitterblue no le gustaba pensar en cómo reaccionaría Katsa si la gente empezara a mostrarse violenta o malintencionada con Po. Creía que la ferocidad de Katsa al defenderlo podría ser temible.

—Perdona que no haya sido capaz de ahorrarte el mal rato que has pasado hoy, Escarabajito —dijo Po.

—No hay nada que perdonar. Me las arreglé, ¿verdad?

—Más que eso. Estuviste magnífica.

El parecido de Po con la madre de Bitterblue era tremendo. Cinérea había tenido esa misma nariz recta, esa promesa de sonrisa fácil en torno a la boca. Po hablaba con el mismo acento que su madre, y también era igual esa intensa sensación de lealtad que transmitía. Quizá tenía sentido que Po y Katsa entraran en su vida justo cuando le arrebataban a su madre. No era justo, pero tenía sentido.

—Hice lo que Katsa me enseñó —musitó.

Po alargó el brazo y tiró de ella hacia sí para estrecharla con fuerza, y con ese abrazo logró que ella se centrara de nuevo.

Pasado un rato, Bitterblue fue a la enfermería para informarse sobre el estado de Teddy.

Los ronquidos de Madlen habrían ahogado los graznidos de una invasión de gansos, pero cuando Bitterblue abrió la puerta, la mujer se sentó de golpe en la cama.

—Majestad —dijo con voz ronca al tiempo que parpadeaba—. Teddy está aguantando.

Bitterblue se sentó con pesadez en una silla, encogió las piernas y se las rodeó con los brazos.

—¿Crees que vivirá?

—Es muy probable que sí, majestad.

—¿Les diste todas las medicinas que necesitan?

—Todas las que tenía, majestad, y puedo facilitaros más para que se las deis.

—¿Viste algo…? —Bitterblue no sabía cómo preguntarle aquello—. ¿Viste algo raro mientras estuviste allí, Madlen?

No pareció que la sanadora se sorprendiera por la pregunta, si bien observó a la reina con intensidad, desde el desaliñado cabello hasta la punta de las botas, antes de contestar:

—Sí —admitió—. Se dijeron y se hicieron cosas raras.

—Cuéntamelo todo —pidió Bitterblue—, tanto lo extraño como lo que no lo era.

—Bien, pues, ¿por dónde empezar? Supongo que lo más raro de todo fue la excursión que hicieron después de que Zafiro regresara de acompañar a su majestad a casa. Cuando entró en el trastienda era evidente que estaba bastante contento por algo, majestad, y lanzaba miradas elocuentes a Bren y a Tilda…

—¿Bren?

—Bren, la hermana de Zafiro, majestad.

—¿Y Tilda es hermana de Teddy?

—Lo siento, majestad, di por sentado que…

99

—No des por sentado nada —la interrumpió Bitterblue.

—Sí, claro. Hay dos parejas de hermanos. Teddy y Zafiro viven en las habitaciones de la trastienda, donde estuvimos, y Tilda y Bren en el piso de arriba. Ellas son mayores que sus hermanos, y llevan tiempo viviendo juntas, majestad. Tilda parece ser la propietaria de la imprenta, pero me dijo que Bren y ella eran maestras.

—¡Maestras! ¿Qué clase de maestras?

—No sabría decirle, majestad —respondió Madlen—. De las que se escabullirían a la tienda con Zafiro, cerrarían la puerta, mantendrían una conversación en susurros para que yo no las oyera y después me dejarían sola con su amigo medio muerto sin decirme nada.

—Así pues, ¿te quedaste sola en su casa? —preguntó Bitterblue al tiempo que se sentaba erguida.

—Teddy recobró el conocimiento, majestad, por lo que salí a la tienda para comunicarles la buena noticia. Entonces fue cuando descubrí que se habían marchado.

—Lástima que Teddy volviera en sí antes de que supieras que estabas sola —exclamó Bitterblue—. Podrías haber registrado sus cosas y haber hallado respuestas a muchas preguntas.

—Ya —rezongó Madlen con aire disgustado—. No es ese mi proceder cuando me dejan sola en la casa de unos desconocidos con un paciente dormido. Sea como fuere, majestad, le alegrará que Teddy despertara, porque se mostró muy comunicativo.

—¿En serio?

—¿Le ha visto los brazos, majestad?

¿Los brazos de Teddy? Había visto los de Zaf, que llevaba marcas lenitas en la parte superior de los brazos, como las que lucía Po; aunque menos elaboradas, tenían el mismo efecto en cuanto a llamar la atención. Y eran igual de atractivas. «Más», pensó, por si acaso Po estaba despierto y el ego le estaba engordando con sus ideas.

—No, ¿qué le pasa en los brazos? —preguntó mientras se frotaba los párpados y suspiraba.

—Tiene cicatrices en uno, majestad. Parecen de quemaduras, como si lo hubieran marcado a fuego. Le pregunté qué le había pasado y dijo que se lo había hecho con la prensa. Me explicó que había intentado despertar a sus padres, sin éxito, y que también se quedó inconsciente, tendido junto a la prensa, hasta que Tilda lo sacó a rastras. No le encontré sentido a su relato, majestad, así que le pregunté si sus padres habían tenido una imprenta que se había incendiado. Empezó a reírse… Bueno, es que estaba bajo el efecto de las drogas, ¿entiende, majestad? Tal vez por eso dijo más de lo que habría dicho de no hallarse en ese estado, y por la misma razón lo dijo de un modo que parecía un sinsentido. Me contó que sus padres habían tenido cuatro imprentas que habían ardido.

—¡Cuatro! ¿Estaba alucinando?

—No estoy segura, majestad, pero cuando puse en tela de juicio sus palabras se mostró firme respecto a que habían tenido cuatro tiendas y que una tras otra habían ardido. Comenté que me parecía una extraña coincidencia y él dijo que no, que eso era exactamente lo que inevitablemente tenía que ocurrir. Le pregunté si sus padres eran demasiado imprudentes y se echó a reír otra vez; luego dijo que sí, que en Burgo de Leck había sido muy imprudente tener una imprenta.

Ahora entendía la historia Bitterblue. Ahora todo tenía sentido.

—¿Dónde están sus padres? —preguntó

—Murieron en el incendio que lo dejó marcado a él, majestad.

Sabía que la respuesta iba a ser esa, y aun así resultó dolorosa.

—¿Cuándo?

—Oh, hará unos diez años. Tenía diez por entonces.

«Mi padre mató a los padres de Teddy —pensó Bitterblue—. Sería lógico que me odiara, y con razón.»

—Y entonces me dijo algo con tan poco sentido que lo escribí para no equivocarme cuando se lo contara a su majestad. ¿Dónde lo he puesto?

Malhumorada, Madlen empezó a rebuscar entre los libros y los papeles que tenía en la mesilla. Se inclinó por el borde de la cama y hurgó en la ropa que había tirada en el suelo.

—Aquí está. —Sacó un papel doblado de un bolsillo y lo estiró encima de las mantas—. Dijo: «Supongo que la pequeña reina está a salvo hoy sin su presencia, porque sus hombres principales pueden hacer lo que haría usted. Una vez que uno aprende a cortar y coser, ¿acaso lo olvida por la injerencia de algo o de alguien? ¿Aunque quien interfiriera fuera Leck? Ella me preocupa. Mi ilusión es que la reina sea una persona que va en pos de la verdad, pero, si por hacerlo se convierte en el blanco de alguien, no».

Madlen dejó de leer y miró a Bitterblue, que la observaba con mirada inexpresiva.

—¿Eso es lo que dijo?

—Lo es que yo recuerde, majestad.

—¿Quiénes son mis «hombres principales»? ¿Mis consejeros? ¿Y «el blanco»?

—No tengo ni idea, majestad. Dado el contexto, ¿quizá se refería a sus mejores sanadores?

—Probablemente sea un dislate inducido por los fármacos. Déjame que lo lea —dijo Bitterblue.

La letra de Madlen era grande y esmerada, como la de un niño. Bitterblue se sentó con las piernas dobladas debajo del cuerpo y estuvo dándole vueltas al mensaje durante un tiempo. ¿Cortar y coser? ¿Se refería con eso a lo que hacía un sanador? ¿O se refería a la costura? ¿O a algo terrible, como lo que su padre les hacía a conejos y ratones con cuchillos? «Mi ilusión es que la reina sea una persona que va en pos de la verdad, pero, si por hacerlo se convierte en el blanco de alguien, no.»

—Mucho de lo que decía era un galimatías, majestad —dijo Madlen, que tiró del parche del ojo para sacarlo del enganche que había en el poste de la cama y se lo ató a la cabeza por detrás—. Y cuando los otros tres regresaron, tenían el aire de jóvenes muy satisfechos de sí mismos.

—Oh, cierto. —Se había olvidado de las andanzas de los otros tres—. ¿Iban cargados con algo?

—Desde luego que sí. Un pequeño saco que Bren subió al piso de arriba antes de que yo tuviera ocasión de echarle un vistazo.

—¿Hacía ruido? ¿Un tintineo o algo parecido?

—No, ningún ruido, majestad. Ella lo sostenía cerca de sí con cuidado.

—¿Podrían ser monedas de plata?

—Claro, igual que podría haber sido harina o carbón o las gemas de las coronas de los seis monarcas, majestad.

—Cinco, Madlen. Drowden ha sido derrocado —le informó—. Me enteré esta mañana.

La sanadora se sentó derecha y bajó los pies al suelo.

—Por todas las inundaciones —maldijo, y luego la miró con solemnidad—. El día de hoy está plagado de hechos asombrosos. Cuando su majestad me diga que el rey Thigpen ha sido depuesto, me caeré de la cama.

Thigpen era el rey de Elestia. Ese era el reino del que Madlen decía haber escapado, aunque la sanadora se mostraba siempre muy reservada respecto a su pasado y hablaba con un acento que no coincidía con ninguno de los siete reinos que Bitterblue conocía. Madlen había llegado a su corte buscando trabajo hacía siete años y había hecho alusión durante su entrevista al hecho de que, excepto en Lenidia y Monmar, en los otros reinos, y en especial en Elestia, los graceling eran esclavos de sus monarcas, una circunstancia que para ella era inadmisible. Bitterblue había tenido el tacto de no preguntar a

Madlen si se había arrancado el ojo para ocultar su naturaleza grace-ling durante la huida. De ser así… En fin, la gracia de Madlen era cu-rar, así que probablemente sabía el mejor modo de hacerlo.

La cena tuvo lugar en su sala de estar, temprano. Sonaba el suave tictac de un reloj y su corona captaba la luz de un sol al que aún le faltaba mucho para ponerse.

«Tengo que permanecer despierta para ir a ver a Teddy», pensó Bitterblue.

Po se reunió con ella y con Helda para la cena. Esta había sido an-taño la aya de Katsa en Terramedia y era aliada del Consejo desde hacía tiempo. Mimó a Po como si fuera un nieto al que hacía mucho que no veía.

«No debo pensar cómo tendré que escabullirme esta noche sin que Po se dé cuenta. Puedo pensar en escabullirme. Solo he de evitar pensar en escabullirme sin que él se dé cuenta, porque lo sabrá de in-mediato.»

Por supuesto, la otra faceta de la gracia de Po era percibir la cor-poreidad de todo y de todos, por lo que probablemente percibiría su marcha tanto si estaba al tanto de sus pensamientos como si no. Lo cual era muy posible que ya supiera a esas alturas, de todos modos, por haber estado dándole tantas vueltas a la idea de no pensar en ello.

Y entonces, por fortuna, Po se levantó para marcharse. Giddon apareció con un hambre voraz, palmeó el hombro a Po y se sentó en su silla. Helda salió a alguna parte con un par de espías que habían llegado. Bitterblue estaba sentada enfrente de Giddon, con la cabeza inclinada sobre el plato.

«Tengo que preguntarle sobre lo ocurrido en Nordicia —pensó—. He de mantener una conversación educada y agradable y no he de contarle mis planes para escabullirme. Es apuesto, ¿verdad? La barba le queda bien.»

—Rompecabezas —dijo, tontamente.

—¿Perdón, majestad? —preguntó él, que soltó el cuchillo y el te-nedor para mirarla a la cara.

—Oh —exclamó al darse cuenta de que había hablado en voz alta—. No, nada. Estoy rodeada de enigmas, eso es todo. Me dis-culpo por el estado en que me encontraba cuando nos vimos esta mañana, Giddon. No es así como habría querido darle la bienve-nida a Monmar.

—Majestad, no debe disculparse por eso —respondió con inmediata conmiseración—. También yo pasé por algo parecido la primera vez que me vi envuelto en la muerte de alguien.

—¿De verdad? ¿Qué edad tenía entonces?

—Quince años.

—Perdón, Giddon —se disculpó avergonzada mientras intentaba contener un bostezo—. Estoy exhausta.

—Debería descansar.

—He de permanecer despierta —contestó.

Y entonces, al parecer, se quedó dormida, porque despertó al rato en la cama, confusa. Giddon debía de haberla ayudado a llegar al dormitorio, le había quitado las botas, le había soltado el pelo y la había metido entre las sábanas. Entonces se recordó a sí misma diciendo: «No puedo dormir con todas estas horquillas en el pelo». Y la voz profunda de lord Giddon diciendo que iría a buscar a Helda. Y ella, medio dormida, respondiendo enérgicamente «No, no quiero esperar», y empezando a darse tirones de las trenzas recogidas, y Giddon alargando las manos para impedir que siguiera tirando y sentándose a su lado en la cama para ayudarla mientras le decía cosas a fin de que se tranquilizara. Y ella recostándose contra él cuando le soltó el cabello, y los murmullos de caballerosa comprensión cuando ella farfulló contra su pecho: «Estoy muy cansada. Oh, hace tanto que no duermo».

«Ah, qué mortificante —pensó. Y ahora la garganta le escocía y los músculos le dolían como si hubiese estado en una clase de lucha de Katsa—. Hoy he matado a un hombre», recordó, y ese pensamiento hizo que las lágrimas le corrieran por las mejillas. Apretada la cara contra la almohada bordada por su madre, lloró a lágrima viva.

Al cabo de un rato, los sentimientos se encalmaron en torno a un pequeño consuelo: «Mamá también tuvo que matar a un hombre. Solo he hecho lo que hizo ella».

Un papel crujió en el bolsillo del vestido. Limpiándose las lágrimas, Bitterblue sacó las extrañas palabras de Teddy y las sostuvo en la mano apretada. Dentro de ella germinó una pequeña determinación. Era descifradora de rompecabezas y también una buscadora de la verdad. Ignoraba lo que Teddy había querido decir con eso, pero sabía lo que significaba para ella. Tanteando, encendió una lámpara, encontró pluma y tinta y escribió en el reverso del papel:

LISTA DE PIEZAS DEL ROMPECABEZAS

Las palabras de Teddy. ¿Quiénes son mis «hombres principales»? ¿A qué se refería con «cortar y coser»? ¿Corro peligro? ¿Para quién soy un blanco?

Las palabras de Danzhol. ¿Qué fue lo que vio? ¿Era cómplice de Leck de algún modo? ¿Qué era lo que intentaba decir?

Las actividades de Teddy y Zaf. ¿Por qué robaron una gárgola y también otras cosas? ¿Qué significa robar lo que ya ha sido robado?

Los informes de Darby. ¿Me mintió respecto a que las gárgolas nunca habían estado en la muralla?

Misterios generales. ¿Quién atacó a Teddy?

Cosas que he visto con mis propios ojos. ¿Por qué el distrito este se está cayendo en pedazos pero aun así está adornado? ¿Por qué Leck fue tan peculiar respecto a la decoración del castillo?

¿QUÉ hizo Leck?

Ahí garabateó unas cuantas notas:

Animalitos torturados. Hacer que desapareciera gente. Cortar. Incendiar imprentas. (Construir puentes. Hacer remodelaciones en el castillo.) Con franqueza, ¿cómo voy a saber gobernar mi reino si no tengo ni idea de lo que ocurrió en el reinado de Leck? ¿Cómo voy a entender lo que mi pueblo necesita? ¿Cómo puedo descubrir más cosas? ¿Quizás en los salones de relatos? ¿Debería preguntar otra vez a mis consejeros, aunque no me den respuestas?

Añadió una pregunta más, despacio y en minúscula:

¿Cuál es la gracia de Zaf?

Entonces, volviendo a la lista larga, escribió:

¿Por qué todo el mundo está loco? Danzhol. Holt. El juez Quall. Ivan, el ingeniero que intercambió las lápidas y las sandías. Darby. Rood.

A todo esto, se preguntó si podía considerarse locura el beber demasiado de vez en cuando o padecer de los nervios. Bitterblue tachó «está loco» y lo sustituyó por «es tan raro». Pero eso abría la lista a cualquiera. Todos eran raros. En un ataque de frustración, tachó «tan raro» y escribió «EXCÉNTRICO», en mayúsculas. A continuación añadió a Thiel y a Runnemood, a Zaf, a Teddy, a Bren, a Tilda, a Deceso y a Po, para no dejar cabos sueltos.

Segunda parte

Rompecabezas y embrollos

(septiembre)

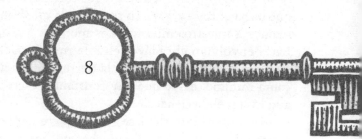

lguien, una persona maravillosa, había hecho desaparecer hasta el último indicio de la sangre de Danzhol del suelo de piedra del despacho. Incluso buscándola a propósito, Bitterblue no consiguió ver ni rastro.

Releyó el fuero con detenimiento, dejando que cada palabra penetrara en su mente y cobrara sentido, tras lo cual lo firmó. Ahora ya no había razón para no hacerlo.

—¿Qué vamos a hacer con el cadáver? —le preguntó a Thiel.

—Se ha incinerado, majestad —respondió el primer consejero.

—¿Qué? ¿Ya? ¿Por qué no se me informó? Habría querido asistir a la ceremonia.

La puerta del despacho se abrió y entró Deceso, el bibliotecario.

—No podía retrasarse más la incineración del cuerpo, majestad. Acabamos de comenzar septiembre —comentó Thiel.

—Y no se diferenció en nada a cualquier otra ceremonia de cremación, majestad —abundó Runnemood desde la ventana.

—¡No se trata de eso! —replicó Bitterblue—. Maté a ese hombre, por todas las boñigas. Tendría que haber estado presente.

—De hecho, no es una tradición monmarda incinerar a los muertos, ¿sabe, majestad? Nunca lo ha sido —intervino Deceso.

—Sandeces —protestó Bitterblue, contrariada—. Todos celebramos ceremonias con fuego.

—Supongo que no es oportuno contradecir a la reina —repuso el bibliotecario con un sarcasmo tan evidente que Bitterblue se sorprendió a sí misma asestándole una mirada durísima.

Ese hombre, con casi setenta años, tenía la piel fina como papel, más propia de un anciano nonagenario, y los ojos disparejos, uno de color verde como las algas y el otro violáceo —el mismo tono que el de sus labios apretados—, que siempre estaban secos y parpadeaban sin parar.

—Mucha gente de Monmar incinera a los muertos, majestad —continuó el hombrecillo—, pero no es costumbre del reino hacerlo, como estoy seguro de que sus consejeros saben, sino que era lo que hacía el rey Leck. Es su tradición la que honramos cuando quemamos a nuestros muertos. Los monmardos, antes del reinado de Leck, envolvían el cadáver en tela impregnada con una infusión de hierbas y lo sepultaban en la tierra, a medianoche. Lo hacían así, como mínimo, desde que hay constancia escrita. Quienes lo saben aún lo siguen haciendo.

De pronto Bitterblue se acordó del cementerio por el que había atajado de vuelta al castillo muchas noches, y en Ivan el ingeniero, que había intercambiado las sandías por las lápidas funerarias. ¿Qué sentido tenía mirar las cosas si no se fijaba en ellas?

—Si tal cosa es cierta, entonces, ¿por qué no hemos retomado las costumbres monmardas? —inquirió.

La pregunta se la hizo directamente a Thiel, que estaba de pie frente a ella, con aire paciente y preocupado.

—Imagino que por no querer disgustar a la gente sin necesidad, majestad. Si les gustan las ceremonias crematorias, ¿por qué íbamos a impedírselo?

—Pero ¿qué tiene eso de innovación con visión de futuro? —preguntó Bitterblue, desconcertada—. Si queremos dejar atrás el recuerdo de Leck, ¿por qué no recordar a la gente que tal era la costumbre monmarda de enterrar a sus difuntos?

—Es una nimiedad, majestad, sin importancia apenas —arguyó Runnemood—. ¿Por qué recordarles su sufrimiento? ¿Por qué darles una razón para que crean que, tal vez, hemos estando honrando a sus muertos de forma equivocada?

«No es una nimiedad —pensó Bitterblue—. Tiene que ver con la tradición y el respeto, y con recobrar lo que significa ser monmardo.»

—¿Se enterró o se incineró el cuerpo de mi madre? —instó.

La pregunta pareció sobresaltar —y a la par dejar perplejo— a Thiel. El consejero se sentó pesadamente en una de las sillas que había delante del escritorio y no contestó.

—El rey Leck ordenó la cremación del cuerpo de la reina Cínerea en la parte alta del arco del Puente del Monstruo, por la noche, majestad —anunció Deceso, el bibliotecario—. Era como prefería llevar a cabo esas ceremonias. Creo que le agradaba la grandeza de la ambientación y el espectáculo de los puentes iluminados por el fuego.

PUENTE DEL MONSTRUO

—¿Había alguien allí a quien en realidad le importara la ceremonia? —preguntó Bitterblue.

—No que yo sepa, majestad —contestó Deceso—. Yo, por ejemplo, no estuve presente.

Había llegado el momento de cambiar de tema, porque Thiel la empezaba a preocupar, sentado allí, con esa mirada vacía en los ojos. Como si se hubiera quedado sin alma.

—¿A qué has venido, Deceso? —espetó Bitterblue.

—Muchas personas han olvidado las costumbres monmardas, majestad —insistió, obstinado, el bibliotecario—. Sobre todo los que vivían en el castillo, donde la influencia de Leck era más fuerte, así como entre los muchos que no saben leer, tanto ciudadanos como personal de la corte.

—Todos los que viven y trabajan en el castillo saben leer —le contradijo Bitterblue.

—¿De veras? —Deceso soltó un pequeño rollo de pergamino en el escritorio y, aprovechando el mismo movimiento, hizo una reverencia, consiguiendo de algún modo que el gesto pareciese una burla. Después dio media vuelta y abandonó el despacho.

—¿Qué ha traído? —preguntó Runnemood.

—¿Me has estado engañando respecto a las estadísticas de alfabetización, Runnemood?

—Por supuesto que no, majestad —contestó él, exasperado—. El castillo está alfabetizado. ¿Qué le gustaría hacer? ¿Otro estudio sobre el tema?

—Sí, otro estudio, tanto del castillo como de la ciudad.

—De acuerdo, otro estudio para disipar dudas por la difamación de un bibliotecario misántropo. Confío en que no espere de nosotros que proporcionemos pruebas cada vez que haga una acusación.

—Tenía razón con lo de los enterramientos —dijo Bitterblue.

Soltando el aire despacio, Runnemood habló con paciencia:

—Nunca hemos negado que fuera verdad lo de los enterramientos, majestad. Esta es la primera vez que discutimos sobre ello. Y bien, ¿qué es lo que ha traído?

Bitterblue deshizo el lazo que sujetaba el documento enrollado y el pergamino se desplegó ante ella.

—Solo otro mapa inútil —dijo mientras volvía a enrollarlo y lo dejaba a un lado.

Más tarde, cuando Runnemood se hubo ido para asistir a alguna reunión que había en algún lugar y Thiel se encontraba a su mesa de trabajo, de espaldas y con la mente en otra parte, Bitterblue se

113

guardó el pequeño mapa en el bolsillo del vestido. No era un mapa inservible, sino una preciosa y suave miniatura de todas las calles principales de la ciudad, perfecta para llevarla encima.

Esa noche, en el distrito este, buscó el cementerio. Los caminos estaban alumbrados, aunque con luz tenue, y no había luna, por lo cual no distinguía lo que ponía en las inscripciones de las lápidas. Caminando entre muertos anónimos, intentó decidir en qué apartado colocar «incineración frente a enterramiento» en su lista de piezas del rompecabezas. Empezaba a sospechar que lo de hacer planes o actuar con «visión de futuro» significaba muy a menudo evitar planear o actuar, sobre todo si los planes o las ideas tenían que ver con cosas que podrían requerir cavilar mucho. ¿Qué había dicho Danzhol de que los fueros eran garantía de la discreta falta de atención de la reina? Lo indiscutible era que su falta de atención a Danzhol había tenido consecuencias desastrosas. ¿Había allí gente a quien debería estar observando con más atención?

Se tropezó en una tumba con la tierra suelta y amontonada. Era de alguien que había muerto hacía poco.

114

«Qué tristeza —pensó—. Hay algo tremendamente triste, pero también correcto, en que el cuerpo de una persona muerta desaparezca en la tierra.» Pero también era triste quemarla. Y sin embargo, Bitterblue sentía en lo más hondo de su ser que incinerar a los muertos también era correcto.

«Nadie que amara a mamá se hallaba allí para llorar su muerte. Estaba sola cuando la incineraron.»

Notaba los pies plantados en el suelo de esa tumba como si fueran raíces y ella un árbol incapaz de moverse del sitio; como si su cuerpo fuese una lápida, denso y pesado.

«La dejé atrás, sola, con Leck fingiendo llorar su muerte. No tendría que seguir sintiéndolo así —pensó con un repentino arranque de rabia—. Ocurrió hace años.»

—¿Chispas? —dijo una voz detrás de ella.

Giró sobre sus talones y se encontró mirando el rostro de Zafiro. El corazón se le subió a la garganta.

—¿Por qué estás aquí? —chilló—. ¡Teddy!

—¡No! —negó Zaf—. No te preocupes, Teddy se encuentra bastante bien considerando que le han abierto la barriga.

—Entonces, ¿por qué estás aquí? ¿Eres un ladrón de tumbas? —le preguntó.

—No seas tonta. —Zaf resopló con desdén—. Es un atajo. Eh, ¿te sientes mal, Chispas? Lamento si he interrumpido algo.

—No, no has interrumpido nada.

—Estás llorando.

—Desde luego que no.

—Vale —aceptó él sin insistir—. Será que la lluvia te ha mojado la cara.

En alguna parte, uno de los relojes de la ciudad empezó a tocar la medianoche.

—¿Adónde vas? —le preguntó Bitterblue.

—A casa.

—Vayamos juntos, pues —dijo.

—Chispas, no estás invitada.

—¿Vosotros incineráis a los muertos o los enterráis? —quiso saber sin hacer caso de lo último que él había dicho, mientras lo conducía fuera del cementerio.

—Bueno, depende de donde me encuentre, ¿no te parece? La tradición en Lenidia es quemar a los muertos en el mar. En Monmar, la costumbre es sepultarlos en la tierra.

—¿Cómo es que conoces las antiguas costumbres monmardas?

—Podría hacerte la misma pregunta; no se me habría pasado por la cabeza imaginar que las conocías. Excepto que nunca espero lo que sería de esperar contigo, Chispas —añadió, y una especie de desánimo se manifestó en su voz—. ¿Qué tal tu madre?

—¿Qué? —preguntó a su vez, sobresaltada.

—Espero que esas lágrimas no tuvieran nada que ver con tu madre. ¿Está bien?

—Oh, sí, está bien —respondió Bitterblue al recordar que era una panadera en el castillo—. La he visto esta noche.

—Entonces, ¿no pasa nada malo?

—Zaf, no todos los que viven en el castillo saben leer.

—¿Qué?

Bitterblue no sabía por qué había dicho eso ahora; no sabía por qué narices lo había dicho. No se había dado cuenta hasta ese momento de que creía que era verdad. Lo que pasaba era que necesitaba decirle a Zaf algo que fuera cierto, algo verídico y triste, porque las mentiras divertidas le parecían demasiado deprimentes y demasiado lacerantes esa noche, y se revolvían contra ella como alfileres.

—Te dije que todos los que estaban bajo el techo de la reina sabían leer —explicó—. Ahora… tengo dudas.

—Claro —dijo con cuidado—. Sabía que era una patraña cuando lo dijiste. Y Teddy también lo pensó. ¿Por qué lo admites ahora?

—Zaf —dijo parándose en mitad de la calle para mirarlo a la cara y preguntarle algo cuya respuesta necesitaba saber en ese momento—, ¿por qué robasteis esa gárgola?

—Ya —dijo él en tono divertido, aunque de un modo que no acababa de serlo—. ¿Cuál es tu juego esta noche, Chispas?

—Yo no juego a nada —contestó, abatida—. Solo quiero que las cosas empiecen a tener sentido. Toma. —Sacó un paquete pequeño que llevaba en el bolsillo y se lo puso en la mano con brusquedad—. Esto os lo manda Madlen.

—¿Más medicinas?

—Sí.

Contemplando absorto los fármacos, plantado justo en medio de la calle, Zaf parecía estar planteándose algo.

—¿Qué te parece un juego de una verdad por otra? —preguntó luego.

Aquello le pareció una idea terrible.

—¿Cuántos turnos?

—Tres, y ambos hemos de jurar que seremos sinceros. Tú lo jurarás por la vida de tu madre.

«Entonces bien —pensó—. Si me presiona demasiado podré mentir, porque mi madre está muerta. Él también mentiría si se sintiera presionado», añadió para sus adentros con obstinación, y en un tira y afloja con la otra parte de sí misma que se alzó para insistir en que un juego como ese debería disputarse de buena fe.

—De acuerdo —dijo—. ¿Por qué robasteis la gárgola?

—No, yo pregunto primero, porque el juego ha sido idea mía. ¿Eres una espía de la reina?

—¡Por todos los mares! —exclamó Bitterblue—. ¡No!

—¿Esa es toda la respuesta que vas a darme, un «no»?

Ella asestó una mirada iracunda a su sonriente contrincante.

—No espío para nadie, salvo para mí misma —contestó, y comprendió demasiado tarde que espiar para sí misma era, inevitablemente, espiar para la reina. Molesta al descubrir que ya había mentido, añadió—: Mi turno. La gárgola. ¿Por qué?

—Vaya. Sigamos andando —dijo él señalándole calle adelante.

—No puedes soslayar la pregunta.

—No la soslayo, solo intento encontrar una respuesta que no incrimine a terceros. Leck robaba —empezó, sobresaltándola por lo impredecible del enfoque—. Robaba todo cuanto deseaba: cuchillos, ropas, caballos o papel. Robó a los hijos de otros. Destruyó las propiedades de la gente. También contrató personas para construir los puentes y jamás les pagó. Contrató artistas para decorar su castillo y tampoco les pagó.

—Entiendo —musitó Bitterblue, analizando las implicaciones de tal manifestación—. ¿Robasteis una gárgola del castillo porque Leck nunca le pagó al artista que la creó?

—Esencialmente, sí.

—Pero... ¿qué habéis hecho con ella?

—Devolvemos las cosas a sus legítimos dueños.

—Entonces, ¿hay un artista que esculpe gárgolas en alguna parte y tú se las devuelves? ¿Y de qué le van a servir a él ahora?

—Ni idea —respondió Zaf—. Nunca he entendido que se utilicen gárgolas como adorno. Son espeluznantes.

—¡Son preciosas! —protestó ella, indignada.

—¡Vale! Como quieras —dijo Zaf—. Digamos que son escalofriantemente preciosas. Ignoro por qué las quiere. Solo nos pidió unas cuantas de sus favoritas.

—¿Unas cuantas? ¿Cuatro?

—Cuatro de la muralla oriental. Dos de la occidental y una de la meridional que aún no hemos conseguido robar y que posiblemente ahora no lo consigamos nunca. El número de guardias se ha incrementado en las murallas desde que robamos la última. Por fin deben de haberse dado cuenta de que faltan gárgolas.

¿Se habían dado cuenta porque ella se lo había hecho notar? ¿Y por qué iban a hacer tal cosa, si no creyeran que en realidad las estaban robando? Y si lo creían, ¿por qué le habían mentido?

—¿En qué estás pensando, Chispas? —preguntó Zaf.

—Así que la gente os pide cosas —repitió Bitterblue—. ¿Os piden objetos específicos que Leck robó y vosotros lo robáis de nuevo para ellos?

Zaf la observó. Había algo nuevo en la expresión del joven esa noche que por alguna razón la asustó. Sus ojos, por lo general duros y desconfiados, se habían suavizado al mirarle la cara, la caperuza y los hombros, como si se planteara algo sobre ella.

Supo lo que pasaba. Estaba decidiendo si fiarse o no de ella. Cuando rebuscó en el bolsillo de la chaqueta y le tendió un pequeño envoltorio descubrió de repente que, fuera lo que fuese, no lo quería.

—No —dijo al tiempo que le apartaba la mano.

Obstinado, Zaf volvió a ponérselo en las suyas.

—Pero ¿qué te pasa? Vamos, ábrelo.

—Sería demasiada verdad, Zaf —insistió—. Nos pondría en desigualdad.

—¿Es esto una escena? —inquirió él—. Porque es una estupidez. Salvaste la vida a Teddy: nunca habrá igualdad entre nosotros. No es ningún secreto importante ni oscuro, Chispas. No te revelará nada que no te haya dicho ya.

Sintiéndose incómoda, pero contando con esa promesa, desató el envoltorio. Contenía tres papeles muy doblados. Se acercó a una farola. Se quedó plantada allí, más angustiada a medida que leía, porque los papeles le revelaban mil cosas que Zaf no le había dicho directamente.

Era un listado de tres páginas de extensión, compuesto por tres columnas. En la de la izquierda había una lista de nombres por orden alfabético, muy clara. La columna de la derecha era una lista de fechas, todas comprendidas entre los años del reinado de Leck. Los objetos listados en la columna central, cada cual supuestamente relacionado con el nombre de la izquierda, eran más difíciles de particularizar. Junto al nombre «Alderin, granjero», aparecía escrito: «3 perros de granja, 1 cerdo». Al lado de un segundo apunte con el nombre «Alderin, granjero», estaba escrito: «Libro: *El beso en las tradiciones de Monmar*». Junto al nombre «Annis, maestra», ponía: «Grettel, 9». Junto a «Barrie, fabricante de tinta»: tinta de todo tipo, demasiada para cuantificar». Junto a «Bessit, escribiente»: «Libro: *Claves y códigos monmardos*; papel, demasiado para cuantificar».

Era un inventario. Salvo porque en la columna central de objetos descritos parecía haber tantos nombres de personas —«Mara, 11», «Cress, 10»— como libros, papel, animales de granja, dinero. Casi todas las personas inventariadas con el nombre eran de corta edad. Niñas.

Y eso no era todo lo que le revelaban esos papeles, ni muchísimo menos, porque Bitterblue reconoció la letra. Incluso el papel y la tinta. Uno se acordaba de esos detalles cuando había matado a un noble con un cuchillo; se acordaba de acusar al noble —antes de matarlo— de robar los libros y los animales de granja de los ciudadanos de su feudo. Se acercó la lista a la nariz sabiendo de antemano cómo olería el papel: exactamente igual que el fuero del pueblo de la ciudad de Danzhol.

Una solitaria pieza del rompecabezas encajó en su sitio.

—¿Esto es un inventario de lo que Leck robó? —preguntó con voz temblorosa.

—En este caso fueron otros quienes lo robaron, pero es evidente que lo hicieron por orden de Leck. Estos objetos entran en el tipo de cosas que a Leck le gustaba poseer, las niñas más que nada, ¿no te parece?

Pero ¿por qué Danzhol no se había limitado a confesar que había robado a la gente de su feudo por orden de Leck? ¿Que el origen de su ruina había sido la codicia del rey? ¿Por qué esconderse tras indirectas cuando podría haberse defendido con la verdad? Ella habría prestado oídos a esa defensa, sin importar lo loco que estuviera o lo repulsivo que fuera. Había supuesto que Leck se había llevado a gente del castillo, de la ciudad. A esas personas se hacía referencia en los relatos que contaban los fabulistas. Pero en ningún momento se le había pasado por la cabeza que llegó incluso a apoderarse de personas en los feudos distantes de sus nobles. Y eso no era todo.

—¿Y por qué tenéis que robar esas cosas para restituirlas a sus dueños? —instó, casi con desesperación—. ¿Por qué esta lista llegó a vuestras manos en lugar de llegar a las de la reina?

—¿Y qué podría hacer la reina? —preguntó Zaf a su vez—. Estos objetos fueron robados durante el reinado de Leck. La reina otorgó un indulto general de todos los delitos cometidos durante el reinado de su padre.

—¡Pero seguro que no habrá otorgado el perdón a los crímenes de Leck!

—¿Es que Leck en persona hizo algo? No creerás que iba por ahí rompiendo ventanas y apoderándose de libros, ¿verdad? Ya te lo he dicho antes, esas cosas las robaron otros. Por ejemplo, ese noble que ha intentado raptar a la reina hace nada y ha acabado con una puñalada en el buche —añadió, como si eso fuera una trivialidad que debería hacerle gracia.

—No tiene sentido, Zaf. Si esas personas enviaran la lista a la reina, ella encontraría algún modo legal de indemnizarles.

—La reina hace proyectos para el futuro, ¿no te has enterado? —le respondió Zaf con mucha labia—. No tiene tiempo para todas las listas que recibiría, y nosotros nos las arreglamos bastante bien, ¿sabes?

—¿Cuántas listas hay?

—Es de suponer que cada ciudad del reino podría proporcionar una si se les presionara, ¿no crees?

Los nombres de las niñas se agolpaban ante sus ojos.

—No debería ser así —insistió—. Tiene que haber un modo legal de recurrir.

Zaf recobró los papeles que Bitterblue tenía en las manos.

—Por si le sirve de consuelo a tu corazón respetuoso con las leyes, Chispas, no podemos robar lo que no logramos encontrar —dijo mientras volvía a doblar los papeles—. Son contadas las veces que localizamos alguno de los objetos de estas listas.

—¡Pero si acabas de decirme que os las arregláis muy bien!

—Mejor de lo que podría hacerlo la reina —contestó con un suspiro—. ¿He respondido a tu pregunta?

—¿Qué pregunta?

—Habíamos empezado un juego, ¿recuerdas? Me preguntaste por qué robé una gárgola. Te lo he dicho. Creo que ahora me toca preguntar a mí. ¿Tu familia forma parte de la resistencia? ¿Fue así como murió tu padre?

—No sé de qué me hablas. ¿Qué resistencia?

—¿No sabes lo de la resistencia?

—A lo mejor la conozco por otro nombre —sugirió Bitterblue, aunque lo dudaba, si bien no le importaba porque aún tenía la mente centrada en el asunto anterior.

—Bueno, no es nada secreto, así que te lo explicaré sin que te cuente como pregunta —respondió Zaf—. En vida de Leck surgió un movimiento de resistencia en el reino. Un grupo pequeño de gente que sabía lo que era, o que al menos lo sabía a ratos y lo reflejaba por escrito, intentó correr la voz; se recordaban unos a otros la verdad cada vez que las mentiras de Leck se hacían demasiado fuertes. Los más resistentes eran mentalistas, que tenían la ventaja de saber siempre lo que Leck se proponía hacer. Un montón de miembros de la resistencia fueron asesinados. Leck conocía su existencia y no cejó en su empeño de procurar acabar con ellos. Sobre todo con los mentalistas.

Ahora sí que Bitterblue prestó atención a las palabras de Zaf.

—Es verdad que no lo sabías —dijo él al advertir la sorpresa de Bitterblue.

—No tenía ni idea —admitió—. Por eso Leck mandó incendiar una y otra vez la imprenta de los padres de Teddy, ¿cierto? Y así es como te enteraste de los enterramientos. Tu familia era de la resistencia y guardaba constancia escrita de las antiguas tradiciones o algo por el estilo, ¿me equivoco?

—¿Es esa tu segunda pregunta? —inquirió Zaf.

—No. No voy a desperdiciar una pregunta sobre algo cuya respuesta ya sé. Quiero que me cuentes por qué creciste en un barco lenita.

—Ah. Esa es fácil. Los ojos me cambiaron cuando tenía seis meses. Por entonces Leck era rey, claro. Los graceling no eran personas libres en Monmar pero, como ya has adivinado, mis padres eran de la resistencia. Sabían lo que Leck era casi todo el tiempo. También sabían que en Lenidia los graceling eran libres. Así que me llevaron al sur, a Porto Mon, subieron a escondidas a un barco lenita y me dejaron en cubierta.

Bitterblue se quedó boquiabierta.

—¿Quieres decir que te abandonaron? ¿Con unos extranjeros que podrían haber decidido arrojarte por la borda?

Él se encogió de hombros y esbozó una sonrisa.

—Me libraron de estar al servicio de Leck del mejor modo que pudieron, Chispas. Después de la muerte de Leck, mi hermana no escatimó esfuerzos para encontrarme, aunque lo único que sabía era mi edad, el color de mis ojos y el barco en el que me habían dejado. Además, los marineros lenitas no arrojan por la borda a los bebés.

Entraron en la calle del Hojalatero y se detuvieron a la puerta de la imprenta.

—Tus padres murieron, ¿verdad? —dijo Bitterblue—. Leck los mató.

—Sí. —Al fijarse en su expresión, Zaf se acercó a ella—. Eh, Chispas, venga, no pasa nada. En realidad no los conocía.

—Entremos —pidió Bitterblue, que lo apartó de un empujón, frustrada por su impotencia para evitar que viera la pena que sentía. Había crímenes que una reina nunca podría compensar por mucho que hiciera.

—Aun nos queda una ronda de preguntas, Chispas.

—No. Se acabó.

—Te haré una bonita, Chispas; te lo prometo.

—¿Bonita? —Bitterblue resopló con sorna—. ¿Qué entiendes tú por una pregunta bonita, Zaf?

—Será sobre tu madre.

Mentir sobre eso era precisamente lo último que Bitterblue querría hacer.

—No —se negó en redondo.

—Oh, venga, Chispas. ¿Cómo es eso?

—¿Cómo es qué?

—Tener madre.

—¿Y por qué me preguntas eso? —espetó, exasperada—. ¿Qué problema tienes?

—¿Por qué me echas la bronca, Chispas? Lo más parecido a una madre que he tenido en toda mi vida fue un marinero llamado Meñique que me enseñó a trepar por una cuerda con una daga entre los dientes, y a mear a la gente desde el mastelero.

—Eso es asqueroso.

121

—¿Y bien? A eso me refiero. Seguro que tu madre nunca te ha enseñado nada asqueroso.

«Si tuvieras la menor idea de lo que me estás preguntando —pensó—. Si tuvieras la más mínima idea de con quién estás hablando.»

No vio nada sentimental ni vulnerable en el rostro de Zaf. No era un prólogo para soltar la desgarradora historia de un niño marinero en un barco extranjero que había ansiado tener una madre. Era simple curiosidad; quería saber cosas sobre las madres, y ella era la única vulnerable a la pregunta.

—¿A qué te refieres con que quieres saber cosas de ella? —preguntó con un poco más de paciencia—. Tu pregunta es demasiado imprecisa.

Zaf se encogió de hombros.

—No soy quisquilloso. ¿Fue ella la que te enseñó a leer? Cuando eras pequeña, ¿vivíais juntas en el castillo y comíais juntas? ¿O los niños en el castillo vivían en los cuartos infantiles? ¿Habla el lenita? ¿Es ella la que te enseñó a hornear el pan?

A Bitterblue le daba vueltas la cabeza con todas las cosas que Zaf decía al tiempo que le surgían imágenes mentales. Recuerdos, algunos de ellos pidiendo exactitud.

—No viví en los cuartos de los niños —respondió con sinceridad—. Pasaba casi todo el tiempo con mi madre. No creo que fuera ella la que me enseñó a escribir, pero sí me enseñó otras cosas. Me enseñó matemáticas y todo lo relacionado con Lenidia. —Entonces añadió otra certeza que le llegó a la memoria como un rayo—. Creo… Me parece que… ¡Fue mi padre el que me enseñó a leer!

Agarrándose la cabeza, le dio la espalda a Zaf mientras recordaba a Leck ayudándola a deletrear las palabras en una mesa de los aposentos de su madre. Recordaba el tacto en las manos de un libro pequeño, de colores vivos; recordaba la voz de su padre animándola, su orgullo por los avances que hacía esforzándose para juntar las letras.

«¡Querida! —decía—. Eres fabulosa. Eres un genio.»

Por entonces era tan pequeña que se tenía que poner de rodillas en la silla para llegar a la mesa.

Era un recuerdo totalmente desorientador. Durante un instante, parada en medio de la calle, Bitterblue se sintió perdida.

—Plantéame un problema matemático, ¿quieres? —le pidió a Zaf, vacilante.

—¿Qué? —se extrañó él—. ¿Te refieres a algo así como cuánto es doce por doce?

Le asestó una mirada furiosa.

—Eso es poco menos que insultante —respondió.

—Chispas, ¿es que has perdido el juicio?

—Deja que me quede a dormir aquí esta noche —le pidió—. Necesito dormir aquí. ¿Puedo, por favor?

—¿Qué? ¡Por supuesto que no!

—No voy a husmear por la casa. No soy una espía, ¿recuerdas?

—Ni siquiera estoy seguro de que puedas entrar siquiera, Chispas.

—¡Al menos déjame ver a Teddy!

—¿No quieres hacerme tu última pregunta?

—Ahora no. Me debes una.

Zafiro se la quedó mirando con aire escéptico. Después, sacudiendo la cabeza, soltó un suspiro y sacó la llave. Abrió la puerta una rendija justa para que cupiera por ella y le indicó que entrara con un gesto.

Teddy yacía boca arriba, desmadejado, en un catre que había en el rincón, como una hoja en la calzada que le ha nevado encima todo el invierno y le ha llovido toda la primavera; pero estaba despierto. Cuando la vio, una sonrisa muy dulce le iluminó la cara.

—Dame la mano —susurró.

Bitterblue se la dio, pequeña y fuerte. Las de él eran largas, bonitas, con las uñas bordeadas de tinta. Y débiles. Bitterblue utilizó su propia fuerza para mover la mano hacia donde él tiraba. Teddy se llevó los dedos a los labios y se los besó.

—Gracias por lo que hiciste —musitó—. Siempre he sabido que nos traerías suerte, Chispas. Tendríamos que haberte llamado, así, Suerte.

—¿Qué tal estás, Teddy?

—Cuéntame un relato, Suerte —siguió hablando en un susurro—. Cuéntame una de las historias que has oído.

En su mente solo había una: la historia de la huida de la princesa Bitterblue de la ciudad, ocho años antes, con la reina Cinérea, que, arrodillada en un campo de nieve, abrazó a la princesa muy fuerte y la besó. Y entonces le dio un cuchillo y le dijo que siguiera adelante, que aunque solo era una niña pequeña tenía el corazón y la mente de una reina, con la fuerza y el coraje necesarios para sobrevivir a lo que estaba por llegar.

Bitterblue retiró la mano de las de Teddy, se apretó las sienes y las masajeó mientras respiraba de forma regular para sosegarse.

123

—Te contaré la historia de una ciudad donde el río salta al vacío y vuela —le dijo.

Pasado un tiempo, Zaf la sacudió por el hombro. Bitterblue se despertó sobresaltada y descubrió que dormitaba en la dura silla, con el cuello doblado y dolorido por la postura forzada.

—¿Qué? ¿Qué ocurre?

—¡Chitón! —dijo Zaf—. Estabas gritando, Chispas, y casi despiertas a Teddy. Supongo que tenías una pesadilla.

—Oh. —Entonces fue consciente de sufrir un dolor de cabeza monumental. Alzó las manos hacia las coletas enroscadas para soltarlas, las destejió y se frotó el dolorido cuero cabelludo. Teddy dormía cerca; la respiración del joven sonaba como un suave silbido. Tilda y Bren subían la escalera hacia el piso de arriba.

—Creo que soñaba que mi padre me enseñaba a leer. Y me daba dolor de cabeza —explicó Bitterblue de forma evasiva.

—Eres muy rara —opinó Zaf—. Ve a dormir en el suelo, junto a la lumbre, Chispas. Y sueña algo bonito, como los bebés. Te traeré una manta y te despertaré antes del amanecer.

124

Bitterblue se acostó y se quedó dormida. Soñó que era un bebé en brazos de su madre.

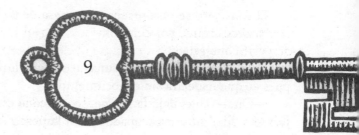

9

B*itterblue* corrió de vuelta al castillo bajo un gris y cargado amanecer. Se adelantó al sol y llegó a palacio con la ferviente esperanza de que Po no estuviera planeando dejarla sin desayuno otra vez.

Encuentra algo útil en lo que ocupar la mañana. —Dirigió el pensamiento a su primo mientras se acercaba a sus aposentos—. *Como, por ejemplo, realizar una heroicidad delante de una gran audiencia. Empuja a un niño y tíralo al río cuando no te esté mirando nadie y después rescátalo.*

Al entrar en el distribuidor se dio de bruces con Raposa, que se encontraba en el recibidor limpiando el polvo con un plumero.

—Oh. —Bitterblue pensó con rapidez, pero no se le ocurrió nada parecido a una disculpa creativa—. Mierda.

Los ojos de distintas tonalidades grises de Raposa observaron con calma a la reina. La graceling llevaba una capucha igual que la anterior, la misma con la que Bitterblue se cubría en ese momento. La diferencia entre la otra mujer y ella era manifiesta: Raposa, alta y atractiva, sin nada de lo que avergonzarse; ella, menuda, poco agraciada, con aire de culpabilidad y no muy limpia precisamente.

—Majestad —saludó Raposa, que añadió—: No se lo diré a nadie.

—Oh, gracias. —Bitterblue casi estaba mareada de puro alivio—. Te lo agradezco.

Raposa inclinó la cabeza, se apartó a un lado y sanseacabó.

Al cabo de unos minutos, ya metida en la bañera, Bitterblue oyó el repiqueteo de la lluvia en los tejados del castillo.

Dio gracias a los cielos por esperar hasta que ella hubiera llegado a casa para que las nubes empezaran a descargar agua.

La lluvia resbalaba por los inclinados tejados de cristal de la torre de su despacho y se precipitaba por los canalones.

—¿Thiel?

El consejero se encontraba a su mesa de trabajo; su pluma chirriaba al deslizarse por el papel.

—¿Sí, majestad?

—Thiel, me inquietan algunas cosas que lord Danzhol dijo después de que te dejara sin conocimiento.

—Oh. —Thiel dejó la pluma, se acercó al escritorio y se detuvo frente a ella, muy preocupado—. Lo lamento mucho, majestad. Si me cuenta qué dijo ese hombre, estoy seguro de que podremos resolverlo.

—Danzhol era algo así como un compinche de Leck, ¿no es cierto?

Thiel parpadeó.

—¿Lo era, majestad? ¿Qué fue lo que le dijo?

—¿Sabes qué significa ser un compinche de Leck? —preguntó Bitterblue—. Sé que no te gusta este tipo de preguntas, Thiel, pero, si quiero saber cómo ayudar a mi pueblo, he de conocer los hechos de lo que ocurrió, ¿entiendes?

—Majestad, la razón de que me desagraden preguntas de este tipo es que ignoro la respuesta —contestó Thiel—. Como bien sabe su majestad, también tuve mis roces con el rey Leck, como supongo que los tuvieron los demás, e imagino que todos preferiríamos no hablar de ello. Pero solía desaparecer durante horas, majestad, y no tengo la más ligera idea de adónde iba. No sé nada más allá del hecho de que se había marchado. Ninguno de los consejeros de su majestad lo sabe. Espero que confíe en lo que le digo y no inquiete a los otros. Rood acaba de regresar a las oficinas. Su majestad sabe que no es fuerte.

—Danzhol me dijo que todo lo que robaba a las personas de su feudo lo hacía por petición de Leck, y que otros lores también robaban a su gente para el rey —mintió—. Eso significa que hay otros nobles del reino como Danzhol, Thiel, y también significa que hay ciudadanos a los que Leck robó y que podrían beneficiarse de una indemnización. ¿Entiendes que la corona es responsable ante esas personas, Thiel? Saldar esas deudas nos ayudaría a todos a seguir adelante.

—Oh, vaya. —Thiel recobró la estabilidad apoyando una mano en el escritorio—. Entiendo —dijo—. Es un hecho que lord Danzhol estaba loco, majestad.

—Pero he pedido a mis espías que hagan algunas averiguaciones, Thiel —improvisó sin alterarse Bitterblue—. Y parece que Danzhol estaba en lo cierto.

—Sus espías —repitió Thiel.

En los ojos del consejero apareció una expresión confusa que luego empezó a dar paso a una mirada abismada con tal rapidez que Bitterblue alargó la mano hacia él para impedírselo.

—No —pidió, suplicante, al advertir que toda emoción se desvanecía en los ojos del hombre—. Por favor, Thiel, no lo hagas. ¿Por qué haces eso? ¡Necesito tu ayuda!

Pero el consejero estaba sumido en sí mismo, mudo, sin dar la impresión de haber oído lo que le decía.

«Es como quedarse sola en un cuarto con un caparazón vacío —pensó Bitterblue—. Y qué deprisa ocurre.»

—Tendré que bajar y preguntar a alguno de los otros —dijo.

Una voz ronca salió de algún recoveco de la caja torácica del consejero:

—No se vaya aún, majestad. Por favor, espere. Tengo la respuesta acertada. ¿Puedo...? ¿Puedo sentarme, majestad?

—¡Pues claro que sí!

Lo hizo con pesadez y, al cabo de unos segundos, habló:

—El problema radica en los indultos generales, majestad. En ellos y en la imposibilidad de poder demostrar de forma incontestable si quienes robaron lo hicieron por orden de Leck o por propia voluntad.

—¿Acaso la razón de otorgar los indultos generales no fue la suposición de que Leck era el verdadero causante de todos los delitos?

—No, majestad. La razón de otorgar los indultos generales fue el reconocimiento de la imposibilidad de que llegáramos a saber alguna vez la verdad acerca de cualquier cosa.

Qué idea tan deprimente.

—Sea como sea, alguien tiene que resarcir a quienes sufrieron tales abusos.

—¿Y no os parece que si los ciudadanos desearan resarcirse se lo harían saber a su majestad?

—¿Tienen medios para hacerlo?

—Cualquiera puede escribir una carta a la corte, majestad, y los escribientes leen todas las cartas que llegan.

—¿Es que la gente sabe escribirlas?

Los ojos del consejero, enfocados en ella, tenían una mirada muy consciente y comprendían sin lugar a dudas a lo que se refería.

—Tras la discusión de ayer, majestad, cuestioné a Runnemood poniendo en duda las estadísticas de la alfabetización. Y lamento decir que admitió que estaba, de hecho, exagerándolas. Tiene la costumbre de... errar a favor del optimismo en la descripción del contenido de los documentos. Es una de las... —Thiel se aclaró la voz con delicadeza— cualidades que lo hacen un valioso agente de la corte en la ciudad. Claro que, con nosotros, debería ser transparente. Y lo será a partir de ahora. Eso se lo dejé muy claro. Y sí —añadió con firmeza el consejero—, hay suficientes ciudadanos que saben escribir; ya ha visto su majestad los fueros. Mantengo lo dicho respecto a que, si quisieran desagravios y retribuciones, lo pedirían por escrito.

—Bien, pues lo lamento, pero no me basta con esa explicación, Thiel. No soporto la idea de andar por ahí tan tranquila sabiendo lo mucho que esta corte está en deuda con el pueblo. No me importa si lo quieren de mí o no. Considero injusto actuar como si no lo supiera.

El primer consejero la observó en silencio, con las manos enlazadas ante sí. Bitterblue no entendía la singular expresión de frustración y desesperanza que asomaba a sus ojos.

—Thiel, por favor —dijo, casi suplicante—. ¿Qué pasa? ¿Qué es lo que ocurre?

—Entiendo a su majestad —dijo en voz baja al cabo de un momento—. Y me complace que haya acudido a mí con este asunto. Confío en que siempre acudirá a mí antes que a nadie con asuntos de este tipo. Esto es lo que le recomiendo: escriba a su tío pidiendo consejo. Cuando él venga de visita, quizá podamos discutir cómo proceder.

Tenía razón en cuanto a que Ror sabría qué hacer y el mejor modo de hacerlo. No era un mal consejo. Pero la visita de Ror estaba programada para enero, y acababa de empezar septiembre.

A lo mejor, si le escribía, podría adelantarle por carta algunas sugerencias previas a su visita.

El repiqueteo de la lluvia en el cristal del techo y en la piedra del muro circular de la torre le estaba dando sueño. Bitterblue se preguntó cómo estaría el patio mayor ese día, con el agua tintineando en los techos de cristal, desbordándose por los canalones y vertiéndose por un grueso caño de desagüe pluvial que se deslizaba, sinuoso, por la pared hasta el patio y acababa en una gárgola que vomitaba agua en el estanque de la fuente. En días así, el estanque se desbordaba al piso del patio. Pero no se desperdiciaba ni una gota, porque el agua encontraba sumideros en el suelo que la llevaban a cisternas en las bodegas y la prisión.

Que el patio se inundara los días lluviosos resultaba incómodo. Era un diseño extraño, muy fácil de revertir. Y no causaba daños estructurales en un patio que originalmente se había construido para que le lloviera encima; además a Bitterblue le encantaba, en las contadas ocasiones en que podía escabullirse del despacho para verlo. Las baldosas del suelo alrededor de la fuente estaban adornadas con mosaicos de peces que parecían saltar y nadar bajo el lustre del agua. La intención de Leck había sido dar un aspecto espectacular al patio en días de lluvia.

Cuando Darby entró en el despacho empujando la puerta y cargado con un montón de papeles tan alto que necesitaba los dos brazos para sujetarlo, Bitterblue anunció que iba a la herrería real para encargar una espada.

Pero, por los cielos benditos, exclamaron los dos, Thiel y Darby, ¿se había dado cuenta de que para llegar a la herrería iba a tener que cruzar el jardín bajo la lluvia? ¿No se le había ocurrido que ahorraría tiempo mandando llamar al herrero a su torre, en lugar de ir ella? ¿No había pensado que algo así podría considerarse inusitado...?

—Oh, hacedme el favor —espetó a sus consejeros—. Voy a darme un paseo hasta la herrería, no a hacer una expedición a la luna. Volveré en cuestión de minutos. Entre tanto, podéis volver todos a trabajar y dejar de fastidiarme, si es que tal cosa es posible.

—Al menos lleve un paraguas, majestad —suplicó Rood.

—No —fue su réplica, y acto seguido abandonó el despacho con la mayor teatralidad posible.

De pie en el vestíbulo este, Bitterblue contemplaba desde la arcada el agua de la fuente con su sonoro martilleo, el agua arremolinada del suelo, el agua que gorgoteaba en los desagües. Dejó que el sonido y el olor a tierra apaciguaran la irritación que aún sentía.

—Majestad —llamó una voz queda a su lado—. ¿Cómo está?

Bitterblue se sintió un tanto azorada al encontrarse en compañía de lord Giddon.

—Oh, Giddon. Hola. Estoy bien, supongo. Lamento lo de la otra noche. Por quedarme dormida, me refiero —balbució—. Y... lo del cabello.

—No tiene por qué disculparse, majestad. Una experiencia tan terrible como la que tuvo con Danzhol ha de ser agotadora. Fue el remate de un día fuera de lo habitual.

—Sí que lo fue —convino, con un suspiro.

—¿Qué tal lleva la solución del rompecabezas?

—Fatal —contestó, agradecida de que lo recordara—. En él hay nobles como Danzhol que robaban para Leck, lo cual va enlazado a ladrones que vuelven a robar las cosas y que están enlazados a su vez a una extraña información errónea sobre gárgolas que mis consejeros me facilitaron, la cual está relacionada con otras informaciones que, al parecer, mis consejeros prefieren paralizar, pero que se enlazan asimismo con detalles que a los ladrones les gustaría mantener fuera de mi alcance, como por ejemplo por qué alguien querría clavarles un cuchillo en el vientre. Y tampoco entiendo la decoración del patio —añadió con un refunfuño al tiempo que lanzaba miradas irritadas a los arbustos que un momento antes habían sido motivo de deleite para ella.

—Ya… Confieso que no parece muy revelador —comentó Giddon.

—Es un desastre.

—En fin, su patio mayor está precioso con la lluvia —le dijo Giddon con cierto regocijo.

—Gracias. ¿Sabía que el simple hecho de que haya venido aquí sola para verlo en pleno día ha requerido un debate considerablemente largo? Y ni siquiera estoy sola —añadió, señalando con un gesto de la cabeza al hombre metido detrás de un arco en el vestíbulo sur—. Ese es uno de mis guardias graceling, Alinor, haciendo como si no nos vigilara. Le apuesto mi corona a que lo han enviado para que me espíe.

—¿O tal vez para velar por su seguridad, majestad? —sugirió Giddon—. Hace poco la atacaron mientras estaba a su cuidado. Es posible que estén un poco nerviosos, además de sentirse culpables.

—Es solo que… He hecho algo hoy por lo que debería sentirme contenta, Giddon. He propuesto una normativa de reparación por parte de la corona para aquellos a los que Leck robó durante su reinado. Pero lo único que siento es impaciencia, cólera por la oposición que preveía y por las mentiras que voy a tener que decir para conseguir que se lleve a cabo, y frustración de que ni siquiera puedo dar un paseo sin que envíen a alguien a rondarme cerca. Atáqueme —dijo.

—¿Cómo ha dicho, majestad?

—Debería atacarme para ver qué hace Alinor. Seguramente está muy aburrido... Sería un alivio para él.

—¿Y no podría ocurrir que me atravesara con la espada?

—Oh. —Bitterblue se echó a reír—. Sí, supongo que lo haría. Y sería una lástima.

—Me complace que piense así —dijo con sequedad Giddon.

Bitterblue observó con los ojos entrecerrados a una persona embarrada que entraba al patio chapaleando en el agua desde el vestíbulo oeste, por el cual se iba hacia los establos. El corazón le dio un brinco en el pecho, y ella saltó hacia delante.

—¡Giddon! —gritó—. ¡Es Katsa!

De repente Po apareció en el patio saliendo del vestíbulo norte al tiempo que gritaba de alegría. Al verlo, Katsa echó a correr y se precipitaron uno al encuentro del otro a través del agua arremolinada. Justo antes de chocar, Po fintó hacia un lado, se agachó y levantó a Katsa con admirable precisión, impulsándose hacia un lado de forma que ambos cayeron al estanque.

Seguían retorciéndose entre risas y chillidos, observados por Bitterblue y Giddon, cuando un pequeño y estirado secretario localizó a la reina y trotó hacia ella.

—Buenos días, majestad. Lady Katsa de Terramedia ha llegado a la corte, majestad.

—No me digas, ¿en serio? —Bitterblue enarcó una ceja.

El hombrecillo, que no parecía haber subido a su posición por los méritos de su poder de observación, confirmó el anuncio sin la menor muestra de humor, y añadió:

—El príncipe Raffin de Terramedia ha venido con ella, majestad.

—¡Oh! ¿Dónde está?

—Camino de sus aposentos, majestad.

—¿Lo acompaña Bann? —preguntó Giddon.

—En efecto, milord —respondió el secretario.

—Deben de estar exhaustos —le dijo Giddon a Bitterblue mientras el secretario se escabullía—. Katsa los habrá hecho cabalgar de firme bajo la lluvia.

Katsa y Po estaban intentando ahogarse el uno al otro y, a juzgar por los gritos y las carcajadas, les divertía muchísimo hacerlo. En las arcadas y los balcones corridos habían empezado a congregarse sirvientes y guardias que los señalaban y los miraban de hito en hito.

—Espero que esta exhibición dé pie a una buena historia en los mentideros —aventuró Bitterblue.

—¿Otro capítulo de *Las heroicas aventuras de...*? —preguntó en voz queda Giddon.

Entonces él le dedicó una sonrisa que se reflejó en los preciosos —aunque normales e iguales— ojos castaños del hombre, y Bitterblue tuvo de repente la sensación de no sentirse tan sola. En el momento de alegría al ver a Katsa se le había olvidado cómo eran las cosas. Preocupada por Po, Katsa ni siquiera se había percatado de su presencia.

—Me dirigía a la herrería real, por cierto —le dijo a Giddon con la actitud de quien también tiene preocupaciones y sitios a los que acudir—, aunque la verdad es que no sé con seguridad dónde está. Pero eso no iba a admitirlo ante mis consejeros, desde luego.

—Yo he ido allí, majestad —explicó Giddon—. Está en la zona oriental del recinto, al norte de los establos. ¿Le explico cómo ir con más detalle o le gustaría tener compañía?

—Sí, venga conmigo.

—De todos modos, parece que la diversión llega a su fin —comentó lord Giddon. Y, en efecto, los chapoteos y el ruido parecían haber menguado. Katsa y Po se rodeaban con los brazos el uno al otro. No era fácil discernir si aún estaban peleando o si la sesión de besos había empezado.

Bitterblue se dio media vuelta con un pequeño y pasajero resentimiento.

—¡Espera!

Era la voz de Katsa, que fue como si chocara en la espalda de Bitterblue y la hiciera girar sobre sus talones. Katsa había salido de la fuente y de los brazos de Po y ahora corría hacia ella con las ropas y el cabello chorreando, y los ojos —uno azul y el otro verde— resplandecientes. Llegó junto a Bitterblue y la estrechó en un fuerte abrazo, para después alzarla en vilo, bajarla de nuevo al suelo, estrecharla más fuerte aún y besarla en la coronilla. Aplastada dolorosamente contra Katsa, Bitterblue oyó los fuertes y salvajes latidos del corazón de la mujer. Se aferró a ella y sintió el escozor de las lágrimas en los ojos.

Entonces Katsa se fue corriendo de vuelta a Po.

Mientras Bitterblue y Giddon caminaban a través del ala occidental del castillo hacia la salida más próxima a la herrería, él le explicó que la compensación por los robos de un monarca era una de las especialidades del Consejo.

—Su realización puede ser casi virtuosismo, majestad —dijo—. Por supuesto, cuando lo hacemos implica recurrir a artimañas, porque, a diferencia del caso del rey Leck, nuestros monarcas ladrones aún están vivos. Pero creo que si lo hiciera sentiría la misma satisfacción que nosotros.

A su lado, el noble era muy grande, tan alto como Thiel y más corpulento.

—¿Cuántos años tiene? —le preguntó sin rodeos tras decidir que las reinas tenían el privilegio de hacer preguntas entrometidas.

—Cumplí veintisiete el pasado mes, majestad —contestó él sin que pareciera molesto por la pregunta.

Así que todos eran más o menos de la misma edad: Giddon, Po, Katsa, Bann y Raffin.

—¿Desde cuándo es amigo de Katsa? —preguntó, al recordar de pronto, con una ligera indignación, que Katsa no le había saludado en el patio.

—Oh, unos... —calculó para sus adentros—, diez u once años. Me ofrecí como colaborador a Katsa y a Raffin tan pronto como empezó a funcionar el Consejo. Aunque la conocía antes de eso; la había visto en la corte muchas veces. Solía acudir a verla durante las prácticas.

—Entonces, ¿creció usted en la corte del rey Randa?

—Las posesiones de mi familia se hallan cerca de la corte, majestad. De muchacho, pasaba allí tanto tiempo como en casa. En vida, mi padre fue un gran amigo del rey.

—Sus prioridades difieren de las de su padre.

Él la miró sorprendido e hizo un sonido que tenía poco de jovial.

—En realidad no, majestad —dijo.

—Bueno, usted eligió el Consejo por encima de cualquier compromiso o lealtad para con Randa, ¿no es así?

—Me uní al Consejo más por la fascinación que ejercía en mí su fundadora que por otro motivo, majestad. Por Katsa y por la promesa de aventuras. No creo que me importase demasiado el propósito de la existencia de la organización. Por aquel entonces era uno de los matones de Randa más fiables.

Bitterblue recordó en ese momento que Giddon se encontraba entre los excluidos respecto a la gracia de Po. ¿Sería esa la razón? ¿Que era un matón? Pero Giddon era ahora uno de los mejores amigos de Po, ¿no? ¿Cómo se las arreglaba un hombre que era compin-

133

che de un mal rey para anular ese trato connivente mientras el monarca aún estaba vivo?

—¿Y ahora se siente identificado con el propósito del Consejo, Giddon? —preguntó.

Cuando él la miró a la cara, Bitterblue supo la respuesta antes de que se la diera.

—De todo corazón.

Entraron a un vestíbulo poco alumbrado en cuyos ventanales repicaba la lluvia. Había un par de guardias monmardos apostados a la entrada de una poterna. Cuando Bitterblue la cruzó se encontró en una terraza de pizarra cubierta que daba a un campo de bocas de dragón empapadas. Más allá de las flores se alzaba un edificio de piedra de planta achaparrada, con varias chimeneas por las que salía humo. El golpeteo musical de metal chocando con metal en diferentes tonos y ritmos sugería que habían tenido éxito en la búsqueda de la herrería.

—Giddon, ¿no ha sido un poco grosero que Katsa no le haya saludado ahora, en el patio? —quiso saber—. Hacía tiempo que no se veían, ¿verdad?

El hombre esbozó de repente una amplia sonrisa y luego se echó a reír.

—Katsa y yo no nos caemos muy bien —respondió.

—¿Por qué? ¿Qué le hizo usted?

—¿Y por qué tiene que ser algo que haya hecho yo?

—¿No lo es?

—Katsa es dada a albergar resentimiento durante años —contestó Giddon sin dejar de sonreír.

—Es usted quien parece inclinado a sentirse resentido —barbotó Bitterblue de forma acalorada—. Katsa es fiel y sincera. No le caería mal sin haber un motivo.

—Majestad, no era mi intención ofenderlas ni a usted ni a ella —dijo suavemente—. Si tengo coraje, es por haberlo aprendido de ella. Diría incluso que formar parte de su Consejo me ha salvado la vida. Puedo trabajar con Katsa tanto si me saluda como si no me saluda en el patio.

El timbre de la voz y las palabras lograron que Bitterblue recobrara el control. Aflojó los puños y se enjugó las palmas en la falda.

—Giddon, le pido perdón por mi salida de tono.

—Katsa tiene suerte de gozar de su leal amistad.

—Sí —dijo Bitterblue, turbada, e hizo un gesto de cruzar bajo el aguacero hacia la herrería, deseosa de poner fin a la conversación—. ¿Intentamos llegar de una carrera?

En cuestión de segundos, estaba calada hasta los huesos. El macizo de bocas de dragón se había anegado y una de las botas se le hundió profundamente en el barro; faltó poco para que se fuera de bruces al suelo. Cuando Giddon llegó a su lado y la sujetó por los brazos con el propósito de sacarla del atolladero, se le hundieron también los pies en el fango. Con una fugaz expresión de desastre inminente, el noble cayó hacia atrás, encima de las flores, con tan mala fortuna que, al tirar de ella, aunque la sacó del barro también la lanzó despatarrada por el aire.

Metida de bruces en las bocas de dragón, Bitterblue escupió lodo. Después de eso ya no tenía sentido guardar las formas. Cubiertos de barro y de bocas de dragón rotas, se ayudaron a levantarse el uno al otro; tambaleándose, riendo hasta quedarse sin resuello, llegaron al cobertizo que comprendía la mitad delantera del edificio de la herrería. Bitterblue reconoció al hombre que salía en ese momento pisando con fuerza. Era bajo, de rostro anguloso y gesto comprensivo; vestía el uniforme negro de la guardia monmarda, con galones plateados en las mangas.

—Espere —le dijo mientras intentaba quitarse el barro de la falda—. Usted es el capitán de mi guardia monmarda. El capitán Smit, ¿verdad?

Los ojos del hombre recorrieron con rapidez su aspecto mojado y sucio y a continuación hicieron otro tanto con Giddon.

—Así es, majestad —respondió con escueta corrección—. Es un placer verla, majestad.

—Ya lo creo. ¿Es usted quien decide el número de guardias que patrullan por las murallas?

—En último término sí, majestad.

—¿Y ha incrementado ese número hace pocos días?

—En efecto, majestad. Fue a consecuencia de las noticias de la agitación en Nordicia. De hecho, ahora que nos hemos enterado de que el rey de Nordicia ha sido destronado, es posible que incremente de nuevo el número de guardias, majestad. Ese tipo de noticias puede fomentar comportamientos violentos. La seguridad del castillo y la de su majestad son prioridad para mí.

Cuando el capitán Smit se hubo marchado, Bitterblue lo siguió con la mirada, fruncido el entrecejo.

—Ha sido una explicación perfectamente razonable —rezongó—. A lo mejor mis consejeros no me mienten.

—¿Y no es eso lo que quiere? —preguntó Giddon.

—¡Sí, claro, pero no dilucida mi rompecabezas!

—Si se me permite decirlo, majestad, no siempre es fácil seguirle la conversación a usted.

—Oh, Giddon —suspiró—. Si le sirve de consuelo, yo tampoco la sigo.

Otro hombre salió de la herrería en ese momento y se quedó parado, parpadeando y mirándolos. Era bastante joven y estaba manchado de hollín; llevaba enrolladas las mangas, que dejaban al aire los musculosos antebrazos, y sostenía en las manos la espada más grande que Bitterblue había visto en su vida. La hoja, reluciente como un relámpago, goteaba agua del pilón de templar.

—Oh, Ornik, qué buen trabajo —dijo Giddon, que fue hacia el herrero dejando tras de sí un rastro de bocas de dragón y cieno. Tomó la espada con mucho cuidado, probó cómo estaba equilibrada y le tendió la empuñadura a Bitterblue—. Majestad.

La longitud de la espada era casi igual a la altura de Bitterblue, y tan pesada que la joven reina tuvo que echar el resto con hombros y piernas para lograr levantarla. La movió con esfuerzo en el aire y la contempló llena de admiración, encantada con su brillo uniforme y la sencilla y excelente empuñadura, complacida con la solidez y el peso equilibrado que tiraba de ella hacia el suelo.

—Es muy hermosa, Ornik —afirmó, para añadir a continuación—: La estamos llenando de barro y es una verdadera lástima. —Después, ya que no se fiaba de ser capaz de bajarla sin golpear con la punta en el suelo de piedra, pidió—: Por favor, Giddon, ayúdeme. —Por último, se volvió hacia el herrero—. Ornik, hemos venido a encargar una espada para mí.

Puesto en jarras, Ornik se retiró un poco hacia atrás y observó la estructura menuda de la reina, recorriéndola con la mirada de arriba abajo como solo hacía Helda y únicamente cuando le estaba probando un vestido nuevo.

—Me gusta la solidez y quiero notar su peso, no soy endeble —dijo, a la defensiva.

—Eso ya lo he visto, majestad —contestó Ornik—. Permítame que le muestre varias posibilidades. Si no tenemos algo que le venga bien, diseñaremos algo que la satisfaga. Con su permiso.

Ornik hizo una reverencia y entró a la herrería. De nuevo sola con Giddon, Bitterblue lo observó con detenimiento y descubrió que le quedaban muy bien los manchurrones de barro en la cara. Parecía un hermoso barco de remos hundido.

—¿Cómo es que conoce a mis herreros por el nombre, Giddon? ¿Ha estado encargando espadas?

Giddon echó un vistazo a la puerta que daba al interior de la forja y luego bajó la voz al hablar:

—¿Po le ha hablado ya de la situación en Elestia, majestad?

—Sobre la de Nordicia sí, pero no de la de Elestia —respondió con los ojos entrecerrados—. ¿Qué es lo que pasa?

—Creo que ha llegado el momento de incluirla en las reuniones del Consejo. Tal vez en la que tendrá lugar mañana, si el horario de la jornada de su majestad se lo permite.

—¿Cuándo es?

—A medianoche.

—¿Adónde he de ir?

—A los aposentos de Katsa, creo, ahora que ella se encuentra aquí.

—De acuerdo. ¿Cuál es la situación de Elestia?

Giddon volvió a echar una ojeada al umbral de la forja y bajó aún más la voz.

—El Consejo prevé un levantamiento popular contra el rey Thigpen, majestad.

Se lo quedó mirando de hito en hito, estupefacta.

—¿Como en Nordicia? —preguntó tras superar el estupor.

—Como en Nordicia —ratificó el noble—. Y los rebeldes están pidiendo ayuda al Consejo.

137

10

$\mathcal{E}$sa noche, caminando a través del patio mayor sin hacer ruido, Bitterblue intentó asumir su desazón.

Confiaba en el trabajo que realizaban sus amigos, pero para ser un grupo de gente que afirmaba estar preocupada por su seguridad parecían haber adquirido la costumbre de fomentar levantamientos contra monarcas. En fin, mañana a medianoche vería qué era lo que se proponían hacer.

La lluvia había dado paso a la niebla para cuando llamó a la puerta de la imprenta en la calle del Hojalatero; gotitas infinitesimales le empapaban la ropa y el cabello de tal forma que goteaban como los árboles de un bosque. Pasó un poco de tiempo antes de que hubiera respuesta a su llamada y abrió Zaf, que le aferró un brazo y tiró de ella hacia el interior de la imprenta.

—¡Eh! ¡Quítame las manos de encima! —protestó al tiempo que intentaba echar un vistazo a la tienda, que estaba alumbrada con tanta intensidad que le hacía daño en los ojos.

Por la mañana, Zaf la había conducido también a toda prisa a través de la imprenta de camino a la puerta de la calle. Ahora, de noche, atisbó papel por todas partes, rollos y rollos, hojas y hojas; unas mesas altas se hallaban abarrotadas de objetos misteriosos; había una hilera de tarros llenos de lo que debía de ser tinta; y esa estructura enorme y de formas extrañas, situada en el centro de la tienda, chirriaba, daba golpetazos y apestaba a grasa y a metal. Todo resultaba tan fascinante que, de hecho, Bitterblue le pegó una patada a Zaf —no muy fuerte— para que dejara de tirar de ella y no la sacara de allí.

—¡Ay! —chilló él—. ¡Todo el mundo me zurra!

—Quiero ver la prensa —dijo Bitterblue.

—No tienes permiso para verla —replicó Zaf—. Como vuelvas a soltarme una patada, te daré otra a ti.

Tilda y Bren estaban juntas en la prensa y trabajaban amigablemente. Volvieron la cabeza al unísono para ver a qué venía el jaleo; luego se miraron y pusieron los ojos en blanco.

Un instante después Zaf tiraba de ella hasta la trastienda y cerraba la puerta tras ellos; ahora sí se fijó bien en él. Tenía un ojo tan hinchado que estaba medio cerrado, además de lucir un color purpúreo que tiraba a negro.

—Mierda —masculló Bitterblue—. ¿Qué te ha pasado?

—Una pelea callejera.

—Dime la verdad —exigió, poniéndose erguida.

—¿Por qué? ¿Es esta tu tercera pregunta?

—¿Qué?

—Si tienes que salir otra vez, Zaf —dijo Teddy con voz débil, desde la cama—, evita ir por la calle Callender. Las chicas me contaron anoche que un edificio se vino abajo y arrastró a otros dos en la caída.

—¡Tres edificios desplomados! —exclamó Bitterblue—. ¿Por qué se halla tan deteriorado el distrito este?

—¿Es esa tu tercera pregunta? —inquirió Zaf.

—Yo te responderé las dos preguntas, Suerte —se ofreció Teddy.

En respuesta a esto, Zaf se metió airado en otro cuarto y cerró de un portazo, indignado.

Bitterblue se acercó al rincón en el que se encontraba Teddy y se sentó con él en el pequeño círculo de luz. Había papeles desperdigados por toda la cama en la que yacía, y algunos habían resbalado y estaban tirados en el suelo.

—Gracias —dijo él cuando Bitterblue los recogió—. ¿Sabías que Madlen se pasó por aquí esta mañana para verme, Suerte? Dice que voy a vivir.

—Oh, Teddy. —Bitterblue apretó los papeles contra sí—. Eso es maravilloso.

—A ver, ¿querías saber por qué el distrito este se está cayendo a pedazos?

—Sí. Y por qué se han hecho algunas reparaciones tan extrañas. Como cosas rotas que se han repintado.

—Ah, sí. Bueno, resulta que es la misma respuesta para ambas preguntas. Es por el noventa y ocho por ciento de la tasa de empleo de la corona.

—¿Qué?

—Sabrás que la administración de la reina ha sido enérgica en cuanto a encontrar empleo para la gente, ¿no? Es parte de su filosofía de reactivación.

Bitterblue recordaba que Runnemood le había dicho que casi todos los ciudadanos tenían trabajo. A estas alturas, ya no se creía con tanta facilidad ninguna de sus estadísticas.

—¿Me estás diciendo que el noventa y ocho por ciento de tasa de empleo es real?

—En su mayor parte, sí. Y algunos de los nuevos puestos de trabajo están relacionados con la reparación de estructuras que se dejaron en un estado de abandono total durante el reinado de Leck. Cada zona de la ciudad cuenta con un equipo de constructores e ingenieros asignados a ese trabajo y, Suerte, el ingeniero que dirige el equipo en el distrito este es un completo mastuerzo. Como también lo es su subalterno y unos cuantos de sus trabajadores. Son un caso perdido.

—¿Cómo se llama el jefe? —preguntó Bitterblue aunque sabía la respuesta.

—Ivan —contestó Teddy—. Hubo un tiempo en que fue un ingeniero extraordinario. Él construyó los puentes. Ahora solo es pura suerte que no nos haya matado a todos. Hacemos lo que podemos nosotros mismos para reparar cosas, pero hay mucho que hacer, ¿sabes? Nadie tiene tiempo.

—Pero ¿por qué se permite que las cosas sigan igual?

—La reina no tiene tiempo —fue la simple respuesta de Teddy—. La reina está al timón de un reino que empieza a despertar del embrujo al que lo sometió un demente durante treinta y cinco años. Aunque ahora haya dejado de ser una niña, todavía tiene más quebraderos de cabeza, más complicaciones y más embrollos a los que enfrentarse que los otros seis reinos juntos. Estoy seguro de que se ocupará de esto en cuando pueda.

La fe de Teddy la conmovió, pero también hizo que se sintiera frustrada.

«¿Podré hacerlo? —pensó, consternada—. ¿Lo hago? Sí, es cierto que me enfrento a embrollos. Parecen surgir de todas partes, pero no tengo la impresión de que esté ocupándome realmente de nada; y ¿cómo voy a corregir problemas de los que ni siquiera tengo noticia?»

—En cuanto a las heridas de Zaf —prosiguió Teddy—, está ese grupo de cuatro o cinco idiotas con los que nos encontramos de vez en cuando. Tienen el cerebro del tamaño de un guisante. Para empezar, Zaf nunca les ha caído bien, porque es lenita y tiene esos ojos y, en fin, algunas tendencias suyas no les gustan. Una noche le dijeron que demostrara su gracia y, por supuesto, no pudo demostrar nada. Así que decidieron que estaba ocultándoles algo. Me refiero a que creían que era un mentalista —explicó Teddy—. Ahora, cada vez que lo ven, le zurran por sistema.

—Oh —susurró Bitterblue, incapaz de evitar que la mente se la jugara imaginando los puñetazos y las patadas que eran parte de esas zurras. Puñetazos y patadas a Zaf, en la cara. Alejó ese pensamiento—. Entonces, ¿no están relacionados con el que te atacó a ti?

—No, no lo están, Suerte.

—Teddy, ¿quién te atacó?

A esa pregunta, Teddy respondió solo con una sonrisa tranquila.

—¿A qué se refería Zaf con eso de que le hicieras la tercera pregunta? —preguntó a su vez el joven—. ¿Estáis participando en algún juego?

—Algo parecido.

—Chispas, yo que tú no aceptaría jugar con Zaf a nada.

—¿Por qué? ¿Crees que me miente?

—No, pero creo que hay cosas en las que podría ser peligroso para ti aunque no te dijera una sola mentira.

—Teddy —dijo ella con un suspiro—. No quiero que hablemos con adivinanzas. ¿Querrías, por favor, no hablarme así?

—De acuerdo —accedió Teddy con una sonrisa—. ¿De qué podríamos hablar?

—¿Qué son estos papeles? —le preguntó al tiempo que le entregaba los que tenía en las manos—. ¿Es tu libro de palabras o tu libro de verdades?

—Estas son palabras mías —contestó Teddy, que apretó los papeles contra su pecho, como si los estrechara en un abrazo protector—. Mis amadas palabras. Hoy estaba pensando en las pes. Oh, Suerte, ¿cómo voy a ser capaz de pensar en todas las palabras y todas las definiciones? A veces, cuando sostengo una conversación, no puedo prestar atención porque lo único que hago es desmenuzar las frases de otras personas y obsesionarme con la idea de si me habré acordado de incluir todas sus palabras. Mi diccionario está destinado a tener grandes lagunas de acepciones.

«Grandes lagunas de acepciones —repitió Bitterblue para sus adentros, inhalando aire y exhalándolo a través de la frase—. Sí.»

—Vas a hacer un trabajo maravilloso, Teddy. Solo una persona con el corazón de un escritor de diccionarios estaría tendida en la cama, tres días después de que lo hubieran acuchillado en el vientre, dándoles vueltas a las pes.

—Solo has usado una palabra que empieza con pe en esa frase —dijo él, distraído.

141

La puerta se abrió y Zaf asomó la cabeza y le dirigió una mirada furiosa a Teddy.

—¿Ya has divulgado todos nuestros secretos?

—En esa frase no había palabras con pe —comentó Teddy, medio dormido.

Zaf soltó un resoplido de impaciencia.

—Voy a salir —anunció.

Teddy se despertó de golpe, intentó sentarse e hizo un gesto de dolor.

—Por favor, no salgas solo para buscar camorra, Zaf.

—¿Y cuándo ha hecho falta que la busque?

—Al menos véndate ese brazo —insistió Teddy, que sacó una venda de la mesita que había junto a la cama.

—¿Brazo? —intervino Bitterblue—. ¿Te han hecho daño en un brazo? —Entonces se fijó en la forma en que se lo sujetaba pegado contra el torso. Se levantó de la silla y se acercó a él—. Déjame que eche un vistazo.

—Lárgate.

—Te ayudaré con el vendaje.

—Puedo hacerlo yo.

142

—¿Con una mano?

Tras un segundo y con un resoplido irritado, Zaf se acercó a la mesa, enganchó el pie alrededor de la pata de una silla, la arrastró y se sentó en ella. Después se subió la manga izquierda hasta el hombro y miró malhumorado a Bitterblue, que intentó que el rostro no delatara lo que sintió al ver el brazo. Todo el antebrazo estaba magullado e hinchado. En la parte alta había un corte uniforme de un palmo de largo, cuidadosamente cosido con hilo, cuyo tono rojizo provenía —no le cupo duda alguna— de la sangre de Zaf.

Es decir, que el dolor era la raíz de la irritación demostrada por Zaf esa noche. ¿Quizá por la humillación también? ¿Le habían sujetado contra el suelo y le habían cortado a propósito? La incisión era larga y limpia.

—¿Es profundo el corte? —preguntó mientras se lo vendaba—. ¿Te lo ha limpiado bien alguien y te ha dado remedios?

—Roke no será un sanador de la reina, Chispas, pero sabe qué ha de hacer para que una persona no se muera por una herida superficial —replicó él con sarcasmo.

—¿Adónde vas a ir, Zaf? —preguntó Teddy, débil la voz.

—A los muelles de la plata. Tengo algo que hacer allí esta noche.

—Chispas, me quedaré más tranquilo si vas con él —dijo

Teddy—. Tendrá más cuidado con lo que hace si sabe que tiene que cuidar de ti.

Bitterblue no opinaba lo mismo. Por el mero hecho de tocarle el brazo a Zaf casi podía percibir la tensión que irradiaba su cuerpo. Esa noche transmitía un impulso hacia la temeridad que estaba arraigado en la cólera que sentía.

Y por esa razón se marchó con él, no para que tuviera que cuidar de alguien, sino para que ese alguien, aunque fuera una persona menuda y reacia a acompañarlo, estuviera allí para cuidar de él.

Menos mal que era una buena corredora, pues de no ser así Zaf la habría dejado atrás.

—En la calle se habla de que lady Katsa ha llegado hoy a la ciudad —comentó Zaf—. ¿Es cierto? ¿Y su príncipe Po sigue en la corte?

—¿A qué viene ese interés? ¿Planeas robarles o algo por el estilo?

—Chispas, antes me robaría a mí mismo que a mi príncipe. ¿Cómo está tu madre?

Esa noche, la extraña y persistente cortesía de Zaf hacia su madre casi parecía chistosa en contraste con su actitud violenta y la disparatada forma de correr por las calles mojadas como si buscara algo que machacar.

—Está bien —respondió—. Gracias —añadió sin estar muy segura al principio de por qué se las daba. Entonces, sintiéndose profundamente avergonzada, comprendió que era por la firme predisposición del joven por su madre.

En los muelles de la plata, el aire del río hacía que la lluvia azotara la piel. Los barcos, con las velas recogidas y bien atadas, goteaban y se agitaban como si temblasen. En realidad no eran tan grandes como parecían en la oscuridad. Eso lo sabía Bitterblue; no eran navíos para navegar por el océano, sino barcos fluviales diseñados para transportar cargas pesadas hacia el norte, río Val arriba, a contracorriente, desde las minas y las refinerías del sur. Sin embargo, de noche parecían enormes y se alzaban imponentes sobre los muelles, con las siluetas de soldados alineados en cubierta, porque aquel era el punto de desembarco de la riqueza del reino.

«Y el tesoro, cuando esa riqueza se guarda, es mío —pensó Bitterblue—. Y también son míos los barcos, que tripulan mis soldados, y llevan mi fortuna desde las minas y las refinerías, que también son

143

mías. Todo eso es mío porque soy la reina. Qué extraño es pensarlo.»

—¿Qué haría falta para asaltar uno de los barcos del tesoro de la reina? —comentó Zaf.

—Los piratas lo intentan de vez en cuando, o eso he oído contar, cerca de las refinerías —dijo Bitterblue, que esbozó una sonrisa desdeñosa—. Unas tentativas con resultados desastrosos. Para los piratas, quiero decir.

—Sí. —En la voz de Zaf se advertía un timbre irritado—. Bueno, cada uno de los barcos reales lleva un pequeño ejército, por supuesto. Y de todos modos, los piratas no estarían a salvo con el botín hasta que se encontraran en alta mar. Apuesto que el tramo de río desde las refinerías hasta la bahía está bien vigilado por las patrullas de la guardia fluvial de la reina. No es tarea fácil ocultar un barco pirata en un río.

—¿Cómo sabes todo eso? —inquirió Bitterblue, inquieta de repente—. Por todos los mares. ¡No me digas que eres un pirata! ¡Tus padres te metieron a escondidas en un barco pirata! ¡Fue eso! ¡Me he dado cuenta al mirarte ahora!

—Desde luego que no hicieron eso —respondió él, soltando un suspiro con aire sufrido—. No seas tonta, Chispas. Los piratas asesinan, violan y hunden barcos. ¿Es esa la opinión que tienes de mí?

—Oh, me vuelves loca —le reprochó con acritud—. Andáis a hurtadillas por ahí robando y haciendo que os acuchillen, salvo cuando escribís libros abstractos o imprimís quién sabe qué en vuestra imprenta. No me cuentas nada y te enfurruñas cuando intento sacar conclusiones por mí misma.

Zaf se alejó de los muelles y entró en una calle oscura que Bitterblue no conocía. Cerca de la entrada de lo que obviamente era un almacén, se volvió hacia ella, sonriendo en la oscuridad.

—He estado jugando un poco a la caza del tesoro —anunció.

—¿A la caza del tesoro?

—Pero jamás he sido pirata ni lo seré, Chispas, como me gustaría que me creyeras sin tener que decírtelo.

—¿Qué es la caza del tesoro?

—Bueno, hay barcos que se hunden, ¿sabes? Naufragan durante una tormenta, arden o se van a pique. Los cazadores de tesoros llegan después y bucean hasta el fondo del mar en busca de tesoros que salvar de naufragios.

Bitterblue examinó con atención el rostro vapuleado de Zaf. Hablaba de forma agradable, incluso cariñosa. Le gustaba hablar con ella. Sin embargo, no había menguado un ápice la rabia que sentía antes. En su mirada alentaba algo de dureza y de estar dolido, y mantenía el brazo herido pegado al cuerpo.

Este marinero, cazador de tesoros o ladrón —fuera lo que fuese— debería estar metido en una cama caliente y seca para recobrar la salud y templar el genio, y no andar robando o cazando tesoros o lo que quiera que hubiera ido a hacer allí.

—Eso suena peligroso —dijo ella con un suspiro.

—Es peligroso, pero no ilegal. Anda, pasa. Te va a gustar lo que he robado hoy.

Empujó la puerta para abrirla y le hizo un gesto hacia la luz amarilla y notó el olor, el vaho de cuerpos y de lana húmeda. Y el sonido áspero y profundo que la atrajo como un imán: la voz de un fabulista.

En los mostradores y las mesas de ese salón de relatos, cacerolas y cubos repicaban con el tenue ritmo de las gotas de lluvia al caer dentro. Bitterblue echó una mirada dubitativa al techo y se quedó por el perímetro del salón.

Era una fabulista, una mujer achaparrada de voz profunda y melodiosa. El relato era uno de los viejos cuentos de Leck sobre animales que empezaba con un chico en una barca en un río helado y un ave de presa de color fucsia con garras plateadas como rezones; una criatura espléndida, fascinante, peligrosa… Bitterblue odiaba ese relato. Recordaba a Leck contándole ese u otro por el estilo. Casi lo veía allí mismo, en el mostrador, con un ojo tapado y el otro de color gris, penetrante y receloso.

Entonces le vino a la memoria una imagen, como un fogonazo: el horrible destrozo del ojo que cubría el parche de Leck.

—Venga, vámonos, Chispas —le estaba diciendo Zaf—. Ya he acabado aquí. Podemos irnos.

Bitterblue no le oía. Leck se quitó el parche para que ella lo viera, solo una vez, mientras reía y decía algo sobre un caballo encabritado que le había pateado la cara. Le vio el globo ocular purpúreo e hinchado de sangre, y pensó que el intenso carmesí de la pupila era una mancha de sangre recogida, no una pista que apuntaba a la verdad de todo. Una pista que explicaba por qué se sentía tan lenta y pesada, tan estúpida y tan olvidadiza la mayor parte del tiempo, sobre todo cuando estaba sentada con él, ansiosa de demostrar lo bien que leía con la esperanza de complacerlo.

Zaf la asió por la muñeca e intentó sacarla de allí tirando de ella. De forma repentina, el recuerdo se difuminó; alerta, se dejó llevar por

145

un impulso. Arremetió contra él para darle un puñetazo, pero Zaf la sujetó también por esa muñeca y mantuvo la presa firmemente.

—Chispas —masculló en voz baja—, no luches contra mí aquí. Espera hasta que hayamos salido. Vamos.

¿Desde cuándo hacía tanto calor en el salón y estaba tan abarrotado de gente? Un hombre se acercó demasiado a ella y le habló con una voz demasiado suave:

—¿Este tipo adornado con oro te está haciendo pasar un mal rato, chico? ¿Necesitas un amigo?

Zaf se volvió hacia el hombre con un bramido y el tipo retrocedió al tiempo que alzaba las manos y enarcaba las cejas, admitiendo la derrota, y fue Bitterblue quien agarró a Zaf cuando este siguió lanzado tras el hombre; le apretó el brazo herido a propósito para que sintiera dolor y se revolviera contra ella, pues sabía que no la agrediría. Lo llevó lejos de todos los que estaban en el salón, a quienes no estaba tan segura de que no haría daño.

—Déjalo ya —le dijo—. Vámonos.

Zaf jadeaba. Las lágrimas le brillaban en los ojos. Le había hecho más daño de lo que era su intención, pero tal vez era lo que necesitaba hacerle; de cualquier forma, tampoco importaba porque se marchaban abriéndose paso entre la gente a empujones. Salieron a trompicones bajo la lluvia.

Ya fuera, Zaf echó a correr, dobló en un callejón y se agazapó al resguardo que ofrecía un alpendre. Bitterblue fue tras él y se quedó a su lado, de pie, mientras él se sujetaba el brazo contra el pecho, con cuidado, y barbotaba maldiciones como si lo estuvieran matando.

—Lo siento —se disculpó Bitterblue cuando por fin pareció que Zaf pasaba de las palabras a hacer respiraciones profundas.

—Chispas… —Unas cuantas respiraciones más—. ¿Qué ha pasado ahí dentro? Te perdí, no oías ni una palabra de lo que te decía.

—Teddy tenía razón. Te ha ayudado tenerme al lado para cuidar de mí. Y yo también tenía razón. Necesitabas que alguien cuidara de ti. —Oyó sus palabras y sacudió la cabeza para aclarar las ideas—. Lo siento muchísimo, Zaf… Estaba en otra parte. Esa historia me transportó.

—Está bien. —Zaf se puso de pie con cuidado—. Te enseñaré algo que te traerá de vuelta.

—¿Te ha dado tiempo a robar algo?

—Solo hace falta un momento, Chispas.

Sacó un objeto redondo y dorado del bolsillo de la chaqueta y lo sostuvo debajo de la luz parpadeante de una farola. Cuando Zaf lo abrió con un movimiento rápido, lo sujetó por el canto de la mano para ajustar el ángulo a fin de poder ver lo que le parecía haber visto: un reloj de bolsillo grande, con una esfera que no tenía doce, sino quince horas, y en lugar de sesenta minutos, cincuenta.

—¿Quieres explicarme esto?

—Oh, era uno de los jueguecitos de Leck —le explicó Zaf—. Tenía una artesana que era brillante con los pequeños mecanismos y le gustaba arreglar relojes. Leck la obligó a crear relojes de bolsillo que dividían la mitad del día en quince horas, aunque eran horas que pasaban más deprisa para compensar la diferencia. Por lo visto le encantaba tener a todo el mundo que estaba a su alrededor soltando despropósitos sobre el tiempo y creyendo sus propias sandeces: «Son las catorce y media, majestad. ¿Le gustaría comer a su majestad?» Y cosas por el estilo.

Qué horripilante que aquello le sonara tan familiar. No era un recuerdo ni nada específico, solo la sensación de que ella conocía desde siempre los relojes de bolsillo así, pero que no había creído que mereciera la pena pensar en ellos durante los últimos ocho años.

—Tenía un sentido del humor retorcido, perverso —dijo.

—Ahora son populares en ciertos círculos. Valen una pequeña fortuna —comentó Zaf en voz baja—, pero se los considera una propiedad robada. Leck obligaba a la mujer a construirlos sin recibir compensación. Luego, se supone, la asesinó, como hizo con la mayoría de sus artesanos y artistas, y atesoró los relojes para sí. Tras su muerte, de algún modo encontraron los cauces para llegar al mercado negro, y los estoy recobrando para la familia de la mujer.

—¿Aún funcionan bien?

—Sí, pero hace falta aplicar la aritmética con maña para calcular la hora que es realmente.

—Sí, supongo que un modo de hacerlo es convertirlo todo en minutos —dijo Bitterblue—. Doce por sesenta son setecientos veinte, y quince por cincuenta son setecientos cincuenta. Así que nuestro medio día de setecientos veinte minutos es igual a su mediodía de setecientos cincuenta. Veamos… Ahora mismo, el reloj marca casi las dos y veinticinco. Eso hace ciento veinticinco minutos, que, divididos por setecientos cincuenta, deberían igualar a nuestra hora en minutos divididos por setecientos veinte… Así, setecientos veinte por ciento veinticinco son… Espera un momento… Noventa mil… Dividido entre setecientos cincuenta… Ciento veinte… Lo que significa… ¡Bien! Los números están bastante claros, ¿verdad? Son casi las dos en punto. Debería volver a casa.

147

Zaf había empezado a reír bajito a partir de algún momento de aquella letanía. Cuando en el momento justo, el reloj de una torre lejana dio las dos, Zaf prorrumpió en carcajadas.

—Personalmente, a mí me resultaría más fácil aprender de memoria qué hora significa cuál —añadió Bitterblue.

—Naturalmente —dijo Zaf sin dejar de reír.

—¿Qué te hace tanta gracia?

—A estas alturas tendría que saber que no debería sorprenderme nada de lo que digas o hagas, ¿verdad, Chispas?

La voz de Zaf había adquirido un timbre amable. Guasón. Estaban muy cerca, con las cabezas inclinadas sobre el reloj y ella sujetando aún la mano de él. Bitterblue comprendió algo de repente, no con la mente, sino por el aire que le acarició la garganta y la hizo estremecerse cuando alzó la cara hacia el rostro magullado de él.

—Eh... Buenas noches, Zaf —se despidió, y sin más se escabulló.

$\mathcal{N}$o había ocurrido nada. Aun así, al día siguiente fue incapaz de dejar de pensar en ello. Resultaba sorprendente que lo que no era nada pudiera generar tantas cavilaciones. El sonrojo le sobrevenía en el momento más inoportuno, por lo que estaba convencida de que todo el mundo que la mirase a los ojos sabría exactamente qué estaba pensando. A decir verdad, menos mal que la reunión del Consejo estaba prevista para esa noche. Necesitaba sosegarse antes de salir a la ciudad otra vez.

Katsa irrumpió en sus aposentos muy temprano.

—Po me ha dicho que tienes que practicar con la espada —anunció, y a continuación incurrió en el ultraje de retirar de un tirón las sábanas.

—Pero si ni siquiera tengo una —gimió Bitterblue, que intentó meterse otra vez entre las mantas—. La están forjando.

—Como si fuésemos a empezar con otra cosa que no fueran espadas de madera. ¡Vamos! ¡Arriba! Piensa en lo satisfactorio que será atacarme con una espada.

Katsa salió disparada otra vez. Bitterblue se quedó tumbada unos instantes quejándose de todo lo habido y por haber. Después se incorporó y hundió los dedos de los pies en la mullida alfombra roja. Las paredes de su dormitorio estaban tapizadas con tela tejida de forma que creaba dibujos exquisitos con colores escarlata, bermejo, plata y oro. El techo, muy alto, era de un tono azul oscuro e intenso, salpicado —como en la sala de estar— de estrellas doradas y escarlatas. Los azulejos del cuarto de baño brillaban dorados a través del umbral de una puerta que había enfrente. Era un cuarto como un amanecer.

Al quitarse la camisola se vio reflejada en el espejo alto. Se quedó parada y se contempló de hito en hito, pensando de repente en dos personas incongruentes: Danzhol, que la había besado, y Zaf.

«No me agrada este cuarto deslumbrante —pensó—. Tengo los ojos grandes y apagados. Mi cabello es espeso y la barbilla, afilada. Soy tan pequeña que mi esposo no conseguirá encontrarme en la cama. Y cuando lo haga, descubrirá que mis pechos son asimétricos y que tengo la figura de una berenjena.»

Resopló riéndose de sí misma; entonces, de pronto, faltó poco para que se echara a llorar y se arrodilló en el suelo delante del espejo, desnuda.

«Mi madre era muy bonita… Pero ¿cómo puede ser bonita una berenjena?»

Del fondo de la mollera no le llegó nada que le sirviera de respuesta a esa pregunta.

Recordaba cada parte del cuerpo que Danzhol le había tocado. Qué poco tenía que ver su baboseo con lo que ella había imaginado que sería besar. Sabía que no era eso lo que debía sentirse al intercambiar un beso. Había visto a Katsa y a Po besarse, se había tropezado con ellos en los establos, uno de ellos empujando al otro contra un montón de heno, y otra vez al final de un corredor, ya avanzada la noche, donde habían sido poco más que sombras oscuras y brillos de oro que hacían ruidos apagados, sin apenas moverse, ajenos a cuanto los rodeaba. Saltaba a la vista que disfrutaban con ello.

«Pero Po y Katsa son muy hermosos —pensó—. Y por supuesto, saben cómo debe hacerse.»

No era que ella no tuviera imaginación, y tampoco se avergonzaba de su cuerpo; había descubierto cosas, y sabía la mecánica entre dos personas. Helda se lo había explicado y estaba bastante segura de que su madre también lo había hecho, hacía mucho tiempo. Pero comprender el anhelo y entender la mecánica no aclaraban gran cosa sobre cómo podía una invitar a alguien a verla, a tocarla de esa manera.

Esperaba que todos los besos de su vida y todo lo que seguía no fueran con lores que solo deseaban su dinero. Qué sencillo sería si fuera en realidad una panadera. Las panaderas conocían a los mozos de cocina, y nadie era un noble a la caza del dinero de una reina, y a lo mejor tampoco importaba demasiado que fueras feúcha.

Se abrazó a sí misma.

Luego se puso de pie, avergonzada por pensar demasiado en esas cosas cuando había tanto por lo que preocuparse.

El príncipe Raffin, hijo del rey Randa y heredero del trono de Terramedia, así como su compañero Bann, también habían acudido a la práctica de esgrima a pesar de que por su aspecto no parecían estar muy despiertos.

—Majestad —saludó Raffin, que se inclinó desde las espectaculares alturas de su talla para besarle la mano a Bitterblue—. ¿Cómo está usted?

—Qué alegría verlos aquí. A los dos —dijo Bitterblue.

—También es una alegría para nosotros —respondió Raffin—. Aunque me temo que no teníamos alternativa, majestad. Nos atacaron norgandos, enemigos del Consejo, y Katsa nos convenció de que estaríamos más seguros acompañándola dondequiera que fuese.

Acto seguido, el príncipe de cabello rubio sonrió a Bitterblue como si no tuviera la más mínima preocupación. Bann, que tomó la otra mano de la reina, era, como Raffin, un cabecilla del Consejo además de farmacólogo. Irradiaba sosiego; un hombretón con los ojos de un color que recordaba el gris del mar.

—Majestad, es una alegría volver a verla —saludó—. Me temo que han pulverizado nuestro laboratorio.

—Habíamos dedicado casi un año en esa infusión para náuseas —explicó Raffin de mal humor—. Meses de trabajo y de aguantar vomitonas para nada, todo perdido.

—No sé, pero a mí me suena como si hubieseis tenido mucho éxito —dijo Katsa.

—¡La intención era hacer una infusión contra las náuseas, no inducirlas! —rezongó Raffin—. Nos faltaba poco para lograrlo, estoy seguro.

—Sí, el último lote apenas te provocó vómitos —convino Bann.

—Eh, un momento. ¿Es eso por lo que los dos me vomitasteis encima cuando os rescataba? —inquirió Katsa con aire de sospecha—. ¿Os habéis estado tragando vuestra infusión? ¿Y por qué diantres se molesta nadie en mataros? —continuó alzando las manos al aire—. ¿Por qué no limitarse a dejar que os matéis vosotros mismos? Anda, toma esto —le dijo a su primo, empujando una espada de madera contra el pecho de Raffin con tanta fuerza que le hizo toser—. Si depende de mí, la próxima vez que alguien cruce medio mundo para matarte, te encontrará preparado para que se quede con las ganas.

Bitterblue había olvidado lo estupendo que era participar en estas prácticas: un proyecto con objetivos directos, identificables y, sobre todo, físicos. Una instructora cuya confianza en la habilidad de una era absoluta, incluso cuando te enganchabas la espada en la falda, tropezabas y te ibas de bruces al suelo.

—La falda es un invento estúpido —opinó Katsa, que siempre ves-

151

tía pantalón y llevaba el cabello corto. Luego la ayudó a incorporarse y a ponerse de pie con tal rapidez que Bitterblue empezó a dudar de haber estado despatarrada en el suelo, para empezar—. Es de suponer que fue idea de un hombre. ¿No tienes ningún pantalón para practicar?

El único par de pantalones que tenía Bitterblue era el que utilizaba por la noche para escabullirse de palacio y, como tal, estaba embarrado y empapado de agua; lo había puesto a secar lo mejor que había podido en el suelo del vestidor, donde esperaba que Helda no lo encontrara. Quizás ahora podría pedirle a Helda más pantalones con la disculpa de las lecciones de esgrima.

—Pensé que debería practicar con la ropa que seguramente llevaré puesta cuando alguien me ataque —improvisó.

—Tienes razón, bien pensado. ¿Te has golpeado la cabeza? —preguntó Katsa mientras le echaba el pelo hacia atrás.

—Sí —mintió, para que Katsa siguiera acariciándola.

—Lo haces bien —la animó Katsa—. Reaccionas con rapidez, pero eso es algo que siempre has hecho. No como ese zoquete —añadió, poniendo los ojos en blanco al mirar a Raffin, que se entrenaba torpemente con Bann al otro extremo de la sala de prácticas.

Raffin y Bann distaban mucho de estar al mismo nivel. Bann no solo era más corpulento, sino también más rápido y más fuerte. El acobardado príncipe, que manejaba la espada con movimientos lentos y pesados, como si le estorbara, nunca parecía ver llegar un ataque, aunque le hubieran dicho cuándo debía esperar que ocurriera.

—Raff, tu problema es que no pones interés —le regañó Katsa—. Hemos de encontrar el modo de incrementar tu disposición defensiva. ¿Y si actúas como si él intentara destrozar tu planta medicinal favorita?

—El poco común alazor azul —sugirió Bann.

—Sí, imagina que quiere cargarse tu alazor —animó Katsa de buena gana.

—Bann jamás intentaría destrozar mi extraordinario alazor azul —dijo Raffin con firmeza—. La mera idea es absurda.

—Pues imagina que no es Bann. Piensa que es tu padre —sugirió Katsa.

Aquello pareció surtir cierto efecto, si no en la rapidez del príncipe, sí al menos en el entusiasmo. Calmada por los ruidos de una ocupación productiva llevándose a cabo cerca de ella, Bitterblue se centró en sus ejercicios y se permitió el lujo de dejar la mente en blanco. Ni recuerdos, ni interrogantes, ni Zaf; solo la espada, la vaina, la velocidad y el aire.

Y

Escribió una carta cifrada a Ror respecto al tema de las indemnizaciones y se la confió a Thiel, que la llevó con aire serio a su mesa. Era difícil calcular cuánto tardaba en llegar una carta a Burgo de Ror. Dependía por completo del barco que la llevara y del tiempo que hiciese. De darse las condiciones ideales, podría esperar respuesta al cabo de dos meses, es decir, a principios de noviembre.

Entre tanto, había que hacer algo respecto a Ivan en el distrito este. Pero Bitterblue no podía alegar otra vez que se había enterado de ese asunto a través de sus espías, o su credibilidad empezaría a perder consistencia. Tal vez si pudiera deambular por el castillo a diario, entonces sería razonable simular que había oído conversaciones por casualidad. Podría argumentar que quería tener un mayor conocimiento práctico general, familiarizarse más con todo.

—Thiel —empezó—, ¿crees que podría tener una ocupación que cada día requiriera salir de esta torre? ¿Aunque solo fueran unos cuantos minutos?

—¿Está intranquila, majestad? —preguntó el consejero, afable.

Sí, y también estaba distraída y con la mente muy lejos de ese despacho, en un callejón lluvioso, bajo una farola titilante, con un chico. Avergonzada, se llevó la mano al cuello enrojecido.

—Sí, lo estoy —admitió—. Y no quiero tener que pelearme cada día por lo mismo. Debes permitir que haga algo más que revolver papeles, Thiel, o me volveré loca.

—Es cuestión de encontrar tiempo para hacerlo, majestad, como bien sabe. Pero Rood dice que hoy se celebra un juicio por asesinato en la Corte Suprema —añadió Thiel con benevolencia al advertir su gesto de decepción—. ¿Por qué no va allí y ya buscaremos algo pertinente para mañana?

El acusado era un hombre conmocionado y tembloroso, con una historia de comportamiento irregular y un olor que Bitterblue fingió que no notaba. Había acuchillado a un hombre hasta matarlo, un completo desconocido, a plena luz del día y sin ninguna razón que pudiera explicar. Solo dijo que… sintió el impulso de hacerlo. Al no intentar siquiera negar los cargos, fue declarado culpable por unanimidad.

—¿Se ejecuta siempre a los asesinos? —preguntó Bitterblue a Quall, que estaba sentado a su derecha.

—Sí, majestad.

153

Bitterblue observó a los guardias que se llevaban al hombre tembloroso, atónita por la brevedad del juicio. Tan poco tiempo, tan pocas explicaciones, para condenar a muerte a un hombre.

—Esperad —dijo.

Los guardias que flanqueaban al condenado se detuvieron y le hicieron dar media vuelta para mirarla. Bitterblue observó con fijeza al hombre, cuyos ojos se volvieron hacia atrás al intentar mirarla y se le pusieron en blanco.

Era repulsivo y había hecho algo horrible, pero ¿nadie más tenía la sensación de que allí pasaba algo raro?

—Antes de que se ejecute a este hombre —dijo—, me gustaría que mi sanadora, Madlen, lo viera y determinara si está en su sano juicio. No quiero ejecutar a una persona incapacitada para pensar con raciocinio. No es justo. Y, como mínimo, insisto en poner más empeño y esfuerzo para dar con una razón que lo indujera a cometer un acto tan absurdo.

Ese mismo día, más tarde, Runnemood y Thiel se mostraron muy agradables con ella, si bien parecía haber tensión entre ambos y evitaban hablarse. Bitterblue se preguntó si habrían tenido algún rifirrafe. ¿Se pelearían sus consejeros entre ellos? No había presenciado ninguna riña hasta el momento.

—Majestad —dijo Rood casi a última hora de la tarde, cuando los dos se quedaron momentáneamente solos. Desde luego, Rood no estaba enfrentado con nadie. Había andado rondando por allí, sumiso, procurando evitar a la gente en general—. Me complace que su majestad sea tan buena persona —dijo.

Al oír aquello, Bitterblue se quedó estupefacta. Sabía que no era una buena persona. Además de ser ignorante en gran medida, estaba atrapada tras cosas inescrutables, atrapada tras cosas que sabía pero que no podía admitir saberlas, y era una mentirosa, cuando lo que deseaba era ser útil, racional, eficiente. Si se presentaba una situación de forma que lo que estaba bien y lo que estaba mal fuera evidente, entonces se aferraría a ella. El mundo ofrecía muy pocas cosas a las que anclarse para dejar pasar de largo una.

Ojalá que la reunión del Consejo fuera otra más.

A medianoche, Bitterblue se deslizó sigilosa escalera abajo y recorrió pasillos poco alumbrados hacia los aposentos de Katsa. Al aproximarse a la puerta, esta se abrió y apareció Po. Esos no eran los aposentos habituales de Katsa, que por lo general los escogía contiguos a los de Po, cerca de Bitterblue y de todos sus invitados personales, pero su primo, por alguna razón, había dispuesto que Katsa ocupara en esta ocasión unas habitaciones del ala sur del castillo y le había indicado a Bitterblue cómo llegar a ellas.

—Prima, ¿conoces la escalera secreta que hay detrás de la bañera de Katsa? —le preguntó.

Poco después, Bitterblue observaba estupefacta a Po y a Katsa meterse en la bañera. El cuarto de baño en sí era muy peculiar, revestido con brillantes azulejos de insectos de vivos colores que parecían tan reales que Bitterblue no se creía capaz de relajarse si tuviera que bañarse allí. Po alargó una mano hacia el suelo, detrás de la bañera, y apretó algo. Se oyó un pequeño chasquido y entonces un trozo de la pared de mármol, detrás de la bañera, se desplazó hacia atrás y dejó a la vista un umbral pequeño y bajo.

—¿Cómo lo descubriste? —preguntó Bitterblue.

—Hacia arriba conduce a la galería de arte, y hacia abajo, a la biblioteca —contestó Po—. Me encontraba en la biblioteca cuando lo descubrí. Y allí es donde vamos.

—¿Es una escalera?

—Sí. De caracol.

«Detesto las escaleras de caracol.»

Todavía de pie en la bañera, Po le tendió la mano.

—Iré delante de ti —la tranquilizó—. Y Katsa estará detrás.

155

Tras unos minutos de apartar telarañas, inhalar polvo y estornudar, Bitterblue cruzó con esfuerzo una pequeña puerta en la pared, apartó a un lado un tapiz y entró en la biblioteca real. La puerta daba a un hueco amplio situado en alguna parte de la biblioteca, al fondo. Parecía un cuarto aparte porque estaba casi aislado al hallarse rodeado por las estanterías; estas, de madera maciza y oscura, eran tan altas como árboles y tenían el mismo olor húmedo, cargado y vivo de un bosque. Los libros, con encuadernaciones cobrizas, marrones y anaranjadas, parecían las hojas; el techo era alto y azul.

Bitterblue dio vueltas sobre sí misma. Era la primera vez que estaba en la biblioteca desde hacía muchísimo tiempo, tanto que casi se le había borrado de la memoria, pero era exactamente como la recordaba.

12

*U*na extraña y reducida representación del personal del castillo se hallaba presente en la reunión. Helda, por supuesto, cuya presencia no sorprendió a Bitterblue; también estaba Ornik, el joven herrero de semblante solemne, ahora limpio de hollín; una mujer mayor de rostro curtido de estar a la intemperie, llamada Dyan, que le presentaron como su jardinera mayor; y Anna, una mujer alta, atractiva, de cabello oscuro y corto y facciones muy definidas, que por lo visto era la panadera mayor de las cocinas.

«En mi mundo imaginario, es mi jefa», pensó Bitterblue.

Por último, y lo más sorprendente, uno de los jueces de su Corte Suprema estaba presente.

—Lord Piper —saludó de manera sosegada Bitterblue—. Desconocía su propensión a derrocar monarquías.

—Majestad —saludó el hombre, que se enjugó la calva testa con un pañuelo y tragó saliva, incómodo. Su expresión parecía decir que la presencia de un caballo parlante en la reunión habría sido menos alarmante que la aparición de la reina. En realidad, los cuatro asistentes pertenecientes al personal del castillo parecían un poco asustados por su presencia.

—Algunos estáis sorprendidos de que la reina Bitterblue se haya reunido con nosotros —empezó a decir Po al grupo—. Debéis comprender que el Consejo está compuesto por familiares y amigos. Esta es la primera reunión que se celebra en Monmar y a la que hemos invitado a monmardos. No requerimos que la reina se involucre en nuestras actividades, pero desde luego sería inverosímil que actuáramos en su corte sin su conocimiento ni su permiso.

En apariencia, esas explicaciones no apaciguaron a una sola persona del grupo. Rascándose la cabeza y con un atisbo de sonrisa, Po rodeó con el brazo a Bitterblue y enarcó una ceja a Giddon en un gesto elocuente. Mientras este conducía a los demás a través de una hilera de estanterías hacia un rincón oscuro, Po habló a la reina en voz baja, al oído, mientras los seguían:

—El Consejo es una organización de transgresores de la ley, Bitterblue, y para estos monmardos tú representas la ley. Todos han venido a escondidas esta noche y se han encontrado cara a cara con su soberana. Les costará un poco de tiempo adaptarse a ti.

—Lo comprendo muy bien —contestó con voz inexpresiva, lo que provocó que Po resoplara.

—Sí. Bien —continuó su primo—. Deja de poner nervioso a Piper a propósito solo porque no te cae bien.

La alfombra allí era gruesa, de burda lana en color verde. Cuando Giddon se sentó en el suelo y le indicó con un gesto a Bitterblue que hiciera lo mismo, los demás, tras vacilar un momento, formaron un círculo amplio y empezaron a sentarse. Incluso Helda se dejó caer pesadamente en la alfombra, sacó unas agujas de tricotar y ovillos de un bolsillo y se puso a tejer.

—Vayamos a lo importante —empezó Giddon sin más preámbulos—. Mientras que el derrocamiento de Drowden en Nordicia tuvo su origen en el descontento de la nobleza, en Elestia lo que se está considerando es una revolución popular. La gente se muere de hambre. De todos los reinos, el pueblo de Elestia es el más empobrecido por los impuestos que le exigen el rey Thigpen y sus lores. Por suerte para los rebeldes, nuestro éxito con desertores del ejército en Nordicia ha atemorizado a Thigpen. Les está apretando las tuercas a sus soldados, con severidad, y un ejército malcontento es algo que los rebeldes pueden aprovechar. Creo, y Po está de acuerdo, que hay suficiente gente desesperada en Elestia, así como suficiente gente inteligente y meticulosa, para que esto llegue a buen término.

—Lo que me asusta es que no saben lo que quieren —intervino Katsa—. En Nordicia, lo que hicimos en realidad fue raptar al rey por encargo de ellos, y después se estableció una coalición de nobles a los que ya habían elegido de antemano…

—Fue mil veces más complicado que eso —adujo Giddon.

—Lo sé. A lo que me refiero es a que allí había gente poderosa que tenía un plan —insistió Katsa—. En Elestia, gente que no tiene poder alguno sabe que no quiere al rey Thigpen, pero ¿qué es lo que quieren? ¿Al hijo de Thigpen o algún tipo de cambio radical? ¿Una república? ¿Cómo? No tienen nada ultimado, nada planificado para tomar posesión cuando Thigpen no esté. Si no tienen cuidado, el rey Murgon ocupará el país desde Meridia y Elestia pasará a llamarse

157

Meridia Oriental. Y Murgon será un tirano por partida doble. ¿Es que eso no te asusta?

—Claro —respondió Giddon con frialdad—. Razón por la cual voy a votar a favor de responder a su petición de ayuda. ¿No estás de acuerdo?

—Totalmente —replicó Katsa, mirándolo furiosa.

—¿No es maravilloso estar todos juntos otra vez? —dijo Raffin mientras echaba un brazo sobre los hombros de Po y el otro alrededor de Bann—. Mi voto es sí.

—Y el mío —abundó Bann, sonriente.

—El mío también —dijo Po.

—Como sigas con ese gesto, se te va a anquilosar la cara, Katsa —comentó Raffin amablemente.

—A lo mejor me animo y hago algo para cambiarte la tuya, Raff —replicó ella.

—Me gustaría tener las orejas más pequeñas —sugirió Raffin.

—El príncipe Raffin tiene unas orejas muy bonitas —opinó Helda sin alzar la vista de la labor de punto—. Como las tendrán sus hijos. Los vuestros no tendrán orejas, mi señora —dijo con severidad a Katsa.

Katsa la miró de hito en hito, sin salir de su asombro.

—Me parece que no serán solo orejas lo que no tendrán sus hijos —empezó Raffin—, lo cual, estaréis de acuerdo, parece mucho menos…

—Muy bien —le interrumpió Giddon en voz alta, aunque tal vez no más de lo que las circunstancias justificaban—. En ausencia de Oll, el voto es unánime. El Consejo se involucra en el levantamiento popular elestino con el fin de derrocar a su rey.

Para Bitterblue era una declaración que requeriría cierto tiempo asumir. Los demás continuaron con los quiénes, cuándos y cómos, pero ella no era una de las personas que iba a entrar en Elestia con una espada ni a meter alegremente en un saco al rey Thigpen o comoquiera que decidieran hacerlo. Pensando que, tal vez, el herrero Ornik, la jardinera Dyan, la panadera Anna y el juez Piper se sentirían menos cohibidos con su contribución si ella no formaba parte del círculo, se puso de pie. Cortando los apresurados intentos de levantarse con un gesto de la mano, caminó entre las estanterías hacia el tapiz que colgaba delante del acceso por el que habían entrado. Abstraída, reparó en la mujer representada en el tapiz, vestida con níveas pieles en medio de la cruda blancura de un bosque, de ojos color verde como el musgo y cabello esplendoroso y llameante como una puesta de sol o como el fuego. La imagen era demasiado vívida, demasiado insólita para ser humana. Otro extraño objeto decorativo de Leck.

Bitterblue necesitaba reflexionar.

Un monarca era responsable del bienestar del pueblo al que gobernaba. Si lo perjudicaba con premeditación, merecía perder el privilegio de la soberanía. Pero ¿y un monarca que perjudicaba a su pueblo de forma involuntaria? Que lo perjudicaba por no prestarle ayuda. Por no arreglar sus casas. Por no compensarlo por sus pérdidas. Por no estar a su lado cuando lloraba la muerte de sus hijos. Por no dudar en enviar a los dementes o a los angustiados a su ejecución.

«Sí sé una cosa —pensó, fija la mirada en los ojos tristes de la mujer del tapiz—. No me gustaría que me destronaran. Sería tanto como si me desollaran o me descuartizaran.

»Y, sin embargo, ¿qué cualidades tengo como reina? Mi madre decía que poseía la fuerza y el coraje necesarios para serlo. Pero no es cierto, no hago nada útil. Mamá, ¿qué nos ocurrió? ¿Cómo es posible que tú estés muerta y yo sea soberana de un reino con el que ni siquiera puedo tener contacto?»

Posada en el suelo había una escultura de mármol, con el tapiz como telón de fondo. Representaba a una niña, quizá de unos cinco o seis años, cuya falda sufría una metamorfosis que la transformaba en hileras de ladrillos; la pequeña se estaba transfigurando en un castillo. Era evidente que esta era otra obra del mismo autor que la estatua de la mujer transmutándose en puma que había en el jardín de atrás. Uno de los brazos de la niña, alzado hacia el cielo, evolucionaba de forma progresiva a partir del hombro hasta adquirir la apariencia de una torre. En el tejado plano de esa torre, que tendría que haber sido la palma de la mano y donde deberían haber estado los dedos, había cinco guardias diminutos: cuatro con los arcos listos para disparar y uno con una espada enarbolada. Todos apuntaban hacia arriba, como si del cielo llegara alguna amenaza. Algo perfecto en la forma y absolutamente feroz.

Las voces de sus amigos le llegaban a intervalos, de forma que oía fragmentos de la conversación. Katsa decía algo sobre lo mucho que se tardaba en llegar a Elestia desde allí si se viajaba al norte a través del puerto de montaña: días y días; semanas. Empezó una discusión sobre qué reino serviría mejor como base para la operación en Elestia.

159

Escuchando a medias y observando a medias a la niña castillo, a Bitterblue la asaltó de pronto una peculiar sensación de reconocimiento. Un escalofrío le recorrió la columna vertebral. Conocía el rictus rebelde de esa boca y la barbilla pequeña y afilada de la niña esculpida; conocía esos ojos grandes y sosegados. Estaba mirando su propio rostro.

Era una estatua de ella.

Bitterblue retrocedió, tambaleándose. Chocó con el costado de una estantería, donde se apoyó para mantenerse de pie mientras contemplaba fijamente a la niña que parecía sostenerle la mirada con igual intensidad; la niña que era ella.

—Un túnel conecta Monmar con Elestia —dijo una voz; la de Piper, el juez—. Es un pasadizo secreto bajo las montañas. Desagradable y estrecho, pero transitable. El viaje desde aquí hasta Elestia por esa ruta se realiza en cuestión de días, dependiendo de hasta qué punto está dispuesto uno a forzar a su caballo.

—¿Qué? —exclamó Katsa—. No puede ser. ¿Podéis creéroslo? ¡Me parece imposible!

—Se hace constar que Katsa no se lo cree —dijo Raffin.

—Yo tampoco —abundó Giddon—. ¿Cuántas veces he cruzado esas montañas por el puerto?

—Les aseguro que existe, milord, mi señora —insistió Piper—. Mi predio se halla en el extremo noroccidental de Monmar. El túnel arranca en mis tierras. Lo utilizábamos para sacar graceling de Monmar a escondidas durante el reinado de Leck, y ahora lo usamos para sacar graceling de Elestia a escondidas.

—Esto va a cambiarnos la vida —opinó Katsa.

—Siempre y cuando el Consejo instale su base en Monmar —argumentó Piper—. Los elestinos podrían reunirse rápidamente con el Consejo a través del túnel y ustedes con ellos. Podrían pasarles armas de contrabando al norte, así como otros suministros que necesitarán.

—No vamos a situar la base del Consejo aquí —intervino Po—. No vamos a convertir a Bitterblue en un blanco de las iras de cualquier monarca furioso que busque venganza. Ya es el blanco de enemigos desconocidos; todavía no hemos descubierto a quién se proponía pedirle Danzhol un rescate por ella. ¿Y si alguno de esos reyes decide actuar sin tanta discreción? ¿Qué le impide a cualquiera de ellos declarar la guerra a Monmar?

La Bitterblue esculpida parecía tan desafiante... Los diminutos soldados que se erguían en la palma de su mano se mostraban dispuestos a defenderla con sus vidas. Era en verdad sorprendente que un escultor hubiera sido capaz de imaginarla así años atrás: tan fuerte y tan segura, afianzada con tanta firmeza en la tierra. Pero ella sabía que no poseía esas cualidades.

También sabía lo que ocurriría si sus amigos elegían instalar su base de operaciones en cualquier otro sitio que no fuera Monmar. Regresó junto al grupo, volvió a indicarles con un ademán que no se levantaran cuando todos hicieron intención de ponerse de pie y les habló en voz queda y sosegada:

—Debéis utilizar esta ciudad como vuestra base.

—Eh… Creo que no —se opuso Po.

—Solo os estoy ofreciendo una estancia temporal mientras os organizáis —agregó Bitterblue—. No os proporcionaré soldados ni permitiré que utilicéis artesanos monmardos para hacer las armas que necesitáis.

Quizá —le transmitió mentalmente a Po, pensativa— *escriba a tu padre. Hay dos formas de que un ejército invada Monmar: el desfiladero de las montañas, que es fácil de defender, y el mar. Lenidia es el único reino con una fuerza naval propiamente dicha. ¿Crees que Ror accedería a traer consigo parte de su flota cuando venga a visitarme este invierno? Me gustaría verla. A veces acaricio la idea de construir una, y la de tu padre ofrecería una vista hermosa y amenazadora anclada en mi puerto.*

161

Sus palabras hicieron que Po se rascara la cabeza con fuerza. Incluso dejó escapar un ligero gemido.

—Lo comprendemos, Bitterblue, y estamos agradecidos —dijo—. Pero algunos amigos de Drowden entraron en Terramedia para matar a Bann y a Raffin en represalia por lo que hicimos en Nordicia, ¿eres consciente de eso? Algunos elestinos podrían entrar con igual facilidad en Monmar…

—Sí, lo sé —contestó—. He oído lo que has dicho sobre la guerra y sobre Danzhol.

—No se trata solo de Danzhol —espetó su primo—. Puede haber otros. No correré el riesgo de involucrarte en esto.

—Ya estoy involucrada —apuntó Bitterblue—. Mis problemas ya son los vuestros. Mi familia es vuestra familia.

Po seguía con las manos en la cabeza, el gesto preocupado.

—No estás invitada a ninguna otra reunión —dijo.

—Me parece bien —convino ella—. Resultará mejor si no se me ve participando en el proyecto.

El círculo reflexionó en silencio lo que había dicho Bitterblue.

Los cuatro monmardos que trabajaban en el castillo parecían bastante impresionados. Helda, que había dejado de tejer, le echó una mirada de complacida aprobación.

—En fin —habló Katsa—. Ni que decir tiene que actuaremos con el mayor sigilo posible, Bitterblue. Y por si sirve de algo, negaremos tu participación hasta nuestro último aliento, y mataré a quien no lo haga así.

Bann empezó a reírse en el hombro de Raffin. Este, sonriendo, giró la cabeza hacia él y le dijo de soslayo:

—¿Te imaginas ser capaz de afirmar algo así y decirlo en serio?

Bitterblue no sonrió. Puede que los hubiera impresionado con sus bonitas palabras y sus opiniones, pero la verdadera razón para ofrecer su ciudad como base de operaciones era que no quería que se marcharan. Deseaba tenerlos cerca; incluso si estaban inmersos en sus propios asuntos, quería tenerlos en las prácticas de esgrima por la mañana, en la cena por la noche, moviéndose cerca, marchándose, regresando, discutiendo, bromeando, actuando como personas que sabían quiénes eran. Que entendían el mundo y comprendían cómo moldearlo. Si pudiera mantenerlos a su lado, quizás algún día se despertaría y descubriría que había cambiado y sabía hacer lo mismo que ellos.

162

Sucedió otra cosa inquietante antes de que Bitterblue abandonara la biblioteca esa noche. Lo ocurrido tuvo que ver con un libro que encontró por casualidad cuando regresaba hacia el pasadizo secreto. Una forma cuadrada y plana sobresalía de una estantería, o quizá la luz de una lámpara se reflejó en la cubierta y la hizo brillar. Fuera por lo que fuese, cuando los ojos se le desviaron hacia él supo al instante que no era la primera vez que lo veía. Ese libro, con el mismo arañazo en la filigrana dorada del lomo, solía encontrarse en las estanterías de su sala de estar azul, cuando esa sala era la de su madre.

Bitterblue sacó el ejemplar. El título en la cubierta —oro grabado en cuero— rezaba: *El libro de cosas ciertas*. Lo abrió por la primera página y se encontró mirando la ilustración sencilla pero hermosa de un cuchillo bellamente dibujado. Debajo del cuchillo alguien había escrito la palabra «Medicina». Pasó la página y el recuerdo la asaltó como un sueño, como si estuviera sonámbula, de forma que sabía lo que hallaría: la ilustración de una colección de esculturas en pedestales, y debajo, escrita la palabra «Arte». En la siguiente página, una ilustración del Puente Alígero y la palabra «Arquitectura». En la siguiente, la de una extraña criatura peluda, verde, con garras, una especie de oso, y la palabra «Monstruo». En la siguiente, la de una persona o... ¿Un cadáver? Tenía los ojos abiertos, pintados de distinto color, pero había algo raro en esa imagen, como si el rostro estuviera rígido y petrificado; debajo, la palabra «Graceling». Por último, la ilustración de un hombre apuesto, con un parche en un ojo, y la palabra «Padre».

Recordaba a un ilustrador llevándole este libro con láminas pintadas a su padre. Recordaba a su padre sentado a la mesa, en la sala de estar, para escribir él mismo las palabras al pie de cada ilustración, y después llevarle el libro a ella y ayudarla a leerlo.

Bitterblue empujó el libro hacia atrás en la estantería, furiosa de repente. Ese libro, ese recuerdo, no la ayudaban. Solo faltaba que tuviera que encontrarle sentido a más cosas extrañas.

Pero tampoco podía dejarlo allí; no, en realidad no podía. Se titulaba *El libro de cosas ciertas*. Y lo que ella quería saber era la verdad de las cosas. Ese libro que no entendía debía de ser una clave sobre la verdad de «algo».

Alargó de nuevo la mano hacia el libro. Cuando regresó a su dormitorio, lo dejó en la mesilla y dentro metió la lista de piezas del rompecabezas.

13

*P*or la mañana, Bitterblue sacó la lista del libro y la releyó. Había algunas preguntas para las que ya tenía respuesta, y otras que aún no había resuelto.

Las palabras de Teddy. ¿Quiénes son mis «hombres principales»? ¿A qué se refería con «cortar y coser»? ¿Corro peligro? ¿Para quién soy un blanco?

Las palabras de Danzhol. ¿Qué fue lo que vio? ¿Era cómplice de Leck de algún modo? ¿Qué era lo que intentaba decir?

Los informes de Darby. ¿Me mintió respecto a que las gárgolas nunca habían estado en la muralla?

Misterios generales. ¿Quién atacó a Teddy?

Cosas que he visto con mis propios ojos. ¿Por qué el distrito este se está cayendo en pedazos pero aun así está adornado? ¿Por qué Leck fue tan peculiar respecto a la decoración del castillo?

¿QUÉ hizo Leck? Animalitos torturados. Hacer que desapareciera gente. Cortar. Incendiar imprentas. (Construir puentes. Hacer remodelaciones en el castillo.) Con franqueza, ¿cómo voy a saber gobernar mi reino si no tengo ni idea de lo que ocurrió en el reinado de Leck? ¿Cómo voy a entender lo que mi pueblo necesita? ¿Cómo puedo descubrir más cosas? ¿Quizás en los salones de relatos?

Se detuvo en ese punto. La noche anterior, la reunión de sus amigos la había conducido a lo que, esencialmente, era la sala de relatos más grande del reino. ¿Y si había más libros como el *El libro de cosas ciertas* que había encontrado, y supiera encontrarles el sentido? ¿Libros que activaran en su memoria recuerdos que llenaran esas grandes lagunas de significado?

Añadió dos preguntas más a la lista: «¿Por qué faltan tantas piezas del rompecabezas en todas partes? ¿La biblioteca tendrá algunas de esas respuestas?»

Cuando Katsa la sacó a la fuerza de la cama para las prácticas de esgrima, Bitterblue descubrió que no solo había arrastrado hasta allí a Raffin y a Bann, sino también a Giddon y a Po. Todos ellos esperaban sentados en la sala de estar de Bitterblue y habían picado de su desayuno mientras ella se vestía. Giddon, con la ropa embarrada y arrugada del día anterior, mostraba todos los signos de haber pasado la noche fuera. De hecho, se quedó dormido un momento, desplomado en el sofá.

Raffin y Bann estaban juntos, medio dormidos, apoyados en la pared y el uno en el otro. En cierto momento Raffin, ignorante de que hubiera una testigo menuda y muy curiosa, le dio a Bann un beso adormilado en la oreja.

Bitterblue se había hecho preguntas respecto a los dos. Era muy grato que al menos una cosa en el mundo quedara aclarada. Sobre todo cuando era algo bonito.

—Thiel —dijo en el despacho esa mañana, más tarde—. ¿Te acuerdas de ese ingeniero loco de las sandías?

—¿Se refiere a Ivan, majestad?

—Sí, a Ivan. Cuando volvía ayer de ese juicio por asesinato, Thiel, oí por casualidad una conversación que me preocupó. Por lo visto, Ivan está al cargo de la renovación del distrito este y lo que está haciendo allí es absurdo e inútil. ¿Podrías encargar a alguien que averiguara eso, por favor? Me dio la impresión de que existía un peligro real de que ciertos edificios se desplomaran y cosas por el estilo.

—Oh. —Thiel se sentó y se frotó la frente con gesto ausente.

—¿Te encuentras mal, Thiel?

—Mis disculpas, majestad —contestó—. Estoy perfectamente bien. El tema de Ivan es un terrible descuido por nuestra parte. Nos ocuparemos de ese asunto de inmediato

—Gracias —dijo, aunque lo miró dubitativa—. ¿E iré otra vez hoy a un caso en la Corte Suprema, o será alguna nueva aventura?

—No hay gran cosa de interés hoy en la Corte Suprema, majestad. Permitid que mire qué otra tarea fuera del despacho puedo preparar rápidamente.

—Déjalo, Thiel.

—Oh. ¿Ha perdido su majestad las ganas de explorar por el castillo? —preguntó el consejero, esperanzado.

165

—No. —Se levantó de la silla—. Voy a la biblioteca.

Para dirigirse a la biblioteca por la vía normal, uno iba al vestíbulo norte del patio mayor y después pasaba directamente a través de las puertas de la misma. Bitterblue descubrió que la primera sala tenía escaleras que se deslizaban por rieles y conducían a entresuelos protegidos con barandillas y conectados por puentes. Por todas partes, altas estanterías se interponían en el resplandor que entraba por las ventanas como oscuros troncos de árbol. El polvo flotaba en los haces de luz que entraban por las ventanas altas. Al igual que había hecho la noche anterior, Bitterblue giró sobre sí misma mientras percibía una sensación de familiaridad e intentaba recordar.

¿Por qué hacía tanto tiempo que no iba por allí? ¿Cuándo había dejado de leer algo que no fueran los fueros e informes que pasaban por su escritorio? ¿Cuándo se había convertido en reina y sus consejeros se habían encargado de su educación?

Pasó por delante del escritorio de Deceso, tapado con papeles y un gato dormido, la criatura más escuálida y lastimosa que Bitterblue había visto en su vida. El animal levantó la hirsuta cabeza y la bufó al verla pasar.

—Deduzco que Deceso y tú hacéis buenas migas —le dijo.

Grupos de peldaños, dos o tres repartidos aquí y allí de forma arbitraria, parecían formar parte del diseño de la biblioteca. Cuanto más se internaba en ella, más escalones tenía que subir o bajar. Cuanto más se metía entre las estanterías, más oscuro era el entorno y más olía a viejo, hasta que tuvo que retroceder y quitar un farol de la pared para alumbrarse el camino. Entró en un rincón iluminado por lámparas de aplique sujetas a las paredes; se acercó a una estantería y siguió con los dedos los trazos de algo que había tallado en la madera del fondo de uno de los anaqueles. Entonces cayó en la cuenta de que lo tallado era un grupo de letras curiosamente trazadas que formaban palabras largas e inclinadas: «Historias y exploraciones», «Este de Monmar».

—¿Majestad? —dijo una voz a su espalda.

Había estado pensando en los salones de relatos, en cuentos de criaturas extrañas en las montañas, y la sonrisa desdeñosa del bibliotecario la llevó sin ceremonia de vuelta a la realidad.

—Deceso —saludó.

—¿Puedo ayudar a su majestad a encontrar algo? —preguntó el hombre con una actitud palpable de falta de espíritu de servicio.

Bitterblue le examinó la cara, el brillo antagónico de los ojos, uno púrpura y otro verde.

—Encontré un libro aquí hace poco que recuerdo haber leído de pequeña —dijo.

—Eso no me sorprende en absoluto, majestad. Tanto su padre como su madre la animaban a visitar la biblioteca.

—¿De veras? Deceso, ¿has sido el encargado de esta biblioteca durante toda mi vida?

—Majestad, lo he sido durante cincuenta años.

—¿Hay libros aquí en los que se hable del reinado de Leck?

—Ni uno. Leck no guardaba constancia escrita de nada, que yo sepa.

—Bien, de acuerdo. Centrémonos en los últimos dieciocho años. ¿Qué edad tenía yo cuando venía aquí?

—Solo tres años, majestad —respondió el hombre con un resoplido.

—¿Y qué clase de libros leía?

—La mayoría de sus estudios los dirigía su padre, majestad. Le obsequiaba con todo tipo de libros. Historias que él mismo escribía, relatos de otros, los diarios de exploradores monmardos, comprensión escrita del arte monmardo… Había algunos en particular que insistía más en que los leyese usted. Yo tenía que esforzarme mucho para encontrarlos o él para escribirlos.

Las palabras del bibliotecario titilaban como luciérnagas que volasen justo fuera de su alcance.

—Deceso, ¿recuerdas que libros leía yo?

El hombre había empezado a limpiar con el pañuelo el polvo de volúmenes de la estantería que tenía delante.

—Majestad —respondió—, puedo hacer una lista del orden en que los leyó y después recitarle el contenido de los mismos, uno tras otro, palabra por palabra.

—No —rechazó decidida Bitterblue—. Quiero leerlos yo. Trae los que él tenía más empeño en que leyera, Deceso, y en el orden en el que él me los dio.

Quizá podría encontrar algunas piezas perdidas empezando consigo misma.

En los días siguientes, leyendo siempre que tenía ocasión de hacerlo, quedándose despierta de noche y quitándose horas de sueño, Bitterblue avanzó deprisa a través de un número de libros en los que

167

las imágenes superaban a las palabras. Montones de estas, al re-leerlas, se le metían dentro y se expandían por todos los rincones de su cuerpo de forma que Bitterblue las sentía como algo familiar de un modo extraño, como si estuvieran cómodas dentro de ella, como si recordaran haber estado allí antes; y, cuando tal cosa ocurría, se quedaba de momento con el libro en la sala de estar, en lugar de devolverlo a la biblioteca.

Casi ninguno era tan poco claro como *El libro de cosas ciertas*. La mayoría eran educativos. Uno describía los siete reinos con palabras sencillas en páginas gruesas de color cremoso. Tenía una página con la ilustración de un barco lenita coronando una ola desde la alta pers-pectiva de un marinero encaramado en el aparejo, y todos los mari-neros allá abajo, en cubierta, con anillos en las manos y pendientes en las orejas pintados con el pincel más pequeño del mundo y con oro de verdad. Bitterblue recordaba haberlo leído una y otra vez de pequeña porque le encantaba.

También podía ser que se tratara de su propio viaje en un barco lenita cuando huía de Leck, que le evocaba una sensación grata. Qué frustrante tener la impresión de que algo le resultaba conocido y ser incapaz de rastrear ese sentimiento hasta el porqué. ¿Le pasaría eso a todo el mundo o era otro legado especial de Leck? Bitterblue escu-driñó con los ojos entornados las estanterías vacías de la sala de es-tar, convencida de que cuando esos aposentos eran de su madre los anaqueles no estaban vacíos. ¿Qué libros guardaba su madre en esas estanterías y dónde estaban ahora?

Durante una semana, a diario, la biblioteca se convirtió en el des-tino por omisión fuera del despacho, ya que Rood no tenía casos in-teresantes en la Corte Suprema que ofrecerle y a ella no le apetecía inspeccionar los sumideros con Runnemood o ver las habitaciones donde Darby archivaba todo el papeleo, o cualquiera de las otras ta-reas que Thiel sugería.

Al entrar a la biblioteca el cuarto día, se encontró con el gato guardando la puerta. El felino le enseñó los dientes al verla y el pelo se le puso de punta en el lomo de forma que el irregular pelaje, una mezcla de manchas y rayas, parecía encajarle mal en el cuerpo de al-gún modo. Como si llevara un abrigo que no fuera de su talla.

—Es mi biblioteca, ¿sabes? —le increpó Bitterblue, que pateó el suelo con fuerza.

El gato salió disparado a esconderse, asustado.

—Qué gato tan bonito tienes —le dijo a Deceso cuando llegó a la mesa donde estaba sentado.

El bibliotecario le ofreció un libro que sostenía entre dos dedos, como si oliera mal.

—¿Qué es eso? —preguntó Bitterblue.

—El siguiente volumen de su proyecto de repasar lo que leía antaño, majestad. Relatos escritos por su padre, el rey.

Tras una breve vacilación, tomó el libro que le tendía el hombre. Al abandonar la biblioteca se sorprendió al notar que lo sostenía igual que había hecho el bibliotecario, a cierta distancia de su cuerpo; luego lo puso en un extremo de la mesa de la sala de estar.

Solo fue capaz de absorberlo en pequeñas porciones. Le producía pesadillas, por lo que dejó de leerlo en la cama y de tenerlo en la mesilla de noche, cosa que no hacía con los otros libros. La letra de Leck, grande y ligeramente oblicua, le resultaba tan físicamente familiar que tenía sueños en los que todo lo que había leído en su vida estaba escrito con esa letra. También tenía sueños en los que las venas se le marcaban azules debajo de la piel y empezaban a retorcerse y a girar hasta convertirse en esa escritura. Pero entonces tuvo otro sueño: Leck, enorme como un muro, se inclinaba sobre las páginas y escribía sin parar con las letras que giraban y se entretejían, y cuando ella intentaba leerlas no eran letras ni mucho menos. Ese sueño era algo más que un sueño: era un recuerdo. Una vez, ella había arrojado al fuego los extraños garabatos de su padre.

169

Los relatos del libro incluían las tonterías de siempre: monstruos voladores de intensos colores que se hacían pedazos unos a otros; monstruos de gran colorido, enjaulados, que bramaban de ansia por la sangre. Pero también escribía de cosas reales. ¡Había escrito sobre Katsa! De cuellos rotos, brazos partidos, dedos cortados; del primo que Katsa había matado involuntariamente cuando era una cría. Lo había escrito de forma que resultaba obvia su admiración por lo que Katsa podía hacer. A Bitterblue le producía escalofríos que él sintiera un profundo respeto por cosas de las que Katsa estaba tan avergonzada.

Uno de los relatos era sobre una mujer con un increíble cabello de matices rojos, dorados y rosas que controlaba a la gente con su mente malvada y que vivía sola para siempre porque su poder era odioso. Bitterblue sabía que esa solo podía ser la mujer del tapiz de la biblioteca, la mujer de blanco. Solo que en los ojos de esa mujer no había maldad; no era odiosa. A Bitterblue la tranquilizaba pararse delante del tapiz para mirarla. O Leck se la había descrito mal al artista o este la había cambiado a propósito.

Cuando se acostaba por la noche para dormir, a veces Bitterblue se consolaba con ese otro sueño que había tenido la noche que durmió en casa de Teddy y de Zaf: ser un bebé en brazos de su madre.

Se pasó toda una semana leyendo antes de volver a salir a la ciudad. Bitterblue había intentado valerse de la lectura para quitarse de la cabeza a Zaf. No había funcionado. Había algo sobre lo que aún se sentía indecisa, algo que le producía una vaga inquietud, aunque no estaba segura de lo que era.

Cuando por fin volvió a la imprenta, no fue porque hubiese tomado alguna decisión, pero ya no lo aguantaba más. Quedarse en el castillo noche tras noche era claustrofóbico, no le gustaba estar apartada de las calles por la noche y, de todos modos, echaba de menos a Teddy.

Tilda trabajaba en la prensa cuando Bitterblue llegó. Zaf había salido, lo que fue una pequeña desilusión. En la trastienda, Bren ayudaba a Teddy a beber un tazón de caldo. Él sonrió beatíficamente a Bren cuando la mujer recogió con la cuchara las gotas que le resbalaban por la barbilla, lo cual hizo que Bitterblue se preguntara qué sentimientos albergaba Teddy por la hermana de Zaf, y si era correspondido por ella.

Bren era afable pero firme con la cena de Teddy.

—Tienes que comértelo —dijo de forma rotunda cuando él empezó a rebullir, a suspirar y a hacer caso omiso de la cuchara—. Y tendrías que afeitarte —añadió—. Con esa barba pareces un cadáver.

No eran unas palabras muy románticas, pero consiguieron arrancarle una sonrisa a Teddy. Bren sonrió también, se levantó y le besó en la frente. Luego salió a la imprenta para ayudar a Tilda y los dejó solos.

—Teddy, me contaste que estabas escribiendo un libro de palabras y un libro de verdades. Me gustaría leer ese último.

—Las verdades a veces son peligrosas —dijo él y volvió a sonreír.

—Entonces, ¿por qué las escribes en un libro?

—Para atraparlas entre las páginas y retenerlas antes de que desaparezcan —explicó Teddy.

—Si son peligrosas, ¿por qué no dejarlas desaparecer? —inquirió Bitterblue.

—Porque, cuando las verdades desaparecen, dejan atrás espacios en blanco, y eso también es peligroso.

—Eres demasiado poético para mí, Teddy —suspiró Bitterblue.

170

—Te daré una respuesta más sencilla. No puedo dejarte mi libro de verdades porque aún no lo he escrito. Todo está en mi cabeza.

—¿Querrás decirme al menos sobre qué clase de verdades versará? ¿Tiene que ver con verdades de lo que Leck hizo? ¿Sabes lo que ocurrió con la gente de la que se apoderó?

—Chispas, creo que esas personas son las únicas que lo sabrían, ¿no te parece? Y ya no están.

Sonaron voces en la imprenta. Se abrió la puerta llenando de luz la trastienda y Zaf entró.

—Oh, fantástico —dijo, echando una mirada iracunda a la mesita que Teddy tenía al lado—. ¿Te ha estado alimentando con drogas y después te ha hecho preguntas?

—A decir verdad, sí he traído fármacos —contesto Bitterblue mientras buscaba en un bolsillo—. Para ti, para el dolor.

—¿Como soborno? —Zaf desapareció dentro de un pequeño armario que hacía las veces de despensa—. Me muero de hambre —se le oyó decir.

Acto seguido sonó mucho ruido de cacharros. Un instante después, Zaf asomó la cabeza para decir con absoluta sinceridad:

—Chispas, dale las gracias a Madlen, ¿vale? Y dile que tiene que empezar a cobrarnos. Podemos pagar sus servicios.

Bitterblue se llevó el dedo a los labios. Teddy se había dormido.

Más tarde, Bitterblue se sentó con Zaf a la mesa mientras él extendía queso en el pan.

—Deja que lo haga yo —dijo, al ver que apretaba los dientes.

—Puedo arreglármelas —repuso Zaf.

—Y yo también. Y sin que me duela —insistió Bitterblue.

Además, así tendría las manos ocupadas en algo en lo que volcar su atención. Zaf le gustaba demasiado allí sentado, lleno de moretones y masticando; le gustaba demasiado estar en esa habitación, confiando en él y al mismo tiempo desconfiando, dispuesta a decirle mentiras y preparada para decirle la verdad. Nada de lo cual sería aconsejable ni prudente hacer.

—Me gustaría mucho saber lo que Tilda y Bren imprimen ahí fuera todas las noches y que no se me permite ver —dijo en cambio.

Él le tendió una mano.

—¿Qué? —preguntó Bitterblue, desconfiada.

—Dame la mano.

—¿Por qué iba a hacer tal cosa?

—Chispas, ¿qué crees que voy a hacer? ¿Morderte?

Tenía la mano grande y encallecida, como la de todos los marineros que había visto. Lucía un anillo en cada dedo; no eran sortijas refinadas y pesadas como los de Po, no eran los anillos de un príncipe, pero sí eran de oro puro lenita, al igual que los pendientes que llevaba en las orejas. Los lenitas no escatimaban en esas cosas. Había extendido el brazo herido, que debía de estar doliéndole, y esperaba.

Le dio la mano. Él la tomó entre las dos suyas y empezó a examinarla con mucha parsimonia, siguiendo el contorno de cada dedo con las yemas de los suyos, observando los nudillos, las uñas. Agachó la cara pecosa hacia la palma y Bitterblue se sintió atrapada entre el calor del aliento de Zaf por un lado y el calor de la piel por el otro. Ya no quería que la dejara retirar la mano, pero… Él se irguió entonces y se la soltó.

A saber cómo, Bitterblue consiguió darle un timbre sarcástico a su pregunta:

—¿Qué narices te pasa?

—Tienes tinta debajo de las uñas, panadera, no harina —dijo Zaf esbozando una sonrisa—. La mano te huele a tinta. Mala suerte —añadió—. Si te hubiera olido a harina, te hubiese dicho lo que están imprimiendo.

—Como siempre, tus mentiras son obvias —resopló con sorna Bitterblue.

—Chispas, no te miento.

—¿De veras? No pensabas decirme qué estáis imprimiendo.

—Y tu mano no iba oler a harina —repuso Zaf sin dejar de sonreír.

—¡Pues claro que no, si he preparado el pan hace veinte horas!

—¿Qué ingredientes lleva el pan, Chispas?

—¿Cuál es tu gracia, Zaf? —replicó.

—Oh, ahora hieres mis sentimientos —dijo él sin mostrar ni por lo más remoto que se sentía herido por algo—. Te lo he dicho ya y te lo repetiré de nuevo: yo no te digo mentiras.

—Eso no significa que me digas la verdad.

Zaf se sentó cómodamente recostado, sonriente, y se sujetó el brazo herido con cuidado mientras masticaba otro poco de pan.

—¿Por qué no me dices para quién trabajas?

—¿Por qué no me dices quién atacó a Teddy?

—Dime para quién trabajas, Chispas.

—Zaf —empezó Bitterblue, que se sentía triste y frustrada por todas las mentiras dichas y de repente deseando con todas sus ganas superar la obstinación del chico, que le impedía obtener respuesta a sus preguntas—. Trabajo para mí. Trabajo sola, Zaf. Me dedico al conocimiento y a la verdad y tengo contactos y poder. No me fío de ti, pero eso no importa; no creo que nada de lo que haces pudiera convertirnos en enemigos. Quiero que compartas conmigo lo que sabes. Compártelo y te ayudaré. Podemos ser un equipo.

—Si crees de verdad que voy a aceptar una oferta tan poco clara como esa sin pensarlo, me sentiré insultado.

—Te lo demostraré —dijo Bitterblue sin tener la menor idea de qué quería decir con eso, pero desesperadamente segura de que algo se le ocurriría—. Te demostraré que puedo ayudarte. Ya lo he hecho antes, ¿verdad?

—No creo que trabajes sola —insistió Zaf—, pero que me aspen si tengo la menor sospecha de para quién trabajas. ¿Tu madre es parte de esto? ¿Sabe que sales por las noches?

Bitterblue pensó cómo responder a esa pregunta. Por fin, habló con un timbre desesperado:

—Si lo supiera, no sé qué pensaría sobre lo que hago.

Zafiro la observó un momento y los ojos púrpura se tornaron dulces y claros. A su vez, Bitterblue lo observó a él, pero enseguida apartó la vista, deseando no ser tan consciente a veces de ciertas personas, personas que parecían más vivificantes, más alentadoras, más estimulantes que otras.

—¿Crees que si traes pruebas de que podemos confiar en ti, los dos, tú y yo, empezaremos a sostener conversaciones sin recurrir a evasivas? —preguntó Zaf.

Bitterblue sonrió.

Cogiendo otro puñado de comida, Zaf se puso de pie y señaló con la cabeza hacia la puerta.

—Te acompañaré a casa.

—No hace falta.

—Piensa en ello como pago por las medicinas, Chispas —contestó él, que se impulsó en los talones, como meciéndose—. Te llevaré sana y salva con tu madre.

Su energía, sus palabras le traían a la mente con demasiada frecuencia cosas que deseaba pero que no podía tener. Se quedó sin objeciones que hacer.

Fue un gran alivio dejar atrás los relatos de Leck y empezar con las memorias de Grella, el explorador monmardo de antaño. El volumen que estaba leyendo se titulaba *El horrendo viaje de Grella al nacimiento del río XXXXXXX*, y el nombre del río —obviamente el Val, por el contexto— estaba tachado cada vez que aparecía. Qué extraño.

Un día, a mediados de septiembre, entró en la biblioteca y encontró a Deceso escribiendo en su mesa, con el gato pegado al codo; el animal la miró con cara de pocos amigos. Cuando se paró delante de los dos, Deceso empujó algo hacia ella sin levantar la vista.

—¿Es el siguiente libro? —preguntó Bitterblue.

—¿Qué otra cosa podía ser, majestad?

La razón de haberlo preguntado era que el volumen no parecía ser un libro, sino un montón de papeles atados con una tosca tira de cuero. Entonces leyó la etiqueta metida debajo de la tira de cuero atada: *El libro de códigos*.

—¡Oh! —exclamó Bitterblue, con el vello erizado de pronto—. Recuerdo ese libro. ¿De verdad me lo dio mi padre?

—No, majestad. Pensé que le gustaría leer un volumen que su madre eligió para usted.

—¡Sí! —Bitterblue desató la lazada—. Me acuerdo de haberlo leído con mi madre. «Nos mantendrá la mente despierta», decía. Pero... —Desconcertada, hojeó las páginas sueltas, escritas a mano—. Este no es el libro que leíamos las dos. Aquel tenía la tapa oscura y estaba mecanografiado. ¿Qué es esto? No conozco la letra.

—Es la mía, majestad —contestó Deceso, de nuevo sin levantar la vista de su trabajo.

—¿Por qué? ¿Eres el autor?

—No.

—Entonces, ¿por qué...?

—He estado escribiendo a mano los libros que el rey Leck quemó, majestad.

Bitterblue sintió constreñida la garganta.

—¿Leck quemaba libros? —preguntó.

—Sí, majestad.

—¿De esta biblioteca?

—Sí. Y de otras, majestad, así como de colecciones privadas. Una vez que decidía destruir un libro, buscaba todas las copias.

—¿Qué libros?

—De diversas clases. Libros de historia, de filosofía, de la monarquía, de medicina...

—¿Quemaba libros de medicina?

—Unos cuantos selectos, majestad. Y libros sobre las tradiciones monmardas...

—Como, por ejemplo, enterrar a los muertos en lugar de incinerarlos.

Deceso se las ingenió para combinar el asentimiento de cabeza con un gesto ceñudo, manteniendo así, en consonancia, el nivel adecuado de su talante antipático.

—Sí, majestad —afirmó después en voz alta.

—Y libros de códigos que leía con mi madre.

—Eso parece, majestad.

—¿Cuántos libros?

—¿Cuántos libros qué, majestad?

—¡Cuántos libros destruyó!

—Cuatro mil treinta y un títulos, majestad —respondió Deceso, sucinto—. Varios miles de volúmenes entre originales y copias.

—Cielos —musitó Bitterblue, sin aliento—. ¿Y cuántos has conseguido reescribir?

—Doscientos cuarenta y cinco títulos durante los últimos ocho años, majestad —respondió el bibliotecario.

¿Doscientos cuarenta y cinco de cuatro mil treinta y uno? Hizo un cálculo: solo algo más del seis por ciento; unos treinta libros al año. Significaba que Deceso tardaba dos semanas en escribir a mano un libro entero y un poco de otro. Una grandísima hazaña, pero era absurdo; necesitaba ayuda. Necesitaba una hilera de tipógrafos en nueve o diez imprentas. Tenía que dictar diez libros diferentes a la vez, suministrando una página de un tirón a cada cajista. ¿O mejor una frase? ¿Con qué rapidez podía un cajista colocar un tipo en el cajetín? ¿Con qué rapidez podía alguien como Bren o Tilda imprimir múltiples copias y cambiar a la siguiente página? Y... Oh, esto era terrible. ¿Y si Deceso caía enfermo? ¿Y si moría? Quedaban... Tres mil setecientos ochenta y seis libros que no existían en ninguna parte excepto en la mente graceling de este hombre. ¿Estaría durmiendo lo necesario Deceso? ¿Comería bien? A ese paso, era un proyecto que le llevaría... ¡Más de ciento veinte años!

Deceso estaba hablando de nuevo. No sin esfuerzo, Bitterblue se obligó a apartar a un lado esos pensamientos.

—Además de los libros que el rey Leck destruyó —decía el bibliotecario—, también me obligó a cambiar el contenido de mil cuatrocientos cuarenta y cinco títulos, majestad, quitando o reemplazando palabras, frases, párrafos, pasajes que consideraba censurables. La rectificación de tales errores quedará a la espera hasta que haya completado mi proyecto actual y más urgente.

—Por supuesto —convino Bitterblue, que apenas escuchaba lo

que el hombre decía, porque para sus adentros iba llegando de forma progresiva e imparable a la convicción de que no había libros en el reino cuya lectura fuera ahora más importante para ella que los doscientos cuarenta y cinco que Deceso había vuelto a escribir, los doscientos cuarenta y cinco libros que molestaban a Leck hasta tal punto que los había destruido. Solo podía deberse a que contenían la verdad sobre algo. Sobre cualquier cosa, fuera lo que fuese; eso no importaba. Tenía que leerlos.

—*El horrendo viaje de Grella al nacimiento del río XXXXXX* —añadió, al caer de repente en la cuenta—. Leck te obligó a tachar la palabra «Val» a lo largo de todo el libro.

—No, majestad. Me obligó a tachar la palabra «Argénteo».

—¿Argénteo? Pero el libro trata del río Val. Reconocí la geografía.

—El verdadero nombre del río Val es «río Argénteo», majestad —le aclaró Deceso.

Bitterblue lo miró fijamente, sin comprender.

—¡Pero todo el mundo lo llama Val!

—Sí —convino el bibliotecario—. Gracias a Leck, casi todos lo llaman así. Pero se equivocan.

Bitterblue puso las manos en la mesa, demasiado anonadada de repente para sostenerse sin tener apoyo.

—Deceso —dijo con los ojos cerrados.

—¿Sí, majestad? —inquirió él, impaciente.

—¿Conoces esa especie de cuartito de la biblioteca en el que hay el tapiz de una mujer de cabello rojo y también la escultura de una niña que se está transformando en castillo?

—Por supuesto, majestad.

—Quiero que lleven una mesa a ese cuarto y quiero que amontones en esa mesa todos los volúmenes que has vuelto a escribir. Deseo leerlos y quiero que sea mi cuarto de lectura, donde trabajaré.

Bitterblue salió de la biblioteca con el manuscrito de códigos sujeto contra el pecho como si temiera que no fuera real. Como si pudiera desaparecer si dejaba de apretarlo contra sí.

14

*E*n *El libro de códigos* había poca información que Bitterblue no supiera ya. No estaba segura de si se debía a que los recordaba por haberlos leído o simplemente porque las claves de varias clases formaban parte de su vida cotidiana. Su correspondencia personal con Ror, con Celaje, con sus amigos del Consejo, incluso con Helda, era cifrada por rutina. Algo que a ella se le daba bien.

El libro de códigos parecía ser la historia de los mensajes cifrados a través del tiempo, empezando con el secretario de un rey emeridio, siglos atrás, quien un día reparó en que los singulares dibujos de la moldura a lo largo de la pared de su despacho sumaban veintiocho, al igual que el número de letras que tenía el alfabeto por aquel entonces. Aquello dio lugar a la primera clave del mundo —un dibujo asignado a cada letra del alfabeto—, una clave que funcionó con éxito… hasta que alguien se fijó en que el secretario del rey miraba de hito en hito las paredes mientras escribía. La siguiente idea fue un alfabeto cifrado que sustituyera al alfabeto real, lo cual requería una clave para la descodificación. Este era el método que Bitterblue utilizaba con Helda. Por ejemplo, la clave «DULCE A LA CREMA». En primer lugar, uno quitaba las letras repetidas en la clave, lo cual dejaba D U L C E A R M. El siguiente paso era continuar con el alfabeto conocido de veintiséis letras a partir de la letra en que la clave terminaba, saltándose cualquier letra que ya se hubiese utilizado en la clave, y empezando de nuevo por la A tras haber llegado a la Z, sin repetir las que ya estuvieran apuntadas. El alfabeto resultante,

D U L C E A R M N Ñ O P Q S T V X Y Z B F G H I J K,

se convertía en el alfabeto a utilizar para escribir el mensaje cifrado, de este modo:

D	U	L	C	E	A	R	M	N	Ñ	O	P	Q
A	B	C	D	E	F	G	H	I	J	K	L	M

S	T	V	X	Y	Z	B	F	G	H	I	J	K
N	Ñ	O	P	Q	R	S	T	U	V	W	Y	Z

De manera que al sustituir las veintiséis letras del alfabeto normal por el obtenido con la clave, una nota cifrada para informar que «Ha llegado una carta de lady Katsa», pasaría a ser: M D P P E R D C V G S D L D Z F D C E P D C J O D F B D.

La clave de las cartas cifradas de Bitterblue con Ror empezaba con una premisa similar, pero se trabajaba con varios niveles de forma simultánea y se usaban varios alfabetos distintos a lo largo de un mensaje. El numero de alfabetos y el orden en que se utilizaban dependía de una serie de claves cambiantes. Comunicar estas claves a Bitterblue —de un modo sutil e ingenioso que solo ella sabría interpretar— era una de las funciones de las cartas codificadas de Celaje.

Bitterblue estaba asombrada —muy asombrada— con la gracia de Deceso. Suponía que nunca había pensado en serio sobre lo que el bibliotecario era capaz de hacer. Ahora tenía el resultado en sus manos: la regeneración de un libro que presentaba unos diez o doce tipos diferentes de cifrado y ofrecía ejemplos de cada uno de ellos, algunos de los cuales eran terriblemente complicados de realizar, mientras que la mayoría parecían ser una absurda sarta de letras escritas al azar para el lector.

«¿Entenderá Deceso todo lo que lee? ¿O solo recuerda la apariencia de lo que ve, los símbolos y en qué parte de la página están en relación con los demás?»

No parecía que hubiera mucho en ese texto reescrito que mereciera la pena investigar. Aun así, Bitterblue leyó todas las líneas y se permitió el lujo de demorarse un poco en cada una de ellas para revivir el recuerdo de estar con Cinérea leyendo ese mismo libro, sentadas las dos delante de la chimenea.

Cuando disponía de tiempo libre, Bitterblue seguía con sus excursiones nocturnas. A mediados de septiembre, Teddy ya había mejorado y se sentaba o incluso caminaba de un cuarto a otro, aunque con ayuda. Una noche que no había trabajo en la imprenta, Teddy dejó que Bitterblue pasara a la tienda y le enseñó cómo componer palabras con los tipos. Era difícil manejar los pequeños moldes de las matrices de las letras.

—Lo has pillado enseguida —comentó Teddy mientras ella peleaba con una «i» que no conseguía colocar por la base en el cajetín.

—No me halagues. Tengo los dedos torpes como salchichas.

—Cierto, pero no tienes problema para componer palabras al revés con letras del revés. Tilda, Bran y Zaf tienen unos dedos ágiles, pero siempre trasponen letras y mezclan las que se reflejan entre sí. A ti no te ha pasado ni una sola vez.

Bitterblue se encogió de hombros mientras movía los dedos con más rapidez ahora que manejaba letras con un poco más de peso, como la «m», la «o», la «n».

—Es como escribir textos cifrados. Alguna parte de mi cerebro se desconecta de todo lo demás e interpreta por mí.

—Escribes muchos textos cifrados, ¿verdad, panadera? —preguntó Zaf, que entraba por la puerta de la calle, y Bitterblue se sobresaltó de tal modo que puso una «y» donde no era—. ¿Las recetas secretas de la cocina de palacio?

179

Una semana después, por la mañana, Bitterblue subió la escalera hacia la torre y encontró a su guardia Holt puesto de pie en el alféizar de una ventana abierta. Estaba de espaldas al cuarto y se inclinaba hacia fuera, agarrado solo a la moldura, que era lo único que impedía que se precipitara al vacío.

—¡Holt! —gritó, convencida, en aquel primer instante irracional, de que alguien había caído por la ventana y el guardia se asomaba para ver el cuerpo destrozado—. ¿Qué ha pasado?

—Oh, nada, majestad —respondió Holt sin alterarse.

—¿Nada? —gritó Bitterblue—. ¿Estás seguro? ¿Dónde están todos?

—Thiel ha ido abajo, a alguna parte —contestó el hombre, todavía inclinado hacia fuera desde la ventana y corriendo un gran peligro; hablaba en voz alta, pero con calma, para que ella pudiera oír lo que decía—. Darby está ebrio. Runnemood se encuentra en la ciudad para asistir a unas reuniones, y Rood está consultando con los jueces de la Corte Suprema los casos programados.

—Pero... —El corazón de Bitterblue parecía querer abrirse paso a golpes a través del pecho. Deseaba ir hacia el hombre y tirar de él para que se bajara del alféizar y entrara al despacho, pero temía que, si se acercaba demasiado y lo tocaba, él podría sobresaltarse y quizá caer al vacío—. ¡Holt! ¡Bájate de ahí! ¿Qué haces?

—Nada, solo me preguntaba qué pasaría, majestad —contestó, todavía inclinado hacia fuera.

—Vuelve aquí dentro ahora mismo —ordenó Bitterblue.

Encogiéndose de hombros, Holt se bajó al suelo justo cuando Thiel entraba en el despacho.

—¿Qué pasa? —inquirió el consejero de forma cortante—. ¿Qué ocurre aquí?

—¿Qué querías decir con que te preguntabas qué pasaría? —insistió Bitterblue sin hacer caso a Thiel.

—¿Nunca ha pensado qué ocurriría si saltara desde una ventana alta, majestad? —preguntó Holt a su vez.

—¡No! —gritó ella—. ¡No me pregunto qué ocurriría! Lo sé. Mi cuerpo se destrozaría con el impacto y me mataría. Y a ti te pasaría lo mismo. ¡Tu gracia es la fuerza, Holt, nada más!

—No pensaba saltar, majestad —contestó con la misma actitud despreocupada que empezaba a ponerla furiosa—. Solo quería ver qué pasaría.

180

—Holt —dijo Bitterblue con los dientes apretados—, te prohíbo terminantemente que te subas al alféizar de una ventana y mires abajo preguntándote cosas así. ¿Me has entendido?

—¡Será posible! —rezongó Thiel, que fue hacia Holt y, agarrándolo por el cuello, lo empujó hasta la puerta de una forma que casi resultaba cómica, ya que el guardia era más alto que él, muchísimo más fuerte y casi veinte años más joven, pero Holt volvió a encogerse de hombros, sin protestar—. Recobra la compostura, hombre —añadió el consejero—. Y deja de dar sustos a la reina.

A continuación abrió la puerta y lo empujó fuera.

—¿Se encuentra bien, majestad? —preguntó Thiel, que cerró de un portazo y se volvió hacia ella.

—No entiendo a nadie —dijo Bitterblue con abatimiento—. No entiendo nada. Thiel, ¿cómo voy a ser soberana de un reino de chiflados?

—Tiene razón, majestad. Ha sido todo un espectáculo.

A continuación, el consejero tomó varios fueros de encima de su mesa, se le cayeron al suelo, los recogió y se los tendió a Bitterblue con un gesto adusto y las manos temblorosas.

—¿Qué te ha pasado, Thiel? —preguntó Bitterblue al ver el vendaje que asomaba por debajo de una manga al consejero.

—No es nada, majestad —contestó él—. Solo un corte.

—¿Te lo ha visto alguien cualificado?

—Para esto no es menester un sanador, majestad. Ya me he ocupado yo.

—Me gustaría que Madlen lo examinara. A lo mejor hay que coserlo.

—No hace falta.

—Eso es algo que tendrá que decidir un sanador, Thiel.

El consejero se puso erguido.

—Ya lo ha cosido un sanador, majestad —manifestó con firmeza.

—¡Vale, vale! Entonces, ¿por qué me has dicho que te habías ocupado tú mismo del corte?

—Porque me ocupé de ponerme en manos de un sanador.

—No te creo. Enséñame los puntos.

—Majestad…

—Rood —llamó Bitterblue al consejero de cabello blanco, que acababa de entrar al despacho resoplando entre jadeos por el esfuerzo de subir la escalera—. Ayuda a Thiel a quitarse ese vendaje para que yo vea los puntos.

Sin dar señal alguna de confusión, Rood hizo lo que le pedía. Unos segundos después, los tres miraban el corte largo y diagonal a través de la parte interior de la muñeca del primer consejero; estaba perfectamente cosido. 181

—¿Cómo te lo hiciste? —preguntó Rood, que estaba visiblemente afectado.

—Con un espejo roto —fue la rotunda respuesta de Thiel.

—Dejar desatendida una herida como esa sería un asunto muy serio —sentenció Rood.

—Ya está recibiendo atención más que de sobra —repuso Thiel—. Ahora, con el permiso de los dos, tengo muchas cosas que hacer.

—Thiel —se apresuró a decir Bitterblue con la intención de que el hombre siguiera a su lado, pero sin saber cómo conseguirlo. ¿Una pregunta sobre el nombre del río mejoraría las cosas o las empeoraría?—. El nombre del río… —se aventuró a decir.

—¿Sí, majestad?

Bitterblue lo observó un momento buscando una brecha en la fortaleza inexpugnable que era el rostro del primer consejero, las aceradas trampas que eran los ojos, y no encontró nada salvo una tristeza extraña, personal. Rood puso la mano en el hombro de Thiel y chasqueó la lengua. El primer consejero se quitó la mano de encima con un movimiento y fue hacia su mesa. Fue entonces cuando Bitterblue se dio cuenta de que cojeaba.

—Thiel —lo llamó de nuevo. Haría otra pregunta.

—¿Sí, majestad? —susurró él, sin volverse hacia Bitterblue.

—¿Por casualidad no sabrás los ingredientes del pan?

Al cabo de unos segundos, Thiel se volvió para mirarla.

—Algún tipo de levadura como agente fermentador, majestad —dijo—. Harina, que es, creo, el ingrediente de mayor porcentaje en la masa. Agua o leche —agregó, con más confianza—. ¿Sal, tal vez? ¿Quiere que le busque una receta, majestad?

—Sí, Thiel, por favor.

Thiel se retiró para buscarle una receta para el pan, tarea que era ridícula para el primer consejero de la reina. Lo siguió con la mirada mientras salía por la puerta, cojeando, y advirtió que el pelo empezaba a clarearle por arriba. No lo había notado hasta ahora y, de algún modo, le resultó insoportable. Recordaba a Thiel con una mata de cabello oscuro. Lo recordaba mandón y seguro de sí mismo. También lo recordaba desmoronado y lloroso, desconcertado, ensangrentado, en el suelo de los aposentos de su madre. Recordaba a Thiel de muchas formas, pero jamás había pensado en él como un hombre que estaba envejeciendo.

A continuación se dirigió a la biblioteca, pero antes hizo un alto en sus aposentos para echar una mirada furiosa a su lista de piezas de rompecabezas. La sacó con brusquedad del extraño libro de ilustraciones y la releyó; suponía que la lista también era una especie de código cifrado, en el sentido de que cada parte de la misma guardaba un significado que aún no se revelaba. Luchando para contener las lágrimas y harta de problemas, harta de la gente que hacía cosas sin sentido y mentía, escribió «MIERDA», en enormes mayúsculas, de lado a lado al pie de la página, una expresión de insatisfacción general con el estado de todas las cosas.

«Podría ser un código, y "mierda" podría ser la clave. ¿No sería maravillosamente sencillo?»

Po, dirigió el pensamiento a su primo mientras salía disparada hacia la biblioteca, con la lista apretada en el puño. *¿Estás por aquí? Tengo que hacerte unas preguntas.*

Sobre el escritorio de Deceso en la biblioteca solo estaba el gato, enroscado en una prieta bola que le marcaba todas las vértebras. Bitterblue dio un rodeo para no pasar cerca de él. Deambulando de sala en sala, por fin encontró a Deceso, plantado entre dos hileras de estantes y utilizando uno vacío que tenía delante como escritorio para garabatear algo de forma febril. Páginas y páginas. Llegó al final de una, la levantó, la sacudió para que la tinta se secara y la apartó a un lado mientras la mano con la que escribía se deslizaba a través de la siguiente antes de haberse quitado de encima la anterior. A Bitterblue le costaba trabajo creer lo deprisa que escribía el bibliotecario. Llegó al final de esa página y empezó otra sin pausa. Al final de esa, empezó con la siguiente, y entonces soltó de repente la pluma y se quedó con los ojos cerrados al tiempo que se daba un masaje en la mano.

Bitterblue se aclaró la garganta. Deceso dio un brinco, sobresaltado, y los ojos diferentes y algo desorbitados se desviaron como un rayo hacia ella.

—Ah, majestad —dijo, más o menos como alguien que al examinar un agujero en un manzana dice: «Ah, gusanos».

—Deceso —Bitterblue agitó en el aire el papel que había llevado consigo—, tengo una lista de preguntas. Quiero saber si tú, como mi bibliotecario, conoces las respuestas o cómo encontrarlas.

Aquello pareció dejar a Deceso absolutamente desconcertado, como si le estuviera pidiendo que hiciera un trabajo que no era de su incumbencia. El hombre siguió frotándose la mano, y Bitterblue deseó que le estuviera doliendo a rabiar con calambres. Por fin, sin decir nada, Deceso alargó los dedos y cogió el papel.

—¡Eh! —protestó Bitterblue sobresaltada—. ¡Devuélveme eso!

El bibliotecario echó un vistazo al papel por delante y por detrás y después se lo devolvió —sin mirarla siquiera, como si no viera nada— con el ceño fruncido en un gesto pensativo. Bitterblue, que recordó alarmada que, cuando Deceso leía una cosa ya la recordaba para siempre sin tener que volver a consultarla jamás, releyó las dos caras en un intento de evaluar los posibles perjuicios.

—Algunos de esos planteamientos son un tanto vagos, ¿no cree, majestad? —sugirió Deceso—. Por ejemplo, la pregunta «¿Por qué todo el mundo está loco?», y la referente a por qué cree que faltan tantas piezas del rompecabezas en todas partes…

—No he acudido a ti por eso —lo interrumpió de mal humor—. Quiero saber si tienes conocimiento de lo que hizo Leck, y quién, si es que hay alguien que lo hace, me está mintiendo.

—En cuanto a la pregunta del centro, sobre las razones de un hombre para robar una gárgola, majestad —continuó Deceso—, la criminalidad es una forma de expresión natural en el ser humano. Todos somos en parte luz y en parte sombra…

—Deceso —lo interrumpió de nuevo—. No sigas haciéndome perder el tiempo.

—¿Lo de «MIERDA» es una pregunta, majestad?

Bitterblue estaba ahora peligrosamente cerca de hacer algo que nunca se perdonaría: echarse a reír. Se mordió el labio y cambió el tono:

—¿Por qué me diste ese mapa?

—¿Qué mapa, majestad?

—El pequeño, el de vitela —contestó—. Vamos a ver, tú, que consideras tu trabajo tan importante que no se te puede interrumpir, ¿por qué te molestaste en subir a mi despacho para entregarme ese mapa?

—Porque el príncipe Po me pidió que lo hiciera, majestad.

—Comprendo. ¿Y…?

—¿Y qué, majestad?

Bitterblue esperó con paciencia sin apartar los ojos de los del bibliotecario. Por fin Deceso cedió.

—No tengo ni idea de quién puede estarle mintiendo, majestad. No tengo razones para pensar que alguien miente aparte de que es algo que la gente hace. Y si lo que me pregunta es qué hacía el rey Leck en secreto, majestad, usted debería saberlo mejor que yo. Usted pasó más tiempo con él.

—Yo desconozco sus secretos.

—Igual que yo, majestad, y, como ya le dije, que yo sepa no guardaba archivos de nada. Y tampoco sé de otros que lo hicieran.

No le hacía gracia darle a Deceso la satisfacción de saber que la había decepcionado, así que se dio la vuelta antes de que él lo viera en su semblante.

—Puedo responder a su primera pregunta, majestad —dijo el bibliotecario a su espalda.

Bitterblue se paró en seco. Esa pregunta era: «¿*Quiénes son mis "hombres principales"?*»

—La pregunta está relacionada, de un modo bastante conspicuo, con las palabras escritas en la parte posterior de la lista, ¿no es así, majestad?

«Lo que dijo Teddy.»

—Sí —admitió Bitterblue mientras se volvía hacia él.

—«Supongo que la pequeña reina está a salvo hoy sin su presencia, porque sus hombres principales pueden hacer lo que haría usted. Una vez que uno aprende a cortar y coser, ¿acaso lo olvida por la injerencia de algo o de alguien? ¿Aunque quien interfiriera fuera

Leck? Ella me preocupa. Mi ilusión es que la reina sea una persona que va en pos de la verdad, pero, si por hacerlo se convierte en el blanco de alguien, no.» ¿Estas palabras se las dijeron a uno de sus sanadores, majestad?

—En efecto —susurró Bitterblue.

—¿Puedo asumir, pues, majestad, que ignora que hará unos cuarenta y tantos años, antes de que Leck subiera al poder, sus consejeros Thiel, Darby, Runnemood y Rood eran unos jóvenes sanadores, brillantes en su oficio?

—¡Sanadores! ¿Sanadores cualificados?

—Entonces Leck asesinó a los viejos reyes —prosiguió Deceso—, se coronó e incluyó a los sanadores en su equipo de consejeros... Tal vez «interponiéndose» entre los hombres y su profesión médica, si lo preferís, majestad. Esas palabras parecen sugerir que un sanador de hace cuarenta y tantos años sigue siendo sanador en la actualidad, por lo que la considera a salvo en compañía de sus «hombres principales», sus consejeros, majestad, aunque sus sanadores oficiales no estén a mano.

—¿Cómo sabes esto sobre mis consejeros?

—No es ningún secreto, majestad, para cualquiera que sea capaz de recordar. Mi memoria tiene la ayuda de tratados de medicina que hay en esta biblioteca, escritos hace mucho tiempo por Thiel, Darby, Runnemood y Rood, cuando eran estudiantes de las artes curativas. Infiero que a los cuatro se los consideraba jóvenes promesas de primer orden.

La mente de Bitterblue estaba repleta del recuerdo de Rood y Thiel hacía un rato, los dos observando con atención la herida de Thiel. Repleta de su discusión con su primer consejero, que al principio dijo haberse ocupado él mismo de la herida y después afirmó que había recurrido a un sanador para que la cosiera.

¿Las dos afirmaciones habían sido ciertas? No se habría cosido él mismo, ¿verdad? ¿Y le había ocultado su pericia, como llevaba haciendo hasta donde a Bitterblue le alcanzaba la memoria?

—Mis consejeros son sanadores —dijo en voz alta, apocada de repente—. ¿Por qué iba Leck a elegir sanadores como sus consejeros políticos?

—No tengo la más remota idea —contestó Deceso con impaciencia—. Solo sé que lo hizo. ¿Quiere leer los tratados de medicina, majestad?

—Sí, claro —contestó sin entusiasmo.

Po apareció entonces entre las estanterías; llevaba al gato del bi-

185

bliotecario en brazos y hacía ruidos como si le diera besitos en la pelambre, nada menos.

—Deceso, *Amoroso* huele hoy estupendamente. ¿Lo has bañado? —dijo.

—¿*Amoroso*? —repitió Bitterblue, que miraba a Deceso con incredulidad—. ¿El gato se llama *Amoroso*? ¿No se te ocurrió un nombre más irónico?

—En realidad se llama *Gozo Amoroso. Amoroso* es para los amigos —repuso Deceso con un suave resoplido desdeñoso. Luego, tomó con suavidad al gato de los brazos de Po, recogió sus papeles y se marchó.

—No deberías insultar al gato del hombre —la reprendió Po con suavidad.

Haciendo caso omiso de eso último, Bitterblue se frotó las trenzas.

—Po, gracias por venir. ¿Puedo servirme de ti?

—Es muy posible —contestó él—. ¿Qué te ronda por la cabeza?

—Dos preguntas —respondió—. Para dos personas.

—¿Sí? ¿Por Holt?

Bitterblue soltó un suspiro suave y breve.

186 —Quiero saber qué le pasa. ¿Querrás preguntarle por qué se ha encaramado hoy al alféizar de la ventana de mi torre? A ver qué te parece su respuesta.

—Bueno, creo que sí. ¿Encaramado cómo? —quiso saber Po.

Bitterblue abrió la mente al recuerdo de lo ocurrido esa mañana para que Po lo captara.

—Vaya —dijo él—. Sí que es extraño, mucho. —Entonces los ojos de su primo se dirigieron hacia ella, relucientes, amables—. No sabes bien qué pregunta quieres que le haga a Thiel.

—No —admitió—. Estoy un poco perdida con él. Me parece impredecible. Se pone nervioso con demasiada facilidad, y hoy tenía un corte terrible en el brazo sobre el que no ha sido sincero conmigo.

—Puedo decirte que le importas mucho, Escarabajito. Pero si crees que tienes razones para dudar de su fiabilidad, le haré un libro entero de preguntas, tanto si quieres que lo haga como si no.

—No se trata de que no confíe en él —dijo Bitterblue, con el entrecejo fruncido—. Es que me preocupa, pero no sé bien por qué.

Po sacó una bolsita del bolsillo y se la ofreció abierta. Ella metió la mano y sacó un caramelo de menta y chocolate.

—Me he enterado de que Danzhol tenía familia y conexiones en Elestia, Escarabajito —informó Po, que empezó a mecerse sobre los talones mientras se comía otro caramelo—. ¿Qué te parece eso?

—Me parece que está muerto —repuso ella sin entusiasmo—. Creo que no tiene importancia.

—Pues tc equivocas. Si había pensado venderte a alguien en Elestia, significa que tienes enemigos allí, y eso sí es importante.

—Sí. —Bitterblue volvió a suspirar—. Lo sé.

—Lo sabes, pero no te importa.

—Claro que me importa, Po. Es solo que tengo otras cosas de las que preocuparme también. Hazme un favor, ¿quieres?

—¿Sí?

—Pregunta a Thiel por qué cojea.

187

15

Al día siguiente, Bitterblue encontró la prueba que necesitaba para demostrarle a Zaf que era útil.

Se encontraba en la biblioteca —otra vez— preguntándose cuántas veces más podría abandonar su despacho para ir a ese cuarto de lectura antes de que sus consejeros perdieran la paciencia por completo. En la mesa del cuartito había doscientos cuarenta y cuatro ejemplares manuscritos apilados en montones, cada manuscrito metido en un envoltorio de piel suave, atado con delicadas tiras de cuero. Debajo de los lazos de cada libro, Deceso había metido una etiqueta donde estaban garabateados el título, el autor, la fecha de impresión, la fecha de destrucción y la fecha de restauración. Bitterblue movía los manuscritos de aquí para allá, empujando y rehaciendo los montones, cargándolos con esfuerzo y leyendo todos los títulos. Libros sobre costumbres y tradiciones monmardas, festividades monmardas, historia reciente monmarda pre-Leck. Libros de filósofos que defendían las ventajas de la monarquía frente a la república. Libros de medicina. Un raro y pequeño volumen biográfico sobre varios graceling que fueron famosos por haber ocultado al mundo sus gracias auténticas hasta que se descubrió la verdad. Era difícil saber por dónde empezar.

«Lo es porque no sé lo que estoy buscando», rumió, y justo en ese momento encontró algo. No algo grande y misterioso, solo una pequeñez, pero importante, y la miró boquiabierta, sin poder creer que la había encontrado: *El beso en las tradiciones de Monmar*.

El título se encontraba en la lista que Zaf le había mostrado, la lista de objetos que intentaba recuperar para la gente del feudo de Danzhol. Y allí estaba el libro, delante de ella, devuelto a la vida.

«Podría echar una vistazo, digo yo», pensó, y desató las lazadas de cuero. Despejó un hueco en un lugar donde daba el sol, se sentó y empezó a leer.

Y

—Majestad.

Bitterblue dio un brinco de sobresalto. Estaba absorta en la descripción de cuatro celebraciones de oscuridad y luz: los equinoccios de primavera y otoño y los solsticios de invierno y verano. Bitterblue estaba acostumbrada a los festejos en la época del solsticio de invierno para celebrar la vuelta de la luz pero, al parecer, antes del reinado de Leck las cuatro ocasiones habían sido días de celebración en Monmar. La gente se vestía con ropajes alegres, se decoraba el rostro con pintura y, según la tradición, besaba a todo el mundo. La imaginación de Bitterblue se había quedado enganchada en la parte de besar a todo el mundo, y alzar la vista para encontrarse con la cara agria de Deceso no fue agradable en absoluto.

—¿Sí?

—Lamento no poder prestarle, después de todo, los tratados de medicina escritos por sus consejeros, majestad.

—¿Por qué no?

—Han desaparecido, majestad —anunció, pronunciando la frase sílaba a sílaba.

—¡Desaparecido! ¿Qué quieres decir?

—Quiero decir que no están en los anaqueles donde deberían hallarse, majestad —respondió el bibliotecario—. Y ahora, para localizarlos, tendré que sacar tiempo de mi ocupación más importante.

—Eh... Ya —dijo Bitterblue, con repentina desconfianza. A lo mejor esos tratados no habían existido nunca. Quizá Deceso había leído su lista de piezas del rompecabezas y se había inventado toda la historia para divertirse. Para ser sincera, esperaba que no fuera así, puesto que Deceso había afirmado que estaba restaurando fielmente las verdades que Leck había eliminado.

189

Cuando Deceso la interrumpió otra vez, Bitterblue se había quedado dormida con la mejilla apoyada en el libro *El beso en las tradiciones de Monmar*.

—¿Majestad?

Conteniendo un grito, Bitterblue se incorporó demasiado deprisa y un músculo del cuello le dio un tirón y se quedó contraído. «Ay. ¿Dónde...?»

Había estado soñando. Al despertar, el sueño empezó a disiparse como suelen hacer los sueños, y ella lo aferró para que no se desvaneciera: su madre bordando, leyendo. ¿Haciendo las dos cosas a la vez? No, Cinérea estaba bordando, con los dedos rápidos como relámpagos, mientras Bitterblue leía en voz alta un libro que su madre había elegido, un libro complejo, pero fascinante en los fragmentos que Bitterblue entendía. Hasta que Leck las sorprendió, sentadas, y preguntó por el libro, escuchó la explicación de Bitterblue y entonces se echó a reír, la besó en la mejilla, el cuello y la garganta y, quitándole el libro, lo arrojó al fuego.

Sí. Ahora recordaba la destrucción de *El libro de códigos*.

Bitterblue se tocó la garganta, que sentía como sucia. Luego se dio un masaje en el músculo contraído, con una ligera sensación de ebriedad por el sueño que se borraba y la impresión de que no estaba del todo con los pies en la tierra.

—¿Qué pasa ahora, Deceso?

—Me disculpo por interrumpir su siesta, majestad —dijo el bibliotecario con aire desdeñoso, como mirándola por encima del hombro.

—Oh, no seas imbécil, Deceso.

El bibliotecario se aclaró la garganta con un sonoro carraspeo.

—Majestad, ¿releer libros de su infancia es un proyecto que aún desea llevar a cabo? En caso afirmativo, tengo una colección de cuentos fantásticos sobre curaciones médicas de fábula.

—¿De mi padre?

—Sí, majestad.

Bitterblue se sentó erguida y revolvió los manuscritos que había encima de la mesa buscando los dos libros de medicina que Deceso había reescrito. Esos libros no eran cuentos fantásticos, sino fácticos.

—Es decir, ¿que destruyó algunos libros de medicina, condenándolos al olvido, pero me animó a leer otros?

—Si algo existe en mi mente, majestad, entonces no está condenado al olvido —repuso Deceso, ofendido.

—Por supuesto. —Suspiró—. De acuerdo, encontraré tiempo para esas fabulaciones. ¿Qué hora es? Más vale que regrese al despacho antes de que vengan a buscarme.

Pero cuando Bitterblue salió al patio mayor vio a Giddon sentado al borde del estanque, apoyadas las manos en las rodillas. Hablaba relajadamente con una mujer que al parecer estaba retocando un arbusto —la grupa de un caballo encabritado— con una podadera. Era Dyan, la jardinera mayor. A corta distancia Raposa, colgada de las ramas altas de un árbol, podaba la yedra en flor y dejaba caer una lluvia de oscuros pétalos marchitos.

—Raposa —dijo Bitterblue mientras caminaba hacia ellos con un montón de libros y papeles en los brazos y con la cabeza echada hacia atrás—. Trabajas en todas partes, ¿eh?

—Dondequiera que sea útil, majestad —respondió Raposa, que parpadeó al mirarla desde lo alto con aquellos ojos de diferentes tonos grises y el cabello destacando en contraste con las hojas. Sonrió.

El caballo verde en que trabajaba Dyan se alzaba de las bases de dos arbustos plantados muy juntos. Yedra en flor giraba en torno al pecho erguido y descendía por las patas.

—No, no se levanten —dijo Bitterblue a Dyan y a Giddon al llegar junto a ellos, pero este ya estaba de pie y le tendía una mano para ayudarla con el montón de libros—. De acuerdo, tome —accedió Bitterblue, y le pasó dos ejemplares de medicina reescritos así como los releídos, tras lo cual se sentó para poder atar otra vez las páginas de *El beso en las tradiciones de Monmar*, a salvo entre las cubiertas de cuero—. ¿Son suyos los diseños de los arbustos, Dyan? —preguntó, con la mirada prendida en el caballo, que era realmente impresionante.

—Eran diseños del jardinero del rey Leck, majestad, y del propio rey —fue la brusca contestación de Dyan—. Yo me limito a mantenerlos.

191

—¿No era usted la jardinera de Leck?

—Mi padre lo era, majestad. Mi padre está muerto —añadió Dyan, que emitió un quedo resoplido mientras se levantaba. Cruzó el patio pisando fuerte hacia donde se erguía un arbusto podado en forma de hombre, con el pelo de flores azules.

—En fin. —Bitterblue miró a Giddon un poco desanimada—. Es estupendo saber de otra persona a la que tu padre asesinó.

—Ha sido muy grosera con usted —dijo con aire de disculpa Giddon, que se sentó a su lado.

—Espero no haber interrumpido nada.

—No, majestad. Solo le hablaba de mi hogar.

—Usted es de la zona de pastizales de Terramedia, ¿verdad, Giddon?

—Sí, majestad, al oeste de Burgo de Randa.

—¿Es su tierra muy bonita?

—Eso creo, majestad. Es mi lugar preferido de todos los siete reinos —contestó mientras se echaba hacia atrás y esbozaba una sonrisa.

El rostro del hombre se transformó y, de golpe, las tradiciones más placenteras de las fiestas de la luz de Monmar se agolparon en la mente de Bitterblue. Se preguntó si Giddon compartiría el lecho con alguna mujer allí, en la corte; o el de un hombre. El rostro se le encendió entonces y se apresuró a hacer una pregunta:

—¿Cómo va el plan?

—Avanzando —contestó Giddon, que bajó la voz e hizo un gesto significativo con las cejas hacia donde Raposa seguía podando. El sonido de la fuente apagaba su voz—. Vamos a enviar a alguien a través del túnel de Piper para entrar en contacto con los rebeldes elestinos que nos pidieron ayuda. Y puede que haya un segundo túnel que conduce a un lugar próximo a las bases del ejército de Thigpen, en las montañas orientales de Elestia. Uno de nosotros va a ver si ese túnel existe de verdad. Se han descubierto dos entradas excavadas, pero no se sabe si se conectan la una con la otra o son independientes.

—¿Katsa o Po?

—Katsa comprobará lo del segundo túnel —dijo Giddon—. Po o yo, uno de los dos, atravesará el primer túnel para entrar en contacto con los elestinos. Aunque es muy probable que vayamos ambos.

—¿Y Po no llamará la atención al aparecer de repente en Elestia, reuniéndose con plebeyos y haciendo preguntas comprometidas? Tiene un algo de vistoso petimetre lenita, ¿no?

—A Po le es imposible ir de incógnito —convino Giddon—. Pero también tiene una maña especial para pasar inadvertido. Además, se le da extraordinariamente bien conseguir que la gente se confíe y hable —añadió con un timbre un tanto elocuente que hizo que Bitterblue se observara las manos unos instantes en lugar de mirarlo a los ojos por miedo a lo que los suyos pudieran evidenciar.

Eres consciente de que se pone en peligro al ir contigo, ¿verdad?, transmitió a Po en un arranque de resentimiento. *¿Acaso crees que no lo descubrirá algún día? ¿O que cuando lo descubra no le importará?* Entonces apoyó la cabeza en las manos y se agarró el pelo.

—Majestad, ¿se encuentra bien? —preguntó Giddon.

No, no se encontraba bien; estaba pasando una crisis que no tenía nada que ver con las mentiras de Po, sino con las suyas.

—Giddon, voy a hacer un experimento con usted que nunca he intentado con nadie más.

—De acuerdo —accedió él de buen grado—. ¿Debería ponerme un casco?

—Quizá si Katsa le anuncia alguna vez que quiere hacer un experimento, sí —respondió con una sonrisa—. Lo que quería decir es que me gustaría tener a alguien con quien hablar sin mentirle nunca. A partir de ahora, usted es esa persona. Ni siquiera me andaré con ambigüedades. O le diré la verdad o no diré nada en absoluto.

—Mmmm... —Giddon se rascó la cabeza—. Tendré que discurrir un montón de preguntas indiscretas.

—Cuidado, no vaya a tentar demasiado la suerte. Ni siquiera le habría propuesto esto si usted tuviese la costumbre de hacerme preguntas indiscretas. También influye que no sea mi consejero, mi primo o mi servidor; ni siquiera es monmardo, así que no tiene la supuesta obligación moral de interferir en mis asuntos. Tampoco creo que vaya a ir corriendo a contarle a Po todo lo que yo le diga.

—O siquiera que se me pase por la cabeza contarle nada.

Giddon habló con un aire tan despreocupado que a Bitterblue se le puso el pelo de punta.

Por lo que más quieras, Po. Dile lo que ya sabe, transmitió a su primo, temblorosa.

—Por si le interesa, majestad —continuó Giddon con serenidad—, entiendo que su confianza es un regalo, no algo de lo que yo me haya hecho merecedor. Prometo guardar fielmente, en secreto, todo lo que decida contarme.

—Gracias, Giddon —respondió, aturullada.

Se quedó sentada allí, jugueteando con las lazadas que ataban *El beso en las tradiciones de Monmar,* a pesar de saber que tendría que marcharse, que Runnemood estaría preocupado y que Thiel se encontraría trabajando de firme para sacar el trabajo que ella había dejado sin hacer.

—Giddon.

—¿Sí, majestad?

«Fiarse es una estupidez —se dijo para sus adentros—. ¿Cuál es la verdadera razón de que haya decidido confiar en él? Desde luego, su trabajo en el Consejo lo acredita, así como su elección de amigos. Pero ¿no será también por el timbre de su voz? Me gusta oírle hablar. Me da confianza la intensidad con que dice: "Sí, majestad".»

Emitió un sonido que en parte era resoplido y en parte suspiro. Luego, antes de poder hacerle la pregunta, Runnemood salió al patio desde el gran vestíbulo con pasos airados, la vio y cruzó hacia ella.

—Majestad —dijo con sequedad, parándose tan cerca que Bitterblue tuvo que echar la cabeza hacia atrás para mirarlo—. Ha pasado fuera del despacho un alto porcentaje del horario de trabajo.

El consejero se mostraba muy seguro de sí mismo; se atusó con los dedos enjoyados el oscuro cabello. No parecía que le estuviera clareando el pelo.

—¿De veras? —preguntó Bitterblue con reserva.

—Me temo que soy menos indulgente que Thiel —continuó Runnemood al tiempo que esbozaba una sonrisa—. Tanto Darby como Rood se encuentran indispuestos hoy, y al regresar de la ciudad la encuentro charlando con amigos y entreteniéndose con viejos manuscritos polvorientos mientras toma el sol. Thiel y yo estamos desbordados con el trabajo que ha desatendido su majestad. ¿Capta lo que digo?

Pasándole el paquete de *El beso en las tradiciones de Monmar* a Giddon, Bitterblue se puso de pie de forma que Runnemood tuvo que retirarse hacia atrás de un brinco para no chocar con ella. Bitterblue no solo captaba sus palabras, sino el tono de superioridad que utilizaba, que la ofendía. Tampoco le gustaba la forma en que posaba la vista en los libros que sostenía Giddon, no como si no creyera que fueran unos simples manuscritos polvorientos e inofensivos, sino más bien como si tratara de evaluar cada uno de ellos y le desagradara lo que veía.

Deseaba decirle que hasta un perro amaestrado sería capaz de llevar a cabo el trabajo que ella había dejado de hacer. Deseaba decirle que sabía, de algún modo que no podía explicar ni justificar, que el tiempo que pasaba fuera del despacho era tan importante para el reino como el trabajo que hacía en la torre con fueros, órdenes y leyes. Pero el instinto le susurró que ocultara esas ideas al consejero. Que protegiera esos libros que Giddon sostenía contra el pecho.

—Runnemood —dijo en cambio—, por lo que he oído, se te supone un experto en manipular a la gente. Pon más empeño en lograr ser de mi agrado, ¿de acuerdo? Soy la reina. Tu vida será más grata si me caes bien.

Tuvo la satisfacción de ver sorprendido al consejero. Runnemood enarcó las cejas al máximo y la boca formó una pequeña «o». Resultaba satisfactorio verlo con esa expresión estúpida, verlo hacer un esfuerzo para recobrar su altivo aire de menosprecio. Por fin, el hombre se limitó a entrar en el castillo caminando a zancadas furiosas.

Bitterblue se sentó otra vez al lado de Giddon, al que no le estaba resultando nada fácil disimular una expresión divertida.

—Estaba a punto de hacerle una pregunta sobre un tema desagradable cuando ha aparecido —reanudó ella la conversación.

—Majestad, estoy a vuestra entera disposición —respondió Giddon, aún sin conseguir borrar del todo el gesto de regocijo.

—¿Se le ocurre alguna razón por la que Leck hubiera elegido a cuatro sanadores para ser sus consejeros?

El noble se quedó pensativo unos instantes.

—Bueno, sí —dijo después.

—Adelante —instó Bitterblue, abatida—. No hay nada que no haya imaginado ya.

—Bien, pues, es bien sabido el comportamiento de Leck con sus animales. Les hacía cortes, dejaba que se curaran, volvía a cortarlos... ¿Y si también le gustaba herir a la gente y después dejar que se curara? Si actuar así era parte de su manera de gobernar, por macabra que pueda sonar tal cosa, para él habría sido lógico tener sanadores a su lado todo el tiempo.

—Me han mentido, ¿sabe? —susurró ella—. Me han dicho que ignoraban las cosas que hacía en secreto, pero, si curaban a sus víctimas, entonces es evidente que sabían lo que hacía.

Giddon se quedó callado unos instantes y después añadió de forma sosegada:

—Algunas cosas son demasiado dolorosas para hablar de ellas, majestad.

—Lo sé, Giddon; lo sé. Preguntar sería una crueldad imperdonable. Sin embargo, ¿cómo voy a ayudar a nadie si no estoy enterada de lo que ocurrió entonces? Necesito saber la verdad, ¿no se da cuenta?

16

*E*ra de noche. Y fue Zaf el que apareció corriendo y casi chocó con ella en el callejón; Zaf el que, jadeante, la asió y la llevó en volandas —a través de una especie de portal roto— a un cuarto de olor fétido y la empujó contra una pared; Zaf el que, durante todo ese episodio, no dejó de susurrar con fiereza: «Chispas, soy yo, soy yo, por favor, no me hagas daño, soy yo…»; pero a pesar de todo, ella sacó los cuchillos y también le asestó una patada en la entrepierna antes de ser plenamente consciente de lo que ocurría.

—Aaaaag, uuuuf —gruñó él, más o menos, doblado por la cintura, pero sin dejar de mantenerla pegada contra la pared.

—¿Pero qué haces, por los cielos benditos? —siseó Bitterblue mientras se debatía para soltarse de su presa.

—Si nos encuentran nos matarán, así que cierra la boca.

Bitterblue estaba temblando, no solo por el susto y el desconcierto, sino por el miedo de lo que podría haberle hecho en esos primeros segundos si le hubiera dejado un resquicio para arremeter con un cuchillo. Entonces sonaron pisadas fuera, en el callejón, y olvidó todas esas ideas.

Las pisadas pasaron por delante del portal roto, siguieron, aflojaron el ritmo. Se detuvieron. Cuando dieron media vuelta, deslizándose con sigilo hacia el edificio en el que se escondían, Zaf masculló un juramento en su oreja.

—Conozco un sitio —dijo tirando de ella a través del oscuro cuarto. En el mismo momento en que un resoplido bajo, profundo, le dio un susto de muerte, Zaf le susurró—: Trepa.

Perpleja, avanzó a tientas y descubrió una escalera de mano. El olor de aquel sitio cobró sentido para ella de repente. Era algún tipo de cuadra; esa respiración profunda había sido una vaca, y Zaf quería que trepara.

—Sube —repitió al notar que ella vacilaba, y la empujó—. ¡Venga!

Bitterblue alargó las manos hacia arriba, se agarró a una barra de hierro y se aupó.

«No pienses —se instó—. No sientas. Solo trepa.»

No veía hacia dónde iba ni cuántos travesaños quedaban por subir. Tampoco veía a qué altura habían subido ya, e imaginaba que debajo de ella solo había un vacío.

Pisándole los talones, Zaf subió por detrás de forma que lo sintió a su alrededor.

—No te gustan las escaleras de mano —le susurró él al oído.

—Si está oscuro —respondió, humillada—. Si es de...

—Vale, date prisa —la interrumpió él mientras la izaba y le daba media vuelta, de forma que la cargó como si fuese una niña, frente a frente.

Lo rodeó con los brazos y las piernas como si Zaf fuese el pilar de la tierra, porque no parecía haber otra alternativa. Él subió deprisa por la escalera. Solo cuando Zaf la soltó en una especie de piso sólido Bitterblue fue capaz de pensar en el denigrante trance. Y entonces ya no hubo tiempo para eso, porque Zaf tiraba de ella a través de lo que identificó de repente como un tejado. La empujó hacia el tejado de otro edificio más alto y, tirando de ella, corriendo, se encontraron apretujados en una minúscula y resbaladiza vertiente; rodaron por encima del caballete, bajaron por el lado opuesto y después descendieron por otro tejado, tras lo cual subieron por otro y otro más.

197

Tiró de nuevo de ella hacia arriba, por la vertiente del sexto o séptimo tejado, hasta un muro lindante y se agazapó contra la pared. Bitterblue se dejó caer a su lado, pegada a la maravillosa y sólida pared, temblando.

—Te odio —dijo—. Te odio.

—Lo sé. Y lo siento.

—Voy a matarte —le amenazó—. Voy a...

Iba a vomitar. Se volvió de espaldas, ladeada de rodillas en la vertiente, las manos aferradas a la resbaladiza chapa e intentando contener las arcadas. Transcurrió un minuto, durante el cual logró su propósito de no vomitar.

—¿Cómo vamos a bajar de aquí? —preguntó con desconsuelo.

—Estamos en la imprenta —contestó Zaf—. Pasaremos a través de esa ventana al dormitorio de Bran y Tilda. Se acabaron las escaleras de mano, lo prometo. ¿De acuerdo?

La imprenta. Haciendo una profunda inhalación, le pareció que la chapa ya no parecía tan empeñada en hacerla rodar vertiente abajo. Moviéndose con cuidado para no apartar la espalda de la pared, se sentó y colocó bien el manuscrito de *El beso en las tradiciones de Monmar* que llevaba guardado en una bolsa colgada al pecho. Entonces miró hacia Zafiro. Estaba tendido de espaldas, una silueta oscura con las piernas dobladas que miraba el firmamento. Bitterblue captó un fugaz destello en una de las orejas de él.

—Lo siento —se disculpó en voz baja—. No soy racional cuando se trata de las alturas.

Zaf giró la cabeza hacia ella.

—No te preocupes, Chispas. Dime si te puedo ayudar en algo. ¿Con las matemáticas, por ejemplo? —sugirió con guasa, animado; buscó en el bolsillo de la chaqueta y sacó un objeto dorado que Bitterblue reconoció.

—Toma —dijo él mientras le echaba el pesado reloj al regazo—. Dime qué hora es.

—Creía que tenías que devolver esto a la familia del relojero —comentó Bitterblue.

—Ah, sí, es lo que iba a hacer —contestó abochornado—. Y lo haré, no lo dudes. Lo que pasa es que estoy muy encariñado con este.

198

—Encariñado —repitió Bitterblue con sorna. Abrió el reloj y vio que marcaba las catorce treinta; durante un instante, se imaginó sentada en un cuarto vacío, con los números, y después informó a Zaf de que enseguida serían las doce y veinticinco.

—Parece que toda la ciudad se ha puesto en movimiento pronto esta noche —comentó Zaf con sequedad.

—Deduzco que no nos han oído, ¿verdad? No estaríamos aquí sentados y mirando las estrellas si aún nos persiguieran, ¿no?

—Espanté a unas cuantas gallinas y las dispersé antes de subir esa escalera de mano —contestó Zaf—. ¿No oíste el alboroto que organizaron?

—Estaba distraída con la convicción de que iba a morir.

Sus palabras tuvieron como respuesta una sonrisa.

—En fin, ocultaron el ruido que hacíamos nosotros, y los perros también estaban despiertos cuando llegamos al tejado, cosa que contaba que ocurriera. Nadie pasaría entre los perros.

—Conoces esa cuadra.

—Es de un amigo. Me dirigía hacia allí cuando apareciste.

—Faltó poco para que te clavara un cuchillo.

—Sí, me he dado cuenta. Debería haberte dejado en aquel callejón. Los habrías ahuyentado tú solita.

—¿Quiénes eran? Esta vez no se trataba de una pandilla de fanfarrones en busca de pelea, ¿verdad, Zaf? Eran los mismos que intentaron matar a Teddy.

—Hablemos mejor de lo que llevas en la bolsa —cambió de tema Zaf, que cruzó una pierna poniendo el tobillo encima de la otra rodilla y bostezó sin quitar la vista de las estrellas—. ¿Me has traído un regalo?

—Pues, de hecho, sí —contestó Bitterblue—. Es una prueba de que, si tú me ayudas, yo puedo ayudarte a ti.

—¿En serio? Venga, pásamelo.

—Si crees que voy a moverme de aquí, estás loco.

Él se puso de pie en la irregular plancha del tejado con tal rapidez, con tanta facilidad, que Bitterblue cerró los ojos para no marearse. Cuando volvió a abrirlos, Zaf se había acomodado a su lado, con la espalda apoyada en la pared, igual que ella.

—A lo mejor tu gracia es no tener miedo —comentó.

—Hay muchas cosas que me atemorizan —repuso Zaf—. Pero las hago de todas formas. Déjame ver lo que tienes ahí.

Bitterblue sacó de la bolsa el manuscrito de *El beso en las tradiciones de Monmar* y se lo puso en las manos. Él lo miró y parpadeó desconcertado.

199

—¿Papeles sujetos con una tira de cuero?

—Es una reproducción para que hagas montones de copias —respondió—. Un facsímil manuscrito del libro titulado *El beso en las tradiciones de Monmar*.

Con una exclamación de sorpresa, Zaf se lo acercó a la cara para examinar la etiqueta en la oscuridad.

—Lo ha escrito el mismísimo bibliotecario de la reina —continuó Bitterblue—. Tiene la gracia de leer deprisa y de recordar cada libro, cada frase y cada palabra, incluso cada letra, que ha leído en su vida. ¿Sabías lo de su gracia?

—He oído hablar de Deceso —dijo Zaf tirando del cordón de piel para soltar las lazadas. Dejó a un lado las cubiertas de cuero y empezó a pasar páginas observándolas con intensidad, con los ojos entrecerrados—. ¿Me dices la verdad? ¿Esto es lo que afirmas que es, y Deceso está reescribiendo los libros que el rey Leck hizo desaparecer?

Bitterblue pensó que quizás Chispas, la joven panadera, no sabría demasiado sobre los asuntos del bibliotecario de la reina.

—No tengo ni idea de lo que Deceso está haciendo. No lo conozco en persona. Esto me lo ha prestado el amigo de un amigo. De-

ceso lo ha soltado solo porque le prometieron que la persona que lo
quería era un impresor que haría copias. Esas son las condiciones,
Zaf. Puedes tenerlo prestado si hacéis copias. Deceso se encargará de
que se os pague por vuestro trabajo y los gastos que tengáis, desde
luego —añadió, maldiciéndose por ocurrírsele esa imprevista com-
plicación, pero sin saber cómo habría podido eludirla. Imprimir un
libro no sería barato, y no podía esperar que ellos financiaran la restauración de la biblioteca de la reina, ¿verdad? ¿No sería demasiado
descabellado que una joven panadera, que no conocía personalmente
a Deceso, hiciera de mensajera sobre el dinero de la reina? Además,
¿significaba que tendría que empeñar más joyas?

—Chispas, átame con bramante y envíame como un paquete a
Burgo de Ror. Si esto es de verdad lo que dices que es… Bajemos a la
imprenta, ¿de acuerdo? Aquí me estoy quedando ciego.

—Sí, de acuerdo, pero…

Alzó la mirada de las páginas a su cara. Los ojos de Zaf eran ne-
gros y estaban cuajados de estrellas.

—Jamás había deseado ser mentalista hasta que te conocí
—dijo—. ¿Lo sabes, Chispas? Eh, ¿qué te pasa?

—Me da miedo moverme —reconoció, avergonzada de sí misma.

—Chispas —dijo él. Entonces cerró de golpe el manuscrito de *El
beso en las tradiciones de Monmar* y le tomó las dos manos, pequeñas y heladas—. Chispas —repitió, mirándola a los ojos—, te ayudaré. No te caerás, te lo juro. ¿Me crees?

Le creía. Allí, en un tejado con su familiar silueta, su voz, todas
las cosas de él a las que estaba acostumbrada, asiéndose fuerte a sus
manos, le creyó completamente.

—Estoy preparada para hacer mi tercera pregunta —dijo.

Zaf exhaló.

—Oh, qué puñetas —rezongó.

—¿Quién está intentando mataros a Teddy y a ti? —preguntó—.
Zaf, estoy de tu parte. Esta noche me he convertido también en su
blanco. Dímelo. ¿Quién es?

Zaf no respondió, se quedó sentado, jugando con sus manos, que
no las había soltado. Creyó que no le iba a responder. Luego, a medida que los segundos pasaban, dejó de importarle tanto porque su
contacto empezó a parecerle más trascendente que su pregunta.

—Hay personas en el reino que son buscadores de la verdad
—dijo Zaf por fin—. No muchas, solo unas cuantas. Gente como
Teddy, Tilda y Bran. Personas cuyas familias estaban en la resistencia y valoraban por encima de todo el conocimiento de la verdad de

las cosas. Leck está muerto, pero todavía queda mucha verdad que descubrir. A eso se dedican, Chispas, ¿lo entiendes? Intentan ayudar a que la gente descifre lo ocurrido, y a veces, a reunir recuerdos. Devolver lo que Leck robó y, cuando está en su mano, deshacer lo que Leck hizo mediante el robo, la educación... Por el medio que sea.

—Tú también —interrumpió Bitterblue—. No dejas de hablar de «ellos», pero también lo haces tú.

—Vine a Monmar a conocer a mi hermana y esto es lo que mi hermana ha resultado ser —respondió Zaf encogiéndose de hombros—. Me gustan los amigos que tengo aquí y me gusta robar esas cosas. Mientras esté en Monmar ayudaré, pero soy lenita, Chispas. Esta no es mi causa.

—Al príncipe Po le indignaría esa actitud.

—Si el príncipe Po me dijera que me tirara al vacío, Chispas, lo haría. Ya te lo he dicho: soy lenita.

—¡No hay quien te entienda!

—¿No? —Zaf le tiró de las manos a la par que esbozaba una sonrisa pícara—. ¿Y a ti sí?

Aturullada, Bitterblue no dijo nada y se limitó a esperar.

—Hay una fuerza en el reino que actúa contra nosotros, Chispas —dijo Zaf con suavidad—. Lo cierto es que no puedo responder a tu pregunta porque no sabemos quién es. Pero hay alguien que sabe lo que estamos haciendo. Hay alguien ahí fuera que nos odia y será capaz de todo con tal de poner fin a lo que hacemos y a lo que hacen otros como nosotros. ¿Te acuerdas de la tumba nueva delante de la que te encontré parada esa noche en el cementerio? Era un colega nuestro, apuñalado hasta morir a plena luz del día por un asesino a sueldo que no estaba en condiciones de decirnos quién lo había contratado. Asesinan a los nuestros. O a veces se los acusa de delitos que no han cometido y acaban en la cárcel, y ya no se los vuelve a ver.

—¡Zaf! —exclamó Bitterblue horrorizada—. ¿Lo dices en serio? ¿Estás seguro de eso?

—A Teddy lo acuchillaron delante de ti, ¿y me preguntas si estoy seguro?

—Pero ¿por qué? ¿Por qué iba nadie a tomarse tantas molestias?

—Para silenciarnos —contesto Zaf—. ¿De verdad te sorprende tanto? Todo el mundo quiere que se guarde silencio. Todo el mundo es feliz olvidando que Leck hizo daño a la gente y fingiendo que Monmar nació plenamente formada hace ocho años. Si no consiguen que sus mentes guarden silencio, van a los salones de relatos, se emborrachan y organizan una trifulca.

201

—La gente no va a los salones de relatos por eso —protestó Bitterblue.

—Oh, Chispas —suspiró Zaf, apretándole las manos—. No es la razón por la que tú o yo o los fabuladores vamos a esos salones. Tú vas a oír relatos. Otros van a ahogar recuerdos en la bebida. ¿Te acuerdas de que me preguntaste al principio por qué las listas de objetos robados nos llegaban a nosotros en lugar de a la reina? A menudo se debe a que a nadie se le ocurre siquiera catalogar lo perdido hasta que alguien como Teddy se lo sugiere. La gente no piensa. Quiere el silencio. La reina quiere el silencio. Y alguien, ahí fuera, necesita el silencio, Chispas. Alguien ahí fuera está matando para conseguirlo.

—¿Por qué no habéis llevado esto ante la reina? —preguntó Bitterblue, que intentaba contener la angustia en la voz para que él no captara su alcance—. La gente que mata personas para acallar la verdad está infringiendo la ley. ¡Por qué no habéis presentado vuestro caso ante la reina!

—¿Por qué crees tú que no lo hemos hecho, Chispas?

Bitterblue se quedó callada un momento y entonces lo comprendió.

—Crees que ella está detrás de esto.

Un reloj empezó a tocar la medianoche.

—No estoy preparado para afirmar eso —contestó Zaf, encogiéndose de hombros—. Ninguno de nosotros lo está. Pero nos hemos acostumbrado a advertir a la gente de que no llame la atención sobre cualquier conocimiento que pueda tener sobre lo que hizo Leck, Chispas. Las ciudades solicitan autonomía a la reina, por ejemplo. Exponen su caso contra los lores de forma explícita y se refieren a Leck lo menos posible. No se menciona a las hijas que sus señores robaron de forma misteriosa ni a la gente que desapareció. Sea quien sea nuestro villano es alguien con un brazo muy, muy largo. Yo que tú, Chispas, iría con pies de plomo por vuestro castillo.

17

*L*eck está muerto.

«Pero si está muerto, ¿por qué no ha quedado todo atrás?»

Esa noche, recorriendo con sigilo los corredores del castillo y subiendo la escalera, Bitterblue no dejaba de darle vueltas al tema de esos asesinatos que la desconcertaban. Comprendía el instinto de continuar, de seguir adelante, de dejar atrás el dolor del reinado de Leck. Pero ¿reaccionar volviéndose como el propio Leck? ¿Matar? Era demencial.

Sus guardias le abrieron la puerta a sus aposentos. Oyó voces dentro y se quedó petrificada, dominada por el pánico. El cerebro alcanzó al instinto: las voces que sonaban en el dormitorio eran las de Helda y Katsa.

—Qué puñetas —masculló entre dientes.

Entonces un hombre se aclaró la garganta en la sala de estar y a Bitterblue casi le dio un infarto del susto que se llevó antes de reconocer a Po. Fue hacia él con paso resuelto.

—Se lo has contado —instó en voz baja.

Po estaba sentado en un sillón y hacía dobleces en un trozo de papel que tenía encima del muslo.

—No, no lo he hecho —respondió.

—Entonces, ¿qué hacen en mi dormitorio?

—Creo que están discutiendo. Estoy esperando que terminen para poder reanudar la discusión que tengo con Katsa.

Había algo raro en la cara de Po, en la actitud resuelta de no volverse hacia ella.

—Mírame —le dijo.

—No puedo, estoy ciego —comentó con locuacidad.

—Po, si pudieras imaginar parte de la noche que he pasado… —empezó.

Po se volvió. La piel por debajo del ojo plateado tenía una contusión tremenda y la hinchazón de la nariz no era menos aparatosa.

—¡Po! —exclamó—. ¿Qué te ha pasado? ¡Katsa no te habrá golpeado la cara!

Tras hacer el último pliegue en el papel con el que jugueteaba, su primo lo alzó por encima del hombro y lo lanzó a través de la sala. El papel, largo, esbelto y alado, planeó en el aire, viró hacia la izquierda de forma espectacular y fue a chocar contra un estante de la librería.

—Vaya. Fascinante —dijo él con una tranquilidad desesperante.

—Po —siseó Bitterblue, que había apretado los dientes—. Tu actitud es irritante.

—Tengo algunas respuestas a tus preguntas —dijo al tiempo que se levantaba para recoger el papel planeador.

—¿Qué? ¿Las has hecho ya?

—No, ninguna de ellas, pero he reunido algunos datos. —Alisó la punta arrugada del papel planeador y lo lanzó de nuevo, esta vez directamente contra la pared desde una distancia corta. El papel chocó y cayó al suelo—. Justo lo que pensaba —musitó Po, pensativo.

Bitterblue se dejó caer con pesadez en el sofá.

—Po, ten compasión de mí —pidió.

Él se acercó para sentarse a su lado.

—Thiel tiene un corte en la pierna —informó.

—¡Oh! —exclamó Bitterblue—. Pobre Thiel. ¿Es un corte malo? ¿Sabes cómo se lo hizo?

—Tiene un enorme espejo en su habitación que está roto, pero, aparte de eso, no sé nada más —explicó Po—. ¿Sabes que toca el arpa?

—¿Por qué conserva ese espejo roto? —protestó Bitterblue—. ¿Le han cosido la herida?

—Sí, y se está curando bien, limpia.

—¿Sabes, Po? Es un poco escalofriante lo que puedes hacer. —Se echó hacia atrás para apoyarse y cerró los ojos.

—Esta noche he tenido tiempo de fisgonear mientras estaba tumbado en la cama con hielo en la cara —comentó con voz inexpresiva—. No vas a creer lo que Holt ha hecho esta noche a primera hora.

—Oh —gimió Bitterblue—. ¿Se tiró de cabeza al paso de unos caballos al galope solo para ver qué ocurriría?

—¿Alguna vez has visitado tu galería de arte?

¿La galería de arte? Bitterblue ni siquiera estaba segura de dónde se hallaba.

—¿Está en el último piso, con vistas al patio mayor desde el lado norte? —preguntó.

—Sí. Varios pisos por encima de la biblioteca. Está muy abandonada, ¿lo sabías? Polvo por todas partes, salvo en los lugares donde se han retirado obras de arte recientemente... Esa es la razón por la que pude contar el número exacto de tallas que han sido robadas de la sala de escultura. Cinco, por si te lo estás preguntando.

Bitterblue abrió los ojos como platos.

—Alguien está robando mis esculturas. —Era una afirmación, no una pregunta—. ¿Y se le restituyen al artista? ¿Quién es el autor?

—Ah, vaya —dijo Po complacido—. Por lo visto estás familiarizada con el trasfondo de este asunto. Excelente. Tuve que mantener una charla con alguien, es decir con Giddon, para comprenderlo yo. La situación es esta: Holt tenía una hermana llamada Belagavia que era escultora.

«Belagavia.» Bitterblue rememoró la imagen de una mujer en el castillo: alta, de hombros anchos y ojos amables ¿Esa mujer había sido escultora?

—Belagavia esculpía transformaciones para Leck —continuó Po—. Una mujer transfigurándose en un árbol, un hombre transmutándose en montaña, y así sucesivamente.

—Ah. —Bitterblue entendía ahora que no solo estaba familiarizada con la obra de Belagavia, sino que entre la mujer y ella había existido familiaridad antaño—. ¿Giddon te contó todo eso? ¿Por qué sabe siempre más cosas de mi castillo que yo?

—Conoce a Holt —informó Po, que se encogió de hombros—. En serio, deberías preguntarle a Giddon qué le pasa a Holt en vez de pedirme a mí que me entere. Aunque a Giddon no le dije nada de lo que he presenciado.

—¿Y bien? ¿Qué has presenciado?

—¿Estás preparada para esto? —preguntó él con una sonrisa—. Vi a Holt venir de la ciudad y entrar al castillo cargado con un saco a la espalda. Subió a la galería de arte, sacó una obra esculpida del saco y la colocó en la sala de escultura, justo en el punto sin polvo de donde faltaba. ¿Te acuerdas de la chica que enmascaró la barca de Danzhol y luego adoptó el aspecto de un montón de lonas?

—¡Oh, mierda! Había olvidado ese episodio. Tenemos que encontrarla y arrestarla.

—Cada vez estoy más convencido de que no debemos hacerlo —se opuso Po—. Esta noche estaba con Holt porque... A ver, adivina. Es hija de Belagavia y sobrina de Holt. Se llama Hava.

205

—Un momento —dijo Bitterblue—. ¿Qué? Estoy desconcertada. ¿Alguien roba las esculturas para devolvérselas a Belagavia, pero Holt y la hija de la escultora vuelven a traérmelas?

—Belagavia murió —le aclaró Po—. Holt fue el que robó tus esculturas y se las llevó a Hava, la hija de su hermana. Pero Hava le dijo que no, que había que llevar de vuelta las esculturas a la reina, así que Holt las está trayendo con la supervisión de su sobrina.

—¡Qué! ¿Por qué?

—Holt me tiene perplejo —admitió Po, caviloso—. Puede que esté loco o que no lo esté, pero sí que está confuso.

—¡No lo entiendo! ¿Holt me roba y después cambia de parecer?

—Creo que lo que intenta es hacer lo correcto —contestó Po—, pero no tiene claro qué es lo correcto. Tengo entendido que Leck utilizó a Belagavia y después la mató. Holt opina que la propietaria legítima de las esculturas es Hava.

—¿Es Giddon quien te habló de Hava? —preguntó Bitterblue—. ¿No habría que hacer algo respecto a ella si anda deambulando por el castillo? ¡Intentó raptarme!

—Giddon no sabe nada de Hava.

—Entonces, ¿cómo has sacado esa conclusión? —le gritó Bitterblue.

—Lo hice y ya está —respondió su primo con aire avergonzado.

—¿Qué quieres decir exactamente? ¿Cómo voy a estar segura de que es la verdad basándome solo en que «lo hiciste y ya está»?

—Estoy bastante seguro de que todo eso es cierto, Escarabajito. Te lo explicaré en otro momento.

Bitterblue le examinó la cara magullada mientras su primo alisaba el papel volador contra la pierna. Saltaba a la vista que estaba disgustado por algo que no decía.

—¿De qué discuten Helda y Katsa? —preguntó con suavidad.

—De bebés —respondió, y le dedicó una fugaz sonrisa—. Como siempre.

—¿Y por qué discutíais Katsa y tú?

La sonrisa se borró en el rostro de su primo.

—Por Giddon.

—¿Por qué? ¿Es porque a Katsa no le cae bien? Me encantaría que alguien me explicara eso.

—Bitterblue, no metas las narices en los asuntos de ese hombre.

—Oh, qué consejo tan encomiable viniendo de un mentalista. Tú puedes husmear en sus asuntos siempre que quieras.

Po alzó la vista hacia ella.

—Como bien sabe él —dijo.

—Se lo has dicho a Giddon —comprendió de repente; lo entendió cuando él agachó la cabeza—. Fue él quien te pegó —continuó—. Y Katsa está furiosa contigo por contárselo a Giddon.

—Katsa está asustada —la corrigió su primo en voz baja—. Katsa es muy consciente de la tensión en la que vivo. Le aterra saber a cuánta gente me gustaría decírselo.

—¿A cuántos querrías contárselo?

Esta vez, cuando su primo alzó los ojos hacia ella, Bitterblue también se asustó.

—Po —susurró—, empieza por un número reducido, por favor. Si vas a hacerlo, díselo a Celaje, y a Helda, y tal vez a tu padre. Luego espera, déjate aconsejar y reflexiona. ¿Lo harás, por favor?

—Solo lo estoy pensando. No puedo dejar de darle vueltas al asunto. Estoy muy cansado, Escarabajito.

Los problemas de Po eran tan peculiares… El corazón de Bitterblue buscó el contacto con su primo, que se encontraba hundido en el sofá con aire de estar exhausto, disgustado y dolorido.

—Po. —Se acercó a él, le acarició el pelo y le besó en la frente—. ¿Cómo puedo ayudarte?

—Podrías ir a consolar a Giddon —respondió él con un suspiro.

207

Una voz respondió a su llamada a la puerta. Cuando entró en los aposentos de Giddon, este se hallaba sentado en el suelo y apoyado en la pared, absorto en la contemplación de su mano izquierda.

—Es zurdo —le dijo Bitterblue—. Supongo que debería haberme fijado antes en ese detalle.

Él flexionó la mano y habló en tono desabrido, sin alzar la vista:

—A veces entreno con la derecha, por practicar.

—¿Se ha hecho daño?

—No.

—¿Ser zurdo implica tener ventaja en las peleas?

Giddon le lanzó una mirada sarcástica.

—¿Contra Po? —preguntó luego.

—Contra gente normal.

—A veces. —Se encogió de hombros con desinterés—. La mayoría de los luchadores están mejor entrenados para defenderse contra el ataque de un diestro.

La voz de Giddon, incluso malhumorada, tenía un timbre agradable.

—¿Puedo quedarme o prefiere que me marche? —preguntó ella con delicadeza.

Giddon aflojó la mano y alzó la vista hacia Bitterblue para mirarla a los ojos. El gesto del noble se suavizó.

—Quédese, majestad. —De pronto pareció recordar los buenos modales e hizo un amago de ponerse de pie.

—Oh, por favor, no se levante —le pidió Bitterblue—. Es una costumbre absurda.

Se sentó en el suelo al lado de Giddon y apoyó la espalda en la pared, aunque solo fuera para estar igual que él; a continuación empezó a hacer un profundo examen de sus propias manos.

—Hace menos de dos horas estaba sentada al lado de un amigo, así, como ahora, en el tejado de un comercio de la ciudad.

—¿Qué? ¿En serio?

—Nos había estado siguiendo gente que quería matarlo.

—Majestad, ¿lo dice en serio? —preguntó Giddon, atragantado.

—No se lo cuente a nadie y no interfiera —ordenó.

—¿Quiere decir que Katsa y Po...?

208

—No piense al mismo tiempo en él y en lo que le estoy diciendo —advirtió con tranquilidad—. Ni siquiera lo nombre en cualquier conversación o reflexión que no quiera compartir con él.

Giddon resopló con incredulidad; después se quedó en silencio y reflexionó sobre ello durante un tiempo.

—Hablemos en otra ocasión de lo que me ha contado, majestad, porque ahora mismo tengo la mente centrada en Po —pidió.

—La única observación que quería hacer es que tengo un miedo irracional a las alturas —comentó Bitterblue.

—A las alturas —repitió Giddon con aire confuso.

—A veces resulta muy humillante.

Giddon se quedó callado otra vez. Cuando volvió a hablar, ya no se lo veía perplejo:

—Le he mostrado el peor rasgo de mi conducta, majestad, y usted ha respondido con amabilidad.

—Si de verdad ese es el peor que tiene, entonces Po es afortunado de contar con un amigo excelente.

Giddon volvió a mirarse las manos, que eran anchas y grandes como platos. Bitterblue resistió el impulso de poner las suyas encima para maravillarse por la diferencia del tamaño.

—He estado intentando decidir qué es lo más humillante —dijo él—. Tal vez el hecho de que pude golpearlo porque él me dejó... Se quedó ahí quieto, como un saco de arena, majestad...

—¿Sí? Y encima no se le reconocerá el mérito de haberlo hecho —comentó Bitterblue—. Todo el mundo creerá que Katsa cometió un error en una de sus prácticas de lucha. Nadie creerá que usted fue capaz de lograrlo.

—No se sienta obligada a no herir mis sentimientos, majestad —espetó él de forma brusca.

—Continúe —animó Bitterblue con una sonrisa—. Estaba enumerando usted los puntos de su humillación.

—Sí, es muy considerada. En segundo lugar, no es grato ser el último en saberlo.

—Ah, permítame señalar que está muy lejos de ser la última persona que lo sabe —puntualizó Bitterblue.

—Pero usted lo entiende, majestad. Paso más tiempo con Po que cualquiera de ustedes. Incluso que Katsa. Aunque, en realidad, no hay comparación.

—¿Qué quiere decir?

—La verdadera humillación —empezó, pero enmudeció de repente, con la mandíbula en tensión y el gesto abatido; apretó los brazos contra el cuerpo y encorvó los hombros, como si así pudiera protegerse de algo físico, como un golpe o un viento frío, lo cual, por supuesto, no era cierto.

Bitterblue estiró las piernas para ponerlas rectas y, en silencio, hizo toda una exhibición de alisarse los pantalones a fin de evitarle la vergüenza de saberse observado.

—Sí, lo sé —dijo.

Giddon asintió con un cabeceo.

—Me he sincerado tanto con él, le he contando tantas cosas... Sobre todo los primeros años, cuando no albergaba sospechas y jamás se me ocurrió tener cuidado con lo que pensaba... y también daba la casualidad de que lo odiaba. Sabía hasta la última pizca de resentimiento que albergaba hacia él, cada pensamiento celoso; lo sabía. Y ahora lo estoy recordando todo, cada resquemor, cada sentimiento de malicia. Y la humillación es doble porque mientras lo revivo, él también lo hace.

Sí. Eso era lo peor, lo más injusto y humillante respecto a cualquier mentalista, sobre todo uno encubierto. Esa era la razón de que Katsa estuviera tan asustada: un inmenso manantial de cólera y humillación enfocado en Po, sobre todo si este empezaba a revelar su verdad de forma indiscriminada.

209

—Katsa me ha dicho que ella también se sintió humillada cuando Po se lo confesó —explicó Bitterblue—. Y furiosa. Le amenazó con contárselo a todo el mundo. No quería volver a verlo.

—Sí. Y entonces se escapó con él.

Giddon pronunció esa frase con ligereza, cosa que le llamó la atención. Bitterblue consideró ese tono un instante y después decidió aprovecharlo como justificación para hacer una pregunta indiscreta sobre algo que se había preguntado muchas veces:

—¿Está enamorado de ella?

Giddon le lanzó una mirada hostil de incredulidad.

—¿Acaso eso es de su incumbencia? —instó el noble.

—No —admitió—. ¿Está enamorado de él?

Giddon se quedó mudo de asombro.

—Majestad —dijo al recuperar el habla—, ¿de dónde ha sacado esa idea?

—Bueno, encajaría, ¿no es así? Explicaría la tensión entre Katsa y usted.

—Espero que no haya estado entablando conversaciones de este tipo con los demás. Si tiene que hacer preguntas indiscretas respecto a mi persona, hágamelas directamente a mí.

—Lo soy. —Él la miró, extrañado—. Indiscreta, quiero decir.

—Sí —ratificó Giddon pronunciando la palabra con un buen humor admirable—. Lo es.

—No lo he hecho —añadió Bitterblue.

—¿Perdón, majestad?

—Que no he hecho a nadie esa pregunta excepto a usted. Y nadie me ha dicho nada definitivo. Y sé guardar secretos.

—Ah. Bueno, tampoco es algo tan secreto, a decir verdad, y supongo que no me importa contárselo.

—Gracias.

—Oh, es un placer. Creo que es por su delicadeza, ¿sabe? Hace que un hombre quiera desnudar su alma.

Bitterblue esbozó una sonrisa.

—En otro tiempo estuve... bastante obsesionado con Katsa —dijo—. De eso hace mucho. Dije cosas de las que me avergüenzo y que Katsa no me perdona. Entre tanto, me he curado de mi obsesión.

—¿Es eso cierto?

—Majestad —contestó con paciencia—, entre mis cualidades menos atractivas se encuentra cierto orgullo que me es muy útil cuando descubro que una mujer a la que amo nunca querrá ni podrá darme lo que deseo.

—Lo que desea —repitió con acritud Bitterblue—. ¿Se trata de eso, de las cosas que usted desea? ¿Y qué es lo que quiere?

—Alguien que sea capaz de soportar la penosa pesadez de mi compañía, para empezar. Me temo que me obstino en eso.

Bitterblue estalló en carcajadas. Sonriente, él la observó y después suspiró.

—Perdura cierta hostilidad —añadió en voz queda—, aun cuando la razón que generó ese sentimiento haya dejado de existir. He deseado golpear a Po prácticamente desde la primera vez que lo vi. Me alegro de que por fin eso haya acabado. Ahora veo lo absurdo que era ese deseo.

—Oh, Giddon. —Bitterblue se quedó callada porque todo lo que quería decir eran cosas a las que no podía darles voz. Quería a Katsa y a Po con un cariño tan grande como el mundo. Pero sabía lo que era estar perdida en los confines del amor que se profesaban el uno al otro.

—Necesito su ayuda —dijo con la esperanza de que la distracción ayudara a consolarlo.

—¿De qué se trata, majestad? —preguntó él, que la miraba sorprendido.

—Hay alguien que intenta matar a las personas que quieren sacar a la luz los desmanes de Leck —dijo—. Si durante sus paseos por ahí oyera algo sobre ese asunto, ¿querría informarme de ello?

—Por supuesto. Cielos. ¿Cree que es alguien como Danzhol? ¿Otros nobles que robaron para Leck y no quieren que la verdad de su pasado se descubra?

—No tengo la menor idea, pero al menos le daría algo de sentido a tal locura; sí, tendré que investigar eso. Aunque no sé por dónde empezar —añadió con cansancio—. Hay cientos de nobles de los que ni siquiera he oído hablar. Giddon, ¿qué opina de mi guardia Holt?

—Holt es un aliado del Consejo, majestad. Fue el que estuvo de guardia durante la reunión que tuvimos en la biblioteca.

—¿De veras? También ha estado robando mis estatuas.

Giddon se la quedó mirando con absoluta estupefacción.

—Y después las ha traído de vuelta —continuó Bitterblue—. ¿Querrá prestarle atención cuando trate con él, Giddon? Me preocupa su salud.

—¿Quiere que esté pendiente de Holt, que le roba esculturas, porque le preocupa su salud? —repitió el noble con incredulidad.

—Sí. Su salud mental. Por favor, no le diga que he mencionado lo de las esculturas. Usted confía en él, ¿verdad, Giddon?

211

—¿En Holt, que le roba esculturas y cuya salud mental es cuestionable?

—Sí.

—Confiaba en él hace dos minutos, pero ahora no sé qué pensar.

—Su opinión de hace dos minutos me sirve. Tiene buena intuición.

—¿Sí?

—Supongo que debería regresar ya a mis aposentos —anunció Bitterblue con un suspiro—. Katsa está allí e imagino que tiene intención de poner el grito en el cielo en cuanto me vea.

—Eso lo dudo mucho, majestad.

—Los dos juntos pueden resultar muy dominantes, ¿sabe? —comentó ella bromeando—. Una parte de mí espera que usted le haya roto la nariz.

Los nudillos de la mano izquierda de Giddon se estaban oscureciendo con moretones del impacto contra la cara de Po. El noble no mordió el anzuelo. En cambio, sin dejar de observarse la mano, susurró:

—Jamás revelaré su secreto.

212

De vuelta en su sala de estar miró a Po, que se había quedado dormido en el sofá y roncaba con el sonido atascado de alguien que tiene la nariz hinchada; lo tapó con una manta. Después, sin más excusas a las que recurrir, entró en el dormitorio.

Katsa y Helda estaban haciendo la cama.

—Menos mal —dijo Katsa al verla—. Helda ha estado intentando impresionarme con los bordados de las sábanas. Un minuto más y hubiera empezado a pensar en ahorcarme con ellas.

—Mi madre hizo los bordados.

Katsa cerró de golpe la boca y lanzó una mirada feroz al ama.

—Gracias, Helda, por pasar por alto ese detalle.

Con un movimiento experto, Helda desdobló de una sacudida una manta y la extendió sobre la cama.

—¿Acaso no es comprensible que se me pasen por alto detalles debido a la preocupación por haber descubierto que la reina no se halla en su cama? —dijo.

El ama fue hacia las almohadas y las golpeó sin compasión hasta que quedaron mullidas, como nubes obedientes. Bitterblue pensó que podría jugar a su favor hacerse con el control de esa conversación desde el principio.

—Helda, necesito la ayuda de mis espías. Alguien está matando gente de la ciudad que intenta descubrir verdades sobre el reinado de Leck. He de saber quién está detrás de esos asesinatos. ¿Podemos descubrirlo?

—Pues claro que podemos —contestó el ama, que aspiró por la nariz con aire petulante—. Y entre tanto, mientras hay asesinos que andan sueltos por la ciudad, usted se moverá entre ellos vestida como un muchacho, sin guardia que la proteja y sin usar siquiera su propio nombre como salvaguarda. Ustedes dos creen que soy una vieja tonta, cuyas opiniones carecen de importancia.

—¡Helda! —exclamó Katsa, que casi saltó por encima de la cama para acercarse al ama—. Nosotras no pensamos eso en absoluto.

—Da igual —dijo la mujer mayor, que dio una última sacudida a las almohadas y después se irguió para mirar a las dos damas con una inabordable dignidad—. En realidad no tiene importancia. Aunque creyeran que tengo la gracia de un conocimiento supremo, ninguna de las dos me haría caso y ambas cometerían cualquier insensatez que les apeteciera. Todos ustedes se consideran invencibles, ¿no es cierto? Creen que lo único que carece de importancia es su seguridad. Es para volverse loca. —Buscó en un bolsillo y echó un paquetito en la cama de Bitterblue—. He sabido desde el principio que se escabullía de noche, majestad. Las dos noches que no volvió las pasé en vela. Quizá quiera recordar eso la próxima vez que considere la posibilidad de dormir en una cama que no sea la suya. No voy a fingir que ignoro que está sometida a mucha presión, y eso va también por usted, mi señora —añadió, señalando a Katsa—. No voy a negar que sus responsabilidades son diferentes a cualesquiera otras que me son conocidas y, llegado el momento, no se mide por el mismo rasero a personas como ustedes. Pero ello no significa que sea agradable que le mientan a una ni que la tomen por tonta. Transmítaselo así a su joven amigo —finalizó, levantando la barbilla lo bastante para mirar a los ojos a Katsa, tras lo cual abandonó el dormitorio.

213

Se produjo un silencio que se prolongó unos largos instantes.

—Se le da muy bien guardar secretos, ¿verdad? —dijo Bitterblue, en un punto intermedio entre la vergüenza y el temor.

—Es tu jefa de espías —le recordó Katsa, dejándose caer despatarrada en la cama—. Estoy reventada.

—Yo también.

—Me pregunto qué habrá querido decir exactamente en cuanto a Po. Él no ha mencionado que Helda sepa lo de su gracia. ¿Es cierto lo de los asesinatos en la ciudad? Si lo es, no quiero marcharme.

—Es cierto, sí —confirmó Bitterblue en voz queda—, y yo tampoco quiero que te vayas, pero creo que ahora te debes a Elestia, ¿no te parece?

—Acércate, ¿quieres?

Bitterblue dejó que Katsa la asiera por el brazo y tirara de ella hacia la cama. Se quedaron tendidas cara a cara, sin que Katsa le soltara la mano. Las manos de Katsa eran fuertes, activas, y las tenía calientes como un horno.

—¿Adónde vas por la noche? —preguntó.

Con eso la magia del momento se rompió y Bitterblue se apartó.

—No es justo que me hagas esa pregunta.

—Pues no la respondas —dijo Katsa, sorprendida—. Yo no soy Po.

«Pero yo no puedo mentirte —pensó Bitterblue—. Si me preguntas algo, te lo contestaré.»

—Voy al distrito este de la ciudad, a visitar a unos amigos —dijo.

—¿Qué clase de amigos?

—Un impresor y un marinero que trabaja con él.

—¿Es peligroso?

—Sí, a veces. Pero eso no te incumbe, y sé cómo llevar este asunto, así que deja de hacer preguntas.

214

Katsa se quedó callada, mirando al techo con el entrecejo fruncido.

—Ese impresor y ese marinero, Bitterblue —dijo luego en voz queda—. ¿Has...? —Hizo una pausa—. ¿Le has entregado el corazón a alguno de ellos?

—No —respondió, anonadada y sin aliento—. Deja de hacerme preguntas.

—¿Me necesitas? ¿Me dejarías que hiciera algo?

«No. Vete.

»Sí. Quédate conmigo, quédate aquí hasta que me duerma. Dime que estoy a salvo y que mi mundo tiene sentido. Dime qué he de hacer con lo que siento cuando Zaf me toca. Dime lo que significa enamorarse de alguien.»

Katsa se volvió hacia ella, le echó el pelo hacia atrás y la besó en la frente; le puso algo en la mano y se la apretó.

—Quizás esto sea algo que no quieres ni necesitas —dijo—. Aunque desearía que no lo tuvieras, prefiero que lo tengas antes que no sea así y desees haberlo tenido.

Katsa se marchó y cerró la puerta tras ella. Iría al encuentro de quién sabía qué aventura. Seguramente a su cama, con Po, donde se perderían el uno en el otro y se amarían.

Bitterblue examinó el objeto que tenía en la mano. Era un paquetito de herbolario con una etiqueta escrita claramente en la parte delantera: «Hierba doncella. Para prevención de embarazos».

Aturdida, leyó las instrucciones. Después, dejando la hierba doncella a un lado, trató de descifrar lo que sentía, pero no llegó a ninguna conclusión. Entonces recordó lo que Helda había echado encima de la cama y lo recogió. Era una bolsita de tela; la abrió y dentro encontró otro sobre de herbolario, también etiquetado con claridad.

Se echó a reír, sin saber muy bien qué había de divertido en que una chica con el corazón hecho un lío tuviera bastante hierba doncella para que le durara todos los años de fertilidad.

Luego, exhausta hasta casi el desmayo, se tendió de costado y apretó la frente, donde Katsa la había besado, contra las almohadas impecables de Helda.

215

18

*B*itterblue estaba soñando con un hombre, un amigo. Empezó siendo Po, luego pasó a ser Giddon y, a continuación, Zaf. Cuando se convirtió en Zaf, él empezó a besarla.

—¿Dolerá? —preguntó Bitterblue.

A todo esto, su madre apareció entre ellos y le habló con calma:

—Tranquila, cariño. Él no quiere hacerte daño. Tómale de la mano.

—No me importa si duele. Solo quiero saberlo.

—No le dejaré que te haga daño —dijo Cinérea, frenética de repente.

Bitterblue vio que el hombre había cambiado otra vez. Ahora era Leck y Cinérea se interponía entre los dos, protegiéndola de su padre. Ella era una niñita.

—Jamás le haría daño —dijo Leck sonriente. En la mano sostenía un cuchillo.

—No permitiré que te acerques a ella —replicó Cinérea, temblorosa pero con firmeza—. No tendrá una vida como la mía, la protegeré para que eso no ocurra.

Leck envainó el arma y después asestó un puñetazo en el estómago a Cinérea, la tiró al suelo, le dio una patada y se marchó, todo ello mientras Bitterblue chillaba.

En su cama, Bitterblue se despertó llorando a lágrima viva. La última parte del sueño era algo más que un sueño; era un recuerdo. Su madre jamás había permitido que Leck convenciera a Bitterblue para que bajara con él a sus aposentos ni a sus jaulas. Leck había castigado siempre a Cinérea por obstaculizar sus intentos. Y cada vez que Bitterblue había corrido hacia su madre tirada en el suelo, hecha un ovillo, Cinérea le había susurrado:

—No debes ir jamás con él. Prométemelo, Bitterblue. Eso me dolería mucho más que cualquier cosa que pueda hacerme a mí.

«No fui jamás, mamá —pensó mientras las lágrimas mojaban las sábanas—. Nunca fui con él. Mantuve mi promesa. Pero tú perdiste la vida, de todos modos.»

En las prácticas matinales, entrenando con Bann, fue incapaz de centrarse en lo que hacía.

—¿Qué le ocurre, majestad? —le preguntó él.

—He tenido una pesadilla —contestó frotándose la cara—. Una en el que mi padre hacía daño a mi madre. Entonces me he despertado y he comprendido que era real, un recuerdo.

Bann detuvo los movimientos de la espada para sopesar aquello. Los ojos sosegados del hombre la conmovieron y le recordaron el principio del sueño, la parte en la que Cinérea la consolaba.

—Esa clase de sueños suelen ser horribles —dijo Bann—. Yo tengo uno recurrente sobre las circunstancias de la muerte de mis padres. Llega a atormentarme de forma cruel.

—Oh, Bann, lo lamento. ¿Cómo murieron?

—A causa de una enfermedad. Sufrían alucinaciones terribles y expresaban cosas crueles que ahora sé que decían sin querer. Pero cuando era niño no comprendía que fueran crueles solo por la enfermedad. Y cuando tengo ese sueño, me ocurre lo mismo.

217

—Odio los sueños —expresó Bitterblue, ahora furiosa en defensa de su amigo.

—¿Y qué tal atacar ese sueño estando despierta, majestad? —sugirió Bann—. ¿Sabría exteriorizar lo que sería resistirse a su padre? Podría fingir que soy él y lograr su venganza ahora mismo —dijo al tiempo que alzaba la espada, aprestándose a su ataque.

La práctica de esgrima mejoró durante toda la mañana imaginando que atacaba al Leck de su sueño. Pero Bann era un hombretón amable en el mundo real y podría hacerle daño si arremetía contra él con demasiado ímpetu. De modo que su imaginación no le permitía olvidar del todo ese detalle. Al acabar las prácticas tenía un calambre en la mano y seguía de mal humor.

En el despacho de la torre, Bitterblue observó que Thiel y Runnemood se movían con cuidado al andar uno alrededor del otro, sin hablarse, forzado el gesto. Fuera cual fuese el enfrentamiento que tuvieran ese día, ocupaba un espacio tan grande como si hubiera otra persona en el despacho. Bitterblue se preguntó qué decirles sobre los buscadores de la verdad que eran víctimas de ataques. No podía recurrir a la disculpa de haber oído por casualidad una conversación detallada respecto a acuchillamientos y asesinatos brutales en la calle; rayaría en lo absurdo. Tendría que usar de nuevo la excusa del espía. No obstante, si difundía información falsa sobre cosas que se suponía que sabían sus espías, ¿no los pondría en peligro? Por otro lado, Teddy, Zaf y sus amigos quebrantaban la ley. ¿Era justo llamar la atención de sus consejeros sobre ese asunto?

—¿Por qué sé tan poco sobre mis nobles? —dijo—. ¿Por qué hay cientos de lores y damas a los que no reconocería si entraran por esa puerta?

—Majestad, nuestro deber es evitar que tenga que ocuparse de todas las menudencias —contestó Thiel con gentileza.

—Ah. Pero, ya que estáis sobrecargados con mi trabajo —contestó ella con intención—, creo que lo mejor es que aprenda todo lo posible. Me gustaría conocer sus historias y asegurarme de que no están todos tan locos como Danzhol. ¿Otra vez volvemos a ser solo los tres hoy? —añadió. Luego, con el propósito de forzar el resultado que buscaba, preguntó—: ¿Sufre Rood un ataque de nervios y Darby sigue ebrio?

Runnemood abandonó el hueco de la ventana donde estaba sentado.

—Qué falta de consideración hablar de eso, majestad —dijo de un modo que sonaba ofendido—. Rood no puede evitar esos ataques.

—En ningún momento he dicho que pueda hacerlo —replicó Bitterblue—. Solo digo que sufre ataques. ¿Por qué vamos a actuar con disimulo siempre? ¿No sería más provechoso hablar de lo que sabemos?

Tomada la decisión de que había algo que deseaba, que necesitaba, se puso de pie.

—¿Adónde va, majestad? —inquirió Runnemood.

—A ver a Madlen. Necesito un sanador.

—¿Estáis enferma, majestad? —preguntó Thiel, consternado, al tiempo que daba un paso hacia ella, tendiéndole una mano.

—Ese es un asunto a discutir entre un sanador y yo —repuso; le sostuvo la mirada para que sus palabras le calaran hondo—. ¿Acaso lo eres tú, Thiel?

Se marchó para no tener que verlo vencido —por nada, por palabras que no deberían importar— y sentirse avergonzada.

Y

Cuando Bitterblue entró en la habitación de Madlen, esta garabateaba símbolos en un escritorio cubierto de papeles.

—Majestad —saludó mientras los recogía y los metía debajo de la hoja de papel secante—. Espero que haya venido a rescatarme de mis tareas de anotaciones médicas. ¿Se encuentra bien? —preguntó al reparar en la expresión de Bitterblue.

—Madlen, tuve un sueño anoche. —Se sentó en la cama—. Mi madre se negaba a que mi padre me llevara con él, y él le pegaba. Pero no era un sueño, Madlen; era un recuerdo. Es algo que ocurrió una y otra vez, y nunca pude protegerla. —Bitterblue se ciñó con los brazos, temblorosa—. Quizás habría podido hacerlo si me hubiera ido con él cuando lo intentaba, pero jamás lo acompañé. Ella me hizo prometérselo.

Madlen se acercó para sentarse a su lado en la cama.

—Majestad, no es tarea de una niña proteger a su madre —manifestó con su estilo personal de bondadosa dureza—. El deber de una madre es proteger a sus hijos. Al permitir que su madre la protegiera, le hizo un regalo. ¿Me comprende?

Bitterblue nunca lo había enfocado así. Se sorprendió asiendo la mano de Madlen con los ojos llenos de lágrimas.

—El sueño no empezaba mal —continuó tras un breve silencio.

—¿De veras? ¿Ha venido a hablarme de su sueño, majestad?

«Sí», pensó Bitterblue.

—Me duele la mano —contestó en cambio; la abrió y se la mostró a Madlen.

—¿Mucho?

—Creo que he sostenido la espada con demasiada fuerza en las prácticas de esta mañana.

—Veamos —respondió la mujer, que pareció entender la situación. Le tomó la mano a Bitterblue e hizo un examen cuidadoso—. Creo que esto mejorará con facilidad, majestad.

Y sí que mejoró algo, por el hecho de pasar esos pocos minutos al cuidado afectuoso de Madlen.

En el camino de vuelta a su torre, Bitterblue se encontró con Raffin en mitad del pasillo; el príncipe contemplaba con preocupación un cuchillo que tenía en las manos. Bitterblue se paró delante de él.

—¿Qué sucede? —le preguntó—. ¿Ha ocurrido algo, Raffin?

219

—Majestad —saludó mientras apartaba cortésmente el cuchillo de ella. En el proceso, estuvo a punto de pinchar a un miembro de la guardia monmarda que pasaba por allí; el hombre pegó un brinco, alarmado—. Oh, vaya —se lamentó Raffin—. Eso es lo que pasa.

—¿Qué quiere decir, Raffin?

—Bann y yo vamos a hacer un viaje a Meridia, y Katsa dice que he de llevar esto en el brazo, pero sinceramente creo que el peligro es mayor si le hago caso. ¿Y si cae y me atraviesa? ¿Y si sale volando de mi manga y se le clava a alguien? Me conformo con envenenar a la gente —rezongó Raffin, que se recogió la manga y enfundó el arma—. El veneno es civilizado y controlable. ¿Por qué todo tiene que estar relacionado con cuchillos y sangre?

—No le saldrá disparado de la manga, Raffin, se lo prometo —lo tranquilizó Bitterblue—. ¿Se van a Meridia, dice?

—Por muy poco tiempo, majestad. Po se quedará aquí.

—Creía que Po y Giddon iban a investigar el túnel que conduce a Elestia.

Raffin se aclaró la garganta.

—Ahora mismo Giddon no está deseoso de contar con la compañía de Po, majestad —explicó con delicadeza—. Giddon irá solo.

—Entiendo. ¿Adónde irán después de Meridia? No de vuelta a casa, ¿verdad?

—Da la casualidad, majestad, de que esa no es una opción. Mi padre ha hecho saber que los miembros del Consejo no son bienvenidos en Terramedia, de momento.

—¿Qué? ¿Ni siquiera su propio hijo?

—Oh, solo es fanfarronería política, majestad. Conozco a mi padre, por desgracia. Intenta aplacar a los reyes de Elestia, de Meridia y de Oestia porque ahora les cae peor incluso que antes de que Nordicia pasara a estar en manos de una organización en la que se sospecha que estamos metidos Katsa y yo. No creo que pudiera impedirnos entrar a cualquiera de nosotros sin montar un escándalo mayor de lo que desea. No obstante, para nosotros no es un inconveniente de momento, así que no protestaremos. Si se prolonga, al que va a irritar más es a Giddon. Nunca le ha gustado estar lejos de su feudo demasiado tiempo. ¿De verdad es normal notarlo así? —demandó Raffin al tiempo que sacudía el brazo.

—¿Como si tuviese una hoja de acero pegada a la piel? —preguntó Bitterblue—. Sí. Y si alguien intenta hacerle daño debe utilizarlo, Raffin. Siempre y cuando no disponga de tiempo para responder con veneno, claro —añadió con sequedad.

220

—Lo he hecho antes —respondió el príncipe en un tono sombrío—. Solo es cuestión de tener información. Mientras sepa que se planea un ataque, soy capaz de frustrarlo tan bien como cualquiera. Y por lo general nadie tiene que morir. —Suspiró—. ¿Cómo han llegado las cosas a esto, majestad?

—¿Es que alguna vez han sido diferentes?

—¿Quiere decir en paz y con seguridad? Supongo que no. Y es muy probable que nos encontremos en el punto culminante de una violencia exacerbada tratando de tener cierto control sobre su desarrollo.

Bitterblue observó al príncipe, hijo de un rey que abusaba de su autoridad y primo de un meteoro como Katsa.

—¿Le gustaría ser rey, Raffin?

La respuesta se adivinaba en la expresión resignada que se plasmó en el rostro del hombre.

—¿Acaso importa eso? —respondió en voz baja. Se encogió de hombros con aire resignado—. Tendré menos tiempo para meterme en líos. Por desgracia, también dispondré de menos tiempo para mis fármacos. Y tendré que casarme, porque un rey debe engendrar herederos. —La miró a la cara y comentó con una sonrisa—. ¿Sabe? Le pediría que se casara conmigo, solo que no es algo que le pediría a nadie sin estar Bann presente, aunque tampoco le haría a usted una oferta tan inadecuada. Así resolvería muchos de mis problemas pero se los crearía a usted, ¿no?

Bitterblue no pudo por menos de sonreír.

—Confieso que no es el futuro que desearía —respondió—. Por otro lado, no es menos romántica que cualquiera de las propuestas que me han hecho. Pregúntemelo de nuevo dentro de cinco años. A lo mejor para entonces necesite algo complicado y extraño que al resto del mundo le parecería estupendo.

Riendo entre dientes, Raffin se puso a practicar estirando el brazo, doblándolo, volviendo a estirarlo.

—¿Y si hiero a Bann por accidente? —preguntó malhumorado.

—Solo tiene que abrir bien los ojos y mirar dónde apunta con el cuchillo —respondió ella risueña.

Esa noche, corriendo por el distrito este, Bitterblue no estaba segura de hacia quién corría. Con buscadores de la verdad y asesinos de la verdad bien presentes en la mente, estaba alerta, sin fiarse de ninguna persona con la que se cruzaba, consciente de las armas que lle-

vaba enfundadas en los brazos, de la rapidez con que podría lanzar-
las si era preciso. Cuando una mujer encapuchada pasó por debajo de
una farola de la calle y la luz hizo brillar la pintura dorada en los labios, Bitterblue se paró en seco. Pintura dorada y brillo alrededor de
los ojos.

Siguió parada, respirando con agitación. Sí, estaban a finales de
septiembre; sí, posiblemente era el equinoccio. Sí, era muy probable que algunos habitantes de la ciudad celebraran —de forma discreta— esos rituales tradicionales. Por ejemplo, las mismas personas que enterraban a sus muertos y recobraban verdades
robándolas.

Durante un brevísimo instante, Bitterblue vaciló, insegura. En
ese instante podría haber dado media vuelta. No fue algo consciente;
no profundizó tanto. Solo rozó la punta de los dedos —que se llevó
a los labios— y la piel.

Siguió corriendo.

Tilda acudió a la llamada a la puerta y tiró de ella hacia el interior de un espacio que Bitterblue casi no reconoció por lo abarrotado
que estaba de gente y por el ruido. Tilda se agachó y la besó en los labios, sonriente; llevaba el cabello adornado con algo que, en realidad,
parecía un sombrero hecho de lágrimas de cristal que se mecían.

—Ven a besar a Teddy —dijo.

Al menos eso fue lo que a Bitterblue le pareció que decía, ya que
dos muchachos cantaban a voz en cuello, enlazados del brazo. Al ver
a Bitterblue, uno de ellos se agachó, arrastrando con él al otro, y le
dio un breve beso en los labios. Llevaba la mitad de la cara pintada
con un brillo plateado, de efecto deslumbrante —era atractivo; ambos lo eran— y Bitterblue empezó a entender que iba a ser una noche turbadora.

Tilda la condujo a través de la puerta hacia el apartamento de
Teddy y Zaf, donde la luz resplandecía en las joyas de los presentes,
en el brillo de los rostros, en las bebidas doradas que sostenían en va-
sos. El cuarto era demasiado pequeño para tanta gente. Bran apareció como salida de la nada, asió la barbilla de Bitterblue y la besó.
Llevaba flores pintadas en los pómulos y por el cuello.

Cuando Bitterblue llegó por fin junto a la cama de Teddy, en el
rincón, se dejó caer en una silla a su lado, falta de aliento, aliviada de
verlo sin pintura y vestido como cualquier otro día.

—Supongo que tengo que besarte —dijo.

—Desde luego —respondió él alegremente. Tiró de su mano y la atrajo hacia sí para darle un beso suave y dulce—. ¿No es maravilloso? —dijo, mientras le daba un último beso sonoro en la nariz.

—Bueno, tiene su aquel —respondió Bitterblue; la cabeza le daba vueltas.

—Me encantan las fiestas.

—Teddy, ¿deberías beber eso estando convaleciente? —le preguntó al ver que sostenía en la mano un vaso lleno de un líquido de color ámbar.

—Tal vez no. Estoy ebrio —contestó jocosamente, tras lo cual echó el vaso atrás, hacia un tipo que pasaba cerca, para que se lo volviera a llenar. El hombre se lo llenó y también lo besó.

Alguien tomó a Bitterblue de la mano y la hizo levantarse de la silla. Se volvió y de pronto se encontró besando a Zaf. No fue como los otros besos, en absoluto.

—Chispas —susurró él en el hueco debajo de la oreja, acariciándola con la nariz, retirándole la capucha, lo cual le hizo echar la cabeza hacia atrás y besarlo otra vez.

Él parecía bien dispuesto a prolongar el intercambio de besos. Cuando se le ocurrió que antes o después podría dejar de besarla, Bitterblue alzó las manos para asirlo por la camisa e inmovilizarlo; lo mordió con suavidad.

—Chispas —sonrió él, tras lo cual soltó una risita entre dientes, pero se quedó donde estaba, sin moverse.

Llevaba los párpados y la piel alrededor de los ojos pintados en dorado con forma de máscara, lo que resultaba sorprendente y excitante por igual. Unas manos los apartaron con brusquedad.

—Hola —dijo un hombre al que Bitterblue no había visto nunca; era un tipo mal encarado, de cabello claro, y saltaba a la vista que no estaba sobrio. Acercó el dedo al rostro de Zaf—. Creo que no entiendes la naturaleza de esta fiesta, Zafiro.

—Creo que tú no entiendes la naturaleza de nuestra relación, Ander —repuso Zaf con repentina ferocidad, tras lo cual asestó un puñetazo al otro hombre en la cara, tan rápido que Bitterblue dio un respingo.

Un instante después, la gente los sujetó a los dos y tiró de ellos, apartándolos, para acto seguido sacarlos del cuarto. Bitterblue se quedó parada en el sitio, aturdida y apesadumbrada.

—Suerte —llamó una voz.

Teddy le tendía la mano desde la cama, como un cabo con el que tirar de ella hacia la orilla. Se acercó a él como entumecida, se agarró

223

a su mano y se sentó. Tras unos instantes de intentar salir de dudas por sí misma sin resultado, dijo:

—¿Qué ha pasado?

—Oh, Chispas. —Teddy le dio unas palmaditas en la mano—. Bienvenida al mundo de Zafiro.

—No, Teddy; en serio. Por favor, sin acertijos. ¿Qué ha pasado? ¿Era ese uno de los matones que disfrutan pegándole?

—No. —Teddy sacudió la cabeza despacio—. Ese era otro tipo de matón. Zaf tiene cerca de sí, a todas horas, una amplia gama de matones. Ese parece pertenecer a la variedad de los celosos.

—¿Celosos? ¿De mí?

—Bueno, tú eras la que lo besaba de un modo muy alejado del estilo de la festividad, ¿cierto?

—Pero ese hombre es su…

—No —repitió Teddy—. Ahora no. Por desgracia, Ander es un sicópata. Zaf tiene gustos muy raros, Chispas, mejorando lo presente, por supuesto, y, por mucho que quiera advertirte con la debida contundencia que evites verte involucrada, ¿serviría de algo? —Teddy agitó la mano libre en un gesto de desánimo y, como era de esperar, derramó parte de la bebida—. Salta a la vista que ya lo estás. Hablaré con él. Le caes bien. A lo mejor consigo hacerle entrar en razón respecto a ti.

—¿Quién más hay? —se oyó preguntar a sí misma.

—Nadie. —Teddy sacudió la cabeza con aire desdichado—. Pero no te conviene, Chispas, ¿lo comprendes? No se va a casar contigo.

—Ni yo quiero que lo haga —respondió.

—Pues sea lo que sea lo que deseas de él, te suplico que recuerdes que es temerario —contestó Teddy de forma categórica. Luego, dando otro sorbo a su bebida, añadió—: Me temo que eres tú la que está ebria.

Se marchó de la fiesta con la sensación física y dolorosa de no haber acabado algo. Pero no había nada que hacer al respecto, ya que Zaf no regresó.

Fuera, se caló más la capucha porque el aire nocturno era frío, además de llevar olor a lluvia. Cuando llegó al cementerio, una sombra se movió en la oscuridad. Bitterblue hizo intención de recurrir a sus cuchillos, pero entonces vio que era Zaf.

—Chispas.

Al acercarse a ella, Bitterblue entendió algo de golpe, algo relacionado con sus adornos dorados, su temeridad, el brillo llamativo de la pintura de la cara. Su vitalidad y su aspereza y su autenticidad le recordaron muchísimo, de repente, a Katsa, a Po, a cualquiera de las personas que quería, con las que se peleaba y por las que se preocupaba.

—Chispas —repitió Zaf, falto de aliento; se paró delante de ella—. Te he estado esperando para disculparme. Lamento lo que he hecho ahí dentro.

Bitterblue alzó la vista hacia él, incapaz de contestar.

—Chispas, ¿por qué lloras?

—No lloro.

—Te he hecho llorar —dijo él, desolado. Acortó la distancia que los separaba y la abrazó con fuerza. Luego empezó a besarla y ella olvidó qué era lo que la había hecho llorar.

Esta vez era diferente, por el silencio y porque estaban solos. De pie en el cementerio, ellos dos eran las únicas personas que había en el mundo. Él cambió y empezó a mostrarse más tierno —demasiado— a propósito. La estaba volviendo loca —adrede— de anhelo, incitándola; lo sabía por su sonrisa. Fue vagamente consciente de que las ropas estorbaban para el contacto que deseaba.

—Chispas.

Murmuró algo que ella no entendió.

—¿Mmmm…?

—Teddy va a matarme —dijo Zaf.

—¿Teddy?

—Lo cierto es que me gustas. Sé que soy un desastre, pero me gustas.

—¿Mmmm…?

—Sé que no confías en mí.

La idea se abrió paso en su mente con lentitud.

—No —susurró al comprender; esbozó una sonrisa—. Eres un ladrón.

Ahora él sonreía demasiado para besarla como era debido.

—Yo seré el ladrón y tú la mentirosa, como en el cuento —dijo.

—Zaf…

—Eres mi mentirosa —susurró él—. ¿Quieres decirme una mentira, Chispas? Dime tu nombre.

—Mi nombre —respondió, también en un susurro, pero enmudeció. Dejó de besarlo. Había estado a punto de decir su nombre en voz alta—. Zaf, espera —jadeó, luchando con el dolor de recobrar la cordura de una forma tan brusca e hiriente—. Espera, déjame pensar.

225

—Chispas…

Forcejeó para soltarse; él intentó impedírselo, y entonces también recuperó el dominio de sí mismo.

—Chispas —repitió mientras la soltaba y parpadeaba, confuso—. ¿Qué ocurre?

Ella lo miró de hito en hito, consciente ahora de lo que estaba haciendo en el cementerio con un chico al que le gustaba y no tenía ni idea de quién era ella. No tenía ni idea de la magnitud de la mentira que él le estaba suplicando que le dijera.

—Tengo que irme —contestó, porque necesitaba estar donde él no pudiera ver lo que había visto ella.

—¿Ahora? ¿Qué pasa? Te acompañaré.

—No. He de irme, Zaf. —Dio media vuelta y echó a correr.

«Nunca más. No debo ir a verlos nunca más, por mucho que lo desee.

»¿Es que me he vuelto loca? ¿Estoy loca de remate? Mira qué clase de reina soy. Mira lo que le haría a uno de mis súbditos.

»Mi padre estaría complacido con mi mentira perfecta.»

Corría con la capucha bien calada, sin el menor cuidado, sin preocuparse por nada, hasta el punto de no ser consciente de lo que la rodeaba. En consecuencia, cuando alguien salió de repente de un oscuro umbral, ya en las inmediaciones del castillo, y le tapó la boca con la mano, la pilló lamentablemente desprevenida.

19

Su entrenamiento surtió efecto. Bitterblue hizo lo que Katsa le había enseñado y se dejó caer como una piedra, de forma que sorprendió al asaltante con un inesperado peso muerto; luego golpeó con el codo en alguna parte blanda del torso. La persona perdió el equilibrio y Bitterblue cayó con el tipo mientras tanteaba en busca de los cuchillos, maldiciendo, gritando, jadeando. A todo esto, un carro pequeño que estaba parado al otro lado de la calle se transformó en algo con brazos y piernas cubiertos que corrió hacia ellos ondeando, balanceándose en medio del destello de cuchillos, e hizo huir a su asaltante.

Aturdida, Bitterblue permaneció tendida en la cuneta donde había acabado tirada, y poco a poco se dio cuenta de que estaba sola.

«¿Qué diantre acaba de pasar?»

Incorporándose con esfuerzo, evaluó los daños sufridos. Dolor de cabeza, así como en el hombro y en un tobillo. Pero nada roto o inutilizado. Cuando se palpó la dolorida frente retiró los dedos manchados de sangre.

Mucho más atenta ahora, corrió el resto del trecho que la separaba del castillo y, una vez dentro, fue a buscar a Po.

No se encontraba en sus aposentos.

Le dio la impresión de que los de Katsa estaban muy lejos a esas horas intempestivas de la noche. Para cuando llegó allí, el dolor de cabeza era horrible; además, contribuía a ello una pregunta muy específica: ¿El tipo que la había asaltado sabía a quién agredía o había sido un ataque al azar contra una extraña? Si estaba enterado, ¿qué era exactamente lo que sabía? ¿Había creído estar atacando a la reina o simplemente a uno de sus espías? ¿O quizás a uno de los múltiples amigos de Zaf y Teddy? ¿Los forcejeos en el suelo le habían revelado que no era un chico? Ella no lo había reconocido. Tampoco le había oído hablar, así que no tenía ni idea de si era monmardo. No sabía nada de nada.

Bitterblue llamó con los nudillos a la puerta de Katsa.

La puerta se abrió una rendija y Katsa apareció en el hueco con el torso envuelto en una sábana, los ojos relucientes, los hombros desnudos impidiéndole el paso.

—Ah, hola. —Katsa soltó la puerta—. ¿Qué pasa? ¿Estás bien?

—Necesito a Po. ¿Está despierto?

La puerta se abrió y dejó a la vista la cama, donde Po yacía dormido.

—Está exhausto —informó Katsa—. ¿Qué ha pasado, cariño? —preguntó de nuevo.

—Alguien me ha atacado en los aledaños del castillo.

Los ojos de Katsa destellaron azul y verde, y Po se sentó en la cama como un muñeco mecánico.

—¿Qué ocurre? —preguntó aturullado—. ¿Gata montesa? ¿Ya ha amanecido?

—Es medianoche y a Bitterblue la han atacado —contestó Katsa.

—Por todos los mares —exclamó Po, que saltó de la cama arrastrando la sábana consigo; se la anudó a la cintura y se balanceó atrás y adelante, todavía medio dormido. Su cara magullada parecía la de un maleante—. ¿Quién? ¿Dónde? ¿En qué calle? ¿Hablaban con algún acento? ¿Te encuentras bien? Sí, parece que sí. ¿Hacia dónde fueron?

—Ni siquiera sé si el ataque iba dirigido contra mí o contra la espía que supuestamente soy —contestó Bitterblue—. Tampoco sé quién era. Nadie que haya podido reconocer, y no ha hablado nada. Pero creo que la graceling se encontraba allí, Po. La sobrina de Holt, la que tiene el don de camuflarse. Creo que ha acudido en mi ayuda.

—Ah. —Po se quedó callado de repente y luego se puso en jarras y adoptó una expresión rara. Una especie de indiferencia afectada.

—¿La sobrina de Holt? —repitió Katsa, que observó a Po, desconcertada—. ¿Hava? ¿Qué tiene que ver? ¿Y por qué llevas algo brillante por toda la cara, Bitterblue?

—Oh. —Bitterblue se sentó en una silla y se frotó a tontas y a locas la pintura de la cara sin vérsela mientras recordaba de golpe todo lo ocurrido esa desgraciada noche—. No me preguntes sobre la pintura mientras Po siga ahí, por favor, Katsa —pidió al borde de las lágrimas—. Lo de la pintura es algo privado. No tiene nada que ver con el ataque.

Katsa pareció comprender: fue hacia una de las mesillas y echó agua en un cuenco. Después, arrodillándose, mojó un paño suave y se lo pasó con delicadeza por la dolorida frente. La muestra de afecto fue más de lo que podía aguantar, y unos lagrimones empezaron a deslizarse por las mejillas de Bitterblue. Katsa los atajó enjugándolos con el paño.

—Po, ¿por qué te quedas ahí plantado haciéndote el inocente? —le preguntó Katsa con voz mesurada— ¿Qué pasa con Hava?

—Soy inocente —protestó él, indignado—. La conocí hace más o menos una semana, eso es todo.

—Ah, vaya —intervino Bitterblue, que por fin comprendía por qué Po estaba enterado del asunto de las estatuas sobre el que habían hablado la noche anterior—. Así que te has hecho amigo de mi secuestradora. Fantástico.

—Estaba merodeando por el castillo para intentar visitar a Holt —prosiguió Po, que hizo un gesto con la mano como quitándole importancia al asunto—. Noté su presencia, aunque fingía ser una escultura en uno de los pasillos, y la atrapé. Mantuvimos una corta charla. Confío en ella. Estaba muy desinformada ese día respecto a Danzhol, Bitterblue. Hasta que ocurrió todo, no comprendió que la intención de ese hombre era llegar hasta el rapto. Se siente fatal por ello. Sea como sea, accedió a pasar un rato a altas horas de la madrugada cuidando de ti para que no te ocurriera nada. Me preocupa que no se haya puesto en contacto conmigo, porque le pedí que lo hiciera si pasaba algo —añadió mientras se frotaba las mejillas con las manos—. ¿A qué distancia de palacio tuvo lugar el ataque, Bitterblue? No la percibo en ningún sitio por los alrededores.

—¿Que se pusiera en contacto cómo? —preguntó Katsa, que seguía pasando el paño húmedo por la cara de Bitterblue con gesto ausente.

—Cerca de la muralla este, aunque no a la vista de ella, sino una calle más allá —contestó Bitterblue—. ¿En qué estabas pensando al pedirle que cuidara de mí, Po? ¡Es una fugitiva en busca y captura! Además, ¿significa eso que le has dicho que salgo de noche?

—¿Cómo se suponía que tenía que ponerse en contacto contigo? —insistió Katsa.

—Ya te he dicho que confío en ella —le contestó Po a Bitterblue.

—¡En ese caso confíale tus secretos, no los míos! ¡Oh, Po! ¡Dime que no lo sabe!

—Po —empezó Katsa con un timbre de voz tan extraño que tanto Po como Bitterblue dejaron de discutir y se volvieron a mi-

229

rarla. Había retrocedido hasta estar casi en la puerta y se rodeaba con los brazos por encima de la sábana que la cubría, como si tuviera frío—. Po —repitió—, ¿cómo iba a ponerse en contacto contigo Hava? ¿Iba a venir y llamar a la puerta?

—¿A qué te refieres? —preguntó él; luego tragó saliva y se frotó la nuca con aire incómodo.

—¿Cómo le explicaste que sabías que era una persona, no una escultura? —añadió Katsa.

—Estás sacando conclusiones precipitadas —arguyó Po.

Katsa lo miraba con una expresión en la cara que Bitterblue no veía a menudo. Era la de una persona a quien han golpeado en la boca del estómago.

—Po, es una completa desconocida —susurró Katsa—. No sabemos nada en absoluto sobre ella.

Con las manos en las caderas, Po resopló hacia el suelo.

—No necesito tu permiso —dijo después con impotencia.

—Pero has sido imprudente, Po. ¡Y taimado! Prometiste que me lo dirías cuando decidieras contárselo a otra persona. ¿No lo recuerdas?

—Decírtelo habría sido tener una guerra contigo por hacerlo, Katsa. ¡Debería tener capacidad de decidir sobre mis secretos sin necesidad de entablar una batalla contigo cada vez que lo hago!

—Pero si cambias de idea sobre una promesa debes decírmelo —instó Katsa, desesperada—. De otro modo rompes la promesa y la sensación que me queda es que me has mentido. ¿Por qué tengo que explicártelo? ¡Este es el tipo de cosas que tu solías tener que explicarme a mí!

—¿Sabes? —dijo de pronto Po, enérgico—. No puedo hacerlo si tú andas cerca. ¡No soy capaz de encontrar una solución a este tema cuando sé en todo momento lo mucho que te aterroriza!

—Si crees que voy a dejarte solo en este estado de ánimo…

—Tienes que irte. Está acordado. Ve al norte y busca el túnel hasta Elestia.

—No pienso ir. ¡Ninguno de nosotros se irá! ¡Si estás decidido a arruinarte la vida, al menos tus amigos estarán aquí cuando eso pase!

Katsa estaba gritando ahora; los dos gritaban, y Bitterblue se encogió en la silla, estremecida por el terrible escándalo, apretando el paño húmedo contra el pecho con las dos manos.

—¿Arruinarme la vida? —gritó Po—. ¡Tal vez lo que intento es salvarla!

—¿Salvarla? ¡Has...!

—Acuérdate del trato, Katsa. ¡Si tú no te vas lo haré yo, y tú no puedes oponerte!

Katsa asió el picaporte de la puerta con los dedos tan prietos que Bitterblue casi esperó ver que la manija se partía. Katsa miró a Po largos instantes, en silencio.

—Te ibas de todos modos —dijo Po en voz baja. Dio un paso hacia ella y le tendió la mano—. Cariño, te ibas a marchar, y después volverías. Es todo lo que necesito ahora mismo. Necesito tiempo.

—No te acerques más —advirtió Katsa—. No. No digas nada más —añadió al ver que abría la boca para hablar. Una lágrima se deslizó por la mejilla de Katsa—. Lo comprendo plenamente.

Tiró del picaporte, se deslizó por la estrecha rendija y desapareció.

—¿Adónde va? —preguntó Bitterblue, sobresaltada—. No está vestida.

Po se sentó en la cama, con la cabeza hundida entre las manos.

—Va al norte para buscar el túnel a Elestia —respondió.

—¿Ahora? ¡Pero si no tiene provisiones! ¡Lleva puesta una sábana!

—He localizado a Hava —dijo bruscamente Po—. Está escondida en la galería de arte. Tiene sangre en las manos y me dice que tu atacante ha muerto. Me vestiré y subiré para ver qué sabe.

—¡Po! ¿Vas a dejar que Katsa se vaya así?

Él no respondió y Bitterblue comprendió —por las lágrimas que intentaba ocultarle— que no deseaba hablar de aquello.

Lo observó unos segundos y después se acercó a él y le acarició el pelo.

—Te quiero, Po. Hagas lo que hagas —le dijo.

Luego se marchó.

En la sala de estar había una lámpara encendida. La oscuridad engullía el color azul del cuarto y encima de la mesa una espada plateada relucía como si absorbiera toda la luz.

Al lado había una nota.

> Majestad,
>
> He decidido que debo irme a Elestia por la mañana, pero antes quiero entregarle esto de parte de Ornik. Confío en que le guste tanto como a mí y que no surja la necesidad de tener que utilizarla en mi au-

231

sencia. Lamento no estar cerca para ayudarla con sus diversos rompecabezas.

Suyo,
GIDDON

Bitterblue levantó la espada. Era un arma sólida, con peso y bien
equilibrada, adaptada a su mano y adecuada para su brazo. De diseño
sencillo, resultaba cegadora en la oscuridad.

«Ornik ha hecho un buen trabajo —pensó sosteniéndola en
alto—. Me habría venido bien esta noche.»

En el dormitorio, Bitterblue hizo un hueco para la espada y el
cinturón encima de la mesilla. El espejo le mostró a una chica con un
rasguño abierto y feo en la frente; una chica que tenía la cara con
churretes de lágrimas y pintura, los labios agrietados y el cabello revuelto. Todo lo que había hecho esa noche lo tenía plasmado en la
cara. Casi no podía creer que la mañana hubiera empezado con su
sueño y la visita a Madlen. Que la noche anterior —solo hacía un
día— hubiera corrido con Zaf por los tejados de la ciudad y se hubiera enterado de la existencia de los buscadores de la verdad. Ahora,
Katsa se había marchado a buscar un túnel. Giddon no tardaría en
irse, así como Raffin y Bann. ¿Cómo era posible que ocurrieran tantas cosas en tan poco tiempo?

Zaf.

Los bordados de su madre —peces felices, copos de nieve y castillos en hilera, botes y anclas, el sol y las estrellas— la hicieron sentirse muy sola. Antes de que se hubiera acostado del todo, se había
quedado dormida.

Por la mañana, tanto Thiel como Runnemood se quedaron
asombrados al verle el arañazo en la frente. Sobre todo Thiel actuó
como si Bitterblue tuviera la cabeza colgando de un hilo, hasta que
ella le dijo con brusquedad que se controlara. Runnemood, sentado
en la ventana como de costumbre, se pasó la mano por el cabello; los
anillos enjoyados relucieron y los ojos le centellearon. No dejaba de
mirarla. Cuando le dijo que el arañazo se lo había hecho practicando
con Katsa, Bitterblue sospechó que no la había creído.

Cuando Darby entró a saltitos, sobrio, con los ojos brillantes, y
se mostró alarmado porque la reina exhibiera algo tan horrible como
un rasguño, Bitterblue decidió que había llegado el momento de hacer un descanso y salir de la torre.

—Voy a la biblioteca —dijo en respuesta a la inquisitiva ceja enarcada de Runnemood—. No te sulfures. No estaré mucho tiempo.

Bajaba por la escalera de caracol pegada a la pared para guardar el equilibrio cuando cambió de idea. Últimamente apenas había ido a la Corte Suprema. Nunca pasaba nada interesante, pero ese día le apetecía sentarse con sus jueces durante un rato, aunque hacerlo significara apretar los dientes a lo largo de alguna tediosa disputa sobre linderos o cosas por el estilo. Le apetecía mirarles las caras y valorar sus modales, percibir de algún modo si cualquiera de esos ocho hombres poderosos podría ser de los que querían silenciar a los buscadores de la verdad en la ciudad.

Ciudadanos buscadores de la verdad. Cada vez que pensaba en ellos, el corazón parecía estallarle de tristeza y vergüenza.

Cuando accedió a la Corte Suprema ya había empezado un juicio. Al verla, todos se pusieron de pie.

—Póngame al corriente —le dijo al secretario mientras cruzaba hacia la tribuna donde estaba su asiento.

—Acusado de asesinato en primer grado, majestad —se apresuró a informar el secretario—. Nombre monmardo, Abedul; nombre lenita, Zafiro. Zafiro Abedul.

Bitterblue se quedó boquiabierta, y sus ojos fueron veloces hacia el acusado antes de que el cerebro procesara siquiera lo que acababa de oír. Petrificada, se quedó mirando de hito en hito la cara magullada, ensangrentada y absolutamente atónita de Zaf.

20

*B*itterblue no podía respirar y hubo un instante en el que vio puntitos luminosos.

Dándoles la espalda a los jueces, a la sala, a la galería, avanzó tambaleante, sumida en la confusión, hacia la mesa situada detrás del estrado donde se guardaban los materiales de oficina y donde se encontraban los escribanos; cuantas menos personas vieran su confusión, mejor. Asida a la mesa para no caerse, alargó la mano hacia una pluma y la mojó en la tinta. Aunque le cayó un borrón, simuló que anotaba algo, algo de gran importancia que acababa de recordar. En su vida había sujetado una pluma con tanta fuerza.

Cuando pareció que los pulmones aceptaban de nuevo inhalar aire, inquirió en un susurro:

—¿Quién lo ha golpeado?

—Si su majestad toma asiento, le haremos la pregunta al acusado —dijo la voz de lord Piper.

Con cuidado, Bitterblue se dio la vuelta para mirar a la corte puesta en pie.

—Díganme en este mismo momento quién lo ha golpeado —exigió.

—Mmmm… —Piper la observó sin salir de su asombro—. Que el acusado responda a la pregunta de la reina.

Se produjo un momento de silencio. No quería mirar a Zaf otra vez, pero era imposible evitarlo. La boca era una abertura ensangrentada y tenía un ojo tan hinchado que casi estaba cerrado. La chaqueta, tan familiar para ella, estaba rota por la costura de un hombro y salpicada de sangre seca.

—Me golpeó la guardia monmarda —dijo él, que hizo un breve alto y añadió—, majestad. —Luego repitió, como atolondrado por la estupefacción—: Majestad, majestad…

—Ya está bien —lo reconvino Piper.

—Majestad —repitió Zaf, que de repente cayó sentado en la silla, sacudido por una risita nerviosa, y agregó—: ¿Cómo ha podido?

—No ha sido la reina quien te ha golpeado —espetó Piper—, y si lo hubiera hecho no eres quién para preguntarle. En pie, hombre. Muestra respeto.

—No. Que todos los presentes en la sala se sienten —ordenó Bitterblue.

Se produjo un instante de silencio sorprendido. Luego, con precipitación, cientos de personas se sentaron. Localizó a Bren en la audiencia —el cabello dorado, el rostro tenso— sentada cuatro o cinco filas detrás de su hermano. Buscó la mirada de la mujer y Bren se la sostuvo con una expresión como si quisiera escupirle a la cara. Entonces pensó en Teddy, acostado en la cama de la trastienda. Qué desilusionado se sentiría cuando descubriera la verdad.

Enlazados con fuerza los dedos, Bitterblue se dirigió a su sillón y también se sentó. De pronto se incorporó de un brinco, sobresaltada, y volvió a sentarse, esta vez evitando hacerlo en su propia espada.

Po, ¿me oyes? ¿Quieres venir, por favor? ¡Oh, date prisa!

Manteniendo abierta la mente para Po pero dirigiendo la atención a la numerosa presencia de guardias en el banquillo con Zaf, habló:

—¿Quién de vosotros, soldados, querrá explicar el mal trato dado por la guardia monmarda a este hombre?

Uno de los soldados se puso de pie y la miró con los párpados entrecerrados porque tenía los ojos morados e hinchados.

—Majestad, soy el capitán de esta unidad. El prisionero se resistió al arresto hasta tal punto que uno de nuestros hombres se encuentra en la enfermería con un brazo roto. No lo habríamos tocado de no ser así.

—Pero qué miserable —dijo Zaf con estupor.

—¡No! —gritó Bitterblue al tiempo que se incorporaba; apuntó con el dedo al guardia que había alzado el puño para golpear de nuevo a Zaf—. Me da igual lo que te llame —le dijo al guardia, aunque sabía perfectamente a quién había dirigido Zaf el improperio—. No se golpeará a los prisioneros salvo en defensa propia.

Oh, Po, no me lo está poniendo fácil. Si empieza a decir la verdad, no sé lo que haré. ¿Fingir que está loco? Haber perdido la cabeza no le facilitaría obtener su libertad.

Al ver que todos estaban medio incorporados otra vez le entraron ganas de chillar. Dejándose caer en su sillón de nuevo, habló:

—¿Qué evidencia me he perdido? ¿Quién se supone que ha sido asesinado?

—Un ingeniero de la zona del distrito este llamado Ivan, majestad —informó Piper.

—¡Ivan! ¿El que construyó los puentes y robó las sandías? ¿Ha muerto?

—Sí, majestad. Ese Ivan.

—¿Cuándo ocurrió?

—Hace dos noches, majestad —respondió Piper.

—Dos noches —repitió Bitterblue, comprendiendo lo que eso significaba. Clavó los ojos en los de Piper—. ¿Anteanoche? ¿A qué hora?

—Justo antes de la medianoche, majestad, debajo de la torre del reloj, en el Puente del Monstruo. Hay un testigo que lo vio todo. El reloj dio la hora unos segundos después.

Se le cayó el alma a los pies, al suelo, a la tierra debajo del castillo; Bitterblue se obligó a mirar a Zaf. Y sí, claro que él le sostuvo la mirada, cruzado de brazos y con una sonrisa que era una mueca desdeñosa en la boca rota, porque Zaf sabía perfectamente bien que justo antes de medianoche, anteanoche, él le sujetaba las manos en el tejado de la imprenta mientras le respondía la tercera pregunta y evitaba que se sintiera como si fuera a caerse de la faz de la tierra. Él le había lanzado su reloj para que al comparar la hora se tranquilizara y olvidara el vértigo. Estaban juntos cuando sonaron las campanadas del reloj.

Oh, Po. No entiendo lo que está pasando aquí. Alguien miente. ¿Qué voy a hacer? Si digo la verdad, mis consejeros descubrirán que he estado saliendo a escondidas y no soporto que lo sepan. No puedo. No volverán a creer en mí, se opondrán a todo lo que proponga, intentarán controlarme. Y el reino entero especulará respecto a si estoy teniendo una aventura amorosa con un marinero lenita que es un ladrón. Perderé la credibilidad de todo el mundo. Me pondré en evidencia y desacreditaré a todo aquel que me respalda. ¿Qué hago? ¿Cómo salir de este atolladero?

¿Dónde estás, Po?

No me oyes, ¿verdad? No vienes.

—El acusado afirma tener una coartada, majestad —continuó Piper—. Afirma haber estado mirando las estrellas en su tejado con una persona amiga. Además, asegura que esa persona vive en el castillo, pero ignora su verdadera identidad. Contra toda lógica, no quiere describirnos a esa persona para que podamos dar con ella. Todo ello apunta a que no tiene coartada alguna.

Todo ello apunta a que, incluso enfrentándose al cargo de asesinato, Zaf guarda los secretos de quienes considera sus amigos. Ni siquiera en el caso de que él no tenga el privilegio de conocer esos secretos.

La expresión de Zaf no había cambiado salvo para hacerse más dura, más tensa, más amargamente divertida. Allí no había indulgencia para ella. La había habido para Chispas, y Chispas ya no existía.

Po. No tengo otra opción.

Bitterblue se puso de pie.

—Que todo el mundo permanezca sentado —ordenó. No conseguía controlar el temblor. Asió con fuerza la empuñadura de la espada para contener las ganas de ceñirse con los brazos. Luego miró a Zaf a la cara y dijo—: Yo sé el nombre verdadero de esa persona.

Las puertas traseras de la sala se abrieron con estruendo y Po entró con tanto ímpetu que la audiencia se volvió en los bancos y estiró el cuello para ver a qué se debía el jaleo. De pie en el pasillo central, jadeante y asimismo lleno de magulladuras, Po le habló a Bitterblue:

—¡Prima! ¡Vaya puertas más engorrosas que tienes aquí!

A continuación fingió recorrer con la mirada a los presentes en la sala. Y lo siguiente fue la expresión de conmocionado reconocimiento más magistral que Bitterblue había visto en su vida. Po se quedó inmóvil y su rostro reflejó una sorpresa perfecta.

—Zaf —dijo—. Por los grandes mares, ¿eres tú? No estarás aquí acusado de algo, ¿verdad?

El alivio de Bitterblue era prematuro, y lo sabía. Aun así, fue la única sensación que experimentó al dejarse caer en el sillón. No iba a decir nada hasta entender exactamente qué se proponía hacer Po, aparte de —quizá— una única palabra, «Piper», para que este supiera que debía enumerar de nuevo los cargos contra Zaf y Po siguiera con su interpretación fingiendo estar estupefacto y horrorizado.

—Pero esto es extraordinario —dijo Po mientras subía por el pasillo central y llegaba al banquillo del prisionero, donde Zaf permanecía sentado, mirando boquiabierto a Po como si fuera un oso danzarín que acabara de salir de un pastel. Con un movimiento ágil, Po pasó por encima de la barandilla, apartó a empujones a los sorprendidos guardias y echó el brazo a Zaf por el hombro.

—Vaya, ¿por qué me proteges, hombre? ¿Es que no sabes lo que les ocurre a los asesinos en Monmar? Majestad, él no mató a ese hombre. Estaba en el tejado esa noche, como afirma, y yo me encontraba con él.

Gracias Po. Gracias. Gracias.

Bitterblue se sintió como el papel volador que había visto lanzar a Po contra la pared. Creyó que se deslizaría por el borde del asiento del sillón, caería al suelo y se chafaría.

Se había iniciado una discusión furiosa entre Po y los jueces.

—Mis asuntos no son de su incumbencia —dijo de forma categórica Po cuando lord Quall preguntó, con una sonrisa untuosa, por qué había estado contemplando las estrellas en un tejado con un marinero en el distrito este a medianoche—. Ni tampoco tiene nada que ver con la inocencia o la culpabilidad de Zaf.

Después, a otra pregunta, manifestó:

—¿Qué quiere decir con que cuánto hace que somos amigos? ¿Acaso no se lo han preguntado?

No sé si se lo han preguntado, le transmitió Bitterblue mentalmente; pero por lo visto Po ya había resuelto que no lo habían hecho, lo cual era una suerte, ya que siguió sin alterarse:

—Nos conocimos esa misma noche. ¿Le extraña que me pusiera a hablar con él? ¡Mírelo! ¡Yo no dejo de lado a mis compatriotas!

Po, no atraigas más atención de la necesaria sobre Zaf. No está afrontando bien la situación.

La aparente sorpresa de Po al hallar a su nuevo amigo acusado de asesinato en un juicio estaba bien interpretada, pero era una nadería en comparación con el desconcierto que mostraba Zaf al tener a su lado al príncipe lenita graceling sabiendo quién era, afirmando ser su amigo, enterado de detalles recónditos sobre su paradero dos noches atrás y mintiendo en la Corte Suprema por él.

Quall le preguntó a Po si podía proporcionarles otro testigo. Po dio un paso hacia la barandilla del banquillo de acusados.

—¿Se me está juzgando a mí aquí? A lo mejor su señoría cree que los dos matamos al hombre.

—Pues claro que no, alteza —respondió Quall—. Pero comprenderá nuestra indecisión en confiar en un lenita graceling que afirma no tener la gracia.

—¿Cuándo he afirmado yo no tener la gracia?

—Usted no, por supuesto, alteza. El acusado.

Po se giró hacia Zaf.

—¿Zaf? ¿Les has dicho a los jueces que no tienes la gracia?

Zaf tragó saliva.

—No, alteza —susurró—. Solo dije que no sé cuál es mi gracia, alteza.

—¿Percibe la diferencia? —preguntó Po con sarcasmo mientras se volvía hacia Quall.

—Aun así es indudable que el acusado mintió, alteza, porque también afirmó que no conocía su verdadera identidad.

—Es evidente que mintió para protegerme a mí y mis asuntos —replicó Po con impaciencia—. Es leal hasta la exageración.

—Mi príncipe —dijo inesperadamente Zaf con aire patético—. Preferiría ser declarado culpable de un crimen que no he cometido antes que ponerlo en peligro.

Oh, acaba con esto, Po, por favor, transmitió Bitterblue. *No soporto ver lo patético que es.*

Y entonces Po dedicó a Bitterblue una fugaz expresión sarcástica. La reina, que no podía dar crédito a lo que insinuaba esa sonrisa, observó a Zaf con más atención. ¿Sería posible que la humildad mostrada por Zaf no fuera una interpretación? ¿Sería capaz de actuar en un momento así?

—¡Está orgulloso de mentir! —argumentó Quall en tono triunfal.

Bitterblue renunció a identificar la autenticidad de las emociones de cualquiera; solo sabía que Po parecía realmente harto de Quall. Saltando la barandilla del banquillo —esta vez sin tanta agilidad como antes— su primo se acercó al estrado. 239

—¿Qué le pasa a usted? —le preguntó a Quall—. ¿Pone en duda la veracidad de mi testimonio?

—En absoluto, alteza —contestó Quall con la boca torcida.

—Entonces admite que tiene que ser inocente, pero, aun así, no lo suelta. ¿Por qué le cae mal? ¿Por ser graceling? ¿O quizá porque es lenita?

—Es una clase rara de lenita —repuso Quall con un asomo de desprecio en la voz que sugería un rechazo personal.

—Para usted, quizá —replicó con frialdad Po—. Pero no llevaría esos anillos o esos pendientes si los lenitas no lo consideraran uno de ellos. Muchos lenitas tienen su mismo aspecto. Mientras su rey monmardo mataba gente de forma indiscriminada, nuestro rey lenita abría los brazos a graceling que buscaban la libertad. Una lenita es la razón de que vuestra reina siga viva hoy. Su madre lenita tenía una mente más fuerte que cualquiera de ustedes. Su rey monmardo mató a la hermana de mi padre lenita. ¡Vuestra reina es medio lenita!

Po, transmitió Bitterblue, que empezaba a estar muy confusa. *Nos estamos desviando del asunto, ¿no crees?*

—Vuestro testigo monmardo es el verdadero criminal mentiroso —dijo Po extendiendo la mano hacia un hombre corpulento y apuesto, sentado en la primera fila de la audiencia.

¡Po! ¡Nadie te ha dicho quién es el testigo! Bitterblue se incorporó con brusquedad para que todo el mundo centrara la atención en qué hacer, si levantarse o permanecer sentado, en lugar de la peculiar percepción de Po. *Contrólate*, le espetó mentalmente.

—Arresten al testigo —ordenó con brusquedad a los guardias que rodeaban a Zafiro— y dejen salir al acusado del banquillo. Es libre de marcharse.

—Le rompió el brazo a un miembro de la guardia monmarda, majestad —le recordó Piper.

—¡Que lo estaba arrestando por un asesinato que no había cometido!

—Aun así, majestad, no creo que podamos tolerar un comportamiento semejante. También le mintió a la corte.

—Lo sentencio a un ojo morado y la boca partida que ya tiene —dictaminó Bitterblue, que miró a Piper a la cara—. A no ser que alguno de ustedes se oponga a mi dictamen, el acusado es libre de marcharse.

Piper se aclaró la garganta antes de hablar:

—Es una sentencia aceptable para mí.

—Muy bien. —Bitterblue se volvió y, sin echar una ojeada a Zaf ni a Po ni a cualquiera de las personas boquiabiertas de la audiencia, se dirigió a la salida situada detrás del estrado.

Po, no dejes que se escabulla. Condúcelo a algún sitio donde pueda hablar con él en privado. Tráelo a mis aposentos.

21

*C*uando Bitterblue irrumpió en la salita de estar, Raposa se ocupaba de bruñir la corona real.

—¿Vuelvo más tarde, majestad? —preguntó mirando a Bitterblue.

—No. Sí. No. Vale —se contradijo, un poco frenética—. ¿Dónde está Helda?

—¿Majestad? —La voz del ama sonó en la entrada que tenía a su espalda—. ¿Qué diantre pasa?

—Helda, he hecho algo terrible —dijo Bitterblue—. No dejes que entre nadie, excepto Po y quienquiera que venga con él, ¿de acuerdo? No quiero hablar con nadie más.

—Por supuesto, majestad. ¿Qué ha ocurrido?

Bitterblue empezó a pasear por la sala. No sabía por dónde empezar a explicar lo ocurrido. Para escapar de la necesidad de hacerlo, agitó las manos en el aire con desesperación, luego pasó junto a Helda para asomarse al vestíbulo y cerró la puerta. Dentro de la sala reanudó los paseos, la espada golpeándole en la pierna cada vez que daba media vuelta.

«¿Dónde se ha metido Po? ¿Por qué tardan tanto?»

Sin saber muy bien cuándo o cómo había cruzado la sala de estar, se encontró en el dormitorio, inclinada sobre el baúl de su madre y aferrada a los bordes. Las figuras labradas en la tapa se volvieron borrosas por las lágrimas.

Entonces la puerta se abrió y Bitterblue se incorporó con precipitación, se volvió, tropezó y se dejó caer sentada en el baúl. Po entró y cerró la puerta tras él.

—¿Dónde está Zaf? —preguntó.

—En la sala de estar —contestó su primo—. Le he pedido a Helda y a esa chica que salgan. ¿Hay alguna posibilidad de conven-

241

certe para que no hagas esto ahora? Se le han venido encima un
montón de cosas y no ha tenido tiempo de asumirlas.

—Necesito darle explicaciones.

—De verdad, creo que si le dieses un poco de tiempo…

—Prometo que le daré tiempo en abundancia después de explicárselo.

—Bitterblue…

Bitterblue se puso de pie, fue hacia Po y se paró delante de él con
la barbilla alzada para mirarlo.

—Sí, de acuerdo —accedió su primo, y se frotó la cara con las
manos llenas de anillos en un gesto derrotado—. No pienso irme
—añadió con voz monótona.

—Po…

—Puedes ponerte en plan reina todo lo que quieras, Bitterblue,
pero está furioso, está herido; es listo y escurridizo; esta mañana le
rompió el brazo a alguien. No te dejaré sola con él en estos aposentos.

—¿No puedes sacarle algún tipo de compromiso apelando al honor lenita o algo semejante? —le insinuó con sarcasmo.

—Ya lo he hecho. Aun así me quedo. —Se dirigió a la cama y se
sentó con las piernas y los brazos cruzados.

Bitterblue lo observó un momento, sabedora de que estaba descargando ciertos sentimientos en él, sin saber exactamente cuáles
eran. Merced a un esfuerzo de voluntad sobrehumano, consiguió
aguantar lo mucho que deseaba que superara esta estúpida crisis sobre su gracia.

—Ese asno de Quall, juez de tu Corte Suprema, odia a los lenitas
—dijo Po—. Para sus adentros somos unos simplones endogámicos
con demasiados músculos y poco cerebro, pero lo que en realidad le
molesta es que, en su opinión, somos mejor parecidos que él. Tampoco hay lógica alguna, porque ha metido a Zaf en la misma olla
aunque, como él mismo señaló, no parece lenita por sus rasgos. Está
celoso de lo bien que nos queda el oro, ¿te lo puedes creer? Si hubiera
dependido de él condenarnos a los dos por asesinato y privarnos de
libertad solo en virtud de eso, lo habría hecho. No dejaba de imaginarnos sin ello…

—¿Sin vuestra libertad?

—Sin el oro —aclaró Po—. Me quedaré aquí mientras hablas
con Zafiro. Si te toca, entraré y lo estrangularé.

Y

El oro de Zaf fue lo primero que vio al entrar en la sala, brillándole en orejas y dedos con la luz del sol. Comprendió de repente que no le gustaría verlo sin esos adornos. Sería como mirarlo con unos ojos que no fueran los suyos u oírle hablar con una voz diferente.

El desgarrón en la chaqueta le rompió el corazón. Quería tocarlo.

Entonces se volvió hacia ella y Bitterblue vio la indignación en cada rasgo del rostro magullado y en cada línea del cuerpo.

Zaf se hincó de rodillas, con los ojos alzados y mirándola directamente a la cara, en una parodia perfecta de sumisión, porque ningún hombre arrodillado alzaría jamás la vista hacia el rostro de un soberano. Contradecía el propósito de postrarse.

—¡Basta ya! Ponte de pie —dijo.

—Lo que ordene su majestad —contestó con sarcasmo, y se levantó con rapidez.

Bitterblue empezaba a entender su juego.

—Por favor, no hagas esto, Zaf —suplicó—. Sabes que solo soy yo.

Zaf resopló con desdén.

—¿Qué? ¿Qué pasa? —preguntó ella.

—Nada en absoluto, majestad.

—Oh, dímelo, Zaf.

—No se me ocurriría ni en sueños contradecir a la reina, majestad.

En otro lugar, en otra conversación entre ellos dos, le habría cruzado la cara magullada. Tal vez Chispas lo habría abofeteado en ese mismo instante, pero Bitterblue no podía, porque abofetear a Zaf siendo Bitterblue sería seguirle el juego: la poderosa reina dándole una bofetada a un súbdito humilde. Y cuanto más lo tratara como a un súbdito, más controlada tendría él la situación. Eso la confundía, porque no tenía sentido que una reina le transfiriera el poder a su súbdito tratándolo mal. Solo quería hablar con él.

—Zaf —empezó—, hasta ahora hemos sido amigos e iguales.

Él le asestó una mirada de puro escarnio.

—¿Qué? —preguntó Bitterblue—. Dímelo. Por favor, háblame.

Zaf dio unos pasos hacia la corona colocada en su pedestal y puso la mano encima, acariciando el suave oro y evaluando las gemas entre los dedos. Ella no dijo nada a pesar de sentirlo como una agresión corporal. Pero cuando llegó al extremo de levantarla, ponérsela en la cabeza, girarse para mirarla de forma malsana, un rey con un ojo contuso, la boca manchada de sangre y la chaqueta andrajosa, ya no pudo contenerse.

243

—Deja eso donde estaba —siseó.

—Vaya —murmuró mientras se quitaba la corona y la colocaba de nuevo sobre el cojín de terciopelo—. Después de todo no somos iguales, ¿verdad?

—No me importa la estúpida corona —dijo ella, agitada—. Solo me importa el hecho de que mi padre fue el último hombre al que vi con ella, y al ponértela me lo has recordado.

—Eso resulta irónico, porque he pensado que usted hace que lo recuerde a él.

Daba igual que ella pensara lo mismo. Le dolió mucho más al venir de Zaf.

—Tú has mentido tanto como yo —susurró.

—Jamás he mentido, ni una sola vez —gruñó él con una fea voz al tiempo que daba un paso hacia ella, que retrocedió, sobresaltada.

—Sabías que no era quién decía ser. ¡Eso no era un secreto!

—¡Es la reina! —gritó Zaf, que adelantó otro paso—. ¡La reina en celo! ¡Me ha manipulado! ¡Y no solo en lo relacionado con sacarme información!

Po apareció en la puerta. Se recostó en el marco con aire despreocupado, enarcó las cejas y esperó.

—Perdón, alteza —dijo Zaf, abatido, desconcertando a Bitterblue al agachar la mirada ante Po y mantener la cabeza inclinada, sin equívocos, mientras se apartaba de ella.

—La reina es mi prima —manifestó Po con tono sosegado.

—Entiendo, alteza —repuso Zaf, sumiso.

Yo, sin embargo, no lo entiendo, le transmitió Bitterblue a su primo. *Y a ti podría darte una patada. Quiero que se irrite. Cuando está furioso, llegamos a la verdad.*

Po adoptó un gesto inexpresivo, giró sobre sus talones y abandonó la sala de estar.

—No tiene ni idea, ¿verdad? —dijo Zaf—. No sabe qué clase de serpiente es usted.

Haciendo una profunda inhalación, Bitterblue respondió con calma:

—No te he manipulado.

—¡Venga ya! —barbotó Zaf—. Le ha contado al príncipe Po hasta el último detalle sobre mí, cada minuto de todo lo que hemos hecho y, sin embargo, ¿espera que crea que nunca se lo contó a sus lacayos? ¿Cree que soy tan ingenuo que no he supuesto cómo me he visto complicado en un asesinato que no he cometido ni quién paga a testigos para que mientan? ¿O quién es responsable de los ataques contra Teddy y contra mí?

—¿Qué? —gritó—. ¡Zaf! ¡No! ¿Cómo puedes pensar que estoy detrás de todas esas cosas cuando Po y yo acabamos de salvarte? ¡No piensas con claridad!

—Y con la última broma, ¿se ha divertido? ¿Le emociona rebajarse al trato con plebeyos y después contárselo a otros? Me parece increíble cuánto sentimiento he desperdiciado preocupándome —continuó, bajando la voz de tono mientras volvía a acercarse a ella—. Temiendo hacerle daño de algún modo. ¡Creyendo que era inocente!

Sabiendo que era una imprudencia y una estupidez hacerlo, lo sujetó por el brazo.

—Zaf, te juro que no soy la responsable de lo que te ha pasado. Ese asunto me tiene tan perpleja como a ti. ¡Estoy de tu parte! ¡Estoy intentando descubrir la verdad! Y nunca le he contado a nadie nuestra relación en detalle... excepto a Po —rectificó, desesperada—, y ni siquiera él sabe las cosas privadas. ¡Casi nadie sabe que salgo por la noche!

—Está mintiendo otra vez —dijo él, intentando apartarla a la fuerza—. Suélteme.

—No, por favor —pidió ella, aferrándose.

—Suélteme —repitió Zaf con los dientes apretados—, o le daré un puñetazo en la cara y me pondré en evidencia delante de mi príncipe.

—Quiero que me des un puñetazo —le dijo, aunque no era verdad, pero sí justo. Sus guardias le habían machacado la cara a él.

—Claro, y así volveré de cabeza a prisión.

Retorció el brazo y se soltó; Bitterblue se dio por vencida, le dio la espalda y se ciñó con los brazos, desolada. Por fin confesó en voz baja, pero clara:

—He mentido, Zaf, pero jamás con intención de haceros daño a ti o a tus amigos o a cualquier buscador de la verdad o a nadie, lo juro. Solo salía para ver cómo era la ciudad de noche, porque mis consejeros me tenían aislada en una torre sin saber qué pasaba fuera, y quería descubrirlo. No busqué conocerte. No tenía intención de que me cayeras bien ni de llegar a ser tu amiga. Pero dado que eso ha ocurrido, ¿cómo iba a contaros la verdad?

No veía a Zaf, pero parecía que él se estaba riendo.

—Es usted increíble.

—¿Por qué? ¿A qué viene eso? ¡Explica qué quieres decir!

—Parece tener la absurda idea de que durante el tiempo que he-

245

mos pasado juntos sin que yo supiera que era la reina éramos amigos. Iguales. Pero el conocimiento es poder. Usted sabía que era la reina, y yo no. Jamás hemos sido iguales, y en lo que a amistad se refiere… —Se calló—. Su madre está muerta —continuó en otro tono de voz, más amargo y concluyente—. Me ha mentido en todo.

—Te he contado cosas que para mí son más preciadas que la verdad —susurró.

Se hizo un silencio entre ellos que se prolongó, un vacío. Una distancia. Duró mucho, mucho tiempo.

—Supongamos por un momento que dice la verdad en cuanto a no ser la persona que está detrás de los ataques —dijo por fin Zaf.

—Es la verdad, Zaf; lo juro —susurró Bitterblue—. En lo único que he mentido es sobre quién soy.

Hubo otro corto silencio. Cuando Zaf volvió a hablar lo hizo con una tristeza y una tranquilidad que no supo cómo asociar con el Zaf que conocía:

—Pero no creo que entienda quién es —manifestó—. No creo que sea consciente de lo alto que está y de que eso me excluye. Ocupa un lugar tan encumbrado en el mundo que no puede mirar tan abajo como para verme a mí. No es consciente de lo que ha hecho.

Zaf la rodeó y desapareció en el vestíbulo sin pedir permiso. Se abrió paso por las puertas exteriores de forma tan repentina que, al encontrarse sola, Bitterblue emitió una exclamación de sorpresa.

Poco a poco se irguió y se dio la vuelta para abarcar la estancia, para asimilar la luz del mediodía. Buscó el reloj que había en la repisa de la chimenea a fin de comprobar cuántas horas del día quedaban en las que tendría que sobrellevar la rutina diaria antes de poder refugiarse entre las ropas de la cama.

Sin embargo, los ojos no llegaron hasta el reloj, porque descubrieron que la corona faltaba en el cojín de terciopelo.

Bitterblue giró sobre sí misma, desesperada; su cuerpo rehusaba la comprensión inmediata de la mente. Pero, por supuesto, la corona no estaba en ninguna otra parte de la sala. Siseando el nombre de Zaf, corrió tras él, irrumpió a través de las puertas exteriores y se encontró mirando las caras de dos guardias lenitas muy sobresaltados.

—¿Ocurre algo, majestad? —inquirió el guardia de la izquierda.

¿Y qué podía hacer ella, de todos modos? ¿Correr por todo el castillo a tontas y a locas, sin tener ni idea de por dónde se había ido, con la esperanza de cruzarse con él en un patio, en alguna parte? ¿Y luego qué? ¿Pedirle, ante una audiencia de transeúntes que por favor le devolviera la corona que llevaba escondida en la chaqueta? Y entonces, cuando Zaf se negara, ¿forcejear con él para recuperarla? Volverían a arrestarlo, y esta vez sería por un delito que sí había cometido.

—No, no pasa nada. Todo es fantástico —contestó Bitterblue—. Este es el mejor día de mi vida. Gracias por preguntar.

A continuación pasó a la sala y abrió de una patada la puerta del dormitorio para exigirle a Po que le explicara por qué había permitido que ocurriera aquello.

La respuesta la tuvo de inmediato: Po estaba dormido.

22

Cuando Po regresó una hora más tarde e irrumpió en sus aposentos, no llevaba consigo la corona.

—¿Dónde está? —siseó Bitterblue desde el sofá, donde había pasado una hora sentada, apartando la comida que Helda insistía en ponerle delante, rechazando las visitas de sus desconcertados consejeros y mordiéndose las uñas.

Po se dejó caer con pesadez a su lado, despeinado y empapado.

—Lo he perdido.

—¿Que lo has perdido? ¿Cómo?

—Llevaba ventaja, Bitterblue, y su hermana se reunió con él justo en el exterior. Corrían juntos y se separaban de vez en cuando. Está lloviendo, lo que hace las cosas más complicadas para mí. No puedo mantener en la mente todas las calles, todas las casas y toda la gente que se mueve mientras sigo centrado en alguien que cada vez está más lejos; me perdí y tuve que volver sobre mis pasos. Y todos los cientos de personas que me veían reaccionaban de forma exagerada y querían saber por qué corría como un loco. No te puedes imaginar lo molesto que es eso y lo mucho que te distrae. La fuerza del rumor de cuanto te rodea, si pudieras sentirlo como yo, te aturdiría. Hay demasiada gente ahí fuera que se ha enterado, a saber cómo, de que Katsa se marchó de repente en mitad de la noche, llorando a moco tendido, vestida con ropa de Raffin y partiendo a galope por el Puente Alígero. Todos los que me veían querían saber qué le había hecho a Katsa para que actuara así.

—Además de lo cual —dijo una voz solemne desde la puerta—, mire qué aspecto tiene, majestad. Nunca he intentado correr detrás de hombres jóvenes por toda la ciudad, pero imagino que es difícil cuando las piernas están cansadas y los párpados te pesan. Parece que su primo no ha dormido hace días y es comprensible, considerando que su dama lo ha dejado.

Helda entró en la sala y fue hacia una mesa auxiliar, sirvió una copa de sidra y se la llevó a Po.

—Katsa se marchó porque yo se lo pedí, Helda —comentó él en voz baja, y aceptó la copa que le ofrecía.

Sentándose frente a los dos, Helda les hizo una pregunta:

—¿Cuál de los dos va a contarme lo que ocurre?

Bitterblue estaba desorientada. ¿Po le había contado la verdad a Helda? ¿O se la estaba revelando en ese preciso instante? ¿Lo había hecho a propósito o ella lo había sorprendido en algo? Si uno de los guardias lenitas o uno de los espías entrara en la sala, ¿Po se lo revelaría también?

«¿Por qué no colgar una pancarta de las ventanas para anunciarlo?»

Se arrancó un padrastro de la uña casi de cuajo e inhaló aire entre los dientes.

—De acuerdo —le dijo a Helda mientras miraba la gotita de sangre que se hacía más grande en el dedo—. Hoy, un ciudadano que conozco fue arrestado por un asesinato que no había cometido. Ha sido absuelto. Después Po lo trajo aquí para que hablara con él.

—Lo vi cuando entró, majestad, antes de que el príncipe Po me mandara ir a mi cuarto y me dijera que me quedara allí —comentó Helda con severidad—. Su aspecto era el de un rufián incorregible. Y cuando empezó a gritarle a usted y salí de mi cuarto para hacerle entrar en razón, el príncipe Po volvió a ahuyentarme.

—Se llama Zafiro —continuó Bitterblue, que tragó saliva con esfuerzo—, y, hasta que no me vio hoy en la Corte Suprema, no descubrió que yo era la reina. Le había dicho que trabajaba en las cocinas.

—Comprendo. —El ama entrecerró los ojos.

—Es un amigo, Helda —dijo Bitterblue, desesperada—. Pero al marcharse robó la corona.

Acomodándose con más firmeza en la silla, Helda repitió con sequedad:

—Comprendo.

—No puedo ver con los ojos —le dijo entonces Po, quizás un poco de improviso; se pasó los dedos por el cabello revuelto—. Creo que el resto ya lo has deducido, pero si quieres saber toda la verdad te diré que perdí la vista hace ocho años.

Helda abrió la boca y luego la cerró.

—Percibo cosas —continuó Po—. No solo pensamientos, sino objetos, cuerpos, fuerza, impulso, el mundo a mi alrededor, y por ello mi ceguera, la mayor parte del tiempo, no es el obstáculo que representa-

249

ría en otras circunstancias. Pero esa es la razón de que no pueda leer. No veo colores; el mundo es un cúmulo de formas grises. El sol y la luna están demasiado lejos para percibirlos y no veo la luz.

Todavía moviendo la boca, Helda buscó en el bolsillo y sacó un pañuelo que le pasó a Bitterblue. A continuación sacó otro pañuelo y empezó a doblarlo con precisión, como si igualar esquina con esquina fuera la tarea más crucial del día. Cuando lo apretó contra los labios y después se enjugó los ojos, Po inclinó la cabeza.

—En cuanto a la corona —continuó tras aclararse la garganta—, al parecer se dirigían hacia el este, quizás en dirección a los muelles de la plata, antes de que los perdiera.

—¿Fuiste a la imprenta?

—No sé dónde está, Bitterblue. Nadie ha pensado su ubicación en el mapa para transmitírmelo. Hazlo e iré ahora.

—No, iré yo.

—Te aconsejo que no lo hagas.

—Tengo que ir.

—Bitterblue, te aconsejé que no te reunieras con él la primera vez y te robó la corona —dijo Po, que empezaba a perder la paciencia—. ¿Qué crees que hará la segunda vez?

—Pero si lo sigo intentando…

—¿Mientras yo espero fuera, preparado para intervenir y encubrirte cuando a él… no sé, digamos que se le meta en la cabeza sacarte a rastras a la calle y empezar a gritar que el chico de la caperuza es en realidad la soberana del reino? ¡No tengo tiempo para eso, Bitterblue, y tampoco la energía necesaria para desembrollar tus enredos!

Blancos los labios, Bitterblue se puso de pie.

—¿Tengo yo, pues, que dejar de desembrollar tus enredos también, Po? ¿Cuántas veces he tenido que mentir por ti? ¿Cuán a menudo me mentiste tú en los primeros años de habernos conocido? Tú, que eres inmune a tus propias mentiras. Qué incómodo debe de ser tener que complicar tu tranquilidad por mentir a favor de otros.

—A veces eres cruel hasta lo indecible —respondió Po con amargura.

—Sientes tanta compasión por ti mismo que lo compensa de sobra —replicó ella—. Tú, más que nadie, tendrías que comprender mi necesidad de conseguir que Zaf me perdone. Lo que le he hecho se lo haces tú a todos constantemente. Ayúdame o no lo hagas, pero no me hables como si fuera una niña que va por ahí al buen tuntún creando problemas. En mi ciudad y en mi reino están ocurriendo cosas que ni te imaginas. —Volvió a sentarse, de repente deprimida y desanimada—. Oh, Po —exclamó, hundiendo la cara en las manos—, lo siento. Por favor, aconséjame. ¿Qué debería decirle? ¿Qué dices tú cuando le has hecho daño a alguien con una mentira?

Po permaneció callado unos instantes. Luego, dando la impresión de estar riendo entre dientes, con pesar, susurró:

—Me disculpo.

—Sí, eso ya lo he hecho. —Bitterblue repasó mentalmente la horrible conversación sostenida con Zaf. Y volvió a repasarla una segunda vez. Miró a Po, consternada—. Oh, no le pedí perdón ni una sola vez.

—Debes hacerlo —dijo Po, ahora con suavidad—. Aparte de eso, tienes que contarle la verdad de todo lo que puedas. Habrás de asegurarte, por los medios que sean necesarios, de que no lo utilice para arruinarte la vida. Y entonces tendrás que dejarle que se ponga tan furioso como quiera. Eso es lo que hago yo.

«Así pues, he de sumergirme en mi culpabilidad y en el odio de una persona de la que me he encariñado.»

Bitterblue se miró las uñas y las cutículas estropeadas. Empezaba a entender mejor —muchísimo mejor— las crisis de Po. Se inclinó hacia él y recostó la cabeza en el hombro de su primo. Po la rodeó con el brazo aún mojado y la ciñó contra sí.

—Helda, ¿durante cuánto tiempo crees que podremos mantener en secreto que falta la corona? —preguntó Bitterblue.

El ama frunció los labios.

—Bastante —afirmó con un fuerte cabeceo—. No preveo que alguien piense en la corona hasta la visita de su tío, ¿no cree, majestad? En estos aposentos solo entramos sus espías, sus criados, sus amigos del Consejo y yo, y de todos ellos solo hay una o dos criadas de las que no acabo de fiarme. Prepararé algo y echaré por encima del cojín un paño para que dé la impresión de que no falta nada.

—No olvidéis que eso depende también de Zaf —intervino Po—. Es muy capaz de propagar por toda la ciudad a través de diversos medios la noticia de que tu corona no está donde debería, Bitterblue, y mucha gente nos vio a él y a mí de camino hacia tus aposentos después del juicio.

Bitterblue suspiró. Suponía que era la clase de idea que se le ocurriría si estaba lo bastante furioso.

—Tenemos que descubrir quién lo implicó en el asesinato —dijo.

—Sí —convino Po—. Esa es una cuestión importante. Déjame que vaya a hablar con él sobre la corona, ¿vale? Por favor. Veré si puedo descubrir también algo sobre ese montaje para tenderle la trampa. Y creo que también debería hablar con el falso testigo, ¿no te parece?

—Sí, de acuerdo. —Bitterblue se apartó de él con un suspiro—. Me quedaré aquí. Hay algunas cosas sobre las que tengo que pensar. Helda, ¿querrás por favor seguir ahuyentando a mis consejeros?

En su dormitorio, Bitterblue paseaba de un lado para otro.

«¿De verdad que Zaf puede creer, sinceramente, que estoy detrás del intento de silenciar a los buscadores de la verdad? ¿Que yo estoy detrás de todo ello? ¿Yo, que he corrido con él por los tejados? ¿Yo, que llevé a Madlen para que los ayudara? ¿De verdad puede pensar...?»

Entumecida, se sentó en el baúl y empezó a quitarse las horquillas.

«¿De verdad puede pensar que quiero que le sobrevengan desdichas?»

Se frotaba el cuero cabelludo para darse un masaje, dejándose el pelo recién suelto revuelto como un nido de pájaros, cuando al hacerse la última pregunta se encontró en un aterrador callejón sin salida. No tenía control sobre lo que Zaf pensaba.

«Dijo que no era consciente de lo que había hecho ni de lo encumbrada que estoy en el mundo. Que lo excluía. Dijo que jamás habíamos sido amigos, que nunca habíamos sido iguales.»

Fue hacia el tocador donde se sentaba cuando Helda le arreglaba el pelo, echó las horquillas en un cuenco de plata y lanzó una mirada iracunda al espejo. Debajo de los párpados se le marcaban ojeras hundidas, como moretones, y su frente, todavía en carne viva por el ataque de la noche anterior, tenía un color purpúreo de aspecto horrible. Tras ella se reflejaba la enormidad del cuarto, la cama —lo bastante alta y grande para servir de mesa de comedor para sus amigos—, las paredes plateadas, doradas y escarlata. El oscuro techo salpicado de estrellas.

«Raposa o alguna otra persona debe de limpiar las telarañas —pensó—. Alguien debe de ocuparse de esa hermosa alfombra.»

Bitterblue pensó en la imprenta, desordenada y luminosa. Pensó en la vivienda de atrás, lo bastante pequeña para caber en su dormitorio, con paredes limpias y suelos de madera toscamente desbastada. Miró en el espejo la bata de seda gris claro, cortada a la perfección, confeccionada de forma primorosa, y pensó en la ropa más tosca de Zaf, los sitios donde el borde de las mangas estaba deshilachado. Recordó lo encariñado que estaba con el reloj de bolsillo de oro de Leck. Recordó la gargantilla que ella había empeñado sin pensarlo dos veces, sin importarle apenas cuánto dinero sacaría por ella.

No creía que fueran pobres. Tenían trabajo, tenían comida, celebraban fiestas. Pero suponía que ella tampoco sabría identificar la pobreza si la viera. ¿O sí? Y si no eran pobres, ¿qué eran? ¿Cómo funcionaba lo de vivir en la ciudad? ¿Pagaban alquiler? ¿Quién decidía lo que costaban las cosas? ¿Pagaban impuestos a la corona que les eran gravosos?

Sintiéndose un tanto incómoda, Bitterblue regresó junto al baúl de su madre, se sentó y se obligó a ahondar un poco más en la pregunta de cómo, exactamente, lo había excluido. ¿Y si la situación fuera al contrario? ¿Y si fuera ella la plebeya y hubiera descubierto que Zaf era el rey? ¿La habría dejado excluida?

Casi le resultaba imposible concebir semejante situación. De hecho, era de todo punto absurdo. Pero entonces empezó a preguntarse si su incapacidad de imaginárselo siquiera tenía que ver con estar demasiado arriba para ver algo tan bajo, como Zaf había dicho.

Por alguna razón, le venía una y otra vez el recuerdo de la noche en que Zaf y ella habían tomado una ruta a lo largo de los muelles de la plata. Habían hablado de piratas y de cazadores de tesoros, y habían pasado deprisa frente a los imponentes barcos de la reina. Los barcos estaban protegidos por sus excelentes soldados, que guardaban la plata destinada a su tesorería, su fortaleza de oro.

253

Cuando Po entró al dormitorio pasado un largo rato, aún más empapado que la vez anterior y con la ropa manchada de barro, encontró a Bitterblue sentada en el suelo, con la cabeza entre las manos.

—Po —susurró al tiempo que alzaba la vista hacia él—. Soy muy rica, ¿no es cierto?

Su primo se acercó y se puso en cuclillas delante de ella, chorreando agua.

—Giddon es rico —contestó—. Yo soy sumamente rico, y Raffin lo es más. No hay una palabra para calificar lo que eres tú, Bitterblue. Y el dinero que tienes a tu disposición es solo una fracción de tu poder.

Bitterblue tragó saliva con esfuerzo.

—No creo que antes lo entendiera del todo —comentó.

—Sí. Bueno. El dinero hace eso. Uno de los privilegios de la riqueza es no tener que pensar nunca en ella. Y también uno de los peligros. —Rebulló y se sentó—. ¿Qué te pasa?

—No estoy segura —susurró Bitterblue.

Su primo permaneció sentado en silencio conformándose con esa respuesta.

—No parece que lleves encima la corona —comentó.

—La corona no está en la imprenta —informó Po—. Zaf se la pasó a los subordinados de un señor de los bajos fondos que dirige el mercado negro. Se hace llamar Fantasma y se cuenta que vive escondido en una cueva, si es que interpreté bien sus pensamientos.

—¿Dices que mi corona ya está en el mercado negro? —exclamó Bitterblue—. ¿Y cómo voy a exonerarlo ahora?

—Me ha dado la impresión de que Fantasma solo participa en la protección y custodia del objeto robado, Escarabajito. Aún tenemos posibilidades de recuperarla. No te desesperes tan pronto. Me trabajaré a Zaf, lo halagaré con una invitación a una reunión del Consejo o algo así. Cuando me marché se arrodilló, me besó la mano y me deseó que durmiera bien. Todo ello después de haberle acusado de incurrir en robo al tesoro real.

—Qué gratificante ha de ser para ti que solo sea a la nobleza monmarda a la que odia —comentó con acritud.

—También me odiaría a mí si le hubiese partido el corazón —contestó Po con suavidad.

Bitterblue alzó la cara hacia él.

—Entonces, ¿es que le he partido el corazón, Po? ¿Es eso lo que he de creer?

—Esa pregunta has de hacérsela tú, tesoro.

Bitterblue se fijó en que su primo estaba tiritando. Más que eso: vio, al observarlo con más detenimiento, un brillo en los ojos que le hizo tocarle la cara.

—¡Po! ¡Estás ardiendo! ¿Te sientes bien?

—A decir verdad, me siento como si tuviera las tripas de plomo. ¿Crees que tendré fiebre? Eso explicaría por qué me he caído.

—¿Te has caído?

—Mi don tiende a distorsionar las cosas cuando tengo fiebre, ¿sabes? Sin la vista, resulta desorientador. —Se llevó las manos a la cabeza con gesto abstraído—. Creo que he caído más de una vez.

—Estás enfermo —dijo Bitterblue, preocupada, y se puso de pie—. Te he enviado dos veces a la calle bajo la lluvia, y he provocado que te cayeras. Ven, te llevaré a tus aposentos.

—Helda está intentando hallar el modo de llegar a la conclusión de que el hecho de estar ciego explica lo que ella considera una terquedad de Katsa y mía de no tener hijos —dijo de forma imprevista.

—¿Qué? ¿De qué diantres hablas? Eso no tiene sentido en absoluto. Levántate.

—Para ser sincero, a veces no soporto oír los pensamientos de la gente —dijo de una forma un tanto errática—. La gente es ridícula. Por cierto, Zaf no miente en cuanto a su gracia. Ignora cuál es.

«Me repitió tantas veces que nunca me mentía... Supongo que no quería creerle.»

—Po. —Tomó las manos de su primo y tiró de él echándose hacia atrás hasta convencerlo de que se levantara—. Voy a llevarte a tu dormitorio y pediré que te vea un sanador. Necesitas dormir.

—¿Sabías que Tilda y Bren viven como pareja y quieren que Teddy les ayude a tener un hijo? —preguntó.

Se balanceó y dio un respingo, como si no recordara cómo había llegado hasta allí. Aquello era demasiado sorprendente para comentarlo.

—Haré que te vea Madlen —dijo Bitterblue con voz severa—. Anda, vamos.

Para cuando Bitterblue regresó a sus aposentos, la luz del día empezaba a desvanecerse. El cielo estaba de color púrpura, como uno de los ojos de Zaf, y la sala de estar brillaba con las lámparas que Helda se había encargado de encender. En su dormitorio, encendió las velas ella misma, se sentó en el suelo junto al baúl de su madre y pasó los dedos por las tallas de la tapa.

255

Se sintió muy sola al intentar comprender todo lo ocurrido ese día sin nadie con quien hablarlo.

«Mamá, ¿te avergonzarías de mí?»

Enjugando una lágrima que había caído en la tapa del baúl, se sorprendió observando con más atención los dibujos tallados. Ya se había fijado antes en que Cinérea utilizaba algunas figuras como modelos para los bordados, por supuesto, pero nunca los había examinado a fondo. Estaban colocados en perfectas hileras en lo alto de la tapa —sin repetirse ninguno—, por ejemplo: estrella, luna, vela, sol, barca, caparazón, castillo, árbol, flor, príncipe, princesa, bebé y así sucesivamente. Sabía con exactitud, tras años de contemplar los adornos de sus sábanas, cuáles había copiado su madre.

La comprensión se abrió paso en su mente y a través de todo su ser. Incluso antes de molestarse en contar, sabía lo que encontraría. De todos modos contó, solo para asegurarse.

Las tallas del baúl eran cien. Los dibujos que su madre había tomado prestados de las tallas para los bordados sumaban veintiséis.

Estaba mirando un alfabeto cifrado.

Medicine

Tercera parte

Códigos y claves

(finales de septiembre y octubre)

23

$\mathcal{N}$o era un alfabeto cifrado de sustitución simple. Bitterblue entresacó los veintiséis dibujos bordados de Cinérea del baúl y aplicó al dibujo superior situado más a la izquierda —una estrella— la letra «A», y al siguiente en la fila —una luna menguante—, la letra «B», y así sucesivamente. Al acabar probó el alfabeto de símbolos resultante con los bordados de su madre, y el resultado fue un galimatías, nada más.

Lo intentó aplicando al dibujo inferior situado más a la derecha la letra «A» y continuó hacia arriba, de atrás adelante. También lo intentó siguiendo las columnas del baúl hacia arriba y hacia abajo.

No funcionó ningún sistema.

Bueno, pues, a lo mejor había una clave. ¿Cuál habría utilizado su madre?

Haciendo una inhalación para sosegarse, Bitterblue quitó las letras repetidas de su nombre y construyó el alfabeto cifrado de veintiséis letras.

B I T E R L U V X Y Z A C
D F G H J K M N Ñ O P Q S

A continuación lo aplicó a los símbolos del baúl empezando de nuevo por el primer dibujo de la fila superior, a la izquierda:

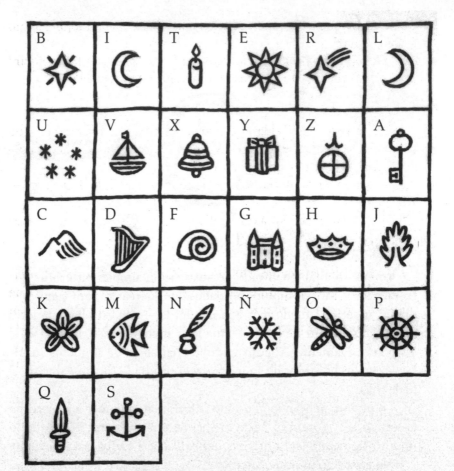

Sujetando con fuerza la hoja en el regazo, la contrastó con la línea de dibujos del bordado de Cinérea.

Una vez que el proceso dio resultados, separó los dibujos en palabras y frases, además de añadir puntuación. En los sitios donde su madre se había saltado letras, supuestamente para ir más deprisa, ella las agregó también.

Ara vuelve cojeando.
Ella no recuerda nada hasta que se lo enseñe. Al verlo le duele y se pone a gritar.

¿Tendré que dejar, pues, de decírselo a Ara? ¿Será mejor que no se dé cuenta?

¿Debería matarlas cuando veo que las ha marcado para morir? ¿Hacerlo sería un acto compasivo o una idea descabellada?

Ese primer día, Helda encontró a Bitterblue rodeada por una montaña de sábanas amontonadas en el suelo y con los brazos ceñidos al cuerpo, sacudida por temblores.

—¡Majestad! —exclamó el ama, que se arrodilló a su lado—. ¿Está enferma?

—Mi madre tenía una criada llamada Ara que desapareció —susurró—. La recuerdo.

—¿Perdón, majestad?

—¡Bordaba en código, Helda! Los bordados de mamá están cifrados. Tuvo que haber intentado crear una especie de registro que pudiera leer para recordar lo que era real. ¡Debió de tardar horas en escribir un simple mensaje corto! Mira, ayúdame. Mi nombre es la palabra clave. La estrella es la «B», una luna menguante es la «I», una vela es la «T», el sol es la «E», una estrella fugaz es la «R», una luna creciente es la «L», la constelación del anillo es la «U». Mi nombre está hecho de luz —gritó—. Mi madre eligió símbolos de luz para las letras de mi nombre. ¿Po está…? —Po estaba enfermo—. ¿Es verdad que Giddon se ha marchado?

—Sí, majestad. ¿De qué diantres está hablando sin parar?

—No se lo cuentes a nadie, Helda —advirtió Bitterblue—. Hasta que sepamos qué significa, no se lo digas a nadie y ayúdame a ordenarlas.

Sacaron las sábanas de los armarios y quitaron las de la cama para hacer un inventario: doscientas veintiocho sábanas con bordados que adornaban los embozos, además de ochenta y nueve fundas de almohadas. Por lo visto, Cinérea no había fechado nada; no había forma de determinar en qué orden ponerlas, así que Bitterblue y Helda las colocaron en el suelo del dormitorio y las dividieron en ordenados montones iguales. Y Bitterblue leyó, leyó y leyó.

Había ciertas palabras y frases que se repetían a menudo, a veces llenando una sábana entera. **Él miente. Él miente. Sangre. No puedo recordar. Tengo que recordar. Tengo que matarlo. Tengo que sacar de aquí a Bitterblue.**

«Dime algo útil, mamá. Cuéntame lo que pasaba, lo que tú veías.»

261

Y

En las oficinas, tal y como se les había pedido, los consejeros de Bitterblue habían empezado a instruirla respecto a los lores y damas de su reino. Comenzaron con los que vivían más lejos: los nombres, las propiedades, las familias, los impuestos, su personalidad y sus habilidades. A ninguno lo presentaron como «el noble que le ha tomado gusto a asesinar a buscadores de la verdad» —de hecho, ninguno destacaba en nada— y Bitterblue comprendió que así no llegaría a ninguna parte. Se preguntó si alguna vez podría pedirles a Teddy y a Zaf la lista de lores y damas que habían cometido mayores abusos a sus feudatarios. ¿Alguna vez podría volver a preguntarles algo?

Entonces, conforme los días pasaban y estando octubre en puertas, se produjo un rápido aumento de papeleo en las oficinas.

—¿Pero qué es lo que pasa? —le preguntó Bitterblue a Thiel mientras firmaba órdenes de trabajo con mirada cansina, legalizaba fueros y estatutos y se debatía con montones de papeles que crecían tan deprisa que ella era incapaz de seguir el ritmo al que entraban.

—Siempre ocurre igual en octubre, majestad, ya que por todo el reino la gente intenta cerrar sus asuntos y prepararse para el frío del invierno —le recordó el primer consejero con compasiva amabilidad.

—¿De veras? —Bitterblue no recordaba un octubre como aquel. Claro que separar en el recuerdo un mes en concreto de los demás no le resultaba nada fácil, puesto que todos los meses eran iguales. O, mejor dicho, lo habían sido; hasta la noche que se metió en la ciudad y cambiaron cientos de facetas en su vida.

Otro día intentó de nuevo sacar el asunto de los buscadores de la verdad a los que alguien estaba matando.

—El juicio al que asistí del lenita monmardo, del que luego resultó que se habían amañado las pruebas de su culpabilidad —dijo—, ese que era amigo del príncipe Po...

—El juicio al que asistió sin informarnos, majestad, el día que después invitó al acusado a sus aposentos —intervino Runnemood con voz untuosa.

—Lo invité porque mi corte había cometido un grave error con él y era un amigo de mi primo —repuso con tranquilidad—. Y asistí a él porque estoy en mi derecho de ir adonde guste. Por otro lado, su juicio me ha dado que pensar. A partir de ahora, quiero presenciar el testimonio de los testigos en mi Corte Suprema. Si ese lenita monmardo estuvo a punto de ser condenado por un asesinato que no cometió, también podría haberles pasado a todos los que están encarcelados en prisión. ¿No te parece?

—Oh, por supuesto que no, majestad —contestó Runnemood con un cansancio y una exasperación que a Bitterblue no le gustaron lo más mínimo.

También ella estaba cansada y exasperada; cada dos por tres, se le venían a la cabeza los alegres dibujos bordados en las sábanas que revelaban muy poco que fuera útil y que sin embargo evocaban demasiado dolor.

Ojalá hubiese dado a mi pequeña un padre bondadoso. Ojalá le hubiese sido infiel entonces. Tales decisiones no se le ocurren a una joven de dieciocho años, cuando ha sido elegida por Leck. Esa posibilidad se desvanece con la bruma mental en la que te envuelve. ¿Cómo podría protegerla de esa bruma?

Un día, en el escritorio de su despacho, Bitterblue se quedó sin respiración. Parecía que la habitación se ladeaba, como si ella no pudiera llevar el aire que necesitaba a la garganta y a los pulmones. Entonces vio a Thiel arrodillado delante de ella, sujetándola con fuerza por las manos mientras le daba instrucciones para que inhalara despacio y a un ritmo regular.

—Infusión de lorasima —le dijo en voz firme a Darby, que acababa de subir la escalera con un montón de correspondencia. Las pisadas del otro consejero le retumbaron como golpes de martillo capaces de echar abajo la torre.

Después de que Darby se hubo ido a cumplir su encargo, Thiel se volvió de nuevo hacia ella.

—Majestad —dijo con una voz que dejaba patente la angustia—. En los últimos días le está ocurriendo algo, me he dado cuenta de que lo está pasando mal. ¿Alguien le ha hecho daño? ¿Está herida o enferma? Le suplico que me diga cómo puedo ayudarla. Dígame qué puedo hacer, majestad, o qué puedo decirle.

—¿Alguna vez consolaste a mi madre? —susurró—. Recuerdo que algunas veces estabas allí, Thiel, pero no me acuerdo de nada más, aparte de eso.

Se produjo un breve silencio.

—Cuando estaba lúcido —contestó entonces el consejero en una voz tan triste como si saliera de un profundo pozo de aflicción—, intentaba ofrecerle consuelo a su madre.

—¿Vas a ensimismarte ahora tras una mirada vacía? —le preguntó en tono acusador al tiempo que le observaba los ojos, furiosa.

—Majestad, no tiene sentido que los dos nos desvanezcamos. Sigo estando aquí, con usted. Dígame qué le ocurre, por favor. ¿Tiene que ver con ese ciudadano al que se llevó a juicio con una falsa acusación? ¿Ha entablado amistad con él?

Rood entró al despacho en ese momento con la taza de infusión; se acercó y se arrodilló junto a Thiel para ofrecérsela.

—Díganos qué podemos hacer, majestad —le pidió también mientras la ayudaba a cerrar las manos alrededor de la taza y las sostenía con las suyas.

«Podríais contarme lo que presenciasteis —respondió para sus adentros a los ojos bondadosos del otro consejero—. Basta de mentiras. ¡Decídmelo de una vez!»

El siguiente en entrar al despacho fue Runnemood.

—¿A qué viene todo esto? —demandó al ver a Thiel y a Rood de rodillas junto al sillón de Bitterblue.

—Dímelo tú —instó con un hilo de voz.

—¿Que le diga qué? —espetó Runnemood.

—Lo que visteis. Dejad de torturarme y contádmelo de una vez. Sé que erais sus sanadores. ¿Qué era lo que hacía? ¡Decídmelo!

Rood se apartó de ella y encontró una silla.

—Majestad —empezó Runnemood con un timbre grave mientras plantaba los pies en el suelo con firmeza—, no nos pida que recordemos esas cosas. Todo aquello ocurrió hace años, asumimos lo que pasó y estamos en paz con nosotros mismos.

—¿En paz con vosotros mismos? —gritó Bitterblue—. ¡Qué vais a haber asumido vosotros lo que pasó!

—Les hacía cortes —relató Runnemood, prietos los dientes—. A menudo hasta que estaban a punto de morir. Entonces nos los traía para que los cosiéramos. Se consideraba un genio de la medicina. Creía que estaba convirtiendo Monmar en una tierra de maravillas médicas, pero lo que hacía era torturar a la gente hasta que moría. Era un demente. ¿Ya está contenta? ¿Para obtener esta información ha valido la pena obligarnos a recordar? ¿Ha merecido la pena arriesgar nuestra cordura e incluso nuestra vida?

Runnemood fue hacia su hermano, que ahora temblaba como un azogado y gritaba; ayudó a Rood a incorporarse y a continuación lo sacó prácticamente en volandas por la puerta. Se quedó sola con Thiel, que después de aquello se había recluido en su caparazón, todavía de rodillas a su lado, frío, rígido y vacío. Era culpa suya. Había estado hablando de algo real y ella lo había estropeado con preguntas que no tenía pensado hacer.

—Lo siento —le susurró—. Thiel, lo siento.

—Majestad —respondió unos segundos después—. Hablar de estos temas peligrosos es arriesgado. Le suplico que tenga más cuidado con lo que dice.

Habían pasado dos semanas y no había ido a ver a Zaf. Había muchas cosas que la tenían muy ocupada, como el asunto de los bordados o las montañas de trabajo acumulado o la enfermedad de Po. Además, estaba avergonzada.

—He estado teniendo unos sueños de lo más maravillosos —le dijo su primo cuando lo visitó en la enfermería—. Pero no de esos que te deprimen al despertar al darte cuenta de que no son verdad. ¿Me entiendes?

Estaba tumbado sobre las sábanas empapadas de sudor, con las mantas retiradas y abanicándose con la camisa, que tenía abierta. Siguiendo las instrucciones de Madlen, Bitterblue metió un paño en agua fría, lo escurrió y le lavó la cara pegajosa. Hizo un esfuerzo para no tiritar, porque el fuego de la chimenea se mantenía bajo en ese cuarto.

—Sí —contestó, aunque era mentira, pero no quería agobiar a su primo enfermo con los sueños horribles que había estado teniendo, sueños de Cinérea con la flecha de Leck ensartada en la espalda—. Cuéntame qué has soñado.

—Que soy yo mismo —dijo Po—. Y que soy igual, con todos los poderes, limitaciones y secretos. Pero no hay carga de culpabilidad en mis mentiras. No hay dudas, porque he tomado una decisión, y es la mejor posible que está a mi alcance. Cuando despierto, es como si todo fuera un poco más liviano, ¿sabes?

La fiebre persistía; parecía mejorar, pero después se reavivaba con más virulencia que antes. A veces, cuando lo visitaba para comprobar cómo estaba, lo encontraba tiritando, sacudido por los temblores y diciendo cosas raras que no tenían sentido.

—Está delirando —le dijo Madlen una vez, cuando Po la agarró del brazo y gritó que los puentes estaban creciendo y que en el río flotaban cadáveres.

—Ojalá que las alucinaciones que tiene fueran tan agradables como los sueños —susurró mientras le tocaba la frente y le acariciaba

265

el cabello sudoroso en un intento de sosegarlo. Y deseó que Raffin y Bann estuvieran allí porque sabían ocuparse de un enfermo mejor que ella. Deseó que Katsa estuviera con ella, porque seguro que si viera a Po en ese estado se disiparía su ira. Pero Katsa andaba por algún punto de un túnel, y Raffin y Bann estaba de camino a Meridia.

—Fue una orden de Randa —gritó Po, esta vez arropado con mantas, sacudido por los temblores—. Randa envió a Raffin a Meridia para casarse con la hija de Murgon. Regresará con una esposa e hijos y nietos.

—¿Casarse Raffin con la hija del rey de Meridia? —exclamó Bitterblue—. Ni en un millón de años.

Sonó el chasquear de una lengua en la mesa donde Madlen mezclaba una de sus horribles pociones que hacía tragarse a Po.

—Se lo volveremos a preguntar cuando no esté delirando, majestad —dijo la sanadora.

—¿Y eso cuándo será, Madlen?

La mujer añadió una pasta de olor agrio al cuenco, la machacó con los otros ingredientes y no respondió.

266

Entre tanto, Helda había encargado a Ornik, el herrero, que hiciera una réplica de la corona. El forjador realizó el encargo tan bien que a Bitterblue le latió el corazón por el alivio nada más verla, creyendo que la corona de verdad había sido recuperada... Hasta que cayó en la cuenta de que le faltaba la solidez y el lustre de la real, además de que las gemas solo eran de vidrio teñido.

—Oh —exclamó Bitterblue—. Cielos, Ornik es bueno en su trabajo. Tiene que haber visto la corona con anterioridad.

—No, majestad, pero Raposa sí, por supuesto, y ella se la describió.

—¿De modo que hemos metido a Raposa en este fiasco?

—Vio a Zaf, majestad, el día del robo, y regresó para acabar de bruñir la corona al día siguiente, ¿recuerda? No había posibilidad de evitar que estuviera involucrada en esto. Además, es una espía útil. La estoy utilizando para localizar al tal Fantasma que, supuestamente, tiene la corona.

—¿Y qué hemos descubierto?

—Que Fantasma está especializado en contrabando de objetos reales, majestad, todo tipo de tesoros nobles. Es un negocio familiar desde hace generaciones. Hasta el momento, ha guardado silencio respecto a la corona. Se dice que, salvo sus subordinados, nadie conoce el emplazamiento de esa cueva donde vive. Eso es beneficioso para nuestra necesidad de que el asunto se mantenga en secreto, y contraproducente para el imperativo de localizarlo y entender qué narices está ocurriendo.

—Zaf tiene que saberlo —rezongó Bitterblue de mala gana, mientras Helda tapaba la falsa corona con un paño—. ¿Cuál es la pena por robo al tesoro real, Helda?

—Majestad —dijo el ama tras un breve suspiro—, quizá no se le ha ocurrido que hurtar la corona de un monarca es más que un robo al tesoro real. La corona no es un simple adorno, como cualquier otra joya, sino la manifestación física de su poder. Robarla es traición.

—¿Traición?

El castigo por traición era la pena de muerte.

—Eso es ridículo —siseó—. Jamás permitiría a la Corte Suprema que condenara a muerte a Zaf por robar una corona.

—Querrá decir por traición, majestad —la corrigió Helda—. Y usted sabe tan bien como yo que su reinado podría acabar con un derrocamiento por el voto unánime de sus jueces.

Sí, era otra de las simpáticas resoluciones de Ror, esta para impedir el poder absolutista de un monarca.

—Reemplazaré a los jueces —dijo—. Te nombraré juez a ti.

267

—Una persona oriunda de Terramedia no puede ser juez de la Corte Suprema monmarda, majestad. No creo necesario explicarle que los requisitos para tal nombramiento son excepcionales y drásticos.

—Encontrad a Fantasma —pidió Bitterblue—. Encontradlo, Helda.

—Hacemos todo cuanto está en nuestra mano, majestad.

—Pues haced más. Yo iré dentro de poco a ver a Zaf y... no sé... le suplicaré. Quizá me la devuelva cuando comprenda las implicaciones de su acto.

—¿De verdad cree que no se le ha ocurrido, majestad? —le preguntó el ama con seriedad—. Es un ladrón profesional. Es temerario, pero no es estúpido en absoluto. Puede que incluso esté disfrutando con este embrollo en el que la ha metido.

«Disfruta metiéndome en un embrollo.

»¿Por qué me da tanto miedo ir a verlo?»

Esa misma noche, ya en la cama, Bitterblue se proveyó de tinta y papel y empezó a escribir una carta a Giddon. En realidad no tenía intención de enviársela nunca. Solo la escribía para ordenar las ideas, y la sola razón de que estuviera dirigida a Giddon es que él era la única persona a la que le decía la verdad; siempre que se lo imaginaba escuchando y haciendo preguntas, las que él planteaba eran menos preocupadas, menos tensas que las de cualquier otra persona.

¿Es porque está enamorada de él?, preguntó el imaginario Giddon.

¡Oh, mierda! ¿Cómo se me ocurre pensar siquiera en eso con tantas cosas como tengo en la cabeza?, escribió.

Es una pregunta bastante sencilla, ¿no?, dijo él de forma directa.

Bueno, no lo sé, escribió con impaciencia. *¿Significa eso que no lo estoy? Me gustó muchísimo besarlo. Disfrutaba recorriendo la ciudad con él y el modo en que confiábamos el uno en el otro sin fiarnos en absoluto. Me encantaría volver a ser su amiga. Me gustaría que recordara lo bien que nos llevábamos y que se diera cuenta de que ahora conoce mis secretos.*

Me dijo usted una vez que se sentaron juntos en un tejado para ocultarse de unos asesinos, dijo Giddon. *Y ahora me habla de besarse. ¿Se imagina el grave problema en el que se encontraría un ciudadano si lo sorprendieran enredando a la reina en algo así?*

En ninguno si yo lo he consentido, escribió. *Jamás permitiría que lo culparan por algo que hizo sin saber quién era yo. Francamente, tampoco quiero que lo culpen por robar la corona, y no es inocente de ese delito.*

En tal caso, dijo Giddon, *¿no cabe la posibilidad de que una persona que os hubiera tomado por una plebeya se sintiera traicionada al descubrir que usted tiene tanto poder sobre su suerte?*

Bitterblue estuvo un rato sin escribir. Por fin sostuvo la pluma con firmeza y con letras pequeñas, como si estuviera susurrando, escribió:

Últimamente he pensado mucho sobre el poder. Po dice que uno de los privilegios de la riqueza es que uno no tiene que pensar en ella. Creo que con el poder ocurre otro tanto. Me siento impotente, sin autoridad, más veces de las que me siento poderosa. Pero lo soy, ¿no es cierto? Tengo el poder de hacer daño a mis consejeros con unas palabras y a mis amigos con mentiras.

¿Son esos los ejemplos que me da?, dijo Giddon con un leve toque de regocijo.

¿Por qué?, escribió. *¿Qué tienen de malo?*

Bueno, usted puso en riesgo el bienestar de todos los ciudadanos de su reino cuando invitó al Consejo a utilizar su burgo como base

268

de operaciones para derrocar al rey elestino. Después envió al rey Ror una carta pidiéndole la ayuda de la armada lenita en caso de entrar en guerra. Reconoce estos hechos por lo que son, ¿verdad? ¡Son poder en grado sumo!

¿Quiere decir que no debería haberlo hecho?

Bueno, quizá no debería haberlo hecho tan a la ligera.

¡No lo hice a la ligera!

¡Lo hizo para tener cerca a sus amigos!, puntualizó Giddon. Y *usted no conoce la guerra, majestad. ¿Cree de verdad que entendió el alcance de la decisión que tomó? ¿De verdad comprendió las implicaciones que conllevaba?*

¿Por qué me lo dice ahora? Usted estaba presente en esa reunión, escribió. *¡De hecho, era usted el que la dirigía! ¡Podría haber hecho una objeción!*

Pero esta conversación la está manteniendo consigo misma, majestad. En realidad yo no estoy aquí, ¿cierto? No soy yo quien hace objeciones.

Y Giddon se disipó. Bitterblue se quedó consigo misma de nuevo y acercó la extraña carta al fuego, sumida en demasiados tipos de complicaciones que la confundían. Su conclusión final fue que necesitaba la ayuda de Zaf para dar con la persona que tenía como objetivo a los buscadores de la verdad, tanto si él podía perdonarle su abuso de poder como si no.

269

Cinérea se había equivocado en sus decisiones debido a la bruma mental de Leck; las malas decisiones que ella había tomado eran responsabilidad suya y de nadie más.

Con esa idea deprimente rondándole en la cabeza, Bitterblue fue al vestidor y sacó de un armario la caperuza y los pantalones.

$\mathcal{T}$ilda fue quien acudió a su llamada a la puerta. Al ver a la reina en el umbral de su casa, se quedó petrificada por la sorpresa, pero la expresión de sus ojos era afable.

—Entre, majestad —invitó.

Era un recibimiento que Bitterblue no esperaba, y también la llenaba de vergüenza.

—Lo siento, Tilda —susurró.

—Acepto su disculpa, majestad —fue la escueta respuesta de la otra mujer—. Nos ha dado mucho ánimo comprender que, durante todo este tiempo, la reina había estado de nuestra parte.

—¿Lo habéis comprendido?

Al entrar, se encontró sumergida en un montón de luz. Bren se encontraba junto a la prensa, vuelta hacia ella y mirándola con serenidad. Zaf estaba encaramado a una mesa, detrás de Bren, y la miraba encolerizado, y Teddy se había asomado al umbral de la trastienda.

—Oh, Teddy —exclamó, tan complacida al verlo que no fue capaz de contenerse—. Cuánto me alegra verte de pie ya.

—Gracias, majestad —dijo él con un atisbo de sonrisa que la hizo comprender que estaba perdonada.

—Eres demasiado amable conmigo —respondió Bitterblue con los ojos anegados en lágrimas.

—Siempre confié en usted, majestad —afirmó Teddy—, incluso antes de saber quién era. Es usted una persona generosa y sensible. Me conforta saber que una persona así es nuestra soberana.

Zafiro soltó un sonoro resoplido y Bitterblue se obligó a mirar hacia él.

—Lo siento —dijo—. Abusé de vuestra amabilidad y mentí. Os pido perdón por engañaros a todos.

—Como disculpa no es gran cosa —dijo Zaf, que se bajó de la mesa y se cruzó de brazos.

El antagonismo le convenía a Bitterblue. Le proporcionaba a su culpabilidad algo sólido y afilado contra lo que lanzarla. Levantó la barbilla.

—Pido perdón por las cosas que he hecho mal, pero no pienso pedirlo por mi disculpa —declaró—. Me gustaría hablar contigo a solas.

—Eso no va a pasar.

—Entonces —dijo al tiempo que se encogía de hombros—, supongo que todos tendrán que oír mi versión de las cosas. ¿Por dónde empezamos? ¿Con tu próximo juicio por traición, en el que seré llamada como testigo a declarar que te vi robar la corona?

Zafiro se dirigió hacia Bitterblue hasta ponerse delante de ella.

—Estoy deseando explicar por qué me encontraba en sus aposentos, para empezar —expuso con calma—. Será divertido acabar con su reputación. Esta conversación es aburrida. ¿Hemos acabado?

Bitterblue le cruzó la cara con todas sus fuerzas. Cuando Zaf la aferró por las muñecas, ella le dio una patada en la espinilla y volvió a patearlo hasta que, por fin, él la soltó.

—Es una déspota —espetó Zaf.

271

—Y tú un malcriado —replicó ella, y le propinó un empellón; las lágrimas se le desbordaron por las mejillas—. ¿De qué serviría arruinarnos la vida los dos? ¿En pro de qué causa rematadamente inútil? ¿Traición, Zaf? ¿Por qué tuviste que hacer algo tan condenadamente estúpido?

—¡Jugó conmigo! ¡Me humilló e insultó a mi príncipe al obligarlo a mentir por mí!

—¿Y por ello incurriste en un delito penado con la horca?

—Solo me apoderé de esa puñetería para fastidiarla —dijo—. ¡Que además tenga consecuencias que le causan descontento y preocupación es una compensación extra! ¡Me alegro de que sea un delito penado con la horca!

La tienda se había quedado vacía a su alrededor; estaban solos. Estaba demasiado cerca del fogoso cuerpo del hombre, así que lo empujó para ir hacia la prensa y se apoyó en ella mientras intentaba pensar. Había un punto en lo que Zaf había dicho que Bitterblue debía aclarar.

—Entiendes que estoy disgustada —empezó—, porque sabes que me preocupa tu seguridad.

—Bah, ¿a quién le importa eso? —dijo él a su espalda, cerca.

—Sabes que cuanto más te pones en peligro, más me disgusto y más me esforzaré para protegerte, lo cual, al parecer, es algo que te resulta divertido —añadió con acritud—. Pero tu gozo por esa situación tan deliciosa presupone cuánto afecto siento por ti.

—¿Y qué?

—Pues que eso significa que sabes perfectamente bien que me importas. Lo sabes tan bien que disfrutas haciéndome daño con ello. Y puesto que ya lo sabes, no tengo que convencerte de nada ni tengo que demostrar nada. —Se dio la vuelta para mirarlo—. Lamento haber mentido. Lamento haberte humillado y lamento haber obligado a tu príncipe a mentir por ti. Hice mal y no buscaré excusas para justificarme. Es decisión tuya perdonarme o no. También puedes decidir rectificar la estupidez que has cometido.

—Es demasiado tarde para eso. Hay más gente que lo sabe.

—Recupera la corona de ese tal Fantasma y entrégamela. Si puedo demostrar que la tengo, nadie va a mirarme a la cara y acusarme de mentir cuando insista en que siempre la he tenido.

—Dudo que pueda recuperarla —dijo Zaf tras una breve pausa—. Me han contado que Fantasma se la ha vendido a su nieto. Mi acuerdo con ella era que actuara como depositaria, que me la guardara a buen recaudo, pero ha roto el trato al venderla. Con el nieto no tengo ningún acuerdo.

—Por lo que cuentas, tampoco parece que tuvieras concertado uno con Fantasma —comentó en tono mordaz Bitterblue, que intentaba asimilar todas las cosas sorprendentes que Zaf acababa de revelar. ¿Así que Fantasma era una mujer?—. ¿A qué te refieres con lo de que se la vendió a su nieto? ¿Y eso qué significa?

—Por lo visto, Fantasma tiene un nieto al que está preparando en el negocio.

—¿El negocio de las prácticas delictivas del mercado negro? —dijo Bitterblue con sorna.

—Fantasma es más una comerciante y una gerente que una ladrona. Son otros los que llevan a cabo los robos para ella. Así, ha vendido la corona al nieto, seguramente por una suma simbólica, y ahora el chico ha de decidir qué hacer. Es como una prueba, ¿sabe? Eso le dará renombre.

—Si divulga que está en su posesión, también acabará arrestado y ahorcado.

—Oh, no lo encontrarán. Ni siquiera yo sé dónde está y me encuentro mucho más cerca de su mundo de lo que usted podría estarlo nunca. Se llama Gris, por lo visto.

—¿Qué hará con la corona?

—Lo que le apetezca —respondió Zaf con despreocupación—. Tal vez sacarla a subasta pública, o guardarla para pedir rescate. Los familiares de Fantasma son grandes expertos en aprovecharse de la nobleza sin que acabe siendo un perjuicio para ellos. Si los investigadores reales husmean lo suficiente para encontrar a Gris y someterlo a juicio, una docena de mujeres y hombres de su abuela responderán por él.

—¿Cómo, exactamente? ¿Quizás incriminando a otro en su lugar? ¿A ti, por ejemplo?

—Supongo que sí, ahora que lo menciona.

Bitterblue inhaló profundamente, irritada. En ese momento odiaba la sonrisita satisfecha de Zaf; lo odiaba a él por estar disfrutando con todo aquello.

—Entérate de cuánto quiere Gris por ella.

—¿Compraría su propia corona?

—¿Quieres decir antes que verte ahorcado? —preguntó Bitterblue—. ¿Eso te sorprende?

—Más bien me decepciona —dijo él—. No es muy interesante lo de emplear dinero para solucionar el problema, ¿no? Sea como sea, si las cosas llegaran a eso, no me ahorcarían. Huiría. Ya va siendo hora de que me marche, en cualquier caso.

—Oh, fantástico —barbotó Bitterblue—. Te marchas. Qué solución tan estupenda para un problema endiabladamente estúpido que nos has buscado a los dos. Estás mal de la cabeza, ¿lo sabes? —De nuevo le dio la espalda—. Estás haciendo que pierda el tiempo con esto, y lo que menos tengo es tiempo, precisamente.

—Cuán molesto para usted ser tan importante —comentó él, mordaz—. Vuelva a casa, a sus salas doradas, y siéntese en los cojines de seda mientras los sirvientes complacen sus deseos y sus guardias graceling la mantienen a salvo.

—Exacto —replicó Bitterblue tocándose en la frente donde el corte recibido durante el ataque fuera del castillo acababa de curarse—. A salvo.

La puerta de abrió de repente y Teddy asomó la cabeza.

—Mis disculpas —dijo con timidez—. Sentí el impulso de comprobar que todo iba bien.

—No te fías de mí —le reprochó Zaf, indignado.

—¿Debería, siendo como eres? —Teddy entró un poco más en el cuarto y posó los ojos en Bitterblue—. Me iré si estorbo —sugirió.

—No estamos llegando a nada —contestó Bitterblue, cansada—.

No estorbas, Teddy. Además, me has recordado que quería pedirte ayuda.

—¿En qué puedo servir a su majestad?

—¿Podrías aclararme qué lores y qué damas de mi reino robaron más para Leck? ¿Tienes esa información? Me facilitaría por dónde empezar en mi propósito de dar con la persona que está detrás de los asesinatos y las incriminaciones falsas contra los buscadores de la verdad.

—Oh —exclamó Teddy con aire complacido—. Podría encontrar a unas cuantas personas con razones para sentirse avergonzadas de sí mismas. Pero no sería una lista completa, majestad. Hay muchas ciudades de las que no hemos oído hablar. ¿Le gustaría tener esa lista, de todos modos?

—Sí, por favor.

«Si me marcho con una lista, esta visita no habrá sido solo una dolorosa pérdida de tiempo.»

Teddy fue hacia el escritorio para pergeñar una lista. Bitterblue se quedó con la vista clavada en la mesa situada al lado de la prensa, sin verla en realidad, pero decidida a no mirar a Zaf. Este se encontraba demasiado cerca de ella, cruzado de brazos, callado, y observando el suelo con gesto huraño.

274

Entonces, de forma gradual, los montones de papel que tenía delante empezaron a enfocarse y a hacerse nítidos. Era material impreso, pero no era el texto de *El beso en las tradiciones de Monmar*, de Deceso, ni del diccionario de Teddy. Cuando empezó a asimilar lo que estaba mirando, dijo en voz alta:

—No puede ser que esto me lo hayáis estado ocultando todo este tiempo, Teddy. ¿Es posible?

Alzó una de las páginas de arriba y vio que la siguiente era idéntica.

—Eh —protestó Zaf, que alargó la mano y la empujó para intentar quitarle el papel.

—Oh, déjaselo, Zaf —dijo Teddy, cansado—. ¿Qué importa ahora? Sabemos que no tratará de perjudicarnos por imprimirlo.

—Entérate de cuánto quiere Gris por la corona, Zaf. Y apártate de mí —ordenó Bitterblue al tiempo que le asestaba una mirada tan fiera que, de hecho, él dejó de intentar apoderarse de la hoja de papel y dio un paso atrás, momentáneamente desconcertado.

Bitterblue retiró una muestra de cada pila de papeles que había en la mesa. Los enrolló, los sujetó con una mano, se acercó a Teddy y aceptó la corta lista de nombres que él le tendía. Después se marchó de la imprenta.

ϒ

Fuera, se paró debajo de una luz. Desenrolló las páginas y las hojeó examinándolas con atención. Todas tenían el mismo título: *Lecciones de lectura y escritura*, y cada lección iba numerada. Las número uno contenían en grandes caracteres las letras del alfabeto y los numerales del cero al diez. Las número dos contenían unas cuantas palabras sencillas, como «gato», «cazo», «carro», «rata». Las palabras incrementaban la complejidad y se introducían más numerales a medida que el número de la lección era más alto. En la esquina inferior de cada página aparecía impreso un minúsculo identificador geográfico: Barrio de la Flor, distrito este. Puente del Monstruo, distrito este. Parque Invernal, Atarazanas del Pez. Sombra del Castillo, distrito oeste.

¿Lecciones de lectura? «Tanto secreto por unas lecciones de lectura...»

Algo golpeó a Bitterblue con tanta fuerza en la parte posterior del hombro que la hizo girar sobre sí misma. Alguien la embistió y las páginas salieron volando. Cayó al suelo con tal mala suerte que se golpeó contra el bordillo de la acera y gritó de dolor.

275

25

*L*os pensamientos volvieron con claridad y una calma sorprendente. Una mujer sentada sobre ella, de forma que la tenía inmovilizada contra el suelo, la estaba estrangulando con una fuerza férrea. Había más gente, otras pequeñas batallas que se disputaban a su alrededor, gritos y gruñidos, destellos de acero. «No estoy dispuesta a morir», pensó Bitterblue al tiempo que luchaba para llevar aire a los pulmones, pero no llegaba a los ojos de la mujer ni a la garganta, y no podía alcanzar los cuchillos que ocultaba en las botas; intentó encontrar el que tenía debajo de la manga del brazo roto, pero el dolor se lo impidió. De pronto comprendió qué era aquella abrasadora presión en la parte posterior del hombro: un cuchillo. Si pudiera alcanzarlo con la mano del brazo sano… Lo intentó, tanteó, encontró el mango y tiró de él. El arma salió con una sacudida de dolor que fue casi insoportable, pero acuchilló con ella a su atacante donde pudo. La cabeza le iba a estallar, pero siguió apuñalando a la mujer. La vista se le oscureció. Se sumió en la inconsciencia.

El dolor la hizo volver en sí. Cuando intentó gritar le sobrevino más dolor, porque tenía machacada la garganta.

—Sí, eso la ha despertado —dijo una profunda voz masculina—. Lo siento, pero tiene que hacerse con los huesos rotos. Contribuirá a que después haya menos dolores.

—¿Qué hacemos con todos estos cuerpos? —susurró alguien más, una voz de mujer.

—Ayúdame a meterlos dentro y mis amigos y yo nos ocuparemos de ellos —intervino una tercera voz que hizo que Bitterblue quisiera gritar otra vez: era la de Zaf.

—Algunos de los guardias lenitas se quedarán y os ayudarán

—dijo la primera voz masculina con firmeza—. Yo me llevo a la reina a casa.

—¿Sabe quiénes son? —preguntó Zaf—. ¿No debería llevarse los cadáveres por si acaso la gente del castillo puede identificarlos?

—No son esas mis instrucciones —contestó la voz masculina.

Al reconocerla, Bitterblue dijo el nombre con un graznido:

—Holt.

—Sí, majestad —respondió el guardia graceling, que se inclinó sobre ella y entró en su campo visual—. ¿Cómo se encuentra, majestad?

—No consiento en morirme —susurró.

—Dista mucho de morirse, majestad —dijo Holt—. ¿Puede intentar beber un poco de agua?

Holt le pasó un frasco a alguien que estaba por encima de ella. Fue entonces cuando se dio cuenta de que tenía la cabeza apoyada en el regazo de alguien. Alzó los ojos para mirar la cara de esa persona y, por un instante, vio a una chica. Entonces esta se transformó en una estatua de mármol y el vértigo se apoderó de Bitterblue.

—Hava —instó Holt con brusquedad—. Deja de hacer eso. Le estás dando dolor de cabeza a la reina.

—Creo que alguien debería sustituirme —dijo la estatua con precipitación.

Entonces volvió a ser una chica, y se desembarazó de Bitterblue de forma que la cabeza le golpeó en el suelo. Mientras soltaba un grito ahogado por el nuevo dolor, oyó el ruido de pies que se escabullían con precipitación.

Holt acudió con rapidez al auxilio de la reina, sosteniéndole la cabeza y acercándole el frasco a los labios.

—Le pido disculpas por el comportamiento de mi sobrina, majestad —dijo—. La ayudó con valentía hasta que usted reparó en ella.

Beber agua fue como si tragara fuego.

—Holt —susurró—. ¿Qué ha ocurrido?

—Una partida de malhechores aguardaba fuera de la imprenta para matarla, majestad —explicó Holt—. Hava y yo nos encontrábamos aquí a petición del príncipe Po. Hicimos cuanto pudimos. Ese amigo suyo oyó el jaleo y salió a ayudar. Pero estábamos con el agua al cuello, majestad, si se me permite decirlo, hasta que seis hombres de su guardia lenita de las puertas llegaron corriendo a la escena.

—¿Mi guardia lenita de las puertas? —repitió Bitterblue sin salir de su asombro, captando ahora el sonido de botas en el pavimento y los gruñidos mientras los hombres levantaban cuerpos—. ¿Y cómo es que aparecieron aquí?

Holt apartó el frasco y lo dejó en alguna parte. Luego, con cuidado, la alzó en brazos. Ir así en los brazos de Holt era como flotar en el aire. Las zonas que dolían lo hicieron con suavidad, sin una sola sacudida.

—Por lo que he entendido, majestad —dijo el guardia graceling—, Thiel entró corriendo en sus aposentos anoche para comprobar si todo iba bien. Cuando descubrió que no estaba, exhortó a Helda a enviar un contingente de su guardia lenita de las puertas en pos de usted.

—¿Thiel? ¿Thiel sabía que estaba en peligro?

—Eh —dijo la voz de Zaf, de repente muy cercana—. Creo que eso es sangre suya. La manga de tu chaqueta se está oscureciendo, hombre. —Una mano le exploró la espalda, y, al llegar al hombro, Bitterblue soltó un grito—. La han acuchillado —dijo Zaf mientras el mundo se sumía en la oscuridad.

278   Volvió a despertarse y oyó los murmullos de las voces de Helda y Madlen. Tenía la sensación de estar toda ella envuelta en algodón, sobre todo la cabeza. Una especie de escayola le inmovilizaba la muñeca y el antebrazo izquierdos, y la parte posterior del hombro izquierdo parecía estar en llamas. Parpadeó y atisbó las estrellas rojas y doradas del techo de su dormitorio. A través de la ventana, empezaban a apuntar las primeras luces. Comenzaba un nuevo día.

Ahora, con Madlen y Helda cerca, parecía seguro pensar que no iba a morir. Y en el instante en que se supo a salvo, también le pareció imposible haber sobrevivido. Sintió deslizarse una lágrima por el rabillo del ojo hasta llegar al pelo, y eso fue todo, porque llorar significaba hipar y resollar, y solo tenía que hacer una inhalación profunda para recordar lo mucho que dolía respirar.

—¿Cómo lo supo Thiel? —susurró.

Las voces susurrantes enmudecieron. Las dos, Helda y Madlen, se acercaron y se inclinaron sobre ella. El rostro de Helda mostraba tensión y alivio; el ama alargó una mano y le acarició el cabello en las sienes.

—Ha sido una noche terrible, con entradas y salidas del castillo, majestad —contestó en voz queda—. Qué susto se llevó Madlen cuando Holt entró corriendo a la enfermería con usted en brazos, y el sobresalto que tuve yo no fue menor cuando Madlen la trajo conmigo.

—¿Pero cómo se enteró Thiel? —insistió Bitterblue.

—No lo dijo, majestad. Entró aquí, desesperado, con un aspecto como si hubiese luchado contra un oso, y me dijo que, si sabía dónde había ido usted y lo que me convenía, más me valía enviar a la guardia lenita a buscarla.

—¿Dónde está ahora? —susurró Bitterblue.

—No tengo ni idea, majestad.

—Manda alguien a buscarlo —ordenó—. ¿Todos los demás se encuentran bien?

—El príncipe Po pasó una noche horrible, majestad —informó Madlen—. Agitado e inconsolable. Tuve que administrarle sedantes cuando Holt llegó con usted, porque estaba fuera de sí. No podía controlarlo y se resistía, así que Holt tuvo que sujetarlo.

—Oh, pobre Po. ¿Va a ponerse bien, Madlen? —preguntó Bitterblue.

—Se encuentra en la misma situación que usted, majestad, con lo cual quiero decir que creo firmemente que mejorará si se aviene a descansar. Aquí tiene, majestad —dijo mientras le ponía una nota doblada en la mano buena—. Una vez que conseguí hacerle tragar la medicina y supo que resistirse era una causa perdida, hizo un esfuerzo extraordinario para dictarme esto. Me hizo prometer que se lo daría.

Bitterblue abrió la nota con una mano mientras trataba de recordar la clave que utilizaba esos días con Po. ¿«Pastel de semilla de amapola»? Sí. Con esa clave, el mensaje de Po descifrado en la letra revirada de la sanadora decía más o menos:

> Runnemood fue a los calabozos a las once en punto y apuñaló a nueve prisioneros que dormían en una celda. Uno era el falso testigo en el juicio de Zaf. Otro era ese asesino demente al que pediste a Madlen que examinara. Después le prendió fuego al calabozo. Entró y se marchó por un pasadizo secreto. Más tarde, Runnemood y Thiel entraron por otro pasadizo subterráneo que pasa por debajo de la muralla este. Los perdí. No ha sido una alucinación ni un sueño.

Cuando la guardia lenita se mostró incapaz de dar con Runnemood, Bitterblue encargó la búsqueda a la guardia monmarda. El resultado fue el mismo. El consejero evadido no estaba en el castillo y tampoco hubo suerte en la batida que se hizo por la ciudad.

—Ha escapado a un lugar seguro —concluyó Bitterblue, frustrada—. ¿Dónde vive su familia? ¿Habéis hablado con Rood? Se supone que Runnemood tiene miles de amigos en la ciudad. ¡Descubrid quiénes son, capitán, y encontradlo!

—Sí, majestad —saludó el capitán Smit, que se encontraba al otro lado del escritorio y se mostraba adecuadamente adusto pero también aturdido— ¿Y tiene razones concretas para creer que Runnemood está detrás del ataque a su persona, majestad?

—Está detrás de algo, eso es indiscutible —fue la respuesta de Bitterblue—. ¿Y Thiel? ¿Dónde está todo el mundo? Haga que alguien suba, ¿quiere?

La persona que el capitán mandó arriba era, de hecho, Thiel. Llevaba el pelo de punta hacia arriba, y lo tenía gris. Cuando le vio a Bitterblue el brazo y las marcas purpúreas en la garganta, los ojos se le enturbiaron con lágrimas y empezó a parpadear.

—Debería estar en cama, majestad —dijo con voz enronquecida.

—No me ha quedado más remedio que salir de ella para encontrar respuesta a la pregunta de por qué Runnemood ha asesinado a nueve de mis prisioneros y después se ha metido por un pasadizo que discurre por debajo de la muralla este. Contigo —contestó Bitterblue de manera inexpresiva.

Thiel se desplomó, tembloroso, en una silla.

—¿Que Runnemood ha asesinado a nueve prisioneros? —dijo—. Majestad, ¿cómo sabe todo eso?

—No estamos hablando de lo que sé yo, Thiel. Hablamos de lo que no sé. ¿Por qué fuiste con Runnemood por ese pasadizo secreto anoche? ¿Cómo sabías dónde enviar a mi guardia lenita para que me rescatara y qué tiene que ver una cosa con la otra?

—Lo supe porque él me lo dijo, majestad —respondió Thiel, sentado en la silla con aire desconsolado y confuso—. Me encontré con Runnemood muy tarde. No parecía él, majestad. Tenía una expresión alterada y sonreía demasiado. Me ponía nervioso. Lo seguí por aquel pasadizo con la esperanza de que si me quedaba con él podría descubrir qué le ocurría. Cuando le presioné, me contestó que había hecho algo brillante, pero ni que decir tiene que yo ignoraba lo de esos prisioneros. Entonces me explicó que usted había salido a la ciudad y que había mandado una partida de malhechores a matarla.

—Comprendo. ¿Y te lo dijo así, sin más?

—No parecía el de siempre, majestad —repitió Thiel, que se agarró del pelo—. Parecía tener la absurda idea de que me complacería oír lo que me contaba. En serio, creo que se ha vuelto loco.

—¿Y eso te sorprende?

—Pues claro, majestad. ¡Estaba atónito! ¡Lo dejé y corrí de

vuelta a los aposentos de su majestad con la esperanza de que hubiera mentido y que os encontraría a salvo allí!

—¿Dónde está Runnemood, Thiel? ¿Qué es lo que pasa? —preguntó Bitterblue.

—Ignoro dónde está, majestad —contestó con sorpresa el consejero—. Ni siquiera sé adónde conduce el pasadizo. ¿Por qué me da la impresión de que no me cree?

Bitterblue se alzó del sillón de un salto, incapaz de contener la congoja.

—Porque Runnemood no se ha vuelto loco de repente, y tú lo sabes —dijo—. Es el más cuerdo de todos vosotros. Tú has llegado a decirme que no hable en voz alta sobre el reinado de Leck, no has dejado de repetirme que te cuente a ti los recuerdos que guardo del pasado antes de decírselo a cualquier otra persona. Has estado discutiendo con él y me has estado haciendo advertencias sutiles. ¿O no es así? ¿Por qué otra razón ibas a hacer todo eso si ignorabas su campaña de persecución y hostigamiento a los buscadores de la verdad?

Thiel había empezado a ensimismarse, a aislarse de todo; Bitterblue conocía las señales. Se estaba retirando a un lugar recóndito de su mente mientras se ceñía el cuerpo con los brazos, y no se había incorporado de la silla cuando lo hizo ella.

—Ahora ya no sé de qué me habla, majestad —susurró—. No entiendo nada.

En aquel momento sonó una llamada a la puerta y Raposa asomó la cabeza por la rendija abierta.

—Majestad, perdón por interrumpir —se disculpó.

—¿Qué ocurre? —le gritó Bitterblue, exasperada.

—Traigo el pañuelo que le prometió Helda, majestad, para que se cubra las magulladuras —contestó Raposa.

Bitterblue le indicó que entrara con un gesto impaciente de la mano, tras lo cual le ordenó salir del mismo modo. Y entonces se quedó mirando asombrada el pañuelo que Raposa le había dejado en el escritorio. Los recuerdos acudieron en tropel a su mente, porque ese pañuelo había sido de su madre. La seda tenía un suave tono gris, con motas plateadas, y no había pensado ni una sola vez en él desde hacía más de ocho años; pero ahora recordaba a las dos, a ella de pequeña y a su madre, que le contaba los dedos y se los besaba. Recordaba a Cinérea riéndose... ¡Riéndose! Al parecer ella había dicho algo gracioso que había hecho reír a su madre.

Recogiendo el pañuelo con absoluta delicadeza, como si el mínimo soplo de una respiración pudiera deshacerlo, Bitterblue se lo puso en el cuello y le dio dos vueltas, tras lo cual se sentó. Le dio unos suaves toquecitos, lo alisó.

Alzó la vista hacia Thiel y descubrió al primer consejero mirándola boquiabierto, con una expresión acongojada en los ojos.

—Ese era el pañuelo de su madre, majestad —dijo. Entonces las lágrimas empezaron a caerle por las mejillas. Algo en el interior de los ojos del hombre pareció desmoronarse, pero había algo vivo allí; nada de vacío, sino vida debatiéndose con el dolor—. Perdón, majestad —se disculpó, ahora llorando con más intensidad—. Supe desde el juicio de hace dos semanas que Runnemood estaba involucrado en algo terrible. Fue él quien amañó la culpabilidad de ese joven lenita monmardo, ¿comprende? Lo sorprendí en pleno ataque de cólera después de haber fracasado en su propósito, así que le obligué a que me confesara la verdad. He estado tratando de abordar ese asunto para hallar un modo de solucionarlo. Éramos amigos desde hace cincuenta años. Creí que, si intentaba comprender por qué Runnemood había hecho algo así, entonces podría hacerle entrar en razón.

—¡Pero me lo ocultaste! —gritó Bitterblue—. ¿Sabías lo que había hecho y lo encubriste?

—Siempre he querido hacerle más fácil el camino, majestad —respondió Thiel, desolado, mientras se enjugaba las lágrimas—. He querido protegerla para que no sufriera más.

282

No había mucho más que Thiel pudiera contarle.

—¿Sabes por qué lo hizo, Thiel? ¿Qué era lo que se proponía conseguir? ¿Trabajaba para alguien? ¿Quizá colaboraba con Danzhol?

—Lo ignoro, majestad. No logré que me contara nada de eso. No he sabido sacar ninguna conclusión lógica de todo este asunto.

—Pues yo sí veo que la tiene —manifestó ella con voz grave—. Fue pura lógica comprender que era necesario acceder a los calabozos y acuchillar a inocentes y a todos a los que había pagado para que mintieran o mataran. Sobre todo después de que yo hubiera ordenado que se juzgara de nuevo a todos los reos. Después prendió fuego a los calabozos para ocultar lo que había hecho. Limpió cualquier rastro de culpabilidad, ¿no es así? Me pregunto si no fue también el responsable del ataque que sufrí cuando me hirieron en la cabeza. Y también me pregunto si sabía que era yo.

—Majestad —dijo Thiel, alarmado—. Está refiriéndose a muchas cosas de las que no sé nada y que me consterna descubrir ahora.

Su majestad nunca nos contó que había habido un ataque previo a este. Y Runnemood jamás habló de pagar a nadie para matar a otras personas.

—Hasta anoche, cuando te contó que había contratado una partida de malhechores para que me mataran —lo interrumpió Bitterblue.

—Sí, hasta anoche —respondió el consejero en un susurro—. Me dijo que había trabado amistad con mala gente, majestad. No me pida que busque una explicación a lo que hay detrás de todo esto, porque lo único que se me ocurre pensar es que está loco.

—La locura es una explicación muy conveniente —comentó con sarcasmo Bitterblue, que se puso de pie otra vez—. ¿Dónde está, Thiel?

—De verdad que no lo sé, majestad —contestó el primer consejero mientras empezaba a incorporarse—. No he vuelto a verlo desde que me separé de él en el pasadizo.

—Siéntate —espetó Bitterblue, deseando en ese instante ser más alta que él para así poder mirarlo desde arriba. Thiel se dejó caer en la silla de golpe—. ¿Por qué no mandaste a nadie tras él? ¡Lo dejaste escapar!

—En ese momento solo pensaba en usted, majestad —gritó—. ¡No en él!

—¡Lo dejaste escapar! —repitió Bitterblue, frustrada.

—Descubriré dónde se encuentra, majestad. Investigaré todas esas cosas que me ha contado ahora, todos esos delitos que cree que Runnemood ha cometido.

—No. Otra persona lo investigará. Ya no estás a mi servicio, Thiel.

—¿Qué? —exclamó él—. No, majestad, por favor. ¡No puede hacer eso!

—¿Ah, no? ¿De verdad no puedo? ¿Eres consciente de lo que has hecho? ¿Cómo voy a confiar en ti si me ocultas las atrocidades de mis propios consejeros? Estoy intentando ser una reina, Thiel. ¡Una reina, no una chiquilla a la que hay que proteger de la verdad! —La voz, quebrada y ronca, se abrió paso por la garganta magullada. Con esto Thiel le había hecho más daño de lo que creía posible que pudiera causarle un viejo estirado e impasible—. Me mentiste. Me hiciste creer que podía contar con tu ayuda para ser una reina justa.

—Lo es, majestad. Su madre estaría…

—Ni se te ocurra —siseó, atajándolo—. No te atrevas a utilizar el recuerdo de mi madre para apelar a mi clemencia.

283

Se produjo un breve silencio. Thiel agachó la cabeza; al parecer comprendía la situación.

—Ha de tener en cuenta, majestad, que estudiamos juntos —susurró—. Fue amigo mío mucho antes de que apareciera Leck. Pasamos los dos por muchísimas penalidades. También ha de considerar que usted tenía diez años. Y entonces, antes de que me diera cuenta de lo que ocurría, se convirtió en una mujer de dieciocho años que se bastaba a sí misma, que descubría verdades peligrosas y que, aparentemente, recorría las calles de noche. Tendría que darme tiempo para asumirlo.

—Vas a disponer de tiempo sobrado —contestó—. Mantente alejado hasta que hayas tomado la decisión de hacer de la verdad una práctica.

—Lo decido ya, majestad —dijo Thiel mientras parpadeaba para librarse de las lágrimas—. No volveré a mentirle, lo juro.

—Me temo que no te creo.

—Majestad, se lo suplico. Ahora que está herida va a necesitar mucha más ayuda.

—En tal caso solo deseo estar rodeada de aquellos que me son útiles —le dijo al hombre que hacía que todo funcionara—. Vete. Vuelve a tus aposentos y piensa bien en todo esto. Cuando recuerdes de pronto adónde ha ido Runnemood, envíanos una nota.

Thiel se puso de pie con trabajo, sin mirarla, y abandonó el despacho en silencio.

—Mientras tenga esta horrenda escayola en el brazo —le dijo esa noche a Helda— he de buscar un modo de poder vestirme y desnudarme sin organizar todo este lío.

—Sí —convino el ama, que rompió la costura de la manga de Bitterblue y pasó la tela por encima de la escayola. Había tenido que coser el vestido después de que Bitterblue se lo pusiera esa mañana—. Se me han ocurrido algunas ideas, majestad, para hacer mangas abiertas y abotonadas. Siéntese, querida, y no se mueva. Desataré el pañuelo y le quitaré la ropa interior. Luego la ayudaré a ponerse el camisón.

—No, nada de camisón.

—No tengo el menor empeño en impedir que duerma en cueros si es lo que quiere, majestad, pero tiene un poco de fiebre. Creo que estará más cómoda con algo más de ropa encima.

No pensaba pelear con Helda por el camisón, o el ama sospecharía la razón por la que no quería ponérselo. Pero cómo dolería y qué agotador resultaría tener que quitarse el maldito camisón, además de la lista de tareas imposibles que tendría que realizar a fin de escabullirse esa noche. Cuando Helda empezó a quitarle las horquillas y a desenredarle el pelo, Bitterblue se contuvo para no protestar otra vez.

—Por favor, Helda, ¿te importaría hacerme una trenza?

Por fin Helda se marchó, se apagaron las lámparas y Bitterblue yació en la cama tendida sobre el costado derecho y estremecida por unas punzadas tan fuertes que se preguntó si sería posible que una pequeña reina en una cama enorme diera inicio a un terremoto.

«En fin, no tiene sentido retrasarlo.»

Al cabo de un rato, entre jadeos y con un terrible dolor de cabeza, Bitterblue abandonó sus aposentos y empezó el largo recorrido a lo largo de pasillos y escaleras abajo. No quería pensar que tenía un brazo inutilizado ni que no llevaba cuchillos escondidos en las mangas. Había muchas cosas en las que no quería pensar esa noche; confiaría en la suerte y en no encontrarse con nadie.

Después, en el patio mayor, una persona surgió de las sombras y se interpuso en su camino. La luz de las antorchas arrancó, como siempre, suaves destellos en el oro que él lucía.

—Por favor, no me obligues a detenerte —dijo su primo. No era broma ni una advertencia. Era una súplica—. Lo haré si es necesario, pero solo conseguirás que los dos empeoremos.

—Oh, Po —gimió; se acercó a él y lo abrazó con el brazo sano.

Él la estrechó por el costado que no estaba herido, la sostuvo contra sí y suspiró, despacio, en su cabello, mientras se balanceaba. Cuando Bitterblue apoyó la oreja en el pecho de su primo, percibió el rápido latido de su corazón, aunque poco a poco las palpitaciones recobraron un ritmo normal.

—¿Estás decidida a salir?

—Sí. Quiero contarles a Zaf y a Teddy lo de Runnemood. También quiero preguntarles si ha habido algún cambio con el asunto de la corona, y necesito decirle de nuevo a Zaf que lo siento.

—¿Por qué no esperas a mañana y dejas que envíe a alguien a buscarlos?

Era un gozo la mera idea de dar media vuelta y regresar a la cama.

—¿Lo harás a primera hora? —preguntó.

—Sí. ¿Y tú querrás dormir para que cuando vengan no te agote mantener una conversación con ellos?

—Sí, de acuerdo.

—Está bien. —Po volvió a suspirar sobre su pelo—. Cuando

Madlen se ausentó un rato hoy, Escarabajito, exploré el túnel que pasa por debajo de la muralla este.

—¿Qué? ¡Po, no te recuperarás nunca!

Él resopló con sorna.

—Sí, claro, todos deberíamos seguir tu ejemplo en este tipo de cosas. En fin, el túnel empieza en una puerta cubierta por un tapiz, en un pasillo del ala oriental, en la planta baja. Va a dar a una callejuela oscura del distrito este, cerca del arranque del Puente Alígero.

—Entonces, ¿crees que escapó al distrito este de la ciudad?

—Supongo que sí. Lamento que mi radio de alcance mental no llegue tan lejos. Y lamento no haber dedicado un rato a hablar con él para darme cuenta de que algo iba mal. No te he sido de mucha ayuda desde que llegué.

—Po, has estado enfermo, y antes de eso estabas ocupado. Lo encontraremos, y entonces podrás hablar con él.

Su primo no contestó y se limitó a apoyar la cabeza en su cabello.

—¿Has sabido algo de Katsa? —se atrevió a preguntarle en un susurro.

Él negó con la cabeza.

—¿Estás preparado para su regreso?

—No estoy preparado para nada —respondió Po—. Pero eso no significa que no quiera que ocurra lo que tenga que ocurrir.

—¿Y eso qué se supone que significa?

—Deseo que ella vuelva. ¿Te parece una respuesta suficiente?

Sí, transmitió.

—¿Vuelves a la cama? —le preguntó su primo.

Vale, de acuerdo.

Antes de quedarse dormida, leyó un fragmento de un bordado.

Thiel llega hasta sus límites a diario, pero aun así sigue adelante. Quizá solo es porque se lo suplico. La mayoría preferiría olvidar y obedecer ciegamente antes que afrontar la verdad del mundo demencial que Leck intenta crear.

Lo intenta y a veces, creo, no lo consigue. Hoy ha destruido esculturas en sus aposentos. ¿Por qué? También se llevó a su escultora predilecta, Belagavia. No volveremos a verla. Éxito en destruir. Fracaso en algo, porque no logra sentirse satisfecho. Accesos de ira.

Está demasiado interesado en Bitterblue. Debo llevármela lejos. Por eso le he suplicado a Thiel que aguante.

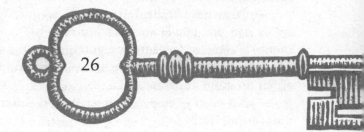

26

—Me sorprende verte —dijo Bitterblue a la mañana siguiente cuando Rood entró en el despacho de la torre.

El consejero estaba callado y abatido en ausencia de su hermano, pero no sumiso ni temeroso. Era evidente que no se encontraba en pleno ataque nervioso.

—He pasado veinticuatro horas muy malas, majestad —respondió en voz baja—. No fingiré que no ha sido así. Pero Thiel vino a verme anoche y recalcó lo mucho que se me necesita ahora.

Cuando Rood sufría, era un sufrimiento presente y material; no se escondía tras el vacío. Era una franqueza que hizo que Bitterblue deseara confiar en él.

—¿Hasta qué punto estás enterado de lo ocurrido? —se aventuró.

—Hace años que no soy confidente de mi hermano, majestad. Para ser franco, mejor que fuera a Thiel a quien encontró en los pasillos esa noche. Podría haber pasado junto a mí sin decir una palabra, y fue el hecho de que hablara lo que le salvó la vida a su majestad.

—¿La guardia monmarda te ha interrogado sobre el posible paradero de tu hermano, Rood?

—Desde luego, majestad. Aunque me temo que no he sido de gran ayuda. Mi esposa, mis hijos, mis nietos y yo somos sus únicos familiares vivos, majestad, y el castillo, el único hogar que hemos tenido. Él y yo crecimos aquí, ¿sabe, majestad? Nuestros padres fueron sanadores al servicio de la corona.

—Comprendo. —De modo que ese hombre que se movía de aquí para allí casi de puntillas y se encogía por cualquier cosa ¿tenía esposa, hijos y nietos? ¿Eran para él motivo de gozo y satisfacción? ¿Cenaba todas las noches con ellos, despertaba con ellos por las mañanas y lo consolaban cuando estaba enfermo? Runnemood parecía tan distante y frío en comparación… Bitterblue era incapaz de ima-

287

ginar que si tuviera un hermano pasara de largo, sin verlo, al cruzarse con él por un pasillo.

—¿Tú tienes familia, Darby? —le preguntó a su consejero graceling con una pupila amarilla y otra verde cuando el hombre remontó la escalera, jadeante, la siguiente vez que subió a su despacho.

—Hubo un tiempo en que la tuve —respondió, y encogió la nariz en un gesto de desagrado.

—¿No te...? —empezó con vacilación Bitterblue—. ¿No les tenías cariño, Darby?

—Más bien es que hace tiempo que no pienso en ellos, majestad.

Estuvo tentada de preguntarle en qué pensaba, si lo hacía, mientras corría de aquí para allá como un frenético mecanismo diseñado para distribuir documentos.

—Confieso que me sorprende verte hoy a ti también en las oficinas, Darby.

El consejero la miró a los ojos y le sostuvo la mirada, un gesto que la sorprendió porque no recordaba que hubiera hecho algo así nunca. Entonces reparó en el horrible aspecto del hombre, con los ojos inyectados en sangre y desorbitados, como si los mantuviera abiertos a la fuerza. También se fijó en un leve temblor en los músculos de su cara, algo de lo que tampoco se había dado cuenta hasta entonces.

288

—Thiel me ha amenazado para que acudiera al trabajo, majestad —dijo.

Luego le tendió un papel, así como una nota doblada, y retiró la pila de documentos salientes, que hojeó con una expresión como si quisiera castigar a cualquier hoja del montón que no estuviera en perfecto orden. Bitterblue se lo imaginó agujereando los papeles con un abrecartas para después sostenerlos cerca del fuego mientras gritaban.

—Eres un bicho raro, Darby —dijo en voz alta.

Darby emitió un suave resoplido antes de dejarla sola.

Estar en la torre sin Thiel le causaba una extraña sensación de aplazamiento, como si estuviera aguardando a que empezara la jornada de trabajo, a la espera de que Thiel regresara de la diligencia en la que estuviera ocupado y le hiciera compañía. Qué furiosa estaba con él por hacer algo que la había obligado a retirarlo del servicio.

El trozo de papel que Darby le había llevado enumeraba los resultados de los últimos estudios sobre alfabetización de Runnemood. Tanto en el castillo como en la ciudad, las estadísticas rondaban el ochenta por ciento. Por supuesto, no había razón alguna para creer que fueran rigurosos.

La nota estaba escrita con grafito y en la letra grande y esmerada de Po. Informaba de forma breve que Teddy y Zaf habían sido convocados y se reunirían con ella en su cuarto de lectura de la biblioteca, a mediodía.

Se dirigió hacia una ventana orientada hacia el este, de repente preocupada por cómo se las arreglaría Teddy para hacer el recorrido. Apoyó la frente en el cristal y respiró hondo para superar el dolor y el mareo. El cielo tenía el acerado color propio de un día de otoño avanzado, a pesar de que solo era octubre. Los puentes se alzaban como espejismos con el reverbero del aire, magníficamente espléndidos en sus volátiles travesías sobre el río. Entrecerró los ojos y comprendió lo que pasaba en la atmósfera para dar la impresión de que cambiaba de color y se movía: copos de nieve. No una gran nevada, sino una precipitación ligera, la primera de la temporada.

Más tarde, cuando salió hacia la biblioteca, se detuvo en las oficinas de abajo para mirar a los escribientes que trabajaban allí todos los días. Suponía que había entre treinta y cinco y cuarenta a cualquier hora, dependiendo de... Bueno, no sabía realmente de qué dependía. ¿Adónde iban los escribientes cuando no se encontraban allí? ¿Recorrían el castillo verificando... lo que fuera? En un castillo había montones de cosas que comprobar, ¿no?

289

Bitterblue tomó nota para sus adentros de preguntar a Madlen si las medicinas que estaba tomando para el dolor le embotaban el cerebro o es que en realidad era estúpida. Cerca, un escribiente joven llamado Froggatt, de unos treinta años y cabello oscuro y exuberante, se encontraba inclinado sobre una mesa. Se puso erguido y le preguntó si necesitaba algo.

—No, gracias, Froggatt.

—Todos nos sentimos tremendamente aliviados de que haya sobrevivido al ataque, majestad —dijo el escribiente.

Sorprendida, lo miró a la cara y después observó el rostro de los demás que se encontraban en la sala. Por supuesto, todos se habían puesto de pie cuando ella había entrado, y ahora la miraban también, esperando que se fuera para poder reanudar su trabajo. ¿Se sentían aliviados? ¿De verdad? Bitterblue sabía cómo se llamaban, pero desconocía cualquier detalle sobre sus vidas, su personalidad o sus historias aparte de que todos habían trabajado en la administración de su padre durante diversos periodos de tiempo, dependiendo de la edad de cada cual. Si uno de ellos desaparecía y nadie se lo informaba, era probable que ella no se diera cuenta. Y si se lo decían, ¿lo sentiría?

Por otro lado, no era alivio lo que percibía en esas caras, sino in-expresividad, como si no la vieran, como si solo existieran de verdad en el papeleo al que todos estaban deseosos de volver.

No había nadie en su cuarto de lectura de la biblioteca a excep-ción de la mujer del tapiz y la versión infantil de sí misma trocán-dose en castillo.

Le parecía irónico en cierto modo pararse delante de la escultura en el estado en el que se encontraba en ese momento. El brazo dere-cho de la niña esculpida se estaba transformando en una torre de roca con soldados, fortaleciéndose, convirtiéndose en su propia pro-tección. El brazo de la Bitterblue de la vida real iba pegado al costado con un cabestrillo.

«Como el reflejo en un espejo distorsionado», pensó.

Oyó pasos y poco después apareció Holt entre las estanterías asiendo a Teddy por el brazo con una mano y a Zaf con la otra. Teddy giraba sobre sí mismo hasta donde el brazo sujeto se lo permitía y volvía a girar al contrario, con los ojos abiertos como platos.

—¡*Geografía lingüística de Elestia, Oriente y Lejano Oriente!* —exclamó al tiempo que alargaba la mano hacia el estante donde es-taba el libro, aunque enseguida gruñó cuando Holt tiró de él.

—Ten cuidado, Holt; no quiero maltratos —advirtió Bitterblue un poco alarmada—. Teddy no se lo merece. E imagino que Zaf dis-fruta demasiado con ello —añadió, al captar la justificada indigna-ción de Zaf mientras intentaba zafarse de la mano de Holt. Zaf lucía contusiones recientes que le daban la apariencia de un camorrista.

—Me quedaré a una distancia prudente, donde la oiré si llama. Por si me necesita, majestad —dijo Holt. Tras asestar una última mi-rada gris y plata a Zaf, el guardia graceling se alejó.

—¿Llegaste bien hasta aquí, Teddy? —preguntó Bitterblue—. ¿No tuviste que caminar?

—No, majestad. Fueron a buscarnos en un magnífico carruaje. ¿Y usted, majestad? ¿Se encuentra bien?

—Sí, claro. —Bitterblue se dirigió a la mesa y retiró una silla con una mano—. Siéntate.

Teddy lo hizo con cuidado, y después acarició la cubierta de piel del manuscrito que había en la mesa delante de él. Los ojos se le abrieron de par en par al leer la etiqueta. Después, el asombro rebosó en ellos a medida que Teddy leía más etiquetas.

—Puedes llevarte tantos como quieras, Teddy —le dijo Bitterblue—. Confío en que aceptes mi oferta de contratarte para que los imprimas. Si tienes amigos con prensas, también querría contratarlos.

—Gracias, majestad —susurró Teddy—. Acepto con mucho gusto.

Bitterblue se permitió echar una mirada a Zaf, que estaba de pie con las manos en los bolsillos y una estudiada expresión de aburrimiento.

—Tengo entendido que me defendiste y quiero expresarte mi gratitud por ello —le dijo.

—Disfruto con una buena pelea —repuso él de forma brusca—. ¿Hemos venido aquí por alguna razón?

—Tengo información que compartir con vosotros sobre mi consejero Runnemood.

—Estamos enterados —dijo Zaf.

—¿Cómo?

—Cuando la guardia monmarda, la guardia real y la guardia lenita de las puertas registran la ciudad buscando a un hombre de la reina que ha intentado matarla, la gente suele enterarse —repuso Zaf en tono frío.

—Siempre sabéis más de lo que imagino.

—Deje de mostrar tanta suficiencia —espetó él.

—Estaría encantada si pudiésemos hablar en lugar de discutir —le replicó con tirantez—. Y puesto que sueles saber tanto, me pregunto qué más podrías decirme sobre Runnemood. Es decir, de cuántos crímenes es responsable, por qué puñetas lo hace y adónde ha ido. He sabido que fue él quien planeó la trampa que te tendieron para incriminarte en ese asesinato, Zaf. ¿Qué más puedes contarme? ¿Estaba detrás de tu apuñalamiento, Teddy?

—No tengo la menor idea, majestad —respondió el aludido—. Sobre eso ni sobre el resto de crímenes. Resulta un poco difícil creer que es un solo hombre el que está detrás de todo, ¿no es cierto? Hablamos de docenas de muertes en los últimos años, y cuando digo eso me refiero a todo tipo de víctimas. No solo ladrones u otros delincuentes como nosotros, sino personas cuyo mayor crimen es enseñar a leer a otros.

—Enseñar a leer —repitió Bitterblue, desolada—. ¿De verdad? Por eso me ocultabais las lecciones de lectura. Supongo que es peligroso que las imprimáis. Pero no lo entiendo. ¿Es que no se enseña a leer en las escuelas?

—Oh, majestad, las escuelas de la ciudad, salvo contadas excepciones, están en ruinas —informó Teddy—. Los maestros designa-

291

dos oficialmente no están cualificados para enseñar. Los niños que saben leer es porque les han enseñado en casa o personas como yo, o Bren o Tilda. La historia también está desatendida... A nadie se le enseña la historia reciente de Monmar.

Bitterblue contuvo a duras penas la ira creciente.

—Como es habitual —dijo—, tampoco tenía la menor idea sobre esto. Además, la escolarización de la ciudad entra en la jurisdicción de Runnemood. Mas, ¿qué puede significar eso? Casi da la impresión de que Runnemood hubiera adoptado una política con visión de futuro y se hubiera vuelto completamente loco como resultado. ¿Por qué? ¿Qué sabemos de él? ¿Quién podría haber influido en él?

—Eso me recuerda algo, majestad. —Teddy se llevó una mano al bolsillo—. Le he preparado una lista nueva, por si había perdido la suya cuando la atacaron.

—¿Una lista?

—De los nobles que cometieron los robos más graves en favor de Leck, majestad; ¿os acordáis?

—Oh, cierto. Por supuesto, gracias. Teddy, cualquier cosa que puedas decirme para que esté al tanto de la situación en la ciudad me será de ayuda, ¿lo comprendes? Yo no veo lo que ocurre desde mi torre —añadió—. La vida que mi pueblo lleva en realidad no se refleja nunca en los documentos que pasan por mi despacho. ¿Querrás ayudarme?

—Desde luego, majestad.

—¿Y la corona? —preguntó Bitterblue, que volvió los ojos hacia el rostro pétreo de Zaf.

—No logro dar con Gris —dijo él, encogiéndose de hombros.

—¿Lo estás buscando?

—Sí, claro que lo busco —repuso malhumorado—, aunque no sea mi principal preocupación en este momento.

—¿Y qué puede haber que sea más preocupante? —le espetó Bitterblue.

—Oh, pues no lo sé. ¿Tal vez su demente consejero que intentó matarme una vez y que ahora anda suelto en algún lugar del distrito este?

—Encuentra a Gris —ordenó Bitterblue.

—Por supuesto, su real y altísima majestad.

—Zaf —dijo Teddy con voz sosegada—. Plantéate si estás siendo justo al seguir castigando a nuestra Chispas.

Zaf se dio la vuelta hacia el tapiz, donde se quedó mirando con rabia, cruzado de brazos, a la extraña dama de cabello rojo. A Bitterblue le costó unos segundos recobrar el habla, porque jamás habría imaginado que volvería a escuchar ese nombre.

—Entonces, ¿te llevarás unos cuantos libros de estos, Teddy? —preguntó después.

—Nos los llevaremos todos, del primero al último, majestad —anunció Teddy—. Pero quizá lo hagamos de dos en dos o de tres en tres cada vez, porque Zaf tiene razón. No quiero despertar un interés no deseado. Y ya me he metido en bastantes jaleos.

Después de que Teddy y Zaf se hubieron ido, Bitterblue se quedó sentada unos instantes mirando los manuscritos reescritos por Deceso mientras intentaba decidir con cuál empezar. Cuando el bibliotecario entró pisando con fuerza y alzó la mano mostrándole un libro para releer, Bitterblue preguntó:

—¿De qué trata?

—Del proceso artístico, majestad —respondió Deceso.

—¿Por qué quería mi padre que leyera cosas sobre el proceso artístico?

—¿Y cómo quiere que yo lo sepa, majestad? Estaba obsesionado con el arte y los artistas. Quizá quería que usted lo estuviese también.

—¿Obsesionado? ¿De verdad?

—Majestad, ¿es que camina usted por el castillo con los ojos cerrados? —sugirió Deceso.

Bitterblue se apretó las sienes y contó hasta diez.

—Deceso —dijo después—. ¿Qué opinarías de que le entregara unos cuantos de estos libros reescritos a un amigo que tiene una prensa?

—Majestad —respondió Deceso tras parpadear sorprendido—, estos manuscritos, como todo cuanto hay en esta biblioteca, son suyos para hacer con ellos lo que le plazca. —Hizo un breve silencio—. Mi anhelo es que descubra que desea entregarle todos ellos a ese amigo.

Bitterblue estrechó los ojos para observar al bibliotecario.

—Querría mantener en secreto esta cesión, en consideración a mi amigo y su seguridad —le dijo—. Al menos hasta que encontremos a Runnemood y se haya aclarado todo este misterio. Guardarás el secreto, ¿verdad, Deceso?

—Desde luego que sí, majestad —exclamó el bibliotecario; saltaba a la vista que se sentía insultado por tal pregunta. Soltó el libro

293

sobre el proceso artístico en el escritorio y se retiró con un resoplido enfurruñado.

—Estoy preocupada por Teddy y Zaf —le confesó Bitterblue a Helda más tarde—. ¿Sería poco razonable pedirle a mi guardia lenita de las puertas que prescindiera de unos cuantos hombres para que velaran por su seguridad?

—Pues claro que no, majestad. Harían todo lo que les pidiera.

—Sé que harían lo que les ordenara. Lo cual no hace que mi orden sea razonable.

—Me refiero a que lo harán por lealtad, majestad, no por obligación —la reprendió Helda—. Se preocupan por usted y por sus inquietudes. Supongo que es consciente de que gracias a ellos supe desde el principio que se escabullía del castillo, ¿verdad? Me lo advertían siempre.

Bitterblue asimiló aquella revelación con cierto azoramiento.

—Se suponía que no me reconocerían —susurró.

—Llevan ocho años cuidando de usted, majestad. ¿De verdad pensaba que no conocían al dedillo su actitud, su forma de caminar, su voz?

«He pasado delante de ellos incontables veces —pensó Bitterblue—, viendo nada más que cuerpos apostados junto a una puerta. Me gusta su presencia porque me recuerdan a mi madre por el físico y por la forma de hablar.»

—A ver si espabilo de una vez —rezongó.

—¿Perdón, majestad?

—¿Cuántas cosas más hay que se me escapan, Helda?

Bitterblue estaba en los aposentos del ama porque quería echar un vistazo a todos los pañuelos que Helda seguía sacando del fondo de su armario para que Bitterblue se tapara las contusiones.

—No lo entiendo —continuó mientras el ama abría más las puertas y dejaba a la vista estanterías llenas de telas que llegaban como flechas de remembranzas a su corazón—. No sabía que los tenías. ¿Por qué los guardaste?

—Cuando vine para estar a su servicio, majestad —respondió Helda mientras sacaba pañuelos y los colgaba para que Bitterblue los tocara, maravillada—, descubrí que la servidumbre asignada a esa tarea había llevado a cabo una limpieza demasiado entusiasta en los armarios de su madre. El rey Ror había salvado unas cuantas cosas que identificó como lenitas; los pañuelos, por ejemplo, así como cualquier cosa que tuviera valor, majestad. Pero del resto, como vestidos, capas, zapatos, no quedaba ni rastro. Recogí lo que se había salvado. Puse las joyas en su baúl, como usted sabe, y decidí guardar los pañuelos para cuando fuera mayor. Lamento que haya sido la necesidad de tapar las marcas de un ataque lo que hizo que me acordara de ellos, majestad —añadió.

—Así es como funciona la memoria —comentó en voz queda Bitterblue—. Los recuerdos desaparecen sin permiso, y después regresan del mismo modo, sin preguntarnos. —A veces volvían incompletos y deformados.

Aquel era un aspecto de la memoria al que Bitterblue había intentado resignarse últimamente, uno tan doloroso que aún no había logrado afrontarlo por completo. Sus recuerdos de Cinérea eran una serie de retazos. Muchos de ellos eran momentos que habían ocurrido en presencia de Leck, lo cual significaba que sus facultades mentales estaban mermadas. Cuando estuvieron solas pasaron gran parte de ese tiempo luchando para despejar la bruma mental del rey. Leck no solo le había arrebatado a su madre al matarla: también se la había robado antes. Bitterblue no alcanzaba a imaginar qué clase de persona sería Cinérea en la actualidad si estuviera viva. No era justo que se descubriera a veces dudando de hasta qué punto había llegado a conocer a su madre.

Incluso los aposentos de Helda, el sencillo y pequeño dormitorio en verde y el cuarto de baño en color turquesa la desconcertaban, porque habían sido su dormitorio y su cuarto de baño en vida de Cinérea. Cerrando la puerta para que Leck no entrara, su madre la había bañado en la que era ahora la tina turquesa de Helda y le hablaba de todo tipo de cosas. Del Burgo de Ror, donde había vivido en el castillo del rey, el edificio más grande del mundo, con cúpulas y altas torres que se elevaban hacia el cielo por encima del mar de Lenidia. De su padre, de sus hermanos y hermanas, sobrinas y sobrinos. De su hermano mayor, Ror, el rey. De las personas a las que echaba de menos y que no conocían a Bitterblue, pero que algún día la conocerían. De sus anillos, que irradiaban destellos en el agua.

«Todo eso era real», pensó con obstinación.

Recordaba un punto áspero en una de las teselas de la tina que le había arañado el brazo de vez en cuando. Recordaba que se lo señalaba a su madre. Se acercó a la bañera y encontró de inmediato la pequeña irregularidad.

—Ahí está —dijo, mientras le pasaba el dedo por encima con una especie de feroz triunfo.

Fueron esos minutos pasados en el cuarto de Helda, evocando sensaciones de otro tiempo, lo que indujo a Bitterblue a sentir curiosidad sobre otra pieza del rompecabezas que faltaba, y se preguntó si serviría para responder a cualquiera de sus preguntas. Por fin, decidió que quería ver los aposentos que habían pertenecido a Leck.

El caballo del tapiz que cubría la puerta en la sala de estar tenía unos ojos verdes y tristes que parecían mirar a los de Bitterblue con fijeza. El copete que le colgaba sobre los ojos tenía un color azul que tiraba más a violeta que al azul oscuro y profundo del resto del pelaje, y le recordó a Zaf. Helda la ayudó a apartar a un lado el tapiz.

El examen de la puerta que había detrás no les llevó mucho tiempo. Era de madera sólida, recia, bien encajada en el marco, y parecía que estaba cerrada con llave. Había un ojo de cerradura, y Bitterblue recordó que Leck usaba una llave para abrirla.

—¿A quién conocemos que sepa forzar cerraduras? —preguntó—. No he visto a Zaf hacerlo nunca, pero lo creo muy capaz. O… me pregunto si Po podría encontrar la llave.

—Majestad —dijo una voz a sus espaldas, haciendo que Bitterblue diera un brinco de sobresalto.

Se volvió y encontró a Raposa en la entrada.

—No he oído abrirse las puertas —instó Bitterblue.

—Perdón, majestad; no era mi intención alarmarla —se disculpó Raposa mientras entraba—. Por si le sirve de algo, majestad, tengo unas ganzúas que he aprendido a usar. Pensé que sería una habilidad práctica para una espía —aclaró, un poco a la defensiva, cuando Helda la observó con las cejas enarcadas—. La idea fue de Ornik.

—Parece que estás entablando una gran amistad con el joven y apuesto herrero —comentó el ama con voz inexpresiva—. Pero recuerda, Raposa, que, aunque él es aliado del Consejo y nos ha ayudado con el asunto de la corona, no es un espía. No tiene por qué compartir tu información.

—Por supuesto que no, Helda —contestó Raposa con aire de sentirse un poco ofendida.

—Veamos, ¿tienes aquí esas ganzúas? —preguntó Bitterblue.

La doncella graceling sacó de un bolsillo un cordel del que colgaban un surtido de limas, alambres y ganchos atados en manojo para que no tintinearan. Cuando soltó el atado, Bitterblue vio que el metal estaba arañado y áspero en algunos sitios, pero limpio de óxido.

Raposa tuvo que hurgar en la cerradura durante varios minutos, cosa que realizó con cuidado, de rodillas y con la oreja pegada a la puerta. Por fin sonó un fuerte chasquido.

—Ya está —anunció mientras se ponía de pie, giraba el picaporte y empujaba. La puerta no se movió. Probó tirando de ella.

—Recuerdo que abría hacia dentro —dijo Bitterblue—. Y nunca vi que él tuviera que forcejear.

—Bien, pues hay algo que la bloquea, majestad —comentó Raposa, que pegó el hombro en la madera y empujó fuerte—. Estoy bastante segura de haber abierto la cerradura.

—Ah, mirad —dijo Helda, que señaló un punto en el centro de la puerta donde la afilada punta de un clavo asomaba a través de la superficie de la madera—. A lo mejor está entablada por dentro, majestad.

—Cerrada con llave y entablada —suspiró Bitterblue—. ¿A alguna de vosotras se le dan bien los laberintos?

Mientras Raposa y ella bajaban por la escalera de caracol que, en cierta ocasión, había conducido a Bitterblue al laberinto de Leck, la doncella graceling le explicó su teoría sobre los laberintos de caminos alternativos como ese: una vez que estabas dentro, había que elegir una mano, derecha o izquierda, apoyarla en la pared y, a continuación, seguir el laberinto todo el camino sin apartar esa mano del muro. Con el tiempo, uno llegaría al centro.

—Un guardia lo hizo así conmigo la última vez —comentó Bitterblue—. Pero no funcionará si resulta que empezamos por una pared que es de alguna de las islas, separada del resto del laberinto —añadió tras reflexionar—. Pondremos las manos en el muro de la mano derecha. Si acabamos donde empezamos, sabremos que es una isla. Entonces tomaremos el siguiente giro a la izquierda, y volveremos a poner las manos en el muro de la derecha. Eso funcionará. ¡Oh! —exclamó, consternada—. A menos que en el desvío hayamos ido a dar a otra isla. En ese caso, tendríamos que empezar todo de nuevo, además de recordar qué recorridos hemos hecho ya. Mierda. Deberíamos haber traído señales para ponerlas en el camino.

—¿Por qué no lo intentamos, majestad, y vemos qué tal funciona? —propuso Raposa.

Era muy desorientador. Los laberintos estaban hechos para Katsa, con su increíble sentido de orientación, o para Po, que veía a través de las paredes. Por suerte, Raposa había tenido la previsión de llevar un farol. Después de cuarenta y tres giros con las manos en la pared de la derecha, se encontraron con una puerta en medio del corredor.

La puerta, ni que decir tiene, estaba cerrada con llave.

—En fin —dijo Bitterblue mientras Raposa volvía a ponerse de rodillas y, con paciencia, comenzaba a hurgar con la ganzúa—, al menos sabemos que esta no puede estar entablada por dentro. A no ser que la persona entablara ambas puertas y después se quedara encerrada para morir, con lo que estaríamos a punto de encontrar un cadáver putrefacto —añadió y soltó una risita, divertida por su chanza morbosa—. O a no ser, claro —continuó con un gemido—, que exista una tercera vía para salir de los aposentos de Leck. Un pasadizo secreto que aún no hemos descubierto.

—¿Un pasadizo secreto, majestad? —dijo Raposa con aire absorto y la oreja pegada a la puerta.

—El castillo parece estar lleno de ellos, Raposa.

—No tenía ni idea, majestad.

Sonó un chasquido apagado. Cuando Raposa asió el picaporte y empujó, la puerta se abrió. Conteniendo la respiración y sin saber muy bien contra qué prepararse, pero de todos modos armándose de valor, Bitterblue entró al oscuro cuarto lleno de sombras altas. Las sombras tenían una forma tan humana que se le escapó un respingo.

—Esculturas, majestad —dijo a su espalda Raposa, tranquila—. Creo que son eso.

El cuarto olía a polvo y no tenía ventanas. Era cuadrado y cavernoso, sin muebles a excepción de un enorme armazón de cama vacío que había en el centro. Las esculturas, en pedestales, llenaban el resto del espacio; debía de haber unas cuarenta. Caminar entre ellas con Raposa y el farol era un poco como andar de noche entre los setos del patio mayor, porque se cernían igual de amenazadoras y daban la impresión de que estuvieran a punto de cobrar vida y empezar a caminar de un lado para otro.

Bitterblue se dio cuenta de que eran obra de Belagavia. Animales transformándose en otros, personas transformándose en animales o en montañas o en árboles, todos irradiando tal vitalidad, tal sensación de movimiento, que parecían vivos. Entonces el farol captó un extraño borrón de color y Bitterblue comprendió que había algo peculiar en esas esculturas. No solo algo peculiar, sino algo impropio: estaban salpicadas con pinturas chillonas; pinturas de las que había salpicones por toda la alfombra.

En esa habitación había esperado encontrar artilugios de tortura, tal vez. Una colección de cuchillos, manchas de sangre. Pero no deterioradas obras de arte colocadas encima de una alfombra estropeada y alrededor del armazón de madera de una cama.

«Destruía las esculturas en sus aposentos. ¿Por qué?»

Las paredes en derredor estaban cubiertas con tapices consecutivos: un prado de pasto que se transformaba en campo de flores silvestres, a continuación en un denso bosque de árboles, de nuevo en campo de flores silvestres, y de vuelta al prado de pasto con el que había empezado la secuencia. Bitterblue tocó el bosque de la pared para asegurarse de que no era real, sino un tapiz. Se levantó polvo y estornudó. Se fijó en un diminuto búho, de plumas turquesa y plata, dormido en las ramas de uno de los árboles.

En la pared del fondo del cuarto había una puerta. Conducía, nada menos, que a un cuarto de baño funcional, frío, corriente. Otra puerta daba a un vestidor vacío, salvo por el polvo. Bitterblue no paraba de estornudar.

Había un tercer acceso en la pared trasera, este un simple vano sin puerta, que llevaba a una escalera de caracol que subía. En lo alto de la escalera había una puerta tan tapada con tableros clavados que apenas se veía la madera de la puerta en sí. Bitterblue le dio varios golpes y llamó a voces a Helda. Cuando el ama respondió, su pregunta tuvo respuesta: esa era la escalera que ascendía a la sala de estar de sus aposentos y al tapiz con el caballo azul.

—Es espeluznante, ¿verdad? —le dijo a Raposa mientras descendían de nuevo por la escalera.

—Es fascinante, majestad —opinó la criada graceling, que se paró delante de la escultura más pequeña del cuarto y se la quedó mirando, embelesada.

Era una niña de unos dos años, arrodillada y con los brazos extendidos. Había una expresión en los ojos de la pequeña que daba a entender que hacía algo a sabiendas. Los brazos y las manos se estaban transformando en alas. De su fino cabello empezaban a brotar plumas, mientras que los dedos de los pies cobraban la forma de garras. Leck había manchado la cara de la escultura con un ancho trazo de pintura roja, pero con eso no había logrado mitigar la expresión de aquellos ojos.

«¿Por qué estropear algo tan hermoso? ¿Qué era lo que intentaba crear con tanto afán, sin conseguirlo?

»¿Qué mundo trata de crear Runnemood? ¿Y por qué los dos tenían que crear sus mundos a través de la destrucción?»

299

27

Por la mañana, llegó Madlen para vendarle de nuevo la herida del hombro, le dio medicinas y le ordenó, con instrucciones claras y específicas, que se las tomara todas, incluso las de sabor amargo, aunque tragarlas le diera náuseas.

—Ayudará a que los huesos se suelden bien, majestad, y más deprisa de lo que lo harían por sí solos —explicó—. ¿Está haciendo los ejercicios que le prescribí?

Bitterblue desayunó sin dejar de rezongar mientras el sol ascendía en el cielo, aunque apenas había claridad. Cuando se acercó a las ventanas para buscar la luz, descubrió un mundo de niebla. Esforzándose para distinguir las formas del jardín trasero, le pareció ver a una persona de pie en el muro del jardín. Esa persona lanzó algo al aire, algo pequeño, esbelto y blanco que se deslizó abriendo un surco en el denso velo de la bruma.

Era Po con su estúpido papel volador. Al reconocerlo, su primo alzó un brazo para saludarla; entonces perdió el equilibrio, agitó los brazos como aspas de molino y a continuación se cayó del muro. A saber cómo, logró impulsarse hacia el lado del jardín en lugar de caer al río. Y tanto que era Po; solo a él se le ocurriría ponerse a hacer ejercicios gimnásticos en el jardín trasero sin encontrarse aún bien del todo.

Bitterblue miró a Madlen y a Helda, que estaban sentadas a la mesa de la sala de estar y hablaban en murmullos mientras bebían de las tazas. Si Po se había escapado otra vez de la enfermería, no quería delatarlo.

—Me apetece tomar un poco el aire antes de ir al despacho —dijo—. Si Rood o Darby vienen a buscarme, decidles de mi parte que se vayan a paseo.

Este anuncio dio pie a una gran puesta en escena: la elección y colocación del pañuelo, la disposición de la espada, el acomodo de la capa por encima del brazo herido. Por fin, sintiéndose como una percha de ropas de abrigo, Bitterblue salió de sus aposentos. Helda le había arreglado la falda a semejanza de perneras de pantalón anchas y ondeantes, como las de Raposa, y el día anterior había conseguido encontrar tiempo, a saber cómo, para acoplar con botones la manga izquierda al vestido que llevaba puesto. Por lo visto, Bitterblue solo tenía que mencionar lo que quería llevar puesto para que Helda se lo presentara confeccionado al cabo de unos pocos días.

Salvo, por supuesto, la corona.

En el jardín se erguía lúgubre la escultura de la mujer transformándose en un puma, con la boca abierta en un grito petrificado. Volutas de niebla la abrazaron, fugaces, y enseguida se alejaron flotando.

«¿Cómo logró Belagavia crearle unos ojos tan vitales?» Entonces el reconocimiento se abrió paso en la mente de Bitterblue, que se fijó de forma consciente en los rasgos del rostro, en los ojos rebosantes de determinación y dolor. Esa figura era su madre.

Por alguna razón, constatarlo no la sorprendió. Ni lo hizo tampoco la tristeza que comportaba. Le parecía lógico; la escultura no solo guardaba parecido con Cinérea, sino que transmitía su esencia. Lo cual era de agradecer porque la reafirmaba en la certeza de que, por lo menos a ratos, sí había conocido a su madre tal como era.

—¿Qué tienes ahí? —le preguntó Po, ya que Bitterblue se había llevado la lista que Teddy le había entregado de lores y damas culpables.

—¿Qué tienes tú? —le preguntó a su vez mientras se acercaba a su primo, refiriéndose al papel volador—. ¿Por qué estás lanzando esa cosa por el jardín?

Po se encogió de hombros.

—Me preguntaba cómo lo haría en el aire frío y húmedo —explicó.

—En el aire frío y húmedo —repitió Bitterblue.

—Sí.

—¿Cómo harías qué, exactamente?

—Volar, por supuesto; todo tiene que ver con los principios básicos del vuelo. Estudio a los pájaros, sobre todo cuando planean, y esta figura de papel es mi tentativa de estudiarlos más a fondo. Pero mis progresos son lentos. Mi gracia no está tan bien afinada como para captar todos los detalles de lo que ocurre en los pocos segundos que pasan antes de que se estrelle.

—Comprendo. ¿Y por qué haces esto?

Po se acodó en el muro.

—Katsa lleva un tiempo preguntándose si alguien sería capaz de crear unas alas para volar con ellas.

—¿A qué te refieres con lo de volar con ellas? —dijo Bitterblue, iracunda de repente.

—Sabes a qué me refiero.

—Y tú la animas a creer que se puede hacer.

—No me cabe duda de que se puede.

—¿Con qué propósito? —espetó Bitterblue.

Las cejas de Po se arquearon.

—El hecho en sí de volar sería el propósito, prima —respondió—. No te preocupes, que nadie va a esperar nunca que la reina lo haga.

No, me quedará el honor de preparar y presidir los funerales, le transmitió con la mente.

Un asomo de sonrisa alegró el rostro de Po.

—Es tu turno —le dijo a Bitterblue—. ¿Qué me has traído?

—Quería leer los nombres de esta lista contigo —contestó mientras sacudía la hoja abierta en una mano—. Así, si alguna vez te enteras de algo sobre cualquiera de esas personas, podrás decírmelo.

—Te escucho.

—Un tal lord Stanpost, que vive a dos días a caballo al sur de la ciudad, fue el que proporcionó más niñas a Leck, sacadas de su hacienda —empezó Bitterblue—. Una tal lady Capelina lo sigue de cerca en el segundo puesto, pero ya ha muerto. En la comarca central de Monmar, los ciudadanos se mueren de hambre en un burgo gobernado por un lord llamado Markam, que los grava con unos impuestos inhumanos. Hay otros pocos nombres de nobles aquí —Bitterblue los enumeró—, pero la mitad de ellos han muerto, Po, y no los conozco por los nombres ni sé nada más de ellos aparte de las estadísticas que me proporcionan mis consejeros.

—Tampoco a mí me resultan conocidos los nombres —dijo Po—. Pero haré algunas averiguaciones en cuanto me sea posible. ¿Con quién has compartido esa lista?

—Con el capitán Smit, de la guardia monmarda. Le he dicho que busco conexiones entre Runnemood y esos nombres, y también que intente descubrir si fue Runnemood el que arregló el asesinato de Ivan o solo planeó la falsa acusación contra Zaf.

—¿Ivan?

—El ingeniero de cuya muerte Runnemood acusó a Zaf. La he compartido también con mis espías, solo para ver si consiguen información que concuerde con la de Smit.

—¿Es que no te fías de él?

—Ya no estoy segura de en quién puedo confiar, Po —dijo Bitterblue con un suspiro—. Aunque es un alivio hablar con la guardia monmarda respecto a los asesinatos de los buscadores de la verdad y por fin contar con su ayuda.

—Dale también la lista a Giddon cuando regrese de Elestia. Lleva fuera casi tres semanas; tendría que regresar pronto.

—Sí, me fío de Giddon.

—Sí —convino Po tras una pausa, con una expresión algo melancólica.

—¿Qué ocurre, Po? —le preguntó en voz queda—. Sabes que te perdonará con el tiempo.

—Oh, Escarabajito —dijo Po con un resoplido—. Me aterroriza pensar que tengo que decírselo a mi padre y a mis hermanos. Se encolerizarán más aún que Giddon.

—Ummm. ¿Ya has tomado en serio la decisión de contárselo?

—No —contestó su primo—. Antes quiero discutirlo a fondo con Katsa.

Bitterblue se tomó unos instantes para controlar mejor todas las opiniones y ansiedades que sabía que le estaba transmitiendo, incluidas sus preocupaciones sobre cómo transcurriría esa conversación y por qué Katsa no había vuelto todavía si lo único que estaba haciendo era explorar un túnel en alguna parte.

—Bueno, Ror sabe tu conexión con el Consejo, ¿no es así? —preguntó.

—Sí.

—Y ya se ha enterado de que Celaje prefiere a los hombres. ¿Es que no se ha reconciliado con esas sorpresas?

—Es que ninguno de los dos casos fue una nadería —dijo Po—. Se armó un buen escándalo.

—A mí me pareces una persona con capacidad para aguantar unos cuantos gritos —comentó con ligereza.

La sonrisa que esbozó su primo era descorazonada y compungida.

—Ror y yo gritando y Katsa y yo gritando son dos cosas distintas por completo —dijo—. Él es mi padre, además de mi rey. Y le he estado mintiendo toda la vida. Está tan orgulloso de mí, Bitterblue. Su decepción va a ser demoledora, y lo percibiré hasta en su respiración.

303

—Po…

—¿Sí?

—Cuando mi madre tenía dieciocho años y Leck la eligió, ¿quién dio permiso para el casamiento?

Po se quedó pensativo.

—Mi padre era rey —dijo luego—. Debió de ser él, a requerimiento de Cinérea.

—Creo que Ror debe de saber lo que se siente al traicionar a alguien a quien quieres.

—Pero no era culpa suya, por supuesto. Leck visitó la corte lenita y manipuló con su don a cuantos estaban allí.

—¿Y hasta qué punto crees tú que le consuela a Ror esa reflexión? —preguntó Bitterblue en voz queda—. Él era su rey y su hermano mayor. La envió lejos para que fuera torturada.

—Espero que tu intención sea consolarme —dijo su primo, que tenía los hombros hundidos—. Pero lo único que se me ocurre es que, si Ror hubiese sabido por entonces mi aptitud para captar algunos pensamientos, me habría presentado a Leck durante esa visita a fin de investigar al posible esposo de su hermana. Y tal vez yo habría podido evitar todo eso.

304

—¿Cuántos años tenías?

A Po le llevó unos segundos calcularlo.

—Cuatro —dijo, en apariencia sorprendido por su respuesta.

—Po, ¿qué crees tú que Leck le habría hecho a un niño de cuatro años que percibiera su secreto e intentara que los demás lo vieran también?

Su primo no contestó.

—Fue tu madre quien te obligó a mentir sobre tu gracia, ¿no es cierto? —le preguntó.

—Y mi abuelo, sí. Por mi propia seguridad —confirmó Po—. Temían que mi padre quisiera utilizarme.

—Hicieron lo correcto. De no ser así, estarías muerto. Cuando Ror reflexione detenidamente sobre todo esto, verá que todos han hecho lo que creían que era lo mejor en todo momento. Te perdonará.

En su despacho había ciertas cosas que Bitterblue ya no creía necesario fingir que ignoraba. Rood y Darby no sabrían el origen de su amistad con Teddy y Zaf, pero ya no era un secreto que acaso ella estuviera enterada de cosas que ellos habían ocultado.

—Me he enterado de que la situación en las escuelas de la ciudad es desastrosa por culpa de Runnemood —les dijo a los dos—. Por lo visto, no se enseña historia a casi nadie, ni a leer, lo cual, además de vergonzoso, es un problema que vamos a abordar de inmediato. ¿Qué sugerencias tenéis vosotros dos?

—Perdón, majestad —dijo Darby, que estaba sudando y tenía la cara húmeda y pegajosa. Al hablar se puso a temblar—. Me siento terriblemente enfermo. —Dio media vuelta y salió corriendo por la puerta.

—¿Qué le ocurre? —preguntó Bitterblue de forma intencionada, a sabiendas de cuál era la respuesta.

—Intenta dejar de beber, majestad, ahora que la ausencia de Thiel hace necesaria nuestra presencia —contestó Rood sin que se le alterara la voz—. La indisposición pasará cuando lo haya conseguido.

Bitterblue lo observó con detenimiento. Tenía los bordes de las mangas manchados de tinta; el cabello blanco, peinado de manera que le cubría la parte calva del cráneo, empezaba a descolocársele. La expresión de los ojos del consejero era tranquila y triste.

—Me pregunto por qué no hemos tenido una colaboración más estrecha en el trabajo, Rood —le dijo—. Creo que finges menos que los otros.

—En tal caso, majestad, podemos trabajar más estrechamente en este asunto de las escuelas. ¿Y si creamos un nuevo ministerio, dedicado a la educación? Podría presentarle candidatos idóneos para el puesto de ministro.

—Bueno, me doy cuenta de que tendría sentido reunir un equipo dedicado a esta materia, aunque tal vez nos estamos precipitando. —Bitterblue miró el reloj de pared—. ¿Y el capitán Smit? —añadió, porque el capitán monmardo había prometido ir al despacho todas las mañanas para informarle en persona respecto a la búsqueda de Runnemood. Y la mañana casi había quedado atrás ya.

—¿Quiere que vaya a buscarlo, majestad?

—No. Sigamos discutiendo este asunto un poco más. ¿Querrás empezar por explicarme cómo se dirige ahora la enseñanza?

Resultaba un poco extraño pasar un rato hablando de un objetivo claro con una persona que, en el momento más inesperado, podía recordarle a Runnemood. La personalidad sin pretensiones de Rood no podría ser más distinta, pero el timbre de voz era parecido, sobre todo cuando empezaba a sentirse seguro con el tema que trataba. También lo era el rostro, desde ciertos ángulos. Bitterblue echaba ojeadas a las ventanas vacías de vez en cuando en un intento de asimilar que un hombre que se había sentado en ellas tantas ve-

305

ces hubiera sido capaz de apuñalar a personas hasta matarlas mientras dormían e intentar matarla a ella.

Cuando llegó el mediodía sin que Smit se hubiera presentado todavía, Bitterblue decidió ir por sí misma a buscarlo.

El cuartel de la guardia monmarda estaba al oeste del patio mayor, en la planta baja del castillo. Bitterblue entró.

—¿Dónde está el capitán Smit? —demandó a un joven nervioso que había sentado a un escritorio, al otro lado de la puerta.

El guardia se la quedó mirando boquiabierto, se incorporó de un brinco y después la condujo a través de otra puerta que daba a un despacho. Bitterblue se encontró al capitán Smit apoyado en un escritorio pulcrísimo y hablando con Thiel. Los dos hombres se pusieron de pie al instante.

—Confío en que no esté entrometiéndose —le dijo Bitterblue a Smit—. Ya no es mi consejero. En consecuencia, no está en disposición de obligarle a hacer nada, capitán Smit.

—Todo lo contrario, majestad —contestó el capitán, que le hizo una reverencia—. No se entrometía ni me daba órdenes, sino que respondía a unas preguntas que le hacía sobre en qué empleaba el tiempo Runnemood. O, más bien, intentaba responderme, majestad. El problema con el que me estoy tropezando es que Runnemood se mostraba muy reservado y contaba historias contradictorias respecto a dónde iba en cualquier momento dado.

—Entiendo. ¿Y el motivo de no haber ido a informarme esta mañana?

—¿Cómo? —El capitán Smit echó un vistazo al reloj que tenía en el escritorio, y acto seguido dio un puñetazo tan fuerte en la madera que sobresaltó a Bitterblue—. Este reloj no deja de pararse. Da la casualidad de que tengo poco que informar, pero eso no es una excusa, desde luego. No he hecho progresos en la búsqueda de Runnemood ni he conseguido descubrir nada sobre las conexiones que podría tener con las personas de esa lista que me dio. Pero acabamos de empezar, majestad. Por favor, no pierda la esperanza; quizá mañana tenga algo de lo que informarle.

En el patio mayor, Bitterblue se paró para echar una mirada hostil a un arbusto podado en forma de pájaro, llamativo con las hojas del color del otoño. Estaba apretando con fuerza el puño del brazo sano.

Se dirigió a la fuente, se sentó en el frío borde e intentó discernir por qué se sentía tan frustrada.

«Supongo que forma parte de ser una reina —pensó—. Y de estar herida, y de que Zaf no quiera verme, y de que todo el mundo sepa dónde y con quién estoy todo el tiempo. Tengo que quedarme sentada y esperar mientras otros van de aquí para allá investigando cosas, y después vuelven y me presentan un informe. Estoy atrapada aquí, esperando, mientras todos los demás viven aventuras. No me hace gracia.»

—¿Majestad?

Alzó la vista y se encontró con Giddon de pie, a su lado; copos de nieve se derretían en su cabello y en la chaqueta.

—¡Giddon! Po me decía esta misma mañana que usted volvería enseguida. Qué alegría verlo.

—Majestad —empezó él en voz grave mientras se pasaba los dedos por el pelo—, ¿qué le ha pasado en el brazo?

—Oh, esto. Runnemood intentó asesinarme —contestó.

Él se la quedó mirando con aire estupefacto.

—¿Runnemood, su consejero? —preguntó.

—Están pasando muchas cosas, Giddon —contestó, sonriente—. Mi amigo de la ciudad me robó la corona. Po está inventando una máquina voladora. He apartado del servicio a Thiel. Y he descubierto que todos los bordados de mi madre son mensajes cifrados.

—¡Pero si no he estado fuera ni tres semanas!

—Po ha estado enfermo, ¿sabe?

—Lo siento —dijo él, inexpresivo.

—No sea imbécil. De hecho, ha estado muy mal.

—¿Sí? —Ahora, Giddon parecía sentirse incómodo—. ¿A qué se refiere, majestad?

—¿Qué quiere decir con que a qué me refiero?

—Quiero decir que si ya está bien.

—Ahora se encuentra un poco mejor, sí.

—No está... No corre peligro, ¿verdad, majestad?

—Se va a poner bien, Giddon —dijo, aliviada al oír un atisbo de ansiedad en la voz del noble—. Tengo una lista de nombres que quiero darle. ¿Adónde va primero? Lo acompañaré.

Giddon tenía hambre; Bitterblue estaba aterida de frío por el aire helado y la humedad de la fuente, y quería enterarse del asunto del túnel de Piper y de lo que pasaba en Elestia. Así pues, él la invitó a acompañarlo a buscar algo de comer. Ella aceptó y Giddon la condujo a través del vestíbulo del este hacia un corredor abarrotado de gente.

—¿Adónde vamos? —preguntó.

—Se me ocurrió que podríamos ir a las cocinas —repuso el noble—. ¿Conoce sus cocinas, majestad? Están contiguas a los jardines del sudeste.

—De nuevo me lleva a hacer una excursión por mi castillo.

—El Consejo tiene contactos aquí, majestad. Confío en que Po se reúna con nosotros. ¿Tiene tanto frío como aparenta? —preguntó.

Entonces vio lo que Giddon veía: un hombre que se acercaba con un montón de mantas de colores en los brazos.

—Oh, sí —contestó—. Acorralémoslo, Giddon.

Unos instantes después, Giddon la ayudaba a echarse una manta de colores verde musgo y dorado por encima del brazo herido y la espalda.

—Muy bonita —dijo él—. Este color me recuerda a mi hogar.

—Majestad —saludó una mujer a la que Bitterblue no había visto nunca, y que se metió afanosamente entre Giddon y ella. Era menuda, mayor, con arrugas, e incluso más baja que ella—. Permítame, majestad —dijo, agarrando la parte delantera de la manta, que Bitterblue mantenía cerrada con la mano buena. La mujer sacó un broche sencillo de estaño, juntó los bordes de la manta y los prendió con el broche.

—Gracias —dijo Bitterblue, sin salir de su asombro—. Tiene que decirme cómo se llama para poder devolverle el broche.

—Me llamo Devra, majestad, y trabajo con el zapatero.

—¡El zapatero! —Bitterblue dio unos toquecitos al broche en tanto que el movimiento de gente por el pasillo los arrastró a Giddon y a ella hacia su destino—. Ignoraba que hubiera un zapatero —se dijo a sí misma en voz alta, luego miró de reojo a Giddon y suspiró. La manta arrastraba tras ella como la cola de un magnífico y caro manto; lo extraño era que la hacía sentirse como una reina.

Bitterblue nunca había oído tanto ruido ni había visto a tanta gente trabajando a un ritmo tan frenético como en las cocinas. Se quedó estupefacta al descubrir que había un graceling de mirada alocada que era capaz de saber por el aspecto —y sobre todo por el olor de una persona— lo que sería, en ese momento, más satisfactorio comer para él o para ella.

—A veces es agradable que le digan a una lo que le apetece —le comentó Giddon, inhalando el vapor que se alzaba de la taza de chocolate que sostenía.

Cuando Po llegó y se detuvo con prudencia delante de Giddon, prietos los labios y cruzado de brazos, Bitterblue lo vio como lo estaría viendo Giddon y comprendió que su primo había perdido peso. Tras unos instantes de evaluación mutua, Giddon le habló:

—Te hace falta comer. Siéntate y deja que Jass te olfatee.

—Me pone nervioso. —Po se sentó—. Me preocupa hasta dónde puede llegar su percepción.

—Ironías de la vida —comentó Giddon con sequedad mientras se metía en la boca una cucharada llena de alubias con jamón—. Tienes un aspecto horrible. ¿Te ha vuelto el apetito?

—Estoy famélico.

—¿Tienes frío?

—Vaya, ¿es que piensas dejarme tu chaqueta empapada? —le preguntó Po con un resoplido—. Deja de interesarte por mí como si fuera a morirme hoy mismo. Estoy bien. ¿Por qué lleva Bitterblue una manta como si fuera una capa? ¿Qué le has hecho?

—Siempre me has caído mejor cuando Katsa está cerca —comentó Giddon—. Me trata de un modo tan infame que, en comparación, tú pareces agradable.

A Po se le curvó la boca con un tic, como si fuera a sonreír.

—Es que tú la provocas a propósito —comentó luego.

—Eso es fácil de lograr. Cualquier cosa la provoca. —Giddon empujó una bandeja de pan y queso para ponerla al alcance de Po—. A veces lo consigo incluso por el mero hecho de respirar. Bien —cambió de tema con brusquedad—, tenemos unos cuantos problemas y los expondré lisa y llanamente. El pueblo de Elestia está decidido, pero es justo como dijo Katsa: no tienen planes más allá de deponer a Thigpen. Y este tiene una reducida camarilla de lores y damas favoritos, nobles avariciosos, leales a su rey, pero aún más leales a sí mismos. Hay que neutralizarlos a todos, del primero al último, o en caso contrario se corre el peligro de que uno de ellos se alce con el poder en sustitución de Thigpen sin que haya el más mínimo progreso respecto a la situación actual. La gente con la que hablé no quiere saber nada de la nobleza elestina. Sienten una profunda desconfianza hacia cualquier otro habitante de Elestia que no haya sufrido tanto como ellos.

—Y aun así, ¿confían en nosotros?

—Sí —afirmó Giddon—. El Consejo no goza del aprecio de ninguno de los reyes déspotas, y el Consejo ha ayudado a deponer a

Drowden, así que se fían de nosotros. Creo que si Raffin fuera el siguiente en ir a hablar con ellos, como futuro rey de Terramedia e hijo caído en desgracia de Randa, quizá lograría llegar a ellos por su carácter afable. Y por supuesto tú también tienes que ir —gesticuló Giddon con la cuchara—, y hacer lo que quiera que haces. Si ibas a echar las tripas, supongo que ha sido una suerte que no vinieras conmigo esta vez. Pero me habría venido bien tu compañía en ese túnel, y te he necesitado en Elestia. Lo siento, Po.

La sorpresa se plasmó en el rostro de Po. No era una expresión que Bitterblue viera en él muy a menudo. Su primo se aclaró la garganta mientras parpadeaba.

—Yo también lo siento, Giddon —dijo, y eso fue todo.

A Bitterblue la asaltó el deseo de que Zaf la perdonara también de un modo tan indulgente.

Jass llegó a la mesa, olisqueó a Po, volvió a olisquear a Giddon y, al parecer, decidió que lo satisfactorio para los dos sería engullir media cocina. Bitterblue se sentó y escuchó la conversación sobre conspirar y planear mientras ella se tomaba el chocolate e intentaba encontrar una posición menos molesta que las demás; desmenuzó y examinó cada palabra de la conversación y, de vez en cuando, discutió algún punto, sobre todo cada vez que Po retomaba el tema sobre su seguridad. También, durante todo el tiempo, no dejó de absorber la maravilla que eran las cocinas del castillo. La mesa a la que estaban sentados se encontraba en una esquina, cerca de la panadería. Desde ese rincón, las paredes parecían extenderse, interminables, en ambas direcciones. A un lado estaban los hornos y los fogones, construidos en los muros exteriores del castillo. Las altas ventanas no tenían cristales y los copos de nieve se colaban a través de ellas en ese momento para deshacerse al caer sobre fogones y personas.

Cerca, una montaña de peladuras de patatas se amontonaba en el suelo, debajo de una mesa. Anna, la panadera mayor, se dirigió hacia una hilera de cuencos enormes que estaban cubiertos con paños, levantó los lienzos y, uno tras otro, pegó con el puño en la masa de los cuencos. A un grito suyo acudió un desfile de ayudantes con las mangas remangadas que se alinearon a lo largo de la mesa, sacaron de los cuencos los grandes pegotes de masa y se pusieron a amasarlos valiéndose de la fuerza de espalda y hombros para realizar la tarea. Anna también se encontraba en la hilera y amasaba con un brazo; el otro lo mantenía pegado al cuerpo. La rigidez con la que colgaba la extremidad le hizo sospechar a Bitterblue que tenía una lesión de algún tipo. Los músculos del brazo con el que trabajaba se hinchaban al amasar, y también se le hinchaban los del cuello y los hombros. La fuerza de la mujer tenía hipnotizada a Bitterbluc, no porque lo hiciera con una sola mano, sino por el hecho de que estuviera amasando, un trabajo que era a la vez violento y suave, y Bitterblue deseó saber cómo era el tacto de esa sedosa masa. Era consciente de que en algún momento, dentro de poco —si no esa noche, tal vez mañana y, si no esa hornada de masa, entonces la siguiente— tendría pan de patata con la comida.

La complacía —de un modo que casi era doloroso— estar sentada al lado de la panadería. El aire cálido que olía a levadura le resultaba tan familiar... Hizo una profunda inhalación para llenarse los pulmones de él con la sensación de haber estado respirando superficialmente durante años. El aroma a pan horneado era tan reconfortante, y el recuerdo de una historia que se había contado a sí misma —una historia que le había contado a Zaf sobre su trabajo y sobre vivir con su madre— parecía tan real, tan tangible al encontrarse sentada en aquel lugar, y tan triste...

28

Cuando el capitán Smit le informó a la mañana siguiente —y a la siguiente, y a la siguiente— de que no tenía nada de lo que informar, Bitterblue empezó a sorprenderse de la intensidad a la que podía llegar su frustración. Hacía seis días que Runnemood había desaparecido y no se había hecho el menor progreso.

Al séptimo día, cuando el informe del capitán Smit fue el mismo, Bitterblue se levantó del escritorio y acometió la tarea de realizar una exploración sistemática. Si se pateaba todos los pasillos del castillo y golpeaba con la mano todas las paredes, si echaba un vistazo al interior de todos los talleres y descubría lo que podía esperar encontrarse al doblar cualquier esquina, entonces tal vez lograría calmar la agitación que tenía, y también las preocupaciones por Zaf. Porque eso era parte de lo que hacía que esos días vacíos fueran tan difíciles de soportar. Tampoco había noticias de Gris ni de la corona, y Teddy y Zaf no se habían puesto en contacto con ella.

Bajó la escalera de la torre pisando con fuerza, saludó a los escribientes, que la observaron con una mirada carente de expresión, y después salió a buscar el taller del zapatero para devolver el broche a Devra.

La encontró en el patio de artesanos, que resonaba con golpes secos y repiques de toneleros, carpinteros, hojalateros. También olía a los aceites de los talabarteros y a las ceras de abeja de los cereros; en un taller, una mujer mayor, seca y arrugada, fabricaba arpas y otros instrumentos musicales.

¿Por qué no se oía nunca música en el castillo? Ya puestos, ¿por qué no se encontraba nunca con un alma, aparte de Deceso, en la biblioteca? Seguro que algunas personas sabían leer. ¿Y por qué cuando recorría los pasillos a veces tenía la sensación de una especie de vacío inexorable —algo extraño que no conseguía quitarse de encima— al mirar los rostros de la gente? Le hacían reverencias, pero no estaba segura de que la vieran en realidad.

En el nivel superior del ala oeste del castillo encontró una barbería, y al lado, un pequeño taller donde se hacían pelucas. Por raro que pudiera parecer, aquello le encantó. Al día siguiente encontró los cuartos de los niños. Los pequeños no tenían la mirada vacía.

Al otro día —nueve ya sin que hubiera novedades— regresó a la panadería y se sentó en la esquina durante varios minutos para observar a los panaderos mientras trabajaban.

Anna le dio una explicación no solicitada sobre algo que, de hecho, Bitterblue se había preguntado para sus adentros.

—Nací con un brazo inútil, majestad —dijo—. No debe preocuparse de que su padre fuera el responsable.

Bitterblue no supo disimular la sorpresa cuando la mujer le habló con tanta franqueza.

—No es de mi incumbencia, Anna, pero te agradezco que me lo hayas dicho.

—Parece que le gusta la panadería, majestad —dijo la mujer, que trabajaba una montaña de masa mientras conversaban.

—No querría molestarte, Anna, pero me gustaría aprender a amasar pan algún día.

—Amasar puede que sea justo el ejercicio que necesita para devolver al brazo herido la fuerza, una vez que le quiten la escayola, majestad. Pídale consejo a su sanadora. Es usted menuda —añadió con un asentimiento de cabeza tajante—. Puede venir a cualquier hora y trabajar en un rincón sin temor a estorbarnos.

313

Bitterblue alargó la mano y, cuando Anna dejó de mover la masa, se la puso encima. Era suave, cálida y seca; al retirar la mano, tenía la palma espolvoreada de harina. Durante el resto del día, cada vez que se llevaba los dedos a la nariz, casi podía olerla.

Tocar las cosas y saber que eran de verdad era útil, y reconfortante. Descubrir tal cosa hizo que echara de menos a Zaf con una intensidad dolorosa que la acompañó por los pasillos, ya que en otro tiempo había podido tocarlo a él también.

Al decimocuarto día de la desaparición de Runnemood, Deceso fue a ver a Bitterblue en el cuarto de lectura de la biblioteca, donde aún pasaba el tiempo que tenía libre con los libros reescritos y el repaso de los antiguos. Deceso soltó en la mesa —desde una considerable altura— un nuevo ejemplar manuscrito, giró sobre sus talones y se marchó.

Amoroso, enroscado junto al codo de Bitterblue, pegó un salto al tiempo que maullaba. Al caer de nuevo en la mesa, se puso de inmediato a asearse con entusiasmo, como si el instinto le dictara que aparentase resolución y ocultara el hecho de que no tenía idea de lo que había pasado.

—Estoy de acuerdo en que no debería ser tan traumático volver a la consciencia —le dijo Bitterblue en un intento de mostrarse cortés. No hacía mucho que *Amoroso* había empezado a alternar dos personalidades, una que le bufaba con furibundo odio cada vez que la veía, y la otra que la seguía de forma arisca y a veces se dormía pegado a ella. El animal no se iba cuando ella lo ahuyentaba, así que se había dado por vencida en cuanto a tener influencia en él.

El nuevo manuscrito se titulaba *Monarquía es tiranía*.

Bitterblue rompió a reír, haciendo que *Amoroso* dejara de lamerse para mirarla con desconfianza y con una pata alzada en el aire, como un pollo asado.

—Oh, vaya —dijo—. No me extraña que Deceso me lo soltara así. Estoy segura de que le ha parecido muy satisfactorio.

Y entonces dejó de parecerle divertido. Volviéndose en la silla, miró a la niña de la escultura; su rostro rebelde, desafiante. Pensó que quizá la niña sabía algo de la tiranía, que se estaba convirtiendo en roca para protegerse de ella. Entonces Bitterblue desvió la vista hacia la mujer del tapiz, que a su vez la miraba a ella con esos ojos profundos y plácidos, unos ojos que parecían entender todo lo que era el mundo.

«Me gustaría tenerla como madre —pensó; entonces casi gritó, herida por su propia deslealtad—. Mamá, por supuesto no quería decir eso. Es solo que… Ella está atrapada en un instante del tiempo en el que todo es sencillo y claro. Nuestros momentos sencillos y claros nunca tuvieron ocasión de ser duraderos. Y cómo me gustaría un poco de claridad, un poco de simplicidad.»

Intentó centrarse de nuevo en el libro que había estado releyendo cuando Deceso había aparecido, un libro sobre el proceso artístico. Detestaba ese libro. Se pasaba páginas y páginas explicando algo que podría decirse en dos frases: el artista es una jarra vacía; la inspiración entra a raudales y el arte sale a raudales. Bitterblue no sabía nada sobre el proceso artístico; no era artista y tampoco lo eran sus amigos. Aun así, ese libro daba la impresión de estar mal. A Leck le gustaba que la gente estuviera vacía para así entrar él y que saliera la reacción que él anhelaba. Lo más probable era que Leck hubiera querido controlar a sus artistas; controlarlos y después matarlos. Por supuesto, tenía que haberle gustado un libro que caracterizase la inspiración como una especie de... tiranía.

El decimoquinto día desde la desaparición de Runnemood, Bitterblue se tropezó con algo interesante en los bordados.

Su hospital está debajo del río. El río es su cementerio de huesos. Lo seguí y vi el monstruo que es. Tengo que llevarme pronto a Bitterblue.

Eso era todo lo que decía. Sentada en la alfombra carmesí, con la sábana en el regazo y el hombro doliéndole, Bitterblue recordó algo que Po había dicho cuando deliraba: que en el río flotaban cadáveres.

Po, le transmitió, dondequiera que estuviese. *Si mandara drenar el río, ¿encontraría huesos?*

Huesos, no, fue la respuesta cifrada que le llegó, pero escrita con tinta, en lugar del acostumbrado grafito que usaba Po, y con la letra pulcra de Giddon, así que se alegraba de que Giddon le estuviera haciendo a Po el favor de escribir en su lugar. *Tampoco hospital. No sé de dónde saldrían esas alucinaciones. Las palabras que dije no encajan con lo que vi. Lo que vi era a Thiel cruzando el Puente Alígero, aunque mi don no tiene tanto radio de alcance. También vi a mis hermanos sosteniendo una lucha cuerpo a cuerpo en el techo, así que ten en cuenta eso antes de pedirme que esté más pendiente de Thiel en el futuro. Mi mente no puede estar en todas partes, ¿comprendes? No obstante, da la casualidad de que lo sentí dos veces, en noches recientes, entrar a ese túnel que pasa por debajo de la muralla hacia el distrito este.*

También te he percibido a ti vagando por ahí como alma en pena. ¿Por qué no curioseas un rato por la galería de arte? Hava pasa casi todas las noches allí. Relaciónate con ella. Es hábil y bien dispuesta. Deberías conocerla. Has de saber que tiene antecedentes de mentirosa compulsiva. Desarrolló esa costumbre siendo muy pequeña, por necesidad. Creció en el castillo con una madre y un tío demasiado cercanos al rey, y se distinguió por evitar llamar la atención sobre sí. En consecuencia, no tiene amigos y acabó rondando por Monmar y, con el tiempo, en compañía de gente como Danzhol. Ahora intenta no mentir. De verdad, de verdad, querría que la conocieras.

De acuerdo, respondió mentalmente a Po, malhumorada. *Iré a conocer a tu amiga mentirosa compulsiva. Estoy segura de que nos llevaremos estupendamente bien.*

Esa noche, Bitterblue se dirigió hacia la galería de arte con un farol en la mano. Sin saber cuál era la mejor ruta, pero al tanto de que estaba en el nivel alto, varios pisos por encima de la biblioteca, caminó hacia el sur a través de corredores con techos de cristal. Diminutos fragmentos de hielo rebotaban contra el vidrio por encima de ella.

Entonces se paró en seco, sorprendida, porque al otro lado del cristal que tenía encima había una persona apoyada en manos y pies, limpiando el vidrio con un trapo. En el tejado, con frío, a medianoche, trabajando bajo la cellisca. Era Raposa, por supuesto. Al verla abajo, levantó la mano.

«Su gracia es la locura —pensó Bitterblue mientras seguía caminando—. Pura locura.»

La galería de arte, cuando la encontró, no era como la biblioteca. Las salas se comunicaban entre sí con inesperados recovecos y giros que desorientaron a Bitterblue. A la luz de su farol, los amplios espacios vacíos y los destellos de color en las pareces resultaban inquietantes, escalofriantes. El suelo era de mármol, pero apenas hacía ruido al caminar sobre él. Soltó un estornudo y se preguntó si lo habría provocado caminar por encima de una alfombra de polvo.

Se detuvo delante de un enorme tapiz que era, obviamente, de la familia de todos los demás que había visto. Este representaba a varias criaturas de colores intensos que atacaban a un hombre en un acantilado que se asomaba al mar. Cada animal de la escena era de un color fuera de lo normal, y Bitterblue pensó que el hombre, gritando de dolor, podría ser Leck. No llevaba parche en el ojo y los rasgos no eran claros, pero aun así, por alguna razón, era la impresión que le trasmitía el tapiz.

Bitterblue empezaba a estar harta de que las obras de arte del castillo la dejaran hecha polvo.

Le dio la espalda al tapiz, cruzó la sala, subió un peldaño y se encontró en una galería de estatuas. Recordando la razón por la que había ido allí, observó con detenimiento cada talla, pero no logró dar con lo que buscaba.

—Hava —llamó en voz queda—. Sé que estás aquí.

No ocurrió nada en un primer momento. Entonces se oyó un leve movimiento y una estatua situada casi al fondo se transfiguró en una muchacha con la cabeza agachada. Bitterblue rechazó el amago de la náusea. La chica estaba llorando y se enjugaba la cara con una manga andrajosa. Dio un paso hacia Bitterblue, se transformó de nuevo en estatua y a continuación fluctuó hasta volver a ser una persona.

—Hava, por favor, deja de hacer eso —pidió Bitterblue con desesperación al tiempo que intentaba no vomitar.

Hava se acercó a ella y cayó de hinojos.

—Perdón, majestad —dijo ahogada en lágrimas—. Cuando él me lo explicó tenía sentido, ¿comprende? No utilizó la palabra «rapto». Pero aun así yo sabía que estaba mal, majestad —lloró—. Estaba deseosa de camuflar el barco, porque era un desafío mucho mayor que encubrirme yo. No tiene que ver con mi gracia. ¡Requiere maestría!

—Hava —Bitterblue se inclinó hacia ella, sin saber qué decir a una mentirosa compulsiva que parecía estar pasándolo mal de verdad—, te perdono —dijo sin sentirlo de verdad, pero dándose cuenta de que el perdón era necesario para tranquilizar el desenfreno de la muchacha—. Te perdono —repitió—. Me has salvado la vida dos veces, ¿recuerdas? Respira hondo, Hava. Tranquilízate y explícame cómo funciona tu gracia. ¿Es que cambias algo en ti misma o es mi percepción de las cosas lo que cambias?

317

Cuando Hava se levantó para mirarla, Bitterblue vio que tenía una cara muy bonita. Franca, como la de Holt, triste y asustada, pero con una dulzura que era una lástima que sintiera la necesidad de ocultar. Tenía unos ojos rotundamente preciosos o, al menos, el que captaba la luz del farol lo era, con un brillo cobrizo, tan reluciente como los ojos —dorado y plateado— de Po. Bitterblue no distinguía el color del otro en la oscuridad.

—Es su percepción, majestad —dijo Hava—. La percepción de lo que ve.

Era lo que había imaginado Bitterblue. La otra opción no tenía sentido; era demasiado improbable incluso para una gracia. Y ahí, comprendió, estaba una de las muchas razones por las que seguía resistiéndose a las exhortaciones de Po sobre fiarse de Hava. Confiar en alguien que era capaz de cambiar el modo en que su mente percibía las cosas no le resultaba cómodo a Bitterblue.

—Hava, estás en la ciudad con frecuencia, escondiéndote —comentó—, lo cual te da la posibilidad de ver cosas. Conocías a lord Danzhol. Estoy intentando hallar un modo de relacionar las cosas que hace Runnemood con las cosas que gente como Danzhol hacía;

intento descubrir con quién podría estar trabajando Runnemood y qué verdades desea ocultar cuando mata buscadores de la verdad. ¿Sabes algo al respecto?

—Lord Danzhol estaba relacionado con un montón de personas, majestad. Parecía tener amigos en todos los reinos, y mil cartas secretas, y visitantes a su hacienda que entraban por la puerta de atrás, de noche, y a quienes los demás no veíamos nunca. Pero no me hablaba de ello. Y tampoco he visto nada en la ciudad que pudiera dar explicación a algo. Si alguna vez quiere que siga a alguien, majestad, lo haré en un periquete.

—Lo tendré en cuenta, Hava —respondió Bitterblue dubitativamente, sin saber qué creer—. Se lo mencionaré a Helda.

—He oído un rumor extraño sobre su corona, majestad —dijo Hava tras una pausa.

—¡Sobre la corona! —exclamó Bitterblue—. ¿Cómo sabes tú lo de la corona?

—Por las murmuraciones, majestad —respondió Hava, sobresaltada—. Los rumores en un salón de relatos. Confiaba en que no fuera cierto; es tan ridículo que ha de ser mentira.

—Quizá lo sea. ¿Qué oíste?

—Oí hablar de alguien llamado Gris, majestad, que es nieto de un famoso ladrón que roba los tesoros de la nobleza monmarda. La familia lo viene haciendo desde hace generaciones, majestad. Es su sello personal en el negocio. Viven en una cueva, en alguna parte, y Gris afirma estar en condiciones de vender su corona. Le ha puesto un precio tan alto que solo un rey podría pagarlo.

Bitterblue se apretó las sienes.

—Eso no lo hará fácil si al final tengo que comprarla, cosa que seguramente habré de hacer pronto, antes de que corra más la voz.

—Oh —exclamó Hava, consternada—. Por desgracia, lo otro que he oído decir es que Gris no se la venderá a usted, majestad.

—¿Qué? Entonces, ¿quién cree que va a comprársela? Ninguno de los otros reyes se desprenderá de una fortuna solo por hacer una estúpida bribonada. ¡Y no permitiré que mi tío la compre en mi lugar!

—Me temo que no sé cuál es el propósito, majestad. Es lo que oí murmurar. Pero a menudo los rumores son mentira, majestad. A lo mejor es lo que ocurre con este. ¡Ojalá lo sea!

—No se lo cuentes a nadie, Hava —advirtió Bitterblue—. Si dudas de la importancia de guardar esto en secreto, pregunta al príncipe Po.

—Si usted dice que es importante, majestad, entonces no necesito preguntar al príncipe Po —respondió Hava.

318

Bitterblue observó a aquella graceling mentirosa, esa extraña joven que parecía ir a dondequiera que deseara y hacer lo que quisiera que se le antojara, pero con miedo y en la más absoluta soledad. Seguía arrodillada.

—Levántate, Hava, por favor —dijo Bitterblue.

Era alta. Al ponerse de pie la luz le dio en la cara y Bitterblue vio que el otro ojo era de un extraño e intenso color rojo.

—¿Por qué te ocultas en mi galería de arte, Hava?

—Porque no hay ningún otro sitio, majestad —respondió la chica en voz baja—. Y estoy cerca de mi tío, que me necesita. Y puedo estar con las obras artísticas de mi madre.

—¿La recuerdas?

Hava asintió con un cabeceo.

—Tenía ocho años cuando murió, majestad —añadió luego—. Me enseñaba a esconderme del rey Leck, siempre.

—¿Qué edad tienes?

—Dieciséis años, majestad.

—¿Y... no estás muy sola escondiéndote todo el tiempo, Hava?

Hubo una oscilación en el hermoso rostro de la chica.

—Hava —dijo Bitterblue, de repente asaltada por la duda—, ¿es este tu verdadero aspecto?

La chica agachó la cabeza. Cuando volvió a alzarla, los ojos seguían siendo cobre y rojo, pero estaban en una cara que quizás era demasiado corriente para albergar su rareza, con una boca larga y fina como una cuchillada y una nariz respingona.

Bitterblue tuvo que hacer un gran esfuerzo para contenerse y no alargar la mano y tocar la cara de Hava, porque lo comprendía. Cómo deseaba consolar la infelicidad que brillaba en esos ojos y que no tenía por qué estar en ellos. Le gustaba su rostro.

—Me gusta mucho tu aspecto —dijo—. Gracias por mostrármelo.

—Lo siento, majestad —susurró la chica—. Me cuesta no ocultarme. Estoy tan acostumbrada a hacerlo...

—Quizá no ha sido justo por mi parte pedírtelo.

—Pero es un alivio que alguien me vea, majestad —susurró Hava.

Al día siguiente, el capitán Smit le dio la noticia a Bitterblue de que, en efecto, Runnemood no solo había sido responsable de la falsa acusación a Zaf, sino del asesinato del ingeniero Ivan.

«Por fin algún progreso —pensó Bitterblue—. Le pediré a Helda que presione un poco a mis espías para confirmarlo.»

Al día siguiente, el capitán Smit le dijo que ahora era evidente que Runnemood también había sido responsable de la muerte de lady Capelina, la mujer de la lista de Teddy que había robado tantas niñas para Leck.

—¿Fue, pues, un asesinato? —preguntó Bitterblue, consternada—. ¿Runnemood está matando a otros cómplices culpables?

—Lamento que nuestras investigaciones sugieran que tal es el caso, majestad —dijo el capitán.

Últimamente su apariencia era la de un hombre sometido a mucha tensión, y Bitterblue le hizo tomar un poco de té antes de que se marchara del despacho.

La siguiente noticia que llegó era que Runnemood había mantenido correspondencia privada con lord Danzhol, que incluso cabía la posibilidad de que hubiera sido responsable de convencer al noble de que atacara a la reina. Después, fue la noticia de que ninguna de las personas de la lista de Teddy que aún vivían parecía estar involucrada en asesinatos, falsas acusaciones o cualquier otro modo de perjudicar o hacer daño a los buscadores de la verdad. Las que habían muerto habían sido asesinadas por Runnemood.

Al día siguiente —el decimonoveno desde la desaparición de Runnemood— el capitán Smit entró en el despacho de Bitterblue con gesto decidido y los puños apretados, y le planteó la teoría de que Runnemood había sido el único cerebro detrás de todos los asesinatos de los buscadores de la verdad y de todos los delitos relacionados con ello, posiblemente porque el instinto de actuar con visión de futuro y dejar atrás el reinado de Leck había desencadenado un deterioro mental tan grande que acabó volviéndose loco.

Bitterblue poco tenía que decir en respuesta a ese planteamiento. Sus espías aún no habían logrado confirmar o denegar cualquiera de las cosas que Smit le había dicho. Pero a ella empezaba a sonarle algo ridículo y aun más conveniente que Runnemood y su locura fueran la única explicación de algo que había causado tanto daño. Runnemood no era Leck; ni siquiera era graceling. Y Smit, de pie delante del escritorio, brincaba con nerviosismo con el más leve ruido, aunque nunca había parecido ser un tipo nervioso. En sus ojos brillaba una extraña agitación, y cuando la miraba era como si estuviese viendo a otra persona o algo distinto.

—Capitán Smit —dijo en voz baja—. ¿Por qué no me cuenta qué es lo que pasa de verdad?

—Oh, ya se lo he contado, majestad. Desde luego que sí. Si me disculpa su majestad, iré a mi despacho y volveré con pruebas corroborantes.

Se marchó y no regresó.

Po, pensó mientras revolvía entre los documentos que había en el escritorio. *Necesito que hables de forma urgente con el capitán de la guardia monmarda. Me está mintiendo. Algo va terriblemente mal.*

Po lo intentó durante dos días y por fin envió un mensaje a Bitterblue: *No lo encuentro, prima. Se ha ido.*

321

29

*E*l joven sentado al otro lado de la puerta de acceso al cuartel de la guardia monmarda se estaba mordiendo las uñas con entusiasmo cuando Bitterblue entró. Al verla, bajó la mano con rapidez y se puso de pie de manera tan brusca que volcó una copa.

—¿Dónde está el capitán Smit? —demandó mientras la sidra se derramaba y goteaba por todas partes.

—Ha ido a investigar algunos asuntos delictivos en las refinerías de plata en el sur, majestad —contestó el soldado, que miró el estropicio con nerviosismo—. Algo relacionado con piratas.

—¿Estás seguro de eso?

—Por completo, majestad.

—¿Y cuándo regresará?

—No podría decirle, majestad —respondió el soldado, que se enderezó para mirarla directamente a la cara—. Estos asuntos se alargan a veces.

Hablaba de un modo campechano en exceso, como si ensayara unas frases aprendidas de memoria. Bitterblue no le creyó.

Pero cuando entró en las oficinas situadas un piso más abajo que su despacho e intentó transmitir su inquietud a Darby y a Rood, ninguno de los dos compartió su preocupación.

—Majestad, la presencia del capitán de toda la guardia monmarda es requerida en muchos sitios —dijo Rood con suavidad—. Si sus deberes son demasiado onerosos o si usted desea dividir su mando para que se encuentre siempre presente en la corte, podríamos hablar de ello. Pero no creo que haya motivo para dudar de su paradero. Entre tanto, la guardia aún sigue buscando a Runnemood.

Bitterblue subió a su torre, pasó delante de las montañas de papeles amontonados en su escritorio para acercarse a la ventana que daba al sur y contempló el paisaje más allá de los tejados del castillo.

Cuánta superficie de cristal reflejando el rápido paso de las nubes. La perturbaba, como la perturbaba todo; y noviembre empezaría dentro de unos días, pero el ritmo de trabajo en las oficinas no se había reducido. No podía seguir pasando de forma alternativa de preocupación a frustración, a exceso de trabajo y a aburrimiento.

Había empezado a bajar con su trabajo a las oficinas de vez en cuando, pisando fuerte la escalera y cargada con un montón de documentos para sentarse a una mesa y así poder aburrirse en compañía, en lugar de hacerlo a solas. Nunca había mucha conversación, porque las charlas en esas salas solían estar restringidas a asuntos de trabajo; y, sin embargo, tenía la sensación de que estar sentada en presencia de sus escribientes hacía que estos se volvieran menos cautelosos en sus actitudes y sus expresiones. Se volvían personas que la miraban de vez en cuando, decían una o dos palabras, y su compañía era cómoda y humana. Froggatt había llegado incluso a sonreírle una vez; hacía poco que se había casado y parecía sonreír más que los otros.

Darby irrumpió por la puerta.

—Misiva del príncipe Po, majestad —anunció al tiempo que le entregaba una nota cifrada de Po, esta vez escrita con su letra.

323

Raffin y Bann han regresado del viaje a Meridia. Pasado mañana, Raff y yo iremos a Elestia por el túnel del norte. Bann y Giddon se quedan contigo. Katsa lleva ausente cinco semanas, y empiezo a preocuparme. Si regresa mientras estamos ausentes, ¿querrás enviarme una nota al túnel?

Hice algo que te irritará. Invité a Zaf a la reunión del Consejo de anoche. Siguiendo un impulso, lo contraté para enmasillar de nuevo las ventanas del castillo, en preparación para el invierno. Quiero que esté cerca por muchas razones. No te sorprendas al verlo colgado en las paredes en el patio mayor y, por lo que más quieras, no atraigas la atención hacia vuestra relación.

Bitterblue quemó la nota en el pequeño hogar. Después, abandonando sus planes de trabajo, empezó a bajar el largo trecho que la separaba del patio.

No era agradable encontrarse entre los arbustos, con el cuello doblado hacia atrás, y ver a personas, pequeñas como muñecos, colgadas contra los muros que daban al patio. Bueno, vale, colgadas no; en realidad estaban sentadas. Pero la larga plataforma en la que se sentaban se hallaba suspendida en el vacío, colgada de cuerdas, y se mecía una barbaridad para algo que estaba tan arriba, a tanta distancia del suelo, y que empezó a menearse cuando Zaf se puso de pie y anduvo, despreocupada y tranquilamente, de un extremo a otro.

La pareja de Zaf en la plataforma era Raposa, lo que a Bitterblue le pareció ventajoso por dos razones. Una: como espía que era, Raposa informaría a Helda de cualquier cosa interesante que Zaf le dijera. Y dos: si Raposa observaba que la reina hacía un aparte con Zaf para hablar con él, Bitterblue no creía que la graceling chismorreara sobre ello.

Las ventanas que enmasillaban en ese momento eran las que daban al lado meridional del patio. Bitterblue cruzó hacia el vestíbulo sur y empezó a subir las escaleras.

Si Zaf se sorprendió cuando la reina apareció al otro lado de la ventana en la que trabajaba, no dio señales de ello. Lo que sí hizo fue curvar la boca justo lo suficiente para que se notara el gesto insolente a través del cristal, y después abrió la ventana. La miró con las cejas arqueadas en un gesto interrogante.

—Zaf.

Al decir su nombre se dio cuenta de que era todo cuanto podía hablar sin correr riesgos. Él esperó, pero a Bitterblue no se le ocurría cómo continuar. Cuando Zaf se echó hacia atrás, creyó que volvía a su trabajo, pero en cambio le dirigió unas palabras a Raposa:

—Regresaré dentro de un momento.

Sin mirarla, pasó a través de la ventana. Luego se desenganchó una cuerda que tenía atada a una especie de cinturón ancho que llevaba puesto. Echando la cuerda fuera de la ventana, cerró esta de un tirón, todo ello sin mirarla todavía. Un gorro de punto le tapaba el cabello y hacía que sus rasgos faciales se vieran más definidos, y también adorables. Las pecas no le habían desaparecido con el otoño.

—Vamos —dijo, y sin más se apartó de las ventanas para ir hacia uno de los extremos del cuarto vacío. Bitterblue lo siguió. A través de la ventana, Raposa les echó una ojeada y después se puso de nuevo a trabajar.

Se encontraban en una estancia larga y estrecha en la que había aspilleras que daban al puente levadizo y al foso, un sitio destinado a llenarse de arqueros en caso de que hubiera un asedio. Desde el lugar elegido por Zaf se veía la puerta que había en cada extremo y todas las trampillas del techo. Bitterblue deseó haber dedicado un rato a enterarse con más detalle del uso que tenía ese espacio. ¿Y si los centinelas se encontraban apostados arriba, en el techo? ¿Y si bajaban por las trampillas para el cambio de guardia? Sería extraño encontrar a la reina temblando en esa estancia oscura con el calafateador de ventanas.

—¿Qué quiere? —preguntó Zaf con sequedad.

—Mi capitán de la guardia monmarda ha desaparecido —consiguió decir, recriminándose para sus adentros la estúpida tristeza que le causaba su presencia—. Tras días y días sin haber novedades, me dijo que creía que Runnemood era el único responsable de todos los crímenes contra los buscadores de la verdad y después desapareció. Todos me dicen que se ha ido a las refinerías de plata por algún asunto urgente relacionado con piratas. Pero hay algo que no me cuadra, Zaf. ¿Has oído algo sobre esto?

—No. Y si eso es cierto, entonces Runnemood está vivo y en perfectas condiciones en el distrito este, porque en una vivienda donde almacenábamos contrabando se prendió fuego anoche y un amigo pereció en el incendio.

Po, sé que te vas pronto y sin duda estás agobiado con los preparativos, transmitió Bitterblue con ansiedad. *Pero antes de partir, ¿tienes tiempo para dar otra batida por el distrito este en busca de Runnemood? Es muy, muy importante.*

—Siento lo ocurrido —dijo en voz alta.

Zaf agitó la mano con irritación.

—También corren rumores —prosiguió Bitterblue, que procuró no sentirse herida por el rechazo mostrado por Zaf a sus palabras de conmiseración—. Rumores sobre la corona. ¿Los has oído? Una vez que llegue a oídos de la guardia monmarda, me será imposible ocultar que no la tengo en mi poder, Zaf.

—Gris solo intenta ponerla nerviosa —dijo él—. Para que le entre pánico, como le ocurre ahora, y haga lo que él desee.

—Bueno, y ¿qué es lo que desea?

—Lo ignoro. —Zaf se encogió de hombros—. Cuando él quiera que usted lo sepa, lo sabrá.

—Estoy atrapada aquí. Me siento inútil, impotente. No sé cómo dar con Runnemood. Ni siquiera sé qué es lo que estoy buscando. No sé qué hacer con Gris. Mis amigos tienen sus propias prioridades, y mis hombres no parecen entender que algo va terriblemente mal. No sé qué hacer, Zaf, y tú tampoco quieres ayudarme porque hubo un tiempo en que te oculté mi poder y ahora es lo único que ves. Creo que no te das cuenta de tu propio poder sobre mí. Yo lo he sa-

325

bido desde que nos tocamos. Yo… —La voz se le quebró—. Habría una forma de que tú y yo pudiéramos lograr cierto equilibrio, si me dejaras llegar a ti.

Zaf permaneció callado unos instantes. Por fin, habló con una especie de tranquila amargura:

—Eso no basta. La atracción no es suficiente. Busque a otro que despierte esa emoción en usted.

—Zaf, no es eso lo que siento —gritó—. Escucha bien lo que digo. Somos amigos.

—Bueno, ¿y qué? —instó con brusquedad—. ¿Qué imagina? ¿Me ve a mí, encerrado en este castillo, su amigo del alma plebeyo, aburrido como una ostra? ¿Quiere convertirme en un príncipe? ¿Cree que quiero tener algo que ver con todo esto? Lo que quiero es lo que creía que tenía. Quiero a la persona que usted no es.

—Zaf —susurró ella, al borde del llanto—. Siento mucho haber mentido. Ojalá pudiera contarte muchas otras cosas que son ciertas. El día que robaste la corona descubrí un código cifrado que mi madre desarrolló y le ocultó a mi padre. Leerlo no es fácil. Si alguna vez decides perdonarme y quieres saber cosas de mi madre de verdad, te las contaré.

Él la observó unos instantes y después bajó la vista al suelo, con los labios prietos. Entonces alzó el brazo y se llevó la manga a los ojos. La dejó estupefacta la idea de que quizás estuviera llorando; tan atónita que añadió algo más:

—No renunciaría a nada de lo que ha habido en nuestra relación, pero lo cambiaría todo porque mi madre estuviera viva. Lo cambiaría por conocer mejor mi reino y ser una reina mejor. Quizá renunciaría a ello a cambio de haberte causado menos daño. Pero me has hecho un regalo sin saberlo. Nunca había experimentado esas emociones antes, Zaf, con nadie. Ahora sé que hay cosas en la vida que están a mi alcance y que jamás creí que podría tener antes de conocerte. No renunciaría a eso como tampoco renunciaría a ser reina. Ni siquiera para que dejaras de castigarme.

Zaf estaba con la cabeza agachada y cruzado de brazos. Le recordaba una de las solitarias esculturas de Belagavia.

—¿No vas a decir nada? —susurró.

Él no contestó. No hizo un solo movimiento, no emitió sonido alguno.

Bitterblue se dio la vuelta y se escabulló escaleras abajo.

30

Esa noche Raffin, Bann y Po cenaron con ella y con Helda. Teniendo en cuenta que era un grupo de amigos que se reunían, a Bitterblue le pareció que se comportaban de forma extraña —como inhibidos—, y se preguntó si la inquietud por Katsa empezaba a ser contagiosa. De ser así, la intranquilidad de los otros no ayudaba mucho a aliviar sus propias preocupaciones.

—Me gusta cómo has seguido mi consejo de no atraer la atención sobre tu relación con Zaf —comentó Po con sarcasmo.

—No nos vio nadie —replicó Bitterblue, que esperaba con paciencia que Bann le cortara la chuleta de cerdo. Ejercitó los músculos del hombro herido con precaución para aliviar las molestias acumuladas a lo largo del día—. En cualquier caso, ¿quién te crees que eres para ir organizando tareas y hacer encargos en mi castillo?

—Zaf es un grano en el culo, Escarabajito —dijo su primo—. Pero un grano útil. Si ocurriera algo con la corona, es preferible tenerlo a nuestro alcance. Y ¿quién sabe? Quizás oiga por casualidad algo interesante para nosotros. Le he pedido a Giddon que lo vigile después de que me marche.

—Yo colaboraré, si hay que hacerlo unos cuantos días —se ofreció Bann.

—Gracias, Bann —dijo Po.

Bitterblue se quedó pensativa, sin entender ese intercambio, pero entonces se le ocurrió otra pregunta:

—Po, ¿qué le has contado exactamente a Giddon de mi historia con Zaf?

Po abrió la boca y enseguida la volvió a cerrar.

—Yo tampoco sé mucho sobre eso, Bitterblue —dijo después—. Aparte de que he tenido la discreción de no preguntaros a ninguno de los dos respecto a eso. —Su primo hizo una pausa para empujar con el tenedor algunas zanahorias del plato—. Giddon sabe que, si observa en Zaf cualquier tipo de comportamiento irrespetuoso hacia ti, tiene que estamparlo contra una pared.

—Es probable que a Zaf le guste eso.

Po emitió un sonido de exasperación.

—Mañana voy al distrito este de la ciudad —anunció entonces—. Ojalá no tuviera que viajar a Elestia, porque pondría patas arriba toda la ciudad para dar con Runnemood y luego cabalgaría hasta las refinerías para encontrar yo mismo a tu capitán.

—¿Hay tiempo para que Giddon o yo vayamos a buscar a Smit? —preguntó Bann.

—Buena pregunta —dijo Po, que lo miró con el ceño fruncido—. Ya lo discutiremos.

—¿Y qué tal les fue a ustedes dos? —intervino Bitterblue mientras se volvía hacia Raffin y Bann—. ¿Llevaron a buen fin los asuntos por los que viajaron a Meridia?

—En realidad no ha sido un viaje relacionado con el Consejo, majestad —contestó Raffin con aparente apuro.

—¿No? ¿Qué fueron a hacer, pues?

—Era una misión real. Mi padre insistió en que hablara con Murgon sobre casarme con su hija.

Bitterblue se quedó boquiabierta.

—¡No puede casarse con su hija! —exclamó tras reaccionar.

—Y eso es lo que le dije, majestad —contestó Raffin, y no añadió nada más. Que no diera más detalles la complació. Al fin y al cabo, no era un asunto de su incumbencia.

Desde luego, estando en esa compañía, era imposible no pensar en equilibrios de poder. Raffin y Bann intercambiaban miradas de vez en cuando, ya fuera compartiendo un silencioso acuerdo o tomándose el pelo; o simplemente se miraban, como si el uno fuera un plácido lugar de reposo para el otro. El príncipe Raffin, heredero del trono de Terramedia; Bann, que no poseía título ni fortuna. Cómo anhelaba hacerles preguntas que eran demasiado indiscretas para plantearlas, incluso para sus criterios. ¿Qué hacían para compensar el tema económico? ¿Cómo tomaban decisiones? ¿De qué forma afrontaba Bann la expectativa de que Raffin se casara y engendrara herederos? Si Randa sabía la verdad sobre su hijo, ¿correría peligro Bann? ¿Bann no se sentiría incómodo alguna vez por la riqueza y la jerarquía de Raffin? ¿En qué afectaba, si lo hacía, el desequilibrio de poder en la cama?

—¿Giddon está fuera? —preguntó, porque lo echaba de menos—. ¿Por qué no se ha reunido con nosotros?

La reacción fue inmediata: el silencio se adueñó de la mesa y sus amigos se miraron entre sí con expresión apurada. A Bitterblue le dio un vuelco el corazón.

—¿Qué ocurre? ¿Le ha pasado algo malo?

—No está herido, majestad —contestó Raffin con un tono que no la convenció—. Al menos físicamente. Deseaba estar solo.

—¿Qué ha pasado? —preguntó Bitterblue al tiempo que se incorporaba de golpe.

Raffin respiró hondo y soltó despacio el aire antes de contestar con la misma voz pesimista:

—Mi padre lo ha declarado reo de traición, majestad, basándose tanto en su participación en el derrocamiento del rey de Nordicia como en sus continuas contribuciones monetarias al Consejo. Lo ha despojado de título, tierras y fortuna, y si regresa a Terramedia será ejecutado. Y para hacerlo fehaciente, Randa ha quemado su casa solariega y la ha arrasado hasta los cimientos.

A Bitterblue le faltó tiempo para llegar a los aposentos de Giddon.

Lo encontró en una silla, en un rincón apartado, con los brazos colgando, las piernas estiradas y el rostro petrificado por la conmoción.

329

Bitterblue se acercó a él y se arrodilló delante; lo tomó de la mano y deseó poder mover las dos para consolarlo.

—No debería arrodillarse ante mí —susurró él.

—Calle —le dijo. Se acercó a la cara la mano de Giddon, la meció, la acarició y la besó al tiempo que las lágrimas le corrían por las mejillas.

—Majestad —exclamó él, que se inclinó hacia Bitterblue y le tocó la cara con las manos, suave y afectuosamente, como si fuera la cosa más natural hacer algo así—. Está llorando.

—Lo siento. No puedo evitarlo.

—Me consuela —dijo Giddon, que le enjugó las lágrimas con los dedos—. Yo no siento nada.

Bitterblue conocía esa especie de insensibilidad. También sabía lo que venía a continuación, cuando la conmoción se pasaba. Se preguntó si Giddon era consciente de lo que se avecinaba, de si había experimentado alguna vez esa clase de aflicción, esa pesadumbre trágica.

Parecía que hacerle preguntas ayudaba a Giddon, como si al responderlas fuera llenando espacios vacíos y recordara quién era. Así pues, le preguntó cosas y aprovechó cada respuesta para encontrar qué pregunta hacer a continuación.

Así fue como se enteró de que Giddon había tenido un hermano que murió al caer de un caballo cuando tenía quince años; que el animal era de Giddon y no le gustaba que lo montaran otras personas, y que él había aguijoneado a su hermano para que montara, sin imaginar jamás las consecuencias. Giddon y Arlend habían peleado y competido continuamente, no solo por los caballos; lo más probable era que hubiesen peleado también por las propiedades de su padre si Arlend hubiera vivido. Ahora Giddon deseaba que su hermano no hubiera muerto y hubiera salido victorioso en la disputa por la heredad. Puede que no hubiera sido un señor justo, pero no habría provocado la ira del rey.

—Éramos gemelos, majestad. Después de que muriera, cada vez que mi madre me miraba, creo que veía un fantasma. Me juraba que no, y nunca me culpó de ello abiertamente, pero yo se lo veía en la cara. No vivió mucho después de aquello.

También fue así como Bitterblue descubrió que Giddon no sabía si todos habían conseguido salir sin sufrir daños.

—¿Salir? —repitió, y entonces comprendió. «Oh. Oh, no.»—. Seguro que la intención de Randa no era matar a nadie. Seguro que se advirtió a la gente para que saliera de la casa. Él no es Thigpen o Drowden.

—Me preocupa que cometieran la estupidez de intentar salvar algo de los recuerdos familiares. Mi ama de llaves habría intentado salvar a los perros, y mi jefe de caballerizas, a los caballos. Yo... —Aturdido, Giddon sacudió la cabeza—. Si alguno ha muerto, majestad...

—Mandaré a alguien a investigar.

—Gracias, majestad, pero estoy seguro de que la información ya está en camino.

—Yo... —Era intolerable no poder hacer nada más. Se contuvo antes de decir algo precipitado, como una oferta de un señorío monmardo, pero, tras examinar la idea, comprendió que no serviría en absoluto para consolarlo y, probablemente, haría que se sintiera insultado. Si a ella la depusieran y arrasaran su castillo, ¿cómo le afectaría que le ofrecieran como regalo la soberanía de un país del que no sabía nada, en otro lugar que no fuera Monmar? Era inconcebible.

—¿Cuántas personas estaban a su servicio, Giddon?

—Noventa y nueve en la casa y los terrenos aledaños, gente que ahora no tiene hogar ni ocupación. Quinientos ochenta y tres en la ciudad y en las granjas que no tendrán en Randa un señor considerado. —Hundió la cabeza en las manos—. Y aun así, ignoro si hubiese actuado de otra forma aun sabiendo las consecuencias, majestad. Jamás habría seguido siendo un hombre de Randa. Qué mal lo he hecho todo. Arlend tendría que haber vivido.

—Giddon. Esto ha sido obra de Randa, no de usted.

Alzando el rostro de las manos, Giddon la miró con una expresión torva, irónica y convencida.

—Vale, de acuerdo —continuó Bitterblue, que hizo una pausa para meditar lo que deseaba decir—. En parte, usted es responsable. Su desafío a Randa hizo vulnerables a aquellos de los que usted era responsable. Pero no creo que hubiera podido prevenirlo o que hubiera tenido que preverlo. Randa ha conmocionado a todos con su actuación. Sus gestos simbólicos no habían sido nunca tan extremosos, y nadie habría adivinado que la totalidad de las consecuencias del asunto del Consejo se descargaría contra usted.

Porque eso era otra cosa que Giddon le había contado: Randa había despojado de su capitanía a Oll, todavía en Nordicia, si bien este había perdido la confianza del rey años atrás, así que poco importaba. Contra Katsa se había dado de nuevo la orden de destierro, pero a ella ya la había desterrado y privado de fortuna mucho tiempo atrás. Lo cual no le había impedido entrar en Terramedia cuando quería ni a negarse a que Raffin le adelantara dinero cuando lo necesitaba. Randa vilipendiaba a Raffin, lo amenazaba con no reconocerlo como propio, desheredarlo, renegar de él, pero nunca lo hacía. Raffin parecía ser el principal punto de fricción de Randa; era incapaz de causar a su hijo un perjuicio serio. ¿Y a Bann? Randa tenía una capacidad extraordinaria para fingir que Bann no existía.

Giddon, por otro lado, era el blanco perfecto de un rey cobarde: un noble poseedor de un patrimonio considerable que no se acobardaba con Randa y al que sería divertido destrozar.

—Quizá deberíamos haberlo visto venir, si no hubiésemos tenidos mil cosas más de las que ocuparnos —admitió Bitterblue—. Pero sigo dudando de que usted hubiera podido prevenir que ocurriera; no sin convertirse en un hombre de menos valía.

—Me prometió que nunca me mentiría, majestad —dijo Giddon.

El noble tenía los ojos húmedos y le brillaban demasiado. El agotamiento había empezado a reflejarse en sus rasgos, como si todo —las manos, los brazos, la piel— le pesara demasiado para aguantarlo. Bitterblue se preguntó si la insensibilidad empezaba a quedar atrás.

331

—No miento, Giddon. Creo que cuando se entregó a la causa del Consejo eligió el camino correcto.

Por la mañana, Bann y Raffin acudieron a desayunar. Bitterblue los observó mientras comían callados, medio dormidos. Bann tenía el cabello húmedo y rizado en las puntas, y parecía estar dándole vueltas a algo, abstraído. Raffin no dejaba de suspirar. Al día siguiente partía hacia Elestia, con Po.

—¿El Consejo no puede hacer nada por Giddon? —preguntó Bitterblue al cabo de un rato—. ¿Ese acto de Randa no lo ha rebajado a la categoría de los peores reyes?

—Es complicado, majestad —contestó Bann tras unos instantes; se aclaró la garganta—. De hecho, Giddon proveía de fondos al Consejo con la riqueza de su patrimonio, al igual que hacen Po y Raffin. Como tal, cometía un delito que podría interpretarse como traición. Está justificado que un monarca se apodere de posesiones de un señor que ha incurrido en traición. La sanción de Randa ha sido exagerada, pero lo ha llevado todo a cabo siguiendo las leyes. —Bann posó los ojos en Raffin, que estaba sentado como si fuese una talla de madera—. Randa es el padre de Raffin. Incluso Giddon se opone a tomar medidas que lo enfrentarían de forma directa con el rey. Giddon ha perdido todo lo que le importaba. Nada de lo que pudiéramos hacer cambiaría eso.

De nuevo comieron un rato en silencio, durante un tiempo. Entonces, Raffin habló como si hubiese tomado una decisión:

—Yo también he perdido algo que era importante para mí. Aún no doy crédito a que hiciera algo así. Se ha convertido en mi enemigo.

—Siempre lo ha sido, Raffin —le dijo Bann con suavidad.

—Esto es diferente. Jamás había querido renegar de él como mi padre. Jamás había deseado ser rey con tal de que él no lo fuera.

—Tú nunca has querido ser rey de ninguna manera.

—Y aún soy de la misma opinión —contestó Raffin con repentina amargura—. Pero él no debería serlo. Estaría totalmente perdido como monarca —añadió vocalizando despacio cada palabra—, pero al menos no sería un soberano cruel, maldita sea.

—Raffin —dijo Bitterblue, henchido el corazón de comprensión por saber lo que le ocurría—. Cuando ese día llegue no estará solo, se lo prometo. Yo estaré con usted y también todos los que me ayudaron a mí. Mi tío le acompañará si quiere. Los dos aprenderán cómo ser rey —añadió, refiriéndose asimismo a Bann, por supuesto, y más agradecida que nunca por su capacidad para tener los pies en la tierra, que actuaba como contrapunto a la abstracción de Raffin. Quizás entre los dos conseguirían modelar un buen monarca.

Helda entró en la sala y abrió la boca para hablar, pero no lo hizo; se hizo un silencio cuando oyeron que las puertas exteriores se abrían. Unos instantes después, Giddon los sorprendió a todos haciendo entrar a Zaf propinándole un tirón del brazo. Giddon tenía los ojos enrojecidos y estaba despeinado.

—¿Qué ha hecho ahora? —preguntó Bitterblue, cortante.

—Lo he encontrado en el laberinto de su padre, majestad —respondió Giddon.

—Zaf, ¿qué hacías en el laberinto? —instó Bitterblue.

—No va contra ninguna ley deambular por el castillo —repuso Zaf—. Y en cualquier caso, ¿cuál es la disculpa de él para estar allí?

Giddon le dio un bofetón en la boca, lo asió por el cuello y lo miró a los ojos sorprendidos.

—Habla a la reina con respeto o jamás trabajarás para el Consejo en ninguna comisión.

El labio de Zaf sangraba y él lo tocó con la lengua, tras lo cual esbozó una mueca a Giddon, que lo soltó con brusquedad. Zaf se volvió hacia Bitterblue.

—Qué amigos tan agradables tiene —dijo.

Bitterblue estaba casi segura de que Giddon había ido al laberinto porque Po lo había enviado allí para que descubriera qué se traía entre manos Zaf.

—Basta —ordenó, enfadada con ambos—. Giddon, no quiero que haya más golpes. Zaf, dime por qué estabas en el laberinto.

Metiendo la mano en el bolsillo, Zaf sacó un aro con tres llaves, seguido de un juego de ganzúas que Bitterblue reconoció. Sin ceremonias, le soltó ambas cosas en la mano.

—¿Dónde conseguiste esto? —preguntó Bitterblue, desconcertada.

—Parecen las ganzúas de Raposa, majestad —comentó Helda.

—Lo son —confirmó Bitterblue—. ¿Te las dio ella, Zaf, o se las robaste?

—¿Por qué iba a darme sus ganzúas? —preguntó él con suavidad—. Sabe exactamente quién soy.

—¿Y las llaves? —inquirió Bitterblue con calma.

—Las llaves salieron de su bolsillo cuando le birlé las ganzúas.

—¿Para qué son las llaves? —le preguntó Bitterblue a Helda.

—No sabría decirle, majestad. Ignoraba que Raposa tuviera llaves.

Bitterblue examinó las llaves que tenía en la mano. Las tres eran grandes y ornamentadas.

—Me resultan conocidas —dijo, indecisa—. Helda, estas llaves me son familiares. Ven, ayúdame —pidió mientras se dirigía al tapiz del caballo azul.

Cuando el ama recogió el tapiz entre los brazos, Bitterblue empezó a probar las llaves en la cerradura. La segunda la abrió. Bitterblue miró a Helda a los ojos y vio que las dos se estaban haciendo la misma pregunta: ¿por qué Raposa tenía las llaves de Leck en el bolsillo? ¿Y por qué, si las tenía, había hecho el alarde de utilizar las ganzúas?

—Estoy segura de que hay una explicación satisfactoria, majestad —le dijo Helda.

—Yo también lo estoy. Esperemos a ver si se ofrece a facilitar la información por propia iniciativa cuando descubra que Zaf las cogió.

—Confío en ella, majestad.

—Yo no —intervino Zaf desde el otro lado de la habitación—. Tiene agujeros en los lóbulos de las orejas.

—Bueno, eso es porque pasó la infancia en Lenidia, igual que tú, joven. ¿Dónde crees que le dieron el nombre que encaja con el color de su cabello?

—En tal caso, ¿por qué no habla conmigo de Lenidia? —inquirió Zaf—. Si su familia estuvo lo bastante despierta para mandarla lejos, ¿por qué no comenta conmigo cosas sobre la resistencia? ¿Por qué no me cuenta nada de su familia, de su casa? ¿Y dónde ha dejado el acento lenita? Procura hablar lo menos posible de sí misma, y eso me hace desconfiar. Su conversación es demasiado selectiva. Me dijo la ubicación de los aposentos de Leck, pero no mencionó el hecho de que hubiera un laberinto. ¿Acaso esperaba que me capturaran allí?

—¿Acaso te encargó ella que fueras a husmear? —replicó Bitterblue—. Protestas por el comportamiento receloso de alguien a quien has robado, Zaf. Quizá no habla contigo porque no le caes bien. Quizá no le gustaba Lenidia. De todos modos, la lista de gente en la que confías es menor que el número de llaves que hay en ese aro. ¿Qué tenemos que hacer para conseguir que dejes de comportarte como un crío? No siempre vamos a hacer malabarismos para protegerte, ¿sabes? ¿Te ha dicho el príncipe Po que, el día que te salvó la vida en el juicio y se lo pagaste robándome la corona, se pasó horas recorriendo la ciudad bajo la lluvia tras ella, y después cayó gravemente enfermo?

334

No, saltaba a la vista que Po no se lo había contado. La callada mortificación que apareció de pronto en el rostro de Zaf daba prueba de ello.

—¿Por qué entraste en el laberinto de mi padre? —repitió.

—Por curiosidad —contestó, abatido.

—¿Respecto a qué?

—Raposa mencionó los aposentos de Leck. Entonces le quité las ganzúas y las llaves salieron detrás, enganchadas. Supongo que imaginé para qué servían. Sentía curiosidad por ver personalmente esos aposentos. ¿Cree que Teddy o Tilda o Bren me perdonarían si no hubiera aprovechado la oportunidad de descubrir algunas verdades durante el tiempo que pasase en el castillo?

—Creo que Teddy te habría dicho que dejaras de hacernos perder el tiempo a mí y al Consejo —contestó Bitterblue—. Y creo que sabes que estaría encantada de describir yo misma a Teddy los aposentos de mi padre. Mierda, Zaf. Si me lo pidiera, lo llevaría allí para que los viera con sus propios ojos.

Las puertas exteriores sonaron otra vez.

—Creo que hemos terminado con este asunto —dijo Bitterblue, temiendo por la seguridad de Zaf en caso de que la persona que estaba a punto de entrar no fuera Po o Madlen. O Deceso. O Holt. O Hava.

«Es decir, esas son las personas en las que confío», pensó, y puso los ojos en blanco por su conclusión.

—¿El príncipe Po se ha recuperado? —se interesó Zaf.

Katsa irrumpió en el cuarto.

—¿Recuperarse de qué? —demandó—. ¿Qué ha ocurrido?

—¡Katsa! —Bitterblue sintió tal alivio que la dejó desmadejada y la puso al borde del llanto—. No ha pasado nada. Se encuentra bien.

—¿Es que ha...? —Katsa se dio cuenta de la presencia de un desconocido en el cuarto—. ¿Se ha...? —empezó de nuevo, desconcertada.

—Tranquilízate, Katsa —pidió Giddon—. Cálmate —repitió al tiempo que le ofrecía la mano, que ella asió tras un instante de vacilación—. Estuvo enfermo durante un tiempo, pero ahora se encuentra mejor. Todo va bien. ¿Qué te retrasó tanto?

—Esperad a que os cuente, porque no os lo vais a creer. —Katsa se acercó a Bitterblue y la estrechó sin rodearle el brazo herido.

—¿Quién te hizo esto? —demandó mientras le pasaba los dedos con suavidad a lo largo del brazo enyesado.

335

Bitterblue estaba tan contenta que no sentía el dolor. Hundió el rostro en la frialdad y el extraño olor de la pelliza de Katsa.

—Es una larga historia, Kat —dijo la voz de Raffin junto a ellas—. Han pasado muchas cosas.

Katsa se puso de puntillas para besar a Raffin, tras lo cual escudriñó con más detenimiento, por encima de la cabeza de Bitterblue, a Zaf y lo observó con los ojos entrecerrados; después miró a Bitterblue, y luego de nuevo a él. Empezó a sonreír en tanto que Zaf, pasmado por su presencia, se quedaba con la boca ligeramente abierta y los ojos graceling más grandes del mundo. El oro le relucía en orejas y dedos.

—Hola, marinero —saludó Katsa. Luego le habló a Bitterblue—. ¿Te recuerda a alguien?

—Sí —contestó, a sabiendas de que hacía alusión a Po, aunque ella se refería a Katsa. Despreocupación por el peligro—. ¿Encontraste el túnel? —preguntó, todavía con la cara apoyada en Katsa.

—Sí, y lo recorrí todo el trecho hasta Elestia. Y también encontré algo más, a través de una grieta. Las había por doquier, Bitterblue, y el aire que soplaba a través de ellas me sonaba raro de algún modo. Y olía diferente. Así que aparté unas cuantas piedras. Me llevó siglos, y en cierto momento provoqué un pequeño desprendimiento de rocas, pero me las arreglé para abrir un acceso a toda una serie nueva de pasadizos. Tome el más amplio, hasta donde podía justificar dedicarle tiempo. Me agobiaba pensar en el regreso. Pero había aberturas a la superficie de vez en cuando y, escucha bien lo que digo, Bitterblue: tengo que volver allí. Había un pasadizo hacia el este por debajo de las montañas. Mira la rata que me atacó.

De nuevo, las puertas exteriores sonaron al abrirse. Esta vez, Bitterblue sabía quién llegaba.

—Fuera —le dijo a Zaf con el índice extendido, porque iba a haber un intercambio privado e impredecible, algo que no estaba destinado a los ojos de Zaf, henchidos de admiración—. Vete —insistió con más contundencia; hizo un gesto a Giddon para que se ocupara de ello mientras Po aparecía en la puerta, jadeante, agarrándose al marco de la puerta con una mano.

—Lo siento —dijo Po—. Lo siento, Katsa.

—Yo también —dijo ella, que corrió hacia él.

Giddon sacó a Zaf casi a rastras. Katsa y Po se abrazaron, lloraron, montaron un número como cualquiera esperaría de ellos, pero Bitterblue había dejado de estar pendiente de esos dos, porque toda su atención estaba volcada en algo que Katsa había tirado sobre la mesa del desayuno cuando echó a correr hacia Po. Alargó una mano hacia aquello.

Después la retiró con brusquedad, como si algo la hubiese impresionado o la hubiera mordido.

Era la piel de una rata, pero había algo que no estaba bien. Era de un color casi normal, pero solo casi. En lugar de gris, tenía un tornasol plateado, con un viso dorado en ciertos ángulos; y aparte de la rareza del color, había algo peculiar en esa piel que no podía determinar. Era incapaz de apartar los ojos de ella. Esa piel de rata plateada era lo más bonito que Bitterblue había visto en su vida.

Se obligó a tocarla. Era de verdad; la piel era de una rata de verdad que había estado viva y a la que Katsa había matado.

Despacio, Bitterblue caminó hacia atrás para alejarse de la mesa. La lágrimas le corrían por las mejillas a causa de estar sumida en su propio alud de emociones.

31

*L*o que aquello significaba, al parecer, era que, si bien el mundo real de Leck se había creado con mentiras, su mundo imaginario era de verdad.

Bitterblue mandó a buscar a Thiel para que se reuniera con ellos porque lo necesitaba, y lo decidió tan de repente que ni siquiera se le ocurrió, cuando ya era demasiado tarde, que lo había invitado a entrar en la sala donde un paño cubría una corona falsa. Cuando el hombre apareció en la puerta, sorprendido pero con el rostro irradiando esperanza, Bitterblue se sorprendió al alargar la mano hacia la de él. Estaba muy delgado; había perdido peso. Pero su atuendo estaba pulcro y en la cara afeitada había una expresión atenta.

—Esto quizá te trastorne, Thiel —le dijo—. Lo siento, pero te necesito.

—Estoy demasiado contento de que me necesite como para que cualquier otra cosa me importe, majestad.

La piel plateada dejó paralizado a Thiel con embotamiento y desorientación. Se habría ido al suelo si entre Katsa y Po no se las hubieran arreglado para ponerle una silla debajo.

—No comprendo —dijo.

—¿Sabes las historias que contaba Leck? —le preguntó Bitterblue.

—Sí, majestad —respondió, aturdido—. Siempre contaba historias sobre seres de extraños colores. Y ya ha visto las obras de arte, los tapices —añadió mientras agitaba las manos hacia el tapiz del caballo que había al otro extremo de la sala—. Las flores de vivos colores entretejidas alrededor de las esculturas. Las figuras de los arbustos. —Thiel sacudía la cabeza adelante y atrás como si estuviera tocando una campana—. Pero no lo entiendo. Seguro que solo es la piel de una única rata peculiar. O... ¿podría ser algo que creó Leck, majestad?

—Lady Katsa la encontró en las montañas orientales, Thiel

—explicó Bitterblue.

—¡Al este! No hay nada vivo al este. Las montañas no son habitables.

—Lady Katsa halló un túnel, Thiel, por debajo de las montañas. Puede ser que haya tierra habitable más allá. —Se volvió hacia Katsa—. ¿Esa rata actuó como lo haría una rata normal?

—No —respondió con firmeza Katsa—. Marchaba directamente hacia mí. Pensé, «Oh, mira, aquí se presenta una voluntaria para mi cena», pero de pronto me quedé allí plantada y mirándola como una boba. ¡Y entonces me atacó!

—Te hipnotizó —dijo Bitterblue, sombría—. Así es como Leck describía a los animales de sus historias.

—Fue algo parecido, sí —admitió Katsa—. Tuve que cerrar la mente como hubiese hecho estando cerca de… —echó una rápida mirada a Thiel, que seguía sacudiendo la cabeza atrás y adelante, sin parar—, un mentalista. Entonces recobré el control. Me muero de ganas de regresar, Bitterblue. Tan pronto como tenga tiempo, seguiré el túnel hasta el final.

—No —dijo Bitterblue—. Nada de esperar. Quiero que vayas enseguida.

—¿Vas a darme órdenes ahora? —preguntó Katsa, risueña.

—No —intervino Po, prietos los labios—. Nada de órdenes. Hay que discutir esto.

—Quiero que la vean todos —añadió Bitterblue sin escucharle—. Quiero la opinión de todos, de cualquiera que conozca las historias y de cualquiera que sepa algo sobre lo que sea. Darby, Rood, Deceso… ¿Tendrá Madlen conocimientos de la anatomía de los animales? Zaf y Teddy y todos los que se saben las narraciones de los salones de relatos. ¡Quiero que todos vean esto!

—Prima —empezó Po en voz sosegada—. Te aconsejo que seas precavida. Estás dando vueltas con una especie de mirada desenfrenada y Thiel está ahí sentado como un hombre perdido dentro de sí mismo. Sea lo que sea esa cosa —dijo mientras pasaba los dedos por la piel con cierto desagrado—, y estoy de acuerdo en que no parece normal… Sea lo que sea, tiene un fuerte efecto en quienes conocían a Leck. No te lances a mostrársela a la gente, sin más. Ve despacio y mantén el secreto, ¿me comprendes?

—Es de donde vino él —dijo Bitterblue—. Tiene que ser así, Po, y eso significa que es de donde yo procedo también, un lugar donde los animales tienen este aspecto y te obnubilan la mente, igual que él hacía.

—Es posible —admitió Po. La estaba abrazando y la camisa guardaba un tenue olor a la zamarra de Katsa, lo cual la reconfortaba como si la estuvieran abrazando los dos al mismo tiempo—. O también puede ser algo que él sabía e inventaba historias disparatadas sobre ello. Tómatelo con calma, cariño. No debes sacar conclusiones precipitadas. Hay que ir paso a paso.

Po y Raffin se marchaban al día siguiente para recorrer el túnel de Giddon hasta Elestia y hablar con los elestinos sobre sus planes para reemplazar al rey Thigpen. Katsa y Po estuvieron gran parte del día irascibles con todo el mundo, salvo entre ellos dos. Bitterblue suponía que ya sería bastante tarde cuando por fin se quedaron solos; Po necesitaba dormir si iba a pasar el día siguiente montado a caballo.

Entonces Katsa empezó a hablar sobre acompañar a los príncipes a Elestia. Al enterarse, Bitterblue la llamó a la torre.

—Katsa, ¿por qué vas a ir con ellos? ¿Te necesitan o es que quieres estar más tiempo con Po?

—Deseo estar más con él —reconoció Katsa con franqueza—. ¿Por qué?

—Si estás pensando en marcharte, entonces es que aquí no se te necesita, ¿de acuerdo?

—Hay muchas cosas que puedo hacer aquí con Bann, Helda y Giddon. Hay muchas cosas que puedo hacer en Elestia con Po y Raff. Mi presencia no es crucial ahora mismo en ninguno de los dos sitios. Creo que sé adónde conduce tu planteamiento, Bitterblue, y me temo que no es el momento oportuno.

—Katsa, a mí me importa muchísimo dónde estuviste y lo que viste, pero, incluso dejando de lado mis razones personales, incluso pasando por alto la rata, es importante que se haya abierto un paso y que no sabemos adónde conduce. Si es a una parte del mundo que no conocemos, no hay nada más crucial que descubrir algo sobre ese lugar. Ni siquiera la revolución elestina es más importante, Katsa. Leck contaba cosas sobre todo un reino nuevo. ¿Y si allí hay gente, al otro lado de las montañas?

—Si voy, podría estar ausente mucho tiempo —dijo Katsa—. Solo porque el Consejo no me necesite ahora no significa que no vayan a necesitarme dentro de dos semanas.

—Yo te necesito.

—Eres una reina, Bitterblue. Envía a la guardia monmarda.

—Podría hacerlo, sí, aunque no me fíe de la guardia monmarda en este momento, pero una compañía de soldados no viaja tan deprisa como tú. Ni se mueve con tanta discreción. ¿Y qué podría pasar si mis soldados llegan allí? No tendrán tu fuerza mental ni tu gracia cuando se enfrenten a una manada de lobos de colores o algo por el estilo. Tampoco podrán moverse sin ser vistos, como tú, y necesito que alguien espíe lo que hay allí, Katsa. Tú estás hecha para esto. ¡Sería tan fácil y tan perfecto!

—No sería fácil —dijo Katsa con un resoplido.

—Oh, ¿y cuán difícil crees tú que sería?

—No tanto recorrer el túnel, enfrentarse a los lobos, fisgonear y regresar. —La voz de Katsa empezaba a sonar cortante—. Pero mucho dejar a Po en este momento.

Bitterblue respiró hondo. Se centró un momento en su terquedad.

—Katsa, no me gusta ser cruel. Y sé que no está en mi mano obligarte a hacer algo que tú no quieras hacer. Pero, por favor, añádelo a las posibilidades que estás barajando. Piensa en lo que significaría que existiera otro reino al otro lado de las montañas. Si somos capaces de descubrirlos, entonces ellos tienen capacidad para descubrirnos a nosotros. ¿Qué preferirías que ocurriera antes? ¿Raffin y Po no podrían retrasar su viaje un poco más? —sugirió—. ¿Qué importancia puede tener un día? Oh, lo siento, Katsa —se disculpó, ahora alarmada, porque unas lágrimas grandes y redondas habían empezado a deslizarse por las mejillas de Katsa—. Lamento haberte pedido esto.

—Tienes que hacerlo —contestó Katsa, que se limpió las lágrimas y la nariz con la manga—. Lo comprendo. Lo pensaré. ¿Puedo quedarme unos minutos más contigo, hasta que me haya controlado?

—No tienes que preguntarlo siquiera —dijo Bitterblue, sorprendida—. Puedes quedarte el tiempo que quieras, siempre.

Así pues, Katsa se sentó en una silla, erguidos los hombros, la respiración regular, mirando ceñuda al vacío; Bitterblue se sentó enfrente y la miraba de vez en cuando, preocupada, para después volver la vista a informes de finanzas, cartas, cédulas y más fueros.

Al cabo de un rato, la puerta se abrió y Po entró. Katsa rompió a llorar otra vez, en silencio. Bitterblue decidió llevarse los documentos y trabajar en las oficinas de abajo.

Al salir del cuarto, Po se acercó a Katsa, la hizo levantarse, se sentó él en la silla y la puso en su regazo. Empezó a mecerla al tiempo que chistaba con suavidad; los dos se ciñeron en un abrazo como si fuera lo único que impedía que el mundo se hiciera pedazos.

Y

Le mandaron una nota unas horas después, ese día. Cifrada y escrita con la letra de Katsa, decía:

> Po y Raffin retrasan un día la partida. Cuando se vayan, regresaré al misterioso túnel y lo seguiré hacia el este.
>
> Sentimos haberte echado de tu despacho.
>
> Te veré por la mañana para las prácticas. Te enseñaré a combatir con un brazo vendado.

—¿Siempre es igual? —preguntó Bitterblue durante la cena.

Giddon y Bann, sus dos compañeros de mesa, se volvieron y la miraron, perplejos. Los otros también habían cenado con ellos, pero luego habían salido corriendo para seguir con sus planes y preparativos, lo que le encantó a Bitterblue. Era a Giddon y Bann a los que deseaba preguntar sobre aquel asunto, aunque Raffin también habría sido bienvenido.

—¿Que si siempre es igual qué, majestad? —preguntó Giddon a su vez.

—Me refiero a si es posible tener… —No sabía bien cómo plantearlo—. Si es posible compartir el lecho con alguien sin lágrimas, peleas y crisis constantes.

—Sí —respondió Bann.

—Siendo Katsa y Po, no —respondió Giddon al mismo tiempo.

—Oh, venga ya —protestó Bann—. Pasan largas temporadas sin que haya lágrimas, luchas o crisis.

—Pero sabes que a los dos les encanta perder los estribos y tener una agarrada.

—Lo dices como si lo hicieran a propósito. Siempre tienen una buena razón. No llevan una vida sencilla y pasan separados demasiado tiempo.

—Porque lo han elegido así —comentó Giddon, que se levantó de la mesa y fue a amontonar los rescoldos del mortecino fuego—. No es necesario que pasen tanto tiempo cada uno por su lado. Lo hacen porque les apetece.

—Lo hacen porque el Consejo lo requiere —le contradijo Bann a su espalda.

—Pero ellos deciden cuándo lo requiere el Consejo, ¿no es cierto? Igual que nosotros, ¿no?

—Anteponen el Consejo a sí mismos —manifestó firme Bann.

—También les gusta montar escenas —masculló Giddon con la cabeza metida en la chimenea.

—Sé justo, Giddon. No se les da bien contenerse delante de sus amigos.

—Esa es la definición de una escena —repuso Giddon con sequedad; regresó a la mesa y se sentó.

—Es solo que… —empezó Bitterblue, pero se calló. No estaba segura de qué era ese «solo que…». Su propia experiencia era mínima, pero no tenía otra, la única a la que podía recurrir. Le había gustado discutir amistosamente con Zaf. Le habían gustado los retos de juegos de confianza. Pero no le hacía ninguna gracia pelearse con él. No le apetecía ser el objeto de su ira. Y si la situación de la corona contaba como una crisis, entonces tampoco le gustaban las crisis.

Por otro lado, veía con claridad que Katsa y Po compartían algo consolidado, profundo e intenso. Era algo que ella envidiaba a veces.

Bitterblue pinchó con el tenedor un misterioso pastel que había al otro lado de la mesa y le encantó ver que estaba hecho con calabaza de invierno. Acercó más su plato y se sirvió una generosa ración.

—Es solo que, aunque estoy convencida de que me gustaría hacer las paces, no creo que tuviera valor para pelear constantemente —dijo—. Creo que preferiría un intercambio más… sosegado.

—Dan la impresión de que no hay nadie que disfrute tanto haciendo las paces —dijo Giddon, con un mínimo atisbo de sonrisa.

—Pero la gente las hace, ¿sabe? —intervino Bann, con cierta timidez—. Yo no me preocuparía por ellos, majestad, y no me preocuparía por lo que significa. Cada configuración de individuos es en sí misma un universo único y nuevo.

343

Por la mañana, Giddon se marchó para reunirse con un aliado del Consejo de Elestia que estaba de visita en una ciudad llamada Ciervo Argento, situada a medio día de viaje a caballo a lo largo de la ribera oriental del río. Los sorprendió a todos al no regresar al caer la noche.

—Espero que llegue antes de mañana —comentó Po durante la cena—. No me gustaría marcharme hasta que esté de vuelta.

—¿Para que se encargue de protegerme? —dijo Bitterblue—. Crees que no estoy segura si Katsa y tú estáis ausentes, ¿verdad? No olvides que tengo mi guardia real y mi guardia lenita, y no salgo de palacio.

—Por fin estuve en el distrito este y recorrí prácticamente todas las calles, Escarabajito —dijo Po—. También pasé un rato en el distrito sur. No encontré a Runnemood. Y Bann y yo hemos discutido el asunto, pero no podemos pasar por alto que ahora sería una gran presión para él o para Giddon salir en busca de tu capitán.

—Alguien provocó un incendio hace tres noches y mató a otro amigo de Zaf y Teddy —dijo Bitterblue.

—Oh. —A Po se le cayó el cubierto de plata—. Ojalá que el asunto de Elestia no estuviera ocurriendo ahora. Están pasando demasiadas cosas y nada va bien.

Con la piel de la rata metida en el bolsillo, Bitterblue no tenía argumentos para discutirle eso. A primera hora de la mañana, se dirigió a la biblioteca y se la enseñó a Deceso. Al verla, el bibliotecario demudó el rostro, que se puso de ocho matices de gris diferentes.

—Por los cielos benditos —masculló con voz enronquecida.

—¿Qué opinas de esto? —preguntó Bitterblue.

—Creo... —Deceso hizo una pausa y dio la impresión de que estaba pensando realmente—. Creo que tengo que replantearme la ubicación actual de los estantes de los relatos del rey Leck, majestad, porque están en una sección reservada a la literatura fantástica.

344

—¿Y eso es lo que te preocupa? —demandó Bitterblue—. ¿La ubicación de tus libros? Manda a alguien a buscar a Madlen, ¿quieres? Me voy a mi mesa, donde trataré de leer cómo monarquía es tiranía —dijo, tras lo cual se alejó de mal humor porque se dio cuenta de que no había estado muy mordaz con la réplica.

La reacción de Madlen fue mucho más satisfactoria. Entrecerrando los ojos para mirar la piel, anunció:

—¡Ummm... Ummm...!

Luego procedió a hacer mil preguntas. ¿Quién la había encontrado y dónde? ¿Cómo se había comportado la criatura? ¿Cómo se había defendido lady Katsa? ¿Lady Katsa se había encontrado con alguna persona? ¿Dónde, exactamente, empezaba ese túnel? ¿Qué se iba a hacer, cuándo y por quién?

—Esperaba que tuvieras alguna facultad perceptiva médica que nos sirviera de ayuda —logró decir Bitterblue entre pregunta y pregunta.

—Es puñeteramente peculiar, majestad —dijo Madlen, que a continuación miró el tapiz de la mujer de cabello rojo, giró sobre sus talones, y se marchó.

Suspirando, Bitterblue se volvió hacia *Amoroso*, que estaba repantigado en la mesa y la miraba con la barbilla apoyada en una zarpa.

—Es estupendo tener empleados a todos estos expertos —dijo. Entonces sostuvo la punta de la piel delante del gato y le dio golpecitos en la nariz con ella—. ¿Qué opinas tú?

Amoroso dejó muy claro que no tenía opinión en absoluto.

No le permitiré entrar a nuestros aposentos. Paradójicamente, su respuesta a mi atrincheramiento es apostar a sus guardias al otro lado de la puerta. Cuando va al cementerio, exploro sus habitaciones. Busco un pasadizo al exterior, pero no encuentro nada.

Si conociera sus secretos y sus planes, ¿podría impedírselo? Pero no sé leerlos ni puedo encontrarlos. Las esculturas me observan mientras busco. Me dicen que el castillo tiene secretos y que él me matará si me descubre fisgoneando. Era una advertencia, no una amenaza. Les caigo bien; él, no.

Esa noche, Bitterblue estaba sentada con las piernas cruzadas en el suelo de su dormitorio, preguntándose si merecía la pena intentar encontrarle sentido al fragmento decodificado de su madre habida cuenta de que la mitad parecía una delirante locura.

—¿Majestad? —dijo una voz desde la puerta.

Bitterblue se volvió, sobresaltada. Era Raposa.

—Le pido perdón por la intrusión, majestad —se disculpó la graceling.

—¿Qué hora es?

—La una en punto, majestad.

—Una hora un tanto avanzada para intromisiones.

—Lo siento, majestad. Es que tengo que decirle algo.

Bitterblue salió de entre las sábanas bordadas de su madre, se levantó del suelo y fue hacia el tocador; de pie delante del mueble, deseó escapar de los secretos de su madre y de los de su padre mientras Raposa se encontrara en el dormitorio.

—Habla —instó; imaginaba de lo que se trataba.

—Encontré un juego de llaves en un rincón, en un cuarto trasero de la herrería que está vacío, majestad —empezó Raposa—. No estoy segura de para qué servían esas llaves. Yo… Podría haberle preguntado a Ornik, pedirle su opinión —continuó, vacilante—, pero estaba husmeando cuando las encontré, majestad, y no quería que él lo supiera. Entró y creyó que estaba esperándolo, majestad. Pensé que lo mejor sería no sacarlo de su error.

—Entiendo —dijo Bitterblue con sequedad—. ¿No podrían haber sido, simplemente, unas llaves de la herrería?

—Lo comprobé, majestad, y no eran de allí. Eran llaves grandes, magníficas, con aspecto de ser importantes, en nada parecidas a cualquier otra que hubiera visto hasta entonces. Pero antes de que tuviera ocasión de traéroslas, majestad, me desaparecieron del bolsillo.

—¿De veras? ¿Te refieres a que alguien las robó?

—No lo sé con seguridad, majestad. —Raposa bajó los ojos y se miró las manos enlazadas.

La graceling sabía perfectamente bien que Bitterblue sabía perfectamente bien que ella se pasaba todo el día en una plataforma con un ladrón, el cual —basándose en los últimos acontecimientos— tenía toda la apariencia de estar relacionado de algún modo con la reina. Bitterblue entendía que Raposa hubiera decidido no acusar de robo a Zaf en el acto. Que ella supiera, cabía la posibilidad de incurrir en la cólera de la reina si lo hacía.

Al mismo tiempo, si no estuviera involucrado Zaf, ¿se habría mantenido esa conversación sobre las llaves? Siendo Zaf el que las había robado, Raposa no tenía más remedio que hablarle de ellas a la reina, por si acaso lo hacía Zaf. Independientemente de las intenciones que tuviera la graceling y de dónde las hubiera encontrado en realidad.

346

—¿Has descubierto algo nuevo sobre la corona, Raposa? —le preguntó como una especie de prueba, para ver si coincidía lo que contaban unos y otros.

—El tal Gris se niega a vendérsela a usted, majestad —respondió Raposa—. Y está difundiendo rumores. Pero solo lo hace para que usted se ponga nerviosa y estrechar así la red alrededor de su majestad. No revelará a la gente lo que para usted es más importante que no se sepa, para después chantajearla con la amenaza de contarlo si a cambio no le da lo que quiere.

Por desgracia, los informes coincidían.

—Muy listo —comentó Bitterblue—. Gracias por contarme lo de las llaves, Raposa. Helda y yo estaremos ojo avizor para dar con ellas.

Una vez que Raposa se hubo marchado, Bitterblue abrió el baúl de su madre, buscó debajo de la pelambre de la rata y sacó las llaves.

Casi se había olvidado de ellas con la aparición de la piel plateada y dorada y los planes de todos sus amigos. Entonces, con un farol en la mano sana, salió de sus aposentos. Tras haber bajado por la escalera de caracol que conducía al laberinto, apoyó el hombro derecho en la pared y dio los giros necesarios para llegar al centro.

La primera llave que probó abrió la puerta de la habitación de su padre con un sonoro chasquido.

Dentro, Bitterblue se plantó ante los ojos vigilantes de las esculturas salpicadas de pintura.

—¿Y bien? —instó—. Mi madre os preguntó dónde guardaba sus secretos el castillo, pero no se lo dijisteis. ¿Me lo revelaréis a mí?

Mientras recorría con la mirada las esculturas, de una en una, no pudo evitar tener la sensación de que lo escrito por Cinérea no era una locura. Costaba trabajo no pensar en ellas como seres vivos, con opinión. El búho plateado y turquesa del tapiz la observaba con los redondos ojos.

—¿Para qué es la tercera llave? —les preguntó a todos. A continuación fue al cuarto de baño, se encaramó en la tina y ejerció presión en todos los azulejos que había en la pared que estaba detrás. Empujó en uno de cada dos azulejos a los que alcanzaba, para realizar un examen meticuloso. A continuación, en el vestidor pasó la mano sana a lo largo de las baldas y demás superficies sin dejar de presionar y sin parar de estornudar. De vuelta al dormitorio, empujó y dio golpecitos a los tapices.

Nada. No había compartimentos ocultos en los que hubiera escondidos secretos de Leck.

Cuarenta y tres giros con el hombro pegado a la pared izquierda la condujeron de vuelta a la escalera de caracol. Mientras subía los peldaños, el sonido de un solitario instrumento musical llegó a sus oídos. Notas melancólicas de cuerdas pulsadas por la mano de una persona.

«Hay alguien en mi castillo que toca música.»

En el dormitorio, Bitterblue volvió a sentarse en su sitio, encima de la alfombra, y empezó con otra sábana.

347

Thiel dice que me buscará un cuchillo si puede. No será fácil. Leck no le pierde la pista a ninguno. Tendremos que robar uno. He de anudar sábanas y salir por la ventana. Thiel dice que es demasiado peligroso. Pero solo hay un guardia en el jardín; demasiados guardias por cualquier otra ruta. Dice que, cuando llegue el momento, mantendrá alejado a Leck.

32

Al día siguiente, Po y Raffin partieron antes de que amaneciera; condujeron los caballos hacia el distrito este y a través de Puente Alígero al paso, en silencio. Katsa se marchó poco después dejando a Bann, a Helda y a Bitterblue intercambiando miradas taciturnas por encima de los platos del desayuno. Giddon no había regresado aún de Ciervo Agento.

Luego, a última hora de la mañana, Darby subió corriendo la escalera y soltó una nota doblada en el escritorio.

—Esto parece urgente, majestad —jadeó.

La nota estaba escrita con la letra de Giddon, sin cifrar.

> Majestad, le ruego que venga a las caballerizas lo antes posible y traiga a Rood con usted. Actúe con discreción.

No entendía por qué le hacía Giddon semejante petición, y dudaba que fuera por una razón alegre. En fin, al menos había regresado sano y salvo.

Rood la siguió hacia los establos como un perro tímido, encogido; como si intentara desaparecer.

—¿Sabes a qué viene esto? —le preguntó Bitterblue.

—No, majestad —susurró en respuesta.

Al entrar a las caballerizas no vio a Giddon por ningún sitio, por lo que decidió echar a andar por la hilera de establos más próxima; avanzó pasando delante de los caballos, que resoplaban y pateaban el suelo. Al doblar en la primera esquina, vio a Giddon en la puerta de una cuadra, inclinado sobre algo caído en el suelo. Había otro hombre con él: Ornik, el joven herrero.

Rood emitió un sollozo a su lado.

Giddon lo oyó, giró sobre sus talones y se acercó a ellos con rapidez para impedir que siguieran adelante. Fue con un brazo extendido para detener a Bitterblue y con el otro sosteniendo a Rood para que no se desplomara.

—Es terrible, me temo —advirtió—. Es un cadáver que ha estado en el río durante un tiempo. Yo... —Vaciló—. Rood, lo lamento, pero creo que es tu hermano. ¿Sabrías identificar sus anillos?

Rood cayó de rodillas.

—No pasa nada —tranquilizó Bitterblue a Giddon cuando él la miró con aire impotente. Le puso la mano en un brazo—. Encárguese de Rood. Yo conozco los anillos.

—Preferiría que no tuviera que verlo, majestad.

—Me afectará menos que a Rood.

Giddon giró la cabeza hacia atrás para hablar con Ornik:

—Quédate con la reina —ordenó sin necesidad, ya que el herrero se había acercado; olía a vómito.

—¿Tan malo es, Ornik? —preguntó Bitterblue.

—Mucho, majestad —respondió él con gravedad—. Solo le mostraré las manos.

—Querría verle el rostro, Ornik —dijo, sin explicarse por qué necesitaba ver todo lo que fuera posible. Solo para saber y, quizá, comprender.

Y sí, identificó los anillos que constreñían los dedos de una mano horriblemente hinchada, si bien el resto del hombre era irreconocible. Apenas humano; fétido. Mirarlo era soportable a duras penas.

—Son los anillos de Runnemood —le dijo a Ornik.

«Y esto responde la pregunta de si Runnemood era la única persona que daba caza a los buscadores de la verdad. Este cadáver no provocó el incendio en la ciudad de hace —contó los días mentalmente— cuatro noches.

»Habría muerto de todos modos, de haberlo declarado culpable de sus crímenes. Así pues, ¿por qué verlo muerto me resulta tan horrible?»

Ornik cubrió el cuerpo con una manta. Cuando Giddon se acercó a ellos, Bitterblue miró hacia atrás y vio que Darby había llegado y estaba de rodillas, rodeando con un brazo a Rood. Y más atrás se hallaba Thiel, de pie, vacía la mirada, como un fantasma.

—¿Hay algún modo de saber qué ocurrió? —preguntó Bitterblue.

—Lo dudo, majestad —dijo Giddon—. Cuando un cuerpo pasa tanto tiempo en el río como parece que ha estado este, no. Debe de haber sido hace alrededor de tres semanas y media, supongo, si murió la noche de su desaparición, ¿no? Rood y Darby, los dos, hacen conjeturas de que fuera un suicidio.

—Suicidio —repitió—. ¿Runnemood se habría suicidado?

—Por desgracia, majestad, hay algo más que he de decirle —añadió Giddon.

—Está bien. —Bitterblue vio que a espaldas de Giddon, al fondo del pasillo de las cuadras, Thiel se había dado media vuelta y se dirigía hacia la salida—. Deme un minuto, por favor.

Corrió para alcanzar a Thiel al tiempo que lo llamaba.

El hombre se volvió hacia ella con gesto inexpresivo y movimientos envarados.

—¿Tú también crees que fue un suicidio, Thiel? ¿No te parece que debía de tener enemigos?

—No puedo pensar, majestad —dijo Thiel en voz ronca, tensa—. ¿Que si habría sido capaz de suicidarse? ¿Tan loco estaba? Quizá sea culpa mía, por dejar que se fuera corriendo esa noche, solo —añadió—. Perdóneme, majestad —continuó mientras retrocedía con aire confuso—. Perdóneme, porque esto es culpa mía.

—¡Thiel! —llamó, pero él hizo oídos sordos y se marchó.

350

Bitterblue dio media vuelta y vio a Giddon al fondo de otra hilera de cuadras; abrazaba a un hombre al que ella no había visto nunca, lo abrazaba como a un pariente cercano desaparecido hacía tiempo. A continuación, Giddon abrazó al caballo que por lo visto acababa de entrar con el hombre. A Giddon le corrían las lágrimas por las mejillas.

¿Qué diantres estaba pasando? ¿Es que todo el mundo se había vuelto loco? Se fijó en el cuadro vivo que componían Darby y Rood, de rodillas. El cadáver de Runnemood envuelto en la manta yacía en el suelo, un poco más allá, y Rood sollozaba, inconsolable. Bitterblue suponía que uno lloraría la muerte de un hermano, sin importar en qué se había convertido con el paso del tiempo.

Fue hacia él para decirle que lo sentía.

El hombre al que Giddon había abrazado era el hijo de su ama de llaves. El caballo al que se había abrazado era una de sus monturas, una yegua que se habían llevado a la ciudad para hacer un encargo cuando empezó el ataque por sorpresa de Randa. Nadie había sentido la necesidad de decirles a los hombres del rey que en su inventario de la cuadra propiedad de Giddon faltaba uno de los animales.

Toda la gente había tenido tiempo de salir de los edificios. Todos los caballos habían sobrevivido, así como todos los perros, hasta el cachorro más renacuajo de la camada. En cuanto a las cosas de Giddon, poco quedaba. Los hombres de Randa habían recorrido el lugar de antemano para recoger todos los objetos de valor antes de provocar el tipo de incendio que desencadenaba la máxima destrucción.

Bitterblue regresó al castillo con Giddon.

—Lamento mucho todo lo ocurrido —le dijo en voz queda.

—Es un consuelo hablar de ello con usted, majestad. Pero ¿recuerda que había algo más que tenía que decirle?

—¿Es sobre su heredad?

No lo era. Se trataba del río, y a Bitterblue se le desorbitaron los ojos conforme él la ponía al corriente.

El río, en Ciervo Argento, estaba lleno de restos óseos. Se habían descubierto al mismo tiempo que el cadáver de Runnemood porque dio la casualidad de que el cuerpo se había quedado enganchado en lo que, tras una investigación, resultó ser un encalladero generado por huesos acumulados. Se había formado hielo alrededor del cadáver de forma que se congeló y se quedó anclado en el sitio. Todo ello había ocurrido en un meandro del río donde el agua se embalsaba y discurría con progresiva lentitud hasta casi detenerse. Era un tramo profundo que los vecinos del lugar solían evitar por la sencilla razón de que las cosas muertas se acumulaban allí, peces y plantas eran arrastrados a las orillas y se quedaban hasta descomponerse. Era un lugar pútrido.

Los restos óseos eran humanos.

—Pero ¿cuántos años tienen? —preguntó Bitterblue, sin comprender—. ¿Son de los cuerpos que Leck incineraba en el Puente del Monstruo?

—El sanador creía que no, majestad, porque no halló señales de quemaduras, aunque admitió tener poca experiencia en el examen de esqueletos. No se sentía cómodo haciendo especulaciones respecto a la edad que podrían tener, pero es posible que se hayan estado acumulando allí durante tiempo. Si la gente no hubiera tenido que entrar remando en esa zona para liberar el cadáver de Runnemood, no los habrían descubierto. Nadie se anima a ir a ese tramo del río, majestad, y nadie se mete en la charca, porque aventurarse por el cauce es peligroso.

A Bitterblue se le vino a la cabeza otra cosa: Po y sus alucinaciones de que en el río flotaban cadáveres. Cinérea y sus bordados: «El río es su cementerio de huesos».

—Tenemos que sacarlos —dijo.

351

—Por lo visto hay cuevas subacuáticas allí, majestad, con mucha profundidad de agua. Podría ser difícil.

Un recuerdo se abrió paso en la mente de Bitterblue como un rayo de luz.

—Bucear en busca del tesoro —musitó.

—¿Perdón, majestad?

—Por lo que Zaf me dijo una vez, él sabe algo sobre recuperar cosas del fondo del mar. Imagino que lo podría extrapolar al cauce de un río. ¿Es factible hacer eso en agua fría? —A regañadientes añadió—: Zaf es discreto, al menos en cuanto a información se refiere, bien que no tanto en lo relacionado con su comportamiento.

—En cualquier caso, no creo que la discreción sea un problema en este asunto, majestad —repuso Giddon—. Toda la ciudad está al corriente de la aparición de restos óseos en el río. Los descubrieron antes de que yo llegara e incluso oí hablar del asunto en varias ocasiones antes de reunirme con mi contacto. Si llevamos a cabo una operación de rescate de esos restos en un lugar a medio día de camino a caballo de la capital, no creo posible que podamos mantenerlo en secreto.

352
—Sobre todo si decidimos buscar también en otras zonas del río —le comentó Bitterblue.

—¿Deberíamos?

—Creo que hay más restos óseos de las víctimas de Leck, Giddon. Y creo que tiene que haber algunos aquí, en el río, cerca del castillo. Po los buscó *ex profeso*, pero no los percibió. Sin embargo, cuando estuvo enfermo y delirante, con su gracia henchida y distorsionada, una parte de él los descubrió. Dijo que en el río flotaban cadáveres.

—Comprendo. Si Leck arrojaba restos al cauce del río, supongo que podríamos encontrarlos prácticamente hasta en el puerto. ¿Qué flotabilidad tienen los huesos?

—Ni idea —reconoció Bitterblue con la voz ronca—. A lo mejor Madlen lo sabe. Quizá debería unir en equipo a Madlen y Zafiro, y enviarlos a Ciervo Argento. Oh, cómo me duele el hombro. Y la cabeza me va a estallar —se quejó; se paró en el patio mayor y se frotó el cuero cabelludo por debajo de las trenzas, demasiado prietas—. Giddon, qué ganas tengo de disfrutar de unos pocos días sin noticias desagradables.

—Son muchas sus preocupaciones, majestad —musitó él.

Advertida por el tono de su voz, se sintió avergonzada por protestar. Lo miró a la cara y captó un atisbo de desolación en los ojos del hombre, que él procuraba no transmitir con la voz.

—Giddon, quizá decir esto no sirva para nada ni lo ayude —empezó—. Espero que no le parezca ofensivo, pero quiero que sepa que siempre será bienvenido en Monmar y en mi corte. Y si algunos de los que estaban a su servicio no tienen empleo o desean, por la razón que sea, encontrarse en otro lugar, todos serán bien recibidos aquí. Monmar no es un sitio perfecto —continuó, tras hacer una inhalación, y apretó el puño para rechazar todos los sentimientos que tal declaración había despertado en ella—. Pero aquí hay buenas personas, y quería que usted lo supiera.

Giddon le tomó el puño apretado en su mano y se lo llevó a los labios para besarlo. Bitterblue sintió una cálida sensación ante la magia de saber que había hecho algo, aunque fuera poca cosa, bien. Ojalá se sintiera así más a menudo.

De vuelta en el despacho, Darby le dijo que Rood se encontraba en la cama, al cuidado de su esposa y, tal vez, zarandeado por los brincos de sus nietos, aunque Bitterblue era incapaz de imaginar a Rood zarandeado por nada sin que se rompiera. Darby no reaccionó bien a la noticia de los restos óseos. Se alejó dando tumbos y, con el paso de las horas, los andares y la conversación del consejero se tornaron irregulares. Bitterblue se preguntó si estaría bebiendo en su escritorio.

Nunca se le había ocurrido pensar, hasta lo ocurrido esa mañana, dónde se encontraban exactamente los aposentos de Thiel. Solo sabía que estaban en la planta cuarta, hacia el lado norte, aunque por supuesto no era dentro del laberinto de Leck. Esa tarde, a última hora, le pidió a Darby indicaciones más específicas.

Ya en el pasillo correcto, le consultó a un lacayo, que la miró con ojos de pez y señaló, sin decir palabra, una puerta.

Un tanto inquieta, Bitterblue llamó con los nudillos. Hubo una pausa. Luego, la puerta se abrió hacia dentro y Thiel estuvo ante ella, mirándola desde su altura. Llevaba el cuello de la camisa desabrochado y los faldones sueltos.

—¡Majestad! —exclamó, sobresaltado.

—Thiel. ¿Te he sacado de la cama?

—No, majestad.

—¡Thiel! —exclamó, al reparar en la mancha roja que tenía uno de los puños—. ¡Estás sangrando! ¿Te encuentras bien? ¿Qué te ha pasado?

—Oh. —El hombre miró hacia abajo, buscando en el pecho y los

353

brazos la mancha causante de la alarma; al verla, la cubrió con la mano—. No ocurre nada, majestad, aparte de mi torpeza. Me ocuparé de esto inmediatamente. ¿Quiere…? ¿Desea entrar?

Abrió la puerta del todo y se apartó a un lado con aturdimiento para que ella pasara. Era una única habitación, pequeña y sin chimenea, con una cama, un lavamanos, dos sillas de madera y un escritorio que parecía demasiado pequeño para un hombre tan grande, como si tuviera que tocar con las rodillas la pared cuando lo utilizara. La temperatura del cuarto era muy fría y la luz, demasiado tenue. No había ventanas.

Cuando le ofreció la mejor de las dos sillas de respaldo recto, Bitterblue se sentó, incómoda, avergonzada e incomprensiblemente confusa. Thiel fue hacia el lavamanos, se giró de forma que no viera el lado que estaba herido, se subió la manga e hizo algo, no sabía qué, dándose golpecitos con agua y luego vendas. Había un instrumento de cuerda en un estuche abierto, contra la pared. Un arpa. Al recordar la música que había oído el día anterior estando en el laberinto de Leck, Bitterblue se preguntó si cuando Thiel la tocaba el sonido salvaría la distancia hasta allí.

También vio un trozo de espejo roto encima del lavamanos.

—¿Esta ha sido siempre tu habitación, Thiel? —le preguntó.

—Sí, majestad. Lamento que no sea más acogedora.

—¿Te fue… asignada o la elegiste tú? —preguntó con tiento.

—La elegí, majestad.

—¿Nunca te ha apetecido disponer de más espacio? ¿Algo parecido a mis aposentos?

—No, majestad. —Se acercó y se sentó frente a ella—. Esta alcoba es adecuada para mí.

En absoluto. Ese cuarto cuadrado e incómodo, la manta gris de la cama, el mobiliario deprimente, no se correspondía con su posición, su inteligencia o su importancia para ella y para el reino.

—¿Has hecho que Darby y Rood vayan a trabajar a diario? —le preguntó—. Nunca había visto que ninguno de los dos acudiera a las oficinas tan seguido sin sufrir una crisis.

Él se miró las manos y luego se aclaró la garganta con delicadeza.

—Sí, majestad. Aunque, claro está, hoy no le insistí a Rood. Confieso que, siempre que me han pedido consejo, se lo he dado. Espero que no piense que me he extralimitado.

—¿Te has aburrido mucho?

—Oh, majestad —exclamó fervientemente, como si la pregunta en sí fuese un alivio al aburrimiento—. He estado sentado en este cuarto sin nada más que hacer que pensar. No tener nada que hacer salvo pensar le hace a uno sentirse impotente, te deja anquilosado.

—¿Y qué has pensado, Thiel?

—Que, si me permitiese volver a su torre, majestad, me esforzaría para servirla mejor.

—Thiel, nos ayudaste a escapar, ¿verdad? Le diste un cuchillo a mi madre. No habríamos escapado si no lo hubieras hecho; ella necesitaba ese cuchillo. Y distrajiste a Leck mientras huíamos.

Thiel se acurrucó, rodeándose con los brazos.

—Sí —susurró por fin.

—A veces me parte el corazón no recordar cosas. No recuerdo que los dos fueseis tan amigos. No recuerdo lo importante que eras para nosotras. Solo recuerdo momentos fugaces cuando os llevaba a los dos escalera abajo para castigaros juntos. No es justo que no recuerde tu bondad.

Thiel soltó un largo suspiro.

—Majestad, uno de los legados más crueles de Leck es que nos incapacitó para recordar ciertas cosas y para olvidar otras. No somos dueños de nuestra mente, no la controlamos.

—Me gustaría que volvieras mañana —dijo Bitterblue tras una pausa.

Él la miró y una creciente esperanza asomó a su rostro.

—Runnemood ha muerto —continuó ella—. Ese capítulo ha quedado atrás, pero el misterio sigue sin resolverse, porque mis amigos buscadores de la verdad de la ciudad siguen siendo el blanco de alguien. No sé cómo irán las cosas entre nosotros, Thiel. No sé cómo volveremos a confiar el uno en el otro, y no sé si estás lo bastante bien para ayudarme con los asuntos a los que me enfrento. Pero te echo de menos, y me gustaría intentarlo otra vez.

Un fino hilillo de sangre escurría a través de otra zona de la camisa de Thiel, en la parte alta de la manga. Al levantarse Bitterblue de la silla para marcharse, recorrió de nuevo con la mirada todo el cuarto. No podía quitarse de encima la sensación de que era como una celda.

A continuación, Bitterblue se dirigió a la enfermería. Encontró el cuarto de Madlen caliente por el calor de los braseros, bien iluminado para aliviar la temprana oscuridad otoñal y, como siempre, lleno de libros y papeles. Un acogedor refugio.

Madlen estaba haciendo el equipaje.

—¿Los restos óseos? —le preguntó Bitterblue.

—Sí, majestad. Los misteriosos restos óseos. Zafiro ha ido a casa y también se está preparando.

—Voy a mandar un par de soldados de la guardia lenita con vosotros, Madlen, porque Zaf me preocupa, pero ¿lo vigilarás tú también, como sanadora? Ignoro hasta qué punto sabe el procedimiento para recuperar cosas del agua, sobre todo en la que está fría, y se cree invencible.

—Por supuesto que lo haré, majestad. Y quizá cuando regrese podré echar un vistazo debajo de esa escayola. Estoy deseosa de comprobar la fuerza del brazo y ver cómo han funcionado mis medicinas.

—¿Podré amasar pan una vez que no lleve puesta la escayola?

—Si estoy satisfecha del resultado, entonces sí, podrá amasar pan. ¿Es por eso por lo que ha venido, majestad? ¿A pedir permiso para amasar pan?

Bitterblue se sentó a los pies de la cama de Madlen, al lado de un enorme montón de mantas, papeles y ropa.

—No —contestó.

Repasó lo que quería decir antes de dar voz a las palabras, preocupada de que fueran una prueba de que estaba loca.

356
—Madlen, ¿una persona se cortaría a sí misma a propósito? —le preguntó.

La sanadora dejó de revolver cosas y miró a Bitterblue. Luego apartó el montón de ropas que había en la cama y se sentó junto a ella.

—¿Lo pregunta por sí misma, majestad, o por otra persona?

—Sabes que yo no me haría tal cosa.

—Desde luego me gustaría pensar que lo sé, majestad —respondió Madlen. Hizo una pausa, con un aire muy sombrío—. No hay límites en las formas que la gente conocida puede dejarlo a uno pasmado. No tengo una explicación para esa costumbre, majestad. Me pregunto si hacerlo significa castigarse por algo de lo que uno es incapaz de perdonarse a sí mismo. O la expresión externa de un dolor interno, majestad. O tal vez es un modo de darse cuenta de que, en realidad, uno quiere seguir vivo.

—No hables de ello como si fuese una afirmación de la vida —susurró Bitterblue, furiosa.

Madlen se miró las manos, que eran grandes, fuertes, y —como Bitterblue sabía por propia experiencia— infinitamente tiernas.

—Para mí es un alivio saber que, en su propio dolor, la idea de hacerse daño a sí misma no le atraiga, majestad.

—¿Por qué iba a atraerme? —estalló—. ¿Por qué? Es una estupidez. Me gustaría dar de patadas a quien lo hace.

—Eso, majestad, tal vez estaría de más.

De vuelta a sus aposentos, Bitterblue entró como un vendaval en su dormitorio, cerró de un portazo e incluso echó la llave, tras lo cual se soltó las trenzas, se quitó el cabestrillo y la ropa, todo ello a tirones, mientras las lágrimas le trazaban surcos silenciosos en la cara. Alguien llamó a la puerta.

—Vete —chilló sin dejar de caminar de un lado para otro a zancadas.

«¿Cómo voy a ayudarle? Si me enfrento a él, lo negará y después se quedará sumido en sí mismo y se desmoronará.»

—Majestad —dijo la voz de Helda al otro lado de la hoja de madera—. Dígame que no pasa nada ahí dentro o haré que Bann eche la puerta abajo.

Llorando y riendo a la vez, Bitterblue encontró una bata. Después fue hacia la puerta y la abrió.

—Helda —le dijo a la mujer que se erguía ante ella con aire imperioso; la llave que sostenía en la mano hacía su amenaza un tanto teatral—. Lamento mi brusquedad. Estaba... disgustada.

—Mmmm... Bueno, hay motivos más que suficientes para estar disgustado, majestad. Serénese y venga al comedor, si hace el favor. A Bann se le ha ocurrido un sitio para que escondamos a su Zafiro, si las cosas llegaran a un punto crítico con la corona.

—Fue una sugerencia de Katsa, majestad —dijo Bann—. ¿Cree usted que él iría de buen grado a ocultarse en un escondrijo nuestro?

—Tal vez. Podría intentar hablarlo con él. ¿Dónde está ese sitio?

—En el Puente Alígero.

—¿El Puente Alígero? ¿No es esa zona de la ciudad una de las de mayor densidad de población?

—Tiene que subir al puente, majestad. Casi nadie va allí. Y resulta que es un puente levadizo, ¿lo sabía? En el lado más próximo tiene una especie de habitáculo, una torre, para el operario de las maniobras. Katsa lo descubrió la primera vez que viajó al túnel, porque la ruta la llevaba a través del puente y no tenía suministros esa noche, ¿recuerda?

—¿El Puente Alígero no es tan alto que prácticamente tres bar-

357

cos de aparejo completo, apilados uno sobre otro, podrían pasar por debajo y aún quedaría espacio de sobra?

—En cierto modo —contestó Bann con suavidad—. No creo que se haya presentado nunca la necesidad de alzar el puente levadizo. Lo cual significa que es una torre que nadie mira dos veces. Está amueblada y en funcionamiento, equipada con ollas, sartenes, una estufa, etcétera. Sería muy propio de Leck estacionar allí a un hombre sin trabajo que hacer. En consonancia con su lógica, ¿verdad? Pero ahora está vacía. Según Katsa, todo está bajo una capa de polvo de años. Katsa entró a la fuerza y se llevó un cuchillo y otras cuantas cosas, pero dejó lo demás.

—Empieza a gustarme la idea —admitió Bitterblue—. A Zaf le vendría bien sentarse en un cuarto frío, estornudando y pensando en sus errores.

—De todos modos, es mejor que intentar esconderlo en uno de nuestros armarios, majestad. Y sería el primer paso para trasladarlo a Elestia.

—Por lo visto, tenéis planes para él —comentó con las cejas enarcadas.

358

—Desde luego, intentaríamos ayudarlo en cualquier caso, majestad, porque es su amigo —dijo Bann, que se encogió de hombros—. Pero también es una persona que podría sernos de utilidad.

—Me parece que de dejarle a él la elección, si es que decide huir, el destino sería Lenidia.

—No vamos a obligarlo a ir a ninguna parte, majestad —aclaró Bann—. Si alguien no quiere colaborar con nosotros, no nos es útil. Actúa guiado por su instinto. Es una de las razones de que nos guste, pero sabemos que eso significa que hará lo que le apetezca. Háblele de lo del puente, ¿quiere? Yo mismo iré allí una de estas noches y me aseguraré de que sirve para nuestros fines. A veces, los mejores escondrijos son los que están a plena vista.

Esa noche, en lugar de meterse con la laboriosa tarea de descifrar los bordados, Bitterblue se dirigió hacia la galería de arte. No sabía bien por qué lo hacía, y nada menos que en bata y zapatillas. Helda y Bann se habían ido a dormir, y Giddon tenía sus propios problemas. Bitterblue experimentaba la vaga sensación de necesitar compañía.

Sin embargo, no vio a Hava por allí.

—¡Hava! —llamó un par de veces, por si la chica estaba escondida, pero no obtuvo respuesta.

Acabó de pie delante del tapiz del hombre al que atacaban bestias de vivos colores. Por primera vez se preguntó si estaría contemplando una historia real.

Sonó un chasquido y el tapiz se movió y ondeó. Detrás había una persona.

—¿Hava?

Fue Raposa la que salió y parpadeó con la luz del farol de Bitterblue.

—¡Majestad!

—¿De dónde diantres sales, Raposa?

—Hay una escalera de caracol que conduce hasta aquí arriba desde la biblioteca, majestad —explicó Raposa—. La recorría por primera vez. Ornik me habló de ella, majestad. Al parecer también pasa por los aposentos de lady Katsa, y el Consejo la utiliza a veces para reuniones. ¿Cree que algún día me permitirán asistir a esas reuniones, majestad?

—Eso habrán de decidirlo el príncipe Po y los demás —contestó con serenidad—. ¿Conoces a alguno de ellos, Raposa?

—Al príncipe Po, no —fue la respuesta de la graceling, que a continuación se puso a hablar de los otros.

Bitterblue solo hacía caso a medias, porque Po era el que importaba. Ojalá le hubiera dicho que hablara con Raposa antes de marcharse. También estaba distraída porque algo completamente diferente acababa de ocurrírsele y no dejaba de darle vueltas: veía mentalmente una sucesión de accesos disimulados detrás de criaturas de colores extraños. La puerta a la escalera de Leck, oculta detrás del caballo azul, en su sala de estar. La entrada secreta a la biblioteca, escondida detrás del tapiz de la mujer de cabello alborotado. Los extraños y coloridos insectos en los azulejos del baño de Katsa. Y ahora, una puerta en la pared que cubría esa horrenda escena.

—Disculpa, Raposa, pero estoy exhausta. Es hora de que me vaya a acostar.

Regresó a sus aposentos y recogió las llaves. De nuevo salió pasando entre sus guardias, bajó por la escalera adecuada y serpenteó a través del laberinto, todo ello procurando no apresurarse; era absurdo albergar demasiadas esperanzas por una simple corazonada.

Ya dentro de la habitación, fue hacia el tapiz del pequeño búho, levantó el enorme y pesado lienzo tejido por la parte inferior y se metió por debajo.

No veía nada y se pasó el primer minuto tosiendo a causa del

359

polvo. Con los ojos llorosos y la nariz picándole como loca, hizo presión sobre la pared y, casi asfixiada por la colgadura mural, se preguntó qué puñetas esperaba que ocurriera ahora: ¿tal vez que una puerta se abriera sola?

«Tantea de un lado a otro —se exhortó para sus adentros—. Po abrió la puerta que hay detrás de la tina de Katsa al apretar un azulejo. Tantea la pared. ¡Alza la mano hasta donde llegues! Leck era más alto que tú.»

Conforme palpaba la pared sin encontrar nada excepto madera suave, el desánimo se fue apoderando de ella; y también cierta vergüenza. ¿Y si alguien inteligente, cuya opinión contara, entraba en la habitación y al ver el bulto detrás del tapiz lo levantaba y encontraba a la reina en bata y tanteando a lo tonto la madera de la pared? O lo que era peor, ¿y si la tomaba por un intruso y le zurraba por encima de la colgadura? ¿Y si…?

Un dedo topó con un nudo en la madera, muy arriba, tanto que Bitterblue estaba de puntillas cuando lo encontró. Estirándose todo lo posible, tanteó un agujero en el nudo y empujó con el dedo. Sonó un chasquido seguido de una especie de apagado retumbo. Entonces, se abrió un acceso ante ella.

360

Tuvo que gatear de vuelta a la habitación para recoger el farol. Una vez estuvo de nuevo detrás del tapiz, alzó el farol, que iluminó una escalera de caracol de piedra que llevaba hacia abajo.

Bitterblue apretó los dientes y empezó a descender, deseando tener la mano sana libre para apoyarla contra la pared. Al final de la escalera arrancaba un pasadizo, también de piedra, largo e inclinado. Siguió bajando; en algunos sitios trazaba una curva y de vez en cuando había algunos escalones, siempre hacia abajo. Era difícil calcular dónde se encontraba con relación a la habitación de Leck.

Cuando el farol alumbró un dibujo brillante en la pared, Bitterblue se paró para examinarlo. Era una pintura realizada directamente en la piedra. Una manada de lobos, de pelambre plateado, dorado y rosa pálido, aullaba a una luna de plata.

Ya estaba escarmentada como para pasar de largo sin antes probar, así que dejó el farol en el suelo y tanteó el muro de piedra con la mano en busca de algo, cualquier cosa que pareciera anómala. Se le enganchó un dedo en un agujero, a un lado de la pintura. La forma del agujero era rara. Rara, pero familiar. Bitterblue palpó los bordes y se dio cuenta de que era el ojo de una cerradura.

Trémula la respiración, Bitterblue sacó las llaves del bolsillo de la bata. Separó la tercera llave de las otras, la introdujo en la cerradura y la giró. Se oyó un chasquido. El muro de piedra que Bitterblue tenía enfrente se desplazó hacia adelante.

Recogiendo el farol otra vez, Bitterblue se metió con trabajo por el estrecho hueco a un cubículo poco profundo y de techo bajo, una especie de armario con estantes en la pared del fondo. En los estantes había libros protegidos con piel. Dejó el farol en el suelo. Temblando ahora de pies a cabeza, sacó un libro al azar y se arrodilló. La cubierta de piel era una especie de carpeta que guardaba papeles sueltos. Abriendo la carpeta con una mano, torpemente, acercó una hoja de papel al farol y vio garabatos, curvas, raros trazos perpendiculares y oblicuos.

Entonces recordó la escritura extraña y serpenteante de su padre. Una vez había arrojado unos papeles con esa escritura al fuego. No había entendido lo que ponía, y ahora comprendía por qué.

«Más secretos cifrados —pensó, soltando la respiración contenida ante aquel descubrimiento—. Mi padre escribió sus secretos en clave. Si no queda nadie de los que Leck hirió para contarme lo que hacía, si nadie va a explicarme los secretos que los demás intentan ocultarme, los secretos que atrapan a todos en el dolor, quizá ya no importe. Porque el propio Leck puede contármelo. Sus secretos me revelarán lo que hizo para dejar mi reino tan quebrantado. Y por fin lo entenderé.»

Cuarta parte

Puentes y encrucijadas

(noviembre y diciembre)

$\mathcal{H}$abía treinta y cinco libros en total. Bitterblue necesitaba ayuda, y cuanto antes; necesitaba a Helda, a Bann y a Giddon. Así pues, cerrando tras ella todas las puertas, fue a despertarlos a los tres.

Atendiendo a su insistente llamada con los nudillos, tres personas adormiladas acudieron a tres puertas, escucharon su frenética explicación y fueron a vestirse.

—¿Querrá ir a buscar a mi guardia Holt? —le pidió a Bann, quien se apoyaba contra la puerta, sin camisa, con aire de ir a desplomarse en las tablas del suelo, inconsciente, si ella se lo permitía—. Lo necesitamos para que arranque las maderas que condenan la puerta de mi sala de estar, y tiene que hacerlo sin meter jaleo porque hemos de subir los diarios a mis aposentos sin que nadie lo sepa. ¡Y por lo que más quiera, dese prisa!

Holt llegó acompañado por Hava, ya que el guardia se encontraba en la galería de arte para visitar a su sobrina cuando Bann lo encontró. Bitterblue, Hava, Holt, Giddon y Bann bajaron a hurtadillas por la escalera y entraron al laberinto con unos cuantos faroles; formaban un extraño y silencioso grupo de rescate a altas horas de la noche. Se deslizaron por los giros y revueltas hasta la puerta de Leck.

Bitterblue olvidó que los demás no habían entrado nunca allí; abrió la puerta con la llave y empujó a todos dentro sin advertir a Holt y a Hava que ese cuarto estaba lleno de esculturas de Belagavia. Hava, conmocionada al verlas, titiló en su desconcierto y se transformó en escultura para después volver a ser una chica.

—Las destruyó —dijo en voz baja, furiosa, acercando el farol a una de ellas—. Las llenó de pintura.

—Siguen siendo hermosas —susurró Bitterblue—. Él intentó destruirlas, pero creo que fracasó, Hava. Míralas. No necesito que me ayudes con los libros, quédate aquí y pasa un rato con ellas.

Holt se había parado delante de la escultura de la niña a la que le crecían alas y plumas.

—Esta eres tú, Hava. Lo recuerdo —dijo.

Holt echó un vistazo por la habitación. La intensa mirada se rezagó en el armazón de la cama vacío. Por fin desvió los ojos hacia Bitterblue, y ella se puso un poco nerviosa porque en esos ojos había una inseguridad que preferiría no ver en la mirada de un hombre cuya gracia era la fuerza y conocido por tener un comportamiento impredecible.

—Holt, ¿quieres acompañarme? —dijo al tiempo que le tendía la mano.

El guardia la tomó en la suya y ella lo condujo, como a un niño, hacia el fondo de la habitación y escalera arriba. Allí le mostró los tablones clavados a la puerta de su sala de estar.

—¿Puedes quitarlos sin hacer ruido para que si hay miembros de la guardia monmarda patrullando por el laberinto no lo oigan?

—Sí, majestad —afirmó. Asió un tablón con las dos manos y empezó a tirar con suavidad, de forma que salió de la pared sin más ruido que un leve chirrido.

Satisfecha, Bitterblue dejó a Holt con su trabajo y bajó la escalera para reunirse con Giddon y Bann, que esperaban a que los condujera por debajo del tapiz y a través del túnel hasta los libros de Leck.

Cuando llegaron al cubículo de los libros, Bitterblue mandó a Giddon que siguiera pasadizo adelante hasta el final a fin de descubrir adónde llevaba. Alguien tenía que hacerlo, y Bitterblue no soportaba la idea de dejar atrás los libros. Entonces Bann y ella empezaron a bajar los volúmenes de los estantes y a llevarlos de vuelta a la habitación de Leck, donde los fueron apilando encima de la alfombra. Unos ruidos apagados revelaban que Holt aún quitaba tablones de la puerta. Hava iba de una escultura a otra, las tocaba, les quitaba el polvo, todo ello sin pronunciar palabra.

Bitterblue se hallaba en el armario de piedra recogiendo los últimos libros que quedaban cuando Giddon regresó.

—Continúa durante un buen trecho y acaba en una puerta majestad —informó—. Me costó muchísimo tiempo encontrar el resorte para abrirla. Comunica con el mismo corredor, en la zona oriental del castillo, donde empieza el túnel que da al distrito este, y está oculta detrás de un tapiz, igual que parece ocurrir con todas estas puertas. Solo vi el tapiz por detrás, pero parece representar un enorme felino salvaje de color verde que desgarra la garganta a un hombre. Me asomé al corredor. No creo que me viera nadie.

—Confío en que nadie más haya descubierto la relación entre animales de colores extraños y túneles —resopló Bitterblue—. Estoy furiosa con Po por no caer en la cuenta.

—Eso no es justo, majestad —dijo Giddon—. Po no ve colores y, de todos modos, no ha tenido tiempo para crearse un mapa mental de su castillo.

Ahora estaba furiosa consigo misma.

—Había olvidado lo de los colores. Soy una estúpida.

Antes de que Giddon tuviera ocasión de responder, se oyó un enorme estruendo en la distancia. Se miraron el uno al otro, alarmados.

—Tome, lleve estos —dijo Bitterblue, que le entregó casi todos los libros que quedaban y sostuvo en un brazo los demás.

Los ruidos seguían y llegaban de arriba, de la dirección de la habitación de Leck. Giddon y Bitterblue subieron corriendo la cuesta del pasadizo. En el dormitorio, Holt tenía levantado el bastidor de la cama y lo arrojó contra la alfombra, haciéndolo pedazos.

—Tío —gritó Hava, que intentaba agarrarlo del brazo—. Basta. ¡Para ya!

Bann forcejeaba con Hava en un intento de apartar a la chica, pero la soltaba cada vez que se transformaba en otra cosa y él gemía mientras se sujetaba la cabeza.

—La destruyó —repetía Holt una y otra vez, delirante, enarbolando trozos del armazón roto y descargándolos contra el suelo—. La destruyó. Le dejé que acabara con mi hermana.

El bastidor de la cama que destrozaba con tanta facilidad era un mueble de madera maciza. Las astillas volaban por toda la habitación, golpeaban esculturas, levantaban nubes de polvo. Hava cayó y él ni siquiera la miró. Bann arrastró a Hava lejos de la ira desatada de Holt, y la chica se acurrucó en el suelo, sollozando.

—¿Ha quitado todos los tablones de la puerta? —preguntó Bitterblue a Bann a gritos para hacerse oír. Falto de aliento, él asintió con la cabeza—. Entonces suban los libros por la escalera a mis aposentos, antes de que toda la guardia monmarda irrumpa por esa puerta para ver a qué se debe el jaleo —les ordenó a Giddon y a él. Después se acercó a Hava y la asió lo mejor que pudo, con los ojos cerrados, porque la joven seguía cambiando de apariencia y resultaba mareante.

367

—No podemos hacer nada —le dijo—. Hava, debemos dejarlo en paz hasta que se calme.

—Se odiará cuando haya pasado —comentó Hava, que hipaba y lloraba—. Es lo peor de todo. Cuando recobre el juicio y se dé cuenta de que perdió los estribos, se detestará.

—Entonces debemos quitarnos de en medio y ponernos donde no pueda hacernos daño —contestó Bitterblue—. Así podremos tranquilizarlo porque lo único que se ha roto ha sido el armazón de una cama.

No acudieron guardias. Cuando por fin el mueble quedó hecho trizas, Holt se sentó en el suelo entre los trozos y se echó a llorar. Hava y Bitterblue se acercaron a él; se sentaron a su lado mientras él empezaba con las disculpas y las manifestaciones de vergüenza. Intentaron aliviarlo de esa carga con palabras amables.

A la mañana siguiente, Bitterblue entró en la biblioteca con un diario debajo del brazo y se paró delante del escritorio de Deceso.

—Tu gracia de leer y recordar —le dijo—. ¿Funciona también con símbolos que no entiendes o solo con letras que sí conoces?

Deceso arrugó la nariz de una forma que hizo que pareciera que arrugaba toda la cara.

—No sé de lo que me habla, majestad —dijo.

—Un criptograma. Tú has escrito páginas enteras codificadas del libro sobre códigos que Leck destruyó. ¿Pudiste hacerlo porque entendías los criptogramas? ¿O es que recuerdas una sarta de letras aunque no tengan ningún significado para ti?

—Es una pregunta complicada —empezó Deceso—. Si puedo hacer que signifiquen algo, aunque sea algo estúpido que en realidad no sea lo que significa, entonces sí, hasta cierto punto, siempre que el pasaje no sea demasiado largo. Pero en el caso de los criptogramas del libro de códigos, majestad, pude reescribirlos porque los entendía y tenía memorizada su traducción. Pasajes de tal extensión, si hubiesen sido sartas de letras o de números al azar sin significado, me habrían resultado mucho más difíciles. Por fortuna, a mi mente se le dan bien los criptogramas.

—Se le dan bien los criptogramas —repitió Bitterblue, distraída, hablando más para sí misma que para él—. Tienes un don para mirar letras y palabras y encontrarles estructuras y significado. Así es como funciona tu gracia.

—Bueno, más o menos, majestad. La mayor parte del tiempo.

—¿Y si es un código de símbolos, en lugar de letras?

—Las letras son símbolos, majestad —razonó Deceso con gesto estirado—. Siempre se puede aprender más de ellas.

Bitterblue le tendió el libro que llevaba y esperó mientras el bibliotecario lo abría. Al ver la primera página, Deceso frunció las cejas en un gesto perplejo. Con la segunda, empezó a abrir la boca. Se apoyó en el respaldo de la silla, pasmado, y alzó los ojos hacia ella. Parpadeó con exagerada rapidez.

—¿Dónde lo ha encontrado? —preguntó en voz ronca, gutural.

—¿Sabes qué es?

—Está escrito de su puño y letra —susurró Deceso.

—¡De su puño y letra! ¿Cómo puedes afirmar tal cosa, cuando ninguno de esos signos se parece a nuestra escritura?

—Su letra era extraña, majestad. Seguro que lo recordáis. De forma sistemática, escribía de un modo raro algunas letras. Las escribía de un modo similar y, en algunos casos, idénticas a los símbolos de este libro. ¿Lo ve?

Con un dedo delgado, Deceso señaló un símbolo que parecía una «U» cruzada por un trazo oblicuo.

En efecto, Leck siempre había escrito la «U» con ese extraño trazo oblicuo que partía del extremo superior derecho de la letra. Bitterblue reconoció dicho rasgo y de repente se dio cuenta de que ella había intuido tal similitud desde que había abierto el primer libro por primera vez.

—Claro —dijo—. ¿Crees que este símbolo corresponde entonces a nuestra «U»?

—No sería un código cifrado muy bueno si fuera así.

—Pues este código es tu nuevo trabajo —decidió Bitterblue—. Solo he venido a pedirte que lo leyeras, con la esperanza de que pudieras memorizarlo o incluso copiarlo, a fin de que no se perdieran para siempre si se nos extraviaban. Pero ahora veo que eres el indicado para descifrar este código. No es un cifrado de sustitución simple, porque hay treinta y dos símbolos. Los he contado. Y tenemos treinta y cinco libros.

—¡Treinta y cinco!

—Sí.

Los extraños ojos de Deceso se habían humedecido. El bibliotecario tiró del libro hacia sí y lo sostuvo contra el pecho.

—Descifra el código —pidió Bitterblue—. Te lo suplico, Deceso. Puede que sea la única forma de que lleguemos a entender algo. Yo trabajaré también en ello, así como un par de mis espías a los que se les dan bien los códigos. Puedes guardar aquí tantos libros como quieras, pero nadie más debe verlos nunca, nunca. ¿Entendido?

Sin decir palabra, Deceso asintió. Entonces *Amoroso*, que estaba tumbado en el regazo del bibliotecario, se sentó y su cabeza asomó por el borde del escritorio, con el pelo proyectado en distintas direcciones de forma rara, como siempre, como si la piel no le encajara bien. Bitterblue ni siquiera se había dado cuenta de que estaba allí. Deceso lo recostó contra su pecho y lo sostuvo con firmeza, sujetando al gato y el libro como si temiera que alguien fuera a quitárselos.

—¿Por qué te dejó vivir Leck? —le preguntó Bitterblue.

—Porque me necesitaba. No podía controlar el conocimiento a menos que supiera cuál era el conocimiento y dónde encontrarlo. Le mentía siempre que podía. Fingía que su gracia tenía efecto en mí aunque no era así; salvé todo lo que pude; reescribí lo que me fue posible y lo escondí. Pero no era suficiente; nunca lo fue —dijo con voz ronca—. Expolió y destruyó su biblioteca y las de otros, y yo no pude impedírselo. Cuando sospechaba de mí, me hacía cortes y, cuando me pillaba en una mentira, torturaba a mis gatos.

Una lágrima se deslizó por la cara de Deceso. *Amoroso* empezó a debatirse por estar sujeto con tanta fuerza. Bitterblue comprendió que el pelaje de un gato podía quedarle raro en el cuerpo si le habían cortado la piel con cuchillos. Y el alma de un ser humano se estremecería con incomodidad en torno a su cuerpo si la persona había estado sola con el horror y el sufrimiento durante demasiado tiempo.

Ella no podía hacer nada para mitigar semejante sufrimiento. Tampoco quería atemorizar a Deceso con un comportamiento efusivo. Pero marcharse sin darse por enterada de todo lo que el bibliotecario había dicho tampoco era una opción. ¿Había algo que fuera correcto hacer? ¿O solo mil cosas contraproducentes?

Bitterblue rodeó el escritorio para ir hacia él y posó una mano con suavidad en el hombro del bibliotecario. Cuando Deceso inhaló y exhaló aire una vez, de forma irregular, Bitterblue obedeció un sorprendente impulso, se inclinó y le besó la seca frente. Él respiró otra vez antes de susurrar:

—Descifraré este código para usted, majestad.

Y

En su despacho, con Thiel al timón, los documentos pasaban con más fluidez por el escritorio de Bitterblue de lo que lo habían hecho hacía semanas.

—Ahora que es noviembre —le dijo al consejero—, supongo que tendremos pronto respuesta de mi tío con su asesoramiento respecto a cómo habré de indemnizar a la gente a la que Leck perjudicó. Le escribí a principios de septiembre, ¿recuerdas? Será un alivio ponerme a trabajar en eso. Me parecerá que realmente estoy haciendo algo.

—Mi teoría respecto a esos restos óseos del río es que son de cuerpos arrojados al agua por el rey Leck, majestad —contestó Thiel.

—¿Qué? —preguntó Bitterblue, sobresaltada—. ¿Tiene eso algo que ver con una indemnización a los afectados?

—No, majestad. Pero la gente hace preguntas sobre los restos óseos y me planteaba si no deberíamos emitir un comunicado explicando que el rey Leck se deshizo de ellos. Eso pondría fin a la especulación, majestad, y nos permitiría centrarnos en asuntos como la indemnización.

—Comprendo. Preferiría esperar hasta que Madlen haya concluido su investigación, Thiel. En realidad aún no sabemos cómo llegaron esos restos allí.

—Por supuesto, majestad —aceptó Thiel con absoluta corrección—. Entre tanto, redactaré el comunicado a fin de que esté listo para publicarlo sin tardanza.

—Thiel. —Bitterblue dejó la pluma y lo miró—. ¡Preferiría que dedicaras el tiempo a la incógnita de quién está incendiando edificios y matando a gente en el distrito este, en lugar de redactar un comunicado que quizá no llegue a publicarse nunca! Ahora que el capitán Smit está «ausente» —añadió, procurando que la palabra no destilara demasiado sarcasmo—, entérate de quién está al cargo de la investigación. Quiero informes a diario, igual que antes, y quizá no esté de más decirte que he perdido la confianza en la guardia monmarda. Si sus miembros desean convencerme de que cambie de opinión, habrán de hallar algunas respuestas que encajen con las que están encontrando mis espías, y deprisa.

Naturalmente sus espías no habían encontrado nada. Nadie en la ciudad tenía nada útil que ofrecer; los espías enviados a investigar los nombres de la lista de Teddy tampoco descubrían nada. Pero ni la guardia monmarda ni Thiel tenían por qué saberlo.

Entonces, una semana después de que Madlen y Zaf partieran hacia Ciervo Argento, Bitterblue recibió una carta que —posiblemente— dilucidaba por qué sus espías no hallaban ninguna respuesta.

371

La primera parte de la misiva estaba escrita con la letra extraña e infantil de Madlen.

Estamos recuperando cientos de huesos. Miles, majestad. Su Zafiro y su equipo los están sacando más deprisa de lo que yo puedo llevar la cuenta. Me temo que no puedo decirle gran cosa respecto a esos restos, aparte de lo más esencial. Casi todos son huesos pequeños. He encontrado trozos de, al menos, cuarenta y siete cráneos, y estoy intentando recomponer los esqueletos. Hemos instalado un laboratorio improvisado en las habitaciones vacías de una posada. Tenemos suerte de que al posadero le interese la ciencia y la historia. Dudo que otros hosteleros quisieran tener sus habitaciones llenas de restos óseos.

Zafiro desea escribirle unas líneas. Dice que usted sabrá la clave.

Lo que seguía era un párrafo en una de las letras más indescifrables que Bitterblue había visto en su vida, tan enmarañada que tardó un poco en darse cuenta de que, en efecto, era un texto cifrado. Le vinieron a la mente dos posibles claves. Para ahorrarse un mal rato y no sufrir una desilusión, probó primero con la hiriente: «mentirosa». No funcionó. Con la segunda, sin embargo, descodificó el texto cifrado:

fue acertado enviar su guardia lenita. le doy gracias por ello. detuvieron hombre con cuchillo que se lanzó sobre mí en campamento cuando salía de río congelado incapaz de luchar. hombre salvaje sonado no supo dar razón ni nombres de contratantes. bolsillos llenos de dinero. así lo hacen. eligen desdichados que hagan trabajo, gente desesperada sin motivos de matar que no los identificaría aunque quisiera, así parecen crímenes al azar sin sentido. sea prudente tenga los ojos bien abiertos. ¿hay guardias vigilando la imprenta?

Bitterblue utilizó la clave de Zaf para contestarle.

Hay guardias vigilando la imprenta. Ten cuidado también en esa agua tan fría Zaf.

Lo último lo añadió tras vacilar unos instantes. La clave era «Chispas». No pudo evitar que su corazón alentara una pequeña esperanza de que él la hubiera perdonado.

Entre tanto, las sábanas bordadas de Cinérea reposaban apiladas en montones, abandonadas, en el suelo del dormitorio, con tres de los libros de Leck escondidos debajo. Bitterblue pasaba todo el tiempo que podía con la nariz metida en uno de esos libros, emborronando con garabatos hojas y hojas de papel, estrujándose el cerebro con cada tipo de conversión de códigos que había leído a lo largo de años; o al menos lo intentaba. Nunca había tenido que hacer algo semejante. Había cifrado mensajes que utilizaban las claves más complicadas que uno pudiera imaginar, y disfrutaba con el esmero y la habilidad con que estaban creadas, así como con los rápidos cálculos de su propia mente. Pero descodificar era harina de otro costal. Entendía los principios básicos de los códigos cifrados, pero, cuando intentaba transferir ese conocimiento a los símbolos de Leck, todo se venía abajo. En algunos sitios encontraba pautas. Hallaba series de cuatro, cinco o incluso siete símbolos que reaparecían aquí y allá exactamente en la misma secuencia, lo cual tendría que haber sido algo positivo. Que hubiera repeticiones de una secuencia de símbolos en particular dentro de un criptograma sugería una palabra repetida. Pero las repeticiones eran sumamente escasas, sugerían una variante de cifrado polialfabético, y no ayudaba lo más mínimo que los símbolos en uso fueran treinta y dos en total. Treinta y dos símbolos para representar veintiséis letras. ¿Los símbolos sobrantes eran espacios en blanco? ¿Se utilizaban como alternativas para las letras más comunes, como la «A» y la «E», a fin de dificultar a quien intentara descifrar el código mediante el examen de frecuencia de letras? ¿O representaban combinaciones de consonantes, como «CH» y «LL»? A Bitterblue le estaba dando dolor de cabeza.

373

Deceso tampoco había hecho muchos progresos en el descifrado del código, y se mostraba más agobiado e irascible de lo normal.

—Es muy posible que haya seis alfabetos distintos aplicados de forma alternativa —dijo Bitterblue al bibliotecario una tarde—. Lo cual sugiere que la clave es de seis letras.

—¡A eso ya llegué yo hace días! —replicó él casi a voces—. ¡No me distraiga!

Observando la forma en que Thiel iba y venía por la torre a veces, Bitterblue se preguntó cuál era la razón principal que tenía para ocultarle al consejero la existencia de los diarios. ¿Lo que le daba más miedo era que interfiriese? ¿O era el daño que podría hacer a su frágil alma saber que se habían hallado los escritos ocultos de Leck? Se había enfurecido con él por ocultarle la verdad y ahora ella estaba haciendo lo mismo.

Rood había vuelto a las oficinas y se movía despacio de un lado para otro, inhalando aire en respiraciones cortas y superficiales. Darby, por su parte, no paraba un momento, subía y bajaba la escalera, repartía papeles y palabras, olía a vino añejo y, por fin, un día, se desplomó en el suelo delante del escritorio de Bitterblue.

No paró de farfullar un galimatías incomprensible mientras los sanadores lo atendían. Cuando lo sacaron del despacho, Thiel se quedó paralizado, con la mirada fija en las ventanas. Parecía tener los ojos clavados en algo que no estaba allí.

—Thiel —llamó Bitterblue, sin saber qué decir—. ¿Puedo ayudarte en algo?

Al principio fue como si no la hubiese oído. Luego se volvió de espaldas a las ventanas.

—La gracia de Darby le impide dormir como hacemos nosotros, majestad —musitó—. A veces, la única forma que tiene de desconectar la mente es emborracharse hasta perder el sentido.

—Tiene que haber algo que podamos hacer para ayudarlo —dijo Bitterblue—. Quizá deberías darle un trabajo menos estresante o sugerirle incluso que se retirara.

—El trabajo lo consuela, majestad. El trabajo nos conforta a todos. Lo mejor que usted puede hacer por nosotros es permitir que sigamos trabajando.

—Sí, de acuerdo —accedió, porque el trabajo también la ayudaba a no perder el control de sus propios pensamientos. Lo comprendía.

Esa noche se sentó en el suelo de su dormitorio con dos de sus espías expertas en descifrar códigos. Mantenían los libros abiertos delante de ellas mientras planteaban hipótesis, exponían argumentos y pasaban del cansancio a la frustración y de la frustración al cansancio. Bitterblue estaba tan exhausta que no se daba cuenta del agotamiento que tenía y de que no estaba en absoluto capacitada para esa tarea.

En el límite de su arco visual, una mole llenó el vano de la puerta. Se volvió, procurando no perder el hilo del pensamiento; vio a Giddon recostado en el marco y detrás de él a Bann, que apoyaba la barbilla en el hombro de Giddon.

—¿Podemos convencerla de que se una a nosotros, majestad? —preguntó Giddon.

—¿Y qué están haciendo?

—Estamos sentados —respondió él—. En su sala de estar. Hablando de Elestia. Quejándonos de Katsa y de Po.

—Y de Raffin —añadió Bann—. Hay un pastel de nata agria.

El pastel era una buena motivación, por supuesto; pero, sobre todo, Bitterblue quería saber qué cosas había dicho Bann cuando se quejó de Raffin.

—No estoy llegando a ninguna parte con esto —admitió con los ojos velados por el cansancio.

—Bien. Además, necesitamos que haga algo —comentó Giddon.

Dando algún traspié con las zapatillas, Bitterblue se reunió con ellos en la puerta y los tres echaron a andar corredor adelante.

—Para ser concretos, necesitamos que se tumbe en posición supina en el sofá —aclaró Bann cuando entraron en la sala de estar.

La extraña petición despertó cierto recelo en Bitterblue, pero se avino a ella y se sintió muy complacida cuando Helda apareció como salida de la nada y le plantó un plato con pastel encima del estómago.

—Estamos teniendo un poco de suerte con desertores militares en el sur de Elestia —empezó Giddon.

—Este relleno de frambuesa está riquísimo —comentó con vehemencia Bitterblue, y a continuación se quedó dormida, con un trozo de pastel en la boca y el tenedor en la mano.

$\mathcal{M}$adlen y Zaf estuvieron ausentes durante casi dos semanas. Cuando regresaron, se abrieron paso a través de la nieve caída en noviembre con más de cinco mil huesos y pocas respuestas.

—He logrado recomponer tres o cuatro esqueletos casi completos, majestad —informó la sanadora—. Pero casi todo lo que tenemos son fragmentos y nos falta tiempo y espacio para resolver cuál va con cuál. No he hallado evidencia de quemaduras, pero sí algunas marcas de aserraduras. Creo que nos encontramos ante los restos de centenares de personas, pero no puedo ser más específica. ¿Qué le parece si quitamos esa escayola mañana?

—Me parece que es la mejor noticia que me han dado desde hace… —Bitterblue intentó calcular cuánto tiempo hacía, pero al final se dio por vencida—. Ni me acuerdo —acabó con voz de mal humor.

Abandonó la enfermería y al salir al patio mayor se dio de bruces con Zaf.

—¡Oh! —exclamó—. Hola.

—Hola —contestó él, pillado también por sorpresa.

Al parecer, estaba a punto de montar en la plataforma para subirla, ayudado por Raposa, hasta la espantosa altura que requiriese la tarea de calafatear ventanas ese día. Zaf tenía buen aspecto —no parecía que el agua le hubiera causado ningún daño— y había cierto sosiego en el modo de estar ante ella, mirándola. ¿Menos antagonismo?

—Tengo algo que enseñarte, y también una petición que hacerte —dijo Bitterblue—. ¿Podrás ir a la biblioteca a lo largo de la próxima hora?

Zaf asintió con un ligero cabeceo. Detrás de él, Raposa se ataba una cuerda a las anillas de un cinturón ancho, sin dar la impresión de que estuviera prestando atención a lo que hablaban.

Y

Deceso guardaba todos los diarios, salvo en los que Bitterblue estaba trabajando, en un cajón de su escritorio cerrado con llave. Bitterblue le pidió que le diera otro, y el bibliotecario abrió el cajón y se lo entregó con gesto impaciente.

Poco después, cuando Zaf entró en el gabinete de la biblioteca con las cejas enarcadas, Bitterblue se lo entregó.

—¿Qué es esto? —preguntó Zaf mientras pasaba las páginas.

—Un criptograma escrito por Leck que no somos capaces de descifrar. Hemos encontrado treinta y cinco volúmenes.

—Uno por cada año de reinado —comentó Zaf.

—Sí —contestó, procurando dar la impresión de que ella ya se había percatado de ese detalle. Como si, de hecho, Zaf no acabara de darle un instrumento que transmitir al equipo que trabajaba en la descodificación. Si cada libro representaba un año, ¿podrían identificar similitudes entre partes correspondientes de los diferentes diarios? Por ejemplo, si en las palabras iniciales de cada libro se haría referencia al invierno.

—Quiero que te lo lleves, pero debes tener mucho cuidado, Zaf. No se lo enseñes a nadie aparte de Teddy, Tilda y Bren. No hables de él con nadie, y si a ninguno de vosotros se os ocurre alguna idea útil, devuélvemelo de inmediato. Y, sobre todo, no dejes que te sorprendan con él.

—No —rechazó Zaf, que movió la cabeza en un gesto de negación y sostuvo en alto el libro para devolvérselo—. No me lo llevaré. Con las cosas que he visto, no. Alguien lo descubrirá. Me atacarán, me lo quitarán, y su secreto dejará de serlo.

—Supongo que no puedo oponerme. —Bitterblue suspiró—. Bien, pues, ¿querrás echarle un vistazo ahora para hablarles a los otros de él y después decirme qué opinan?

—Sí, de acuerdo, si cree que eso servirá de algo.

Zaf se había cortado el pelo. Ahora lo tenía más oscuro y algunos mechones se alzaban de forma encantadora en distintas direcciones. Desconcertada por su buena disposición para ayudar, y consciente de que lo estaba mirando con fijeza, se acercó al tapiz mientras él hojeaba el libro otra vez. Los ojos verdes, tristes, de la mujer de blanco la tranquilizaron.

—¿Cuál era esa petición? —preguntó Zaf.

—¿Qué? —Bitterblue se dio la vuelta.

—Dijo que tenía que enseñarme algo —contestó Zaf, que señaló el libro con un gesto—, y hacerme una petición. Lo haré, sea lo que sea.

—¿Lo harás, dices? ¿No vas a discutir ni a poner objeciones?

Él la miró a la cara con una franqueza que Bitterblue no había vuelto a ver en Zaf desde la noche en que la besó y después la encontró llorando en el cementerio y se culpó por ello. Zaf se azoró un poco.

—A lo mejor es que el agua fría me ha aclarado las ideas. ¿Qué tiene que pedirme?

Bitterblue tragó saliva con esfuerzo.

—Mis amigos han encontrado un sitio para que te ocultes. Si estallara una crisis con el tema de la corona y necesitaras esconderte, ¿querrías ir al puente levadizo del Puente Alígero?

—Sí.

—Pues era eso.

—Entonces, ¿puedo volver ya a mi trabajo?

—Zaf, no lo entiendo. ¿Qué significa esto? ¿Somos amigos?

La pregunta pareció desconcertarlo. Soltó con cuidado el libro encima de la mesa.

—Quizá seamos otra cosa que aún no ha llegado a conceptualizarse —contestó.

—No entiendo qué quiere decir eso.

—Creo que de eso se trata —comentó Zaf, y se pasó la mano por el pelo con aparente desánimo—. Sé que actué como un chiquillo. Y la veo con claridad de nuevo. Pero no es que las cosas vayan a ser otra vez como antes. He de irme ya, majestad, si da su permiso.

Como Bitterblue no dijo nada, Zaf giró sobre sus talones y se marchó. Pasados unos segundos, Bitterblue volvió a la mesa e intentó retomar un rato la lectura del libro sobre monarquía y tiranía. Leyó algo respecto a las oligarquías y algo de las diarquías, pero no asimiló nada.

No estaba segura de tener la más ligera idea de quién era Zaf ahora, y el hecho de que se dirigiera a ella por su título la había dejado anonadada.

A la mañana siguiente, Bitterblue abrió la puerta del dormitorio y se encontró con Madlen, que blandía una sierra.

—No es una vista tranquilizadora, Madlen —dijo.

—Solo nos hace falta una superficie plana y todo saldrá a pedir de boca, majestad —respondió la sanadora.

378

—Madlen...

—¿Sí?

—¿Qué le ocurrió a Zaf en Ciervo Argento?

—¿A qué se refiere?

—Ayer, cuando hablamos, parecía otro.

—Ah. —Madlen se quedó pensativa—. No sabría decirle, majestad. Estuvo callado y yo pensé que los huesos le habían vuelto más comedido. Tal vez lo indujeron a plantearse que usted es la reina y a tener en cuenta los problemas a los que se enfrenta.

—Sí, tal vez. —Bitterblue suspiró—. ¿Entramos al cuarto de baño?

Uno de los diarios de Leck descansaba, abierto, a los pies de la cama, donde Bitterblue había estado estudiándolo. Al pasar por delante de las páginas, Madlen se paró de golpe, impresionada.

—¿Se te dan bien los códigos, Madlen? —preguntó Bitterblue.

—¿Los códigos? —repitió la sanadora, con aparente desconcierto.

—No debes decírselo a nadie, ¿me has entendido? A nadie. Es un criptograma escrito por Leck, y nos está dando un trabajo ímprobo descodificarlo.

—Claro. Es un criptograma.

—Sí —dijo Bitterblue con paciencia—. Hasta ahora, ni siquiera hemos conseguido identificar el significado de un solo símbolo.

—Ah. —Madlen observó la página con más atención—. Entiendo a lo que se refiere. Es un criptograma y usted cree que cada símbolo representa una letra.

Bitterblue llegó a la conclusión de que a Madlen no se le daban bien los códigos cifrados.

—¿Acabamos ya con esto? —dijo.

—¿Cuántos símbolos hay, majestad? —inquirió la sanadora.

—Treinta y dos —respondió—. Ven por aquí.

No llevar la escayola era maravilloso. Podía tocarse el brazo otra vez. Podía rascarse la piel y frotarla; se lo podía lavar.

—No volveré a romperme un hueso —anunció mientras Madlen le enseñaba una serie nueva de ejercicios—. Me encanta mi brazo.

—Algún día sufrirá otro ataque, majestad —dijo con severidad la sanadora—. Ponga atención a los ejercicios para que así esté fuerte de nuevo cuando llegue ese día.

Después, cuando Bitterblue y Madlen salieron juntas del cuarto de baño, encontraron a Raposa parada al pie de la cama, mirando el libro cifrado de Leck y sosteniendo una de las sábanas de Cinérea en las manos.

Bitterblue tomó una decisión de forma instantánea.

—Raposa —dijo en voz placentera—, había confiado en que, a estas alturas, ya sabrías que no debes hurgar en mis cosas cuando no estoy presente. Deja eso y salgamos.

—Lo siento, majestad. —Raposa soltó la página como si se hubiera prendido fuego—. Estoy muy avergonzada. No encontraba a Helda, ¿comprende?

—¡Vamos!

—La puerta de su dormitorio estaba abierta, majestad —continuó la graceling mientras salían—. La oí hablar a usted, así que me asomé. Las sábanas estaban amontonadas en el suelo y la que estaba encima era tan preciosa con esos bordados que me acerqué para verla mejor. No pude resistirlo, majestad. Lo siento mucho. Le traía cierta información, ¿sabe?

Bitterblue acompañó a Madlen a la puerta y luego llevó a Raposa a la sala de estar.

—Muy bien —empezó con calma—. ¿Qué información es esa? ¿Has encontrado a Gris?

—No, majestad, pero he oído rumores en los salones de relatos que hablan de que Gris tiene la corona, y de que se sabe que Zafiro es el ladrón.

—Mmmm… —musitó Bitterblue, sin costarle ni pizca fingir preocupación ya que su inquietud era genuina, aun cuando para sus adentros estuviera dándole vueltas a un centenar de otras cosas.

Raposa, que siempre se encontraba cerca cuando ocurría algo delicado. Raposa, que sabía un montón de secretos de Bitterblue, mientras que Bitterblue apenas sabía nada de ella. ¿Dónde vivía cuando estaba fuera del castillo? ¿Qué clase de gente animaba a su hija a que trabajara en esos horarios tan raros, que anduviera por ahí con un puñado de ganzúas en el bolsillo, que fisgoneara y buscara congraciarse con los demás?

—¿Cómo te hiciste sirviente del castillo, Raposa, si no vives aquí? —preguntó Bitterblue.

—Mi familia ha servido a la nobleza durante generaciones, majestad. Siempre hemos sido propensos a vivir fuera del hogar de nuestros patrones; es nuestra costumbre.

Cuando Raposa se marchó, Bitterblue fue a buscar a Helda. La encontró en su dormitorio, sentada en un sillón verde y haciendo calceta.

—Helda, ¿qué te parecería que hiciéramos seguir a Raposa?

—Cielos, majestad —exclamó Helda, las agujas tintineando a un ritmo sosegado—. ¿Las cosas han llegado a eso?

—Es que… No me fío de ella, Helda.

—¿Y a qué se debe esa desconfianza?

Bitterblue se quedó en silencio un instante, pensativa.

—A que hace que se me erice el pelo de la nuca —contestó.

Al día siguiente, Bitterblue se encontraba en la panadería real, aporreando firmemente con el brazo cansado una bola de masa, cuando al alzar la vista se encontró con el bibliotecario dando brincos delante de ella.

—Deceso —exclamó, estupefacta—. Pero ¿qué diantre…?

El hombre tenía una mirada sobreexcitada. La pluma que se había puesto encima de la oreja le goteaba tinta en la camisa, y llevaba telarañas enganchadas en el cabello.

—He encontrado un libro —susurró el bibliotecario.

Limpiándose las manos, Bitterblue lo apartó de Anna y sus ayudantes, los cuales intentaban disimular la curiosidad.

—¿Has encontrado otro libro cifrado? —le preguntó en voz baja.

—No, he encontrado un libro completamente nuevo. Uno que descifrará el criptograma.

—¿Es un libro de códigos?

—¡Es el libro más maravilloso del mundo! —exclamó Deceso—. ¡No sé de dónde ha salido! ¡Es un libro mágico!

—Vale, vale, está bien —trató de tranquilizarlo Bitterblue, que lo condujo hacia las puertas a través del estrepitoso trajín que reinaba en el resto de la cocina, procurando que se sosegara y conteniéndolo para que no se pusiera a cantar y a bailar todo el trecho. No estaba preocupada por la cordura del bibliotecario; o, al menos, no más de lo que se preocupaba por la cordura de cualquier morador del castillo. Ella sabía que los libros podían ser mágicos.

—Muéstrame ese libro.

Era un volumen grande, gordo y rojo; y resultaba espectacular.

—Comprendo —dijo Bitterblue, que compartía la excitación del bibliotecario mientras lo hojeaba.

—No, ni mucho menos —la contradijo Deceso—. No es lo que usted cree.

Ella imaginaba que ese libro era una especie de clave enorme, extensísima, que mostraba lo que cada palabra de símbolos de Leck significaba realmente. La razón de pensar que se trataba de eso era que la primera mitad del libro la componían páginas y páginas de palabras que Bitterblue sabía interpretar por pertenecer al lenguaje común de los siete reinos, y a cada una de las palabras la seguía otra de símbolos.

La mitad posterior del libro parecía tener la misma información, solo que al revés: primero las palabras de símbolos, seguidas por las palabras equivalentes en común. Lo interesante era que la grafía parecía por completo aleatoria. Una palabra de cuatro letras en el común, «care», aparecía con una grafía de tres símbolos, mientras que otra en la que también habían ces, aes y erres solo compartía un símbolo igual a los que usaba «care».

También era interesante el hecho de que alguien corriera tanto riesgo con un criptograma al permitir que existiese un libro así. El criptograma de Leck, desde luego, era infrangible, siempre que ese libro se guardara donde nadie pudiera hallarlo.

382

—¿De dónde lo has sacado? —preguntó a Deceso, de repente temerosa de que el ejemplar se desintegrara, se prendiera fuego o lo robaran ladrones—. ¿Hay más copias?

—No es la clave del criptograma de Leck, majestad —dijo Deceso—. Sé que cree que es eso, pero se equivoca. Lo he probado y no funciona.

—Tiene que serlo —insistió Bitterblue—. ¿Qué otra cosa podría ser?

—Un diccionario para traducir el lenguaje común a otra lengua nueva y viceversa, majestad.

—¿Qué quieres decir? —Bitterblue soltó el libro en el escritorio, al lado de *Amoroso*. Era enorme y los brazos se le habían cansado de sostenerlo; además, empezaba a estar irritada.

—Quiero decir lo que he dicho, majestad. Los símbolos de Leck son las letras de un lenguaje completo. Es un diccionario de dos idiomas: todas las del lenguaje común de los siete reinos traducido al suyo, y todas las palabras del suyo traducidas a las del común. Mire.

El bibliotecario le mostró de nuevo la página de antes, donde había palabras que empezaban por la «c», en orden alfabético. Dentro había una hoja garabateada por él en la que había tres columnas escritas.

care	ᛒᛁᚻᚱᛝ	cuidar
carefull	ᛒᛁᚻᚱᛝᚩᛡᛩ	cuidado
carry	ᛉᚠᚱᚸ	cargar
case	ᛒᛁᚻᚡ	caso
cat	ᛉᚠᛞ	gato
catch	ᛉᚠᛞᚠᛡ	captura
cause	ᛉᛯᛩ	causa
cell	ᚡᛣᛩ	celda

—Majestad, veréis que he copiado ocho vocablos de esa página del libro, donde aparecen palabras del común en orden alfabético, a la izquierda. En el centro he copiado los símbolos que son sus equivalentes en esa lengua nueva. Y he agregado una tercera columna con las palabras en nuestro idioma. Creo que debería hacerse una copia de este diccionario con las palabras de nuestro idioma y el lenguaje de símbolos. Os voy a enseñar algo, majestad.

El bibliotecario pasó las páginas del volumen hasta llegar al principio, donde aparecían treinta y dos símbolos escritos en columnas, cada uno con una letra o una combinación de letras escritas al lado.

383

ᚠ ah	ᛉ h	ᛔ n	ᛞ s
ᛐ b	ᚸ ee	ᛯ ng	ᚸ sh
ᚩ v	ᛒ oe	ᛯ oh	ᚠ t
ᛈ g	ᛦ y	ᚸ yoh	ᛡ o o
ᚩ gh	ᛉ k	ᛦ w	ᛡ u e
ᛈ d	ᛒ kh	ᛯ p	ᚡ z
ᛒ ay	ᛩ l	ᛖ f	ᛮ zh
ᛒ way	ᛤ m	ᛝ r	ᛖ '

—Mi teoría es que esta página es una guía fonética para que personas como nosotros, que hablamos otro idioma, sepamos cómo pronunciar los símbolos —explicó Deceso—. Nos muestra cómo pronunciar las «letras» de este nuevo lenguaje, ¿ve?

Todo un lenguaje nuevo. Un lenguaje de símbolos. Ese era un concepto totalmente extraño para Bitterblue, tanto que deseaba creer que era el idioma privado de Leck, uno que él había inventado para crear codificaciones. Solo que, la última vez que había supuesto que Leck se había inventado algo, Katsa había entrado en sus aposentos con la pelambre de una rata del color de uno de los ojos de Po.

—Si existen otras tierras al este —susurró Bitterblue—, supongo que lo más probable es que tengan un idioma por completo diferente al nuestro, e incluso que lo escriban con símbolos, en lugar de letras.

—Sí —convino Deceso, que brincaba por la excitación.

—Un momento —dijo Bitterblue al caer de pronto en algo—. Este libro no está manuscrito, sino impreso.

—¡Sí! —gritó el bibliotecario.

—Pero… ¿Dónde hay una imprenta con moldes de tipos para estos símbolos?

—¡No lo sé! —gritó de nuevo Deceso—. ¿No es maravilloso? ¡Forcé la puerta y entré en la imprenta en desuso del castillo, majestad, y la registré por completo, pero no hallé nada!

Bitterblue ni siquiera estaba enterada de que hubiera una imprenta en desuso.

—¿Eso explica lo de las telarañas en el pelo?

—¡Puedo indicarle cómo se dice la palabra «telaraña» en esta lengua, majestad! —gritó Deceso, que a continuación masculló algo que sonaba como el nombre de un nuevo tipo de pastel exquisito: *jopcuepain*.

—¿Qué? —preguntó Bitterblue—. ¿Es que ya lo has aprendido? ¡Cielos benditos! ¿Has leído el libro y has aprendido todo un idioma nuevo? —Notó que necesitaba sentarse, así que rodeó el escritorio y se dejó caer en la silla del bibliotecario—. ¿Dónde encontraste este libro?

—Estaba en esa estantería —contestó Deceso, que señaló la que había justo enfrente del escritorio, a unos cinco pasos de distancia.

—¿No es esa la sección de matemáticas?

—Justo esa, majestad —confirmó Deceso—; llena de volúmenes finos y encuadernados en cuero oscuro, que es por lo que este enorme y rojo ejemplar me llamó la atención.

—Pero… ¿cuándo…?

—¡Lo vi esta mañana! ¡Apareció durante la noche, majestad!

—Qué extraordinario —comentó Bitterblue—. Hemos de descubrir quién lo puso ahí. Le preguntaré a Helda. Pero ¿me estás diciendo que este libro no hace que los libros de Leck sean coherentes?

—Si se utiliza como clave, majestad, el contenido de los libros de Leck es un galimatías.

—¿Has probado a utilizar la clave de fonética? A lo mejor, si pronuncias los símbolos sonarían como nuestras palabras.

—Sí, majestad, probé a hacerlo así —contestó el bibliotecario, que se situó junto a ella detrás del escritorio, se arrodilló y abrió el cajón cerrado con la llave que llevaba colgada al cuello. Sacó uno de los diarios de Leck al azar, lo abrió por la mitad y, siguiendo con el dedo los símbolos, empezó a leer en voz alta:

—*Wayng eezh wghee zhdzlby ayf ypayzhgghnkeeog* guion *khf...*

—Sí, me has convencido, Deceso —dijo Bitterblue—. ¿Y si transcribes ese horrible sonido en nuestros caracteres? ¿Se convierte en un código que podríamos descifrar?

—Creo que es mucho menos complicado que eso, majestad. Creo que el rey Leck escribía en criptografía este otro idioma.

Bitterblue parpadeó.

—Quieres decir como lo hacemos en nuestro idioma, pero en el suyo —aventuró.

—Exactamente, majestad. Creo que todo nuestro trabajo para identificar el uso de una clave de seis letras no ha sido en vano.

—Y... —Bitterblue había apoyado la frente en el tablero del escritorio y gimió—. ¿Consideras eso menos complicado? Para descifrar este criptograma no solo necesitaremos aprender otro idioma, sino que habremos de obtener una información completa sobre dicha lengua. Como por ejemplo, qué símbolos se utilizan con más frecuencia y en qué proporción con los otros. Qué palabras tienden a usarse juntas. ¿Y qué pasa si no es un código con alfabetos distintos aplicados de forma alternativa y una clave de seis símbolos? ¿O si hay más de una clave de seis símbolos? ¿Cómo vamos a poder adivinar una clave en otro idioma? Y si alguna vez conseguimos descifrar algo, ¡el texto descifrado seguirá estando en otra lengua!

—Majestad —empezó Deceso con solemnidad, todavía arrodillado a su lado—, será el desafío mental más difícil al que me he enfrentado nunca, y el más importante.

Bitterblue alzó la cabeza del tablero y volvió la vista hacia el

385

hombre. Todo él parecía resplandecer, y de pronto Bitterblue entendió al bibliotecario; comprendió su devoción por un trabajo difícil pero importante.

—¿De verdad has aprendido ya el otro idioma?

—No, apenas he empezado. Será un proceso lento y arduo.

—A mí me supera, Deceso. Podría aprender algunas palabras, pero no creo que mi mente sea capaz de seguir la tuya en la descodificación. No podré ayudarte. Además, me aterroriza que cargues con tanta responsabilidad tú solo. Algo tan grande como esto no debería depender exclusivamente de una única persona. Nadie debe saber lo que estás haciendo o tu vida correrá peligro. ¿Necesitas algo o quieres alguna cosa que pueda proporcionarte para facilitarte la tarea?

—Majestad, me ha dado todo cuanto anhelo. Es usted la reina con la que sueña cualquier bibliotecario.

Pensó que ojalá pudiera aprender a ser la reina con la que soñaban aquellos que tenían otro tipo de consideraciones más prácticas.

Por fin recibió una carta codificada de su tío Ror, que accedía —aunque con acritud— a viajar a Monmar con un generoso contingente de la armada lenita. Decía:

> No es algo de mi agrado, Bitterblue. Sabes que evito involucrarme en los asuntos de los cinco reinos del continente. Te recomiendo encarecidamente que tú hagas lo mismo, y no concibo que no me hayas dejado otra alternativa que ofrecerte mi armada para protegerte de sus arbitrariedades.

Su primo Celaje también enviaba una carta cifrada, como hacía siempre, ya que las letras decimoctavas de cada frase del texto de la carta descifrada de Celaje siempre se encadenaban para crear la clave de la siguiente carta de Ror. Su primo decía:

> Padre haría por ti casi todo, prima, pero con esto has conseguido enojarlo a más no poder. Me tomé unas largas vacaciones en el norte con tal de escapar de sus gritos. Estoy realmente impresionado contigo. Sigue así. No nos haría maldita gracia que se sintiera demasiado pagado de sí mismo en la vejez. ¿Qué se cuenta mi hermanito?

La cosa no podía estar tan mal si Celaje se lo tomaba a broma. Y para ella era un gran alivio saber, por un lado, que estaba en condiciones de influir en Ror, y por otro, que su tío aún era lo bastante enérgico para protestar. Eso sugería la posibilidad de que, algún día, se produjera un equilibro de poder entre ellos dos... Si es que conseguía convencer a su tío de que ya era mayor, que había madurado. Y de que, a veces, tenía razón.

Bitterblue pensaba que Ror se equivocaba en ciertas cosas. El aislamiento de Lenidia de los otros cinco reinos del continente era un lujo para un reino insular, pero quizás, en su opinión, también era un poquitín hipócrita por parte de Ror. Ella, su sobrina, era la reina de Monmar, en tanto que su hijo era uno de los cabecillas del Consejo. De los siete reinos, el de Ror era el más acaudalado y el más justo y, en una época en la que se destronaban monarcas y los reinos renacían sacudidos por convulsiones, Ror tenía la capacidad de ser un firme ejemplo para el resto del mundo.

Bitterblue quería llegar a ser otro firme ejemplo con él. Deseaba hallar la forma de construir una nación que otras naciones desearan imitar.

Qué extraño que Ror no hubiese hecho la menor mención al tema de las indemnizaciones en la carta; ella le había enviado una para pedirle consejo sobre la indemnización a las víctimas de abusos por parte de Leck antes de enviar la siguiente pidiéndole que el próximo viaje lo hiciera acompañado por su armada. Quizá la carta sobre la flota lo había alterado tanto que se había olvidado del otro asunto. Quizá... Quizás ella podría empezar sin su consejo. Quizás era algo que ella podía planear con la ayuda de las pocas personas que gozaban de su confianza. ¿Y si tuviera consejeros, administradores, ministros que le hicieran caso? ¿Y si dispusiera de consejeros que no tuviesen miedo de su propio dolor, a los que las cosas del reino que aún no habían sanado no los asustaran? ¿Y si no tuviera que estar luchando siempre contra aquellos que deberían ayudarla?

387

Qué cosa tan extraña era ser reina. A veces, sobre todo durante los pocos minutos al día que Madlen le permitía trabajar la masa de pan, solía darle vueltas a esas ideas.

«Si Leck procedía de alguna tierra al este de las montañas y mi padre era natural de Lenidia, ¿cómo he llegado a ser la soberana de Monmar? ¿Cómo puedo serlo sin llevar una sola gota de sangre monmarda en mis venas?»

Aun así, era incapaz de imaginarse como otra persona distinta; su condición de reina era algo que no podía separar de su condición de persona. Había ocurrido muy deprisa; con el lanzamiento de una daga. Bitterblue había contemplado a través de una estancia el cuerpo de su padre muerto y había sabido en lo más hondo de su ser en lo que acababa de convertirse. Y así lo había dicho en voz alta aquel día: «Soy la reina de Monmar».

Si consiguiera encontrar a la gente adecuada, gente en la que pudiera confiar que iba a ayudarla, ¿empezaría a asumir la verdadera razón de ser de una reina?

Y luego, ¿qué? Monarquía era tiranía. Eso se había demostrado con el reinado de Leck. Si encontrara la gente adecuada que la ayudara, ¿habría alguna forma de cambiar eso también? ¿Podía una reina con su poder organizar su administración de manera que sus ciudadanos tuvieran asimismo poder para manifestar sus necesidades?

Había algo en el acto de trabajar la masa de pan que la hacía tener los pies en la tierra. También lo hacían sus vagabundeos, sus constantes exploraciones por el castillo. Un día que necesitaba velas para la mesilla de noche, fue a buscarlas ella misma al cerero. Al reparar en la rapidez con que crecía su vestuario con vestidos de falda pantalón, así como el hecho de que las mangas habían vuelto a ser como antes, sin botones, le pidió a Helda que le presentara a su costurera. Sintiendo curiosidad al oír el ruido de loza fuera, irrumpió en la sala de estar para abordar al muchacho que iba todas las noches a retirar los platos de la cena; y entonces deseó haber controlado su impulso y pensar mejor lo que iba a hacer, porque resultó que no era un muchacho. Era un hombre joven, moreno, muy guapo, con unos hombros fantásticos y un modo maravilloso de mover las manos, y ella llevaba puesta una bata de color rojo intenso y unas zapatillas rosas muy grandes, tenía el cabello hecho un desastre y una mancha de tinta en la nariz.

El funcionamiento del castillo a su alrededor era muy satisfactorio. Al cruzar una vez el patio mayor con un frío que se le metía en los huesos, había visto a Zaf encaramado en la plataforma, y a unos trabajadores quitando el hielo de los desagües. Había visto caer copos en el cristal y el agua de la nieve fundida precipitarse en la fuente. En mitad de la noche, hombres y mujeres puestos de rodillas en los pasillos pulían los suelos con paños suaves mientras la nieve se acumulaba encima, en los techos de cristal. Empezó a reconocer a la gente con la que se cruzaba. No se habían hecho progresos en la búsqueda de alguien que hubiera presenciado el alumbramiento del diccionario rojo, pero, cuando Bitterblue visitaba a Deceso en la biblioteca, aprendía el nuevo alfabeto, observaba al hombre mientras trazaba cuadrículas alfabéticas y diagramas de frecuencia de letras, y lo ayudaba a seguir la pista de las cifras.

—A su lenguaje le dan un nombre que podríamos pronunciar, más o menos, «delian», que sería «valense» en nuestro idioma, majestad. Y llaman, o al menos lo llama Leck, «gracelingio» al idioma común de los siete reinos.

—Valense… ¿Como un derivado o un adjetivo del nombre falso del río? Me refiero al río Val.

—Sí, majestad.

—¿«Gracelingio»? ¿El nombre que le dan al idioma común de los siete reinos es «gracelingio»? —inquirió, sin salir de su asombro.

—Sí.

Hasta el trabajo de Madlen de agrupar los huesos en esqueletos, con los que tenían ocupados los laboratorios de la enfermería y una de las salas de pacientes, reconfortaba a Bitterblue. Esos huesos eran la verdad de algo que Leck había hecho, y Madlen estaba intentando volverlos a su ser. Para Bitterblue era un modo de mostrarles respeto.

—¿Qué tal va su brazo, majestad? —le preguntó Madlen, que sostenía en las manos lo que parecía un puñado de costillas y las miraba como si fueran a hablarle.

Bitterblue sabía que la sanadora tenía razón al actuar así, porque había poder en tocar las cosas. Asiendo ese hueso partido, sentía el dolor que la persona había sentido cuando se rompió. Sentía la tristeza de una vida que había acabado demasiado pronto, y de un cuerpo del que se había deshecho alguien como si no fuera nada; sentía su propia muerte, que llegaría algún día. En eso también había una intensa tristeza. Bitterblue no acababa de asumir la idea de la muerte.

En la panadería, inclinada sobre la masa de pan, empujándola y dándole la forma de algo elástico, empezó a entender una cosa con claridad: como a Deceso, a ella también le gustaban los quehaceres pesados, difíciles y enrevesados que rayaran lo imposible. Aprender a ser reina sería una tarea lenta, ardua. Conseguiría darle un nuevo sentido al significado de ser reina y la reforma de ese significado reformaría el reino.

Y entonces, el mismo día que empezaba diciembre, mientras forzaba los cansados brazos al límite, alzó los ojos de la mesa de la panadería. Deceso estaba delante de ella. Bitterblue no necesitó preguntar nada. Por la expresión radiante en la cara del bibliotecario, lo supo.

389

*E*n la biblioteca, Deceso le entregó un trozo de papel:

Clave ⟨symbols⟩ se pronuncia, más o menos: *OZHALEEGH*

⟨symbols⟩

1. ⟨symbols⟩

2. ⟨symbols⟩

3. ⟨symbols⟩

4. ⟨symbols⟩

5. ⟨symbols⟩

6. ⟨symbols⟩

390

—La clave es *ozahaleegh* —dijo Bitterblue, aunque le costó pronunciar la palabra extraña.

—Sí, majestad.

—¿Y qué significa?

—Significa monstruo, majestad, o bestia. Aberración, mutante.

—Como él —susurró Bitterblue.

—Sí, majestad. Como él.

—La línea superior es el alfabeto normal —dedujo Bitterblue—. Los seis alfabetos cifrados subsecuentes empiezan en la primera casilla con cada uno de los seis símbolos que componen la palabra *ozahaleegh*.

—Sí.

—Para descifrar la primera letra de la primera palabra de un texto utilizamos el alfabeto número uno. Para la segunda letra, el alfabeto número dos, y así sucesivamente. Para la séptima letra, volvemos al alfabeto número uno.

—Sí, majestad. Lo entendéis perfectamente.

—¿No es un poco complicado para escribir un diario, Deceso? Yo utilizo una técnica de codificación similar en mis cartas con el rey Ror, pero son cartas breves y como mucho escribo una o dos al mes.

—Escribirlo no habría sido en exceso difícil, majestad, pero sí habría resultado un terrible enredo intentar volver a leerlo. Parece un poco extremado, sobre todo si se tiene en cuenta que aquí nadie más hablaba el idioma valense.

—Él lo exageraba todo —comentó Bitterblue.

—Mire, tomemos por ejemplo la primera frase de este libro —propuso el bibliotecario, que acercó el libro y copió la primera línea:

$$\text{ᐁᐱᕮᕯᕲᕮᕞ᙮ ᕲᕞᕮᕱ ᕮᐱᕯᕲᕳᕙᕱᐱᕞ ᕳᕙ ᕲᕲ ᕲᕮᕞ}$$
$$\text{ᕲᕙᕳᕲᕳᕲᕲᕯᕲᕲᕞ ᕳᕲᕞ ᕲᕲ ᕲᕞᕲᕯᕞ ᕲᕮᕞ}$$

—Descifrada se leería…

Los dos, Deceso y Bitterblue, garabatearon en el papel secante del bibliotecario durante un rato y después compararon los resultados descifrados:—¿Son palabras de verdad esos símbolos? —preguntó Bitterblue.

391

$$\text{ᕲᕞ ᕱᕮᕞᕞᕲᕞ ᕳᕞᕵᕞ ᕞᕮᕲᕮᕞᕞᕳᕮᕞᕞ ᕮᕞ ᕞᕮ ᕞᕲᕞ ᕲᕞ}$$
$$\text{ᕞᕞᕞᕲᕲᕲᕞᕞ ᕲᕞᕞ ᕞᕮ ᕞᕮᕞᕲᕲ ᕞᕮᕞ}$$

—*Yah weensah kahlah ahfrohsahsheen ohng khoho nayzh yah hahntaylayn dahs khoh neetayt hoht* —leyó en voz alta Deceso—. Sí, majestad. En común significa… —Apretó los labios con gesto pensativo—. «The winter…»

—No —le interrumpió Bitterblue—. Dime lo que significa en nuestro idioma, Deceso —pidió.

—De acuerdo, majestad. Significa: «La fiesta invernal se aproxima y no tenemos las velas que necesitamos». He tenido que hacer algunas suposiciones respecto a las terminaciones verbales, majestad, y la estructura de las frases en su idioma difiere de la nuestra, pero creo que esa traducción es correcta.

Pasando los dedos por los garabatos descifrados, Bitterblue susurró las extrañas palabras valenses. En alguna que otra sílaba, el sonido tenía cierto parecido con los de su propio idioma, pero había que ponerle mucha imaginación: *yah weensah kahlah*, la fiesta invernal.

—A fin de memorizar tantísimo contenido, majestad, tendré que descifrar el texto al mismo tiempo que lo leo. Mientras lo hago, también podría aprovechar para completar la traducción a nuestro idioma, a fin de que tenga usted algo que examinar.

—Confío en que los treinta y cinco libros no traten sobre las existencias de suministros y el abastecimiento para fiestas.

—Me pasaré la tarde traduciendo, majestad, y le traeré los resultados —prometió Deceso.

Entró en la sala de estar esa noche mientras ella tomaba una cena tardía con Helda, Giddon y Bann.

—¿Te encuentras bien, Deceso? —le preguntó Bitterblue, porque el aspecto del bibliotecario era… En fin, volvía a parecer un viejo infeliz, sin el brillo de triunfo que tenía en los ojos horas antes.

Deceso le tendió un pequeño fajo de papeles envueltos en cuero.

—Se lo dejo aquí, majestad —dijo con gravedad.

—Oh. —Bitterblue comprendió—. Entonces, ¿no son suministros para fiestas?

—No, majestad.

—Deceso, lo siento. Sabes que no tienes que hacer esto.

—Sí he de hacerlo, majestad —la contradijo, dispuesto a dar media vuelta para marcharse—. Y usted también.

Instantes después, las puertas exteriores se cerraban tras él. Mirando la envoltura de piel que tenía en las manos, Bitterblue deseó que el bibliotecario no se hubiese ido tan pronto.

En fin, nada se acabaría nunca si esas hojas le daban tanto miedo que no empezaba a leerlas. Tiró de la cinta, apartó la cubierta a un lado, y leyó la línea de introducción.

Las niñas pequeñas son aún más perfectas cuando sangran.

Bitterblue cerró de golpe la cubierta de piel. Se quedó sentada, en silencio, durante unos segundos. Después, alzando los ojos, miró a sus amigos de uno en uno.

—¿Querrán quedarse conmigo mientras leo esto, por favor? —preguntó.

—Sí, por supuesto —respondieron.

Recogiendo las páginas, Bitterblue se dirigió hacia el sofá, se sentó y se puso a leer.

Las niñas pequeñas son aún más perfectas cuando sangran. Eso es un gran consuelo para mí cuando mis otros experimentos salen mal.

Estoy intentando determinar si las gracias radican en los ojos. Tengo luchadores y mentalistas, y es una simple cuestión de intercambiarles los ojos para después comprobar si sus gracias han cambiado. Pero siguen muriendo. Y los mentalistas resultan tan problemáticos, saben tan a menudo lo que está ocurriendo que tengo que amordazarlos para impedir que difundan su conocimiento a los demás. Las graceling luchadoras no abundan, y me enfurece tener que desperdiciarlas así. Mis sanadores dicen que es por la pérdida de sangre. Sugieren no someter a una persona a tantos experimentos simultáneos. Mas, decidme: cuando una mujer yace en una mesa en toda su perfección, ¿cómo no voy a experimentar?

A veces tengo la sensación de que lo hago todo mal. No estoy convirtiendo este reino en lo que sé que puede ser.

Si al menos permitieran que cristalizara mi arte, entonces no tendría estas jaquecas tan fuertes que parece que la cabeza me va a estallar. Lo único que quiero es rodearme de las cosas bellas que he perdido, pero a mis artistas no se los puede controlar como a los demás. Les digo que lo quieren hacer y la mitad de ellos pierden por completo su talento, me entregan trabajos que son basura y se muestran orgullosos y vacíos, convencidos de haber creado una obra maestra. La otra mitad son incapaces de trabajar ni poco ni mucho, se vuelven locos y dejan de serme útiles. Y luego están unos pocos, esos, los dos que realizan al pie de la letra lo que les mando, pero imbuidos de cierta genialidad, cierta verdad terrible, de forma que el resultado es más hermoso que lo que yo pedía o imaginaba. Y eso me rebaja. Gadd creó un tapiz de monstruos matando a un hombre, y juro que el hombre de esa escena del tapiz soy yo. Gadd dice que no, pero sé lo que siento cuando lo contemplo. ¿Cómo lo ha hecho? Belagavia es de por sí todo un mundo de problemas; no admite instrucciones en absoluto. Le dije que hiciera una escultura de mi bella de fuego y empezó bien, pero después la convirtió en una escultura de Cinérea en la que esta tiene fuerza y sentimiento en demasía. Hizo una escultura de mi hija y, cuando me mira, estoy convencido de que me compadece. No deja de esculpir esas transformaciones exasperantes. Sus obras ridiculizan mi pequeñez. Pero son tan hermosas que no puedo apartar la vista.

Ha empezado un nuevo año. Me plantearé matar a Gadd este año. Un año nuevo es tiempo de reflexión y, en realidad, lo que pido es algo tan sencillo… Pero aún no puedo matar a Belagavia. Hay algo en su mente que deseo, y mis experimentos demuestran que la mente no puede vivir sin cuerpo. Me miente respecto a algo. Lo sé. De algún modo ha encontrado la fuerza necesaria para mentirme; y, hasta que no sepa la naturaleza de esa mentira, no debo acabar con ella.

393

Mis artistas me causan más problemas de lo que valen.

Que la grandeza requiere sufrimiento ha sido una lección difícil de aprender.

En el patio hay hombres que cuelgan lámparas de la estructura de los tejados para preparar la fiesta invernal. Es tal la estupidez de esos trabajadores teniéndome a mí en sus mentes que resulta insufrible. Tres de ellos se precipitaron al patio porque casi no habían asegurado los extremos de las escalas de cuerda. Murieron dos. El otro está en el hospital y vivirá durante un tiempo, creo. Quizá, si aún tiene movilidad, podría incluirlo en los experimentos con los demás.

Eso era todo lo que Deceso le había entregado. Había hecho un trabajo bien presentado, con una línea en valense y, justo debajo, la traducción para que ella tuviera ambas a la vista y, quizás, empezar a aprender algo del vocabulario valense.

En la mesa, Bann y Helda conversaban en voz baja del problema de las facciones en Elestia, nobles contra ciudadanos... con alguna interjección de Giddon, que se entretenía en echar agua, gota a gota, en un vaso lleno a rebosar para ver qué gota era la que provocaba que el agua se derramara por el borde. Al otro lado de la mesa, Bann lanzó una habichuela, que fue a caer limpiamente en el vaso de Giddon y causó que se derramara.

—¡No puedo creer que hayas hecho eso! —exclamó Giddon—. Bruto.

—Ustedes dos son los niños más grandes que he visto en mi vida —los reconvino Helda.

—Yo hacía un experimento científico —se defendió Giddon—. Él lanzó la habichuela.

—Yo investigaba el impacto de una habichuela en el agua —argumentó Bann.

—¡Cómo va a ser eso una investigación! —protestó Giddon.

—Tal vez haga la prueba del impacto de una habichuela en la pechera de tu bonita camisa blanca —sugirió Bann mientras hacía un movimiento amenazador con otra habichuela.

Entonces los dos se dieron cuenta de que Bitterblue los estaba observando. Volvieron las caras sonrientes hacia ella, todo lo cual fue como un baño de infantil majadería que le quitó de encima la sensación de pánico, suciedad y repulsión que le había dejado la lectura del escrito de Leck.

—¿Hasta qué punto ha sido malo? —preguntó Giddon.

—Están de buen humor y no quiero estropearles el momento.

Sus palabras se ganaron una mirada de amable reproche por parte de Giddon. Así pues, hizo lo que en ese momento más deseaba hacer: le tendió las páginas para que las recogiera. Él se acercó para sentarse en el sofá a su lado, y luego lo leyó todo. Bann y Helda, que acercaron las sillas para sentarse cerca, lo leyeron a continuación. Nadie parecía estar dispuesto a hablar.

—Bueno —rompió el silencio Bitterblue—. En cualquier caso, eso no me explica por qué la gente de mi burgo está asesinando a los buscadores de la verdad.

—No —convino Helda con voz severa.

—Este libro empieza al iniciarse un nuevo año —dijo Bitterblue—, lo que respalda la teoría de Zaf de que cada libro narra cronológicamente un año de su reinado.

—¿Está Deceso descodificándolos por orden o al azar, majestad? —le preguntó Bann—. Si Belagavia estaba realizando estatuas de usted y de la reina Cinérea, entonces Leck ya estaba casado, usted ya había nacido y este es un libro de una época tardía de su reinado.

—Ignoro si están rotulados de algún modo que facilite la tarea de ponerlos por orden.

—Quizá resulte menos perturbador leerlos sin tener que advertir la progresión de los malos tratos —sugirió Giddon en voz baja—. ¿Cuál cree que sería el secreto de Belagavia?

—Ni idea —contestó Bitterblue—. ¿Tal vez dónde tenía escondida a Hava? Parece que sentía un especial interés por los graceling y por las niñas.

—Me temo que esto va a ser tan horrible para usted como los bordados, majestad —comentó Helda.

Bitterblue tampoco tenía contestación a eso. A su lado, Giddon se sentó con la cabeza echada hacia atrás y los ojos cerrados.

—¿Cuándo fue la última vez que salió del recinto del castillo, majestad? —le preguntó a Bitterblue.

—Creo que la noche que esa desdichada me rompió el brazo —contestó, haciendo memoria.

Sí, no se equivocaba. Dos meses; se sintió un poco deprimida al pensarlo.

—Hay una zona preparada para trineos en la falda de la colina que sube hasta los bastiones de la parte occidental de la muralla —comentó Giddon—. ¿Lo sabía?

—¿Zona para trineos? ¿De qué habla?

—Hay una buena nieve polvo, majestad. —Giddon se sentó erguido—. La gente ha estado lanzándose en trineo. Ahora no habrá

395

nadie allí. Supongo que habrá luz suficiente. ¿En su temor a las alturas entra lanzarse en trineo?

—¿Y cómo quiere que lo sepa? ¡Nunca lo he hecho!

—Arriba, Bann —dijo Giddon al mismo tiempo que le golpeaba el brazo.

—No pienso ir a lanzarme en trineo por una ladera a las once de la noche —respondió Bann en un tono que no admitía discusiones.

—Oh, ya lo creo que sí —intervino Helda con vehemencia.

—Helda, no es que no quiera la compañía de Bann aun siendo contra su voluntad, pero, si, como parece implicar con sus palabras, no es decente que la reina salga a deslizarse en trineo con un hombre soltero en mitad de la noche, entonces, ¿qué decencia hay en que baje en trineo con dos?

—La habrá, porque yo también voy —anunció el ama de llaves—. Y si he de soportar risas y jolgorios nocturnos a altas horas de la noche con una temperatura heladora por el bien de la decencia, entonces Bann habrá de sobrellevarlo conmigo, a mi lado.

Así fue como Bitterblue descubrió que bajar en trineo por la nieve durante la noche, con guardias perplejos asomados por encima de la muralla y sobre el profundo silencio de la tierra, era algo mágico que dejaba sin aliento y conducía a risas a mansalva.

396

A la noche siguiente, mientras Bitterblue cenaba de nuevo con sus amigos, Hava entró a hurtadillas.

—Disculpe, majestad —dijo, jadeante—. Esa tal Raposa acaba de entrar en la galería de arte a través del pasadizo secreto que hay detrás del tapiz. Me escondí, majestad, y la seguí a la sala de esculturas. Intentó levantar una de las esculturas de mi madre con sus propias manos, majestad. No lo consiguió, por supuesto, y, cuando se marchó de la galería, la seguí. Casi llegó a los aposentos de su majestad y después bajó por la escalera hasta el laberinto. He venido corriendo aquí.

Bitterblue se alzó de la mesa con brusquedad.

—¿Quieres decir que está ahora en el laberinto?

—Sí, majestad.

Bitterblue corrió a buscar las llaves.

—Hava —dijo cuando regresó de camino a la puerta oculta—, entra y baja en silencio allí, ¿quieres? Deprisa. Ocúltate. Comprueba si entra. No interfieras, solo obsérvala, ¿de acuerdo? A ver si descubres qué se trae entre manos. Y nosotros cenaremos y hablaremos de cosas intrascendentes —instruyó a sus amigos—. Charlaremos del tiempo y nos interesaremos por la salud de los otros.

—Lo peor de todo es que ya no creo que sea seguro para el Consejo confiar en Ornik —comentó Bann, serio, una vez que Hava se hubo ido—. Ornik tiene que ver con ella.

—Puede que eso sea lo peor para vosotros —respondió Bitterblue—. Lo peor para mí es que está enterada de lo de Zaf y la corona, y lo sabe desde el principio. Es posible que sepa incluso lo de los bordados cifrados de mi madre, y también el criptograma de mi padre.

—Necesitamos cuerdas trampa, ¿sabe? —propuso Bann—. Algo para todas las escaleras secretas, incluida por la que Hava acaba de bajar, para que nos alerten de si hay alguien espiando. Veré qué se me ocurre.

—¿Sí? En fin, todavía está nevando —cambió de tema Giddon, siguiendo las órdenes de Bitterblue de hablar de banalidades—. ¿Has hecho algún progreso con la infusión para náuseas desde que Raffin se marchó, Bann?

—Sigue tan nauseabunda como siempre —respondió Bann.

Un rato después, Hava llamó con los nudillos en la puerta de dentro. Bitterblue la dejó entrar y la joven informó que, en efecto, Raposa había entrado en los aposentos de Leck.

—Tiene ganzúas nuevas, majestad. Se acercó a la escultura de la niña, la más pequeña de la habitación, e intentó levantarla. Consiguió moverla, aunque, por supuesto, no logró alzarla del todo. Entonces la soltó y se la quedó mirando durante un tiempo. Estaba pensando algo, majestad. Después se puso a fisgonear por el cuarto de baño y el vestidor, y a continuación subió corriendo la escalera y pegó la oreja a la puerta de su sala de estar. Por último, bajó y salió de la habitación.

—¿Es una ladrona o una espía o ambas cosas? —dijo Bitterblue—. Si es espía, ¿para quién trabaja? Helda, se dio la orden de que alguien la siguiera, ¿verdad?

—Sí, majestad. Pero pierde a su perseguidor todas las noches en los muelles mercantiles. Corre por ellos hacia el Puente Invernal, y luego repta por debajo. El perseguidor no se atreve a seguirla por debajo de los muelles, majestad, por miedo a que lo sorprendan con ella allí abajo.

—Yo la seguiré, majestad —se ofreció Hava—. Déjeme que la siga. Puedo meterme por debajo de los muelles sin que me vean.

—Parece peligroso, Hava —argumentó Bitterblue—. Debajo

de los muelles hace frío y hay mucha humedad. ¡Estamos en diciembre!

—Pero puedo hacerlo, majestad —insistió Hava—. Nadie es capaz de ocultarse como yo. Por favor. Puso las manos en todas las esculturas de mi madre.

—Sí —dijo Bitterblue, que recordó esas mismas manos en los bordados de Cinérea—. Sí, de acuerdo, Hava, pero ten mucho cuidado, por favor.

Lo único que quiero es un lugar apacible de arte, arquitectura y medicina, pero las orillas de mi control se deshilachan. Hay demasiada gente y estoy exhausto. En la ciudad, la resistencia nunca cesa. Cada vez que capturo a un mentalista, surge otro. Es mucho, demasiado, lo que hay que borrar, y es demasiado lo que hay que crear. Quizá los techos de cristal me complacen, pero los puentes no son lo bastante grandes. Estoy seguro de que eran mayores los que salvaban el río Alígero, en los Vals. El Alígero es más regio que mi río. Odio mi río por ello.

He tenido que matar al jardinero. Siempre creaba monstruos para el patio, siempre los hacía como se lo ordenaba; tienen aspecto de estar vivos pero, después de todo, no lo están, ¿verdad? No son reales. Ya puesto, maté también a Gadd. ¿Lo habré matado demasiado pronto? Sus tapices son demasiado tristes y tampoco son reales, ni siquiera están hechos con piel de monstruo. No consigo hacerla como es debido. No consigo que sea perfecta, y detesto mis tentativas. Odio este criptograma. Es necesario, y tendría que parecerme fabuloso, pero empieza a darme dolor de cabeza. Mi hospital también me provoca jaquecas. Hay demasiada gente. Me cansa decidir qué han de pensar y sentir y hacer.

Debería ceñirme al trabajo con mis animales en sus jaulas. Su incapacidad para hablar los protege. Cuando les hago cortes, chillan porque no les puedo explicar que eso no duele. Saben siempre, siempre, lo que les hago. En su terror hay pureza, y para mí es un alivio inmenso. Es agradable estar a solas con ellos.

Hay pureza en contar los cuchillos. A veces también la hay en el hospital, cuando dejo que los pacientes sientan el dolor. Algunos lanzan unos gritos tan exquisitos… Casi suenan como si fuera la propia sangre la que grita. La humedad y el techo arqueado en forma de bóveda contribuyen a crear esa acústica. Las paredes brillan negras. Pero entonces los gritos perturban a los otros. La niebla empieza a despejarse en su mente y comienzan a captar lo que oyen y a ser conscien-

PUENTE INVERNAL

tes de lo que hacen. Entonces tengo que castigarlos, atemorizarlos, avergonzarlos, hacer que me tengan pavor y que me necesiten hasta que todos ellos han olvidado, y conseguir eso supone mucho más trabajo que mantenerlos siempre ajenos a lo que pasa.

Están esos pocos, tan escasos, que reservo para mí y a los que no trato en el hospital. Siempre los ha habido. Belagavia es una de ellos, y Cinérea, otra. No dejo que nadie lo vea; a menos que obligue a alguien a observar, como castigo. Para Thiel es un correctivo verme con Cinérea. No le dejo que la toque, y a veces le corto a él. En esos momentos, cuando es una sesión privada en mis aposentos, lejos de los demás, y tengo los cuchillos en las manos, la perfección vuelve durante un instante. Y solo por un instante, la paz. Mis lecciones con mi hija serán así. Será perfecto con ella.

¿Será posible que Belagavia me haya estado mintiendo durante ocho años?

Bitterblue empezó a pasar las traducciones a sus amigos antes para que las leyeran y que le advirtieran respecto a las menciones sobre su madre o sobre sí misma. Todas las noches, Deceso le entregaba páginas nuevas. Algunas veces Bitterblue no se sentía con fuerzas para leerlas todas. Esas noches le pedía a Giddon que se las resumiera, cosa que él hacía en voz baja, sentado a su lado en el sofá. Elegía a Giddon para esa tarea porque Helda y Bann no quisieron comprometerse a leerlas sin saltarse los peores fragmentos, a diferencia de Giddon. Y él hablaba con un tono sosegado y quedo, como si pensara que así aminoraría el impacto de las palabras. No lo hacía, a decir verdad, aunque, si hubiese hablado en voz más alta, Bitterblue estaba de acuerdo en que habría sido peor. Escuchaba sentada, rodeándose con los brazos, temblorosa.

Quien la preocupaba era Deceso, que veía lo que estaba escrito el primero, sin nada ni nadie que atenuara el impacto emocional, que trabajaba con esas páginas horas y horas a diario.

—Quizás, hasta cierto punto, nos basta saber que era un hombre brutal que cometía atrocidades —le dijo al bibliotecario, sin acabar de creer que tales palabras salieran de su boca—. Tal vez es mejor no entrar en detalles.

—Pero es historia, majestad —arguyó Deceso.

—Opino que no —lo contradijo—. En realidad, aún no es historia de verdad. Dentro de un siglo lo será. Ahora son crónicas contemporáneas.

—Conocer nuestra historia contemporánea es incluso más importante para nosotros que saber la historia del pasado, majestad. ¿Su intención no es hallar respuestas en estos libros para asuntos actuales?

—Sí —admitió con un suspiro—. Sí. ¿De verdad puedes soportar leerlo?

—Majestad. —Deceso dejó la pluma y la miró con fijeza a los ojos—. Lo viví desde fuera durante treinta y cinco años. Treinta y cinco años en los que intenté averiguar qué hacía y por qué. Para mí, esto llena lagunas.

A Bitterblue le estaba creando vacíos; vacíos en su capacidad de sentir. Vacíos enormes, inconmensurables, donde a veces existía algo que ella era incapaz de determinar, porque precisarlo haría que supiera demasiado o la convencería de que se estaba volviendo loca. Cuando ahora se quedaba en las oficinas de abajo y observaba el ajetreo de escribientes y guardias de mirada vacía, o a Darby, Thiel y Rood, comprendía aquello que Runnemood había dicho una vez, cuando ella los presionó demasiado con exigencias: ¿Valía la pena perder la razón por descubrir la verdad?

—No quiero seguir haciendo esto —le dijo Bitterblue a Giddon una noche, todavía sacudida por los temblores—. Tiene usted una hermosa voz, ¿lo sabe? Si seguimos con esta rutina, su voz acabará perdiendo el encanto para mí. O leo yo lo que escribió Leck o dejo que me lo lea alguien que no sea amigo mío.

—Yo lo hago porque soy su amigo, majestad —respondió él, vacilante.

—Lo sé. Pero lo detesto. Y usted también, lo sé. No me gusta que estemos desarrollando una rutina nocturna de hacer juntos algo detestable.

—Pues no estoy conforme con que lo haga usted sola —reiteró Giddon con tenacidad.

—En ese caso, es una suerte que no necesite su permiso.

—Dese un descanso de esto, majestad —sugirió Bann, que se acercó al sofá y se sentó junto a ella, al otro lado—. Por favor. Lea un buen montón de páginas una vez a la semana, en lugar de pequeños fragmentos angustiosos cada noche. Seguiremos leyéndolos con usted.

Parecía una idea prometedora… Hasta que pasó la semana y llegó el día de leer las páginas traducidas que se habían amontonado durante siete días. Después de dos páginas, Bitterblue se sintió incapaz de continuar.

—Pare —dijo Giddon—. Deje de leer. La está haciendo enfermar.

—Creo que prefería víctimas femeninas porque, además de otros experimentos descabellados que las obligaba a soportar, también las sometía a otros relacionados con la gestación y los bebés —dijo Bitterblue.

—Esto no debería leerlo usted —manifestó Giddon—. Es para que lo lea una persona que no haya sido parte de esta historia, y que después le diga las cosas que una reina necesita saber. Deceso puede hacerlo mientras lo traduce.

—Creo que las violaba a todas en su hospital —musitó Bitterblue, sola, helada, sin oír nada—. Creo que violó a mi madre.

Giddon le quitó las páginas de las manos de un tirón y las lanzó al otro lado de la habitación. Con un brinco de sobresalto ante lo inesperado de esa acción, Bitterblue lo vio con claridad, como no lo había visto antes, lo vio erguido ante ella, el gesto de la boca duro, los ojos centelleantes, y comprendió que estaba furioso. La vista se le enfocó y la habitación cobró solidez a su alrededor. Oyó crepitar el fuego, oyó el silencio de Bann y de Helda, que, sentados a la mesa, observaban en tensión, entristecidos. La habitación olía como a lumbre en el campo. Se arrebujó en una manta. No estaba sola.

—Llámeme por mi nombre —le pidió en voz queda a Giddon.

—Bitterblue —musitó él, en el mismo tono quedo—. Se lo suplico. Por favor, deje de leer esos desvaríos psicóticos de su padre. Le están haciendo mucho daño.

Bitterblue miró hacia la mesa otra vez, donde Bann y Helda los observaban con serenidad.

—No está comiendo suficiente, majestad —comentó Helda—. Ha perdido el apetito y, si se me permite decirlo, a lord Giddon le ocurre igual.

—¿Qué? Giddon, ¿por qué no me lo dijo?

—También me ha pedido remedios para el dolor de cabeza —dijo Bann.

—Parad vosotros dos —exigió Giddon, enfadado—. Majestad, ha estado yendo de aquí para allá con esa horrible expresión en los ojos de quien se siente atrapado. Se encoge por lo más mínimo.

—Ahora lo entiendo. Ahora los comprendo a todos. Y los he estado presionando. Los he estado forzando a recordar.

—No es culpa suya —dijo Giddon—. Una reina necesita gente a su alrededor que no tenga miedo de sus necesarias preguntas.

—No sé qué hacer —reconoció Bitterblue—. No sé qué hacer.

—Tiene que plantearse unos criterios selectivos por los que De-

403

ceso deberá guiarse para continuar. Los hechos concretos que necesita saber ahora a fin de abordar las necesidades inmediatas de su reino, y solo esos hechos.

—¿Me ayudarán todos?

—Por supuesto que sí.

—Ya hemos esbozado como deberían ser esos criterios —manifestó Helda a la par que subrayaba sus palabras con un enérgico cabeceo.

Por su parte, Giddon se dejó caer en el sofá, aliviado.

Resultó ser un proceso que conllevó bastante argumentación por la diferencia de opiniones, lo cual fue reconfortante para Bitterblue porque era lógico y volvió a hacer del mundo que la rodeaba algo sólido. Después, se dirigieron a la biblioteca a buscar a Deceso. La nevada invernal proseguía, silenciosa, lenta, interminable. En el patio mayor, Bitterblue echó la cabeza hacia atrás para mirar los techos de cristal. La nieve caía. Empezó a sentir un ligero asomo de pesar. Los márgenes de la pena; una pena demasiado grande para poder aceptarla toda, de golpe, en ese momento.

Imaginaría que se hallaba allá arriba, en el cielo, por encima de las nubes y la nieve, contemplando Monmar como hacían la luna y las estrellas. Imaginaría que contemplaba el manto de nieve cubriendo Monmar como vendas aplicadas por las manos amables de Madlen, y que así, debajo de ese vendaje cálido y suave, Monmar empezaría a sanar.

$\mathcal{A}$ la mañana siguiente, Thiel se encontraba ante su escribanía, erguido y eficiente, hojeando documentos.

—No volveré a hacerte más preguntas sobre el reinado de Leck —le informó Bitterblue.

Thiel se volvió hacia ella y la miró con desconcierto.

—¿No lo…? ¿No lo hará, majestad?

—Lamento mucho todas y cada una de las veces que te he obligado a recordar algo que deseabas olvidar. Siempre que me sea posible, trataré de no volverlo a hacer.

405

—Gracias, majestad. —El consejero aún estaba desconcertado—. ¿Por qué? ¿Ha ocurrido algo?

—Les preguntaré a otros —contestó—. Voy a buscar gente nueva, Thiel, para que me ayude con asuntos que son demasiado dolorosos de abordar para quienes, como tú, trabajaron con Leck. Y quizás algunas personas del burgo para que me informen sobre asuntos que atañen de forma específica a la ciudad y que me ayuden a resolver algunos de esos misterios.

Thiel la miraba con fijeza y aferraba la pluma con las dos manos. De algún modo parecía sentirse tan solo, tan triste…

—Thiel, seguirás siendo mi colaborador principal, mi preferido, por supuesto —se apresuró a añadir—. Pero he descubierto que deseo ampliar el abanico de ideas y consejos, ¿entiendes?

—Claro que lo entiendo, majestad.

—Voy a reunirme con unos cuantos de ellos ahora, en la biblioteca. —Se levantó del sillón—. Les he pedido que vengan. Oh, por favor, Thiel —añadió, con ganas de tocarlo—. No pongas esa cara. No puedo pasar sin tu ayuda y tu compañía, te lo prometo, y me estás partiendo el corazón.

Y

Los hermanos Tilda y Teddy se encontraban en el gabinete de la biblioteca y miraban las interminables hileras de libros. En los rostros de ambos se reflejaba admiración por el valor de lo que contemplaban.

—¿Se ha quedado Bren en la imprenta? —les preguntó Bitterblue.

—Nos pareció imprudente dejar la casa sin vigilancia, majestad —respondió Tilda.

—¿Y mi guardia lenita?

—Uno se quedó para proteger a Bren, majestad, y el otro nos ha acompañado.

—Me pone nerviosa que tengan que separarse —comentó Bitterblue—. Voy a ver si podemos prescindir de uno o dos hombres más para vosotros. ¿Tenéis alguna noticia para mí?

—Son malas, majestad —contestó Teddy, serio—. Esta mañana temprano ha ardido un almacén. Estaba vacío, así que no ha habido víctimas, pero tampoco nadie vio cómo empezó.

—Supongo que querrán que creamos que ha sido fortuito, una coincidencia —dijo Bitterblue con frustración—. Y por supuesto, no se reflejaba en el informe que me pasaron por la mañana. Ya no sé qué hacer, de verdad —añadió, un tanto desanimada—, aparte de enviar a la guardia monmarda de patrulla por las calles más a menudo. Lo que pasa es que, desde que el capitán Smit desapareció, la suspicacia me hace desconfiar de ese cuerpo de seguridad. Smit falta desde hace mes y medio, ¿sabéis? Sigo recibiendo informes de su actuación en las refinerías que no consigo aceptar como reales. Darby dice que es la letra de Smit, pero tampoco Darby me inspira mucha confianza últimamente. Oh —dijo, y se frotó la frente—. Quizá lo que pasa es que he perdido la cabeza.

—Podríamos investigar si el capitán Smit se encuentra realmente en las refinerías, majestad —ofreció Tilda al tiempo que daba un codazo a su hermano—, ¿no es cierto, Teddy?

El semblante de Teddy se animó.

—Sí que podríamos —confirmó—. Puede que nos lleve unas semanas, pero lo haremos, majestad.

—Gracias. Hablando de otra cosa, ¿alguno de vosotros sabe hacer matrices de tipos para imprenta?

—A Bren le encanta hacer ese trabajo, majestad —respondió Tilda.

Bitterblue le tendió a Tilda una página en la que había dibujado los treinta y dos símbolos del alfabeto valense.

—Pídele que haga matrices para estos tipos, por favor.

La traducción de Deceso del primer volumen iba a paso de tortuga, y tanta referencia a incendios ponía muy nerviosa a Bitterblue. ¿Y si perdían, de una u otra forma, los otros treinta y cuatro volúmenes antes de que Deceso empezara con ellos?

—Es preciso que se impriman los diarios de Leck —dijo—. No se lo digáis a nadie.

A la mañana siguiente, Bitterblue salió de su dormitorio frotándose los ojos soñolientos. En la sala de estar, Helda preparaba la mesa para el desayuno.

—Hava acaba de marcharse, majestad —informó sin dejar de colocar platos—. Ha tenido éxito en lo que otros fracasaron. Ha seguido a Raposa hasta su guarida nocturna.

—Guarida —repitió Bitterblue, que fue a arrodillarse delante de la chimenea. Bañada por el brillo de la lumbre, se colocó la espada para que no le estorbara y respiró hondo. Costaba trabajo despertarse cuando la nieve no paraba de caer y el sol nunca llegaba a sus ventanas—. No es una palabra muy cordial. ¿Sabes, Helda? He estado pensando detenidamente algunas cosas. ¿No será la guarida de Raposa, por casualidad, una cueva?

—Lo es, majestad —confirmó el ama de llaves, huraña—. Raposa vive en una cueva al otro lado del río.

—¿Y Fantasma y Gris también viven en una cueva?

—Sí. Una coincidencia interesante, ¿verdad? La cueva de Raposa se encuentra al otro extremo del Puente Invernal. ¿Puede creer que sube al puente trepando por los pilares desde donde empiezan debajo de los muelles?

—Tiene narices. ¿Por qué no utiliza una vía normal? ¿Por qué no cruza el río en barca?

—Solo cabe suponer que lo hace como prevención a la posibilidad de que la sigan, majestad. Es difícil ver a una persona vestida con ropa oscura que trepa por los pilares de un puente de noche, aunque sea un puente hecho de espejos. Ni que decir tiene que, en cuanto Hava comprendió lo que hacía Raposa, volvió sobre sus pasos y corrió por el puente hacia el otro extremo, pero Raposa se movía muy deprisa y se adelantó demasiado. Cruzó el puente, se deslizó con rapidez y agilidad por los pilares, y, desde su posición elevada, Hava la vio desaparecer en una arboleda.

—Entonces, ¿cómo sabe Hava lo de la cueva?

—Porque siguió a la siguiente persona que cruzó el puente, majestad.

Bitterblue notó algo en el tono de Helda que le produjo cierta desazón.

—¿Y esa persona era…? —preguntó.

—Zafiro, majestad. Condujo a Hava directamente a la arboleda y después hasta un afloramiento rocoso guardado por hombres con espadas. Hava no puede estar segura, por supuesto, pero cree que es una cueva y que también fue allí adonde se dirigió Raposa.

—Dime que él no entró —pidió Bitterblue—. Dime que no ha estado trabajando para ellos todo el tiempo.

—No, majestad —se apresuró a contestar Helda—. ¡Majestad, tranquilícese! —El ama de llaves se acercó a Bitterblue, se arrodilló a su lado y le agarró las manos con fuerza—. Zafiro no entró ni anunció su presencia a los guardias. Se ocultó y estuvo husmeando, como si inspeccionara el lugar.

Bitterblue apoyó la cabeza en el hombro de Helda unos instantes y respiró con normalidad, con alivio.

—Condúcelo a un sitio discreto para que pueda hablar con él, por favor —pidió al ama de llaves.

A mediodía, una nota cifrada de Helda informó a Bitterblue de que Zaf esperaba en sus aposentos.

—¿Dónde encaja el término «discreto» en esto? —preguntó, entrando de sopetón en la salita. Helda se encontraba sentada a la mesa y comía su almuerzo con tranquilidad. Zaf, de pie delante del sofá, llevaba gorro, abrigo, guantes y un cinturón muy ancho que tenía anillas; recordó haberlo visto con ese cinturón en la plataforma. No paraba de patear el suelo, y era evidente que tenía frío—. ¿Cuántos lo han visto?

—Entró por esa ventana, majestad —señaló Helda—. Da al jardín y al río, y los dos están vacíos en este momento.

Al ver las cuerdas, fue hacia la ventana en cuestión para examinar la plataforma. Hasta ese instante no se había dado cuenta de lo estrecha que era; se balanceaba con el aire y golpeaba contra la pared del castillo.

—¿Dónde está Raposa? —preguntó con los puños apretados.

—Desaparece a la hora de comer, majestad —respondió Zaf.

—¿Cómo sabes que no desaparece en algún sitio desde donde puede ver mis ventanas?

—No lo sé. —Zaf se encogió de hombros—. Lo tendré en cuenta dependiendo de lo que ocurra a continuación.

—¿Y qué esperas que puede ocurrir?

—Que me pida que la tire de la plataforma de un empujón, majestad.

Era un alivio que hablara con insolencia, aun cuando se dirigiera a ella por el título; le daba un terreno conocido en el que se sentía segura.

—Raposa es Gris, ¿a que sí? Mi criada y espía graceling de ojos grises es la nieta, la nieta —remarcó, al repetir la palabra— de Fantasma.

—Eso parece, majestad —contestó lisa y llanamente Zaf—. Y lo que su asustadiza chica que se convierte en cosas probablemente no sabe, a pesar de sus maravillosas habilidades, es que anoche encontré un sitio desde el que, al poner la oreja pegada al suelo, pude oír a hurtadillas la conversación de Raposa y Fantasma. La corona está en la cueva, no me cabe duda. Junto con un montón más de pertenencias reales que son el producto de desvalijamientos, a juzgar por lo que dijeron.

—¿Cómo te diste cuenta de que Hava te seguía?

Zaf resopló con desdén.

—Había una enorme gárgola en el Puente Invernal —contestó—. Ese puente de espejos desaparece en el cielo, y no tiene gárgolas de piedra. Sabía que usted había ordenado que se vigilara a Raposa. Así es como le seguí el rastro, yendo tras sus perseguidores. Raposa desaparecía una y otra vez debajo de los muelles. Sus espías, majestad, renunciaban a seguirla, pero yo soy más tenaz. Hace unas cuantas noches hice caso a una corazonada que resultó ser acertada, y la localicé en el puente.

—¿Te han visto, Zaf? Por lo que cuentas, no parece que hayas tomado muchas precauciones.

—No lo sé. Y no importa. Raposa no se fía de mí y es lo bastante lista para pensar que no confío en ella. No es así como vamos a ganar este juego.

Poniéndose de pie en silencio, Bitterblue abarcó con la mirada a Zaf y se embebió en los dulces ojos purpúreos que no encajaban con sus modales bruscos; trató de comprenderlo. Experimentó, inoportunamente, una emoción que nunca sentía salvo cuando lo tocaba.

—Entonces, ¿esto es un juego, Zaf? —preguntó—. ¿Colgarte de las paredes del castillo a diario con una persona que podría destrozarte la vida? ¿Seguirla por las noches dondequiera que vaya? ¿Cuándo pensabas contármelo?

—Cómo me gustaría que no fuera la reina y viniera conmigo cuando salgo —dijo, con una extraña y repentina timidez salida de la nada—. Posee el instinto y la intuición inherentes al tipo de trabajo que hago. Lo sabe, ¿verdad?

Bitterblue se había quedado sin habla. Por el contrario, Helda no sufría la misma carencia.

—Ojito, joven —dijo mientras daba un paso hacia él con cara de pocos amigos—. Tenga cuidado con lo que le dice a su majestad o se llevará una sorpresa al salir por la ventana. Volando. Hasta ahora lo único que ha hecho ha sido causarle problemas.

—Sea como sea —continuó Zaf, que echó una ojeada a Helda con cautela—, esta noche voy a robar la corona.

Bitterblue dio un respingo y recobró el habla de golpe.

—¿Qué? ¿Cómo?

—La entrada principal de la cueva está guardada siempre por tres hombres, pero creo que hay otro acceso, porque hay un guardia que se sienta siempre a cierta distancia de la entrada principal, en una hondonada donde hay montones de rocas apiladas.

—Pero, Zaf, ¿basas tus deducciones y tu plan de ataque únicamente en la posición de un guardia? ¿No has visto esa otra entrada?

—Planean hacerle chantaje —la atajó Zaf—. Quieren el derecho de elegir a dedo a un nuevo jefe de prisiones, tres jueces nuevos en la Corte Suprema y que la guardia monmarda esté asignada al distrito este, o harán público que la reina tiene una aventura con un plebeyo lenita que es ladrón y que le robó la corona durante una cita.

Bitterblue se quedó sin habla otra vez.

—Esto es culpa mía —musitó en un susurro apenas audible—. Le permití que viera demasiado de cuanto estaba pasando.

—Soy yo quien propició que esto ocurriera, majestad —intervino Helda—. Soy la que la introdujo en el cuerpo de servicio. Me gustaba su gracia de no tener miedo sin ser temeraria. Era tan útil en las tareas delicadas, como encaramarse a las ventanas, y tenía tantas aptitudes para espiar…

—Creo que ambas olvidan que ella es una profesional —dijo Zaf—. Se situó cerca de usted hace ya tiempo, ¿no es verdad? Su familia lleva robando cosas de este castillo desde siempre; la colocaron cerca de usted. Y yo les facilité el trabajo. Cuando robé la corona, fue pan comido, y para colmo se la llevé directamente a ellas. Es consciente de eso, ¿verdad? Le entregué un trofeo mayor de lo que jamás habría soñado robar en persona. Apuesto que conoce hasta el último rincón del castillo, cada puerta secreta. Apuesto que ha sabido cómo deambular por el laberinto de Leck desde el principio. Esas llaves que le trinqué del bolsillo es probable que fueran un tesoro familiar... Apuesto que su familia las tiene desde que Leck murió y todo el mundo se puso a limpiar a fondo el castillo de sus cosas. Es una profesional, como el resto de su familia, pero más insidiosa que ellos, porque no le tiene miedo a nada. Dudo que tenga conciencia.

—Qué interesante —comentó Bitterblue—. ¿Crees que la conciencia requiere temor para existir?

—Lo que creo es que no pueden hacerle chantaje sin la corona —dijo Zaf—. Que es por lo que voy a robarla esta noche.

—Con ayuda de mi guardia lenita de las puertas, querrás decir.

—No —replicó con brusquedad—. Si le sobran guardias, mándelos a la imprenta. Puedo hacerlo yo solo, sin jaleo.

—¿Cuántos hombres protegen la cueva, Zaf? —espetó ella.

—Vale, de acuerdo. Llevaré a Teddy, Bren y Tilda. Sabemos cómo hacer este tipo de cosas y confiamos los unos en los otros. No nos lo haga más difícil.

—Así que Teddy, Bren y Tilda —masculló Bitterblue—. Todo eso de negocios de familia muy unida. Qué envidia me da.

—Usted y su tío gobiernan medio mundo —contestó él con un resoplido. Entonces se zambulló detrás de un sillón cuando las puertas de fuera chirriaron al abrirse.

411

—Es Giddon —informó Bitterblue mientras el noble entraba en la salita.

Cuando Zaf asomó por detrás del sillón, Giddon adoptó un gesto inexpresivo.

—Esperaré hasta que se marche, majestad —manifestó.

—Estupendo —dijo Zaf con sarcasmo—. Entonces haré mi gran salida de escena. ¿No debería darme algo como si lo hubiera robado, por si acaso Raposa me ve saliendo por la ventana y necesito una excusa?

Helda fue hacia la mesa, recogió un tenedor de plata y regresó junto a Zaf, dándole con el cubierto en el pecho.

—Sé que no está a la altura de sus expolios habituales —dijo con severidad.

—Estupendo —repitió Zaf al aceptar el tenedor—. Gracias, Helda, de eso estoy seguro.

—Zaf, ten cuidado —dijo Bitterblue.

—No se preocupe, majestad. —Durante unos instantes su mirada se quedó prendida en la de ella—. Le traeré la corona por la mañana. Lo prometo.

Al salir, entró una vaharada de aire frío en la habitación. Después de que Zaf cerrara la ventana tras de sí, Bitterblue fue hacia la chimenea para que le diera un poco de calor.

—¿Qué tal, Giddon?

—Thiel estaba por el Puente Alígero anoche, majestad —informó él sin más preámbulo—. Nos pareció algo extraño en aquel momento, así que pensamos que usted debería saberlo.

Con un leve suspiro Bitterblue se pinzó el puente de la nariz.

—Thiel en el Puente Alígero. Raposa, Hava y Zaf en el Puente Invernal. A mi padre le complacería mucho la popularidad que tienen sus puentes. ¿Por qué estaba usted en el Puente Alígero, Giddon?

—Bann y yo estábamos llevando a cabo algunas mejoras en el escondite de Zaf, majestad. Thiel pasó por delante justo cuando íbamos a salir nosotros.

—¿Los vio?

—No creo que viera nada. Estaba en otro mundo. Venía del otro lado del río y no llevaba luz, así que no lo vimos hasta que casi lo tuvimos encima y pasó justo por delante de la ventana. Se movía como un fantasma… Nos hizo dar un brinco a los dos. Lo seguimos, majestad. Bajó los escalones que dan a la calle y entró en el distrito este, pero me temo que lo perdimos a continuación.

Bitterblue se frotó los ojos para ocultar la cara en la acogedora oscuridad.

—¿Alguno de vosotros sabe si Thiel está al corriente de la gracia de Hava para disfrazarse?

—No creo que lo sepa, majestad —contestó Helda.

—Estoy segura de que no tiene importancia —comentó Bitterblue—. Seguro que solo sale a pasear, llevado por la melancolía. Pero tal vez podríamos pedirle a Hava que lo siguiera una vez.

—Sí, majestad —se mostró de acuerdo el ama de llaves—. Si ella quiere, quizá lo mejor sería estar seguros. Se supone que Runnemood saltó por uno de los puentes, y Thiel está un poco deprimido.

—Oh, Helda —suspiró de nuevo Bitterblue—. No creo que pueda soportar ninguna otra razón que no sean los paseos melancólicos.

Esa noche, el agotamiento y la preocupación impidieron que Bitterblue conciliara el sueño. Yació boca arriba, mirando la oscuridad. Se frotó el brazo, algo que todavía le parecía en cierto modo maravilloso; lo tenía dolorido por el cansancio, pero libre de esa horrible escayola y, por fin, equipado de nuevo con cuchillos.

Al final acabó por encender una vela para ver brillar las estrellas doradas y escarlatas en el techo del dormitorio. Se le ocurrió que estaba pasando la noche en vela por Zaf. Y Por Teddy, Tilda y Bren, que se disponían a robar una corona. Por Thiel, que caminaba solo de noche y que se venía abajo con facilidad. Por sus amigos, que se hallaban tan lejos: Po, Raffin y Katsa, quizá tiritando en unos túneles.

Cuando la somnolencia empezó a suavizar las aristas del agotamiento y comprendió que el sueño estaba cerca, Bitterblue se dio el capricho de remolonear con algo que no se había permitido desde hacía un tiempo: el sueño de sí misma como bebé en brazos de su madre. Últimamente había sido un recuerdo demasiado doloroso de afrontar, con los diarios de Leck tan cerca. Pero esa noche se lo permitiría, en honor a Zaf, porque aquella noche que se quedó a dormir en el duro suelo de la imprenta fue él quien le dijo que soñara con algo bonito, como los bebés; Zaf apartó de ella las pesadillas.

413

37

*D*espertó y se vistió con la luz peculiar de un amanecer gris verdoso y un viento aullador que parecía correr en círculos alrededor del castillo.

En la sala de estar, Hava se había sentado tan cerca de la chimenea como era posible sin estar encima del fuego. Estaba arrebujada en unas mantas y bebía una taza humeante con algo caliente.

—Me temo que Hava tiene una información que le va a disgustar, majestad —dijo Helda—. A lo mejor debería sentarse.

—¿Relacionada con Thiel?

—Sí. Respecto a Zafiro aún no tenemos noticias —explicó el ama de llaves, que respondió de ese modo la pregunta que Bitterblue había hecho en realidad.

—¿Cuándo nos…?

—Lord Giddon estuvo fuera toda la noche por otro asunto —se adelantó Helda de nuevo—, y prometió no volver sin información.

—De acuerdo.

Bitterblue cruzó la sala y fue a sentarse delante de la chimenea, junto a Hava, buscando una postura cómoda para que la espada no la estorbara. Procuró prepararse para oír lo que, de algún modo, presentía que iba a romperle el corazón, pero no era fácil lograrlo. Demasiada ansiedad.

—Habla, Hava.

—A través del Puente Alígero y a corta distancia hacia el oeste, majestad, hay una cueva subterránea, de paredes negras, que penetra por debajo del río —empezó la muchacha, sin alzar los ojos de la bebida humeante—. Hay un olor… cargado y empalagoso, majestad. Y en la parte de atrás, al fondo, se abre una segunda cavidad con… montones y montones de huesos.

—Huesos —repitió Bitterblue—. Más huesos.

«Su hospital está debajo del río.»

—Anoche, muy tarde, Thiel salió del castillo a través del túnel que parte del corredor oriental —continuó Hava—. Cruzó el puente, fue a la cueva y llenó una caja con huesos. Después llevó la caja de vuelta al puente, se paró en el centro y arrojó los huesos por encima del pretil. Regresó de nuevo a la cueva e hizo lo mismo otras dos veces…

—Thiel arrojó huesos al río. —Bitterblue estaba petrificada.

—Sí. Y al rato se le unieron Darby, Rood, dos de sus escribientes, el juez Quall y mi tío.

—¡Tu tío! —exclamó Bitterblue, que miró a Hava de hito en hito—. ¡Holt!

—Sí, majestad. —La aflicción era evidente en los extraños ojos de Hava—. Todos llenaron cajas con huesos y los arrojaron al río.

—Es el hospital de Leck —musitó Bitterblue—. Están intentando encubrir su existencia.

—¿El hospital de Leck? —preguntó Helda, que apareció al lado de Bitterblue y le puso una bebida caliente en las manos.

—Sí. «La humedad y el techo arqueado en forma de bóveda contribuyen a crear esa acústica.»

—Ah, sí —dijo Helda, que hundió la barbilla en el pecho un instante—. Había un corto fragmento en una traducción reciente sobre el olor del hospital. Apilaba los cadáveres, en lugar de quemarlos o deshacerse de ellos con un procedimiento normal. Le gustaban los bichos y el olor. A otros los ponía enfermos, naturalmente.

415

—Thiel se encontraba allí cuando sucedía todo eso —susurró Bitterblue—. Lo vio, y quiere que el recuerdo se borre como si no hubiese ocurrido nunca. Es lo que quieren todos. Oh, qué estúpida he sido.

—Hay más, majestad —dijo Hava—. Seguí a Thiel, Darby y Rood de vuelta al distrito este. Se reunieron con algunos hombres en una casa ruinosa, majestad, e intercambiaron cosas entre ellos. Sus consejeros dieron dinero a los hombres, y estos les entregaron papeles y un pequeño talego. Apenas pronunciaron palabra, majestad, pero algo se cayó del saco de tela. Luego, una vez se hubieron ido, lo busqué.

El ruido de las puertas exteriores al abrirse hizo que Bitterblue se pusiera de pie de un brinco, y se quemó al salpicarse con la bebida caliente, pero no le importó. Giddon se hallaba en el vano de la puerta, llenándolo con su corpulencia; los ojos del hombre buscaron los suyos de inmediato.

—Zafiro está vivo y libre —informó en tono grave.

Bitterblue se dejó caer de nuevo delante de la chimenea.

—Pero el asunto aún no ha terminado —dedujo, en una brega mental por interpretar las noticias—. Acaba de darme todas las buenas noticias, ¿verdad? Está libre, pero escondido. Está vivo, pero herido. Y no tiene la corona. ¿Está herido, Giddon?

—No peor de lo que suele estarlo, majestad. Al amanecer, lo vi salir a uno de los muelles mercantiles, procedente del Puente Invernal, tan tranquilo, y echó a andar hacia el oeste, en dirección al castillo. Se cruzó conmigo, me vio e hizo una ligerísima inclinación de cabeza. Me apresuré a resolver mis asuntos para no perderlo de vista. Los muelles estaban concurridos, ya que en el río se empieza a trabajar temprano. Pasó junto a un grupo reducido de hombres que cargaban un bergantín y, de repente, tres de ellos se apartaron del resto y echaron a andar tras él. Total, que él apretó el paso y, cuando quise darme cuenta, todos salieron corriendo, y yo también, y la persecución siguió, pero no logré reunirme con Zaf antes que los otros lo alcanzaran. Se organizó una pelea en la que él llevaba la peor parte y, de repente, sacó la corona del chaquetón y la sostuvo en las manos, tan claro como la luz del día. Casi los había alcanzado —dijo Giddon—, cuando la lanzó.

—¿La lanzó? —repitió Bitterblue, esperanzada—. ¿A usted?

—Al río. —Giddon se dejó caer en una silla y se frotó la cara con las manos.

—¡Al río! —De momento, Bitterblue era incapaz de asimilarlo—. ¿Por qué les ha dado a todos por arrojar al río cualquier cosa conflictiva?

—Estaba perdiendo la pelea —dijo Giddon—. Y estaba a punto de perder la corona. Para evitar que Fantasma y Raposa tuvieran de nuevo esa baza para hacerle chantaje a usted, la arrojó al río y salió corriendo.

—¡Incriminándose! —gritó Bitterblue—. ¿Qué tipo de delito es arrojar la corona al río?

—Para empezar, el mayor delito es que tuviera la corona en su poder para arrojarla al río —respondió Giddon—. Un soldado de la guardia monmarda vio lo que pasó, aparte de muchos otros testigos. Cuando la guardia dio el alto a los tres matones de Fantasma, estos se inventaron una historia, arguyendo que perseguían a Zaf y lo estaban pegando porque les había robado lo que les entregó hacía meses.

—No es una historia inventada —comentó Bitterblue, abatida.

—No —admitió Giddon—. Supongo que no.

—Pero… ¿quiere decir que admitieron que la corona había estado en su posesión e intentaban recobrarla otra vez?

—Así es. Ellos, personalmente. Para proteger a Fantasma y a Raposa, ¿comprende, majestad? Y para poder controlar lo que se dice. Ahora los matones de Fantasma están en prisión, pero la guardia monmarda no estará satisfecha hasta que haya capturado a Zaf también.

—¿Condenarán a la horca a los matones de Fantasma?

—Es posible. Depende de lo que Fantasma consiga hacer. Si los cuelgan, Fantasma se ocupará de que sus familias sean sumamente ricas y tengan una buena vida. Ese habrá sido el trato.

—No permitiré que ahorquen a Zaf. ¡No lo permitiré! —afirmó Bitterblue—. ¿Adónde ha ido? ¿Se encuentra en la torre del puente levadizo?

—Lo ignoro. Me quedé en el lugar del suceso para ver qué ocurría. Lo comprobaremos cuando oscurezca.

—¿Esperaremos todo el día? —preguntó Bitterblue—. ¿No lo sabremos hasta la noche?

—Fui después a la imprenta, majestad. No estaba allí, por supuesto, pero todos los demás sí. Y ninguno sabía nada de que planeaba robar la corona.

—Voy a matarlo.

—Ellos estaban ocupados con sus propios problemas —dijo Giddon—. Hubo un incendio anoche en la tienda, majestad, antes de que Zaf se marchara. Bren está afectada por el humo que respiró, así como dos de sus guardias lenitas, porque se quedaron atrapados dentro, intentando apagar las llamas.

—¿Qué? —gritó Bitterblue—. ¿Cómo están?

—Por lo que parece se pondrán bien, majestad. Zaf fue el que sacó a su hermana de la imprenta.

—Hemos de mandar a Madlen allí. Helda, ¿querrás ocuparte tú? ¿Y qué ha pasado con la imprenta, Giddon?

—La imprenta se salvará. Pero Tilda me encargó que le dijera que casi todos sus libros escritos de nuevo se han quemado y no podrán mostrarle matrices tipográficas durante un tiempo. Bren estuvo trabajando ayer, todo el día, en algunas muestras que tenía pensado traerle para que diera su visto bueno, pero no las encuentran en ese caos.

—Oh —exclamó Hava, que soltó la taza en la chimenea con un sonoro golpe—. Majestad —dijo mientras rebuscaba en un bolsillo, del que sacó algo que le tendió a Bitterblue—. Esto es lo que se cayó del talego.

Bitterblue tomó el objeto que le mostraba Hava, se lo puso en la palma de la mano y lo miró fijamente. Era un pequeño molde de madera del primer símbolo del alfabeto valense.

417

Cerrando los dedos alrededor del molde, Bitterblue se puso de pie y caminó como sonámbula hacia las puertas.

En la oficina de la torre, el cielo tenía un brillo extraño a través del techo de cristal. La nieve daba contra las ventanas.

Al entrar, Thiel se volvió para saludarla.

«Runnemood estaba involucrado en algo terrible», le había dicho una vez. «Creí que, si intentaba comprender por qué Runnemood había hecho algo así, entonces podría hacerlo entrar en razón… Lo único que se me ocurre pensar es que está loco.»

—Buenos días, majestad —dijo Thiel.

Bitterblue había sobrepasado el límite del disimulo, de la sensibilidad. Su cuerpo era incapaz de asimilar lo que el cerebro empezaba a comprender a pesar de no querer verlo.

—¿Runnemood, Thiel? —dijo en voz baja—. ¿Siempre fue solo Runnemood?

—¿Cómo, majestad? —Thiel se había quedado petrificado donde estaba. La miraba con esos ojos de color gris acerado—. ¿Qué es lo que me pregunta?

Qué cansada estaba de luchar, de que la gente la mirara a los ojos y le mintiera.

—La carta que escribí a mi tío Ror sobre empezar una política de indemnización, Thiel. Te confié esa carta —dijo—. ¿La enviaste o la quemaste?

—¡Por supuesto que la envié, majestad!

—Él no la ha recibido.

—A veces las cartas se pierden en el mar, majestad.

—Sí. Y los edificios se prenden fuego por casualidad y los delincuentes se matan unos a otros en las calles sin motivo.

A la confusión mostrada por Thiel empezaba a sumarse una especie de desolación desesperada; Bitterblue supo distinguir el inicio de esa desolación, y también del horror mientras seguía mirándola con fijeza.

—Majestad, ¿qué ha ocurrido? —preguntó con mesura.

—¿Tú qué crees que ha ocurrido, Thiel?

En ese momento, Darby irrumpió por la puerta y le tendió una nota a Thiel. Este le echó una ojeada, distraído, se paró y la volvió a leer con más atención.

—Majestad —dijo, como si cada vez estuviera más y más confuso—. Esta mañana, al romper el día, se ha visto a ese joven graceling con los adornos lenitas, Zafiro Abedul, correr por los muelles mercantiles con su corona, que después tiró al río.

—Eso es absurdo —contestó Bitterblue sin alterarse—. La corona está en mis aposentos ahora mismo.

Las cejas de Thiel se fruncieron en un gesto de duda.

—¿Está segura, majestad?

—Por supuesto que lo estoy. Acabo de venir de allí. ¿La han buscado en el río?

—Sí, majestad...

—Pero no la han encontrado.

—No, majestad.

—Ni la encontrarán —manifestó Bitterblue—, porque se encuentra en mi sala de estar. Debe de haber tirado alguna otra cosa al río. Sabes perfectamente bien que es amigo mío y del príncipe Po y, como tal, jamás arrojaría mi corona al río.

Thiel nunca había parecido sentirse tan perplejo como en ese momento. A su lado, Darby tenía los ojos, uno amarillo y otro verde, entrecerrados, con expresión calculadora.

—Si la hubiese robado, majestad, sería un delito penado con la horca —dijo después.

—¿Y eso te complacería, Darby? —preguntó Bitterblue—. ¿Resolvería eso alguno de tus problemas?

—¿Perdón, majestad? —dijo él, malhumorado.

—No, estoy seguro de que la reina tiene razón —intervino Thiel, buscando con torpeza un terreno firme que pisar—. Su amigo no haría tal cosa. Es evidente que alguien ha cometido un error.

—Alguien ha cometido muchos y crasos errores —dijo Bitterblue—. Creo que volveré a mis aposentos.

En las oficinas de abajo hizo un alto para mirar las caras de sus hombres. Rood. Los escribientes, los soldados. Holt. Pensó en Teddy tendido en el suelo de un callejón con un cuchillo clavado en el vientre; Teddy, cuyo único deseo era que la gente supiera leer. Zaf huyendo de asesinos; Zaf imputado de asesinato con falsos testimonios; Zaf tiritando y empapado por zambullirse en busca de los huesos y un hombre yendo hacia él con un cuchillo; Bren luchando contra las llamas para salvar la imprenta del fuego.

Su administración con visión de futuro.

«Pero Thiel me salvó la vida. Holt me salvó la vida. No es posible. Debo de haber entendido algo mal. Hava miente sobre lo que vio.»

Sentado a su escritorio, Rood alzó los ojos hacia ella. Bitterblue recordó entonces el molde de tipo que aún llevaba en el puño apre-

419

tado. Lo sujetó entre el pulgar y el índice y lo sostuvo en alto para que Rood lo viera.

Rood estrechó los ojos, desconcertado. Entonces, al comprender, se echó bruscamente hacia atrás en la silla. Y rompió a llorar.

Bitterblue dio media vuelta y echó a correr.

Necesitaba a Helda, necesitaba a Giddon y a Bann, pero cuando llegó a la sala de estar ellos ya no se encontraban allí. En la mesa vio un informe y las nuevas traducciones escritas en la letra pulcra de Deceso. En ese momento era lo que menos quería ver.

Corrió hacia el recibidor y por el pasillo hasta llegar a la habitación de Helda, pero el ama de llaves tampoco estaba allí. En el pasillo, de vuelta a sus aposentes, se paró un momento y después irrumpió en su dormitorio y corrió hacia el baúl de su madre. Se arrodilló delante, se agarró a los bordes y obligó al corazón a guardar la palabra que definía lo que Thiel había hecho. «Traición.»

«Mamá —pensó—. No lo entiendo. ¿Cómo ha podido Thiel ser tan mentiroso si tú lo querías y confiabas en él? ¿Si nos ayudó a escapar? ¿Si ha sido tan amable y afectuoso conmigo, y me prometió que nunca volvería a mentirme? No entiendo lo que está pasando. ¿Cómo es posible?»

Se oyó un suave chirrido al abrirse las puertas de fuera.

—¿Helda? —susurró—. ¿Helda? —repitió en voz más alta.

No hubo respuesta. Se levantó e iba hacia la puerta del dormitorio cuando le llegó un ruido extraño procedente de la sala de estar. Un golpe de metal en la alfombra. Bitterblue entró corriendo al recibidor y se paró cuando Thiel salió con precipitación de la sala de estar. Él también se quedó parado al verla. Llevaba los brazos llenos de documentos y en sus ojos había una expresión frenética, desconsolada y rebosante de vergüenza. Clavó esos ojos en los de ella. Bitterblue aguantó firme, sin moverse.

—¿Cuánto tiempo llevas mintiéndome? —preguntó.

—Desde que la coronaron reina —respondió en un susurro.

—¡No eres mejor que mi padre! —gritó—. Te odio. Me has roto el corazón.

—Bitterblue —dijo él entonces—, perdóneme por lo que he hecho y por lo que debo hacer.

Entonces se abrió paso entre las puertas y se marchó.

38

*E*ntró corriendo a la sala de estar. La corona falsa estaba tirada en la alfombra y las páginas de Deceso habían desaparecido.

Corrió de vuelta al recibidor y abrió de un empellón las puertas que daban al pasillo. Casi había llegado al final del corredor cuando dio media vuelta, pasó corriendo por delante del estupefacto guardia lenita y llamó a la puerta de Giddon. Golpeó con fuerza una y otra vez. Por fin Giddon abrió la puerta; estaba despeinado, descalzo y medio dormido.

—¿Querrá ir a la biblioteca y asegurarse de que Deceso está sano y salvo? —le pidió Bitterblue.

—De acuerdo —contestó él, desconcertado y soñoliento.

—Si ve a Thiel, deténgalo y no lo deje marchar. Se ha enterado de que tenemos los diarios, han ocurrido un montón de cosas y creo que se propone hacer algo horrible, Giddon, pero no sé qué es.

Sin más, echó a correr otra vez.

Irrumpió como un vendaval en las oficinas de abajo.

—¿Dónde está Thiel? —gritó.

Todos los rostros de la sala se volvieron hacia ella. Rood se puso de pie y habló en voz queda:

—Creíamos que estaba con usted, majestad. Nos dijo que iba a buscarla para hablar con usted.

—Vino y se marchó —aclaró Bitterblue—. No sé adónde ha ido o lo que se propone hacer. Si viene por aquí, no dejéis que se marche, por favor.

»Por favor —repitió, volviéndose hacia Holt, que estaba sentado en una silla, junto a la puerta, mirándola con aire aturdido. Bitterblue lo asió del brazo—. Por favor, Holt, no dejes que se vaya —suplicó.

—Así lo haré, majestad —contestó el guardia graceling.

Bitterblue se alejó de las oficinas a toda carrera, sin haber hallado sosiego.

Lo siguiente que hizo fue ir a la habitación de Thiel, pero tampoco lo encontró allí.

Al salir al patio mayor, el helor del aire la traspasó como una puñalada. Los hombres del retén contra incendios entraban y salían de la biblioteca.

Bitterblue entró a toda prisa detrás de ellos, avanzó a través del humo y vio a Giddon arrodillado en el suelo e inclinado sobre el cuerpo del bibliotecario.

—¡Deceso! —gritó Bitterblue mientras corría hacia ellos; se arrodilló y la espada tintineó en el suelo—. ¡Deceso!

—Está vivo —dijo Giddon.

Temblando de alivio, Bitterblue abrazó al inconsciente bibliotecario y le besó la mejilla.

—¿Se pondrá bien? —preguntó.

—Lo han golpeado en la cabeza y tiene las manos arañadas, pero parece que eso es todo. ¿Está usted bien? Ya han apagado el incendio, pero el humo es espeso todavía.

—¿Dónde está Thiel?

—Ya se había ido cuando llegué, majestad —explicó Giddon—. El escritorio estaba ardiendo y Deceso yacía en el suelo, detrás de él, así que lo arrastré para sacarlo de ahí. Luego salí al patio y llamé a gritos al retén contra incendios, y le quité la chaqueta a un pobre tipo para intentar apagar el fuego dando golpes con la prenda. Majestad… —vaciló antes de continuar—. Lo siento, pero la mayoría de los diarios se han quemado.

—No importa. Ha salvado a Deceso. —Y entonces, al mirar a Giddon por primera vez desde que había llegado, gritó porque tenía un pómulo surcado por grandes arañazos irregulares.

—Fue el gato, majestad —la tranquilizó él—. Lo encontré escondido debajo del escritorio en llamas. Estúpido animal…

Bitterblue lo abrazó con todas sus fuerzas.

—Ha salvado a *Amoroso*.

—Sí, supongo que sí —dijo Giddon, tiznado de hollín, con sangre en la cara y una reina llorosa entre los brazos—. Venga, venga, tranquilícese. Todo el mundo está a salvo.

—¿Querrá quedarse con Deceso y vigilarlo?

422

—¿Adónde va usted?

—A buscar a Thiel.

—Majestad, Thiel es peligroso —le advirtió Giddon—. Envíe a la guardia monmarda.

—No me fío de la guardia monmarda. No confío en nadie excepto en nosotros. No me hará daño, Giddon.

—Eso no lo sabe usted.

—Sí lo sé.

—Pues que la acompañe su guardia lenita —sugirió Giddon, mirándola a los ojos con seriedad—. ¿Me promete que llevará a su guardia lenita?

—No, pero le prometo que Thiel no me hará daño. —Le bajó la cabeza y lo besó en la frente, como había hecho con Deceso. Luego se marchó a todo correr.

Ignoraba cómo, pero lo sabía. Algo en el corazón, un sentimiento más primordial debajo del dolor por la traición se lo advirtió. El miedo le dijo dónde había ido Thiel.

Tuvo la previsión, cuando salía por debajo del rastrillo al puente levadizo, de pararse delante de uno de los estupefactos guardias lenitas que no era tan enorme como los otros, y le pidió su abrigo.

—Majestad —dijo el hombre mientras se quitaba la prenda y la ayudaba a ponérsela—, será mejor que no salga. La nevada está dando paso a una ventisca.

—Siendo así, más vale que me des también el gorro y los guantes —le contestó—. Y luego ve dentro, a calentarte. ¿Thiel ha salido por aquí?

—No, majestad —respondió el guardia.

Entonces es que había ido por el túnel. Poniéndose los guantes y el gorro, Bitterblue echó a correr hacia el este.

La escalera que conducía a los transeúntes hacia el Puente Alígero estaba construida a un lado de una de las grandes cimentaciones de piedra. Escalones sin barandilla, con un viento que no acababa de decidir en qué dirección soplar, y una zona sombría que cada vez estaba más oscura conforme las nubes se volvían más compactas.

Unas huellas grandes se marcaban en la nieve recién caída en los escalones.

Rebuscando entre el abrigo que le quedaba grande por todas partes, desenvainó la espada y se sintió más segura con el arma en la mano. Después alzó el pie y lo puso en la primera huella de Thiel, y luego en la siguiente, y en la siguiente…

En lo alto de la escalera, la superficie del puente brillaba azul y blanca y el viento aullaba.

—¡No tengo miedo a las alturas! —le chilló al viento.

Gritar esa mentira la conectó con un flujo de valor que alentaba en lo más hondo de su ser, así que volvió a gritar lo mismo. El viento aulló con más fuerza para ahogar su voz.

A través de la nieve que caía logró distinguir a una persona que estaba de pie en el puente, bastante más adelante. El puente era una pendiente estrecha y resbaladiza de mármol que Bitterblue debía remontar para llegar adonde estaba Thiel.

El consejero se erguía al mismo borde del puente y asía el antepecho con las dos manos. Bitterblue corrió, espada en mano, y gritó palabras que Thiel no podía oír. La superficie debajo del golpeteo de los pies de Bitterblue sonó a madera, se volvió más flexible, más adherente con la nieve; él subió la rodilla al parapeto y Bitterblue apretó el paso aunque las piernas le pesaban, llegó a su lado, chilló, lo asió del brazo y tiró de él. Con un grito de sorpresa, perdido el equilibrio, Thiel trastabilló hacia atrás en el puente.

424

Interponiéndose entre el consejero y el parapeto, Bitterblue le puso la punta de la espada en el cuello, sin importarle que fuera un sinsentido amenazar con un arma a alguien que intentaba suicidarse.

—¡No! ¡Thiel, no! —gritó.

—¿Por qué está aquí? —espetó él mientras las lágrimas le corrían por las mejillas. Iba sin abrigo y temblaba de frío. La nieve húmeda le apelmazaba el cabello de forma que resaltaba los rasgos afilados de la cara, como los de un esqueleto—. ¿Tampoco voy a poder ahorrarle esto? ¡Se suponía que no tenía que verlo!

—Ya basta, Thiel. ¿Qué haces? ¡Thiel! ¡No lo dije en serio! ¡Te perdono!

El consejero retrocedió por el ancho del puente mientras ella lo seguía con la espada, hasta que estuvo con la espalda pegada al parapeto opuesto.

—No puede perdonarme —dijo—. No hay perdón para lo que he hecho. Ha leído lo que escribía él, ¿no? Sabe lo que nos obligaba a hacer, ¿verdad?

—Os obligaba a sanarlos para así seguir torturándolos —contestó—. Os forzaba a mirar mientras él los cortaba o las violaba a ellas. ¡No era culpa vuestra, Thiel!

—No —dijo él, con los ojos desorbitados—. No, él era el que observaba. Nosotros éramos los que los cortábamos y las violábamos. ¡Chiquillas! —gritó—. ¡Niñas pequeñas! ¡Veo sus caras!

Bitterblue se había quedado petrificada, asaltada por el vértigo.

—¿Qué? —musitó mientras la verdad, la última y total verdad, se abría paso en su mente—. ¡Thiel! ¿Leck os obligó a hacerles daño?

—Yo era su favorito —continuo él, frenético—. Su predilecto. Yo sentía placer cuando me decía que lo sintiera. ¡Lo sentía cuando los miraba a la cara!

—Thiel, te obligaba. ¡Eras su herramienta!

—Era un cobarde. ¡Un cobarde! —le gritó al viento con desesperación.

—¡Pero no fue culpa tuya, Thiel! ¡Te arrebató al hombre que eras!

—Maté a Runnemood... Lo comprende, ¿verdad? Lo arrojé por este puente para que dejara de hacerle daño a usted. He matado a tantos... He intentado poner fin a los recuerdos, necesitaba borrarlos de mi memoria, pero, en lugar de eso, resulta que cada vez todo adquiere más relevancia y es más difícil de controlar. Nunca fue mi intención que esto se nos escapara de las manos. Nunca quise decirle tantas mentiras. Se suponía que iba a acabar. ¡Pero nunca acaba!

—¡No hay nada que no pueda perdonarse, Thiel!

—No. —Thiel meneó la cabeza en un gesto de negación, sacudiéndose las lágrimas de la cara—. Lo he intentado, majestad. Lo he intentado y no sana.

—Thiel —dijo ella, ahora sollozando—. Por favor, déjame que te ayude. Por favor, por favor, apártate del borde.

—Usted es fuerte —afirmó el consejero—. Arreglará las cosas y todo irá mejor. Es una verdadera reina, como su madre. Me encontraba aquí mientras el cuerpo de Cinérea se quemaba. Cuando él incineró su cadáver en el Puente del Monstruo, yo me hallaba justo aquí y observaba. No estuve allí para honrar su muerte. Es justo que nadie honre la mía —manifestó mientras se volvía hacia el parapeto.

—No. ¡Thiel, no! —gritó. Tirando la inútil espada, lo agarró deseando que alguna parte de sí misma, alguna prolongación de su alma, se tendiera desde dentro de su ser hacia él, que lo detuviera, que lo mantuviera en el puente. Que lo sujetara allí, a salvo, con su amor.

425

«Deja de oponer resistencia, Thiel. Deja de enfrentarte a mí. ¡No, quédate, quédate aquí! No quiero que mueras.»

Soltándose de sus dedos a la fuerza, el hombre la empujó con tal ímpetu que ella cayó al suelo.

—Guárdate, Bitterblue. Libérate de esto.

Dicho esto se agarró al parapeto, se encaramó al borde y cayó al vacío.

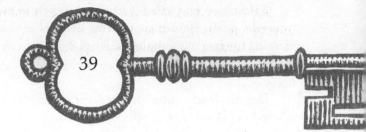

39

𝒴acía a gran altura, por encima de una impetuosa corriente de agua.

A lo mejor había fingido. A lo mejor se había marchado mientras ella tenía los ojos cerrados; había cambiado de opinión y había regresado a casa.

No. No había fingido. Ella no había cerrado los ojos un solo momento. Lo había visto.

Era preciso que se marchara de ese puente. De eso estaba muy segura. Pero no podía andar, porque el puente era demasiado alto para caminar por él. ¿Y si se quedaba allí? ¿Y si se aferraba al recuerdo de una montaña muy fría, al cuerpo de Katsa dándole calor, a los brazos de Katsa asiéndola con fuerza a la tierra?

Podía gatear. O arrastrarse. «No hay nada malo ni vergonzoso en arrastrarse si uno no puede caminar.» Había oído decir eso a alguien una vez. Alguien…

—Eh.

La voz que sonaba por encima de ella le resultaba familiar.

—Eh, ¿qué hace? ¿Está herida?

La persona a la que pertenecía la voz la tocaba con las manos y retiraba la nieve acumulada sobre ella.

—Eh, ¿puede levantarse?

Bitterblue negó con la cabeza.

—¿Es por las alturas, Chispas? ¿Puedes hablar?

Sí. No. Bitterblue movió de nuevo la cabeza para negar.

—Me estás asustando —dijo él—. ¿Cuánto tiempo llevas aquí fuera? Te voy a llevar en brazos.

—No —consiguió decir, porque levantarla en brazos era estar demasiado alto.

—Dime cuánto es cuatrocientos setenta y seis por cuatrocientos setenta y siete, ¿vale?

Zaf la alzó en brazos, recogió también la espada y la llevó a la torre del puente levadizo mientras Bitterblue se agarraba a él con todas sus fuerzas e intentaba hallar el resultado de ese cálculo.

Dentro hacía una temperatura agradable. Había braseros. Cuando él la soltó en la silla, Bitterblue le asió un brazo, sin querer soltarlo.

—Chispas —dijo él, ahora de rodillas delante de ella mientras le quitaba los guantes y el gorro y le tocaba las manos y la cara—, esto no es un desmayo por el frío, y me da la impresión de que más bien es vértigo por miedo a las alturas. La última vez que tuviste esta reacción, al menos te quedaban fuerzas para mover la lengua y maldecirme.

Bitterblue le agarraba el brazo con tanta fuerza que creyó que se le romperían los dedos. Y entonces él la rodeó con el otro brazo y la estrechó contra sí. Ella transfirió la fuerza con que le asía el brazo al torso de Zaf y lo abrazó también. Temblando.

428

—Dime qué ha pasado —le preguntó Zaf.

Lo intentó. Lo intentó de verdad. Le fue imposible.

—Susúrramelo al oído.

La oreja de Zaf estaba caliente en contraste con la frialdad de su nariz. El pendiente de oro del lóbulo era firme y reconfortante contra sus labios. Cuatro palabras. Solo hacían falta cuatro palabras y él lo entendería.

—Thiel —musitó—. Saltó del puente.

Él reaccionó a la noticia en silencio, luego exhaló, y a continuación se estremeció. Después se movió, se levantó y rebulló hasta que estuvo sentado en la silla, con ella en el regazo y abrazándola con fuerza mientras Bitterblue temblaba.

Se despertó cuando él la acostaba sobre mantas extendidas en el suelo.

—Quédate conmigo —pidió—. No te vayas.

Zaf se tumbó a su lado y la rodeó con los brazos. Se quedó dormida.

Υ

Volvió a despertarse al sonido de unas voces que hablaban bajo. Manos cariñosas. Gente inclinándose sobre ella con los abrigos cubiertos de nieve.

—Se pondrá bien —dijo Raffin.

La voz de Zaf dijo algo sobre la nieve.

—Quizá deberían quedarse aquí —añadió.

La voz de Po respondió algo sobre caballos, y algo de que era muy peligroso atraer la atención. ¡La voz de Po! Po la tenía abrazada y le besaba la cara.

—Cuida de ella —dijo—. La estaré esperando al pie del puente, cuando la tormenta haya pasado.

Entonces volvió a estar sola con Zaf.

—¿Po? —llamó mientras se giraba, confusa.

—Ha estado aquí —contestó Zaf.

—Zaf, ¿me perdonas? —preguntó, localizando el rostro de él en la penumbra.

—¡Chist! —Zaf le acarició el pelo, las coletas sueltas—. Sí, majestad. Ya la perdoné hace tiempo.

—¿Por qué lloras?

—Por muchas cosas —contestó él.

Bitterblue le limpió las lágrimas. Se quedó dormida.

429

Despertó de una pesadilla de estar cayendo al vacío. Cinérea, ella, huesos, todos, todo… Todo caía. Despertó con un grito y sacudiéndose, y al principio se sorprendió y después se quedó anonadada al descubrir que Zaf estaba acostado a su lado y la abrazaba, la consolaba… Porque esta vez estaba realmente despierta y, junto con Zaf, todas las otras verdades del mundo de vigilia volvieron de golpe a su mente. Así pues, se aferró a él para ahuyentarlas, se apretó contra él. Sintió el cuerpo de Zaf contra ella a todo lo largo; sintió sus manos. Oyó el susurro de su voz y dejó que le acariciara los oídos y la piel. Lo besó. Y cuando él respondió a sus besos, lo besó más.

—¿Estás segura de que deseas esto? —susurró él cuando fue evidente lo que estaba pasando—. ¿Estás segura de estar segura?

—Sí. ¿Y tú? —respondió en otro susurro.

Lo que había pasado la hizo volver a ser ella. Porque Zaf le recordó lo que era la confianza, su capacidad para consolar, su buena disposición a ser amada. Así que después, cuando el dolor del recuerdo volvió de golpe, fuerte e implacable, tuvo fuerza para soportar eso y a un amigo que la abrazaba mientras sollozaba.

Lloró por la parte de su alma que había estado aferrada a Thiel y que había caído con él al agua, la parte de sí misma que le había arrancado al saltar. Lloró por su fracaso al intentar salvarlo. Sobre todo, lloró por lo que había sido la vida de Thiel.

—Se acabaron las pesadillas —susurró Zaf—. Sueña algo que te reconforte.

—Quiero creer que fue feliz a veces.

—Chispas, estoy convencido de ello.

Le vino a la memoria la imagen de la habitación de Thiel, austera y desolada.

—Jamás lo vi alegre. No sé de nada con lo que disfrutara.

—¿A quién amaba?

La pregunta la dejó sin aliento.

—A mi madre —musitó—. Y a mí.

—Sueña con ese amor.

Soñó con su boda. No veía con quién se estaba casando porque esa persona nunca entró en escena, y tampoco importaba. Lo importante era que sonaba música interpretada por todos los instrumentos musicales del castillo, y la música hacía feliz a todos, y ella bailaba con su madre y con Thiel.

430

Era muy temprano por la mañana cuando el estómago la despertó por el hambre. Abrió los ojos a la luz y al extraño consuelo del sueño. Luego, el recuerdo. Todo de nuevo: el dolor, Thiel resistiéndose a sus peticiones, Thiel empujándola, el llanto, la pena. Zaf. La nieve había dejado de caer y el cielo azul resplandecía a través de tres pequeños ventanucos redondos. Zaf dormía a su lado.

No era justo el aspecto tan inocente que tenía estando dormido. Tampoco era justa esa reciente contusión alrededor del ojo ni el color purpúreo que se notaba a través de los tatuajes lenitas en los brazos. Ella no había reparado en esas magulladuras el día anterior, en la penumbra; y, desde luego, él no había dado la menor señal de que lo molestaran, como si no las tuviera.

Qué leal y qué dulce había sido con ella; y sin que ella se lo pidiera. Tan presto para amar como lo era para la ira; tan presto para la calidez como para la necedad; y tenía una ternura que nunca habría imaginado en él. Se preguntó si una podía amar a alguien a quien no entendía.

Zaf parpadeó y abrió los ojos, suaves iris púrpuras brillaron sobre ella. Al verla, sonrió.

«Sueña algo bonito, como los bebés», y lo había soñado. «Sueña con ese amor.»

—¿Zaf?

—Dime.

—Creo que sé cuál es tu gracia.

Era un don para los sueños. Eran tan extraños y lo dejaban a uno con una sensación tan irreal que ¿cómo iba uno a darse cuenta de la peculiaridad de su naturaleza cuando los mismos sueños se desarrollaban de un modo tan extraño?

La gracia de otorgar sueños era un don bellísimo para alguien a quien le eran muy preciados y no solía tenerlos. Se lo dijo así mientras se ceñía las correas de los cuchillos y él trataba de convencerla de que se quedara un poco más.

—Tenemos que experimentar —arguyó Zaf—. Hemos de probar si es verdad. ¿Y si puedo darte un sueño con solo desearlo, sin decir palabra? ¿Y si puedo darte un sueño muy pormenorizado, como a Teddy con calcetines rosas y sosteniendo un pato? Aquí tengo comida, ¿sabes? Debes de estar hambrienta. Quédate y come algo.

—No voy a comerme la comida que tú necesitas —declaró Bitterblue mientras se ponía el vestido—. Además, si no aparezco se preocuparán por mí, Zaf.

—¿Crees que podría darte sueños malos?

—No me cabe la menor duda. Te vas a quedar aquí ahora que ha amanecido, ¿verdad?

—Mi hermana está enferma.

—Lo sé. Y me han dicho que se pondrá bien. He enviado a Madlen para que se ocupe de ella. En cuanto tenga alguna noticia, mandaré a alguien que te ponga al corriente; lo prometo. Entiendes que debes quedarte aquí, ¿a que sí? No te arriesgarás a que alguien te vea, ¿verdad?

—Me voy a volver loco de aburrimiento en esta habitación, ¿no crees? —Zaf suspiró, luego apartó la manta a un lado y alargó la mano hacia su ropa.

—Espera —dijo Bitterblue.

—¿Qué? —preguntó él, con una mirada irritada—. ¿Qué pasa…?

Bitterblue no había visto nunca a un hombre desnudo. Decidió

431

que el universo le debía unos minutos, solo unos pocos, para satisfacer su curiosidad. Así que se acercó y se arrodilló a su lado, lo cual bastó para que él dejara de protestar.

—Te daré un sueño —le susurró Zaf al oído—. Un sueño maravilloso. Pero no te lo voy a decir.

—¿Un experimento? —preguntó ella con un atisbo de sonrisa.

—Un experimento, Chispas.

Bitterblue sabía que andar por el puente sería más o menos horrible, así que se obligó a caminar con rapidez hasta el centro, tan lejos del borde como era posible. El viento había encalmado en algún momento a lo largo de la noche y la nieve se había acumulado, algo que era de agradecer. Abrirse paso entre ella la distraía lo bastante para no pensar dónde estaba.

También ayudaba saber que Zaf vigilaba desde la torre del puente levadizo y saldría a plena luz del día para acudir en su ayuda si se paraba o si sufría un ataque de pánico o se caía. Ocultaría el miedo y seguiría adelante; sí, una vez puesta a ello, aunque estuviera aterrada podía continuar.

Después de lo que le pareció toda una vida, se encontró en la escalera, y allí dejó de importarle lo que viera Zaf. A gatas, se acercó a los escalones y los evaluó. La nieve se había amontonado de forma irregular a través de los peldaños. Al pie de la escalera había una persona; una capucha ocultaba la cara y el pelo, pero se la retiró hacia atrás. Po.

Bitterblue se sentó en el escalón de arriba y se puso a gritar.

Po subió hacia ella, se sentó a su lado, en la parte exterior del escalón, y la rodeó con el brazo. Qué alivio no tener que hablar ni explicar nada. Qué alivio para ella recordarlo y que él lo supiera.

—No es culpa tuya, cariño.

No, Po. Vale ya... No.

—De acuerdo, lo siento.

Lo que hizo fue quitarle el gorro a Bitterblue, recogerle el cabello suelto y volver a ponerle el gorro de forma que no se le viera el pelo. Luego le subió el cuello del abrigo y le encasquetó más el gorro. Por último, se puso de pie al borde y bajaron así, sin dejar de rodearla con el brazo; después la condujo por los callejones vacíos hasta una puerta estrecha que había en un muro.

Al otro lado de esa puerta se extendía un túnel muy largo, muy oscuro y muy húmedo.

Cuando por fin llegaron al final del túnel y la luz se coló por la rendija que tenía en la parte inferior de una puerta, Po habló:

—Aguarda un momento. Hay demasiada gente ahora mismo.

—¿Vamos a salir al corredor este? —preguntó Bitterblue.

—Sí, y cruzaremos al pasadizo secreto que sube hacia los aposentos de tu padre.

—¿Por qué vamos a hurtadillas?

—Para que todo el mundo crea que regresaste al castillo ayer, nos contaste lo de Thiel y has estado en tus aposentos desde entonces —le explicó Po.

—Y que así nadie recuerde la existencia de la torre del puente levadizo —conjeturó.

—En efecto.

—O se pregunte cómo sabíais todos vosotros lo de Thiel.

—Sí.

—¿Se lo habéis dicho ya a los demás?

—Ajá.

Oh, gracias. Gracias por ahorrarme tener que hacerlo yo.

—Muy bien, en marcha —dijo Po—. Deprisa.

Los recibió la luz brillante al salir al pasillo. Cruzaron hacia un tapiz de un gato montés de pelaje verde, detrás del cual pasaron a través de otra puerta y de nuevo a la oscuridad porque no llevaban farol, así que Po tuvo que advertirle mientras subían el tortuoso pasadizo cada vez que había un escalón. 433

Por fin salieron por detrás de otro pesado tapiz a los aposentos de Leck. Bitterblue subió la escalera de caracol a trompicones. Al llegar arriba, Po tocó con los nudillos. Se oyó el chasquido de la cerradura al girar una llave. Cuando se abrió la puerta, Bitterblue cayó en los brazos amorosos de Helda, que la esperaban.

40

*L*os paquetes de hierba doncella estaban guardados en un armario del cuarto de baño. No había imaginado que se sentiría tan... perdida, la primera vez que se tomara esas hierbas.

De vuelta en el pasillo, empujó las puertas.

—Un baño y un desayuno le vendrán bien, majestad, antes de reunirse con su personal —sugirió Helda con suavidad—. Ropa limpia. Borrón y cuenta nueva.

—No existe tal cosa. Nada vuelve a empezar de cero.

—¿Necesita ver a Madlen para algo, majestad?

Bitterblue quería ver a la sanadora, pero no necesitaba verla.

—Creo que no.

—¿Y por qué no le pido que venga aquí, majestad? Por si acaso.

Así pues, Helda y Madlen la ayudaron a entrar en la tina para poner en remojo la suciedad y el sudor y que el agua se los llevara; la ayudaron a lavarse el cabello; se llevaron la muda sucia y le trajeron ropa limpia. Madlen charlaba en voz baja, y su peculiar y extraño acento iba calando en ella. Bitterblue se preguntó si habría señales en su cuerpo de haber pasado la noche con Zaf, si Helda y Madlen lo notarían. O señales de los forcejeos con Thiel. No le importaba, siempre y cuando no hicieran preguntas. Tenía la vaga sensación de que las preguntas harían añicos el caparazón que la protegía.

—Bren y mis guardias, ¿están todos bien? —preguntó.

—Tienen muchas molestias, pero se pondrán bien —contestó Madlen—. Volveré a visitar a Bren hoy, más tarde.

—Prometí a Zaf que lo mantendría informado —explicó.

—Lord Giddon irá a ver a Zafiro cuando anochezca para ver cómo va todo, majestad —informó Helda—. Le hará llegar todas las noticias que tengamos.

—¿Y cómo se encuentra Deceso?

—Muy deprimido —dijo Madlen—. Pero, por lo demás, está mejorando.

No esperaba que el desayuno le sentara bien, de modo que, al ocurrir todo lo contrario, experimentó por primera vez una nueva clase de culpabilidad. No tendría que ser tan fácil alimentarse, su estómago no debería sentirse tan a gusto con la comida que lo llenaba. Ella no debería desear vivir cuando Thiel había querido morir.

En la enfermería, sus dos guardias lenitas parecieron muy agradecidos por su visita y por darles las gracias.

Deceso estaba sentado en la cama, con un vendaje ladeado en la cabeza.

—Todos esos libros perdidos —gimió—. Libros irreemplazables. Majestad, Madlen dice que no puedo trabajar hasta que la cabeza deje de dolerme, pero creo que me duele por la falta de trabajo.

—Eso suena un tanto inverosímil, Deceso, con el golpe que tienes en el cráneo —contestó con suavidad—. Pero comprendo lo que quieres decir. ¿Qué trabajo te apetecería hacer?

—Los diarios que queden, majestad —respondió con voz ferviente—. En el que estaba trabajando ha sobrevivido al fuego, y lord Giddon me ha dicho que unos pocos más también se han salvado. Los tiene él. Ardo en deseos de verlos, majestad. Estaba tan cerca de comprender cosas… Creo que algunas de sus remodelaciones inauditas y más peculiares en el castillo y la ciudad eran un intento de dar vida aquí a un mundo nuevo, majestad. Del mundo del que venía, es de suponer, como la rata de vivos colores. Creo que trataba de transformar este mundo en ese otro. Y creo que esa puede ser una tierra de avances médicos considerables, razón por la cual estaba obsesionado con su disparatado hospital.

—Deceso, ¿alguna vez te ha dado la impresión, mientras leías cosas sobre su hospital, que no fuera él sino su personal quien hacía esas cosas horribles a las víctimas? —preguntó en voz queda—. ¿Que con frecuencia él se quedaba aparte y observaba?

El bibliotecario estrechó los ojos y enseguida los abrió mucho.

—Eso explicaría algunas cosas, majestad —dijo—. A veces habla de las contadas víctimas «que reservaba para él». Lo cual podría significar que compartía las otras, ¿verdad? Presumiblemente con otros maltratadores.

—Los maltratadores también eran sus víctimas.

435

—Sí, por supuesto, majestad. De hecho, habla de momentos en que «los otros», quizá sus hombres, se daban cuenta de lo que estaban haciendo. No se me había ocurrido hasta ahora, majestad —comentó malhumorado—, preguntarme a qué otros se refería o qué era en realidad lo que hacían.

Al recordar a sus hombres, Bitterblue se puso de pie y se preparó para lo que venía a continuación.

—Será mejor que me vaya —anunció.

—Majestad, ¿podría pedirle que me haga otro favor de camino a la oficina?

—Dime.

—A usted… —Hizo una pausa—. Puede que a usted no le parezca importante, majestad, habida cuenta de las muchas preocupaciones que tiene.

—Deceso, eres mi bibliotecario. Si puedo hacer algo para que te sientas mejor, dime qué es.

—Bueno, tengo un cuenco con agua para *Amoroso* debajo del escritorio, majestad. Debe de estar vacío, si es que sigue allí. *Amoroso* estará desorientado por mi ausencia, ¿comprende? Pensará que lo he abandonado. Puede arreglárselas bien alimentándose con los ratones de la biblioteca, pero no saldrá de allí y no sabrá dónde encontrar agua. Le gusta mucho, majestad.

Así que a *Amoroso* le gustaba mucho el agua.

El escritorio solo era un armazón roto y ennegrecido; debajo, el suelo estaba destrozado. El cuenco, verde como un valle monmardo, yacía boca abajo a cierta distancia del escritorio. Bitterblue lo sacó de la biblioteca al patio mayor y, tiritando, se acercó al estanque de la fuente. El cuenco, una vez lleno, estaba tan frío que le quemaba los dedos.

En la biblioteca se planteó qué hacer, y después se arrodilló detrás del destripado escritorio y colocó el agua debajo de una esquina. No parecía muy compasivo atraer a *Amoroso* hasta una ruina maloliente, pero, si era allí donde estaba acostumbrado a encontrar su agua, puede que entonces fuera allí donde la buscaría.

Oyó un gruñido en un tono felino que reconoció. Asomándose debajo del escritorio, vio un bulto de oscuridad y el latigazo amenazador de una cola.

Con precaución, deslizó la mano a mitad de camino por debajo del escritorio hacia el gato para que él decidiera acercarse o no hacer caso. Eligió atacar. Bufando y veloz, la golpeó con la zarpa y después retrocedió de nuevo.

Ahogando un grito, Bitterblue sostuvo la mano arañada contra el pecho, porque sabía cómo se sentía el pobre animal y lo comprendía perfectamente.

En la escalera, al aproximarse a las oficinas, Po le salió al paso.

—¿Me necesitas? —preguntó—. ¿Quieres que yo o cualquier otra persona entremos ahí contigo?

De pie ante el extraño brillo en los ojos de su primo, Bitterblue se planteó la propuesta.

—Te necesitaré muchas veces en los próximos días —contestó tras meditarlo—. Y necesitaré esa ayuda en algún momento en el futuro, Po. Tu ayuda centrada de forma exclusiva en mi corte, en mi administración y en Monmar, sin otras distracciones. Pero no mientras estés también participando en una revolución elestina. Una vez que esté instaurado el orden en Elestia, quiero que vuelvas aquí durante una corta temporada. ¿Aceptas?

—Sí, te lo prometo.

—Creo que necesito hacer sola lo que he de hacer ahora —dijo—. Aunque no tengo ni idea de qué voy a decirles. No tengo ni idea de qué hacer.

Po ladeó la cabeza, sopesándola.

—Ambos, Thiel y Runnemood, siempre estuvieron al frente de todo. Y han muerto, prima —dijo después—. Tus hombres estarán buscando un nuevo líder.

Cuando entró en las oficinas del piso de abajo, la sala estaba en silencio. Todas las caras se volvieron hacia ella. Bitterblue trató de pensar en ellos como hombres que necesitaban un nuevo cabecilla.

Lo chocante era que no le resultaba en absoluto difícil. Le sorprendió la necesidad que se reflejaba con claridad en los rostros y en los ojos de todos. Necesidad de muchas cosas, porque la miraban como hombres perdidos, enmudecidos por el desconcierto y avergonzados.

—Caballeros —empezó con tranquilidad—, ¿cuántos de ustedes han estado involucrados en la eliminación sistemática de verdades de la época de Leck?

No respondió ninguno, y muchos bajaron los ojos.

437

—¿Hay alguien aquí que no estuviera involucrado de un modo u otro?

De nuevo, no hubo respuesta alguna.

—Muy bien —dijo, un poco falta de aliento—. Siguiente pregunta. ¿A cuántos de ustedes obligó Leck a hacerles cosas atroces a otras personas?

Todos volvieron a alzar los ojos para mirarla, cosa que la dejó pasmada. Había temido que la pregunta provocara el desmoronamiento de todos. En cambio, la miraron a la cara, casi con esperanza; y, al sostenerles la mirada, por fin vio la verdad escondida detrás del aletargamiento, en el fondo de los ojos faltos de vida de todos.

—No fue culpa vuestra —dijo—. No fue culpa vuestra, y ahora todo ha terminado. Se acabó hacer daño a la gente, ¿comprendido? Se acabó hacer daño a una sola alma más.

Las lágrimas resbalaban por las mejillas de Rood. Holt se acercó a ella y cayó de hinojos a sus pies. La tomó de la mano y sollozó.

—Holt. —Bitterblue se agachó hacia el hombre—. Holt, te perdono.

Sonó la queda exhalación de un suspiro generalizado en la sala, un silencio que parecía preguntar si también merecía el perdón. Bitterblue sintió la pregunta de todos ellos y permaneció de pie allí, debatiéndose para hallar la respuesta. No podía sentenciar a todos los culpables que había en la sala a un periodo de encarcelamiento y dejarlo en eso, porque esa decisión no cambiaría nada del verdadero problema que anidaba en sus corazones. Tampoco podía apartarles del trabajo y echarlos a la calle, porque, si dejaba que se las arreglaran solos, probablemente seguirían haciendo daño a la gente y algunos de ellos a sí mismos.

«Se acabó que las personas se hagan daño a sí mismas —pensó—. Pero tampoco puedo dejar que sigan igual, con su trabajo… porque no confío en ellos.»

Había pensado que una reina era una persona que realizaba grandes cosas, como devolver la alfabetización a la ciudad y al castillo; abrir la Corte Suprema a la petición de indemnizaciones de todas las partes del reino; acoger al Consejo mientras ayudaba a los elestinos en el destronamiento de un rey injusto y ocuparse de lo que quiera que Katsa encontrara al otro extremo del túnel; decidir, cuando Ror llegara con su armada, cuántos barcos necesitaría Monmar para crear una flota y cuántos podría permitirse.

«Pero mejorar la condición de estos hombres que mi padre convirtió en sus cómplices es igual de importante —pensó—. Como lo es permanecer a su lado en el dolor de su curación.

»¿Cómo voy a ser capaz de cuidar de tantos hombres?»

—Hay muchas cosas que tenemos que hacer y deshacer —dijo—. Voy a separaros en equipos y asignar a cada equipo un aspecto de la tarea. En cada grupo habrá gente nueva, monmardos ajenos a esta administración. Les informaréis a ellos, como harán ellos con vosotros; unos y otros trabajaréis en estrecha colaboración. Comprendéis que la razón de involucrar a otras personas es que no puedo confiar en vosotros.

Hizo una pausa para dar opción a que cada flecha, pequeña y necesaria, los alcanzara a todos. «Necesitan que vuelva a confiar en ellos, o no se sentirán capaces de resistir.»

—Sin embargo, cada uno de vosotros tiene ahora la oportunidad de recobrar mi confianza —continuó—. No requeriré a nadie que vuelva a tratar lo relacionado con los abusos del rey Leck. Eso se lo dejaré a otros que no sufrieron maltratos de él de forma tan directa. No permitiré que nadie os haga responsables ni os mortifique por las cosas que hicisteis entonces, que él os forzó a hacer. También os perdono, personalmente, por los delitos cometidos desde entonces. Pero... puede que otros no perdonen, y esas personas tienen el mismo derecho que vosotros a que se haga justicia. Nos aguarda una época difícil y sórdida —comentó—. ¿Lo comprendéis?

439

Los rostros afligidos la miraron a la cara. Algunos asintieron con la cabeza.

—Os ayudaré a cada uno de vosotros de la mejor manera que esté en mi mano —añadió—. Si hubiese juicios, testificaré a vuestro favor porque entiendo que pocos de vosotros pertenecíais a la cúpula de la cadena de mando, y entiendo que mi padre os obligó durante años, a algunos de vosotros durante décadas, a obedecer. Quizás algunos ignoréis cómo actuar si no es obedeciendo. No es culpa vuestra.

»Otra cosa más. He dicho que no os haré revivir los tiempos del rey Leck, y hablo en serio. Pero hay personas, muchas, para las que es importante hacerlo. Hay personas que necesitan hacerlo para recuperarse. No desapruebo vuestra necesidad de sanar esas heridas a vuestro modo, pero vosotros no interferiréis en la forma de curación de otros. Comprendo que lo que ellos hacen interfiere en la vuestra. Sé que es una paradoja. Pero no toleraré que ninguno de vosotros encubra los crímenes de Leck con otros crímenes. Cualquiera que continúe con esa eliminación de hechos ocurridos en tiempos de Leck perderá por completo mi confianza y mi compromiso de ayuda. ¿Queda entendido?

Bitterblue miró a todos los presentes de uno en uno, esperando un gesto de darse por enterados. No alcanzaba a entender que hubiese trabajado con esos hombres durante tantos años y no se hubiera dado cuenta nunca de todo lo que traslucían aquellos rostros. Eso la hizo sentirse avergonzada; y ahora dependían de ella. Se notaba en sus ojos, e ignoraban que solo era una charlatana, que los equipos que según ella iba a crear no los sustentaba una base sólida, un plan, nada salvo sus palabras. Sus palabras que estaban vacías. Ya puesta, podría haberles dicho que todos construirían un castillo en el aire.

En fin. Más valía que empezara por algún sitio. Demostrar confianza era, quizá, más importante que sentirla en realidad.

—Holt —llamó.

—Sí, majestad —respondió el guardia con brusquedad.

—Holt, mírame a la cara. Tengo un trabajo para ti y cualquiera de los hombres de la guardia real que tú elijas.

Eso hizo que Holt volviera la vista hacia ella.

—Haré lo que sea, majestad.

—Bien. —Bitterblue asintió con un cabeceo—. Hay una cueva al otro lado del Puente Invernal. Tu sobrina sabe dónde se encuentra. Es la guarida de una ladrona llamada Fantasma y de su nieta, Gris, a quien tal vez conozcas como mi criada Raposa. Esta noche, ya tarde, cuando Fantasma y Raposa se encuentren dentro, quiero que irrumpáis en la cueva, las arrestéis a ellas y a sus guardias y recojáis todos los objetos que haya dentro. Habla con Giddon —añadió, porque el noble era el siguiente que tendría que ir a ver a Zaf—. Tiene acceso a información sobre la cueva. Es posible que pueda decirte cómo tienen organizadas las guardias y dónde están las entradas.

—Gracias, majestad —dijo Holt, que lloraba otra vez—. Gracias por confiarme esta tarea.

Entonces Bitterblue miró las caras de los dos consejeros que le quedaban, Rood y Darby, y supo que lo que iba a hacer a continuación no iba a facilitarle las cosas, sino todo lo contrario.

—Subid conmigo a mi despacho —les dijo a los dos.

—Sentaos —indicó Bitterblue.

Darby y Rood se dejaron caer en las sillas como hombres derrotados. Rood seguía llorando, y Darby estaba sudoroso y temblaba. Estaban desolados, como ella, que detestaba tener que hacer esto.

—He dicho abajo que creo que poca gente estaba en la cúpula de esta cadena de mando —empezó—. Pero vosotros dos lo estabais, ¿no es cierto?

Ninguno respondió. Bitterblue empezaba a hartarse de que no le respondieran.

—Lo organizasteis desde el principio, ¿verdad? En realidad, lo que significa toda esa innovación con visión de futuro es la supresión del pasado. Danzhol, antes de que yo lo matase, insinuó que el propósito de los fueros de ciudades era evitar que escarbara en la verdad de lo que ocurría en mis ciudades, y me reí de él, pero ese es exactamente el propósito que tenían, ¿no es cierto? Barrer el pasado debajo de la alfombra y fingir que es posible hacer borrón y cuenta nueva, empezar de cero. También lo eran los indultos generales para todos los crímenes cometidos durante el reinado de Leck. Y la carencia de educación en las escuelas, porque es más fácil controlar lo que es notorio cuando la gente no sabe leer. Y, lo peor de todo, la selección específica de cualquiera que trabajara contra vosotros para quitarlo de en medio. ¿Cierto? —Respiró hondo antes de concluir—. Caballeros. ¿Es eso todo o me he dejado algo? Responded —ordenó, cortante.

—Sí, majestad —susurró Rood—. Eso y saturar a su majestad con documentos para que se quedara en la torre y se sintiera demasiado abrumada para sentir curiosidad.

441

Bitterblue lo miró sin salir de su asombro.

—Me diréis cómo funcionaba y quién más estaba involucrado, además de los hombres de abajo. Y me diréis si había alguien más al frente de esto.

—Nosotros éramos los que estábamos al frente, majestad —susurró Rood de nuevo—. Sus cuatro consejeros. Dábamos las órdenes. Pero hay otros que han estado muy involucrados.

—Thiel y Runnemood eran más culpables que nosotros —intervino Darby—. Fue idea suya. Majestad, dijo que nos perdonaba. Dijo que testificaría a nuestro favor si había juicios, pero ahora está muy furiosa.

—¡Darby! —gritó Bitterblue con exasperación—. ¡Por supuesto que estoy furiosa! ¡Me habéis mentido, me habéis manipulado! ¡Se seleccionó a mis amigos para matarlos! ¡Una de mis amigas está postrada en cama porque intentasteis quemarle la imprenta!

—No queríamos hacerle daño, majestad —protestó Rood, desesperado—. Estaba imprimiendo libros y enseñando a la gente a leer. Tenía papeles, y moldes de tipos con unos símbolos extraños que nos asustaban y nos confundían.

—¿Y por eso le prendisteis fuego? ¿Eso es también parte de vuestro método? ¿Destruir cualquier cosa que no entendéis?

Ninguno de los dos dijo nada. En realidad, era como si ninguno de ellos estuviera presente allí, en las sillas.

—¿Y el capitán Smit? —espetó—. ¿Hay alguna posibilidad de que vuelva a verlo?

—El capitán quería decirle a usted la verdad, majestad —musitó Rood—. Mentirle a usted a la cara le estaba causando una enorme tensión. Thiel pensó que estaba soportando una gran carga, ¿comprende?

—¿Cómo habéis llegado a considerar con tanta indiferencia la vida o la muerte de personas? —increpó, fuera de sí.

—Es más fácil de lo que podría imaginar, majestad —contestó Rood—. Solo hace falta no pensarlo, evitar los sentimientos y comprender que ser indiferente con lo que le pase a la gente es todo cuanto se le da bien hacer a uno.

Treinta y cinco años. Bitterblue no estaba segura de que alguna vez fuera capaz de comprender lo que había sido para ellos. No era justo que, casi una década después de su muerte, Leck siguiera matando gente; que Leck siguiera atormentando a los mismos que había atormentado; que la gente cometiera actos atroces con tal de borrar otros actos atroces que ya habían cometido.

—¿E Ivan, el ingeniero loco? ¿Qué le ocurrió? —preguntó.

—Runnemood pensó que estaba llamando mucho la atención sobre sí mismo y, por ende, sobre el estado de la ciudad, majestad —susurró Rood—. Usted misma protestó por su incompetencia.

—¿Y Danzhol?

—Oh. —Rood respiró hondo—. No sabemos qué le pasó a Danzhol, majestad. Leck tenía unos pocos amigos especiales que lo visitaban y que, sin saber cómo, acababan en el hospital; Danzhol había sido uno de ellos. Eso lo sabíamos, por supuesto, pero ignorábamos que se hubiese vuelto loco e intentara raptarla a cambio de dinero. Thiel se sintió muy avergonzado después, porque Danzhol le había preguntado con anterioridad cuánto os valoraba la administración, majestad, y Thiel pensó, mirando atrás, que quizá debería haber imaginado el propósito de esa pregunta.

—¿Danzhol planeaba pediros rescate para que volviera con vosotros?

—Eso creemos, majestad. Ningún otro grupo habría pagado tanto para que regresara.

—¿Cómo puedes decir eso cuando os estabais esmerando en hacer de mí una inútil? —gritó.

—¡No habríais sido inútil, majestad, una vez que hubiésemos erradicado todo lo que había ocurrido! —declaró Rood—. ¡Usted era nuestra esperanza! Quizá tendríamos que haber mantenido a Danzhol más cerca e involucrarlo más en la represión. Podríamos haberle nombrado juez o ministro. Tal vez entonces no se habría vuelto loco.

—Eso parece poco probable —contestó Bitterblue con incredulidad—. Nada de lo que dices tiene lógica. Yo tenía razón cuando pensaba que Runnemood era el que estaba menos chiflado de todos vosotros; al menos él entendía que vuestro plan no funcionaría mientras yo siguiera viva. Testificaré a vuestro favor —continuó—. Testificaré explicando el daño que Leck os hizo y el modo en que Thiel y Runnemood pudieron coaccionaros. Haré cuanto esté en mi mano, y me aseguraré de que se os trate con imparcialidad. Pero los dos sabéis que, en vuestro caso, no es cuestión de «si» hay un juicio o no. Los dos tenéis que ser juzgados. Se ha asesinado a gente. Yo misma estuve a punto de morir estrangulada.

—Todo eso fue cosa de Runnemood —intervino Darby, frenético—. Fue demasiado lejos.

—Todos habéis ido demasiado lejos —manifestó Bitterblue—. Darby, entra en razón. Todos habéis sobrepasado los límites de lo tolerable, y sabes que no puedo dejaros libres. ¿Cómo iba a hacer algo así? ¿Liberar a los consejeros protectores de la reina que conspiraron para matar ciudadanos inocentes y que utilizaron todos los recursos de su administración para lograr su propósito? Seréis encarcelados, los dos, como cualquier otro que haya estado muy involucrado. Permaneceréis en prisión hasta que, después de hacer una criba, haya seleccionado personas fiables para que investiguen vuestros delitos, y magistrados que gocen de mi confianza para juzgaros con equidad y comprensión por todo lo que habéis sufrido. Si se os declara inocentes y se os pone de nuevo bajo mi custodia, respetaré la resolución del tribunal. Pero yo jamás os otorgaré mi perdón.

Rood enterró la cara en las manos.

—No sé cómo nos vimos atrapados todos en esto —susurró—. No lo entiendo. Aún no consigo comprender qué ocurrió.

Bitterblue sentía como si sus palabras estuvieran saliendo de un núcleo profundo, hueco, despiadado y estúpido, pero las pronunció, a pesar de todo:

—Bien. Ahora quiero que los dos escribáis para mí cómo funcionaba ese colectivo que dirigíais, qué se hacía y quién más estaba involucrado. Rood, tú te quedas aquí, en mi escritorio —dijo mientras le tendía pluma y papel—. Darby, tú trabajarás allí —dijo, señalando

443

la escribanía de Thiel—. Informes por separado. Cuidad que sean coincidentes.

No hubo alivio en hacer tan patente su desconfianza. No hubo alegría en despojarse de dos personas cuyas mentes había necesitado y de las que había dependido para dirigir esas oficinas. Y qué horrible mandarlos a prisión. Un hombre que tenía familia y, en algún rincón dentro de sí, un alma afable; y otro hombre que ni siquiera podía encontrar escapatoria en el sueño.

Cuando hubieron acabado, ordenó a miembros de la guardia real que los escoltaran a prisión.

A continuación mandó llamar a Giddon.

—Majestad, no tiene buen aspecto —dijo cuando entró—. Bitterblue.

Cruzó el despacho en dos zancadas, se agachó junto a ella y la tomó por los brazos.

—Si me toca —dijo, con los ojos cerrados y los dientes apretados—, perderé los estribos, y no pueden verme en ese estado.

—Agárrese a mí y respire despacio. No va a perder los estribos. Lo que ocurre es que está sometida a una gran tensión. Cuénteme qué pasa.

—Me estoy enfrentando… —empezó, y se quedó callada. Cerró las manos alrededor de los antebrazos de Giddon e hizo una lenta inspiración—. Me estoy enfrentando a una catastrófica escasez de personal. Acabo de mandar a la cárcel a Darby y a Rood. Y mire esos papeles.

Señaló las páginas que había en el escritorio llenas de garabatos de Darby y Rood. Cuatro de los ocho jueces de la Corte Suprema habían estado involucrados en la eliminación de los hechos acaecidos en el reinado de Leck, condenando a gente inocente y a gente a la que había que callar. También había estado Smit, por supuesto, y el jefe de prisiones. Asimismo, había estado el ministro de calzadas y cartografía, el ministro de tributos, varios lores y el jefe de la guardia monmarda en Porto Mon. Eran tantos los miembros de la guardia monmarda que habían aprendido a hacer la vista gorda que a Rood y Darby les habría sido imposible incluir los nombres en la lista. Y luego estaban la hez de la gentuza, los criminales y los descarriados de la ciudad a los que se había pagado u obligado a llevar a cabo los actos de violencia.

—Está bien —dijo Giddon—. Eso es malo. Pero este reino está

lleno de gente, ¿sabe? Ahora mismo se siente sola, pero va a reunir un equipo realmente magnífico. ¿Sabe que Helda se ha pasado todo el día haciendo listas?

—Giddon —dijo, medio atragantada por una risa un tanto histérica—. Me siento sola porque lo estoy. La gente no deja de traicionarme y de abandonarme.

Y de pronto dejó de tener importancia perder el control durante dos minutos y apoyarse en el hombro de Giddon hasta que se le pasara el mareo, porque él era alguien en quien confiaba y no se lo contaría a nadie, y se le daba bien sostenerla en sus firmes y fuertes brazos.

Cuando empezó a respirar de forma más regular y se limpió los ojos y la nariz en el pañuelo que él le tendía, en lugar de hacerlo en su camisa, le dio las gracias.

—No hay de qué —contestó él—. Dígame qué puedo hacer para ayudarla.

—¿Dispone de dos horas para dedicarme, Giddon? Ahora.

Él echó una ojeada al reloj.

—Dispongo de tres. Hasta las dos en punto.

—Raffin, Bann y Po... ¿He de asumir que están ocupados?

—Lo están, majestad, pero dejarán sus ocupaciones a un lado por usted.

—No, no importa. ¿Irá a buscar a Teddy, a Madlen y a Hava, y los traerá a todos aquí, con Helda?

—Por supuesto.

—Y pida a Helda que me traiga sus listas. Usted empiece a pensar en hacerme una suya.

—Conozco a un montón de buenos monmardos que le serían útiles.

—Por eso lo mandé llamar a usted. Mientras yo he estado perdiendo el tiempo yendo de aquí para allá estos últimos meses y organizando líos, usted ha estado conociendo a mi pueblo y descubriendo cosas.

—Majestad, sea justa consigo misma. Yo he estado organizando una conspiración, mientras que usted ha sido el objetivo de otra. Es más fácil planear que ser el blanco contra el que se fraguan los planes, créame. Y de ahora en adelante, eso es lo que va a hacer.

Sus palabras habían sido reconfortantes, pero difíciles de creer después de que se hubiera ido.

Volvió con Teddy, Madlen, Hava y Helda antes de lo que Bitter-

445

blue esperaba. Teddy parecía un poco enfadado y también se frotaba el trasero.

—Qué rapidez —dijo Bitterblue mientras señalaba las sillas—. ¿Te encuentras bien, Teddy?

—Lord Giddon me puso encima de un caballo, majestad, y, hasta ahora, nunca había tenido mucha relación con caballos —contestó.

—Teddy, ya te he dicho que no soy un lord ya —le corrigió Giddon—. Parece que todo el mundo está decidido a olvidarse de ese detalle.

—Tengo entumecido el trasero —se quejó Teddy.

Bitterblue no habría podido explicarlo pero, de nuevo, teniendo gente allí, todo parecía menos desalentador. Quizás era el recuerdo de ese mundo que existía fuera del castillo, donde la vida seguía pasando y el trasero se le entumecía a Teddy, tanto si Thiel se había arrojado al río desde un puente como si no.

—Majestad, cuando esta conversación acabe, todas sus preocupaciones habrán desaparecido —afirmó Helda.

Bueno, eso era ridículo. Todo cuanto la preocupaba volvió de nuevo a su mente como una avalancha.

446 —Hay miles de cosas que esta conversación no cambiará —contestó.

—Lo que quería decir, majestad, es que ninguno de nosotros alberga la menor duda de que usted será capaz de organizar una buena administración —aclaró Helda con suavidad.

—Bien —dijo Bitterblue, tratando de creer que eso era cierto—. Tengo algunas ideas, así que podríamos ponernos a la tarea. Madlen y Hava —se dirigió a las dos—, no espero que vosotras tengáis muchas opiniones respecto a cómo debería dirigirse mi administración. A no ser, claro, que queráis dar alguna. Os he pedido que os reunieseis con nosotros porque sois dos de las pocas personas que gozan de mi confianza y porque ambas conocéis o habéis observado a un montón de personas o habéis trabajado con ellas. Necesito gente —repitió Bitterblue—. Es lo que más necesito. Cualquier recomendación que vosotras dos queráis hacer será bienvenida.

»Bien —continuó, procurando que no se notara la cortedad que le causaba exponer sus ideas en voz alta—. Me gustaría añadir unos pocos ministerios nuevos a fin de que podamos tener equipos completos dedicados a trabajar exclusivamente en temas que han estado desatendidos, o más bien abandonados por completo. Quiero volver a empezar de cero construyendo un ministerio de educación. Y deberíamos tener un ministerio de registro histórico, pero si vamos a seguir buscando la verdad de lo que ocurrió, habremos de estar preparados para ser sutiles y ser discretos con lo que se descubra. Tenemos que hablar más sobre el mejor modo de hacerlo, ¿no os parece? ¿Y qué opináis de un ministerio de salud mental? —preguntó—. ¿Ha existido una cosa así alguna vez? ¿Y un ministerio de indemnizaciones?

Sus amigos escuchaban mientras hablaba, e hicieron sugerencias, y Bitterblue empezó a dibujar gráficos. Era reconfortante plasmar cosas en el papel; escribir palabras, trazar flechas y casillas, le aclaraba las ideas y hacía que cobraran cuerpo y consistencia.

«Yo solía tener una lista, en una hoja de papel, de todas las cosas que no sabía —pensó—. Es hilarante pensarlo, cuando este reino al completo podría ser un rompecabezas a tamaño real de cosas que ignoro.»

—¿Entrevistamos a los que esperan abajo, de uno en uno, para ver dónde radica su experiencia y cuáles son sus intereses? —preguntó.

—Sí, majestad. ¿Ahora? —dijo Helda.

—Sí, ¿por qué no?

—Lo siento, majestad, pero he de irme —anunció Giddon.

Bitterblue echó un vistazo al reloj, sorprendida, sin dar crédito a que las tres horas de Giddon hubiesen pasado ya.

—¿Adónde va?

Giddon miró a Helda con una expresión apocada.

—¿Giddon? —dijo Bitterblue, ahora con desconfianza.

—Son asuntos del Consejo —la tranquilizó el ama de llaves—. No tiene nada que ver con ningún monmardo, majestad.

—Giddon, siempre le digo la verdad —exclamó Bitterblue con reproch.

—¡No he mentido! —protestó él—. No he dicho una sola palabra —al ver que sus protestas no aplacaban la mirada furiosa de Bitterblue, añadió—. Se lo contaré después. Posiblemente.

—Ese fenómeno extraordinario sobre que usted siempre le dice la verdad a lord Giddon —le dijo Helda—, ¿tomaría en consideración extender dicho compromiso a otros?

—¡Que no soy un lord! —protestó de nuevo Giddon.

—¿Podríamos…? —Bitterblue empezaba a descentrarse—. Giddon, ¿querrá mandar a uno de mis escribientes o guardias aquí de camino a sus asuntos? Cualquiera que parezca estar capacitado para una entrevista.

Y así comenzaron las conversaciones con sus guardias y escri-

447

bientes, y Bitterblue se sorprendió por el modo en que se le agolpaban en la cabeza ideas que se le ocurrían, de forma que empezaron a
desafiar la inmediatez del papel. Las ideas crecían en todas direcciones y dimensiones; se estaban convirtiendo en una escultura o en un
castillo.

Raffin, Bann y Po asistieron a la cena, tarde. Bitterblue se sentó
en silencio entre ellos, y dejó que sus chanzas arrastraran las preocupaciones del día.

«No hay nada que haga más feliz a Helda que tener cerca gente joven a la que atosigar —pensó—. Sobre todo si son jóvenes apuestos.»

Entonces Giddon hizo acto de presencia con un informe de Zaf.

—Está muerto de aburrimiento y preocupado por su hermana.
Pero me pasó buena información sobre la cueva de Fantasma para
dársela a Holt, majestad.

—Después de que Fantasma y Raposa hayan sido arrestadas, me
pregunto si podríamos dejar que Zaf salga ya de la torre del puente
levadizo —comentó Bitterblue en voz baja, la primera vez que tomaba parte en la conversación durante la cena—. Dependería de lo
que admitan Fantasma y Raposa. Me parece que no tengo controlada
a la guardia monmarda ahora mismo. —«Me sentiría mucho mejor
si tuviera la corona en mi poder»—. ¿Qué tal se resolvieron sus
asuntos del Consejo, Giddon?

—He convencido a un espía del rey Thigpen de que estaba de visita en Monmar para que no regrese a Elestia —contestó él.

—¿Y cómo lo logró?

—Pues… Bueno, digamos que arreglando las cosas para que disfrute de unas largas vacaciones en Lenidia —contestó Giddon.

Aquello fue recibido con un clamor de aprobación por los presentes.

—Bien hecho —dicho Bann mientras le daba palmadas en la
espalda.

—¿Quería ir a Lenidia él? —inquirió Bitterblue, sin saber por
qué se molestaba en preguntar.

—¡Oh, a todo el mundo le gusta Lenidia! —gritó Po.

—¿Usaste la infusión para la náusea? —se interesó Raffin, que,
en su excitación, golpeaba la mesa con tanta fuerza que los cubiertos
de plata tintineaban. Y cuando Giddon asintió con la cabeza, los demás se pusieron de pie para aplaudirle.

En silencio, Bitterblue se dirigió al sofá. Era hora de acostarse, pero ¿cómo iba a quedarse sola en un cuarto oscuro? ¿Cómo afrontar su yo solitario y tembloroso?

Ya que no era posible tener los brazos de alguien rodeándola mientras se dormía, entonces tendría las voces de estos amigos. Se envolvería en ellas y serían como los brazos de Zaf; serían como los brazos de Katsa cuando las dos durmieron en la montaña helada. Katsa. Cómo la echaba de menos. Cómo importaba a veces la presencia o la ausencia de la gente. Esa noche habría luchado con Po por los brazos de Katsa.

Por supuesto, había olvidado que podía tener un sueño.

Soñó que caminaba por los tejados de Burgo de Bitterblue. Caminaba por los tejados del castillo. Caminaba por los bordes de los parapetos del techado de cristal de su torre, y podía verlo todo al mismo tiempo: los edificios de la ciudad, los puentes, la gente tratando de ser fuerte. El sol la calentaba, la brisa la refrescaba, y no había dolor. Y no tenía miedo de estar de pie en lo alto del mundo.

41

*P*or la mañana, se despertó con la noticia de que Darby se había ahorcado en su celda de la prisión.

En la puerta del dormitorio, con el camisón puesto, Bitterblue forcejeó con Helda, que intentaba contenerla. Chilló, barbotó insultos a Darby, gritó improperios a la guardia monmarda por haber permitido que aquello ocurriera; violenta, salvaje en su dolor a tal punto que, de hecho, Helda se asustó, abandonó sus tentativas de tranquilizarla y se limitó a quedarse quieta, con los labios apretados. Cuando Po llegó y Bitterblue transfirió la rabia hacia él, Po la estrechó en sus brazos a pesar de que ella lo golpeaba y le daba patadas. La asió de la mano cuando intentó empuñar uno de sus cuchillos. La sujetó más fuerte y la arrastró al suelo para, encajado con ella en el umbral, sujetarla de forma que la obligó a estarse quieta.

—Te odio —gritó—. Lo odio a él. ¡Los odio a todos ellos! —gritó, y por fin, ronca y desmadejada, renunció a luchar y empezó a sollozar—. Es culpa mía —hipó, en brazos de Po—. Es culpa mía.

—No lo es —la contradijo su primo, que también lloraba—. Fue una decisión que tomó él.

—Porque lo mandé a prisión.

—No —negó de nuevo Po—. Bitterblue, piensa lo que estás diciendo. Darby no se mató porque lo metieras en prisión.

—Son tan frágiles… No lo soporto. No hay forma de detenerlos si eso es lo que tienen en mente hacer. Da igual con lo que los amenaces. Tendría que haber sido más indulgente. Debería haberle dejado seguir.

—Bitterblue —habló de nuevo Po—. Tú no has tenido nada que ver.

—Fue culpa de Leck —afirmó Helda, que se arrodilló junto a ellos—. Sigue siendo culpa de Leck.

—Siento haberte gritado —le susurró Bitterblue.

—No tiene importancia, querida —contestó Helda mientras le acariciaba el pelo.

A Bitterblue se le rompió el alma al pensar que Darby había estado solo, sin amigos como estos que lo abrazaran y le dieran fuerza.

—Que alguien me traiga a Rood —ordenó.

Cuando el guardia monmardo hizo entrar a su antiguo consejero, con los hombros hundidos y arrastrando los pies, Bitterblue habló:

—Rood, ¿estás pensando en suicidarte?

—Siempre ha sido muy directa, majestad —respondió con tristeza—. Es una de las cosas que me gustan de usted. Reflexiono sobre ciertas cosas de vez en cuando, pero saber el daño que les haría a mis nietos me lo impide. Los perturbaría.

—Comprendo —dijo ella, dándole vueltas al asunto—. ¿Qué te parece un arresto domiciliario?

—Majestad —dijo mirándola a la cara, y empezó a pestañear para contener las lágrimas—. ¿De verdad permitiría eso?

—De ahora en adelante estás bajo arresto domiciliario —declaró Bitterblue—. No abandones el alojamiento de tu familia, Rood. Si necesitas algo, manda un aviso y acudiré allí.

Había otra persona en la prisión esa mañana a la que Bitterblue quería ver, porque Holt lo había hecho bien. No solo estaban entre rejas Raposa y Fantasma, sino que un buen número de objetos le habían sido devueltos a Bitterblue, objetos que no se había dado cuenta de que faltaban. Joyas que guardaba en el baúl de su madre. El libro de dibujos que había puesto en la estantería de la sala de estar hacía tiempo, el libro de Leck titulado *Libro de cosas ciertas*, con dibujos de cuchillos y esculturas y el cadáver de un graceling que ahora cobraban cierto sentido enfermizo para ella. Un gran número de excelentes espadas y dagas que en apariencia se habían extraviado en la herrería en los últimos meses. Pobre Ornik. Probablemente se le había partido el corazón al saber quién había resultado ser Raposa.

Por supuesto, no estaba dispuesta a verla en su sala de estar; Raposa no sería invitada a entrar en sus aposentos nunca más. En cambio, la condujeron al despacho, flanqueada por guardias monmardos.

No se le notaba que había pasado la noche en prisión; el cabello

451

y el rostro increíblemente hermosos, y los ojos grises tan impresionantes como siempre. Pero le habló a Bitterblue con un gruñido:

—No puede vincularnos ni a mi abuela ni a mí con la corona, lo sabe. No tiene pruebas de eso. No nos colgarán.

Hablaba con actitud insultante, como si se mofara, y Bitterblue la observó en silencio, sorprendida por lo extraño que era ver a alguien tan cambiado. ¿Era esa, por primera vez, la verdadera Raposa?

—¿Crees que quiero ahorcarte? —preguntó—. ¿Por ser una vulgar ladrona? Y no muy impresionante, dicho sea de paso. No olvides que fuimos nosotros mismos quienes te pusimos en bandeja lo que tú llamas trofeo.

—La mía ha sido una familia de ladrones más tiempo de lo que la suya ha reinado —espetó Raposa—. No hay nada de vulgar en nosotros.

—Estás pensando en mi familia paterna —contestó con tranquilidad—, pero olvidas mi ascendencia materna, lo cual me recuerda una cosa. Guardias, buscad si lleva encima un anillo, por favor.

No había pasado un minuto, tras un breve y feo forcejeo, cuando Raposa se quedó sin el anillo que llevaba en una cinta atada a la muñeca, debajo de la manga. Frotándose la espinilla dolorida por una patada, uno de los guardias se lo entregó a Bitterblue. Era la réplica del anillo que Cinérea había llevado por su hija, el que llevaban los espías de la reina: aro de oro con gemas grises engastadas.

Sosteniéndolo en la palma de la mano, Bitterblue cerró el puño y sintió que en ese momento se había restaurado una especie de orden, porque Raposa no tenía derecho a llevar algo de Cinérea pegado a la piel.

—Podéis llevárosla —ordenó a los guardias—. Es lo único que quería de ella.

Escribientes que rara vez habían estado en su despacho antes subían la escalera ese día para llevarle informes. Cada vez que se iban, Bitterblue volvía a sentarse con la cabeza apoyada en las manos tratando de aflojarse las trenzas. La sensación de sentirse abrumada la asaltaba. ¿Por dónde empezar? La guardia monmarda representaba una gran preocupación por ser numerosa y estar repartida por doquier; era una red que se extendía a través de todo el reino, y ella dependía de ese cuerpo de seguridad para que protegiera a su pueblo.

—Froggatt —le dijo a su escribiente cuando este volvió a entrar por la puerta—. ¿Cómo voy a enseñar a todos a que consideren detenidamente las cosas, a tomar sus propias decisiones y a volver a actuar como personas normales?

Froggatt miró hacia una ventana y se mordió los labios. Era más joven que la mayoría de sus compañeros y, según recordaba, se había casado hacía poco. Recordaba haberlo visto sonreírle una vez.

—¿Puedo hablar con libertad, majestad?

—Sí, siempre.

—Por ahora, majestad, permítanos que sigamos obedeciendo —dijo él—. Pero denos instrucciones honorables para que así podamos tener el honor de obedecerla.

Entonces, era como Po decía. Necesitaban un nuevo líder.

Fue a la galería de arte. Buscaba a Hava, aunque no sabía por qué. Había algo en el temor que experimentaba la muchacha que la hacía desear estar cerca, porque lo entendía, y algo sobre ser capaz de ocultarse; algo sobre convertirse en otra cosa distinta a la que uno era.

Había menos polvo que antes y las chimeneas estaban encendidas. Era como si Hava estuviera intentando hacer de la galería un sitio habitable. Cada vez que Hava se ocultaba a plena vista, notaba una especie de titileo en su visión al que Bitterblue empezaba a acostumbrarse, pero ese día nada titilaba. Bitterblue se sentó en el suelo al lado de las esculturas, en la sala de las tallas, para contemplar sus transformaciones. Al cabo de un rato, Hava la encontró allí.

—Majestad, ¿ocurre algo? —preguntó.

Contemplando el rostro poco agraciado de la chica, los extraños ojos de tonos cobre rojizo, Bitterblue contestó:

—Quiero convertirme en algo que no soy, Hava. Igual que haces tú o como una de las esculturas de tu madre.

Hava caminó hacia las ventanas que había detrás de las esculturas y que daban al patio mayor.

—Sigo siendo yo, majestad. Son los demás los que creen verme como algo que no soy, lo cual refuerza cada vez más lo que soy en realidad: una simuladora.

—También lo soy yo —comentó en voz queda Bitterblue—. Ahora mismo, estoy aparentando ser la dirigente de Monmar.

—Mmmm... —Hava frunció los labios y miró por la ventana—. Las esculturas de mi madre no representan personas siendo algo que no son, majestad. En realidad, no. Ella sabía ver la verdad de las personas y la mostraba así en sus esculturas. ¿Alguna vez se lo ha planteado?

453

—¿Quieres decir que en realidad yo soy un castillo y tú un pájaro? —respondió Bitterblue con sequedad.

—Yo sabía cómo irme volando, en cierto modo, siempre que alguien se acercaba. La única persona con la que fui yo realmente fue con mi madre. Ni siquiera mi tío sabía, hasta hace poco, que seguía viva. Era nuestra treta para ocultarme de Leck, majestad. Ella le hizo creer que había muerto y luego, cada vez que él o cualquier otra persona de la corte se acercaba, yo usaba mi gracia para ocultarme. Volaba —dijo con sencillez—, y Leck nunca supo que mi gracia era la inspiración para todas las esculturas de mi madre.

Los ojos de Bitterblue se quedaron prendidos en los de Hava, y de repente una pregunta se abrió paso en su mente. Intranquila, trató de examinar con más detenimiento el rostro de la muchacha.

—Hava, ¿quién es tu padre?

—Majestad —respondió ella en un tono peculiar, que pareció no haber oído la pregunta—, ¿quién es esa persona que hay en el patio?

—¿Qué?

—Esa persona —señaló Hava, con la nariz pegada al cristal y hablando con el mismo asombro que Teddy mostraba cuando hablaba de libros.

454

Se acercó a la ventana y se puso junto a ella; miró abajo y vio algo que la llenó de gozo: Katsa y Po en el patio, besándose.

—Katsa —contestó con alegría.

—Más allá de lady Katsa —insistió Hava, impaciente.

Más allá de Katsa había un grupo de gente que Bitterblue no había visto en su vida. Al frente del grupo había una mujer; una mujer mayor. Se apoyaba en un hombre joven que se encontraba a su lado. Llevaba una capa de pieles castaño claro, del mismo color que el capuchón que le cubría la cabeza. Los ojos, de pronto, se alzaron para encontrarse con los de Bitterblue en la ventana de la galería alta.

Bitterblue necesitaba verle el cabello.

Como si fuera cosa de magia, la mujer se retiró el capuchón y dejó que el pelo —escarlata, dorado y rosa, con mechas plateadas— le cayera suelto.

Era la mujer del tapiz de la biblioteca, y Bitterblue no supo por qué lloraba.

42

*E*ran de Los Vals, un país situado al este de las montañas orientales, y venían en son de paz. Algunos de ellos eran de otras tierras al norte de Los Vals, un país llamado Pikkia que de vez en cuando luchaba contra ellos, aunque en la actualidad reinaba la paz entre ambos reinos... ¿O no? Era difícil de seguir, porque Katsa no lo explicaba bien y ninguno de ellos parecía que supiera hablar el idioma monmardo ni poco ni mucho. Bitterblue sabía en qué idioma hablaban todos, pero las únicas palabras que recordaba de esa lengua eran «telarañas» y «monstruo».

455

—Deceso —dijo—. Que alguien vaya a buscar a Deceso. Katsa, deja de hablar un momento, por favor.

Necesitaba tranquilidad porque allí, en el patio, flotaba algo peculiar. Las voces, la necesidad de entender cosas complicadas y ese chachareo... Todo aquello no la dejaba centrarse.

Todo el mundo se quedó callado, esperando.

Bitterblue no podía apartar los ojos de la mujer del tapiz. La sensación peculiar provenía de esa mujer. Y entonces Bitterblue lo entendió: la mujer estaba cambiando el ambiente de algún modo, cambiando cómo se sentía ella. Trató de respirar despacio, de no dejar que la situación la superara. Intentó ver partes individuales de la mujer en lugar de dejarse invadir por su... extraordinaria totalidad. Tenía la piel atezada, los ojos eran verdes y el cabello... Bitterblue entendía lo del cabello de la mujer porque había visto el pelambre de la rata, pero la rata no había sido una mujer viva, que respiraba, y no la había hecho sentirse como si la cabeza le estuviera cantando.

El aire estaba impregnado del efecto de un poder que se estaba utilizando.

—¿Qué nos está haciendo? —siseó Bitterblue a la mujer.

—Te entiende, Bitterblue, aunque no habla nuestro idioma

—dijo Katsa—. Puede responderte, pero solo lo hará con tu permiso, porque lo hace mentalmente. La impresión que da es como si la tuvieras dentro de la cabeza.

—Oh —exclamó Bitterblue, que retrocedió un paso—. No. Nunca.

—Lo único que hace es comunicarse, Bitterblue —explicó Katsa con suavidad—. No roba los pensamientos ni los cambia.

—Pero podría hacerlo si quisiera —objetó Bitterblue, que había leído lo que contaba su padre sobre una mujer que tenía ese mismo aspecto y una mente perniciosa.

Tras ella, el patio estaba lleno a rebosar con criados, escribientes, guardias, Giddon, Bann, Raffin, Helda, Hava… Anna, la panadera; Ornik, el herrero; Dyan, la jardinera. Froggatt, Holt. Y seguían llegando más personas. Todos miraban de hito en hito, maravillados, a la mujer que estaba allí envuelta en el «fulgor» de algo.

—No quiere cambiar tus pensamientos, Bitterblue —contestó Katsa—. Ni los de ninguna persona presente aquí. Y, en tu caso, me transmite que no podría porque posees una mente muy fuerte que está cerrada a su intromisión.

—He tenido que practicar mucho —comentó duramente, con un hilo de voz—. ¿Cómo funciona su poder? Quiero saber exactamente cómo actúa.

—Escarabajito… —intervino Po con un tono que apuntaba que, tal vez, estaba siendo un poco grosera—. Te comprendo, pero quizás antes querrás darles la bienvenida e invitarles a entrar a resguardo de este frío. Han recorrido un largo camino para conocerte. Es probable que tengan ganas de que se les conduzca a sus aposentos.

Bitterblue maldijo para sus adentros las lágrimas que no dejaban de correrle por las mejillas.

—Tal vez tú has olvidado los acontecimientos de los últimos días, Po —contestó la reina sin rodeos—. Me duele ser grosera y me disculpo por ello. Pero, Katsa, has traído a una mujer que controla la mente a un castillo en el que hay gente muy vulnerable a algo así. Mira a tu alrededor —añadió mientras señalaba con un gesto el patio que seguía llenándose de gente—. ¿Crees que esto es bueno para ellos, estar ahí plantados, mirando como unos estúpidos? Quizá lo sea —dijo con acritud—. Si realmente viene en son de paz, quizás ella podría ser el poder superior a sí mismos e impedirles que cometan más suicidios.

—¿Suicidios? —repitió Katsa, consternada.

—Soy responsable de estas personas —manifestó Bitterblue—.

Y no voy a darle la bienvenida hasta que entienda quién es y cómo actúa su poder.

Bitterblue, sus amigos del Consejo, los valenses y los pikkianos fueron a la biblioteca para hablar del asunto, lejos de miradas curiosas y de mentes vacías, cautivadas. Al pasar delante del escritorio abrasado de Deceso, recordó que el bibliotecario seguía en la enfermería.

Los forasteros no parecían sorprendidos ni ofendidos por la falta de hospitalidad mostrada por Bitterblue. Pero cuando los condujo al cuarto de lectura se pararon en seco y se quedaron mirando boquiabiertos, con ojos como platos, el tapiz. Después empezaron a hablar entre ellos en murmullos, con palabras cuyo sonido le era familiar a Bitterblue, pero que no comprendía. Sobre todo, la mujer con poder exclamó algo a los otros y después asió a uno de sus compañeros y le indicó con un ademán que dijera algo —o hiciera algo— a Bitterblue. El hombre se adelantó, le hizo una reverencia y habló en común con un acento fuerte, pero agradable:

—Por favor, perdone mi... torpeza con idioma... pero lady Bira recuerda esto... —el hombre señaló el tapiz con un gesto—, y se siente en la... —Se interrumpió, frustrado.

457

—Ella dice que Leck la secuestró, Bitterblue —terció Katsa en voz baja—, y mató a uno de sus amigos hace mucho tiempo. Cree que esta es una escena del secuestro, porque es la ropa que él le dio para que se la pusiera, y que pasaron a través de un bosque de árboles blancos. Después escapó y luchó contra él. En la pelea, él cayó por una grieta que había en la montaña y después, es presumible, siguió un túnel que lo trajo hasta Monmar. Por ello se siente en la obligación de decirte cuánto siente que él hallara el modo de regresar aquí y que hiciera daño a tu reino. Los Vals desconocían la existencia de los siete reinos hasta hace quince años, y los únicos túneles que habían explorado hasta ahora los habían conducido a los confines de la zona oriental de Elestia, por ello tardaron un tiempo en descubrir los problemas en Monmar. Siente haber permitido que Leck regresara, y también lamenta no haber podido ayudar a Monmar a derrotarlo.

Era extraño oír a Katsa interpretar. Hacerlo implicaba largas pausas en silencio por parte de Katsa, lo cual daba tiempo a Bitterblue para mirar con asombro, reflexionar y quedarse helada con las cosas tan sorprendentes que decía. Y después seguía con cosas aún más asombrosas.

—¿A qué se refiere con «regresar»? —inquirió Bitterblue.

—Lady Fuego no entiende bien qué preguntas.

—Ha dicho que el túnel lo trajo de vuelta aquí, a Monmar —trató de explicar Bitterblue—. Que siente haber permitido que «regresara». ¿Significa eso que era monmardo?

—Ah —dijo Katsa, que hizo una pausa para dar la respuesta—. Leck no era valense. Ignora si era monmardo, solo sabe que procedía de los siete reinos. En Los Vals no hay graceling —añadió Katsa, hablando por sí misma ahora—. Has de saber que mi llegada causó una verdadera conmoción.

«Soy de los siete reinos, por completo —pensó Bitterblue—. ¿Podré permitirme albergar la esperanza de ser monmarda? Y esta mujer, esta extraña y hermosa mujer… Mi padre mató a su amigo.

»¿Descubrieron los siete reinos hace ya quince años, nada menos?»

—Ese hombre la ha llamado lady Bira, pero tú la llamas lady Fuego —dijo Bitterblue.

—«Bira» es la palabra valense que significa «fuego» —dijo una voz fatigada y familiar detrás de Bitterblue—. Escrito *bee-ee-rah* en sus símbolos, y «b», «i», «r», «a», en nuestras letras, majestad.

Girando sobre sus talones, Bitterblue miró al bibliotecario, que escuchaba la conversación un poco ladeado, como un barco que empieza a hacer agua. Sostenía en las manos los restos chamuscados del diccionario valense-gracelingio. Parte de la segunda mitad había desaparecido, las páginas estaban combadas y la cubierta roja ahora era negra en su mayor parte.

—¡Deceso! —exclamó—. Me alegro de que hayas podido reunirte con nosotros. Me pregunto… —Estaba desconcertada a más no poder—. Quizá deberíamos decir nuestros nombres para conocernos, y sentarnos a hablar —propuso.

A continuación se sucedieron las presentaciones, con intercambios de apretones de mano y dando nombres que se olvidaron casi de inmediato porque estaban pasando muchas cosas; los manuscritos se retiraron de la mesa y se llevaron más sillas, que se colocaron pegadas unas a otras. El grupo de recién llegados estaba compuesto por nueve viajeros: tres exploradores, cuatro guardias, un sanador y la dama, que hacía las veces de embajadora así como de traductora silenciosa; pidió a Bitterblue que la llamara Fuego. La mayoría de los forasteros tenían la tez más oscura que cualquier lenita de rostro curtido que Bitterblue hubiera visto en su vida, salvo un par de ellos que tenían la piel más clara, y uno, el hombre que había hablado antes, que era tan pálido como Madlen. El cabello y los ojos eran también de variados matices; matices «normales», aparte de lady Fuego. Y aun así, había algo en el aspecto de los viajeros —¿la mandíbula, tal vez? ¿La expresión?— común en todos ellos. Bitterblue se preguntó si ellos verían también alguna clase de similitud característica cuando los miraban a sus amigos y a ella.

—No acabo de entender esto —dijo—. Nada de nada.

Lady Fuego dijo algo que el hombre de tez pálida hizo lo posible por traducir con su bonito y gracioso acento:

—Las montañas han sido siempre demasiado altas —dijo—. Hemos tenido... historias, pero no un paso al otro lado por ellas, ni... —Hizo un gesto con la mano.

—Por debajo —dijo Po.

—Sí, ni pasos por debajo —dijo el hombre—. Hace quince años, un... —de nuevo hizo una pausa, frustrado.

—Un corrimiento de tierra —dijo Po—. Dejó al descubierto un túnel. Y ahora las historias ya no volverán a ser meros relatos.

—Po —intervino Bitterblue, inquieta de que estuviera haciendo una demostración pública de su propia habilidad, aunque sabía que fingía que lady Fuego le hablaba mentalmente. Porque fingía, ¿no? ¿O es que la dama le hablaba mentalmente y, de ser así, lady Fuego sabía lo que era Po? ¿No la haría mil veces más peligrosa eso? ¿O...? Bitterblue se llevó la mano a la frente. ¿No habría sido ella, sentada allí, pensando en ese tema, la que había revelado el secreto de Po a lady Fuego?

La mano de Po encontró el camino por detrás de Katsa para llegar al hombro de Bitterblue.

—Date un respiro, prima —dijo—. Esto ha llegado a continuación de demasiados días horribles. Creo que lo considerarás una buena noticia una vez que hayas tenido tiempo de asimilarlo.

Recuerdo el día que todos nos sentamos en un círculo en el suelo de esta biblioteca, le transmitió Bitterblue. *El mundo era mucho más pequeño entonces y, aun así, ya me parecía demasiado grande. Cada día resulta tan abrumador...*

El tipo pálido intentaba hablar otra vez; decía algo sobre lo mucho que todos lamentaban haber llegado en unos días tan terribles. Bitterblue alzó la vista y lo miró con los ojos entrecerrados mientras hablaba tratando de ubicar algo que no acababa de pillar.

—Cada vez que habla usted —dijo—, noto algo que me resulta familiar.

—Sí, majestad —convino con sequedad Deceso—. Quizá se debe

a que su entonación es una versión más fuerte que el acento con que habla su sanadora Madlen.

«Madlen —pensó Bitterblue, que miró al hombre—. Sí, qué extraño que me suene como Madlen. Y qué extraño que sea de tez pálida y con ojos de color ambarino, como ella. Y…

»Mi sanadora graceling, Madlen.

»En Los Vals no hay graceling.

»Pero Madlen solo tiene un ojo.»

Y así, sin más, uno de los pilares de Bitterblue en este mundo se convirtió, de repente, en una perfecta desconocida.

—Oh —musitó aturdida—. Válgame el cielo. —Recordó todos los libros que había en la habitación de Madlen y dio con la respuesta a otra pregunta—. Deceso, Madlen vio los diarios de Leck encima de mi cama y, poco después, ese diccionario apareció en la estantería de la biblioteca, enfrente de tu escritorio. El diccionario es de Madlen.

—Sí, majestad —dijo el bibliotecario.

—Me dijo que era de la comarca oriental de Elestia, limítrofe con las montañas —dijo Bitterblue—. Traedla. Que alguien vaya a buscarla.

—Permítame, majestad —dijo Helda en un tono tan severo que Bitterblue se alegró de no ser Madlen en aquel momento.

Helda se levantó de la silla y salió. Bitterblue miró a sus invitados. Todos parecían estar un poco azorados.

—Lady Fuego se disculpa, Bitterblue —dijo Katsa—. Dice que es embarazoso que lo sorprendan a uno espiando, pero que, por desgracia, no hacerlo nunca es una opción, y seguro que tú lo entiendes.

—Entiendo que apunta una definición interesante del son de paz con el que según ella han venido —contestó—. ¿Hicieron que Madlen se sacara un ojo?

—No —negó con énfasis lady Fuego.

—Jamás —añadió Katsa—. Madlen perdió el ojo de pequeña haciendo un experimento con líquidos y un polvo que explota. Eso le facilitó hacerse pasar por graceling.

—Pero ¿cómo cura tan bien? ¿Todos los sanadores de Los Vals son de verdad tan diestros?

—Los conocimientos médicos allí están muy adelantados, Bitterblue —tradujo Katsa—. Allí crecen plantas medicinales que no tenemos aquí, sobre todo al oeste, que es de donde procede Madlen, y las ciencias son superiores. A Madlen no le ha faltado provisión de los mejores medicamentos valenses durante el tiempo que ha pasado aquí a fin de sostener su enmascaramiento.

«Ciencias —pensó Bitterblue—. Ciencias de verdad. Me gustaría esa clase de progreso para mi reino, de un modo sensato, sin quimeras.» De repente, quiso más a Po y su estúpido papel planeador porque estaba basado en la realidad.

Entonces Madlen entró en el cuarto de lectura. En primer lugar, fue hacia lady Fuego, besó la mano de la mujer y murmuró algo en su lenguaje. Luego rodeó la mesa hacia Bitterblue y cayó de hinojos ante ella.

—Majestad —dijo, inclinada la cabeza, con voz enronquecida—. Espero que me perdone por engañarla. No me ha gustado hacerlo. Ni un solo momento me ha gustado, y confío en que me permita seguir siendo su sanadora.

Bitterblue entendió entonces algo sobre cómo una persona podía mentir y decir la verdad al mismo tiempo. Madlen se había puesto en evidencia, pero los cuidados que la mujer le había dado a su cuerpo y a su corazón habían sido genuinos.

—Madlen, qué alivio. Estaba preparándome para la terrible posibilidad de haberte perdido.

La charla continuó. El concepto del mundo que tenía Bitterblue 461 nunca había sido tan extenso como en aquellos momentos, y se sentía un poco mareada.

Los valenses describieron lo que había sido para ellos el descubrimiento de un mundo al oeste. Los Vals sabían lo que era la guerra, y el rey valense no sentía el menor deseo de verse envuelto en una. Así pues, al descubrir la tierra de los siete reinos en la que demasiados de los monarcas que gobernaban eran belicosos, los valenses habían optado por la exploración en secreto, en lugar de darse a conocer de inmediato.

También exploraban hacia el este.

—Los pikkianos tienen una flota grande —explicó Katsa—. Asimismo, los valenses han ido incrementando el número de naves de su flota poco a poco. Han estado explorando su litoral y sus aguas costeras, Bitterblue.

Habían llevado mapas, y una mujer achaparrada y de aspecto severo llamada Midya hizo todo lo posible para explicárselos. Los mapas mostraban amplias extensiones de tierra y de agua y, al norte, de hielo innavegable.

—Midya es una famosa navegante exploradora, Bitterblue —le indicó Katsa.

—¿Eso significa que es pikkiana o valense?

—La madre de Midya es valense y su padre era pikkiano —aclaró Katsa—. En teoría es valense, porque nació en ese país. Me han dicho que son frecuentes las uniones entre habitantes de ambas naciones, sobre todo en las últimas décadas.

Mezcla entre países. Bitterblue miró a las personas que estaban alrededor de la mesa y que habían entrado juntas en su cuarto de lectura de la biblioteca. Monmardos, terramedienses, lenitas, valenses, pikkianos. Graceling y… lo que quiera que fuera lady Fuego.

—Lady Fuego es lo que se llama un «monstruo» —aclaró Katsa en voz baja.

—Monstruo —repitió Bitterblue—. *Ozhaleegh.*

Todos los que hablaban valense en torno a la mesa alzaron la vista y la miraron de hito en hito.

—Les pido disculpas —dijo Bitterblue al tiempo que se ponía de pie y se alejaba de la mesa un tramo bastante grande. Encontró un lugar oscuro detrás de unas estanterías y se sentó en la alfombra, en un rincón.

Sabía lo que pasaría. Po iría a buscarla o mandaría que fuera a quienquiera que su percepción le indicara que era la persona adecuada. Sin embargo no serviría de nada, porque nadie era adecuado. Nadie que estuviera vivo, en cualquier caso. No quería llorar en el hombro de cualquier persona viva ni que le dijeran palabras reconfortantes. Quería estar en otro mundo, en un prado con flores silvestres, o en un bosque de árboles blancos, sin enterarse de las cosas terribles que ocurrían a su alrededor; una joven panadera que tenía una madre costurera. ¿Podía volver a tener eso? ¿Podía tenerlo de verdad?

La persona que apareció fue lady Fuego. Bitterblue se sorprendió de que Po la enviara a ella. Hasta que, al mirar a la dama, se preguntó si tal vez había sido ella misma quien la había llamado.

Fuego se sentó delante de ella. De repente Bitterblue estaba asustada, aterrada de esa mujer hermosa, mayor, a la que le crujían las rodillas, vestida con ropas marrones; aterrada del cabello inverosímil que le caía alrededor de los hombros; aterrada de lo mucho que deseaba mirar el rostro de la mujer y ver a su propia madre. De pronto fue consciente de por qué se había sentido fascinada por Fuego desde el primer momento: porque el amor que sentía cuando miraba el rostro de Fuego era el amor que había sentido antaño por su madre. Y eso no estaba bien. Su madre había merecido ese amor y su madre había sufrido, luchado y muerto por ello. Esta mujer no había hecho nada salvo entrar en el patio mayor.

—Me ha drogado con un sentimiento falso hacia usted —susurró Bitterblue—. Ese es su poder.

Le llegó una voz dentro de su cabeza. No eran palabras, pero entendía perfectamente lo que transmitía:

Sus sentimientos son reales. Pero no hacia mí.

—¡Los siento por usted!

Fíjese mejor, Bitterblue. Ama intensamente, y carga con la tristeza de una reina. Cuando estoy cerca, mi presencia la abruma por todo lo que experimenta... Pero yo solo soy la música, Bitterblue, o el tapiz o la escultura. Provoco que sus emociones afloren, pero no las siente por mí.

Bitterblue se echó a llorar otra vez. Fuego acercó su propia manga de tela marrón guarnecida con piel para enjugarle las lágrimas. Coligiendo la ternura de ese rostro, permitiéndose sumergirse en ella, Bitterblue se conectó, durante un instante, a esa singular criatura que había acudido a su llamada y había sido amable cuando ella se había mostrado desagradable.

—Si quiere —susurró—, puede entrar en mi mente y ver lo que hay en ella. Y robarlo, y cambiarlo a lo que quiera que desee. Porque puede hacerlo, ¿verdad?

Sí. Aunque con usted no sería fácil, porque es fuerte. Usted no lo sabe, pero su recibimiento hostil le granjeó nuestro afecto, Bitterblue. Confiábamos en que fuese fuerte.

—¿Está diciendo que no quiere apoderarse de nuestra mente, la mía y las de mis súbditos?

No es ese el motivo por el que estoy aquí.

—¿Me haría un favor si se lo pidiera?

Eso depende de lo que sea.

—Mi madre decía que yo era lo bastante fuerte para... —Bitterblue empezó a temblar—. Yo tenía diez años y Leck nos perseguía. Ella se arrodilló en mitad de un campo nevado, me dio un cuchillo y dijo que era lo bastante fuerte para sobrevivir a lo que se avecinaba. Dijo que tenía el corazón y la mente de una reina. —Bitterblue volvió la cara para no mirar a Fuego, solo un instante, porque lo estaba pasando mal; admitir esa verdad en voz alta costaba mucho—. Quiero tener el corazón y la mente de una reina —musitó—. Lo deseo más que nada. Pero solo finjo. No consigo sentirlo dentro de mí.

Fuego la observó en silencio.

Quiere que yo busque si está en su interior.

—Solo quiero que me lo diga —contestó Bitterblue—. Si está ahí, será un gran consuelo saberlo.

Ya puedo decirle que sí está.

—¿De verdad? —musitó Bitterblue.

Reina Bitterblue, ¿quiere que comparta con usted la sensación de su fortaleza?

Fuego tomó su mente de modo que era como si Bitterblue estuviese en su propio dormitorio, dolorida por el llanto y la pena.

—Eso no da la sensación de fortaleza —dijo.

Espere. Tenga paciencia, dijo Fuego, todavía arrodillada a su lado, en la biblioteca.

Se encontraba en su dormitorio, dolorida por el llanto y la pena. Estaba asustada, convencida de no estar capacitada para la tarea que le aguardaba. Se avergonzaba de sus errores. Era pequeña y estaba cansada de que la abandonaran. Y furiosa con la gente que se iba, se iba y se iba. Y dolida por causa de un hombre que estaba en un puente, que la traicionaba y después la abandonaba, y por un chico en un puente que ella, de algún modo, sabía que sería el siguiente en abandonarla.

Entonces algo empezó a cambiar en la habitación. Los sentimientos no cambiaron, pero Bitterblue los rodeaba de alguna forma. Era más grande que los sentimientos, los sujetaba en un abrazo, y les murmuraba palabras amables para consolarlos. Ella era la habitación. La habitación estaba viva, el dorado de las paredes resplandecía de vida, las estrellas escarlatas y doradas del techo eran reales. Ella era más grande que la habitación; era el pasillo y la sala de estar y los aposentos de Helda. Helda se encontraba allí, cansada, preocupada y padeciendo un poco de artritis en las manos que tejían, y Bitterblue la abrazaba y la consolaba también, y le aliviaba el dolor de las manos. Y creció. Era los pasillos exteriores, donde abrazaba a su guardia lenita de las puertas. Era las oficinas y la torre, y abrazaba a todos los hombres que estaban deshechos, asustados y solos. Era los niveles inferiores y los patios más pequeños, la Corte Suprema, la biblioteca, donde se hallaban muchos de sus amigos ahora; había gente reunida de otras tierras desconocidas. ¡Lo más sorprendente, descubrir nuevas tierras! Y esas gentes se encontraban ahora en la biblioteca, y Bitterblue era lo bastante grande para abarcar semejante maravilla. Y para abrazar a los amigos que había entre esas gentes, sentir la complejidad de los sentimientos de los unos hacia los otros; Katsa y Po, Katsa y Giddon, Raffin y Bann, Giddon y Po. La complejidad de sus propios sentimientos. Era el patio mayor, donde el agua resonaba y la nieve caía en el techo de cristal. Era la galería de arte, donde Hava se ocultaba y la obra de Belagavia permanecía como la prueba de algo que había trascendido a la crueldad de su padre. Era las cocinas, que zumbaban con el runrún constante de la eficacia; y las cuadras, donde el sol invernal bruñía la madera y los caballos relinchaban con los pelos del copete sobre los ojos; y las salas de prácticas, donde los hombres sudaban; y la armería, y la herrería, y el patio de artesanos donde la gente trabajaba; y ella sostenía a todas esas personas en sus brazos. Era el recinto y el terreno que lo sustentaba, las murallas y los puentes, donde se escondía Zafiro y donde Thiel le había partido el corazón.

Se vio a sí misma pequeña, caída, llorando y deshecha en el puente. Percibía a todas y cada una de las personas del castillo, de la ciudad. Era capaz de sostenerlos a todos en los brazos, de consolarlos. Era enorme, un venero de emociones, y sabia. Alargó la mano hacia la personita del puente y abrazó el corazón roto de esa muchacha.

465

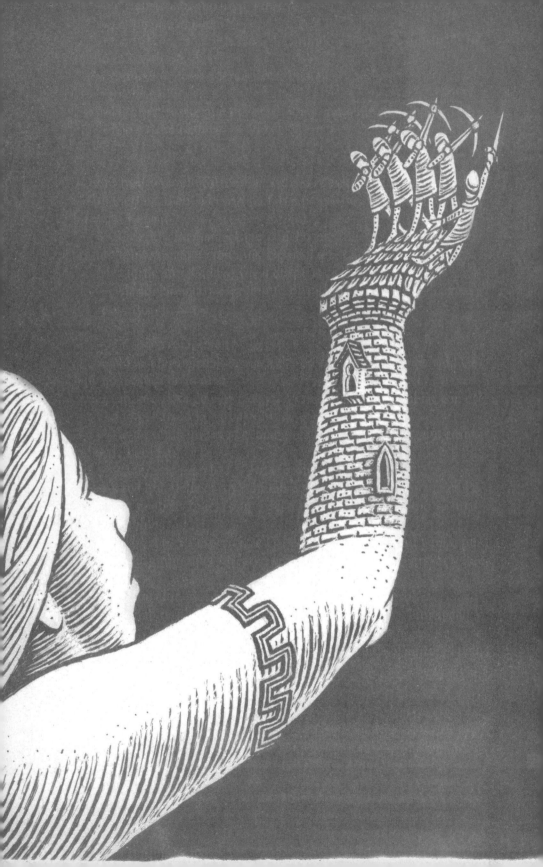

Quinta parte

El Ministerio de Historias y Verdad

(finales de diciembre y enero)

$\mathcal{H}$abida cuenta de que era tan poco lo que en el mundo se prestaba a la claridad, resultaba relajante hacer listas de tareas que era preciso llevar a cabo y después elegir a una persona a quien encomendar cada una de ellas. Era reconfortante reunirse con esa persona y comprender, por fin, por qué Helda o Teddy o Giddon se la habían recomendado. Y era alentador comentar la tarea con dicha persona y después acabar la reunión con la sensación de que quizá la ejecución de esa tarea no estaba entre las cinco empresas más irrealizables del mundo. Sabía que no podían serlo todas, porque había bastante más que cinco tareas.

Hava la había sorprendido al hacerle unas cuantas recomendaciones pertinentes para el personal. El nuevo jefe de prisiones, por ejemplo, era una mujer a la que Hava había visto trabajando en los muelles de la plata, una graceling monmarda llamada Goldie que se había criado en un barco lenita y había llegado a ser capitán de la prisión naval en Burgo de Ror. A su regreso a Monmar tras la muerte de Leck, había descubierto que la guardia monmarda no daba empleo a mujeres, de nada, para ningún tipo de trabajo, y menos aún para dirigir prisiones. El don de Goldie era nada menos que el canto.

—Mi nueva jefa de prisiones es un pájaro cantor —masculló para sí Bitterblue, en su despacho—. Qué absurdo.

Pero no lo era menos que las mujeres no pudieran trabajar en la guardia monmarda. Podía ser que aceptar lo uno tuviera por consecuencia el cambio en lo otro. Sería un cambio interesante. Contó con el consejo de los valenses en ese asunto, ya que había mujeres en su ejército desde hacía décadas.

—Me siento un poco mejor respecto al tema de Elestia ahora que has hecho una alianza con los valenses, Bitterblue —comentó Po, que estaba tendido en el sofá—. Al menos en cuanto al peligro de que estalle una guerra. Son una potencia militar importante. Te respaldarán si surgen problemas.

—¿Significa eso que ya ha quedado atrás la certidumbre de que podrían atacarme en cualquier momento?

—No. La existencia del Consejo te pone en peligro.

—Soy una reina, Po —replicó—. Nunca estaré a salvo. Asimismo, en lo tocante a la guerra, los valenses no quieren verse implicados en una.

—Los valenses mantuvieron en secreto su existencia. Ahora se comportan como vecinos. Y has cautivado a su mentalista, cosa que nunca resulta fácil de conseguir.

—No puede ser tan difícil si Katsa logró cautivarte a ti.

—¿Es que no me consideras cautivadora? —preguntó Katsa desde el suelo de la sala de estar, donde se había sentado con la espalda recostada en el sofá—. Muévete —le dijo a Po al tiempo que le empujaba las piernas.

—Vaya, ¿tanto te cuesta pedir las cosas con amabilidad? —preguntó su primo a Katsa.

—Llevo pidiéndotelo con amabilidad diez segundos por lo menos, y tú no me has hecho ni caso. Muévete. Quiero sentarme.

470

Po empezó a apartarse haciendo mucho teatro, y luego se tiró del sofá sobre ella y la tumbó.

—Siempre igual —masculló Bitterblue mientras los dos empezaban a pelear encima de la alfombra.

—Fuego es cuñada del rey y madrastra de la mujer que dirige el ejército valense, Bitterblue —gritó Po con la cara aplastada contra la alfombra—. ¡Es una amistad inestimable!

—Estoy aquí mismo, no hace falta que grites.

—¡Grito porque me duele! —chilló, con la cabeza debajo del sofá.

—Me está costando mucho escribir esta carta —comentó con aire ausente Bitterblue—. ¿Qué le escribe una al anciano rey de un país extraño cuando tu reino es un caos y acabas de descubrir que ese monarca existe?

—¡Dile que esperas ir a visitarle! —gritó Po, que, en apariencia, había conseguido de algún modo llevar ventaja. Ahora se había sentado a horcajadas encima de Katsa e intentaba sujetarle los hombros contra el suelo.

—Tal vez debería pedirle consejo —suspiró—. Katsa, tú le has conocido. ¿Qué te pareció?

—Era apuesto —contestó Katsa, ahora sentada con toda tranquilidad en el estómago de su adversario vencido.

—¿Era apuesto como si le hubieran dado una paliza de muerte, o quizá simplemente era apuesto como si lo hubieran tirado escaleras abajo? —inquirió Po con un gemido.

—No empujaría escaleras abajo a un hombre de setenta y seis años —protestó Katsa indignada.

—Entonces supongo que tendré que esperar con impaciencia a llegar a eso —dijo Po—. Algún día.

—Nunca te he empujado escaleras abajo —replicó Katsa, que empezó a reírse.

—Me gustaría verte intentarlo.

—No bromees con eso. No tiene gracia.

—Oh, gata montesa.

Y ahora se abrazaban; Bitterblue puso los ojos en blanco y siguió debatiéndose sola con la carta al rey Nash de Los Vals.

—He conocido a muchos monarcas, Bitterblue —dijo Katsa—. Este es un hombre honrado que está rodeado de gente honrada. Nos han observado en silencio durante quince años esperando para ver si conseguíamos llegar a trancas y barrancas a una situación más civilizada, en lugar de intentar conquistarnos. Po tiene razón. Deberías decirle que te gustaría hacerle una visita. Y sería enteramente apropiado que le pidieras consejo. Jamás me he sentido tan feliz —añadió con un suspiro.

—¿Feliz?

—Cuando comprendí que la tierra que había encontrado era un país reacio a la guerra, con un monarca que no era un cretino, y que Pikkia era otra nación pacífica, me sentí más feliz que nunca. Eso cambia el equilibrio del mundo.

Una ventaja de viajar por túneles radicaba en que el tiempo que hiciera fuera era irrelevante. Los valenses podían regresar en invierno o esperar hasta que el invierno hubiera quedado atrás, pero...

Echo de menos a mi esposo, admitió Fuego un día a Bitterblue.

Bitterblue trató de imaginar la clase de hombre que sería el esposo de Fuego.

—¿Su marido es como usted?

Es viejo como yo. Fuego sonrió.

—¿Cómo se llama?

Brigan.

—¿Y cuántos años llevan casados?

Cuarenta y ocho.

471

Caminaban con dificultad a través del jardín trasero porque Bitterblue quería mostrarle a Fuego la estatua que Belagavia había hecho de su madre, fiera y fuerte, transformándose en un puma. Bitterblue se paró, rodeándose con los brazos, dejando que la nieve le empapara el calzado.

¿Qué ocurre, querida? Fuego se detuvo junto a ella.

—Es la primera vez que oigo que dos personas hayan estado juntas tanto tiempo sin que muera ninguno de los dos y sin que la convivencia sea atroz —le contestó—. Hace que me sienta feliz.

A Fuego le faltaban dos dedos, lo que asustó a Bitterblue la primera vez que se fijó en ese detalle.

No me los cortó su padre, la tranquilizó Fuego; luego le preguntó hasta dónde quería saber de esa triste historia.

Así fue como Bitterblue supo que, hacía cuarenta y nueve años, Los Vals había sido un reino sin una conformación precisa, un reino recobrándose de un gran mal. Como Monmar.

Mi padre también era un monstruo, dijo Fuego.

—¿Se refiere a un monstruo como usted?

Fuego asintió con la cabeza.

Sí, como yo, en el sentido que se da en Los Vals. Era un hombre hermoso con el cabello plateado y una mente muy poderosa. Pero también era un monstruo en el sentido que se da aquí a esa palabra. Era malvado, terrible, como su padre. Utilizaba su poder para destruir a la gente. Destruyó a nuestro rey y arruinó nuestro reino. Por eso vine a verla, Bitterblue.

—¿Porque su padre destruyó su reino? —preguntó, confusa.

Porque cuando me hablaron de usted se me partió el corazón. Supe lo que había tenido que afrontar y lo que estaría afrontando.

Bitterblue lo comprendió.

—¿Vino para consolarme? —preguntó con un hilo de voz.

No soy joven, Bitterblue. Fuego sonrió. *No vine por el placer de hacer ejercicio. De acuerdo, le contaré la historia.*

Y Bitterblue se rodeó de nuevo con los brazos porque, desde luego, la historia de Los Vals era triste, pero también porque le daba esperanza en cuanto a lo que Monmar podría ser al cabo de cuarenta y nueve años. Y lo que ella también podría ser.

Fuego dijo algo más que dio esperanzas a Bitterblue. Le enseñó una palabra: *Eemkerr*. Al parecer, había sido el primer nombre de Leck, su verdadero nombre.

472

Bitterblue llevó esa información a la biblioteca de inmediato.

—¿Deceso? ¿Tenemos registros de nacimientos en los siete reinos del año en que Leck debió de nacer? ¿Querrás revisarlos para buscar a alguien que tenía un nombre que sonaba como Eemkerr?

—¿Un nombre que suene como Eemkerr? —repitió Deceso, que la observó desde su nuevo escritorio, el cual se hallaba cubierto de papeles chamuscados y malolientes.

—Lady Fuego dice que Leck le contó que antes de llamarse Leck su nombre era Eemkerr.

—Que es un nombre que recuerda de hace casi cincuenta años —comentó con sarcasmo el bibliotecario—. Un nombre que le dijeron de palabra, no escrito, que es muy probable que no fuera un nombre de su propia lengua y que le ha transmitido mentalmente cincuenta años después. ¿Y he de recordar cada ejemplo de un nombre de esa naturaleza en todos los registros de nacimiento disponibles que tenga de aquel año relevante para los siete reinos, con solo la lejana posibilidad de tener bien el nombre y de que existe un registro?

—Sé que estás tan contento como yo —dijo Bitterblue.

Los labios de Deceso sufrieron una especie de tic.

—Deme un poco de tiempo para recordar, majestad —dijo después.

473

Cuando nos visite, verá lo que Leck intentaba recrear aquí de Los Vals, dijo Fuego. *Espero que no la aflija. Nuestro reino es hermoso y detestaría que eso fuera causa de dolor para usted.*

Se encontraban en el despacho de Bitterblue, desde donde contemplaban los puentes.

—Creo que, si su hogar me recuerda el mío, me sentiré como en casa. Leck era… lo que era. Pero de algún modo logró hacer hermoso y extraño este castillo, y lamentaría tener que cambiar cosas. Sin querer, lo llenó con arte que transmite la verdad —dijo—. E incluso he empezado a apreciar el desatino de estos puentes. Puede decirse que no tienen razón de ser, salvo como un monumento a la verdad de todo lo ocurrido. Y porque son hermosos.

Bitterblue dejó que el Puente Alígero le llenara los ojos, flotando azul y blanco como algo que tuviera alas. El Puente del Monstruo, donde el cadáver de su madre fue incinerado. El Puente Invernal, reluciente con espejos que reflejaban la grisura del cielo de invierno.

—Supongo que esas son razones suficientes para justificar su existencia.

Υ

Partiremos dentro de poco. ¿He entendido bien respecto a que va a enviar un pequeño grupo de personas con nosotros?, preguntó Fuego.

—Sí. Helda me está ayudando a organizarlo. No conozco a la mayoría de esas personas, Fuego. Lamento no enviar gente a la que conozco en persona. Mis amigos se hallan ocupados con la situación de Elestia y con mi propia crisis aquí, y me temo que el estado de mis escribientes y guardias es muy vulnerable en este momento para enviarlos con usted.

Resultaba difícil particularizar el efecto que Fuego tenía en escribientes y guardias de Bitterblue o, por supuesto, en cualquiera de las personas de mirada vacía que estaban a su servicio. Fuego producía una profunda paz en algunas, en tanto que a otras les provocaba pánico, y Bitterblue no estaba segura de que lo uno fuera mejor que lo otro. A sus súbditos les hacía falta acostumbrarse a sentirse en paz con su propia mente.

Hay alguien que ha pedido unirse a nosotros, alguien a quien creo que usted conoce bien, indicó Fuego.

—¿De veras?

Un marinero. Desea unirse a nuestra exploración de los mares orientales. Al parecer ha tenido problemas con la ley en Monmar. ¿Es cierto eso, Bitterblue?

—Oh. —Bitterblue respiró hondo, asaltada por la tristeza, y absorbió el carácter inevitable de aquella noticia.

Debe de referirse a Zafiro. Sí. Zafiro me robó la corona.

Fuego hizo una pausa para observar a Bitterblue, que estaba de pie, menuda y callada, junto a la ventana.

¿Por qué le robó la corona?

Porque… me ama, y yo le hice daño.

Tras unos segundos, llegó la amable respuesta de Fuego:

Es bienvenido a unirse a nosotros.

Cuídenlo.

Lo haremos, por supuesto.

Puede dar sueños buenos, indicó Bitterblue.

¿Sueños buenos? ¿Sueños para dormir?

Sí, para dormir. Es su gracia. Está dotado para hacerle soñar las cosas más maravillosas y reconfortantes que imaginar pueda.

Vaya. Me parece que me he pasado la vida esperando conocer a su ladrón.

44

Una mañana de enero, el día antes de la partida de los valenses, Bitterblue leía el último informe de Deceso:

Majestad, creo que este diario que he estado traduciendo desde el principio corresponde al postrer año del reinado de Leck y fue el último que escribió. En la parte que acabo de traducir, mata a Belagavia, como venía amenazando desde hacía tiempo.

Froggatt hizo pasar a alguien al despacho, pero Bitterblue ni siquiera alzó la vista porque, al límite de su campo visual, el visitante parecía ser Po. A todo esto, el hombre rompió a reír.

—¡Celaje! —exclamó Bitterblue, que volvió los ojos hacia él de inmediato.

—Creías que era Po —dijo su primo de ojos grises, sonriente. Bitterblue se levantó de un salto y corrió hacia él.

—¡Qué alegría verte! ¿Por qué no me han avisado de tu llegada? ¿Dónde está tu padre?

Celaje la estrechó en un fuerte abrazo.

—Decidí hacer de correo yo mismo —dijo—. Estás preciosa, prima. Padre se encuentra en Porto Mon, con la mitad de la flota lenita.

—Oh, cierto. Lo había olvidado.

Una de las cejas de Celaje se enarcó y la sonrisa se le ensanchó.

—¿Que habías olvidado que le pediste a mi padre que trajera su armada?

—No, no. Es solo que… están pasando muchas cosas. Habéis llegado a tiempo de conocer a los valenses antes de que se vayan.

—¿A quiénes?

—Los valenses. Viven en un reino que hay al este, más allá de las montañas.

—Bitterblue —empezó Celaje, vacilante—, ¿estás en tu sano juicio?

Ella enlazó el brazo con el de su primo.

—Vayamos a buscar a Po y te lo cuento por el camino.

Fue un placer presenciar el reencuentro de Po y Celaje. Bitterblue no habría sabido explicar por qué el corazón se le henchía al ver a los hermanos besarse y abrazarse, pero, a decir verdad, la escena hacía que renaciera en ella la esperanza de que el mundo fuera un buen sitio para vivir. La reunión tenía lugar en los aposentos de Katsa, donde esta, Po y Giddon tenían una sesión para intercambiar ideas sobre el asunto de Elestia. Tras la ronda de saludos y comentarios, Po le echó el brazo a Celaje por encima de los hombros y lo condujo a la estancia contigua. La puerta se cerró.

Katsa los siguió con la mirada; después, cruzando los brazos con fuerza, pegó una patada a un sillón.

A la primera, le siguieron varias patadas más a los muebles, las paredes y el suelo.

—Celaje quiere a Po —le dijo Giddon—. Lo que va a decirle no hará que deje de quererlo.

Katsa se volvió hacia Giddon con lágrimas en los ojos.

—Se pondrá furioso —susurró.

—Se le pasará.

—¿Tú crees? Hay gente a la que no se le pasa nunca.

—¿En serio? ¿Y es gente razonable? Espero que no tengas razón.

Katsa le lanzó una mirada rara, pero no contestó. Aunque sí volvió a propinar patadas a las cosas, cruzada de brazos.

Bitterblue no quería marcharse, pero no le quedaba más remedio; tenía una reunión con Teddy en la torre. Iba a proponerle si le gustaría trabajar de asesor en su recién formado Ministerio de Educación, como delegado oficial de la ciudad. A tiempo parcial, desde luego. No quería privarle del trabajo que adoraba.

En ese momento la guardia monmarda estaba demasiado sumida en el caos para presionar a Bitterblue sobre el asunto de si faltaba la corona o no. Por ello, Zaf había podido regresar a casa, aunque esa decisión aún ponía nerviosa a Bitterblue. La corona seguía perdida en el fondo del río, y había habido testigos. No era aquel un buen momento —en que la Corte Suprema atravesaba una crisis y se intentaba que dicho tribunal recobrara cierta credibilidad— para que

476

Bitterblue mintiera o tratara de falsear pruebas presentando una corona que no era la verdadera.

No había visto a Zaf desde la noche en el puente, y él se marchaba con los valenses al día siguiente, por la mañana. En consecuencia, nada más anochecer, Bitterblue corrió a través de la ciudad nevada en dirección a la imprenta.

Fue Teddy quien le abrió la puerta; sonriente, hizo una reverencia y fue a buscar a Zaf. Bitterblue se quedó esperando en la tienda, temblorosa. La fachada y parte del techo, que habían ardido, estaban cubiertos con tablones toscos que no eran herméticos. Hacía mucho frío en la habitación y olía a quemado; faltaba casi todo el mobiliario.

Zaf entró en silencio y se quedó plantado allí, con las manos metidas en los bolsillos, sin decir nada. La miraba con cierta timidez.

—Te vas mañana —dijo Bitterblue.

—Sí.

—Zaf, necesito hacerte una pregunta.

—Adelante.

Bitterblue se obligó a mirarlo a los ojos.

—Si no tuvieras problemas por el asunto de la corona, ¿querrías irte de todos modos?

La pregunta hizo que la expresión dulce de su mirada se hiciera más patente.

—Sí —contestó.

Había sabido de antemano la respuesta que él daría a su pregunta, pero eso no implicaba que oír la corroboración dejara de ser doloroso.

—Me toca a mí —dijo él—. ¿Renunciarías a ser reina por mí?

—Por supuesto que no.

—Ahí tienes. Nos hemos hecho la misma pregunta el uno al otro.

—No, no es cierto.

—Lo es en lo que cuenta. Tú me has pedido que me quede y yo te he pedido que vengas conmigo.

Dándole vueltas a ese planteamiento, Bitterblue se acercó y le tendió la mano. Zaf se la dio y, durante un instante, Bitterblue jugó con sus anillos y sintió la calidez de la piel en contraste con la fría habitación. Entonces, siguiendo los dictados de su cuerpo, lo besó; solo para ver qué pasaba. Lo que pasó fue que él empezó a besarla a su vez. Las lágrimas le corrieron por las mejillas a Bitterblue.

—Es una de las primeras cosas que me dijiste sobre ti —susurró—. Que te marcharías.

—Mi intención era hacerlo antes —respondió él, también en un susurro—. Quise hacerlo cuando las cosas empezaron a embrollarse con la corona, para ponerme a salvo. Pero entonces no pude. Todavía estábamos luchando.

—Me alegro de que no lo hicieras.

—¿Funcionó el sueño?

—Con él camino por la cima del mundo y no tengo miedo. Es un sueño maravilloso, Zaf.

—Dime qué otros sueños deseas tener.

Deseaba miles.

—Haz que sueñe que nos separamos como amigos —pidió.

—Eso es una realidad —dijo él.

Era tarde cuando Bitterblue regresó al castillo. En sus aposentos, sostuvo en las manos la corona falsa, pensativa. Acto seguido, fue a buscar a Katsa.

—¿Querrás formar equipo con Po para cierto asunto que me atañe? Tengo una petición muy especial que haceros.

Más tarde aún, Giddon fue a buscarla.

—¿Ha funcionado? —preguntó Bitterblue mientras se dirigían a los aposentos de Katsa.

—Sí.

—¿Y todos están bien?

—No se alarme cuando vea a Po. Lo del ojo morado ha sido Celaje, no a causa de lo otro.

—Oh, no. ¿Dónde está Celaje? ¿Cree que debería hablar con él?

Giddon se frotó la barba antes de contestar:

—Ha decidido unirse al grupo que viaja a Los Vals. Como embajador de Lenidia.

—¿Qué? ¿Se marcha? ¡Pero si acaba de llegar!

—Creo que tiene el corazón tan dolido como lo está el ojo de Po.

—Me gustaría que la gente dejara de pegar a mi primo —susurró Bitterblue.

—Sí, bueno. Yo espero que Celaje esté siguiendo mi pauta: puñetazo a Po, emprender un largo viaje, sentirse mejor, regresar y hacer las paces.

—En fin, al menos tenemos la corona —dijo Bitterblue.

En la habitación de Katsa, Po, sentado en la cama, empapado y envuelto en mantas, parecía un lastimoso montón de algas. Katsa se encontraba en el centro de la habitación y se sacudía el agua del pelo a la par que retorcía la ropa encima de la delicada alfombra; su aspecto era el de alguien que hubiese acabado de ganar una prueba de natación. La voz de Bann llegaba del cuarto de baño, donde se oía correr el agua para llenar la tina. Raffin estaba sentado a la mesa e intentaba limpiar la corona aplicando una solución misteriosa de un frasquito, que después frotaba con algo que a Bitterblue le parecían unos calcetines.

—¿Dónde dejasteis la corona falsa? —preguntó Bitterblue.

—Bastante más cerca de la orilla —contestó Katsa—. Por la mañana montaremos todo un espectáculo para sacarla.

Y Zaf podría marcharse de Monmar sin acusaciones contra él. Porque Bitterblue no estaba segura de si entregar una corona falsa a los señores de los bajos fondos, robársela después y después arrojarla al río era un delito o no. Como tal delito, a decir verdad, no parecía gran cosa. Al menos no era traición. Zaf podría volver algún día y no lo ahorcarían.

El día había empezado con Celaje entrando en su despacho, aunque Bitterblue tenía la impresión de que eso había ocurrido siglos atrás. Pasaba lo mismo todos los días; estaba tan atareada que caía rendida en la cama.

En el momento en que Celaje entró al despacho, ella estaba leyendo un informe de Deceso, y ya se encontraba acostada en la cama, de noche, cuando por fin reanudó la lectura.

En la parte que acabo de traducir, mata a Belagavia, como venía amenazando desde hacía tiempo. La mata porque, en un momento en que la pilla desprevenida, la ve con una niña que según ella llevaba muerta varios años. La niña desaparece de la habitación cuando las sorprende, majestad, cosa que no es de sorprender puesto que hemos de suponer que esa niña es Hava. Belagavia se niega a hacerla aparecer. Furioso con ella por haberle mentido respecto a la niña, Leck se lleva a Belagavia al hospital y la mata con mucha más presteza de la habitual, tras lo cual va a su dormitorio e intenta destruir sus obras con pintura. Durante días y semanas busca en vano a la niña. Al mismo tiempo, el deseo de estar a solas con usted va en aumento. Empieza a escribir sobre moldearla en una reina perfecta y comenta que las dos, Cinérea y usted, cada vez se muestran menos dóciles. Escribe sobre el placer anticipado que le proporciona ser paciente.

Esta es la clase de información íntima y dolorosa con la que no la abrumaría por regla general, majestad, salvo porque las implicaciones, cuando uno considera todo el conjunto, parecen importantes, y pensé que a usted le gustaría saberlo. Recordará, majestad, que Belagavia y la reina Cinérea fueron dos de las víctimas que Leck afirmaba haber «reservado para él». Y su obsesión con esa niña es chocante, ¿verdad?

Lo era. Pero a Bitterblue no la sorprendía porque era algo que ella también había empezado a preguntarse. De hecho, ya se lo había preguntado a Hava una vez, pero las habían interrumpido antes de que la joven hubiera tenido ocasión de contestar.

Bitterblue salió de la cama otra vez y se puso una bata.

En la galería de arte, sentada en el suelo con Hava, trató de tranquilizar a la muchacha, que estaba muy asustada.

—No quería que usted lo supiera, majestad —susurró Hava—. Jamás se lo dije a nadie. Nunca tuve intención de hacerlo.

—Ya no tienes que llamarme por el título —musitó Bitterblue.

—Permítamelo, por favor. Me aterra que otros se enteren. Me aterra que usted u otras personas, sean quienes sean, empiecen a pensar en mí como su heredera. ¡Moriría antes que convertirme en reina!

—Discurriremos alguna disposición legal para que nunca lo seas, Hava, te lo prometo.

—Es que no podría, majestad —insistió Hava, entrecortada la voz por el pánico—. ¡Se lo juro, no podría!

—Hava —Bitterblue le tomó la mano y se la apretó con fuerza—. Te juro que eso no pasará.

—Tampoco quiero que me traten como a una princesa, majestad. No soportaría el agobio de la gente, siempre pendiente de lo que haces. Quiero vivir en la galería de arte, donde no me vea nadie. Yo… —Las lágrimas empezaron a deslizarse por la cara de Hava—. Majestad, espero que entienda que nada de esto es personal. Haría cualquier cosa por usted. Es solo que…

—Es algo demasiado grande y todo pasa muy deprisa —acabó por ella Bitterblue.

—Sí, majestad —sollozó Hava. Titiló una vez adquiriendo la forma de una escultura y luego volvió a ser una joven llorosa—. Tendría que irme —sollozó—. Tendría que esconderme para siempre.

—Pues no se lo diremos a nadie —propuso Bitterblue—. ¿De acuerdo? Haremos jurar a Deceso que guardará el asunto en secreto.

Desenmarañaremos despacio todo este enredo, ¿te parece? No te apremiaré, y serás tú quien decida lo que quieres. Puede que no se lo digamos nunca a nadie. ¿Te das cuenta de que nada ha cambiado salvo que lo sabemos nosotras, Hava? —Bitterblue respiró hondo para frenar el impulso de abrazar a la muchacha—. Hava, por favor. Por favor, no te vayas.

Hava lloró un poco más apoyada en la mano de Bitterblue.

—Yo tampoco quiero alejarme de usted, majestad. Me quedaré —accedió después la muchacha.

De nuevo en la cama, Bitterblue intentó dormirse. Tenía que levantarse pronto para despedir a los valenses y los pikkianos. Tenía que encontrar a Celaje para hacerle entrar en razón. La esperaba otro día de reuniones y decisiones, pero no conseguía conciliar el sueño. Dentro de sí atesoraba una palabra, pero la timidez le impedía decirla en voz alta.

Por fin se atrevió a susurrarla. Una vez.

—Hermana.

—¿Crees que señala las horas valenses? —sugirió Po dos días después. Estaba tumbado cuan largo era en uno de los sofás de Bitterblue y hacía equilibrios con el reloj de quince horas de Zaf apoyado en la yema del dedo; de vez en cuando, intentaba hacerlo en la punta de la nariz—. Me encanta este objeto. El sonido del mecanismo interior me tranquiliza.

Zaf le había dado a Po el reloj como regalo de despedida y en agradecimiento por salvarle el cuello.

—Sería una forma divertida de marcar la hora, ¿no crees? —comentó Bitterblue—. El primer cuarto de hora sería la hora tal y doce minutos y medio. Ah, por cierto: ese objeto es una propiedad robada.

—Dime, ¿no crees que la razón de todo cuanto hacía Leck era esa? ¿Imitar a Los Vals? —sugirió Po.

—Tal vez ese reloj no es más que otra de sus imitaciones chapuceras —sugirió Giddon.

—Giddon, ¿qué hará usted después de lo de Elestia?

—Bueno —empezó el hombre, y una leve sombra le nubló el semblante.

Bitterblue sabía a qué lugar quería ir Giddon después de Elestia, y se preguntó si el Consejo se plantearía hacer un proyecto encaminado a tal fin. También se preguntó si sería una buena idea ir a ver algo que ya no existía.

—Supongo que depende de donde mi presencia sea requerida —respondió él.

—Si no lo necesitan a usted con urgencia en ningún sitio, o si está indeciso, o si, tal vez, está pensando en visitar Los Vals... ¿Se plantearía volver aquí antes, durante un tiempo?

—Sí —respondió él sin vacilación—. Si no se me necesita en otro sitio, volveré para quedarme aquí un tiempo.

—Eso me reconforta —dijo en voz baja Bitterblue—. Gracias.

Sus amigos se marchaban. En cuestión de días se dirigirían a Elestia, y esta vez era para entrar en acción; los revolucionarios y unos cuantos nobles elestinos selectos habían acordado actuar juntos, pillar por sorpresa al rey y cambiar la vida del pueblo elestino. Bitterblue estaba contenta de contar con la armada de su tío al sur y de tener a sus nuevos y extraños amigos al este. Sabía que tendría que ser paciente, esperar y ver qué ocurría. También sabía que habría de confiar en sus amigos y no darle vueltas a la idea de que estarían metidos en una guerra. Bann, su viejo compañero de prácticas. Po, que pedía demasiado de sí mismo y ahora estaba dolido por el enfrentamiento con un hermano. Katsa, que se desmoronaría si le ocurriera algo a Po. Giddon. Reaccionó con sobresalto por la rapidez con que las lágrimas le humedecían los ojos al pensar que Giddon se iba.

482

Raffin se quedaba en Monmar como enlace, lo cual era un consuelo para el corazón de Bitterblue, aunque el príncipe tendía a sumirse en largos silencios y a observar, malhumorado, plantas que crecían en macetas. Lo había encontrado en el jardín trasero esa mañana, de rodillas en la nieve, mientras cortaba trocitos de vivaces muertas.

—¿Sabía usted que en Nordicia han decidido que no quieren tener rey? —le preguntó el príncipe, alzando la vista hacia ella.

—¿Qué? ¿No quieren a ningún rey?

—Exacto. El comité de nobles seguirá gobernando por votación, junto con otro comité de igual poder que está compuesto por representantes electos por el pueblo.

—¿Quiere decir que será una especie de... república aristocrática y democrática? —inquirió Bitterblue, que recordó los términos leídos en el libro sobre monarquía y tiranía.

—Algo por el estilo, sí.

—Fascinante. ¿Sabía usted que en Los Vals un hombre puede contraer matrimonio con otro hombre y una mujer tomar por esposa a otra? Fuego me lo dijo.

—Mmmmm... —Raffin enfocó la mirada en ella, sereno—. ¿Es eso cierto?

—Lo es. Y el propio rey está casado con una mujer por cuyas venas no corre una sola gota de sangre noble.

Raffin se quedó en silencio un momento al tiempo que hurgaba en la nieve con un palo. Bitterblue dedicó esos instantes a contemplar la escultura de Belagavia y miró los ojos de su madre, tan vivos en apariencia. Tocó el pañuelo que llevaba puesto y hacerlo le dio fuerza.

—Así no son las cosas en Terramedia —dijo por fin Raffin.

—No. Pero las cosas son como son en Terramedia para que el rey haga lo que guste.

Crujiéndole las rodillas, Raffin se puso de pie y se acercó a ella.

—Mi padre tiene una salud de hierro —dijo el príncipe.

—Oh, Raffin. ¿Puedo darle un abrazo?

Era muy duro decir adiós.

—¿Crees que alguna vez seré capaz de escribirte letras con bordados para que las toques con los dedos cuando estés ausente, Po? —le preguntó Bitterblue.

Él esbozó una leve sonrisa.

—Katsa me escribe notas raspando letras en madera de tanto en tanto, cuando está desesperada. Aunque ¿no tendrías que aprender a bordar para hacer eso?

—Ahí está la cosa —contestó Bitterblue, que le sonrió y lo abrazó.

—Volveré —le dijo su primo—. Te lo he prometido, ¿recuerdas?

—Yo también regresaré —intervino Katsa—. Va siendo hora de que vuelva a dar lecciones aquí, Bitterblue.

Katsa la estrechó en un largo abrazo y Bitterblue comprendió que siempre sería así. Katsa llegaría y después se marcharía. Pero el abrazo era de verdad; y duradero, aunque acabase. La llegada sería tan real como la partida, y el regreso siempre sería una promesa. Tendría que conformarse con eso.

Por la noche, después de que todos se hubiesen marchado, se dirigió a la galería de arte porque se sentía sola.

Y fue entonces cuando Hava la condujo escalera abajo hasta un sitio en el castillo en el que Bitterblue no había estado nunca. Se sentaron juntas en lo alto de la escalera de la prisión y escucharon a Goldie cantarles una canción de cuna a los prisioneros.

483

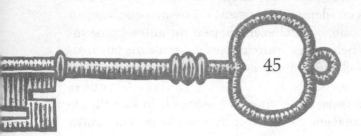

45

*S*u tío —que además era monarca— esperaba a Bitterblue en Porto Mon con una flota desplegada allí para complacerla. Iría a reunirse con él.

El día antes de marcharse se sentó en su despacho, reflexionando. Treinta de los treinta y cinco diarios de Leck se habían destruido en el incendio provocado por Thiel. Deceso, al que ahora aterraba el fuego, trataba de leer, descifrar y memorizar los cinco diarios que se habían salvado con un apresuramiento demencial. Bitterblue comprendía el alcance de la catastrófica pérdida de información, pero no podía lamentarlo. Sentía un alivio demasiado grande. Pensó que, con el tiempo, quizá le gustaría leer los cinco diarios restantes de su padre; algún día. La lectura de cinco diarios no parecía una horrible tarea irrealizable. Quizá fuera capaz de hacerlo, dentro de unos años, delante de una chimenea y envuelta en mantas mientras alguien la abrazaba con fuerza. Pero ahora, no.

Le había pedido a Helda que se llevara las sábanas de su madre. También eran para descifrarlas algún día, en otro momento, cuando no fuera tan doloroso para ella hacerlo. Tal vez en el futuro serían solo un recuerdo doloroso, y no el dolor en sí. Y no hacía falta conservarlas cerca para recordar. Para eso ya tenía el baúl de su madre y todas las cosas que guardaba en él, y los pañuelos de Cinérea, y la estatua de Belagavia. Y tenía su pena.

Las sábanas nuevas eran finas y lisas. Cuando le rozaban la piel con suavidad, sin los bultitos ásperos de los bordados en las orillas, se sorprendía. Y una especie de alivio la recorría de arriba abajo, como si fuera posible que las heridas de la mente y del corazón empezaran a sanar pronto.

«El desafío que aguarda a mi reino —pensó— es encontrar el equilibrio entre saber y sanar.»

484

Los escribientes y los guardias habían tomado por costumbre acudir ante ella para hacer confesiones. Holt fue el que dio pie a los demás al aparecer en su despacho un día.

—Majestad —le dijo—, si va a perdonarme, me gustaría que supiera qué es lo que me perdona.

No había sido fácil para Holt hacer aquello. Había matado reclusos en las prisiones por encargo de Thiel y Runnemood, y ni siquiera era capaz de empezar a dar voz a las cosas que Leck le había obligado a hacer. Arrodillado delante de Bitterblue, con las manos enlazadas con fuerza y la cabeza inclinada, empezaba a mostrarse confuso y a ser incapaz de expresarse.

—Quiero contárselo, majestad —farfulló con voz estrangulada—, pero me es imposible.

Bitterblue ignoraba qué hacer por quienes necesitaban hablar de esas cosas y no podían. Se le ocurrió que podría preguntarle a Po, ya que su primo tenía una capacidad perceptiva especial para saber lo que podría venirle bien a una persona; o a Fuego.

—Te ayudaré con esto, Holt. No dejaré que te enfrentes a ello solo, te lo prometo. ¿Querrás tener paciencia conmigo y yo la tendré contigo?

Habría que construir otro ministerio. De todos ellos, este sería con el que debería ir con más cuidado. No se lo pondría como obligación a nadie, pero haría que su existencia fuera notoria. Sería un ministerio para todas las personas que pudieran asumir —y tal vez incluso aliviar— su dolor hablando y dejando constancia de cómo habían sido sus propias experiencias. Habría un espacio para tal menester en el castillo, una biblioteca donde se guardarían los historiales, y un ministro y personal que sus amigos la ayudarían a elegir. Algunos componentes del personal viajarían para llegar hasta las personas que no estuvieran en condiciones de ir a la ciudad. Sería un lugar seguro para compartir el peso de esas vivencias y el registro por escrito de los recuerdos antes de que desaparecieran. Se llamaría Ministerio de Historias y Verdad, y serviría para sanar su reino.

—Majestad.

El sol se ponía y empezaba a caer una ligera nevada. Bitterblue alzó la vista del escritorio para mirar la cara familiar, afilada y fatigada del bibliotecario.

—Deceso, ¿qué tal estás?

—Majestad —saludó el hombre—. Un niño llamado Immiker

nació en un predio ribereño del norte de Monmar hace cincuenta y nueve años. Era hijo de un guardabosques llamado Larch y una mujer llamada Mikra, la cual murió al dar a luz.

—Cincuenta y nueve —dijo Bitterblue—. La edad es correcta. ¿Es él?

—No lo sé, majestad. Puede ser. Hay otros registros de gente con nombres similares que he de tener en cuenta.

—¿Significaría eso que soy monmarda?

—Algunos detalles coinciden con lo que sabemos de él, majestad, y podemos seguir buscando pistas. Pero dudo que alguna vez lleguemos a estar seguros de su identidad por estos datos. En cualquier caso —dijo en tono seco—, no veo que haya dudas sobre si usted es monmarda o no. Es nuestra soberana, ¿verdad?

Deceso soltó un pequeño montón de páginas en el escritorio, giró sobre sus talones con brusquedad, y se marchó.

Bitterblue se frotó el cuello al tiempo que suspiraba. A continuación tiró de los papeles del bibliotecario para acercárselos y leyó:

Majestad, he terminado la traducción del primer diario. Como ya me había figurado, es el último diario que el rey Leck escribió. Termina con la muerte de la madre de su majestad y con la subsiguiente búsqueda que hizo su padre por el bosque para encontrarla a usted. También acaba con los detalles del castigo que infligió a Thiel, porque el día en que usted escapó con su madre al parecer faltaba uno de los cuchillos de Leck. El rey decidió que Thiel lo había robado para entregárselo a la reina Cinérea. Le ahorraré los detalles.

En el escritorio, Bitterblue se rodeó con los brazos; se sentía como si estuviera muy alta en el cielo, y muy sola. Un recuerdo, como una puerta que se abriera por sí misma a la luz, entró en su mente, arrollador.

Thiel irrumpe en los aposentos de su madre, donde Cinérea ha estado ocupada en la demente empresa de atar sábanas y echarlas después por la ventana. Ella tiembla de miedo porque sabe lo que están a punto de hacer.

Thiel tiene el rostro manchado de lágrimas y sangre.

—Váyase —ha dicho mientras corre hacia Cinérea y le tiende un cuchillo que es tan largo como el antebrazo de Bitterblue—. Deben irse ahora. —Ha abrazado a Cinérea y dice con voz enérgica—. ¡Ya! —Luego cae de rodillas delante de Bitterblue. La ha estrechado en un fuerte abrazo consiguiendo que deje de temblar—. No se preocupe

—le dice—. Su madre la protegerá de todo mal, princesa. Crea todo lo que le diga, ¿comprende? Todas y cada una de las cosas que le diga. Vaya con ella ahora, y guárdese. —Después le ha besado la frente y ha salido corriendo de la habitación.

Bitterblue sacó una hoja de papel limpia y puso por escrito el recuerdo para que no se perdiera, porque era parte de su historia.

487

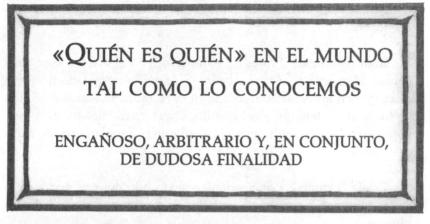

«QUIÉN ES QUIÉN» EN EL MUNDO TAL COMO LO CONOCEMOS

ENGAÑOSO, ARBITRARIO Y, EN CONJUNTO, DE DUDOSA FINALIDAD

Recopilado por Deceso, bibliotecario real de Monmar, al cual solo le gustaría señalar que no dispone de tiempo para este tipo de cosas.

489

ATENCIÓN: EL SIGUIENTE ARCHIVO ES UN BORRADOR INCOMPLETO. EL CRONISTA SIGUE ÓRDENES Y SOLO PUEDE TRABAJAR CON LOS DATOS QUE LE ENTREGAN.

Anna (Monmar): Panadera mayor en las cocinas del castillo. De cuestionable importancia en esta guía.

Bann (Terramedia): Farmacólogo y presunto cabecilla del Consejo. Suele viajar en compañía del príncipe Raffin de Terramedia.

Belagavia (Monmar): Escultora predilecta del rey Leck, quien la asesinó. Realizó unas cincuenta o cincuenta y cinco esculturas de personas en plena transfiguración. Hermana de Holt y madre de Hava.

Birn (Oestia): Rey de Oestia. Un canalla despreciable.

Bitterblue (Monmar): Reina de Monmar y la más excelsa patrona de este cronista. Hija del rey Leck y de la reina Cinérea. Sobrina del rey Ror y de la reina Zinnober de Lenidia. Sin duda alguna, la mejor soberana de los que reinan en la actualidad en el mundo conocido, aunque se debe mencionar que incluso los mejores monarcas malgastan el tiempo de sus bibliotecarios con una frecuencia sorprendente.

Bren (Monmar): Profesora e impresora en el distrito este de la ciudad. Hermana de Zafiro Abedul. Su familia ha jugado un papel relevante en la resistencia. Ayuda en la restauración de la colección de libros de la biblioteca del castillo. Eficaz, meticulosa y muy responsable; no como su hermano, con el que sí guarda bastante parecido físico.

Celaje (Lenidia): Príncipe lenita, sexto hijo del rey Ror y de la reina Zinnober. Hermano del príncipe Po y primo de la reina Bitterblue.

Cinérea (Lenidia, Monmar): En su juventud, princesa lenita que más adelante se convirtió en la reina de Monmar. Ahora fallecida. Hermana del rey Ror de Lenidia, madre de la reina Bitterblue de Monmar. Asesinada por el rey Leck de Monmar, su esposo. Este cronista la recuerda como una persona amable y culta atrapada en una situación imposible. Es de resaltar que salvó la vida a la reina Bitterblue.

Danzhol (Monmar): Noble ruin de la región central de Monmar, de discutible cordura. Su gracia: causar de forma voluntaria la deformación de su rostro de una manera atroz. Este cronista prefiere no describir el proceso ni entrar en detalles.

Darby (Monmar): Consejero de la reina Bitterblue en los años posteriores a la muerte del rey Leck. Su gracia: no dormir nunca.

Deceso (Monmar) (pronunciado: «Diceso»): Un servidor. Bibliotecario real de Monmar. Su gracia: rapidez de lectura y una memoria perfecta que recuerda todo lo leído.

Drowden (Nordicia): Rey de Nordicia, ahora destronado. Un sinvergüenza insufrible.

Dyan (Monmar): Jardinera mayor de la reina Bitterblue. De cuestionable importancia para esta guía.

Eemkerr (procedencia desconocida): Nombre dado durante la infancia a la persona que llegaría a ser el rey Leck de Monmar. Nacido en algún lugar de los siete reinos. Véanse: *Immiker* y *Leck*.

Fantasma (Monmar): Celebérrima delincuente que dirige los bajos fondos y el mercado negro de la ciudad.

Froggatt (Monmar): Un escribiente de la reina.

Fuego (Los Vals) (Su nombre en valense es Bira, más o menos): Una noble valense. También, como llaman en Los Vals a los de su clase, una «monstruo». Una mujer inquietante por demás.

Gadd (Monmar): Artesano, creador de tapices predilecto del rey Leck y asesinado por él.

Giddon (Terramedia): Antaño un noble de Terramedia, ahora desposeído de título y posesiones. Presunto cabecilla del Consejo, suele viajar con el príncipe Po de Lenidia. Es menester mencionar que a un servidor le salvó la vida.

Goldie (Monmar, Lenidia): Nueva responsable de prisiones de la reina Bitterblue. Antaño fue capitán de la prisión naval de Burgo de Ror, Lenidia. Su gracia: cantar.

Gozo Amoroso (Amoroso para los amigos) (Monmar): Gato de refinado carácter.

Grane---on Verdeante (Lenidia): Príncipe lenita que se conoce como Po. Prestigioso cabecilla del Consejo. Séptimo hijo del rey Ror y de la reina Zinnober de Lenidia, primo de la reina Bitterblue.

491

AMOROSO ACABA DE VOLCAR EL TINTERO

¡QUÉ CRIATURA MÁS INSOPORTABLE!

Amante célebre de lady Katsa de Terramedia. Su gracia: la lucha cuerpo a cuerpo (según él). Tiene buena mano para los gatos.

Grella (Monmar): Legendario montañero y explorador monmardo que escribió unos grandilocuentes y pretenciosos diarios de sus aventuras y murió en el desfiladero que lleva su nombre.

Hava (Monmar): Hija de Belagavia, sobrina de Holt. Su gracia: esconderse, camuflarse.

Helda (Terramedia, Monmar): Dueña y gobernanta de la reina Bitterblue, así como su jefa de espías. Anteriormente sirvió a lady Katsa de Terramedia. Persona de dignidad sin par, aunque obstinada sobremanera.

Holt (Monmar): Miembro de la guardia real. Hermano de Belagavia, tío de Hava. Su gracia: la fuerza.

Immiker (Monmar): Niño nacido en Monmar el mismo año en el que se cree que nació el rey Leck. Es probable que fuera el Eemkerr que de mayor se convirtió en el rey Leck, si bien un servidor no puede confirmarlo.

Ivan (Monmar): Ingeniero predilecto del rey Leck. Construyó los tres puentes de la ciudad.

Jass (Monmar): Un ayudante de cocina de dudosa relevancia en esta guía. Su gracia: determinar mediante la vista y el olfato cuál será la comida que más satisfará a un comensal.

Katsa (Terramedia): Noble de Terramedia, desterrada y desheredada por su tío, el rey Randa de Terramedia, aunque dicha prohibición no le impide entrar en el reino a su albedrío. Presunta cabecilla del Consejo, como también su fundadora. Prima del príncipe Raffin de Terramedia. Conocida amante del príncipe Po de Lenidia. Regicida (acabó con el rey Leck). Su gracia: la supervivencia y una capacidad extraordinaria para cualquier tipo de lucha.

Larch (Monmar): Padre de Immiker y, por ende, posiblemente el padre del rey Leck.

Leck (procedencia sin confirmar, Los Vals, Monmar): Rey de Monmar cuyo reinado duró treinta y cinco años. Psicópata sádico y desalmado. Esposo de la reina Cinérea y padre de la reina Bitterblue. Muerto a manos de lady Katsa de Terramedia. Su gracia: decir mentiras que la gente creía y aceptaba como reales.

Madlen (Monmar): Sanadora de confianza de la reina Bitterblue, dotada para curar.

Midya (Los Vals): Famosa navegante y exploradora valense, de padre pikkiano y madre valense. Como dato curioso, nació en una prisión de Los Vals.

Mikra (Monmar): Madre de Immiker y, por ende, posiblemente la madre del rey Leck.

Murgon (Meridia): Rey de Meridia. Un miserable desaprensivo.

Nashdell (Los Vals): Rey de Los Vals. Cuñado de lady Fuego. Que este cronista sepa, un buen hombre.

Oll (Terramedia): Presunto cabecilla del Consejo. Destituido de su capitanía por el rey Randa de Terramedia.

Ornik (Monmar): Herrero de la herrería real. De cuestionable importancia para esta guía.

Piper (Monmar): Noble monmardo y juez en la Corte Suprema.

Po: Véase *Granemalion Verdeante*.

Quall (Monmar): Noble monmardo y juez en la Corte Suprema en los años posteriores a la muerte del rey Leck.

Raffin (Terramedia): Príncipe de Terramedia, único vástago y heredero del rey Randa. Farmacólogo y presunto cabecilla del Consejo. Primo de lady Katsa.

Randa (Terramedia): Rey de Terramedia. Poca cosa que añadir sobre él.

Raposa (Monmar, Lenidia): Sirvienta de palacio en los años posteriores a la muerte del rey Leck. Su gracia: ser invulnerable a la sensación de miedo.

Rood (Monmar): Consejero de la reina Bitterblue en los años posteriores a la muerte del rey Leck. Hermano de Runnemood.

Ror (Lenidia): Rey de Lenidia. Padre del príncipe Po y del príncipe Celaje, tío de la reina Bitterblue. No llega a la condición de asno de los otros reyes, se presupone.

Runnemood (Monmar): Consejero de la reina Bitterblue en los años posteriores a la muerte del rey Leck. Hermano de Rood.

Smit (Monmar): Capitán de la guardia monmarda en los años posteriores a la muerte del rey Leck.

Teddren (Monmar): Más conocido como Teddy. Impresor y maestro del distrito este de la ciudad. Hermano de Tilda. Su familia ha tenido un papel relevante en la resistencia. Asesor del Ministerio de Educación. En la actualidad, ayuda en la recuperación de la colección de la biblioteca del castillo. Un buen tipo, aunque peca de idealista.

494

Thiel (Monmar): Consejero de la reina Bitterblue en los años posteriores a la muerte del rey Leck.

Thigpen (Elestia): Rey de Elestia, por el momento. Un bellaco despiadado.

Tilda (Monmar): Impresora y profesora en el distrito este de la ciudad. Hermana de Teddren. Su familia ha desempeñado un papel relevante en la resistencia. En la actualidad, ayuda en la recuperación de la colección de la biblioteca del castillo y de la desvencijada imprenta del castillo. Da gusto ver las ganas y la dedicación que le pone.

Zafiro Abedul (Monmar, Lenidia): Plebeyo monmardo que creció en un barco lenita y ahora se lo identifica como oriundo de dicho reino. Hermano de Bren. Su familia ha desempeñado un papel relevante en la resistencia. Un buscapleitos y un botarate que hace que Su Majestad malgaste energías en él. De cuestionable importancia para esta guía. Su gracia: Su Majestad sabe cuál es, pero no ha compartido dicho conocimiento con este cronista.

Y

Lamentablemente, por el momento algunas de las entradas están incompletas, a la espera del último informe oficial de su majestad. No debe considerarse responsable a este cronista de cualquier error u omisión causado u ordenado por otros, de los cuales hay sin duda unos cuantos.

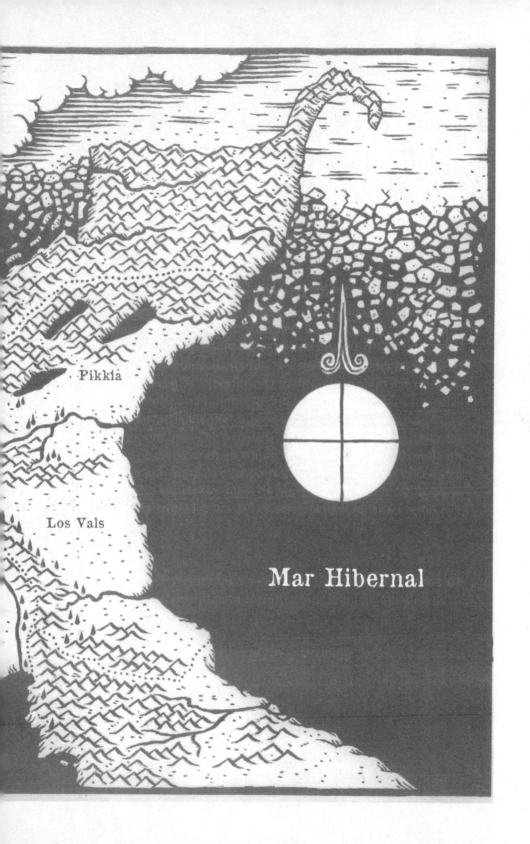

Agradecimientos

Gracias a mi editora, Kathy Dawson, por proporcionarme más ayuda práctica de la que puedo cuantificar y, en especial, por ayudarme a pasar de la ciénaga que fue el primer borrador a una segunda versión del mismo con la que poder trabajar. Agradecerle también su amor a este libro, su apoyo incondicional y la «paciencia» que ha demostrado al no intervenir de forma activa. Sé lo afortunada que soy.

Gracias a Faye Bender, mi agente y una acérrima partidaria, por darme su apoyo en todo momento. Sin ella no habría logrado terminar este libro con la claridad mental intacta.

Gracias a la primera tanda de lectoras: Catherine Cashore, Dorothy Cashore y Sarah Prineas. Y a la segunda: Deborah Kaplan, J.D. Paul y Rebecca Rabinowitz. Vuestra ayuda es inestimable y vuestra generosidad me abruma.

Un aviso para aquellos que lean los agradecimientos antes de haber leído el libro: a partir de aquí, está plagado de detalles reveladores sobre el contenido de *Bitterblue*. ¡Quedáis avisados!

Doy las gracias al doctor Lance Nathan, el lingüista que ha creado el bonito alfabeto valense así como el idioma de Los Vals, el cual podría haber evolucionado de una manera plausible sin estar en contacto con su protolenguaje madre, el «gracelingio». Lance también me ayudó con el cifrado inicial de los escritos de Leck. (Los entusiastas de los criptogramas reconocerán la variante del «cifrado polialfabético de Vigenère», que escogí para los diarios de Leck.) Junto con Deborah Kaplan, Lance también me ayudó a entender cómo guiarse por un laberinto y cómo saber la hora en un reloj de quince horas, así que, gracias por ello… ¡También!

Gracias al otrora físico J.D. Paul, quien respondió una interminable retahíla de preguntas sobre Po y la óptica para que pudiera determinar si era posible que Po distinguiera los colores o supiera si era de noche o de día. Gracias a Rebecca Rabinowitz y a Deborah Kaplan, quienes, después de leer uno de los últimos borradores de *Bitterblue*, me aconsejaron en lo concerniente a Po respecto a la estrategia con su discapacidad y si había alguna manera de contrarrestar las consecuencias de haber hecho que la gracia de Po fuera tan grande como para compensar su ceguera al final de *Graceling*. (Por aquel entonces, no pensé sobre ello. No se me pasó por la cabeza, hasta que fue demasiado tarde, que había creado a Po como discapacitado y al mismo tiempo le había dado una cura mágica para su ceguera, con lo que podía insinuar que no podía ser una persona «perfecta» si era un discapacitado. Ahora entiendo que la utilización de una cura mágica es algo demasiado habitual en los libros de ficción y de ciencia-ficción y que es irrespetuoso para la gente con discapacidades. Soy la única responsable de mis fallos en este aspecto.)

Gracias a mi hermana, Dorothy Cashore, que diseñó el cifrado de los bordados de Cinérea sin pestañear siquiera cuando le di instrucciones tales como «¡Hazlo con estilo lenita!». Gracias a mi madre, Nedda Cashore, que hizo las funciones de cobaya y además me bordó alguno de los símbolos, a pesar de que me negué a decirle la razón por la que le pedía que los hiciera de esa forma.

500

Gracias al doctor Michael Jacobson por responder a mis preguntas sobre las quemaduras. Gracias a mi tío, el doctor Walter Willihnganz, por aclararme las dudas respecto a heridas causadas por armas blancas, a globos oculares, y a si amasar pan podría ser un buen método de rehabilitación tras curarse un brazo roto. (¡La respuesta es que sí!)

Gracias a Kaz Stouffer de la TSNY (Trapeze School of New York, Escuela de Trapecistas de Nueva York) de Beantown por enseñarme cómo sujetarse a las cuerdas —literalmente— y ayudarme a discernir el modo en que Danzhol iba a llevar a cabo su malicioso plan.

Gracias a Kelly Droney y a Melissa Murphy por responder a mis extrañas preguntas de lo que ocurre a los cadáveres en las cuevas y a los huesos arrojados a un río.

De vez en cuando, varias personas me respondieron con mucha amabilidad preguntas concretas o me dieron su opinión cuando se la pedí. Con referencia a otras cuestiones, ya he mencionado a algunas de estas personas, incluyendo a mi primera y segunda tanda de lectores; ¡y algunas han aparecido más de una vez! Imprescindibles entre las personas que aún no he nombrado son Sarah Miller (que me ayudó con la escena de Po en el juicio) y Marc Moscowitz (quien me ayudó con las partes del reloj, el camuflaje del barco y un montón de cosas más). ¡Gracias!

Cualquier error que haya en este libro es mío.

Gracias a Danese Joyce por su sabiduría y su guía.

Gracias a Lauri Hornik y a Don Weisberg por su paciencia y su apoyo, y a Natalie Sousa por diseñar la hermosa portada del libro. Gracias a Jenny Kelly por el precioso diseño interior. Mil gracias al resto del equipo de Penguin, que ha trabajado con ahínco a fin de ultimar todos los preparativos para el lanzamiento de *Bitterblue*. Gracias a mis editores, agentes y ojeadores de todo el mundo que han hecho que el aspecto comercial de mi trabajo sea un placer.

Como da la impresión de que he hecho de repetirme una costumbre, y porque ellos son los que más lo merecen, gracias de nuevo a mi editora y a mi agente.

Y para finalizar, gracias, como siempre, a mi familia.

Kristin Cashore

Kristin Cashore es la segunda de cuatro hermanas. Ha escrito para varias publicaciones juveniles y tiene un máster en literatura juvenil por el Simmons College. Ha trabajado como paseadora de perros, empaquetadora de caramelos y ayudante de editor, entre otras cosas, y ha vivido en Boston, Nueva York y Sídney antes de instalarse en Jacksonville, Florida, donde cada día sale a pasear por la orilla del río y contempla a los pelícanos. *Graceling* fue su primera novela, a la que siguió *Fuego*. Como *Bitterblue*, ambas están publicadas en **Roca**editorial.

Para más información consulta www.rocajuvenil.com y www.krisincashore.blogspot.com

ESTE LIBRO UTILIZA EL TIPO ALDUS, QUE TOMA SU NOMBRE
DEL VANGUARDISTA IMPRESOR DEL RENACIMIENTO
ITALIANO, ALDUS MANUTIUS. HERMANN ZAPF
DISEÑÓ EL TIPO ALDUS PARA LA IMPRENTA
STEMPEL EN 1954, COMO UNA RÉPLICA
MÁS LIGERA Y ELEGANTE DEL
POPULAR TIPO
PALATINO

BITTERBLUE SE ACABÓ DE IMPRIMIR
EN UN DÍA DE VERANO DE 2012,
EN LOS TALLERES GRÁFICOS DE LIBERDÚPLEX S.L.U.
CRTA. BV-2249, KM 7,4, POL. IND. TORRENTFONDO
SANT LLORENÇ D'HORTONS
(BARCELONA)